In der Wohnung einer psychisch kranken Frau wird eine Leiche gefunden: Edward Green, der zu Lebzeiten seinen Mitmenschen mit Charme und Geschick Alltag und Bankkonto erleichterte. Die Polizei bittet Psychotherapeutin Frieda Klein um Hilfe. Doch das wird nicht überall gern gesehen, denn Frieda steht unter Druck: Die Presse macht sie für den Tod einer jungen Frau verantwortlich und veranstaltet eine regelrechte Hetzjagd auf sie. Trotz aller Anfeindungen forscht Frieda weiter nach den wahren Umständen des Mordes an Edward Green und hat bald eine schreckliche Vermutung …

Nicci French – hinter diesem Namen verbirgt sich das Ehepaar Nicci Gerrard und Sean French. Seit langem sorgen sie mit ihren höchst erfolgreichen Psychothrillern international für Furore. Die beiden leben mit ihren Kindern in Südengland. »Eisiger Dienstag« ist der zweite Band einer 8-teiligen Krimireihe um die Therapeutin Frieda Klein.

Weitere Informationen zu den Frieda-Klein-Romanen finden Sie am Ende des Buches.

NICCI FRENCH

EISIGER DIENSTAG

THRILLER

Aus dem Englischen
von Birgit Moosmüller

btb

Die Originalausgabe erschien 2011 unter dem Titel
Tuesday's Gone
bei Michael Joseph (Penguin), London.

MIX
Papier aus verantwortungsvollen Quellen
FSC® C014496
FSC
www.fsc.org

Verlagsgruppe Random House FSC® N001967

3. Auflage
Genehmigte Taschenbuchausgabe Dezember 2014
btb Verlag in der Verlagsgruppe Random House GmbH,
Neumarkter Str. 28, 81673 München

Umschlaggestaltung: semper smile, München, nach einer
Umschlagkonzeption und Gestaltung von buxdesign, München,
unter Verwendung von Motiven von © plainpicture / Arcangel;
© plainpicture / Aurelia Frey
Druck und Einband: GGP Media GmbH, Pößneck
MP · Herstellung: sc
Printed in Germany
ISBN 978-3-442-74826-6

www.btb-verlag.de
www.facebook.com/btbverlag

1

Im Laufschritt eilte Maggie Brennan die Deptford Church Street entlang. Während sie in ihr Handy sprach, überflog sie eine Akte und suchte gleichzeitig im Straßenverzeichnis ihres Stadtplans nach der Adresse. Obwohl erst der zweite Tag der Woche war, hinkte Maggie ihrem Zeitplan bereits zwei Tage hinterher. Dabei hatte sie die zusätzlichen Fälle, die sie von einer längerfristig krankgeschriebenen Kollegin geerbt hatte, noch gar nicht mit einberechnet.

»Nein«, sagte sie ins Telefon und warf einen Blick auf ihre Armbanduhr, »ich versuche es in die Besprechung zu schaffen, bevor ihr fertig seid.«

Sie steckte ihr Handy wieder in die Tasche. In Gedanken war sie noch ganz bei dem Fall, von dem sie gerade kam: einem dreijährigen Jungen mit Blutergüssen – verdächtigen Blutergüssen, wie der Arzt in der Ambulanz meinte. Maggie hatte mit der Mutter gesprochen, sich das Kind angesehen und die Wohnung überprüft, in der die beiden lebten. Obwohl es sich um eine schreckliche, feuchtkalte Bude handelte, bestand dort für das Kind – zumindest auf den ersten Blick – keine unmittelbare Gefahr. Die Mutter behauptete, keinen Freund zu haben. Die Tatsache, dass Maggie im Bad keinen Rasierer gefunden hatte, schien das zu bestätigen. Der Mutter zufolge war der kleine Junge die Treppe hinuntergefallen. Das sagten die Leute immer, wenn sie ihre Kinder schlugen. Andererseits fielen Dreijährige tatsächlich manchmal die Treppe hinunter. Maggie war nur zehn Minuten in der Wohnung gewesen, wäre aber auch nach zehn Stunden kaum zu einem anderen Ergebnis gekommen. Wenn sie das Kind abholen ließ, würde die strafrechtliche Verfolgung der Mutter vermutlich zu nichts führen, und sie selbst bekäme eine auf den Deckel. Ließ sie den Jungen aber nicht abholen und er wurde irgendwann tot aufgefunden, dann gab es eine Untersuchung und sie, Maggie, wurde entlassen und womöglich ihrerseits strafrechtlich verfolgt. Deswegen hatte sie beschlossen, demnächst noch einmal der Mutter einen Besuch abzustatten, ehe sie eine endgültige Entscheidung fällte.

Sie wandte sich wieder dem Stadtplan zu. Ihre Hände fühlten sich schon ganz eisig an, weil sie vergessen hatte, Handschuhe mitzunehmen, und dank ihrer billigen Stiefel hatte sie nun auch noch nasse Füße. Obwohl sie schon mehrfach in dem Wohnheim gewesen war, konnte sie sich den Weg dorthin einfach nicht merken. Bei der Howard Street handelte es sich um eine kleine Sackgasse, die gut versteckt irgendwo in Richtung Fluss lag. Maggie musste erst ihre Lesebrille aufsetzen und mit dem Finger die Straßen entlangfahren, ehe sie fündig wurde. Na bitte, da war sie ja, nur ein paar Gehminuten entfernt.

Als sie von der Hauptstraße abbog, fand sie sich zu ihrer Überraschung neben einem Kirchhof wieder. Sie lehnte sich einen Moment an die Mauer, um noch einmal einen Blick in die Akte der Frau zu werfen, die sie gleich aufsuchen würde: Michelle Doyce, geboren 1959. Die Informationen über sie waren äußerst dürftig: Entlassungspapiere einer Klinik, die in Kopie an das Sozialamt gegangen waren, ein Formular, das bestätigte, dass man ihr eine Unterkunft zugewiesen hatte, ein Antrag auf Beurteilung.

Maggie blätterte die Formulare ein weiteres Mal durch: keine Angehörigen. Aus den Unterlagen ging nicht einmal der Grund für den Klinikaufenthalt klar hervor, auch wenn der Name der Einrichtung vermuten ließ, dass es etwas Psychisches gewesen sein musste. Maggie konnte das Ergebnis ihrer Beurteilung schon im Voraus erahnen: schlichte allgemeine Hoffnungslosigkeit. Bestimmt hatte sie es mit einer bemitleidenswerten Frau mittleren Alters zu tun, die einfach einen Platz zum Wohnen brauchte – und jemanden, der hin und wieder nach ihr schaute und sie davon abhielt, durch die Straßen zu streifen. Maggie warf einen Blick auf ihre Armbanduhr. Für eine umfängliche Beurteilung reichte die Zeit an diesem Tag nicht aus. Sie konnte nur kurz nach dem Rechten sehen und die grundlegenden Fragen klären: sich vergewissern, dass Michelle nicht unmittelbar gefährdet war und ausreichend Nahrung zu sich nahm.

Sie klappte die Akte zu und setzte sich wieder in Bewegung. Nachdem sie die Kirche hinter sich gelassen hatte, kam sie an einem Block mit Sozialwohnungen vorbei. Bei einigen waren die Fenster und Türen mit Metallplatten verrammelt, die meisten aber wirkten bewohnt. Aus einer Tür im zweiten Stock trat ein Junge im Teenageralter und eilte den Balkon entlang, die Hände tief in die Taschen seiner weiten Jacke geschoben. Maggie blickte sich um. Wahrscheinlich bestand kein Anlass zur Sorge. An diesem Dienstagvormittag lagen die gefährlichen Leute wohl größtenteils noch im Bett.

Nachdem sie um die Ecke gebogen war, warf sie erneut einen Blick auf die Adresse, die sie in ihr Notizbuch geschrieben hatte: Apartment eins, Howard Street Nummer drei. Ja, nun konnte sie sich wieder erinnern. Es handelte sich um ein ganz eigenartiges Haus, das aussah, als wäre es aus den gleichen Materialien wie der Block mit den Sozialwohnungen gebaut und auch genauso schnell heruntergekommen. Im Grunde war es gar kein richtiges Wohnheim, sondern ein normales Haus, welches das Sozialamt von Privatleuten gemietet hatte. Dort wurden Personen so lange untergebracht, bis das Amt entschied, wie es mit ihnen verfahren wolle. Für gewöhnlich zogen sie einfach weiter oder gerieten in Vergessenheit. Es gab andere derartige Häuser, die Maggie aus Sicherheitsgründen nur in Begleitung aufsuchte, aber über dieses hier war ihr noch nichts Besonderes zu Ohren gekommen. Seine Bewohner stellten hauptsächlich für sich selbst eine Gefahr dar.

Nachdenklich ließ sie den Blick an der Fassade hinaufwandern. Im zweiten Stock hatte jemand ein zerbrochenes Fenster provisorisch mit brauner Pappe abgedichtet. Der nicht sehr große Vorgarten des Gebäudes war geteert, und links vom Haus verlief eine kleine Seitengasse. Neben der Haustür lehnte ein aufgeplatzter Müllsack, was aber kaum ins Gewicht fiel, weil ohnehin überall Müll herumlag.

Nachdem Maggie sich in ihrem Büchlein eine Notiz gemacht hatte, die aus nur einem Wort bestand, wandte sie sich den fünf Klingelknöpfen neben der Haustür zu. Namensschilder gab es keine. Sie drückte zweimal kurz hintereinander auf den untersten Knopf, konnte jedoch nicht hören, ob die Klingel funktionierte. Sie überlegte, ob sie mit der Faust gegen die Tür hämmern oder durchs Fenster in die Erdgeschosswohnung spähen solle. In dem Moment hörte sie eine Stimme und fuhr erschrocken herum. Direkt hinter ihr stand ein hagerer Mann mit rotblondem, zu einem Pferdeschwanz zusammengebundenem Haar und Piercings im ganzen Gesicht. Als sie einen Schritt zur Seite trat, entdeckte sie seinen Begleiter, einen kleineren Kampfhund, dessen Besitz rein theoretisch verboten war, auch wenn sie bereits drei Exemplare dieser Sorte gesehen hatte, seit sie in Deptford aus dem Zug gestiegen war.

»Keine Sorge, der ist brav«, erklärte der Mann, »nicht wahr, Buzz?«

»Wohnen Sie hier?«, fragte Maggie.

Der Mann wirkte misstrauisch. An seiner einen Wange zuckte ein Nerv. Rasch zog Maggie eine laminierte Karte aus der Tasche und hielt sie ihm unter die Nase.

»Ich bin vom Sozialamt«, erklärte sie. »Ich komme wegen Michelle Doyce.«

»Ist das die im Erdgeschoss?«, fragte der Mann. »Die habe ich noch kaum zu Gesicht bekommen.« Er trat vor die Tür und sperrte auf. »Wollen Sie rein?«

»Ja, bitte.«

Der Mann zuckte nur mit den Achseln.

»Komm schon, Buzz«, sagte er. Maggie hörte die Krallen des Hundes über den Boden klacken, als er ins Haus und dann die Treppe hinaufrannte. Sein Herrchen folgte ihm nach oben.

Sobald Maggie eingetreten war, schlug ihr der Gestank von Schimmel, Müll, Bratfett und Hundekot entgegen, vermischt mit anderen Gerüchen, die undefinierbar waren – ein Potpourri, das ihr fast das Wasser in die Augen trieb. Sie zog die Haustür hinter sich zu. Was früher einmal die Diele eines Privathauses gewesen sein mochte, war nun mit Paletten, Farbdosen, offenen Müllsäcken und einem alten Fahrrad ohne Reifen zugestellt. Die Treppe lag direkt vor ihr. Die erste Tür links, durch die man früher wohl das Wohnzimmer betreten hatte, war zugemauert. Maggie ging an der Treppe vorbei bis zu einer Tür weiter hinten, klopfte fest dagegen und lauschte. Drinnen war ein kurzes Rascheln zu hören, dann nichts mehr. Sie klopfte noch ein paarmal und wartete. Schließlich klapperte etwas, dann schwang die Tür nach innen auf. Erneut zückte Maggie ihre laminierte Karte.

»Michelle Doyce?«, fragte sie.

»Ja«, antwortete die Frau.

Maggie konnte selbst nicht genau festmachen, was sie an ihrem Gegenüber so seltsam fand. Die Frau wirkte gewaschen und trug ihr Haar ordentlich gekämmt – allerdings fast *zu* ordentlich, als hätte sie es wie ein kleines Mädchen angefeuchtet und dann derart glatt gestriegelt, dass es ganz flach am Kopf anlag. Noch dazu war es so dünn, dass überall die bleiche Kopfhaut hindurchlugte. Ihr glattes Gesicht leuchtete rosig und war von einem Hauch aus feinen Härchen überzogen. Mit ihrem knallroten Lippenstift hatte sie ein klein wenig zu weit über die Lippenkonturen hinausgemalt. Sie trug ein weites, ausgewaschenes Blumenkleid.

Maggie stellte sich vor und zeigte ihre Karte.

»Ich wollte nur mal nach Ihnen sehen, Michelle«, erklärte sie, »und hören, wie es Ihnen geht. Ist bei Ihnen alles in Ordnung? Fühlen Sie sich gut?«

Die Frau nickte.

»Darf ich reinkommen?«, fragte Maggie. »Um mich davon zu überzeugen, dass alles in Ordnung ist?«

Sie trat in die Diele und holte ihr Notizbuch heraus. Soweit sie es auf den ersten Blick beurteilen konnte, achtete Michelle auf Körperpflege. Sie machte auch durchaus den Eindruck, als würde sie ausreichend Nahrung zu sich nehmen, und reagierte auf Fragen. Trotzdem erschien Maggie irgendetwas seltsam. Prüfend ließ sie den Blick durch die schäbige kleine Diele schweifen. Der Gegensatz zum Hausgang war beeindruckend. Die Schuhe standen fein säuberlich aufgereiht, ein Mantel hing ordentlich an einem Haken. In der Ecke lehnte ein Kübel mit einem Wischmob.

»Wie lange wohnen Sie schon hier, Michelle?«

Die Frau runzelte die Stirn.

»Hier?«, wiederholte sie. »Ein paar Tage.«

Aus Maggies Unterlagen ging hervor, dass man die Frau am fünften Januar aus der Klinik entlassen hatte. Mittlerweile war der erste Februar. Trotzdem war eine derart vage Zeitangabe nichts wirklich Ungewöhnliches. Während die beiden Frauen so dastanden, wurde Maggie auf ein Geräusch aufmerksam, das sie nicht recht zuordnen konnte. Wahrscheinlich drang von draußen Verkehrslärm herein, oder im Stockwerk über ihnen war gerade jemand mit dem Staubsauger zugange. Oder es handelte sich um das Summen eines weit entfernten Flugzeugs. Wobei ihr nun auch ein seltsamer Geruch in die Nase stieg. Als hätte etwas Essbares zu lange im Warmen gestanden. Maggie blickte zur Dielenlampe empor. Der Strom war offenbar angeschaltet. Vielleicht sollte sie überprüfen, ob Michelle über einen Kühlschrank verfügte. Andererseits machte die Frau einen recht gesunden und wohlgenährten Eindruck.

»Darf ich mich ein bisschen umsehen, Michelle?«, wandte Maggie sich an sie. »Mich vergewissern, dass alles in Ordnung ist?«

»Möchten Sie ihn kennenlernen?«, entgegnete Michelle.

Maggie starrte sie verblüfft an. Ein Partner war in der Akte nicht erwähnt worden.

»Sie haben einen Freund?«, fragte sie. »Es wäre nett, wenn Sie ihn mir vorstellen würden.« Michelle übernahm die Führung und öffnete die Tür zu einem Raum, der auf die Rückseite des Hauses hinausging und früher wahrscheinlich so eine Art Hinterzimmer gewesen war. Maggie, die ihr folgte, spürte sofort etwas auf ihrem Gesicht. Zuerst hielt sie es für Staub. Es fühlte sich an, als würde einem von einer nahenden U-Bahn warme, staubige Luft entgegenwehen. Gleichzeitig aber wurde das Geräusch lauter, und Maggie begriff, dass es sich nicht um Staub, sondern um Fliegen handelte – eine dicke Wolke aus Fliegen, die ihr ins Gesicht klatschte.

Ein paar Augenblicke lang starrte sie irritiert zu dem Mann auf dem Sofa hinüber. Ihre Wahrnehmung hatte sich verlangsamt und irgendwie verschoben, als befände sie sich tief unter Wasser oder in einem Traum. Benommen fragte sie sich, ob er eine Art Taucheranzug trug – einen bläulichen, wie marmoriert wirkenden und an manchen Stellen leicht aufgerissenen Taucheranzug –, und warum seine Augen so gelb und trüb aussahen. Dann wurde sie auf einmal hektisch und fischte ihr Handy aus der Tasche, doch vor lauter Aufregung ließ sie es fallen, und plötzlich wollten ihre Finger ihr nicht mehr gehorchen. Maggie konnte sie einfach nicht dazu bewegen, das Telefon von dem schmutzigen Teppich aufzuheben, denn nun sah sie, dass es sich keineswegs um einen Taucheranzug handelte, sondern um sein nacktes, aufgedunsenes, platzendes Fleisch, und dass der Mann tot war. Lange tot.

2

Der Februar«, sagte Sasha, während sie einer Pfütze auswich, »sollte abgeschafft werden.«

In der Straße, die sie und Frieda gerade entlanggingen, ragten zu beiden Seiten hohe Büroblöcke auf, die den Blick auf den Himmel einengten und den dunklen Tag noch dunkler erscheinen ließen. Alles war schwarz, grau und weiß wie auf einer alten Fotografie: Die Gebäude wirkten monochrom, der Streifen Himmel kalt und leer, und all die Männer und Frauen – aber es waren hauptsächlich Männer –, die mit ihren schmalen Laptoptaschen und griffbereiten Schirmen vorübereilten, trugen nüchterne Geschäftskleidung und Mäntel in gedeckten Tönen. Nur der rote Schal um Friedas Hals sorgte für einen Farbklecks in der Landschaft.

Frieda marschierte in strammem Tempo dahin, so dass Sasha, obwohl sie eigentlich die Größere war, Mühe hatte, Schritt zu halten.

»Genau wie die Dienstage«, fuhr sie fort. »Der Februar ist der schlimmste Monat im Jahr, viel schlimmer als der Januar, und der Dienstag der schlimmste Tag der Woche.«

»Heißt es das nicht immer vom Montag?«

»Die Dienstage sind noch schlimmer. Das ist wie…« Sasha legte eine Pause ein, weil sie erst darüber nachdenken musste, wie es eigentlich war. »Der Montag ist wie ein Sprung ins eiskalte Wasser. Durch den Kälteschock bekommt man wenigstens einen Adrenalinstoß. Am Dienstag treibt man immer noch im Wasser, aber der Schock hat sich gelegt, und man ist nur noch am Frieren.«

Als Frieda zu ihr hinübersah, stellte sie fest, dass Sasha mit ihrer winterlichen Blässe noch zerbrechlicher wirkte als sonst, was ihrer außerordentlichen Schönheit aber keinen Abbruch tat. Daran änderte auch die Tatsache nichts, dass sie in einen dicken Mantel gehüllt war und ihr dunkelblondes Haar streng zurückgebunden trug.

»Schlimmen Vormittag gehabt?«

Auf Höhe eines Weinlokals bogen sie kurz in die Cannon Street ab, wo der übliche Trubel aus roten Bussen und Taxis herrschte. Der Himmel spie die ersten Regentropfen aus.

»Eigentlich nicht. Nur eine Besprechung, die sich länger hinzog als nötig, weil sich manche Leute einfach gerne reden hören.« Abrupt blieb Sasha stehen und blickte sich um. »Ich hasse diesen Teil von London«, sagte sie, klang dabei aber keineswegs wütend, sondern eher so, als hätte sie gerade erst realisiert, wo sie sich befand. »Als du einen Spaziergang vorgeschlagen hast, dachte ich, du würdest mit mir den Fluss entlanggehen oder in einen Park. Diese Ecke hier hat einfach etwas Unwirkliches.«

Frieda verlangsamte ihren Schritt. Sie passierten gerade ein winziges Fleckchen eingezäunten Grüns, um das sich offenbar niemand kümmerte, da dort Nesseln und Gestrüpp wucherten.

»Hier stand mal eine Kirche«, erklärte Frieda. »Natürlich gibt es die schon lange nicht mehr, ebenso wenig wie den dazugehörigen Friedhof, aber dieser kleine Fleck hat überlebt. Vermutlich ist er zwischen all den Bürogebäuden irgendwie in Vergessenheit geraten. Ein Fragment aus der Vergangenheit.«

Sasha blickte über den Zaun auf den herumliegenden Müll.

»Inzwischen kommen die Leute wohl nur noch her, um rasch eine zu rauchen.«

»Als ich sieben oder acht Jahre alt war, ist mein Vater mal mit mir nach London gefahren.«

Sasha betrachtete sie aufmerksam. Es war das erste Mal, dass ihre Freundin ein Mitglied ihrer Familie erwähnte und auf eine Kindheitserinnerung zu sprechen kam. Sasha selbst hatte Frieda mittlerweile fast alles über ihr Leben erzählt: über ihre Beziehung zu ihren Eltern und ihrem nichtsnutzigen jüngeren Bruder, ihre Liebesgeschichten, ihre Freundschaften. Viele Dinge, die sie bisher immer unter Verschluss gehalten hatte, waren zutage getreten, aber Friedas Leben blieb ihr weiterhin ein Rätsel.

Sie beide kannten sich seit gut einem Jahr. Sasha hatte Frieda als Patientin aufgesucht und konnte sich noch genau an die eine Sitzung erinnern, in der sie Frieda damals im Flüsterton erzählte – und dabei kaum wagte, den Kopf zu heben und Friedas ruhigem Blick zu begegnen –, wie sie mit ihrem vorherigen Therapeuten geschlafen hatte. Besser gesagt, der Therapeut mit ihr. Es war wie eine Beichte: Ihr schmutziges Geheimnis breitete sich in dem ruhigen Raum aus, und Frieda, die in ihrem roten Sessel leicht nach vorne gebeugt saß, nahm ihr durch die Art, wie sie ihr zuhörte, den Schmerz und die Scham. Als Sasha die Praxis wieder verließ, fühlte sie sich ausgelaugt, aber gereinigt. Erst später erfuhr sie, dass Frieda im Anschluss an ihre Sitzung schnurstracks in das Restaurant geeilt war, in dem besagter Therapeut gerade mit seiner Frau saß. Sie hatte dort ein ziemliches Chaos angerichtet, indem sie den Mann mit einem Kinnhaken niederstreckte, wobei auch etliche Gläser und Teller zu Bruch gingen. Am Ende war sie mit einer bandagierten Hand in einer Polizeizelle gelandet, aber der Therapeut hatte von einer Anklage abgesehen und darauf bestanden, für den Schaden im Restaurant aufzukommen. Später hatte Sasha – die von Beruf Genetikerin war – sich bei Frieda revanchiert, indem sie bei einem Beweisstück, das Frieda aus dem Polizeipräsidium entwendet hatte, einen heimlichen DNA-Test durchführen ließ. Sie waren Freundinnen geworden, auch wenn es sich dabei um eine Art von Freundschaft handelte, die Sasha völlig neu war. Frieda sprach nicht über ihre Gefühle. Sie hatte ihren Exfreund Sandy, der aus beruflichen Gründen nach Amerika gegangen war, mit keinem Wort erwähnt und das eine Mal, als Sasha sie auf das Thema ansprach, in beängstigend höflichem Ton geantwortet, sie wolle nicht darüber reden. Stattdessen sprach Frieda über Bauwerke oder seltsame Fakten, die sie im Zusammenhang mit London ausgrub. Hin und wieder lud sie Sasha zu einer Ausstellung ein oder rief sie an, um sie zu fragen, ob sie spontan Zeit zu einem

Spaziergang habe. Dann sagte Sasha eine andere Verabredung ab oder ließ ihre Arbeit liegen, um mit Frieda durch die Straßen Londons zu ziehen. Sie hatte das Gefühl, dass das Friedas Art war, sich ihr anzuvertrauen, und dass sie, Sasha, die Einsamkeit ihrer Freundin vielleicht ein wenig linderte, indem sie sie auf ihren Streifzügen begleitete.

Nun wartete sie geduldig, bis Frieda weitersprach, weil sie genau wusste, dass es nichts brachte, sie zu drängen.

»Wir besuchten den Spitalfields Market, wo er mir plötzlich erklärte, dass wir auf einer Pestgrube stünden und unter unseren Füßen Hunderte von Menschen begraben lägen, die am schwarzen Tod gestorben waren. Das hätten die Untersuchungen ergeben, die an den Zähnen einiger ausgegrabener Leichen durchgeführt worden seien.«

»Hätte er nicht mit dir in den Zoo gehen können?«, fragte Sasha.

Frieda schüttelte den Kopf und schaute sich um.

»Ich finde diese Gebäude auch schrecklich. Wir könnten überall sein, solche Scheußlichkeiten findet man in jeder Stadt. Trotzdem gibt es hier ein paar kleine Details, die sie zu eliminieren vergessen haben: das eine oder andere besondere Fleckchen und die Straßennamen: Threadneedle Street, Wardrobe Terrace, Cowcross Street. Erinnerungen und Geister.«

»Das klingt fast nach Therapie.«

Frieda lächelte sie an. »Ja, nicht wahr? Komm, ich möchte dir etwas zeigen.«

Sie kehrten wieder in die Cannon Street zurück und blieben gegenüber dem Bahnhof vor einem in die Wand eingelassenen Eisengitter stehen.

»Was ist das?«

»Der London Stone.«

Skeptisch betrachtete Sasha den hinter dem Gitter liegenden Sandsteinklumpen, der nicht allzu ansehnlich, sondern pockennarbig und langweilig wirkte und sie an die unbequemen Felsbrocken erinnerte, auf denen man sich am Strand oft niederließ, um sich den Sand von den Füßen zu reiben, bevor man die Schuhe wieder anzog.

»Wozu dient der?«

»Er beschützt uns.«

Sasha lächelte verblüfft.

»Inwiefern?«

Frieda richtete den Blick auf ein kleines Schild neben dem Stein.

»›Solange dem Stein des Brutus nichts geschieht, solange wird London gedeihen.‹ Angeblich handelt es sich dabei um das Herz der Stadt, den Punkt, von dem aus die Römer die Reichweite ihres Imperiums maßen. Manche Leute sind der Meinung, dass er Zauberkräfte besitzt. Niemand weiß wirklich, woher er stammt – ob von irgendwelchen Druiden oder den Römern. Vielleicht handelt es sich um einen alten Altar oder Opferstein oder, wie gesagt, um eine Art mystischen Mittelpunkt.«

»Du glaubst an so etwas?«

»Was mir daran gefällt«, antwortete Frieda, »ist die Tatsache, dass er sich in der Seitenmauer eines Ladens befindet und die meisten Leute vorbeigehen, ohne ihn überhaupt zu bemerken. Und dass man ihn nie wieder finden würde, falls er verloren ginge, weil er aussieht wie ein ganz gewöhnlicher Felsbrocken. Welche Bedeutung er für uns hat, hängt ganz davon ab, was wir in ihm sehen wollen.«

Nachdem sie beide ein paar Augenblicke geschwiegen hatten, legte Sasha eine Hand auf Friedas Schulter.

»Sag mal, wenn es dir schlecht ginge, würdest du dich dann jemandem anvertrauen?«

»Keine Ahnung.«

»Würdest du dich mir anvertrauen?«

»Vielleicht.«

»Also, ich bin immer für dich da.« Sie fühlte sich gehemmt und peinlich berührt, weil in ihrer Stimme so viel Gefühl mitschwang. »Ich wollte nur, dass du das weißt.«

»Danke.« Friedas Stimme klang ganz neutral.

Sasha ließ die Hand wieder sinken, und sie wandten sich von dem Gitter ab. Die Luft war inzwischen merklich kühler geworden, und der Himmel sah aus, als würde es bald schneien.

»Ich habe in einer halben Stunde einen Patienten«, bemerkte Frieda.

»Eins noch.«

»Ja?«

»Wegen morgen. Da bist du doch bestimmt nervös. Ich hoffe, es geht alles gut. Gibst du mir Bescheid?«

Frieda zuckte nur mit den Achseln. Sasha blickte ihrer schlanken, aufrechten Gestalt nach, bis die Menge sie verschluckte.

3

Detective Constable Yvette Long traf ein paar Augenblicke vor Karlsson ein. Obwohl der Anruf gerade mal fünfzehn Minuten zurücklag, hatte sich auf der Straße bereits eine kleine Schar von Neugierigen versammelt: Kinder, die eigentlich in der Schule sein sollten, junge Mütter mit Kinderwagen, Männer, die es nicht eilig zu haben schienen. Obwohl es klirrend kalt war, trugen die meisten von ihnen weder einen warmen Mantel noch Handschuhe. Alle wirkten aufgeregt und hatten vor Neugier glänzende Augen. Vor Nummer drei parkten zwei Streifenwagen, und der Bereich vor dem Haus war bereits mit Plastikband abgesperrt. Gleich dahinter führte ein dünner, drahtiger Mann mit einem rötlich blonden Pferdeschwanz seinen Hund auf und ab. Hin und wieder ließ sich das Tier, das einen auffallend breiten Brustkorb hatte, für einen Moment nieder und gähnte, wobei ihm jede Menge Speichel von den Lefzen tropfte. Ansonsten aber marschierten die beiden ununterbrochen auf und ab. Ein zweiter, extrem fetter Mann befand sich ebenfalls knapp hinter der Absperrung. Seine vielen Speckrollen schienen von seinem T-Shirt zusammengehalten zu werden, während er reglos dastand und sich immer wieder über die schweißglänzende Stirn fuhr, als wäre nicht Februar, sondern ein heißer Sommertag. Yvette Long stellte ihren Wagen ab und steuerte auf den Eingang zu. Als sie die Tür öffnen wollte, kam gerade DC Chris Munster aus dem Haus, ein Taschentuch vor den Mund gepresst.

»Wo ist die Frau, die ihn gefunden hat?«

Munster nahm das Taschentuch vom Mund und steckte es ein. Es fiel ihm sichtlich schwer, seine Gesichtszüge unter Kontrolle zu halten. »Entschuldigung, die Sache ist mir ein bisschen auf den Magen geschlagen. Sie ist dort drüben.« Er nickte zu einer Frau mittleren Alters hinüber, die ein paar Meter von ihnen entfernt auf dem Gehsteig saß und die Hände vors Gesicht geschlagen hatte. »Sie wartet, bis wir Zeit haben, mit ihr zu sprechen. Vermutlich steht sie unter Schock. Die andere Frau – die, die bei ihm war – sitzt mit Melanie im Wagen. Sie redet die ganze Zeit über Tee. Die Spurensicherung ist schon unterwegs.«

»Karlsson kommt auch gleich.«

»Gut.« Munster senkte die Stimme. »Wie können diese Leute nur so leben?«

Long und Karlsson schlüpften in papierene Überschuhe. Dann nickte er ihr aufmunternd zu und legte ihr für einen Moment eine Hand auf den Rücken, als wollte er ihr mit dieser Geste Kraft spenden. Sie holte tief Luft.

Später würde Karlsson versuchen, alle seine Eindrücke zu sortieren und in eine gewisse Ordnung zu bringen, vorerst aber bot sich ihm ein Wirrwarr aus Anblicken und Gerüchen, von denen ihm so übel wurde, dass ihm der Schweiß ausbrach. Durch den ganzen Müll, den Hundekot und den penetranten, leicht süßlichen Geruch, der einem sofort im Hals stecken blieb, steuerten er und Yvette auf die einzige offene Zimmertür zu. Als sie eintraten, wechselten sie in ein völlig anderes, geordnetes Universum über. Plötzlich kamen sie sich vor wie in einer Bibliothek, wo alles gewissenhaft katalogisiert und am dafür bestimmten Platz untergebracht war: drei Paar alte Hüte, ordentlich übereinandergestapelt, ein Regalfach mit lauter runden Steinen, ein anderes Fach voller Vogelknochen, an denen zum Teil noch Federn klebten, eine Schale mit Zigarettenkippen, fein säuberlich nebeneinandergelegt, ein Plastikbehälter, gefüllt mit etwas, das aussah wie Haarknäuel. Während Karlsson ins angrenzende Zimmer ging, blieb ihm gerade genug Zeit für den Gedanken, dass die Frau, die in diesen Räumen lebte, verrückt sein musste. Dann starrte er eine Weile nur noch das Ding auf dem Sofa an – den nackten Mann, der da in aufrechter Haltung vor ihm saß, umgeben von einer Wolke träger, fetter Fliegen.

Der Tote wirkte schlank und – auch wenn das in diesem Stadium letztendlich schwer zu sagen war – nicht sehr alt. Seine Hände lagen auf seinem Schoß, als wollte er damit seine Blöße bedecken, und in der einen Hand steckte ein mit Zuckerguss überzogenes Gebäckstück. Er hatte ein Kissen im Nacken, das den Kopf stützte, so dass der Blick seiner offenen, schwefelgelben Augen direkt auf die Eintretenden gerichtet war und sein schiefer, erstarrter Mund aussah, als lächelte er spöttisch. Seine Haut wies eine fleckige, bläuliche Färbung auf, wie ein Schimmelkäse, den man zu lange im Warmen gelassen hatte. Karlsson musste an die hell gebleichte Jeans seiner Tochter denken, die er ihr auf ihr Drängen hin gekauft hatte. Rasch schob er den Gedanken wieder beiseite, er wollte seine Tochter nicht mit dieser Szenerie in Verbindung bringen, nicht einmal in seinen Gedanken. Als er sich ein wenig vorbeugte, sah er, dass sich auf dem Torso des Mannes eine Art Muster aus vertikalen Streifen abzeichnete. Nach den dunklen Hautverfärbungen an der Unterseite seiner Oberschenkel und Pobacken zu urteilen, wo das Blut zusammengelaufen war, musste er schon eine ganze Weile tot sein. Dafür sprach auch der Geruch, der Yvette Long, die hinter Karlsson stand, zu flachen, keuchenden Atemzügen veranlasste. Neben dem linken Fuß des Mannes, der in einem unnatürlichen Winkel und mit gespreizten Zehen nach oben ragte, standen zwei volle Tassen Tee. In seinem hellbraunen Haar steckte ein Kamm, und seine Lippen waren rot geschminkt.

»Offensichtlich sitzt er hier schon eine ganze Weile.« Karlsson war selbst überrascht, wie ruhig seine Stimme klang. »Dass es im Raum so warm ist, hat die Sache nicht besser gemacht.«

Yvette Long gab ein Geräusch von sich, das sich durchaus als Zustimmung deuten ließ.

Karlsson zwang sich, die fleckige, aufgedunsene Haut des Toten genauer unter die Lupe zu nehmen. Nach ein paar Augenblicken winkte er Long zu sich.

»Sehen Sie mal«, sagte er.

»Was?«

»An seiner linken Hand.«

Der vordere Teil des Mittelfingers fehlte, etwa ab dem Knöchel.

»Es könnte sich um eine angeborene Missbildung handeln.«

»Für mich sieht es eher so aus, als wäre ein Stück abgeschnitten worden und die Wunde nicht richtig verheilt«, meinte Karlsson.

Long musste erst schlucken, bevor sie etwas erwidern konnte. Sie war fest entschlossen, den Kampf gegen die Übelkeit zu gewinnen.

»Ich weiß nicht«, antwortete sie schließlich, »das ist schwer zu sagen. Es sieht in der Tat ein bisschen matschig aus, aber vielleicht ist der Grund einfach ...«

»... die ganz normale Verwesung«, führte Karlsson den Satz zu Ende.

»Ja.«

»Die wegen der Hitze besonders schnell fortschreitet.«

»Den Kollegen zufolge lief der Heizstrahler auf Hochtouren, als sie eintrafen.«

»Nach der Autopsie wissen wir mehr. Unsere Pathologen werden sich diesmal besonders beeilen müssen.«

Karlsson schaute sich im Raum um. Sein Blick fiel auf die gesprungene Scheibe und das verrottende Holz der Fensterbank, die orangeroten Vorhänge. Auch hier gab es Dinge, die Michelle Doyce gesammelt und geordnet hatte: eine Schachtel mit zerknüllten, offenbar benutzten Papiertaschentüchern, eine Schublade voller Flaschenverschlüsse, die nach Farben sortiert waren, ein Marmeladenglas, gefüllt mit dem, was beim Nagelschneiden anfiel: lauter kleinen, gelblichen Halbmonden.

»Lassen Sie uns nach draußen gehen«, stieß er hervor, »und mit den beiden Frauen reden. Wir können uns den Raum später noch einmal ansehen, wenn man die Leiche weggebracht hat.«

Als sie das Haus verließen, trafen gerade die Leute von der Spurensicherung ein, die mit ihren Scheinwerfern und Kameras, ihren Gesichtsmasken und Chemikalien immer so professionell und kompetent wirkten. Karlsson empfand ein Gefühl von Erleichterung. Sie würden das Grauen entfernen und den schrecklichen Raum mit seinen Wolken von Fliegen in ein gut ausgeleuchtetes Labor verwandeln, wo aus den Dingen Daten wurden, die man klassifizieren konnte.

»Was für ein Abgang«, stellte er fest, während er mit Yvette Long ins Freie trat.

»Wer, zum Teufel, ist der Mann?«, entgegnete sie ratlos.

»Damit fangen wir an.«

Karlsson überließ es Yvette Long, mit Maggie Brennan zu sprechen, und setzte sich zu Michelle Doyce in den Wagen. Er wusste über sie nur, dass sie einundfünfzig war, erst vor Kurzem nach einer Untersuchung, die hinsichtlich ihres Geisteszustands keine eindeutigen Ergebnisse erbracht hatte, aus einer psychiatrischen Klinik entlassen worden war und seit etwa einem Monat in der Howard Street lebte, ohne dass sich die Nachbarn beschwert hatten. Maggie Brennan hatte ihr dort zum ersten Mal einen Besuch abgestattet, wobei sie lediglich für eine Kollegin eingesprungen war, die selbst aber auch nicht eher vorbeigeschaut hätte, weil sie seit Oktober krankgeschrieben war.

»Michelle Doyce?«

Sie sah ihn an, antwortete jedoch nicht. Ihre Augen wirkten auffallend hell, fast wie die einer Blinden.

»Ich bin Detective Inspector Malcolm Karlsson.« Er wartete. Sie blinzelte nur. »Von der Polizei«, fügte er hinzu.

»Haben Sie einen weiten Weg hinter sich?«

»Nein, aber ich muss Ihnen ein paar Fragen stellen.«

»Ich habe einen sehr weiten Weg hinter mir. Fragen Sie ruhig.«

»Es ist wichtig.«

»Ja, ich weiß.«

»Der Mann in Ihrer Wohnung…«

»Ich habe ihn bewirtet.«

»Er ist tot, Michelle.«

»Ich habe ihm die Zähne geputzt. Ich kenne nicht viele Leute, die das für ihre Gäste tun. Dafür hat er für mich gesungen. Sein Lied erinnerte mich an die Geräusche des Flusses in der Nacht, wenn der Hund zu bellen aufgehört hat und niemand mehr weint.«

»Michelle, er ist tot. Der Mann in Ihrer Wohnung ist tot. Wir müssen herausfinden, wie er gestorben ist. Können Sie mir seinen Namen sagen?«

»Seinen Namen?«

»Ja. Wer er ist. Oder war.«

Sie starrte ihn verwirrt an.

»Warum wollen Sie von mir seinen Namen wissen? Sie können ihn doch selbst fragen.«

»Michelle, es handelt sich hier um eine ernste Angelegenheit. Wer ist er?«

Sie starrte ihn an: eine kräftig gebaute, blasse Frau mit unheimlichen Augen und geröteten Händen, die sie mit vagen Gesten durch die Luft gleiten ließ, wenn sie sprach.

»Ist er in Ihrer Wohnung gestorben, Michelle? War es ein Unfall?«

»Bei einem von Ihren Zähnen fehlt ein Stück. Ich mag Zähne, müssen Sie wissen. Ich habe alle meine alten Zähne unter dem Kopfkissen, nur für den Fall, dass sie kommen, und zusätzlich auch noch ein paar von anderen Leuten, aber nicht viele. Man findet nur ganz selten welche.«

»Verstehen Sie, was ich Sie frage?«

»Will er mich verlassen?«

»Er ist tot.« Am liebsten hätte Karlsson das letzte Wort laut herausgeschrien, um damit wie mit einem Stein ihre Verständnislosigkeit zu zerschmettern, riss sich aber am Riemen.

»Am Ende gehen sie alle. Obwohl ich mir solche Mühe gebe.«

»Wie ist er gestorben?«

Sie begann Worte vor sich hin zu murmeln, die er nicht verstand.

Chris Munster verschaffte sich einen ersten Eindruck vom Rest des Hauses. Das Ganze widerte ihn an. Es kam ihm überhaupt nicht vor wie eine polizeiliche Ermittlung. Hier ging es um Leute, für die keine Hoffnung mehr bestand, weil sie längst durchs Raster gerutscht waren. Der Raum im ersten Stock, den er gerade inspizierte, war voller Spritzen: Hunderten, nein Tausenden benutzter Spritzen, die alle auf dem Boden herumlagen, so dass er sich zunächst fragte, ob sie vielleicht irgendein Muster ergaben. Außerdem stieß er auch hier auf Hundescheiße, die aber größtenteils alt und schon ganz hart war. Das Mobiliar beschränkte sich auf eine dünne Matratze, die im mittleren Bereich scheußliche Flecken aufwies. Im Moment war es ihm völlig egal, wer den Mann unten umgebracht hatte, er wollte nur sämtliche Leute aus dem Haus schaffen, die Hütte anzünden und selbst das Weite suchen. Er sehnte sich nach sauberer Luft, je kälter, desto besser. Er fühlte sich schmutzig, und zwar äußerlich und innerlich. Wie konnten Menschen nur so leben? Der fette Kerl mit den rot geäderten Augen und der aschfahlen Haut eines Säufers, der kaum noch in der Lage war zu sprechen und sichtlich Schwierigkeiten hatte, mit seinen kleinen Füßen das Gewicht seines massigen Körpers zu balancieren. Oder der Dürre mit dem Hund, der ganz zerstochene Arme und ein schorfiges Gesicht hatte und sich ständig kratzte, während er nervös grinsend auf und ab tigerte. War das sein Zimmer? Handelte es sich um seine Spritzen? Oder womöglich um die des toten Mannes? Das war vermutlich des Rätsels Lösung. Aller Wahrscheinlichkeit nach würde sich herausstellen, dass der Tote ebenfalls ein Mitglied dieses Höllenhaushalts gewesen war. Oder gar der gottverdammte Hausherr. Man hatte diese Menschen einfach in dieses Loch gesteckt – hoffnungslose Außenseiter, mit denen die Gesellschaft nichts anzufangen wusste und für die sie auch kein Geld übrig hatte – und sie dort ihrem Schicksal überlassen. Nun musste die Polizei den Dreck wegräumen. Wenn die Öffentlichkeit das wüsste, dachte er, während er mit seinen schweren Stiefeln zwischen den Spritzen herumrutschte. Wenn die Leute wüssten, wie manche Menschen lebten, und wie sie starben.

4

Karlsson war unterwegs zur Fallbesprechung, als er auf dem Flur seinem Chef über den Weg lief, Polizeipräsident Crawford. Er unterhielt sich gerade mit einem hochgewachsenen jungen Mann, der zu einem schimmernden blauen Anzug eine bunt gemusterte Krawatte in Orange- und Grüntönen trug. Auf seiner Nase saß ein leicht überdimensionales schwarzes Brillengestell. Alles an ihm – angefangen bei seinem streng gescheitelten Haar bis hin zu den spitzen grünen Lederschuhen – signalisierte ein gewisses Maß an Ironie.

»Malcolm«, wandte sich der Polizeipräsident an Karlsson, »haben Sie einen Moment?«

Karlsson hielt die Akte hoch, die er dabeihatte.

»Die Leiche in Deptford?«, fragte Crawford.

»Ja.«

»Sind Sie sicher, dass es sich um einen Mordfall handelt?«

»Nein, bin ich nicht.«

»Warum kümmern dann *Sie* sich darum?«

»Weil sich niemand einen Reim auf die Geschichte machen kann«, erklärte Karlsson. »Wir müssen erst noch entscheiden, wie wir weiter damit verfahren wollen.«

Der Polizeipräsident stieß ein nervöses Lachen aus. An den anderen Mann gewandt sagte er: »Er ist nicht immer so.«

Crawford rechnete mit einer schlagfertigen Antwort von Karlsson, doch da der nicht reagierte, entstand eine peinliche Pause.

»Das ist Jacob Newton«, brach der Polizeipräsident schließlich das Schweigen, »und das hier ist Detective Chief Inspector Karlsson, von dem ich Ihnen schon erzählt habe. Derjenige, der den Faraday-Jungen gefunden hat.«

Die beiden Männer gaben sich die Hand.

»Nennen Sie mich Jake«, sagte Newton.

»Jake wird sich ein paar Tage bei uns umsehen, Abläufe und Strukturen unter die Lupe nehmen, solche Dinge«, erklärte der Polizeipräsident.

Karlsson starrte den jungen Mann überrascht an.

»Arbeiten Sie für die Londoner Polizeibehörde?«

Sein Gegenüber lächelte, als hätte Karlsson, ohne sich dessen bewusst zu sein, etwas Lustiges gesagt.

»Nein, nein«, mischte Crawford sich ein, »Jake ist von McGill Hutton. Sie wissen schon, der Unternehmensberatung.«

»Noch nie davon gehört«, entgegnete Karlsson.

»Ein frisches Paar Augen schadet nie«, fuhr der Polizeipräsident fort. »Wir können alle noch etwas lernen, insbesondere in unserer heutigen Zeit der finanziellen Neuorientierung.«

»Sie meinen wohl ›Kürzungen‹?«

»Wir sitzen alle im selben Boot, Mal.«

Wieder folgte eine Pause, die ein wenig zu lang dauerte.

»Die anderen warten auf mich«, verkündete Karlsson.

»Hätten Sie etwas dagegen, wenn ich Sie begleite?«, fragte Newton.

Karlsson warf einen fragenden Blick zu seinem Chef hinüber.

»Jake hat völlig freie Hand«, informierte ihn Crawford. »Ihm stehen alle Türen offen, ganz egal, wo er reinschnuppern möchte.« Er verpasste Karlsson einen Klaps auf den Rücken. »Schließlich haben wir nichts zu verbergen, oder? Sie können ihm gleich zeigen, was für ein schlankes Team Sie leiten.«

Karlsson sah zu Newton.

»Na, dann los«, sagte er, »beginnen wir mit der Besichtigung.«

Yvette Long und Chris Munster saßen an einem Schreibtisch und tranken Kaffee. Karlsson stellte Newton vor, der die beiden aufforderte, einfach so zu tun, als wäre er gar nicht da, was sofort zur Folge hatte, dass sie sich sichtlich verlegen und gehemmt fühlten.

»Kommt sonst noch jemand?«, wandte Karlsson sich an Yvette, die wortlos den Kopf schüttelte.

»Die Autopsie ist für heute Nachmittag angesetzt«, berichtete Karlsson. »Wäre es nicht wunderbar, wenn wir es mit einem Herzinfarkt zu tun hätten?«

»Aber Sie hatten doch den Verdacht, dass er erdrosselt worden sein könnte«, entgegnete Yvette.

»Ich darf doch wohl noch hoffen, oder nicht?«, gab Karlsson zurück.

»Mir tut der Hund leid«, meldete Munster sich zu Wort. »Diese Kerle leben in der Scheiße und schaffen es nie, einen Job zu behalten, müssen sich aber immer einen gottverdammten Hund zulegen.«

»Da ich bis jetzt noch nichts in die Richtung gehört habe«, sagte Karlsson, »gehe ich davon aus, dass der Verstorbene nicht als weiterer Hausbewohner identifiziert wurde.«

»Dazu liegen mir sämtliche Informationen vor«, antwortete Munster. Er griff nach seinem Notizbuch. »Lisa Bolianis. Um die vierzig, schätze ich. Eindeutig Alkoholikerin. Ich habe mit ihr gesprochen. Sie hat wenig Zusammenhängendes von sich gegeben. Angeblich ist ihr Michelle Doyce ein-, zweimal über den Weg gelaufen. Aber nie in Begleitung.« Er zog eine Grimasse. »Ich habe nicht den Eindruck, dass sich die Bewohner dieses Hauses oft zum Grillen treffen. Dann wäre da noch Michael Reilly – unser Hundebesitzer. Im November aus dem Gefängnis entlassen. Dreieinhalb Jahre wegen Besitzes und Verkaufs harter Drogen. Er sagt, er habe ihr ein paarmal in der Diele zugenickt, aber sie sei wohl nicht sehr begeistert von seinem Hund gewesen. In Begleitung hat er sie auch nie gesehen.« Er blickte wieder auf sein Notizbuch hinunter. »Sie hat so allerlei gesammelt. Reilly zufolge ist sie mit Tüten voller Zeug zurückgekommen, das sie gekauft oder gefunden hatte, oder was auch immer.«

»Das haben wir ja in der Wohnung gesehen«, warf Yvette Long ein.

»Sonst noch jemand?«, fragte Karlsson.

Munster sah erneut in sein Notizbuch.

»Metesky. Tony Metesky. Aus dem war so gut wie gar nichts

rauszukriegen. Er hat mich praktisch ignoriert. Der Mann hat definitiv einen Sprung in der Schüssel. Ich habe seinetwegen das Sozialamt verständigt, angeblich ruft mich bald jemand zurück. In seinem Zimmer herrschte – selbst nach dortigen Maßstäben – ein fürchterliches Chaos. Der Boden war mit Spritzen übersät, Hunderten von Spritzen.«

Karlsson runzelte die Stirn.

»Seinen eigenen?«

Munster schüttelte den Kopf.

»Ich tippe eher auf einen Kuckuck.«

»Was bedeutet das?«, fragte Newton. Die drei Polizeibeamten starrten ihn an, und er machte plötzlich einen verlegenen Eindruck.

»Von einem Kuckuck sprechen wir«, erklärte Munster, »wenn ein Dealer sich eine besonders verletzliche Person herauspickt und deren Unterkunft als Stützpunkt für seine Aktivitäten benutzt.«

»Ich nehme an, Mister Wie-hieß-er-noch-mal konnte nicht mit Informationen über den Verstorbenen aufwarten.«

»Ich habe so gut wie gar nichts Verständliches aus ihm herausbekommen.«

»Was für eine Art von Heim ist das überhaupt?«, fragte Yvette.

Munster klappte sein Notizbuch zu.

»Ich glaube, dorthin stecken sie die Leute, mit denen sie nichts anderes mehr anzufangen wissen.«

»Wem gehört das Haus?«, erkundigte sich Karlsson. »Vielleicht ist der Tote ja tatsächlich der Hausbesitzer.«

»Nein, es gehört einer Frau«, informierte ihn Munster. »Sie lebt in Spanien. Ich werde sie anrufen und überprüfen, ob sie sich wirklich dort aufhält. Sie besitzt mehrere Häuser und lässt sie von einer Agentur verwalten. Die Details bekomme ich noch.«

»Wo sind die Bewohner jetzt?«

Munster nickte zu Yvette hinüber.

»Michelle Doyce ist wieder in der Klinik«, erklärte sie. »Die anderen sind noch vor Ort, so viel ich weiß.«

»Vor Ort?«, wiederholte Karlsson entgeistert. »Es handelt sich um einen Tatort!«

»Nicht im strengen Sinn. Wenn uns die Autopsie nicht eines Besseren belehrt, haben wir es unter Umständen nur mit einer kleinen Unterlassung zu tun – einem nicht gemeldeten Todesfall –, und ich glaube kaum, dass irgendein Gericht Michelle Doyce deswegen belangen wird. Was die anderen betrifft, wo sollen sie denn hin? Wir haben schon mehrere Male im Sozialamt angerufen, bekommen aber nicht mal jemanden an die Strippe, der bereit ist, mit uns über die Angelegenheit zu sprechen.«

»Ist es den Verantwortlichen denn egal, dass eines ihrer Heime unter Umständen als Drogenumschlagplatz benutzt wird?«, fragte Karlsson.

Es folgte eine Pause.

»Tja«, meinte Yvette. »Mal angenommen, es gelänge uns, im Sozialamt einen Ansprechpartner zu finden und vor Ort zu zitieren, dann würde uns die betreffende Person vermutlich nur darüber belehren, dass es, sollte dort tatsächlich ein Verbrechen geschehen sein, unsere Aufgabe ist zu ermitteln. Was wir vermutlich aber nicht tun werden.«

Karlsson versuchte krampfhaft, Jake Newtons Blick auszuweichen. Das war nicht gerade die beste Einführung in die Polizeiarbeit.

»Alles, was wir haben«, fasste er zusammen, »ist demnach eine Frau, die in ihrer Wohnung einen vermeintlichen Gast mit Tee und Gebäck bewirtet, bei dem es sich um einen bisher nicht identifizierten, nackten und bereits verwesenden Mann handelt, dessen einzig auffallendes Merkmal das fehlende Fingerglied an der linken Hand ist. Könnte der Finger entfernt worden sein, um einen Ring abzubekommen?«

»Es war der Mittelfinger«, gab Munster zu bedenken, »nicht der Ringfinger.«

»Man kann einen Ring doch auch am Mittelfinger tragen«, entgegnete Karlsson. »Wer, zum Teufel, ist der Kerl?«

»Don und seine Leute haben Fingerabdrücke genommen«, informierte ihn Munster. »Es hat ihnen keinen großen Spaß gemacht, aber sie waren erfolgreich. Nur hat sich leider keine Übereinstimmung mit unseren Datenbanken ergeben.«

»Was meint ihr also?«, fragte Karlsson. »Wo sollen wir anfangen?«

Munster und Long wechselten einen ratlosen Blick. Keiner sagte etwas.

»Ich weiß auch nicht, was ich davon halten soll«, meinte Karlsson schließlich, »aber ich weiß, was ich hoffe.«

»Nämlich?«

»Ich hoffe, dass er einen schlichten Herzinfarkt hatte und diese Verrückte vor lauter Panik nur nicht wusste, was sie mit ihm machen sollte.«

»Aber er war nackt«, gab Yvette zu bedenken, »und wir haben keine Ahnung, wer er ist.«

»Sollte er tatsächlich an einem Herzinfarkt gestorben sein, dann muss sich ein anderer mit diesem Problem herumschlagen.« Er runzelte die Stirn. »Ich wünschte, mir fiele jemand ein, der mit dem Gebrabbel von Michelle Doyce etwas anfangen kann.«

Noch während er die Worte aussprach, tauchte vor seinem geistigen Auge ein Gesicht auf, ernst und mit dunklen Augen: Frieda Klein.

5

»Bitte nehmen Sie Platz, Doktor Klein.«

Frieda war schon etliche Male in dem Raum gewesen. Während ihrer Ausbildung hatte sie hier Seminare besucht und als fertig ausgebildete Analytikerin selbst Seminare geleitet. Einmal hatte sie sogar dort gesessen, wo jetzt Professor Jonathan Krull saß, und ihren jetzigen Platz hatte der herausragende, damals sechzigjährige Therapeut eingenommen, der bald darauf wegen beruflichen Fehlverhaltens aus der Psychoanalytikervereinigung – dem British Psychoanalytic Council – ausgeschlossen worden war.

Während sie sich nun niederließ, holte sie noch einmal tief Luft, um ihre Nerven zu beruhigen, und faltete die Hände im Schoß. Sie kannte Krull vom Hörensagen und Dr. Barber als Kollegin. Mit Letzterer verstand sie sich recht gut – was erklärte, wieso Dr. Barber nun einen so verlegenen Eindruck machte und Schwierigkeiten hatte, Frieda in die Augen zu sehen. Das dritte Mitglied der Kommission war eine untersetzte, grauhaarige Frau, die einen Pullover in einem grellen Pinkton und eine Halskrause trug. Das faltige Gesicht über der Krause wirkte klug, und ihre grauen Augen leuchteten. Frieda fand, dass sie aussah wie ein intelligenter Frosch. Die Frau stellte sich als Thelma Scott vor. Frieda betrachtete sie interessiert. Sie hatte schon von Thelma Scott gehört, einer Spezialistin für die Bereiche Gedächtnis und Trauma, sie aber noch nicht persönlich kennengelernt. Am äußeren Ende des Tisches saß eine weitere Frau. Ihre Aufgabe war es, die Sitzung zu protokollieren.

»Wie Sie wissen, Doktor Klein«, begann Professor Krull mit einem Blick in die ihm vorliegenden Papiere, »handelt es sich hierbei um die Voruntersuchung einer bei uns eingegangenen Beschwerde.« Frieda nickte. »Unsere Vereinigung verfügt über einen Ethikkodex und eine festgelegte Vorgehensweise im Fall von Beschwerden. Mit beidem haben Sie sich bei Ihrer Aufnahme einverstanden erklärt. Wir sind heute hier zusammengekommen, um die gegen Sie eingereichte Beschwerde zu untersuchen und uns zu vergewissern, dass einer Ihrer Patienten nicht Opfer unlauterer Berufspraktiken geworden ist, sondern von Ihnen auf sorgsame und angemessene Weise behandelt wurde. Ehe wir beginnen, möchte ich Sie darauf hinweisen, dass keine unserer Entscheidungen oder Erkenntnisse rechtliche Konsequenzen hat.« Er las inzwischen von dem vor ihm liegenden Blatt ab. »Auch beeinträchtigt unsere Entscheidung, wie auch immer sie ausfallen mag, keineswegs das Recht der Person, die sich über Sie beschwert hat, zusätzlich rechtliche Schritte gegen Sie einzuleiten, falls sie sich dazu entschließen sollte. Sind Sie sich darüber im Klaren?«

»Ja, das bin ich«, antwortete Frieda.

»Dieser Untersuchungsausschuss besteht aus drei Psychotherapeuten, die zusammengekommen sind, um den Fall einer unparteilichen, professionellen Prüfung zu unterziehen. Haben Sie irgendeinen Grund, an der Unparteilichkeit von einem von uns zu zweifeln, Doktor Klein?«

»Nein.«

»Sie haben sich dazu entschieden, ohne Beistand zu erscheinen und für sich selbst zu sprechen.«

»Das ist richtig.«

»Dann können wir beginnen. Die Beschwerde wurde von Misses Caroline Dekker eingereicht, und zwar im Namen ihres Ehemanns Alan Dekker. Können Sie bestätigen, dass Alan Dekker Ihr Patient war?«

»Ja. Er hat mich im November und Dezember 2009 mehrfach aufgesucht. Ich habe die Daten sämtlicher Sitzungen notiert.« Sie holte ein bedrucktes Blatt hervor und schob es über den Tisch.

»Laut Misses Dekker ging es ihrem Mann sehr schlecht, als er zu Ihnen kam.«

»Er litt unter schweren Panikattacken.«

»Misses Dekker behauptet, Sie hätten ihren Mann, statt ihm zu helfen, als …« – Krull warf einen Blick in seine Unterlagen – »Schachfigur in einer polizeilichen Ermittlung benutzt. Sie hätten sich nicht wie eine Therapeutin, sondern wie eine Ermittlerin verhalten, indem Sie einen schweren Verdacht auf ihn lenkten und ihn sogar bei der Polizei meldeten, so dass er zum Verdächtigen in einem Fall von Kindesentführung wurde. Statt sich an Ihr Versprechen zu halten, die Aussagen Ihres Patienten vertraulich zu behandeln, hätten Sie auf Kosten seines Seelenfriedens und seines zukünftigen Glücks Ihre eigene Karriere vorangetrieben.«

»Würden Sie uns bitte Ihre Version der Ereignisse erzählen, Doktor Klein?« Thelma Scott, die ältere Frau mit der Halskrause und dem hässlichen Pullover, fixierte Frieda mit ihrem scharfen Blick.

Nun, da dieser Moment, vor dem sie sich so lange gefürchtet hatte, endlich da war, fühlte sie sich ganz ruhig. »Alan Dekker kam im November zu mir, weil ihn Fantasien quälten. Vor seinem geistigen Auge sah er sich immer wieder mit einem Sohn. Im wirklichen Leben war er kinderlos, obwohl er und seine Frau schon eine ganze Weile versuchten, ein Kind zu bekommen. Deswegen sprachen wir darüber, wieso seine Kinderlosigkeit bei ihm nicht nur großen Kummer, sondern darüber hinaus eine schwere Störung ausgelöst hatte. Zur selben Zeit war tatsächlich ein Junge verschwunden, Matthew Faraday. Das Kind, das Alan immer beschrieb – der Sohn, den er nie hatte –, besaß so große Ähnlichkeit mit dem verschwundenen Jungen, dass ich es für meine Pflicht hielt, die Polizei darüber zu informieren. Danach sagte ich Alan, was ich getan hatte.«

»War er wütend?«, fragte Jasmine Barber.

Frieda überlegte einen Moment.

»Er wirkte sehr verständnisvoll, vielleicht sogar zu sehr. Es fiel ihm schwer, Ärger zum Ausdruck zu bringen. Ich habe ihn als sanften, von Selbstzweifeln geplagten Mann kennengelernt. Carrie – Misses Dekker – war viel wütender als er. Sie hatte einen stark ausgeprägten Beschützerinstinkt, was ihn betraf.«

»Aber das war nicht das einzige Mal, dass Sie eine Grenze überschritten haben, oder?«, fragte Krull.

Frieda wandte sich ihm zu.

»Der Fall entpuppte sich als kompliziert. Alan war adoptiert. Er fand heraus – nein, ich fand es heraus und sagte es ihm –, dass er ein eineiiger Zwilling war. Er hatte einen Bruder, von dem er nichts wusste, auch wenn zwischen den beiden eine Art Verbindung bestand. Sie sahen viele Dinge gleich, zumindest bis zu einem gewissen Grad. Verständlicherweise war diese Erkenntnis für Alan höchst beunruhigend. Sein Bruder hatte Matthew entführt. Dean Reeve – ein Name, den inzwischen jeder kennt. Der Lieblingsschurke der Nation.«

»Der sich umgebracht hat.«

»Als ihm klar wurde, dass er uns nicht entkommen konnte, erhängte er sich unter einer Brücke bei einem Kanal drüben in Hackney. Wie unerträglich der Gedanke an seinen Bruder für Alan auch gewesen sein mag, gleichzeitig liebte er ihn, oder hatte zumindest das Gefühl, einen Teil von sich selbst zu verlieren, als Dean starb. Bestimmt hat er deswegen sehr gelitten. Aber Carrie meint noch etwas anderes, wenn sie sagt, ich hätte ihn benutzt.« Frieda betrachtete die drei mit ihren großen, dunklen Augen. »Bei einer Gelegenheit«, fuhr sie fort, »habe ich mit Alan gesprochen, um dadurch Zugang zur Denkweise seines Bruders zu finden – um dahinterzukommen, was in Deans Kopf vorging. Ohne Alan davon zu erzählen. Hätte ich es ihm gesagt, hätte es nicht funktioniert.«

»Sie haben ihn also tatsächlich benutzt?«

»Ja«, antwortete Frieda. Sie erschraken alle über ihre Stimme, die eher wütend als versöhnlich klang.

»Sind Sie der Meinung, dass das falsch war?«

Frieda schwieg ein paar Augenblicke und runzelte dabei angestrengt die Stirn. Sie ließ sich zurückgleiten in die Dunkelheit des Falls, hinein in seine Schatten und die damit verbundene düstere Angst. Wie sich herausgestellt hatte, war ihr Patient der eineiige Zwilling von Dean, einem Psychopathen, der nicht nur Matthew, sondern zwanzig Jahre zuvor auch ein kleines Mädchen namens Joanna entführt hatte. Besagte Joanna, die zum Zeitpunkt ihres Verschwindens ein mageres, schüchternes Mädchen mit Zahnlücke war, dessen Verlust von seiner Familie endlos betrauert wurde, entpuppte sich am Ende als die fette, lethargische Frau von Dean – das ehemalige Entführungsopfer, in aller Öffentlichkeit versteckt und schließlich selbst zur Täterin geworden. Sashas DNA-Test hatte bewiesen, dass es sich bei der übergewichtigen Kettenraucherin Terry tatsächlich um die ehemals so magere Joanna mit den Knubbelknien handelte und dass Deans willige Mittäterin ihrerseits ebenfalls ein Opfer von ihm war. Hinzu kam noch etwas anderes, und daran musste Frieda immer denken, wenn sie nachts durch die Straßen Londons streifte, bis sie so müde war, dass sie endlich schlafen konnte, auch wenn die Sache sie bis in ihre Träume verfolgte: Friedas Entdeckung der auffallenden Ähnlichkeit zwischen Alan und Dean hatte die Entführung einer jungen Forscherin zur Folge gehabt, deren Leiche nie gefunden worden war. Auch jetzt musste Frieda wieder an das kluge, sympathische Gesicht von Kathy Ripon denken und an die Zukunft, die sie nicht haben würde. Vermutlich warteten die Eltern der jungen Frau immer noch auf ihre Rückkehr, so dass jedes Mal ihr Herz aussetzte, wenn es an der Tür klopfte.

Die drei Menschen, die nun als Richter vor Frieda saßen, wollten von ihr wissen, ob sie falsch gehandelt habe. Als ob es auf diese Frage eine einfache Antwort gäbe – eine Wahrheit, die nicht unsicher und trügerisch war. Sie blickte hoch und sah die drei wieder an.

»Ja«, sagte sie sehr deutlich, »ich habe mich gegenüber meinem Patienten Alan Dekker falsch verhalten. Trotzdem weiß ich nicht, ob mein Verhalten insgesamt falsch war. Zumindest glaube ich nach wie vor, dass ich sowohl falsch als auch richtig gehandelt habe. Was Alan an jenem Tag zu mir sagte, führte direkt zu Matthew. Alan hat damit einem kleinen Jungen das Leben gerettet, daran besteht kein Zweifel. Ich dachte eigentlich, er wäre froh darüber, dass er helfen konnte. Mir ist natürlich klar, dass man manche Dinge mit der Zeit anders sieht, und ich habe auch keine Ahnung, wie es ihm seitdem ergangen ist. Trotzdem verstehe ich nicht, wieso er nach gut einem Jahr plötzlich den Wunsch haben sollte, sich über etwas zu beschweren, das er ursprünglich durchaus akzeptierte. Darf ich noch etwas dazu sagen?«

»Bitte.« Professor Krull vollführte mit seinen schmalen, blau geäderten Händen eine ritterliche Geste.

»Carrie behauptet, meine Karriere sei mir wichtiger gewesen als der Seelenfrieden und das Glück ihres Mannes. Dabei war die ganze Sache überhaupt nicht förderlich für meine Karriere. Ich arbeite nicht für die Polizei, und ich habe auch kein Interesse daran, Ermittlerin zu werden. Außerdem muss ich seitdem mit der Tatsache leben, dass durch mein Handeln eine junge Frau verschwunden ist, aber das ist ein anderes Thema und gehört nicht hierher. Als Therapeutin glaube ich an Selbsterkenntnis und Eigenständigkeit. Was die Menschen während der Therapie über sich selbst herausfinden, bringt ihnen nicht immer Frieden und Glück. Tatsächlich ist das oft nicht der Fall. Aber eine solche Therapie kann es einem ermöglichen, Unerträgliches erträglich zu machen und die Verantwortung für sich selbst zu übernehmen, so dass man zumindest bis zu einem gewissen Grad die Kontrolle über sein eigenes Leben hat. Das versuche ich mit meiner Arbeit zu bewirken, so gut ich kann. Was das Thema Glück betrifft …« Frieda hob beide Hände zu einer vielsagenden Geste.

»Wenn man Sie also bitten würde, sich zu entschuldigen …«

»Ich soll mich entschuldigen? Wofür? Bei wem? Ich würde gerne wissen, was Alan selbst zu der ganzen Sache zu sagen hat. Er sollte nicht zulassen, dass seine Frau sich zu seinem Sprachrohr macht. Was für eine Rolle spielt eigentlich Alan in dieser Geschichte?«

Statt einer Antwort folgte betretenes Schweigen.

»Das weiß ich nicht so genau«, meinte Professor Krull schließlich verlegen.

»Was soll dann das Ganze?« Frieda machte eine ausladende Handbewegung, die den langen ovalen Tisch, die protokollierende Frau an seinem Ende und die an der Wand hängenden Bilder von illustren Mitgliedern der Vereinigung einschloss. »Ich dachte, hier ginge es darum, eine Beschwerde zu untersuchen, die – auf welch indirektem Weg auch immer – von einem Patienten ausgeht. Seit wann sind wir dafür verantwortlich, wenn sich der Ehepartner eines Patienten unzufrieden fühlt? Was mache ich überhaupt hier? Was machen *Sie* alle hier?«

Professor Krull räusperte sich.

»Wir möchten auf jeden Fall einen Prozess verhindern. Die Wogen glätten.«

Frieda stand so abrupt auf, dass ihr Stuhl laut über die Holzdielen scharrte. Ihre Stimme bebte vor unterdrückter Wut.

»*Die Wogen glätten*? Sie wollen, dass ich mich für etwas entschuldige, das ich nach wie vor für gerechtfertigt halte oder zumindest nicht für ungerechtfertigt? Noch dazu bei einer Person, die an der ganzen Sache gar nicht direkt beteiligt war?«

»Doktor Klein«, begann Krull.

»Frieda«, sagte Jasmine Barber in beschwichtigendem Ton, »bitte bleiben Sie doch noch einen Moment.«

Thelma Scott verkniff sich jeden Kommentar. Der Blick ihrer grauen Augen folgte Frieda.

»Ich weiß mit meiner Zeit wirklich etwas Besseres anzufangen.«

Sie nahm ihren Mantel von der Stuhllehne und verließ den Raum, wobei sie darauf achtete, nicht die Tür hinter sich zuzuknallen. Als sie auf den Ausgang zusteuerte, erhaschte sie einen Blick auf eine Frau, die gerade links von ihr die Treppe hinunterging, und hielt inne. Irgendetwas an der kräftigen, gedrungenen Figur und dem kurzen braunen Haar kam ihr bekannt vor. Frieda schüttelte den Kopf und steuerte weiter auf den Ausgang zu, überlegte es sich dann aber doch anders und machte kehrt, um ebenfalls die Treppe zur Kantine hinunterzugehen. Sie hatte recht gehabt: Es war tatsächlich Carrie Dekker, Alans Ehefrau – die Frau, derentwegen sie soeben diese Scharade hatte über sich ergehen lassen müssen. Irgendwie erschien sie Frieda kleiner, untersetzter, älter und müder als vor einem Jahr, als sie sich das letzte Mal gesehen hatten. Ihr braunes Haar wirkte strähnig.

Frieda wartete auf einem Stuhl in der Ecke, gleich neben einem Heizkörper, bis Carrie mit ihrer Kaffeetasse von der Theke zurückkam, und trat dann neben sie.

»Darf ich mich für einen Moment zu Ihnen setzen?«

Carrie starrte sie an. Ihre Miene wirkte plötzlich sehr feindselig.

»Sie haben vielleicht Nerven!«, meinte sie.

»Ich dachte, wir sollten uns von Angesicht zu Angesicht unterhalten.«

»Warum werden Sie nicht mehr befragt? Sie waren doch erst ganz kurz da drin.«

»Ich möchte Sie etwas fragen.«

»Was denn?«

»Alan war mein Patient. Warum kommt die Beschwerde von Ihnen und nicht von ihm selbst?«

Carrie starrte sie verblüfft an.

»Wissen Sie das denn nicht?«

»Was?«

»Sie haben wirklich keine Ahnung? Sie haben sich in unser Leben eingemischt. Sie haben Alan eingeredet, er könne sich bei Ihnen sicher fühlen und Ihnen vertrauen. Sie haben zu ihm gesagt, er brauche sich seiner Gefühle nicht zu schämen. Sie haben ihm einen Freibrief gegeben.«

»Wie meinen Sie das?«

»Ich wollte doch nur, dass er wieder gesund wird.« Für einen Moment bebte ihre Stimme. »Er war krank, und ich wollte, dass es ihm wieder besser geht. Sie sollten ihn nur heilen. Ist es das, was Sie unter Heilung verstehen? Man findet sich selbst und verlässt seine Frau?«

»Wie bitte?«

»Sie haben ihn verändert.«

»Moment mal, Carrie. Wollen Sie damit sagen, Alan hat Sie verlassen?«

»Wussten Sie das nicht?«

»Nein. Ich habe Alan weder gesehen noch gesprochen, seit sein Bruder vorigen Dezember tot aufgefunden wurde.«

»Tja. Dann wissen Sie es jetzt.«

»Wann hat er Sie verlassen?«

»Wann?« Carrie hob den Kopf und sah Frieda in die Augen. »Am Weihnachtstag, wenn Sie es genau wissen wollen.«

»Das ist hart«, sagte Frieda leise. Allmählich begriff sie, warum Carrie sich beschwert hatte. »Dann ist es ja erst einen guten Monat her.«

»Nicht dieses Weihnachten. Letztes Jahr.«

»Oh.« Mehr brachte Frieda nicht heraus. Für einen Moment schien der Raum um sie herum seine feste Form zu verlieren. »Sie meinen, kurz nach dem Selbstmord seines Bruders?«

»Als hätte er nur darauf gewartet. Sie wussten wirklich nicht Bescheid? Ich dachte, er hätte mit Ihnen darüber gesprochen. Ich dachte, Sie hätten ihn dazu *ermutigt*.«

»Warum ist er gegangen?«

»Weil er sich besser fühlte. Er brauchte mich nicht mehr. Vorher hat er mich immer gebraucht. Ich habe mich um ihn gekümmert. Aber nachdem Sie ihn in die Finger bekommen hatten, war er nicht mehr derselbe.«

»Hat er das so gesagt?«

»Nicht mit genau diesen Worten. Aber er hat sich so verhalten. Nach Deans Selbstmord war er ein paar Tage lang... ich kann es gar nicht beschreiben. Er war fröhlich, voller Energie, entschlossen. Es waren die besten Tage meines Lebens. Genau das hat es für mich ja so hart gemacht. Ich dachte, alles wäre gut. Ich hatte so lange solche Angst um ihn gehabt, und plötzlich war er wieder da, der alte Alan. Oder besser gesagt, ein neuer Alan. Er war so... so liebevoll. Ich war richtig glücklich.«

Mit einem zornigen Schnauben wandte sie den Kopf ab, damit Frieda die Tränen nicht sah.

»Er muss doch irgendeine Erklärung abgegeben haben.«

»Nein, er hat nur gesagt, es sei gut gewesen, aber nun sei es vorbei. Wenn ich daran denke, was ich alles für ihn aufgegeben habe – wie ich mich um ihn gekümmert und dafür gesorgt habe, dass er sich in seiner Welt sicher fühlen konnte. Ich habe ihn geliebt und war der festen Überzeugung, dass er mich auch liebte. Was auch passieren würde, wir hatten einander. Dann ist er einfach gegangen, ohne auch nur einen Blick zurückzuwerfen – und was ist mir jetzt noch geblieben? Er hat mir alles genommen: meine Liebe, mein Vertrauen, meine gebärfähigen Jahre. Das verzeihe ich Ihnen nie. Nie.«

Frieda nickte. Ihre Wut auf Carrie war längst verraucht.

»Wissen Sie, Alan hat ein schreckliches Trauma durchgemacht«, erklärte sie. »Vielleicht musste er einfach für eine Weile raus aus seinem alten Leben, weil er es nach dieser ganzen Sache nicht mehr ertragen konnte. Deswegen ist er davor weggerannt, aber das bedeutet ja nicht, dass das auf Dauer so bleiben wird. Das Wichtigste ist, dass Sie den Kontakt zu ihm nicht verlieren und die Türen offen halten.«

»Und wie soll ich das anstellen?«

»Spricht er denn nicht mit Ihnen?«

»Er ist weg. Spurlos verschwunden.«

Frieda war plötzlich kalt, obwohl der Heizkörper neben ihr Hitze verströmte.

»Wollen Sie damit sagen, dass Sie nicht einmal wissen, wo er sich aufhält?«

»Ich habe keine Ahnung.«

»Er hat Ihnen keine Adresse hinterlassen?«

»Er hat nur ein paar Klamotten und die Werkzeugtasche mitgenommen, die sein psychopathischer Bruder ihm kurz vor seinem Selbstmord geschenkt hat. Ach ja, und fast das ganze Geld auf seinem Konto. Ich habe mir seine Auszüge angesehen. Ich habe versucht, ihn aufzuspüren, aber er will offenbar nicht gefunden werden.«

»Verstehe«, sagte Frieda.

»So, nun kennen Sie den Grund für meine Beschwerde: Sie haben mir mein Leben gestohlen. Sie mögen ja den kleinen Jungen gefunden und Deans Frau gerettet haben, auch wenn die wohl gar nicht gerettet werden wollte, aber meinen Alan haben Sie verloren.«

Carrie erhob sich und knöpfte ihre Jacke zu. Auf der Oberfläche ihres Milchkaffees, den sie nicht angerührt hatte, bildete sich bereits eine Haut. Frieda sah ihr nach, als sie ging, konnte sich aber mehrere Minuten lang nicht bewegen. Reglos saß sie da, die Hände auf der Tischplatte, das Gesicht starr wie ein Maske.

6

Beim Verlassen des Instituts war Frieda so tief in Gedanken versunken, dass sie ihre Umgebung kaum wahrnahm. Als sie plötzlich eine Hand an ihrer Schulter spürte, dachte sie für einen Moment, sie hätte jemanden angerempelt.

»Entschuldigung«, begann sie, riss dann aber erstaunt die Augen auf. »Was, zum Teufel, machen denn *Sie* hier?«

Karlsson musste lachen. Beim Anblick von Friedas gerunzelter Stirn besserte sich seine eigene schlechte Laune schlagartig. »Es tut gut, Sie nach so vielen Monaten mal wiederzusehen«, stellte er fest. »Ich wollte mit Ihnen sprechen.«

»Das ist gerade kein guter Zeitpunkt«, erklärte Frieda.

»Kann ich mir vorstellen«, gab Karlsson zurück. »Ich habe Carrie Dekker ein paar Minuten vor Ihnen herauskommen sehen.«

»Aber aus welchem Grund sind Sie überhaupt hier?«

»Sehr charmant. Nach allem, was wir gemeinsam durchgemacht haben.«

»Karlsson!« Friedas Ton klang warnend. Er hatte sie nie dazu gebracht, ihn beim Vornamen zu nennen.

»Ich konnte Sie nicht erreichen. Warum schalten Sie Ihr Handy nie an?«

»Ich höre meine Nachrichten nur einmal die Woche ab.«

»Immerhin haben Sie sich mittlerweile dazu durchgerungen, sich eines zuzulegen. Ich habe oben in der Klinik mit Ihrer Freundin Paz gesprochen. Von ihr weiß ich, was hier heute auf dem Programm stand. Warum haben Sie mich nicht angerufen?« Er blickte sich um. »Sollen wir irgendwo einen Kaffee trinken?«

»Ich war gerade mit Carrie in der Kantine. Alan hat sie verlassen. Wussten Sie das?«

»Nein«, antwortete Karlsson, »ich habe keinen Kontakt mehr mit ihr.«

»Und wenn ich sage ›verlassen‹, dann meine ich wirklich verlassen. Er ist einfach weg. Finden Sie das nicht seltsam? Wo er doch so ganz und gar abhängig von ihr war und sie so vergöttert hat?«

»Er stand unter großem Druck. Manchmal müssen Menschen einfach raus.« Er verzog ein wenig das Gesicht, was Frieda nicht entging. Ebenso wenig entgingen ihr die neuen Falten in seinem schmalen Gesicht, die Silberfäden in seinem dunklen Haar und das Fleckchen Bartstoppeln, das er beim Rasieren übersehen hatte.

Sie schüttelte den Kopf. »Da stimmt was nicht. Irgendetwas ist passiert.«

»Sie haben meine Frage nicht beantwortet«, sagte er.

»Welche?«

»Diejenige, bei der es darum ging, warum Sie mich wegen der Anhörung nicht angerufen haben. Ich hätte gerne geholfen. Immerhin haben Sie ein entführtes Kind gefunden, besser gesagt sogar *zwei* entführte Kinder. Dass man Sie deswegen vor irgendein Gremium zerrt, ist absolut lächerlich.«

Frieda bedachte Karlsson mit jenem scharfen Blick, der bei ihm jedes Mal die Alarmglocken schrillen ließ. »Das ist ganz und gar nicht lächerlich«, entgegnete sie. »Ich muss für das geradestehen, was ich tue, und Alan steht es durchaus frei, sich über mich zu beschweren.«

»Ich hätte mich für Sie eingesetzt«, fuhr Karlsson fort, »und der Polizeipräsident ebenso. Ich hätte vermutlich sogar den Innenminister als Fürsprecher für Sie gewinnen können.«

»Darum geht es doch gar nicht. Die Frage war, ob ich meine Pflicht gegenüber meinem Patienten verletzt habe.«

»Was nicht der Fall war.«

»Ich hatte unterschiedliche Pflichten«, gab Frieda zu bedenken. »Ich habe versucht, die Balance zu finden und allen gerecht zu werden. Am liebsten würde ich mit Alan selbst darüber sprechen, aber wie es aussieht, wird das nicht möglich sein.«

Karlsson setzte zu einer weiteren Erwiderung an, gab dann aber auf. »Eigentlich war das gar nicht der wahre Grund für mein Kommen. Hören Sie, wenn Sie keinen Kaffee wollen, können wir dann vielleicht ein paar Schritte gehen?«

»Sind Sie denn ohne Wagen unterwegs?«

»Nein, aber ich habe einen Fahrer dabei. Lassen Sie uns ein paar Schritte gehen. Anschließend kann er mich ja auflesen.«

Friedas Miene wurde argwöhnisch. »Es geht dabei aber nicht um einen neuen Fall, oder?«

»Es ist keine große Sache«, beruhigte Karlsson sie hastig. »Ich dachte mir, sie könnte Sie vielleicht interessieren. Beruflich. Sie würden für Ihren Zeitaufwand entschädigt. Ich hätte gern, dass Sie sich kurz mit jemandem unterhalten. Fünf Minuten. Höchstens zehn. Plaudern Sie ein bisschen mit der Frau, und erzählen Sie mir dann, was Sie von ihr halten. Das ist alles.«

»Wer ist sie?«

»Welche Richtung?«, fragte Karlsson.

Frieda deutete hinter ihn. »Durch Primrose Hill.«

»Gut. Geben Sie mir nur einen Moment.«

Nachdem er seinen Fahrer instruiert hatte, marschierten Karlsson und Frieda die Straße entlang und bogen dann in eine Sackgasse ein, die am Park endete. Schweigend wanderten sie einen Hügel hinauf. Oben angekommen, blickten sie auf den Zoo und die daran anschließende Stadt hinunter. Es war ein kalter Tag. Durch einen Riss in den Wolken konnte Karlsson die weit im Süden liegenden Hügel von Surrey sehen.

»Sie wissen bestimmt alles über die Gegend hier«, begann er. »Erzählen Sie mir etwas Interessantes.«

»Vor nicht allzu langer Zeit sind ein paar Füchse in das Pinguingehege eingedrungen«, erklärte Frieda. »Sie haben etwa ein Dutzend von den Vögeln getötet.«

»An so etwas hatte ich eigentlich nicht gedacht.«

»Es ist mir als Erstes in den Sinn gekommen«, erwiderte sie.

»Die Pinguine hätten ins Wasser springen sollen.«

»Wie man sich in einer Krise verhält«, entgegnete Frieda,

»weiß man erst, wenn sie da ist. Und nun erklären Sie mir doch ein bisschen genauer, worum es bei der Sache geht.«

Während sie den Hang hinunterschlenderten und der Ausblick sich langsam verflachte, erzählte Karlsson ihr von Michelle Doyce, dem Haus in Deptford und der verwesenden Männerleiche, die man in sitzender Haltung auf dem Sofa der Frau vorgefunden hatte, mit einem Kamm im Haar und geschminkten Lippen.

»Wir dachten erst an eine natürliche Todesursache oder einen Unfall, aber am Mundboden gibt es einen Knochen, der nur bricht, wenn man stranguliert wird.«

»Das Zungenbein«, erklärte Frieda.

»Ich dachte, Sie sind Psychotherapeutin.«

»Vorher habe ich Medizin studiert. Was Ihnen durchaus bekannt ist.«

»Wie auch immer, Sie haben recht. Manchmal wird jemand stranguliert, ohne dass besagter Knochen bricht. Aber wenn er bricht, wurde der Betreffende definitiv stranguliert. Ich glaube, so habe ich es richtigherum ausgedrückt. Der entscheidende Punkt ist, dass der Mann ermordet wurde.«

»Wo befindet sich diese Frau?«, wollte Frieda wissen.

»Sie wurde wieder in eine psychiatrische Klinik eingewiesen, wo man sie erst gar nicht hätte entlassen sollen. Soweit ich es beurteilen kann, hat sie fünf oder noch mehr Tage mit einer Leiche zusammengewohnt. Allem Anschein nach hat sie den Toten mit Tee und Zuckergebäck bewirtet. Sie könnte natürlich die brillanteste Schauspielerin der Welt sein, aber meiner Meinung nach ist sie meschugge und erzählt nur völlig sinnloses Zeug. Trotzdem hat sie den Mann vermutlich irgendwie getötet und wird wahrscheinlich den Rest ihres Lebens in der Klapse verbringen, aber ...«, Karlsson hielt einen Moment inne, »... ich würde gern wissen, was Sie von ihr halten.«

»Dafür bin ich nicht die geeignete Person«, entgegnete Frieda, ohne auch nur den Kopf zu wenden.

»Sind Sie denn gar nicht neugierig?«

»Nicht übermäßig. Außerdem bin ich wirklich nicht entsprechend qualifiziert. Mit extremen psychischen Störungen habe ich mich nie befasst. Ich beschäftige mich mit dem Unglück ganz normaler Menschen. Es gibt da aber eine Menge Experten. Vermutlich könnte ich ein paar Namen für Sie ausgraben – wobei Sie doch bestimmt Ihre eigenen Fachleute für so etwas haben.«

»Es geht mir nicht um eine Untersuchung«, erklärte Karlsson. »Die wird wahrscheinlich gerade durchgeführt. Ich möchte vielmehr, dass jemand mit der Frau redet. Das können wir nicht. Nun ja, im Prinzip schon, nur wissen wir nicht, was wir zu ihr sagen sollen, und ebenso wenig verstehen wir, was sie uns antwortet. Das fällt in Ihr Ressort.«

»Ich weiß nicht so recht«, meinte Frieda zögernd.

»Sie sprechen über Unglück«, fuhr Karlsson fort. »Wissen Sie, was Yvette gesagt hat? Ich meine, DC Long. Sie erinnern sich doch an sie? Sie hat gesagt, ihrer Meinung nach sei Michelle der unglücklichste Mensch, der ihr je untergekommen ist. Ich selbst habe das nicht ganz in diesem Ausmaß gesehen, aber Yvette hat es so formuliert. Diese Michelle mag vielleicht nicht normal sein, aber unglücklich ist sie auf jeden Fall.«

Als Frieda sich nun Karlsson zuwandte, wirkte ihre Miene fast alarmiert. »Wofür halten Sie mich? Für eine Art Unglücksjunkie?«

»Nur auf eine gute Weise«, antwortete Karlsson.

»Sagen Sie mir eins.«

»Was?«

»Geht es Ihnen gut?«

»Wie meinen Sie das?«

»Sie wirken gestresst.« Nach kurzem Zögern fügte sie hinzu: »Noch mehr als sonst, meine ich.«

Für einen Moment spielte Karlsson mit dem Gedanken, sich ihr anzuvertrauen. Es würde ihm Erleichterung verschaffen, mal mit jemandem darüber zu reden und sich ein paar mitfühlende Worte und Ratschläge anzuhören. Plötzlich aber empfand er ein Gefühl von Unbehagen: Frieda war von Beruf Zuhörerin, und er wollte nicht mit einer Person sprechen, die das beruflich machte. Er wünschte sich jemanden, der auf seiner Seite wäre, einen Vertrauten. Statt einer Antwort lächelte er nur, zuckte mit den Achseln und fragte: »Also, machen Sie es?«

Mit einem Gefühl von Erleichterung steuerte Frieda durch die Kopfsteinpflastergasse auf ihr Zuhause zu – ein schmales Häuschen, eingeklemmt zwischen einem Wohnblock und Garagen. Sie fummelte nach ihrem Schlüssel und sperrte auf. In der Diele hängte sie ihren Mantel an einen Haken, zog ihre Stiefel aus und schlüpfte in die bereitstehenden Hausschuhe. Jeden Morgen, ehe sie zur Arbeit aufbrach, machte sie den Kamin für ihre Rückkehr bereit. Nun ging sie ins Wohnzimmer, knipste die Stehlampe an und kniete sich vor den Feuerplatz, um ein Streichholz an die zusammengeknüllte Zeitung zu halten und zuzusehen, wie die Flammen sich nach oben schlängelten und allmählich die Holzspäne erreichten. Frieda hatte den Ehrgeiz, immer nur ein einziges Streichholz zu verwenden, und wartete, bis sie sicher war, dass das Holz Feuer gefangen hatte, ehe sie in die Küche ging und den Wasserkessel füllte. Ihr Anrufbeantworter blinkte. Sie drückte auf den Knopf zum Abhören der Nachrichten und wandte sich dann dem Schrank zu, um eine Tasse herauszuholen.

»Hallo, Frieda.« Die Stimme ließ sie erstarren. Reglos stand sie da, die Hand gegen den Magen gepresst. »Du hast auf meine Mails nicht geantwortet, deswegen dachte ich mir, ich rufe dich mal an. Ich muss dir unbedingt sagen …«

Frieda drückte auf den »Stopp«-Knopf. Die Stimme brach mitten im Satz ab. Frieda starrte auf das Gerät, als könnte es plötzlich wieder zum Leben erwachen. Nach ein paar Augenblicken trat sie ans Spülbecken, drehte das kalte Wasser auf und klatschte es sich ins Gesicht. Anschließend goss sie eine Kanne Tee auf, ließ ihn kurz ziehen und schenkte sich dann eine große Tasse ein. Sie nahm sie mit ins Wohnzimmer, wo sie sich in ihren Sessel neben dem Feuer sinken ließ, das inzwischen zwar gleichmäßig brannte, aber noch keine nennenswerte Wärme abstrahlte. Draußen war aus dem Nieseln richtiger Regen geworden. Sandy. Nach anfänglichem Zögern hatte Frieda ihre Liebe zu ihm irgendwann zugelassen, doch bald darauf war er aus London weggegangen. Ihr Abschied lag ein Jahr und einen Monat zurück. Inzwischen vergingen Tage, hin und wieder sogar eine Woche, ohne dass sie an ihn dachte, aber der Klang seiner Stimme bewirkte immer noch, dass sich ihr Magen verkrampfte und ihr Herz schneller schlug. Trotzdem hatte sie seine E-Mails nicht beantwortet. Die meisten las sie nicht mal, sondern löschte sie, sobald sie auftauchten, und leerte anschließend sofort den Papierkorb, damit sie nicht in Versuchung geriet, die Mails doch wieder aufzurufen. Er hatte Frieda damals gebeten, mit ihm nach Amerika zu gehen. Sie hatte Nein gesagt, und als sie ihn ihrerseits bat, bei ihr zu bleiben, hatte er geantwortet, das könne er nicht. Was gab es da noch zu diskutieren?

Schließlich kehrte sie in die Küche zurück und hörte sich den Rest der Nachricht an. Sie war nicht lang: Sandy erklärte nur, dass er unbedingt mit ihr reden müsse und sie wiedersehen wolle. Er sagte ihr nicht, dass er sie liebe oder vermisse oder zurückhaben wolle. Als er dann aber hinzufügte, zwischen ihnen gebe es noch »ungeklärte Fragen«, klang seine Stimme gepresst und zögernd. Einen Moment stellte Frieda ihn sich vor, während er diese Worte sprach – seine vor Konzentration gerunzelte Stirn, die Falte zwischen seinen Augen, die Form seines Mundes. Dann löschte sie die Nachricht und kehrte ans Feuer zurück.

Später an diesem Tag lauschte Karlsson ebenfalls einer Nachricht auf seinem Anrufbeantworter, die ihn traf wie ein Messerstich. Er musste sich setzen und warten, bis er sich wieder gefangen hatte.

Er war gerade erst in seine Erdgeschosswohnung in Highbury zurückgekehrt, nachdem er mit einem alten Studienfreund und dessen Frau zu Abend gegessen hatte. Sie sahen sich nur selten, vielleicht einmal im Jahr, und die Kluft zwischen ihnen schien immer breiter zu werden. Wie Karlsson hatte auch Alec in Cambridge Jura studiert, doch während Karlsson irgendwann zur Londoner Polizei übergewechselt war, hatte Alec den eingeschlagenen Weg fortgesetzt und war längst Sozius in einer Anwaltskanzlei. Seine Frau Maria arbeitete als Dozentin für Politikwissenschaft, eine zierliche Person mit sarkastischem Humor und unerschöpflicher Energie. Die beiden hatten drei Kinder, die alle noch auf gewesen waren, als Karlsson mit seiner Flasche Wein und einem schon etwas welken Blumenstrauß eintraf. Während er mit dieser scheinbar perfekten Familie im Wohnzimmer saß, empfand er einen Anflug von Melancholie: Er selbst war als Detective unterbezahlt und ständig überarbeitet. Seine Frau hatte ihn verlassen und lebte mit einem anderen zusammen. Seine beiden Kinder wuchsen auf, ohne dass er sie ins Bett bringen oder ihnen zeigen konnte, wie man Rad fuhr, einen Ball richtig schoss oder seine erste Bahn durchs örtliche Schwimmbad zog.

Nun hörte er die Nachricht ab, die seine Frau auf seinem Handy hinterlassen hatte.

»Mal? Ich bin's, Julie. Wir müssen reden.« Ihre leicht undeutliche Aussprache verriet ihm, dass sie getrunken hatte. »Du glaubst doch wohl nicht, dass du dieses Problem aus der Welt schaffst, indem du es einfach ignorierst, und mir gegenüber ist es auch nicht fair. Ruf mich zurück, wenn du das abhörst, egal, wie spät es ist.«

Karlsson ging in die Küche und holte eine Flasche Whisky aus dem Schrank. Obwohl er schon mehrere Gläser Wein getrunken hatte, fühlte er sich noch ganz klar im Kopf. Er schenkte sich großzügig ein, fügte einen Schuss Wasser hinzu und griff dann wieder nach dem Telefon.

»Hallo?« Sie hatte definitiv schon ein paar Drinks intus, ihre Stimme klang wackelig.

»Ich habe deine Nachricht gehört. Hat dieses Gespräch nicht Zeit bis morgen früh? Es ist fast schon Mitternacht, wir sind beide müde …«

»Du solltest nicht von dir auf andere schließen.«

Er schluckte seine Wut hinunter. »*Ich* bin müde, und ich möchte nicht, dass wir uns wegen dieser Sache streiten. Wir sollten überlegen, was das Beste für Mikey und Bella ist, und nichts überstürzen.«

»Weißt du was, Mal? Ich habe es so satt, ständig zu überlegen, was das Beste für Mikey und Bella ist. Mein ganzes Erwachsenenleben überlege ich schon, was das Beste für dich ist und das Beste für sie. Jahrelang habe ich versucht, Verständnis für deine Arbeit aufzubringen – deinen Schichtdienst – und nie an mich selbst zu denken, sondern immer erst an alle anderen. Jetzt bin mal ich an der Reihe.«

»Du meinst, Bob ist an der Reihe.« Bob war der Lebensgefährte seiner Frau. Sie hatten eine gemeinsame Wohnung in Brighton, und sobald die Scheidung durch war, wollten sie heiraten, so dass Karlsson davon ausging, dass Bob im Grunde Bellas und Mikeys Stiefvater war. Morgens, wenn er zur Arbeit fuhr, setzte er die beiden an ihrer Schule ab, und abends las er ihnen Geschichten vor. Karlsson hatte Fotos von Bella gesehen, die sie mit strahlender Miene auf Bobs breiten Schultern zeigten, und Mikey hatte ihm erzählt, dass Bob ihm am Strand ein Spiel beigebracht habe, das so ähnlich ging wie Kricket. Wie es aussah, hatte er sogar vor, den Kindern einen Hund zu kaufen. Nun war ihm eine Stelle in Madrid angeboten worden, und Julie wollte mit der Familie dorthin umziehen – »nur für ein paar Jahre«.

»Madrid ist nicht Australien«, sagte sie gerade. »Mit dem Flugzeug bist du in gut zwei Stunden da.«

»Es ist trotzdem nicht dasselbe.«

»Überleg doch mal, was für eine wunderbare Erfahrung das für die beiden wäre.«

»Kinder brauchen ihren Vater«, entgegnete Karlsson. Er hörte selbst, wie banal das klang, und verzog das Gesicht.

»Den hätten sie immer noch. Daran ändert sich doch nichts. Außerdem könnten sie dich in den Ferien besuchen. Das Ganze wird sowieso erst in ein paar Monaten aktuell. Bis dahin kannst du noch jede Menge Zeit mit ihnen verbringen.«

Ich verliere sie, dachte Karlsson, während er auf das Telefon starrte, das er so krampfhaft umklammert hielt: Erst sind sie nach Brighton gezogen, und nun gehen sie nach Spanien. Ich werde ihnen fremd werden. Sie werden zurückweichen und sich hinter Julie verstecken, wenn sie mich sehen, und Heimweh bekommen, wenn sie bei mir sind. »Ich kann mich weigern«, erklärte er. »Wir haben immer noch das gemeinsame Sorgerecht.«

»Ja, du kannst uns daran hindern wegzugehen. Oder es zumindest versuchen. Willst du das?«

»Natürlich nicht. Willst *du* denn, dass ich sie kaum noch sehe?«

»Nein.« Julie seufzte schwer. Er hörte sie ein Gähnen unterdrücken. »Aber sag mir doch mal, was wir tun sollen, Mal. Bei diesem Problem gibt es keinen richtigen Kompromiss.«

»Ich weiß es nicht.« In Wirklichkeit war Karlsson bereits sicher, dass er zustimmen würde. Er fühlte sich wieder in genau der Art von Diskussion gefangen, die sie so oft geführt hatten, als sie noch zusammen waren. Er fühlte sich unterlegen und einsam.

Das Messer lag in einer eigenen Schublade, eingehüllt in Plastik, zusammen mit dem Wetzstein. Hin und wieder nahm sie es heraus, legte es vor sich auf den Tisch und betrachtete die lange, matt schimmernde Klinge. Manchmal berührte sie auch vorsichtig die Schneide, um ihre Schärfe zu spüren. Dabei empfand sie eine Mischung aus Erregung und Angst, die sie auf fast schon sexuelle Art erschaudern ließ. Zum Kochen benutzte sie dieses Messer nie, dafür hatte sie ein stumpfes Küchenmesser. Nein, sie hielt es nur bereit. Eines Tages würde es seine Verwendung finden.

Nun schob sie vorsichtig die Klappe über der Luke hoch, die nicht mehr wie am Anfang quietschte, sondern sich lautlos öffnete, seit sie ein wenig Salatöl auf die Scharniere getropft hatte. Der Wind blies ihr direkt ins Gesicht, kalt und mit ein paar Tropfen Regen beladen. Über dem Fluss lag tiefe Dunkelheit. In dieser Nacht waren weder Mond noch Sterne zu sehen. Die Lampen auf den Booten entlang des Ufers, in denen sich Leute befanden, waren längst gelöscht, nur in der Ferne funkelten noch ein paar Lichter. Sie stemmte sich nach draußen und blickte sich um. Ein ganzes Stück entfernt hatte jemand im Uferbereich ein Feuer entfacht. Die orangeroten Flammen flackerten vor dem Hintergrund des Himmels. Obwohl sie die Augen zusammenkniff, konnte sie neben dem Feuer keine Gestalten entdecken, keine schwarzen, sich klar abzeichnenden Silhouetten. Sie war allein. Ganz sanft klatschte das Wasser gegen die Bootsseite. Anfangs hatten das Geräusch und das gelegentliche leichte Schwanken sie beunruhigt, aber inzwischen machte es ihr nichts mehr aus. Es war ihr so vertraut wie das Rauschen des Blutes in ihrem Körper. An die nächtlichen Geräusche hatte sie sich ebenfalls gewöhnt – den Wind, der durch die Bäume und das dichte Gestrüpp fuhr und manchmal wie ein Stöhnen klang, das Rascheln der Mäuse am Ufer, der plötzliche Schrei einer Eule. Es gab hier noch andere Tiere. Füchse und fette Ratten mit langen, dicken Schwänzen. Reiher und weiße Schwäne, die einen mit bösen Augen anstarrten. Räudige Katzen. Sie hatte mal eine Katze mit einer weißen Schwanzspitze und seidigen Ohren gehabt, die sich immer sorgfältig putzte und schnurrte wie ein gleichmäßig laufender Motor. Aber das war vor langer Zeit gewesen, in einem früheren Leben. Inzwischen war sie ein anderer Mensch. Ganz vorsichtig trat sie hinaus in den Steuerbereich des Bootes und von dort auf den Treidelpfad. Sie trug dunkle Kleidung – eine marineblaue Trainingshose und einen dicken grauen Kapuzenpulli –, so dass sie selbst dann, wenn jemand schaute, vermutlich nicht zu sehen war. Sie ließ es nie an Vorsicht mangeln. Entscheidend war, immer auf der Hut zu sein und sich niemals sicher zu fühlen. Während sie langsam den Weg entlangging, spürte sie, wie das Gefühl von

Steife aus ihrem Körper wich. Sie musste fit und kräftig bleiben, was aber schwer war, wenn man den ganzen Tag nicht rauskonnte. Hin und wieder machte sie drinnen Liegestütze, und zwei- bis dreimal täglich absolvierte sie je zwanzig Klimmzüge, wobei sie den Rand der leicht geöffneten Luke als Stange benutzte und laut vor sich hin zählte, um ja nicht zu schummeln. Ihre Arme waren stark, aber sie glaubte nicht, weit oder schnell laufen zu können. Manchmal erwachte sie nachts mit einem Gefühl von Beklemmung in der Brust und bekam kaum Luft. Am liebsten riefe sie dann um Hilfe, wusste aber, dass sie das nicht durfte.

Sie marschierte an den anderen Booten vorbei, die mit dicken Seilen am Ufer vertäut waren. Die meisten von ihnen standen Woche für Woche leer, und manche verfielen allmählich. Ihre Farbe blätterte ab, und das Holz verfaulte. Andere beherbergten Leute: Auf ihren flachen Dächern standen Topfpflanzen, und an Deck lagen Fahrräder herum, deren Speichen surrten, wenn der Wind hindurchblies. Selbst in der Dunkelheit wusste sie, auf welchen Booten Leute wohnten. Es war ihre Aufgabe, wachsam zu sein. Ihre anfängliche gemeinsame Zeit hier war sehr aufregend gewesen, eine Mischung aus Versteckspiel und Haushaltsgründung. Es sei ihr sicherer Unterschlupf, hatte er gesagt: Niemand sonst wisse, wo sie sich aufhielten, und egal, was passieren würde, hierher könnten sie sich jederzeit zurückziehen und warten, bis die Gefahr vorüber sei. Dann aber hatte er sie dort allein gelassen und war immer nur einmal pro Monat für ein paar Tage zurückgekehrt. Zuerst hatte sie sich gefragt, wie sie die Zeit herumbringen solle, in der sie allein war, doch erstaunlicherweise gab es eine Menge zu tun. Zum einen galt es, das Boot sauber zu halten, was sich als gar nicht so einfach erwies, weil es alt war und lange leer gestanden hatte, bevor sie es fanden. An den Seiten gab es feuchte Stellen, und auch von unten drang Wasser ein, insbesondere durch die Fugen rund um die Dusche und die Toilette und durch die Bodenplanken im Küchenbereich. Die Fenster waren schmale Rechtecke, durch die niemand von draußen hereinsehen konnte. Die Tür blieb immer geschlossen. Wenn sie in dem winzigen Becken mit den Seifenstückchen, die er ihr brachte, ihre Kleidung wusch und anschließend über die Stühle und den Tisch zum Trocknen legte, roch die Luft feucht und leicht faulig.

Früher hatte es in ihrem Leben Raum und Behaglichkeit gegeben, Licht, das durch große Fenster hereinflutete, und Rosen im Garten. Sie erinnerte sich an saubere Bettwäsche und weiche Kleidung wie an Reste eines Traums. Nun lebte sie in der dunklen, engen Kabine. Mit den langen Winternächten, in denen es so kalt war, dass ihr Atem Dampfwolken bildete und die Innenseite der kleinen Fenster vereiste. Mit den Kerzen, die verstohlen vor sich hin flackerten, weil sie es nicht einmal wagte, die dynamobetriebene Taschenlampe zu benutzen, die er ihr gegeben hatte. Mit der Angst – dem schmerzhaften Druck in ihrem Magen. Ja, man konnte sich sogar an die Angst gewöhnen. Man konnte sie umwandeln in etwas Starkes, Nützliches und Gefährliches.

Sie machte kehrt. Die Regentropfen wurden immer mehr, und sie wollte nicht zu nass werden. Der kalte Winter zog sich schon so lange hin. Seit Wochen waren die Wege hart gefroren oder mit einer dicken Schneeschicht bedeckt. Sie hatte sich gefühlt wie ein Tier in seinem Bau, während sie beobachtete, wie draußen vor den Fenstern die Schneeflocken herabwirbelten. Warten, immer warten.

Sie glitt durch die Luke zurück ins Boot, zog die Klappe hinter sich zu und verriegelte sie. Eilig füllte sie den kleinen Blechkessel mit so viel Wasser, dass es gerade für einen Teebeutel reichte, und stellte ihn auf den Herd. Nachdem sie das Gas aufgedreht hatte, brauchte sie nur ein einziges Zündholz, um den Ring zum Brennen zu bringen, wusste aber dennoch, dass das Gas zur Neige ging: Die Flammen flackerten schwach und bläulich. Bald würde es ihr nicht mehr möglich sein, die Kartoffeln zu kochen, die draußen in dem Korb unter dem Sitzplatz lagerten, oder sich eine Wärmflasche zu machen, um die Kälte, die ihr bis ins Mark zu dringen schien, ein wenig zu lindern. Vielleicht brachte er ja einen neuen Kanister mit, wenn er kam. Es dauerte bestimmt nicht mehr lang, bis er kam. Darauf vertraute sie.

7

»Du machst Witze!« Sichtlich erheitert lehnte Reuben sich zurück.

Frieda zog ein Gesicht. »Ich werde nur ein paar Minuten mit ihr verbringen.«

»Das ist der Anfang vom Ende. Du knickst ein!«

»Das sehe ich nicht so. Karlsson will lediglich wissen, ob das, was sie sagt, für mich irgendeinen Sinn ergibt.«

»Mir hast du erklärt, du würdest dich nie wieder in die Arbeit der Polizei hineinziehen lassen. Unter keinen Umständen!«

»Ich weiß. Das habe ich auch nicht vor. Sieh mich nicht so an!«

»Wie denn?«

»Als würdest du mich besser kennen als ich mich selbst. Das nervt. Ich hoffe, du ersparst deinen Patienten diesen Blick.«

»Ich weiß genau, dass es dich wieder gepackt hat.«

Frieda wollte widersprechen, ließ es dann aber bleiben, weil Reuben natürlich recht hatte. »Vielleicht hätte ich einfach Nein sagen sollen«, meinte sie. »Eigentlich wollte ich das ja, aber dann hörte ich mich plötzlich zustimmen.«

Ihr Gespräch fand in Reubens Büro im Warehouse statt. So hieß die Klinik, in der Frieda einen Teil ihrer Arbeitszeit verbrachte und außerdem im Aufsichtsrat saß. Das Warehouse war von Reuben aufgebaut worden und hatte ihn als Therapeuten berühmt gemacht. Frieda konnte sich noch immer nicht an das neue Aussehen seines Raums gewöhnen. Jahrelang – seit der Zeit, als er noch ihr Mentor war und Frieda eine junge Studentin – hatte Reuben in einem totalen Chaos gearbeitet. Seine Unterlagen waren überall verstreut gewesen, sein Stuhl umgeben von umgekippten Bücherstapeln, und sowohl die Aschenbecher als auch die Blumentöpfe waren übergequollen mit halb gerauchten Zigaretten. Nun befand sich alles in einem Zustand entschiedener Ordnung: Im Eingangsfach lagen nur einige wenige Papiere, die Bücher standen in ihren Regalen, und nirgends war auch nur eine einzige Zigarettenkippe zu sehen. Reuben selbst hatte sich ebenfalls verändert. Er war nicht mehr gekleidet wie ein alternder Rockstar, sondern trug einen schlichten marineblauen Anzug und ein weißes Hemd. Außerdem war er sauber rasiert, sein grau meliertes Haar reichte nicht mehr bis zum Kragen, und er machte einen durchtrainierten Eindruck. Ein paar Monate zuvor hatte er alle schockiert, als er anfing, regelmäßig ein Fitnessstudio zu besuchen. Doch es kam noch schlimmer: Inzwischen ging er jeden Morgen vor der Arbeit hin. Frieda war aufgefallen, dass er neuerdings einen Gürtel brauchte, um seine Hose nicht zu verlieren. Als Krönung des Ganzen aß er mittags nur noch grünen Salat und trug eine Flasche Mineralwasser mit sich herum, aus der er in kurzen Abständen demonstrative Schlucke nahm. Frieda konnte sich des Eindrucks nicht erwehren, dass er nur eine Rolle spielte und die Wirkung, die er damit erzielte, sehr genoss.

»Da ist noch was«, fuhr sie fort.

»Lass hören.«

»Ich hatte so eine seltsame Idee – nein, Idee wäre zu viel gesagt. Vielleicht sollte ich es eher eine Art Bauchgefühl nennen. Als Carrie mir erzählte, wie sehr Alan sich verändert habe, bevor er am Ende aus ihrem Leben verschwand.«

»Und?«, fragte Reuben nach einer langen Pause.

Frieda runzelte die Stirn. »Es war, als wäre ich plötzlich in den Schatten getreten. Du weißt schon, wenn man auf einmal friert, sogar an einem heißen Tag. Es hat wahrscheinlich gar nichts zu bedeuten. Vergiss, dass ich es überhaupt erwähnt habe. Wann kommt eigentlich Josef zurück?«

Josef war ihr gemeinsamer Freund, ein Bauarbeiter aus der Ukraine, der im wahrsten Sinn des Wortes in Friedas Leben gefallen war, als er gut ein Jahr zuvor durch die Decke von Friedas

Sprechzimmer krachte. Am Ende war er bei Reuben eingezogen, der damals gerade eine Phase durchmachte, die er inzwischen ziemlich stolz seinen »depressiven Zusammenbruch« nannte. Statt Miete zu zahlen, reparierte Josef den Boiler, baute eine neue Küche ein, kochte kannenweise Tee und schenkte jedes Mal sofort Wodka aus, wenn eine Krise nahte. Er war nicht wieder ausgezogen, bis er vor ein paar Wochen schließlich in seine Heimat zurückkehrte, um zu Weihnachten seine Frau und die Kinder zu besuchen.

»Wahrscheinlich ist er eingeschneit. Ich habe mir gestern im Internet das Wetter in Kiew angeschaut. Sie hatten dort um die minus dreißig Grad. Die ehrliche Antwort lautet: keine Ahnung. Vielleicht nie.«

»Nie?« Frieda war selbst überrascht, wie traurig sie diese Vorstellung machte.

»Gesagt hat er, er kommt zurück. Seine Sachen – nicht dass er viele besitzt – sind noch in seinem Zimmer. Sein Lieferwagen parkt mit leerer Batterie in meiner Zufahrt, so dass ich ihn nicht mal wegfahren kann, um Platz für meinen eigenen Wagen zu schaffen. Außerdem haben ein paar junge Frauen an meine Tür geklopft und nach Josef gefragt. Offenbar gehen sie auch davon aus, dass er zurückkommt. Wobei er mittlerweile schon sechs Wochen weg ist. Seine Familie lebt nun mal dort, und auf seine ganz eigene Art vermisst er Frau und Kinder wohl doch.«

»Ich weiß.«

»Ich dachte, du hättest von ihm gehört.«

»In der Tat habe ich kürzlich eine Postkarte bekommen, aber die war wochenlang unterwegs, weil er sie ohne Postleitzahl abgeschickt hat.«

»Was schreibt er denn so?«

Frieda lächelte. »Nicht viel. ›Vergiss deinen Freund Josef nicht‹.« Sie stand auf. »Ich muss los. Karlsson schickt jemanden vorbei, der mich hinfährt.«

»Pass auf dich auf.«

»Sie ist nicht gefährlich. Nur gestört.«

»Ihretwegen mache ich mir keine Sorgen. Aber deinetwegen. Hüte dich vor glattem Gelände.«

»Erst unkst du, das sei der Anfang vom Ende, und jetzt warnst du mich auch noch vor glattem Gelände. Bald kommst du mir wahrscheinlich mit ›Erst wägen, dann wagen!‹.«

»Ich werde dich an dieses Gespräch erinnern.«

Frieda und Karlsson gingen zusammen den scheinbar endlosen Gang entlang. Ein Künstler war damit beauftragt worden, die abschreckende Wirkung der fensterlosen Wand zu mildern. In regelmäßigen Abständen kamen sie an einer in Primärfarben gemalten Miniaturlandschaft vorbei, einem Gemälde von einer Brücke über einem blauen Fluss oder einem grünen Hügel mit winzigen Gestalten auf der runden Kuppe. Auf Höhe eines Bildes von einem überdimensionalen Vogel mit grellbuntem Gefieder und einem grausam dreinblickenden türkisblauen Auge, das nach Friedas Meinung selbst den ruhigsten Patienten verstören würde, bogen sie durch eine Flügeltür in einen breiteren Flur ein. Obwohl es mitten am Tag war, herrschte dort eine unheimliche Ruhe. Nur ein vorbeieilender Pfleger durchbrach mit seinen knarrenden Schuhen die Stille. An den Wänden standen Servierwagen und Rollstühle aufgereiht. Eine alte Frau kam mit einem Laufgestell auf sie zu. Sie wirkte zart wie ein Kind und bewegte sich unendlich langsam, indem sie auf den mit Gummikappen versehenen Beinen ihre Gehhilfe vor und zurück schaukelte, sich dabei aber kaum vom Fleck bewegte. Als Karlsson und Frieda zur Seite traten, um sie vorbeizulassen, blickte sie nicht einmal hoch. Beide registrierten, dass sie unaufhörlich die Lippen bewegte.

»Es ist gleich hier links.« Karlssons Stimme klang so laut, dass er selbst das Gesicht verzog.

Er schob die Tür auf, und sie betraten einen Saal mit acht Betten. Die Fenster gingen auf ein Fleckchen Garten hinaus, das dringend der Pflege bedurft hätte. Das feuchte, ungemähte Gras und das Unkraut in den Rabatten erweckten den Eindruck von Vernachlässigung. Mehrere der Patienten im Saal schienen zu schlafen und lagen als reglose Häufchen unter ihren Decken. Eine Frau aber saß auf ihrem Stuhl und jammerte in gleichbleibend hoher Stimmlage vor sich hin, während sie immer wieder ihre kleinen, trockenen Hände aneinanderrieb. Sie wirkte noch jung und hätte als hübsch gelten können, wären da nicht die vielen, über ihr ganzes Gesicht verstreuten Verbrennungen gewesen. Eine andere Frau, mit einem schlichten grauen Haarknoten und einem viktorianisch anmutenden Nachthemd, das sie bis unters Kinn zugeknöpft trug, war gerade mit einem Puzzle beschäftigt. Sie blickte auf und lächelte die beiden Besucher verstohlen an. Die Luft roch nach Fisch und Urin. Als die Schwester am Empfang Karlsson erkannte, begrüßte sie ihn mit einem Nicken.

»Wie geht es ihr denn heute?«, fragte er.

»Sie bekommt neue Medikamente und hatte eine ruhigere Nacht. Aber sie möchte ihre Sachen zurück. Ständig hält sie nach ihnen Ausschau.«

Der gestreifte Vorhang rund um Michelle Doyces Bett war zugezogen. Karlsson schob ihn ein Stück zur Seite und forderte Frieda mit einer Handbewegung auf einzutreten. Michelle saß in sehr gerader Haltung auf ihrem Bett. Sie hatte einen beigefarbenen Krankenhauskittel an, und ihr Haar war wie bei einem Schulmädchen zu zwei ordentlichen Zöpfen geflochten. Als Frieda sie musterte, fiel ihr sofort auf, dass ihr Gesicht etwas seltsam Undefiniertes hatte, als fehlten ihm klare Konturen: Sie wirkte wie ein Aquarell aus mehreren wässrigen Schichten: Ihre Haut schimmerte rosig, hatte zugleich aber einen leichten Gelbstich, ihr Haar war weder grau noch braun, und ihre Augen besaßen etwas eigenartig Stumpfes. Selbst ihre Gesten wirkten unbestimmt. Sie bewegte die Hände wie eine Blinde, die Angst hatte, etwas umzustoßen.

»Hallo, Michelle. Ich heiße Frieda Klein. Ist es in Ordnung, wenn ich mich hier hinsetze?« Sie deutete auf den Metallstuhl neben dem Bett.

»Der ist für meinen Freund.« Ihre Stimme klang leise und heiser, als wäre sie mangels Übung eingerostet.

»Kein Problem. Ich kann auch stehen bleiben.«

»Das Bett ist leer.«

»Darf ich mich zu Ihnen aufs Bett setzen? Ich möchte Ihnen nicht zu sehr auf die Pelle rücken.«

»Bin ich im Bett?«

»Ja, Sie sind im Bett. Im Krankenhaus.«

»Ja«, sagte Michelle. »Ich kann nicht nach Hause.«

»Wo sind Sie denn zu Hause, Michelle?«

»Nie.«

»Sie haben kein Zuhause?«

»Ich versuche, es schön zu machen. Alle meine Sachen. Vielleicht geht er dann nicht wieder weg. Vielleicht bleibt er.«

Frieda rief sich ins Gedächtnis, was Karlsson ihr über Michelles Sammelzwang erzählt hatte – ihre Flaschen und abgeschnittenen Fingernägel, alle fein säuberlich geordnet. Vielleicht hatte sie versucht, das triste Zimmer in einem heruntergekommenen Haus in Deptford in ein Zuhause zu verwandeln, indem sie es mit Habseligkeiten schmückte, die sie draußen fand – den ganzen Abfall aus dem Leben anderer Menschen. Vielleicht hatte sie versucht, die Leere ihrer Tage mit tröstlichen Dingen zu füllen.

»Wer ist denn der Freund, der bei Ihnen bleiben soll?«, fragte sie.

Michelle sah Frieda einen Moment an, ohne sie wirklich wahrzunehmen. Dann legte sie sich plötzlich flach aufs Bett.

»Setzen Sie sich neben mich«, sagte sie, den Blick starr nach oben gerichtet. An der Decke flackerten Neonröhren.

Frieda nahm Platz. »Wissen Sie, warum Sie hier sind, Michelle? Erinnern Sie sich an das, was passiert ist?«

»Ich gehe ans Meer.«

»Sie faselt die ganze Zeit vom Meer und vom Fluss«, erklärte Karlsson.

Frieda sah ihn an. »Sprechen Sie nicht über Michelle, als wäre sie nicht da«, wies sie ihn zurecht. »Entschuldigen Sie«, fuhr sie an Michelle gewandt fort, »Sie erwähnten gerade das Meer.«

Die Frau, die im Saal vor sich hin jammerte, stieß plötzlich einen schrillen Schrei aus, dann gleich noch einen.

»Einsam, einsam, einsam«, sagte Michelle. »Aber nicht für sie.«

»Für wen?«

»Sie kommen, um wieder nah zu sein. Wie er. Bewundernswert.« Die unerwarteten Silben quollen aus ihrem Mund wie Steine. Sie wirkte selbst überrascht. »Das ist nicht das richtige Wort. Es passt nicht.«

»Der Mann, der auf Ihrem Sofa saß...«

»Haben Sie ihn getroffen?«

»Wie haben Sie ihn kennengelernt?«

Ihre Miene wurde ratlos. »Drake am Fluss«, erklärte sie mit ihrer rostigen Stimme. »Er hat mich nie verlassen. Nicht wie die anderen.«

Sie streckte ihre raue Hand aus. Frieda zögerte einen Moment, ehe sie danach griff. Draußen vor den Vorhängen redete eine Schwester energisch auf die weinende Frau ein.

»Nie verlassen«, wiederholte Michelle.

»Hatte er einen Namen? Drake?«

Michelle starrte Frieda nur an. Dann wanderte ihr Blick zu ihren ineinander verschlungenen Händen hinunter: Friedas sauberen, glatten Fingern, die zu den Händen einer berufstätigen Frau gehörten, und Michelles eigenen, vernarbten und mit Hornhaut überzogenen, bei denen die Nägel abgebrochen waren.

»Haben Sie seine Hände gesehen?«, fragte Frieda, die Michelles Blick gefolgt war.

»Ich habe sie geküsst, wo es ihm wehtat.«

»Seinen wehen Finger?«

»Ich habe gesagt: ›Ei, ei, ei, ei.‹«

»Hat er mit Ihnen gesprochen?«

»Ich habe ihm Tee gemacht. Ich habe ihn mit offenen Armen aufgenommen. ›Mein Haus ist auch dein Haus‹, habe ich zu ihm gesagt und ihn dann gebeten, nicht wegzugehen. Ich habe am Anfang des Satzes ›bitte‹ gesagt und am Ende auch. Alle gehen weg, weil sie nicht wirklich da sind. Das ist das Geheimnis, das kein anderer versteht. Die Welt geht weiter, und nichts stellt sich ihr in den Weg. Da ist nur die leere Welt und dann das leere Meer. Man kann den Wind spüren, der ganz vom Anfang her kommt, und dann schaut einen der Mond an, und es dauert Hunderte, Hunderte Jahre, bis etwas zu sehen ist. Man wünscht sich einen letzten Ruheplatz. Wie er.«

»Sie meinen, wie der Mann auf Ihrem Sofa?«

»Er muss bloß ein bisschen rausgefüttert werden. Das kann ich.«

»Gab es einen Unfall?«

»Das habe ich alles weggeputzt. Ich habe ihm gesagt, dass es keine Rolle spielt und ihm nicht peinlich sein muss. Das passiert uns allen mal. Es macht mir Freude, Menschen zu helfen und ihnen Sachen zu geben, damit sie vielleicht bleiben wollen. Ihre Kleider zu waschen und ihnen das Haar zu kämmen. Geteiltes Leid ist halbes Leid. Ich könnte ihm sogar ein paar von meinen eigenen Sachen geben, wenn er gern bleiben würde.«

»Ist etwas passiert, als er bei Ihnen war, Michelle?«

»Er hat sich ausgeruht, und ich habe mich um ihn gekümmert.«

»Sein Hals war verletzt.«

»Der arme Schatz. Er fühlte sich so unwohl, bis ich ihn sauber machte und es ihm besser ging.«

»Wo haben Sie ihn kennengelernt?«

»Tja, also. Erst beim Träumen und dann beim Fischen, und dann war es natürlich der, der es nie lebend nach Hause geschafft hat.«

»Das bringt uns doch nicht weiter«, meldete Karlsson sich am Fußende des Bettes zu Wort.

»Michelle«, Friedas Ton blieb ruhig, »ich weiß, dass die Welt ein beängstigender und einsamer Ort ist. Aber mit mir können Sie reden. Manchmal macht es die Dinge ein bisschen besser, wenn man darüber spricht.«

»Worte«, sagte Michelle.

»Ja. Worte.«

»Stöckchen und Steine. Ich hebe sie auf.« Michelle streichelte über Friedas Handrücken. »Du hast ein nettes Gesicht, deswegen sage ich es dir. Sein Name war Schätzchen. Sein Name war Mein Liebling. Verstehst du?«

»Danke.« Frieda wartete noch ein paar Sekunden, ehe sie aufstand und ihre Hand wegzuziehen versuchte. »Ich muss jetzt gehen.«

»Kommst du wieder?«

»Das halte ich für keine gute Idee«, mischte Karlsson sich ein.

»Ja«, antwortete Frieda.

8

Frieda erriet, dass er es war, sobald er am unteren Ende der Straße auftauchte. Er rannte den steilen Hügel herauf, wobei er das Tempo seiner langen, dynamischen Schritte immer mehr beschleunigte, je näher er kam, sich selbst immer härter antrieb. Neben ihr hielt er an und beugte sich heftig keuchend vornüber. Obwohl es trotz des schönen, sonnigen Wetters ein recht kalter Morgen war, trug der Mann nur ein altes T-Shirt, eine Jogginghose und leichte Laufschuhe.

»Sind Sie Doktor Andrew Berryman?«

Der Mann entfernte ein Paar grüne Kopfhörer aus seinen Ohren. »Und wer sind Sie?«

»Ich wurde von einem Bekannten an Ihren Chef verwiesen, und der hat mir geraten, mich mit Ihnen in Verbindung zu setzen. Ich muss mit jemandem sprechen, der sich mit extremen psychischen Syndromen auskennt.«

»Warum?«, fragte Berryman. »Leiden Sie unter einem solchen?«

»Es geht um eine Frau, die ich kennengelernt habe. Mein Name ist Frieda Klein. Ich bin Psychotherapeutin und arbeite gelegentlich mit der Polizei zusammen. Die betreffende Frau ist in ein Verbrechen verwickelt, und ich würde mich gerne mit Ihnen über sie unterhalten. Darf ich mit hineinkommen?«

»Heute ist mein freier Freitag«, erklärte Berryman. »Hätten Sie nicht vorher anrufen können?«

»Er ist dringend. Ich würde nur ein paar Minuten Ihrer Zeit in Anspruch nehmen.«

Er überlegte einen Augenblick. »Also gut.«

Mit diesen Worten schloss er die Haustür auf und führte Frieda mehrere Stockwerke hinauf, bis er schließlich im obersten

Stock seine Wohnungstür aufschloss. Frieda betrat einen großen, hellen Raum, der mehr oder weniger leer war. Es gab lediglich ein Sofa, einen blassen Teppich auf ansonsten blanken Holzdielen, ein ganz an die Wand gerücktes Piano und ein großes Panoramafenster mit Blick auf Hampstead Heath.

»Ich gehe erst mal unter die Dusche«, verkündete Berryman und verschwand durch eine Tür zu seiner Linken.

»Soll ich uns Kaffee oder Tee machen?«, fragte Frieda.

»Rühren Sie ja nichts an!«, rief er aus dem Nebenraum.

Frieda, die bereits Wasser prasseln hörte, wanderte langsam im Zimmer umher. Dabei warf sie einen Blick auf die Noten am Piano: eine Nocturne von Chopin. Dann starrte sie eine Weile aus dem Fenster. Es war so kalt, dass fast nur Leute mit Hunden unterwegs waren, die sich entsprechend vermummt hatten. Auf dem Spielplatz trieben sich ein paar Kinder herum, alle so dick verpackt, dass sie aussahen wie kleine Bären. Berryman tauchte wieder auf, bekleidet mit einem Karohemd und einer dunkelbraunen Hose, aber noch barfuß. In leicht gebeugter Haltung, als wollte er sich auf diese Weise für seine Größe entschuldigen, ging er in die Küche, schaltete den Wasserkocher an und häufte Kaffeepulver in eine Kanne.

»Sie spielen also Chopin«, bemerkte Frieda. »Schön.«

»Das ist gar nicht schön«, widersprach Berryman, »sondern eine Art neurologisches Experiment. Es gibt eine Theorie, der zufolge man nach zehntausend Übungsstunden in einer bestimmten Disziplin eine gewisse Fertigkeit darin erreicht. Regelmäßiges Üben stimuliert das Myelin, welches die Nervensignale verbessert.«

»Und wie läuft es?«

»Ich habe etwa siebentausend Stunden hinter mich gebracht, aber der Erfolg lässt auf sich warten«, berichtete Berryman. »Das Problem ist, dass ich mir nicht so recht vorstellen kann, wie das Myelin zwischen gutem Klavierspiel und beschissenem Klavierspiel unterscheiden soll.«

»Und wenn Sie nicht gerade Chopin spielen, behandeln Sie Menschen mit ungewöhnlichen psychischen Störungen?«

»Nur, wenn es gar nicht anders geht.«

»Ich dachte, Sie sind Arzt.«

»Das bin ich rein theoretisch auch«, antwortete Berryman, »aber im Grunde war das ein Fehler. Zwar habe ich damals angefangen, Medizin zu studieren, wollte mit echten Menschen aber nichts zu tun haben. Mich interessierte nur, wie das Gehirn funktioniert. In diesem Zusammenhang ist das Vorkommen von psychischen Störungen insofern nützlich, als es zur Klärung von Meinungsverschiedenheiten hinsichtlich unserer Wahrnehmung der Welt beiträgt. Beispielsweise wusste die Menschheit lange nicht, dass ein Teil unseres Gehirns für Gesichtserkennung zuständig ist, bis irgendwann Patienten mit Kopfschmerzen auftauchten, die plötzlich ihre eigenen Kinder nicht mehr erkannten. Wobei ich nicht besonders scharf darauf bin, diese Leute zu behandeln. Damit will ich keineswegs sagen, dass sie nicht behandelt werden sollten. Ich möchte nur nicht derjenige sein, der es tun muss.« Während er Frieda einen Becher Kaffee reichte, lächelte er plötzlich. »Als Therapeutin werden Sie nun natürlich zu dem Schluss kommen, dass mein Wunsch, die Medizin zu einem philosophischen Thema zu machen, eine Art evasives Verhalten darstellt.«

»Danke.« Frieda nahm den Kaffeebecher entgegen. »Zu diesem Schluss komme ich ganz und gar nicht. Ich kenne eine Menge Ärzte, die der Meinung sind, alles wäre gut, wenn es keine Patienten gäbe.«

»Sie wollen mir also von Ihrer Patientin erzählen?«

Frieda schüttelte den Kopf. »Nein, ich möchte, dass Sie mitkommen und sie sich ansehen.«

»Wie meinen Sie das?«, fragte er. »Wann?«

»Jetzt.«

»Jetzt? Wo hält die Frau sich denn auf?«

»In einer Klinik in Lewisham.«

»Warum um alles in der Welt sollte ich das tun?«

Frieda leerte ihren Kaffeebecher. »Ich glaube, Sie werden sie philosophisch interessant finden.«

»Dürfen wir das denn überhaupt?«, fragte Berryman.

»Man kennt mich dort«, antwortete Frieda. »Außerdem sind wir beide Ärzte. Ärzte kommen überall rein.«

Anfangs wirkte Berryman ein wenig enttäuscht von Michelle. Sie saß auf ihrem Bett und las äußerst konzentriert in der Zeitschrift *Hello*. Dabei machte sie einen völlig normalen Eindruck. Nachdem er und Frieda sich zwei Stühle herangezogen hatten, hängte Berryman seine schwere braune Wildlederjacke über die Rückenlehne. Durch das kleine Fenster sah man auf eine Wand aus tief hängendem grauem Gewölk. Ein heftiger Regenschauer begann herabzuprasseln.

»Erinnern Sie sich an mich?«, fragte Frieda.

»Ja«, antwortete Michelle. »Ja.«

»Das hier ist Andrew. Wir würden beide gern ein bisschen mit Ihnen plaudern.«

Berryman musterte Frieda leicht irritiert. Während er sie quer durch London chauffiert hatte, war sie recht schweigsam gewesen und hatte über den Fall kein Wort verloren. Nun beugte sie sich zu Michelle hinüber. »Könnten Sie Andrew etwas über den Mann erzählen, der bei Ihnen gewohnt hat?«

Michelle wirkte ebenfalls irritiert, als würde sie gezwungen, Dinge zu erklären, die doch auf der Hand lagen. »Er hat einfach bei mir gewohnt«, sagte sie.

»Wie haben Sie ihn kennengelernt?«, fragte Frieda.

»Drake und … und …«

»Was? Was meinen Sie damit?«

»Und … und … Boote.«

Frieda warf einen Blick zu Andrew hinüber, ehe sie fortfuhr: »Und was haben Sie für ihn getan?«

»Ich habe mich um ihn gekümmert«, antwortete Michelle.

»Weil er ein bisschen angeschlagen war?«

»Das kann man wohl sagen«, pflichtete Michelle ihr bei. »Sogar ziemlich angeschlagen.«

»Und deswegen musste sich jemand um ihn kümmern.«

»Ich habe Tee für ihn gekocht«, berichtete Michelle, »und frisch machen musste ich ihn auch. Er war schmutzig.« Sie schwieg einem Moment. »Wo ist er? Wo ist er hin?«

»Er musste weg«, antwortete Frieda. Sie sah wieder Andrew an, der mit einem Hüsteln aufstand. »Tja«, sagte er, »es war sehr nett, Sie beide kennenzulernen, aber ich fürchte …«

»Warten Sie«, unterbrach ihn Frieda. Sie wandte sich an Michelle. »Würden Sie uns für einen Moment entschuldigen?«

Sie nahm Berryman am Arm und führte ihn ein Stück weg.

»Was halten Sie von ihr?«, fragte sie.

Er zuckte mit den Achseln. »Sie erscheint mir durchaus klar im Kopf«, antwortete er, »auch wenn ich auf eine leichte dissoziative Störung tippe. Aber deswegen hätten wir nicht die ganze Strecke bis nach Lewisham zu fahren brauchen.«

»Der Mann, von dem sie gesprochen hat …«, begann Frieda.

»Ja?«

»Als eine Sozialarbeiterin bei ihr vorsprach, saß der Mann auf ihrem Sofa. Er war nackt und schon eine Weile tot. Seine Leiche befand sich bereits im Anfangsstadium der Verwesung. Michelle hatte also die ganze Zeit mit einem Toten zusammengelebt. So, was sagen Sie nun?«

Berryman war einen Moment sprachlos. Dann aber breitete sich ganz langsam ein Lächeln auf seinem Gesicht aus. »Verstehe«, sagte er. »Verstehe.«

»Das Ganze ist derartig seltsam und verrückt, dass ich als Erstes von Ihnen wissen möchte, ob es denkbar ist, dass sie nur simuliert. Womöglich hat sie den Mann getötet. Sogar mit ziemlicher Wahrscheinlichkeit. Und nun tut sie so, als wäre sie verrückt.«

»Sie simuliert nicht.« Berrymans Ton klang fast bewundernd. »Das bekäme niemand so hin.«

»Wir wissen noch immer nicht, wer der Mann war. Ob ein Freund oder Verwandter von ihr, oder ob sie ihn überhaupt kannte.«

»Wen interessiert das?« Berryman wanderte in einen Bereich

des Saals, in dem ein paar Leute saßen und fernsahen. Frieda beobachtete, wie er sich über ein Bett beugte. Als er zurückkam, hatte er einen kleinen braunen Teddybären in der Hand.

»Haben Sie gefragt, ob Sie sich den ausleihen dürfen?«

Berryman schüttelte den Kopf. »Die Frau hat geschlafen. Ich bringe ihn ihr nachher zurück.«

Er ging zu Michelle, nahm vor ihr Platz und setzte den Bären auf seinen Schoß. »Das ist ein Bär«, erklärte er. Sie starrte ihn verwirrt an. »Was glauben Sie, wo er lebt?«

»Das weiß ich nicht«, antwortete sie. »Mit denen kenne ich mich nicht aus.«

»Mal angenommen, Sie müssten raten«, fuhr er fort. »Was glauben Sie? Lebt er in einem Wald oder in einer Wüste?«

»Seien Sie nicht albern«, entgegnete sie. »Er lebt hier.«

»Und wenn Sie raten müssen, wovon er sich ernährt, worauf würden Sie dann tippen? Kleine Tiere? Fisch?«

»Keine Ahnung. Wahrscheinlich nimmt er einfach das, was ihm die Leute geben.«

»Gut geraten, würde ich sagen.«

»Hat er Hunger?«

»Ich weiß nicht – was meinen Sie?«

»Er sieht nicht hungrig aus, aber manchmal ist das schwer zu sagen.«

»Da haben Sie recht.« Er bedachte sie mit einem freudigen Lächeln. »Vielen Dank.«

Dann stand er auf und eilte wieder den Saal entlang, wobei er den Bären mehrmals aufgeregt von einer Hand in die andere wandern ließ.

»Großartig«, sagte er, als er zu Frieda zurückkehrte. »Ich muss sie erst in die Röhre stecken, aber ich schätze, ich kann Ihnen jetzt schon sagen, was ich dabei feststellen werde. Aller Wahrscheinlichkeit nach handelt es sich um Verletzungen im temporalen Kortex und der Amygdala und …«

»Entschuldigung«, fiel Frieda ihm ins Wort, »aber wovon reden Sie jetzt?«

Berryman blickte sich um. Fast schien es, als hätte er Friedas Anwesenheit völlig vergessen.

»Die Frau ist sensationell«, erklärte er entschieden. »Wir müssen sie nur noch in ein Labor schaffen.«

»Nein«, widersprach Frieda. »Wir müssen sie heilen und dann herausfinden, wer der Mann ist und wer ihn umgebracht hat.«

Berryman schüttelte den Kopf. »Es wird sich nicht heilen lassen. Allerdings könnte man vielleicht durch Steroide den intrakraniellen Druck etwas lindern.«

»Was ist denn der Grund für ihr Verhalten?«, fragte Frieda.

»Das ist der interessante Teil. Haben Sie schon mal vom Capgras-Syndrom gehört?«

»Ich bin mir nicht sicher.«

»Es ist großartig«, erklärte er. »Es sei denn, man bekommt es. Die Betroffenen gelangen zu der Überzeugung, dass ein ihnen nahestehender Mensch, zum Beispiel die Ehefrau oder der Ehemann, durch einen Doppelgänger ausgetauscht worden ist. Haben Sie jemals den Film *Die Dämonischen* gesehen, auch unter dem Titel *Die Invasion der Körperfresser* bekannt? So in dem Stil muss man sich das vorstellen. Der Punkt ist, dass unser Gehirn zwei Dinge tut, während wir einen uns bekannten Menschen betrachten: Ein bestimmter Gehirnbereich erkennt das Gesicht, während ein anderer uns sagt, dass uns mit dem betreffenden Menschen ein emotionales Band verbindet. Wenn dieser zweite Teil nicht funktioniert, beschließt das Gehirn, dass mit der Person etwas nicht stimmen kann, weil wir nichts für sie empfinden.«

»Aber das ist nicht das, was Michelle Doyce macht.«

»Nein, nein«, gab ihr Berryman recht, während er auf Michelle deutete wie auf ein besonders wundervolles Ausstellungsstück. »Sie ist viel besser. Es gibt ein noch selteneres Syndrom, dem man hin und wieder – besser gesagt, in absoluten Ausnahmefällen – bei Alzheimer-Patienten begegnet. Dabei kommt ein imaginärer Gefährte ins Spiel. Das bedeutet, dass diese Patienten Gegenstände mit Leben füllen, genau wie Michelle es mit dem Teddybären gemacht hat. Aber Michelles Fall ist noch interessanter. Wie Sie sicher wissen, sind Kleinkinder, und zwar alle Kleinkinder, anfangs sogenannte Animisten …«

»Soll heißen?«

»Dass sie nicht unterscheiden zwischen ihrer Schwester und einer Puppe oder dem Wind oder einem Stein, der den Hügel hinunterrollt. Ihrer Meinung nach fällt ein Blatt vom Baum, weil es fallen *will*. Wenn sie dann größer werden, entwickelt sich das Gehirn, und wir können nur in Interaktion mit der Welt treten, indem wir ständig unbewusst Entscheidungen darüber treffen, was in unserer Umgebung so ist wie wir und daher Verantwortung trägt und selbst ebenfalls Entscheidungen trifft und was nicht. Wenn ich Sie jetzt am Ohr ziehen würde, dann würden Sie vermutlich irgendeine Art Quietschen von sich geben, und wenn ich mit dem Fuß über den Boden schabe, gibt das ebenfalls ein quietschendes Geräusch. Sie und ich wissen, dass da ein Unterschied besteht. Ich schätze aber, sobald jemand Michelle in ein Labor verfrachtet …«

»Ich bin nicht sicher, ob das möglich sein wird.«

»Es wäre ein Verbrechen, es nicht zu tun«, entgegnete Berryman. »Ich wette, bei der Untersuchung wird herauskommen, dass sie entweder Alkoholikerin oder drogensüchtig war oder an den Folgen einer schweren Kopfverletzung leidet oder – das ist die wahrscheinlichste Variante – an einem Gehirntumor. Wer auch immer sie untersuchen wird, sollte sich also vermutlich sputen.«

»Sie ist ein Mensch. Ein leidender Mensch.«

»Ein sehr interessanter leidender Mensch«, stimmte Berryman ihr zu. »Was man von den meisten anderen Leuten nicht behaupten kann.«

»Dann ist also alles, was sie der Polizei erzählt hat, Unsinn, ihre ganze Aussage Quatsch.«

Berryman überlegte einen Moment. »Das würde ich nicht sagen. Sie sieht die Welt nur nicht so wie wir. Wahrscheinlich hat es wenig Sinn, sie zu fragen, ob sie den Mann getötet hat, weil sie den Unterschied zwischen tot sein und leben nicht kennt. Trotzdem hatte ich eben den Eindruck, dass sie versuchte, die Wahrheit zu sagen – so, wie sie sie sah. Vermutlich ist das alles für sie ziemlich beängstigend. Es muss ihr vorkommen, als wäre sie in eine andere, sehr seltsame Art von Welt hineingeboren. Man könnte versuchen, besonders aufmerksam hinzuhören, was sie darüber erzählt. Aber genau das tun Sie ja, oder?«

»Und Sie nicht?«, gab Frieda zurück.

Berrymans Miene wurde hart. »Manchmal hätte ich große Lust, ein Kärtchen mit mir herumzutragen, das ich Leuten wie Ihnen überreichen könnte. Darauf wäre zu lesen, dass viele wissenschaftliche Studien, die den Menschen am Ende helfen, von Männern und Frauen durchgeführt werden, die der Wissenschaft nur um der Wissenschaft selbst willen dienen, und dass man andererseits nicht automatisch dazu beiträgt, den Leidenden zu helfen, indem man mit Trauermiene herumläuft und ihr Leiden beweint. Wobei das ein bisschen zu viel Text für ein kleines Kärtchen wäre, aber Sie wissen schon, was ich meine.«

»Es tut mir leid«, sagte Frieda. »Sie haben Ihren freien Tag geopfert, um mit einer wildfremden Frau diese weite Fahrt zu machen. Das allein war schon eine gute Tat.«

Seine Gesichtszüge entspannten sich. »Sie sollte ein Einzelzimmer bekommen.«

»Meinen Sie?«

»Ja, unbedingt. Dass hier so viele Leute um sie herumwuseln, tut ihr bestimmt nicht gut. Sie braucht Ruhe.«

»Ich werde mich erkundigen, ob das geht«, antwortete Frieda. Sie klang skeptisch.

Berryman machte eine wegwerfende Handbewegung. »Überlassen Sie das mir. Ich kümmere mich darum«, erklärte er leichthin.

»Wirklich?«

»Ja.«

Er musterte Frieda einen Moment. »Sie arbeiten mit der Polizei zusammen?«

»Nur ganz am Rande.«

»Wie kam es dazu?«

»Das erzähle ich Ihnen ein andermal«, antwortete Frieda, »es ist eine wirklich lange Geschichte.« Sie wandte sich Michelle Doyce zu, die nicht wieder nach ihrer Zeitschrift gegriffen hatte, sondern apathisch vor sich hin starrte. Plötzlich musste Frieda an etwas ganz anderes denken. »Dieses Syndrom«, begann sie.

»Welches?«

»Das, bei dem die Leute glauben, ein von ihnen geliebter Mensch wäre ausgetauscht worden.«

»Das Capgras-Syndrom.«

»Für die Betroffenen muss das entsetzlich sein«, sagte Frieda. »Ich meine, so entsetzlich, dass wir uns das gar nicht richtig vorstellen können.«

Als sie in den Eingangsbereich zurückkehrten, hielt Frieda Berryman auf. »Würden Sie noch einen Moment auf mich warten?«

»Habe ich eine andere Wahl?«

»Danke.«

Frieda ging in den Klinikladen. Es gab dort Regale voller Zeitschriften, Fächer mit Chips, Süßigkeiten und ungesund aussehenden Getränken, eine armselige Sammlung schrumpeliger Äpfel und ausgetrockneter Orangen, ein paar Sudoku-Bücher und ganz hinten in der Ecke einen Korb mit Spielsachen. Frieda ging hinüber und begann darin herumzuwühlen.

»Kann ich Ihnen helfen?«, fragte die Frau an der Ladentheke. »Suchen Sie etwas Bestimmtes?«

»Einen Teddybären.«

Die Gesichtszüge der Frau wurden weich. »Sie haben ein Kind da drin«, stellte sie fest. Frieda widersprach ihr nicht. »Ich fürchte, richtige Teddys haben wir nicht, dafür aber eine sehr beliebte Puppe, die schreit, wenn man sie aufsetzt.«

»Ich glaube, die kommt nicht infrage.«

Frieda zog einen grünen Samtfrosch mit Glupschaugen hervor, dann eine Stoffpuppe mit langen, spindeldürren Beinen, schließlich eine kleine, schäbig wirkende Schlange. Ganz unten im Korb stieß sie auf einen flauschigen Hund mit weichen Schlappohren und Knopfaugen. »Der dürfte richtig sein.«

Sie rannte die Treppe zur Station hinauf und blieb am Empfang stehen.

»Könnten Sie diesen Hund bitte Michelle Doyce in Bett sechs geben?«

»Möchten Sie ihn ihr denn nicht selbst bringen?«

»Nein.«

Die Schwester zuckte mit den Achseln. »Wie Sie wollen.«

Frieda wandte sich zum Gehen, blieb aber an der Doppeltür stehen. Von Michelle unbemerkt, verfolgte sie, wie die Schwester ihr den Hund in die Hand drückte. Frieda beobachtete sie aufmerksam: Michelle setzte den Hund neben sich aufs Kissen und nickte ihm respektvoll zu. Dann streckte sie einen Finger aus und berührte scheu lächelnd seine Nase. Als sie schließlich nach ihrem Wasserglas griff und es ihm unter die Schnauze hielt, lag auf ihrem Gesicht ein Ausdruck zärtlicher Fürsorge und nervösen Glücks. So wenig war nötig gewesen, um sie glücklich zu machen. Frieda schob die Flügeltür auf und glitt hinaus.

An manchen Tagen schlief sie. Sie wusste, dass das falsch war, aber wenn sich diese lähmende Trägheit in ihr breitmachte, rollte sie sich zu einer Kugel aus Körper, dicker Kleidung und feuchtem Haar zusammen, schloss die verklebten Augen und ließ sich hinabsinken in düstere Träume, dunkelgrünen Tang und weichen, schwebenden Schlamm. Dabei war ihr halb bewusst, dass sie schlief: Ihre Träume vermischten sich mit dem, was um sie herum vorging – den Schritten auf dem Treidelpfad und den anschwellenden und dann wieder leiser werdenden Stimmen, energisch gerufenen Anweisungen aus Richtung der Ruderboote, die an ihrem Boot vorbeiglitten.

Wenn sie dann wieder aufwachte, fühlte sie sich jedes Mal benommen und schlapp – und schuldig. Wenn er sie so sähe, wäre er wütend. Nein, nicht wütend, sondern enttäuscht. Dieses Gefühl mochte sie gar nicht. Sie musste an die hängenden Schultern ihrer Mutter denken, das tapfere Lächeln, das langsam erstarb, bis es am Ende ganz aus ihrem Gesicht verschwand. Alles war besser, als jemanden zu enttäuschen.

An diesem Tag hatte sie dem Schlaf nachgegeben. Als sie plötzlich mit einem Ruck hochschreckte, wusste sie nicht mehr, wo sie sich befand. Speichel lief ihr übers Kinn, ihr Haar juckte, und ihre Wange war wundgescheuert vom rauen Bezug der Bank, auf der sie lag. Nicht einmal an ihren Namen konnte sie sich erinnern. Sie war niemand, nur eine unförmige Gestalt ohne Namen, ohne Ich. Sie wartete. Sie verdeutlichte sich, wer sie war. Die Stirn gegen das schmale Fenster gedrückt, starrte sie auf den sich bewegenden Fluss hinaus. Zwei Schwäne segelten elegant vorüber. Böse, böse Blicke.

9

Dieser Fall.« Polizeipräsident Crawford gab sich kaum Mühe, seine Gereiztheit zu verbergen. »Kommen Sie damit allmählich zu einem Ende?«

»Nun ja«, begann Karlsson, »es gibt mehrere …«

»Ich habe mir den vorläufigen Bericht angesehen. Das klingt alles recht eindeutig. Die Frau ist nicht ganz richtig im Kopf.« Der Polizeipräsident klopfte sich mit einem Finger an die Stirn. »Daher spielt das Endergebnis keine allzu große Rolle. Das Opfer wurde im Affekt getötet. Sie befindet sich ja ohnehin schon in einer psychiatrischen Klinik, kann also keinen Schaden mehr anrichten.«

»Wir wissen noch nicht mal, um wen es sich bei dem Opfer handelt.«

»Um einen Drogendealer?«

»Dafür liegen keine Beweise vor.«

»Sie haben sein Foto durch die Vermisstendatei gejagt?«

»Ohne Erfolg. Ich habe vor, die anderen Hausbewohner noch genauer zu befragen. Vielleicht können die uns weiterhelfen.«

»Ich frage mich, ob Sie damit nicht Ihre Zeit vergeuden.«

»Der Mann wurde trotz allem ermordet.«

»Das ist kein Fall wie der mit den vermissten Kindern, Mal.«

»Sie meinen, es ist den Leuten egal?«

»Es geht darum, Prioritäten zu setzen«, antwortete Crawford stirnrunzelnd. »Nehmen Sie wenigstens Jake Newton mit. Zeigen Sie ihm, mit was für einem Mist wir uns rumschlagen müssen.«

Karlsson setzte zu einer Antwort an, doch Crawford ließ ihn nicht zu Wort kommen. »In Gottes Namen, bringen Sie diesen Fall so schnell wie möglich zu Ende!«

An diesem Tag trug Jake eine schmale, gestreifte Kordhose und hellbraune, auf Hochglanz polierte Lederschuhe mit gelben Schnürsenkeln. Als er ausstieg, spannte er seinen Schirm auf, weil es inzwischen in Strömen goss, wobei der Regen langsam in Schnee überging. Während er aufs Haus zusteuerte und dabei genau aufpasste, wo er hintrat, hielt er sich mit einer Hand sein knopfloses Jackett zu. Die Absperrungen waren entfernt worden, die Meute der Neugierigen längst verschwunden, und abgesehen von dem Plastikband, das sich quer über Michelle Doyces Tür spannte, wies nichts mehr darauf hin, dass hier ein Verbrechen geschehen war. Auf dem Gang lag noch derselbe Müll herum, und in der Luft hing derselbe Gestank nach Kot und Fäulnis, der sich sofort in Karlssons Kehle festsetzte und Jake Newton das Gesicht verziehen ließ. Letzterer zog ein großes weißes Taschentuch aus der Jackentasche und schnäuzte unnötigerweise gleich mehrmals hinein. »Ziemlich stickig hier drin, was?«

»Ich schätze, die haben hier keine Putzfrau«, erklärte Karlsson, während er Newton die Treppe hinaufführte und nun ebenfalls achtgab, wo er hintrat.

Später, als er mit Yvette darüber sprach, konnte er nicht genau sagen, welche der drei Befragungen ihn am meisten deprimiert hatte. Lisa Bolianis war die Einsamste im Haus. Sie hatte ein faltiges, gerötetes Gesicht, dünne Arme und Beine, aber die Wampe einer Säuferin. Obwohl sie aussah wie Mitte vierzig, stellte sich heraus, dass sie erst zweiunddreißig war. Durch ihre Alkoholsucht hatte sie sowohl ihre Kinder als auch ihr Zuhause verloren. Sie roch nach billigem Schnaps und sprach mit ausdrucksloser, nuschelnder Stimme. Karlsson entgingen weder die Flaschen unter ihrem Bett noch die schmutzigen Decken, die zusammen mit einer zerrissenen rosa Bettdecke darauf gestapelt lagen. Ihre Kleidung befand sich in zwei schwarzen Mülltüten, die in einer Ecke standen. Sie sagte, Michelle Doyce sei »recht nett« gewesen, ansonsten aber wisse sie nichts über sie und auch nichts über den Mann, der in ihrem Zimmer gefunden worden sei. Es kämen jede Menge seltsame Männer ins Haus, aber mit denen habe sie nichts zu schaffen, und sie wäre bestimmt nicht in der Lage, jemanden zu identifizieren, wenn man ihr ein Foto zeigte. Von Männern habe sie sowieso die Nase voll, die hätten ihr noch nie gutgetan, angefangen bei ihrem Stiefvater. Karlsson registrierte ihre entzündeten Mundwinkel. Als sie ihn anzulächeln versuchte, sah er, wie ihre Haut aufriss. Obwohl er sein Notizbuch in der Hand hielt, schrieb er nichts hinein. Im Grund wusste er gar nicht recht, warum er überhaupt gekommen war. Yvette und Chris Munster hatten bereits mit der Frau gesprochen. Was hatte er erwartet? Währenddessen stand Jake die ganze Zeit neben der Tür. In seinem Gesicht zuckte es nervös, und ständig zupfte er irgendwelche imaginären Flusen vom Ärmel seiner Jacke.

Wenn die Frau von allen Hausbewohnern am einsamsten war, dann war Tony Metesky definitiv derjenige, der am weitesten außer Reichweite der Gesellschaft zu stehen schien – ein riesiges, vernarbtes Wrack von einem Mann, der Karlsson nicht in die Augen sehen konnte und beim Sprechen unruhig vor und zurück schaukelte, während er lauter sinnloses Zeug von sich gab, einzelne Worte ohne jeden Zusammenhang oder bruchstückhafte Sätze. Die Nadeln hatte man entsorgt. Eine von der Stadt beauftragte Entrümpelungsmannschaft war angerückt. Bekleidet mit besonderen Uniformen, die diese Leute aussehen ließen wie Polizeitaucher, hatten sie einen ganzen Tag gebraucht, um den Raum zu säubern. Als Karlsson nun den Versuch unternahm, den Mann nach den Drogenhändlern zu fragen, die sich in seinem Zimmer eingenistet hatten, rang Metesky nur wortlos die wabbeligen Hände und verzog vor Angst das Gesicht.

»Sie haben nichts zu befürchten, Tony«, beruhigte ihn Karlsson. »Wir brauchen Ihre Hilfe.«

»Ich war's nicht.«

»Haben Sie gesehen, wie jemand die Wohnung von Michelle Doyce betrat? Jemand von den Leuten, die hier im Haus ein und aus gingen?«

»Wie ein großes Baby, so bin ich. Werd niemandem was verraten. So bin ich. Ein fettes, stinkendes Baby.« Er stieß ein nervöses Lachen aus und starrte Karlsson dabei ins Gesicht, weil er wohl auf ein zustimmendes Lächeln hoffte.

»Die Männer, die zu Ihnen in dieses Zimmer gekommen sind, haben Sie bedroht, stimmt's?«

»Das macht nichts.«

Karlsson gab auf.

Zu Michael Reilly begleitete Jake ihn nicht mehr. Er zog es vor, im Wagen zu warten, weil man ihn vor Reillys Hund gewarnt hatte. Das Tier war an den Heizkörper gekettet, versuchte aber immer wieder knurrend, sich auf Karlsson zu stürzen, der mit der Zeit Angst bekam, der Heizkörper könnte sich von der Wand lösen. Die Luft roch intensiv nach Hundehaar, Hundescheiße und dem Hundefutter in der Plastikschüssel auf dem Boden. Michael Reilly aber war der redseligste der drei verbliebenen Hausbewohner. Aufgeregt tigerte er durch den Raum, immer im Kreis, und fuchtelte dabei mit dem Zeigefinger in der Luft herum. Metesky sei ein komischer Kauz, und diese Lisa Bolianis merke doch nicht mal, was direkt vor ihrer Nase passiere, aber er, Michael, habe sehr wohl das eine oder andere zu erzählen. Er wolle bei den Ermittlungen voll und ganz kooperieren. Wüssten sie denn zum Beispiel, dass hier Kinder ins Haus kämen, um sich ihre Drogen zu besorgen? Und damit meine er wirklich *Kinder*, nicht älter als vierzehn. Das finde er einfach nicht richtig. Ihm sei klar, dass er eigentlich kein Recht habe, darüber zu urteilen, aber seine eigene Drogenzeit liege weit zurück, er habe dafür gebüßt und reinen Tisch gemacht, und seitdem sei er sauber geblieben. Er wolle wirklich nur helfen.

»Verstehe«, antwortete Karlsson ernst. Er war lange genug bei der Londoner Polizei, um einen Cracksüchtigen sofort zu erkennen. »Können Sie uns etwas über Michelle Doyce erzählen?«

»Die? Die ist mir aus dem Weg gegangen. Ich versuche, immer freundlich zu sein, aber bei diesen Leuten ist das sehr schwierig.

Als ich ihr das erste Mal begegnet bin, wollte sie Tee für mich machen, hat es sich dann aber anders überlegt. Ich glaube, es lag an Buzz. Sie mochte dich nicht, stimmt's, Buzz?« Buzz knurrte. Zwischen seinen gefletschten Lefzen tropfte Speichel heraus. Der Heizkörper wackelte. »Sie war nicht viel hier, sondern immer unterwegs, auf der Suche nach ihrem Zeug. Ich habe sie mal unten am Fluss gesehen, als gerade Ebbe war. Sie hat alles Mögliche aus dem Schlamm gefischt.«

»Haben Sie sie je in Begleitung gesehen?«

Er schüttelte den Kopf. »Ich habe sie auch nicht viel reden hören.«

»Die Männer, die Mister Meteskys Raum benutzten, sind die auch mal in die anderen Zimmer gegangen?«

»Ich weiß, worauf Sie hinauswollen.«

»Dann beantworten Sie meine Frage.«

»Nein, sind sie nicht.«

»Auch nicht in das Zimmer von Michelle Doyce?«

»Die blieb immer für sich. Eine recht traurige Sorte Dame, wenn Sie mich fragen. Warum wäre sie sonst auf dieser Müllkippe hier gelandet? Sie würden doch auch nicht hier leben wollen, solange Sie anderswohin könnten, oder? Aber ich habe immerhin meinen Hund, was, Buzz? Wir leisten uns gegenseitig Gesellschaft.«

Ein unheimlicher Laut drang aus Buzz' breitem Brustkorb. Der Hund verdrehte so wild die Augen, dass Karlsson nur noch das Weiß hervorblitzen sah.

Frieda, die gerade die Blackfriars Bridge überquerte, blieb in der Mitte stehen, um erst nach Westen zu blicken, in Richtung London Eye und Big Ben, und dann nach Osten, wo die sanft geschwungene Kuppel von St. Paul's aufragte. Alles flackerte, als würde es sich gleich auflösen. Schuld waren die dichten Schneeflocken, die sich erst unten auf dem Gehsteig in Matsch verwandelten. Während Frieda sich raschen Schrittes wieder in Bewegung setzte, versuchte sie ein unbestimmtes Gefühl von Angst und Niedergeschlagenheit abzuschütteln. Ohne noch einmal stehen zu bleiben, ließ sie Smithfield Market und die St. John Street hinter sich und erreichte schließlich Islington. Fünf Minuten zu früh stand sie vor dem Haus von Chloë und Olivia, wo sie ihrer Nichte eine Nachhilfestunde in Chemie geben sollte. Trotzdem hörte sie, als sie klopfte, sofort eilige Schritte. Chloë war in den letzten paar Monaten größer und dünner geworden. Das kurz geschnittene Haar stand ihr in unterschiedlich langen Strähnen vom Kopf ab, so dass Frieda sich fragte, ob sie sich die Frisur selbst verpasst hatte. Ihre Augen waren dick mit Kajal umrandet, und ein neues Piercing zierte ihre Nase. Am Hals hatte sie einen halb verblassten Knutschfleck.

»Gott sei Dank bist du da!«, rief Chloë in pathetischem Ton.

»Warum Gott sei Dank?«

»Mum ist in der Küche. Mit einem *Mann.*«

»Ist das so eine Katastrophe?«

»Sie hat ihn im Internet aufgegabelt.«

»Wo liegt das Problem?«

»Ich dachte, wenigstens du wärst auf meiner Seite.«

»Mir war gar nicht klar, dass es hier überhaupt verschiedene Seiten gibt.«

»Ich bin keine Patientin von dir, Frieda.«

Frieda streifte sich die Schuhe ab, hängte ihren Mantel an den Garderobenhaken und betrat dann das wilde Durcheinander des Wohnzimmers.

»Chemie?«, fragte sie, während sie nach einem Sitzplatz Ausschau hielt.

Chloë verdrehte die Augen. »Was sollte ich an einem Freitag denn sonst mit meinem verkorksten Leben anfangen?«

Der Schnee ging wieder in Regen über. Den Rest des Tages und die ganze Nacht goss es so heftig, dass sich auf den Straßen das Wasser staute und in den Parks große Pfützen bildeten, die langsam zu größeren Flächen zusammenwuchsen. Gullys liefen über.

Von den Autos stiegen schmutzige Fontänen auf. In den Kanälen schäumte das Wasser. Auf den Straßen liefen die Menschen unter großen Schirmen, die sie kaum schützten, von einem Geschäft zum anderen. Die klatschnasse Welt schrumpfte: Im Dunst des kalten Regens sah man kaum das Ende der Straße, geschweige denn einen Baumwipfel. Die braune Themse schwoll an. Es regnete den ganzen Abend und bis in die Nacht hinein. In Häusern und Wohnungen lagen die Menschen allein oder paarweise in ihren Betten und lauschten dem Regen, der mit beängstigender Wucht gegen ihre Fenster schlug. Der Wind peitschte durch die Bäume und riss die Deckel von den Mülltonnen. Klappernd rollten sie in der Dunkelheit die Straßen entlang.

In einer kleinen Gasse in Poplar, die zwischen zwei Wohnblöcken mit vernagelten Fenstern und Türen in Richtung des Flusses Lea verlief, ging ein Gully über. Kurz nach drei Uhr morgens drückte das Wasser den Kanaldeckel hoch. Etwa zehn Minuten später tauchte an der Oberfläche ein Knäuel Haare auf. Darunter schimmerte etwas Helles.

Erst um acht Uhr fünfundzwanzig, als der Regen an diesem Morgen in ein eisiges Nieseln überging, stieß ein Teenager, der seinen Hund spazieren führte, auf sterbliche Überreste, die eindeutig menschlich waren. Eindeutig weiblich.

Frieda war schon um fünf aufgewacht. Sie genoss es, in ihrem kleinen, ordentlichen Haus zu sein, wenn draußen so wildes Wetter tobte. Alles wurde von den Regentropfen niedergeprasselt, die wie Pistolenkugeln gegen ihre Fenster knallten. Die Windböen klangen nach stürmischer See. Frieda schaffte es eine Weile, einfach nur dazuliegen und zu lauschen, ohne zu denken. Dann aber klärte sich ihr Kopf, und Gedanken drängten in ihr Bewusstsein. Eigentlich waren es eher Bilder – Bilder von Menschen, die Frieda ganz deutlich vor sich sah: Sandy, der so weit weg war, sie im Schlaf aber dennoch mit den Fingern berührte und dann endlich die Arme um sie schlang. Alan mit seinen braunen Spanielaugen, der seine Frau verlassen hatte und spurlos verschwunden war. Sein eineiiger Zwilling Dean, der schon seit über einem Jahr tot war, nun aber wieder in ihren Träumen auftauchte, immer mit diesem halb liebenswürdigen, halb fiesen Lächeln im Gesicht. Deans Frau Terry. Terrys traurige, schüchterne Schwester Rose und schließlich Michelle Doyce mit ihrem konturlosen Gesicht und ihren starken, verhornten Händen, die mit toten Männern und Plüschhunden sprach, als könnten sie jedes Wort verstehen. Frieda wandte sich dem Fenster zu, in der Hoffnung, bald den ersten Lichtstrahl durch die Vorhänge lugen zu sehen. Einzelne Wörter und Bruchstücke von Sätzen schwirrten durch ihren Kopf wie kleine Lichter in der Dunkelheit. Sie versuchte, ihre Ängste zu sortieren und ihnen einen passenden Namen zu geben.

Kurz vor sechs stand sie auf, schlüpfte in einen Morgenmantel und ging hinunter, um im Wohnzimmer das Kaminfeuer anzuzünden und sich eine Kanne Kaffee zu machen. Es war Sonntag: Sie brauchte keine Patienten zu betreuen, an keiner Besprechung teilzunehmen und auch sonst keine Pflichten zu erfüllen. Eigentlich hatte sie vorgehabt, einen Spaziergang durch die halb überfluteten Straßen zu machen, dem Blumenmarkt einen Besuch abzustatten, Vorräte einzukaufen und im Café ihrer Freundin vorbeizuschauen, der Nummer 9, um sich dort eine Schüssel Porridge oder einen Zimtbagel zu gönnen und sich dann vielleicht noch ein Stündchen zum Zeichnen in ihr Arbeitszimmer zu verziehen, das wie ein Adlerhorst ganz oben auf ihrem schmalen Haus thronte. Stattdessen saß sie nun neben dem Feuer, zu dem sie sich gelegentlich hinunterbeugte, um es anzufachen, und trank eine Tasse Kaffee nach der anderen, während sie versuchte, Ordnung in die Ereignisse der vergangenen Woche zu bringen – und damit auch in das Chaos aus Emotionen, die durch ihre Befragung im Zusammenhang mit Carrie Dekkers Beschwerde und Karlssons überraschendes Wiederauftauchen in ihrem Leben aufgewirbelt worden waren.

Wie aufs Stichwort läutete es an der Tür.

10

Karlsson wirkte vor Friedas Tür seltsam fremd, als hätte er sich verkleidet. Er trug eine schwarze Jeans, einen Pulli und eine Lederjacke, alles feucht vom Regen. Sein nasses Haar klebte ihm am Kopf, wodurch er älter und dünner aussah.

»Sie haben mich erschreckt«, meinte Frieda. Tatsächlich empfand sie einen Anflug von Angst: Er brachte keine guten Nachrichten. »Sie tragen keinen Anzug.«

»Heute ist Sonntag«, entgegnete er.

»Möchten Sie eine Tasse Kaffee?«

»Ich glaube nicht, vielleicht ein andermal.«

»Kommen Sie trotzdem herein?«

»Nur für eine Minute.« Er trat in die Diele. »Ich wollte Ihnen sagen, dass wir für morgen eine Besprechung bezüglich des Falls angesetzt haben. Vermutlich werden wir die Akte schließen. Es wäre mir sehr recht, wenn Sie dabei sein könnten. Falls Sie nicht gerade einen Patienten haben – was ich fast befürchte.«

»Um welche Uhrzeit?«

»Halb zehn.«

»Da habe ich eine Lücke. Ich könnte für eine Stunde kommen.«

»Gut. Jemand, den Sie vermutlich kennen, wird ebenfalls dabei sein. Doktor Hal Bradshaw.«

»Ich habe von ihm gehört.«

»Hin und wieder arbeitet er als Profiler für uns. Er ist sehr teuer, aber der Polizeichef hält viel von ihm.«

»Ich möchte auf keinen Fall einem Kollegen ins Gehege kommen.«

»Wir wollen darüber entscheiden, ob wir den Fall abschließen und an den Crown Prosecution Service übergeben.«

»Also gut«, antwortete Frieda. »Aber Sie tauchen doch nicht so früh am Sonntagmorgen hier bei mir auf, nur um mich über einen Besprechungstermin zu informieren.«

»Nein.«

Nun, da der Moment gekommen war, widerstrebte es ihm, die Worte auszusprechen.

Sie musterte ihn besorgt. »Kommen Sie, ich mache uns doch einen Kaffee. Sie sehen aus, als könnten Sie eine Tasse vertragen.«

Er folgte ihr in die Küche, wo Frieda erst ein Päckchen Kaffeebohnen aus dem Schrank holte und dann ein Mohnbrötchen aus einer Tüte nahm und für Karlsson auf einen Teller legte. Er hatte inzwischen neben dem Fenster Stellung bezogen und sah ihr wortlos zu. Erst als die Kaffeebecher auf dem Tisch standen und Karlsson seine Jacke ausgezogen hatte, setzten sie sich einander gegenüber.

»Nun sagen Sie es mir schon.«

»Durch den Regen«, begann er, »kam es zu Überflutungen.« Er schwieg einen Moment.

»Überflutungen«, wiederholte Frieda ungeduldig.

»Gestern Morgen ist ein Jugendlicher mit seinem Hund auf sterbliche Überreste gestoßen, die durch einen Gully in Poplar hochgeschwemmt wurden. In den nächsten Tagen werden wir die Leiche identifizieren. Vermutlich mithilfe zahnärztlicher Unterlagen. Aber ich weiß schon jetzt, was dabei herauskommen wird.«

Frieda saß ganz still da und musterte ihn mit ihren dunklen Augen. Er streckte eine Hand aus und legte sie einen Augenblick auf die ihre. Sie reagierte nicht, zog ihre Hand aber auch nicht weg.

»Kathy Ripon«, flüsterte sie schließlich.

Kathy Ripon: die junge Studentin, die Professor Seth Boundy, ein Spezialist für eineiige Zwillinge und die damit verbundene Genetikforschung, vorletzten Dezember zu Dean Reeve geschickt hatte, und zwar aufgrund von Informationen, die er von

Frieda bekommen hatte. Kathy Ripon, die seitdem spurlos verschwunden war, auch wenn ihre Eltern noch immer auf ihre Rückkehr hofften. Kathy Ripon, die auf Friedas Gewissen lastete wie ein Felsblock und deren schmales, intelligentes Gesicht sie nicht nur in ihren Träumen, sondern auch im Wachzustand immer wieder verfolgte.

»Die Leiche trug ein Medaillon«, erklärte Karlsson leise, während er seine Hand zurückzog und nach seiner Kaffeetasse griff.

Frieda hatte gewusst, dass Kathy Ripon tot war. Sie war sich zu hundert Prozent sicher gewesen. Trotzdem kam es ihr jetzt so vor, als hätte ihr jemand einen Magenschwinger verpasst. Das Sprechen fiel ihr schwer. »Wissen die Eltern es schon?«

»Sie wurden gestern Abend informiert. Ich wollte, dass Sie es von mir erfahren, bevor Sie es in der Zeitung lesen.«

»Danke«, sagte Frieda.

»Bei ihr war es anders als bei den Kindern«, fuhr Karlsson fort. »Dean brauchte Kathy nicht. Ihr Auftauchen kam ihm alles andere als gelegen. Er musste sie einfach aus dem Weg räumen. Wahrscheinlich war sie schon tot, als wir von ihrem Verschwinden erfuhren.«

»Wahrscheinlich. Vielleicht.« Es kostete sie große Mühe, Karlsson anzusehen. »Danke«, sagte sie noch einmal.

»Wofür? Dafür, dass ich als Überbringer schlechter Nachrichten zu Ihnen komme?«

»Ja. Dazu waren Sie schließlich nicht verpflichtet.«

»Doch. Es gibt ein paar Dinge ...« Er wurde von einer blechernen, elektronischen Version von Bizets Toreromarsch unterbrochen. Rasch zog er sein Handy heraus und warf einen Blick auf das Display.

Frieda sah, wie seine Miene sich verfinsterte. »Arbeit?«

»Familie.«

»Da müssen Sie wohl los.«

»Ja. Tut mir leid.«

»Das ist schon in Ordnung.«

Nachdem sie ihn hinausgelassen hatte, konnte sie nur noch den Kopf an die Innenseite der Tür lehnen, zu mehr war sie nicht mehr fähig. Krampfhaft versuchte sie, nicht daran zu denken, wie es für die junge Frau gewesen sein musste. Diese Art Mitgefühl tut niemandem gut, schalt sie sich selbst. Trotzdem. Anlässlich der Rettung der Kinder hatten damals so viele Feiern stattgefunden, ganz zu schweigen von den enthusiastischen Pressekonferenzen, aber während dieser ganzen Zeit hatte sich Kathy Ripon unter der Erde befunden, und niemand war gekommen, um sie zu retten: eine kluge, hart arbeitende junge Frau, die in ihrem Bestreben, es ihrem Professor recht zu machen, mit gezücktem Notizbuch und ihrem Forschungsfragebogen an den Rand des schwarzen Lochs getreten war, das Dean Reeves Leben darstellte – und prompt in die Tiefe gezogen wurde.

Frieda hoffte so sehr, dass Karlsson recht behielt und Kathy Ripon schnell gestorben war, ohne dass ihr Mörder ein böses Spiel mit ihr getrieben oder sie lebendig begraben hatte. Man hörte von solchen Fällen: Opfer, die wussten, dass ihre potenziellen Retter sich direkt über ihnen befanden, ohne dass sie sich ihnen gegenüber bemerkbar machen konnten. Frieda schauderte. Einen Moment fühlte sich ihr kleines Haus – das sich zwischen ehemalige Stallungen schmiegte und inzwischen von hohen Gebäuden umgeben war – mit seinen dunklen, in gedeckten Farben gestrichenen Räumen nicht mehr wie ein Refugium an, sondern mehr wie ein unterirdisches Gewölbe, und sie selbst kam sich vor wie ein lichtscheues, im Erdreich lebendes Wesen, das sich vor der Helligkeit der Welt versteckte.

Dann, als würde aus den Tiefen eines schlammigen Sees eine Leiche zur Wasseroberfläche emporsteigen, kam ihr plötzlich wieder in den Sinn, was Carrie Dekker über ihren Mann Alan erzählt hatte, Deans eineiigen Zwilling. Dass er spurlos verschwunden sei. Frieda presste die Stirn noch fester gegen die Tür. Sie spürte, wie ihr Gehirn arbeitete, die Gedanken durch ihren Kopf rasten. Sie konnte es einfach nicht sein lassen: Unaufhaltsam sickerte die Vergangenheit in die Gegenwart. Es gab ein paar Dinge, die sie unbedingt in Erfahrung bringen musste. Sie fragte sich, warum sie das tat. Warum kehrte sie zu diesen alten Geschichten zurück?

Am Montag hatte sie schon um acht Uhr morgens eine Sitzung mit einem Mann Mitte zwanzig – auch wenn er an diesem Tag eher wie ein kleiner Junge wirkte. Die ersten zehn Minuten hing er vornübergebeugt in seinem Stuhl, während sein massiger Körper von heftigen Schluchzern bebte. Dann stolperte er plötzlich zu Frieda hinüber, sank neben ihr auf die Knie und versuchte sie dazu zu bringen, ihn in den Arm zu nehmen und zu halten. So sehr sehnte er sich danach, in beruhigendem Ton gesagt zu bekommen, dass schon alles gut werden würde und sie ihm seine ganze Last abnehmen könne. Er fühlte sich einsam, ungeliebt und verloren und wünschte sich jemanden, der sich um ihn kümmerte. Offenbar glaubte er, Frieda könnte seine Mutterfigur werden, seine Freundin und Retterin. Sie griff nach seiner rauen Hand und führte ihn zurück an seinen Platz, wo sie ihm eine Schachtel Papiertücher reichte und sagte, er solle sich Zeit lassen. Dann setzte sie sich wieder in ihren roten Sessel und wartete. Während er weiterweinte und dabei ständig sein tränenüberströmtes Gesicht abwischte, stieß er schluchzend eine Entschuldigung nach der anderen aus. Sie betrachtete ihn schweigend. Erst als seine Tränen endlich versiegt waren, fragte sie: »Warum haben Sie sich denn die ganze Zeit entschuldigt?«

»Keine Ahnung. Ich bin mir so dumm vorgekommen.«

»Warum denn dumm? Sie waren eben traurig.«

»Keine Ahnung.« Er starrte sie hilflos an. »Ich weiß es nicht. Wirklich nicht. Ich weiß ja nicht mal, wo ich anfangen soll. Wo soll ich anfangen?«

Nachdem er das Haus verlassen und sie sich ihre Notizen gemacht hatte, ging Frieda zur U-Bahn-Station in der Warren Street und stieg in den nächsten Zug, der prompt fünfzehn Minuten in einem Tunnel stehen blieb. Eine knisternde Stimme sprach von einer »Leiche unter einem Zug am Earl's Court«. Die Information wurde mit unzufriedenem Gemurmel quittiert. »Das ist doch gar nicht unsere Linie«, bemerkte eine Frau neben ihr. Frieda stieg an der nächsten Haltestelle aus und hielt im kalten Regen nach einem Taxi Ausschau, konnte aber keines entdecken. Obwohl sie am Ende zu Fuß gehen musste, kam sie nur wenige Minuten zu spät zu der Besprechung. Am Tisch saßen fünf Personen: Karlsson, Polizeichef Crawford (den sie noch nicht persönlich kannte, im Vorjahr aber im Fernsehen gesehen hatte, als er darüber sprach, welch hervorragende Arbeit die Polizei im Fall von Matthews Rettung geleistet habe, auch wenn er dafür keineswegs allein die Lorbeeren einheimsen wolle), Yvette Long (die Frieda leicht irritiert musterte, als fragte sie sich, was sie dort verloren habe) und zwei Männer, die Frieda nicht kannte. Den jüngeren von beiden stellte der Polizeichef als Jacob Newton vor. Er starrte Frieda an, als wäre sie ein besonders interessantes Ausstellungsstück in einem Kuriositätenkabinett. Bei dem zweiten Mann handelte es sich um Dr. Hal Bradshaw, den Frieda auf Anfang fünfzig schätzte. Seine dunklen Locken waren bereits grau meliert. Er trug einen Anzug, dessen Nadelstreifen durch ihren ungewöhnlichen Grünton auffielen. Als Karlsson beschrieb, welche Rolle Frieda in dem Dean-Reeve-Fall gespielt hatte, betrachtete Bradshaw sie mit gerunzelter Stirn.

»Ich sehe die Notwendigkeit nicht so recht«, bemerkte er an Polizeichef Crawford gewandt, »aber das ist natürlich nur meine persönliche Meinung.«

»Ich wollte sie dabeihaben«, erklärte Karlsson entschieden. Er wandte sich an Frieda. »Doktor Bradshaw war gerade im Begriff, uns über seine Einschätzung des Tatorts und Michelle Doyces Geisteszustand zu informieren. Doktor Bradshaw?«

Hal Bradshaw hüstelte. »Sie sind vermutlich alle mit meinen Methoden vertraut«, begann er. »Meiner Meinung nach haben Mörder eine gewisse Ähnlichkeit mit Künstlern, insbesondere Geschichtenerzählern.« Crawford nickte zustimmend und lehnte sich dabei zurück, als spürte er endlich sicheren Boden unter den Füßen. »Der Tatort ist sozusagen das Kunstwerk des Mörders.«

Während Bradshaw langsam in Fahrt kam, lehnte Frieda sich ebenfalls zurück und betrachtete die an der Decke angebrachten grauen Kunststofffliesen, deren grobe Oberflächenstruktur sie an Pflastersteine erinnerte.

»Beim Anblick der Fotos hatte ich das Gefühl, ein Kapitel aus einem meiner eigenen Bücher vor mir zu haben. Das kommt mir jetzt zwar so vor, als würde ich die Pointe gleich am Anfang des Witzes verraten, aber mir war auf den ersten Blick klar, dass es sich bei Michelle Doyce um eine höchst systematisch vorgehende Psychopathin handelt. Wenn ich diese Bezeichnung verwende, denken die meisten von Ihnen vermutlich an einen Mann, der gern Frauen zerstückelt. Ich aber verwende den Ausdruck streng nach seiner Grundbedeutung. Mir war, wie gesagt, sofort klar, womit ich es hier zu tun hatte – einer Frau ohne jedes Mitgefühl. Das versetzte sie in die Lage, den Mord zu planen, auszuführen, anschließend den Tatort entsprechend zu manipulieren und dann ganz normal weiterzuleben, als wäre nichts gewesen.«

»Sind Sie zu all diesen Schlüssen gelangt, bevor Sie mit ihr gesprochen hatten?«, fragte Karlsson.

Als Bradshaw sich ihm zuwandte, sprach aus seiner Miene amüsierte Nachsicht. »Ich übe diesen Beruf nun schon seit fünfundzwanzig Jahren aus. Im Lauf der Zeit entwickelt man einen sechsten Sinn für so etwas, genau wie ein Kunstexperte einen gefälschten Vermeer bereits von Weitem erkennt. Natürlich habe ich Michelle Doyce dann noch befragt – soweit das in ihrem Fall überhaupt möglich ist.«

Frieda starrte immer noch zu den Kunststofffliesen hinauf. Sie versuchte herauszufinden, ob sich das streifige Muster wiederholte oder dem Zufallsprinzip folgte.

»Hat sie ein Geständnis abgelegt?«, wollte Karlsson wissen.

Bradshaw schnaubte verächtlich. »Der Tatort war ihr Geständnis«, erklärte er. Wie bei den meisten seiner Äußerungen wandte er sich dabei an den Polizeipräsidenten. »Ich habe mir ihre Akte angesehen. Das Leben, das sie geführt hat, war von totalem Versagen und absoluter Machtlosigkeit geprägt. Dieses Verbrechen und der dazugehörige Tatort waren ihr letzter, verspäteter Versuch, ein gewisse Kontrolle über ihr Leben zu erlangen, und zugleich eine Demonstration sexueller Macht. ›Hier ist ein nackter Mann‹, wollte sie damit sagen, ›seht, was ich mit ihm machen kann.‹ Ihr ganzes Leben lang wurde sie von den Männern zurückgewiesen. Am Ende beschloss sie, es ihnen heimzuzahlen.«

»Für mich ergibt das durchaus Sinn«, verkündete Crawford. »Sie stimmen mir doch sicher zu, Mal?«

»Aber hat sie denn etwas gesagt«, wandte Karlsson sich an Bradshaw, »als Sie sie nach der Leiche gefragt haben?«

»Nicht direkt«, antwortete Bradshaw. »Sie faselte nur etwas vom Fluss und von Schiffen und Flotten. Aber wenn meine Version der Geschichte stimmt, wovon ich überzeugt bin, dann ist das keineswegs purer Unsinn. Es handelt sich vielmehr um ihre ganz eigene Art, ihr Tun zu erklären. Zwar liegt ihre Wohnung nicht weit vom Fluss entfernt, so dass sie ihn vom Haus aus fast sehen konnte. Trotzdem ist der Fluss meiner Einschätzung nach eher als das große Symbol für die Frau zu verstehen. Die fluviale Frau.« Frieda löste den Blick gerade noch rechtzeitig von der Decke, um mitzubekommen, wie Bradshaw seine Worte mit einer fließenden Handbewegung unterstrich. »Die Schiffe und die Flotte wiederum«, fuhr er fort, »sind Symbole für den Mann. Ich glaube, sie will uns damit sagen, dass der Fluss mit seinen weiblichen Gezeiten und Strömungen das männliche Boot auf das Meer hinausspült. Was ja eine Art Tod darstellt.«

»Ich wünschte, sie könnte uns einfach sagen, wie es war«, mischte Yvette sich ein. »Für mich klingt das alles ein bisschen abstrakt.«

»Aber sie sagt es uns doch«, widersprach Bradshaw. »Sie müssen ihr nur zuhören – wenn Sie mir die Bemerkung gestatten.«

Polizeichef Crawford nickte. Frieda warf einen Blick zu der

jungen Frau hinüber und sah, wie sie rot anlief und einen Moment ihre auf der Tischplatte ruhenden Hände zur Faust ballte, ehe sie sie wieder entspannte.

»Haben Sie sich Doktor Kleins Aufzeichnungen angesehen?«, fragte Karlsson.

Erneut stieß Bradshaw ein verächtliches Schnauben aus. »Da Doktor Klein persönlich anwesend ist, weiß ich nicht recht, ob ich dazu einen Kommentar abgeben soll«, verkündete er. »Andererseits halte ich es wirklich nicht für nötig, in diesem Fall auf psychologische Fantasiesyndrome zurückzugreifen, die in der Praxis so gut wie nie vorkommen. Ich will hier niemanden beleidigen, aber meiner Meinung nach spricht aus diesen Aufzeichnungen eine gewisse Naivität.« Lächelnd wandte er sich an Frieda. »Wie ich vom Pflegepersonal der Klinik hörte, haben Sie Michelle einen Teddybären gekauft.«

»Nein, es handelte sich um einen Plüschhund.«

»War das Teil Ihrer Untersuchung oder bereits Bestandteil Ihrer Therapie?«, fragte Bradshaw.

»Für Michelle stellt der Hund eine Art Gesprächspartner dar.«

»Das ist ja wirklich rührend. Wie auch immer, zurück zu unserem eigentlichen Thema.« Er klopfte auf eine Mappe, die vor ihm auf dem Tisch lag, und wandte sich erneut an den Polizeipräsidenten. »Es steht alles hier drin. Mein Ergebnis lautet, dass der Fall klar auf der Hand liegt. Die Frau entspricht genau dem Täterprofil. Natürlich kann man sie aufgrund ihres Zustands nicht vor Gericht stellen, aber den Fall können Sie trotzdem abschließen.«

»Was ist mit dem fehlenden Finger?«, fragte Frieda.

»Wie gesagt, es steht alles hier drin.« Bradshaw hob die Mappe hoch. »Sie sind doch Analytikerin, nicht wahr? Es passt alles zusammen. Was glauben Sie denn, wofür der abgeschnittene Finger steht?«

Frieda holte tief Luft. »Sie argumentieren, dass Michelle Doyce diesen Mann, nachdem sie ihn getötet und nackt ausgezogen hatte, auch noch symbolisch kastrieren wollte, indem sie ihm den Finger abschnitt. Warum hat sie ihm dann nicht gleich den Penis abgeschnitten?«

Wieder bedachte Bradshaw sie mit einem Lächeln. »Sie brauchen bloß meinen Bericht zu lesen. Die Frau ist eine Psychopathin. Sie gestaltet ihre Welt mithilfe von Symbolen.«

Karlsson warf seiner Stellvertreterin einen fragenden Blick zu.

Yvette zuckte mit den Schultern. »Für mich klingt das einfach zu vage, zu theoretisch. Man überführt einen Täter nicht aufgrund von Symbolen.«

»Die Frau ist doch verrückt«, meldete sich der Polizeipräsident in barschem Ton zu Wort. »Da spielt das sowieso keine Rolle.«

»Wie denken Sie darüber?«, wandte Karlsson sich an Frieda, als hätte er Crawfords Einwand nicht gehört. Abgesehen von der Ader, die an seiner Schläfe pulsierte, sah man ihm seine Wut kaum an, aber Frieda konnte sie spüren.

»Ich weiß nicht so recht«, antwortete sie. »Im Gegensatz zu Doktor Bradshaw bin ich auf diesem Gebiet keine Expertin. Ich meine, ich weiß es *wirklich* nicht.«

»Aber was *glauben* Sie?«

Frieda blickte wieder zu den Deckenfliesen empor. Definitiv kein Muster, sondern Zufallsprinzip, entschied sie.

»Ich traue Michelle Doyce diesen Mord einfach nicht zu. Ich habe versucht, mir entsprechende Szenarien auszumalen, aber keines davon ergibt einen Sinn.«

»Ich habe Ihnen doch gerade ein Szenario geliefert«, widersprach Bradshaw.

»Ja. Genau das meine ich.«

»Aber die Leiche befand sich in ihrer Wohnung!«, rief Crawford ungeduldig. Frieda wandte den Kopf in seine Richtung, während er sich vorbeugte und seine Worte unterstrich, indem er mit der Hand auf den Tisch schlug. In seinen Mundwinkeln glitzerte Speichel. »Sie muss es gewesen sein!«, fuhr er fort. »Oder sind Sie der Meinung, jemand anderer ist in die Wohnung gekommen und hat die Leiche dort zurückgelassen? Wenn wir nicht glauben, dass sie es war, wie, zum Teufel, sollen wir dann weitermachen?«

»In meinen Aufzeichnungen habe ich dazu geraten, ihr ganz genau zuzuhören«, antwortete Frieda.

»Aber sie faselt doch nur von Booten!«

»Stimmt«, pflichtete Frieda ihm bei. »Ich frage mich, was sie damit meint.«

»Tja«, meldete Karlsson sich zu Wort. Frieda hatte fast das Gefühl, dass er sich ein Lächeln verkniff. »Was das betrifft, haben wir ja Doktors Bradshaws Theorie über Flüsse und Frauen und all das.«

Frieda überlegte einen Moment. »Damit habe ich ein großes Problem«, erklärte sie. »Ich meine, ich habe mit der ganzen Sache Probleme, aber mit diesem Punkt besonders. Meiner Meinung nach zeichnet sich Michelle gerade dadurch aus, dass sie *nicht* in Symbolen spricht. Ich glaube, sie lebt in einer Welt, in der alles real ist. Genau das ist ihr Fluch.«

Karlsson sah zu Bradshaw hinüber. »Was sagen Sie dazu?«

»Draußen auf dem Gang habe ich eine Frau mit einem Teewagen gesehen«, antwortete Bradshaw. »Wollen Sie deren Meinung auch noch hören?«

Mit hochgezogenen Augenbrauen wandte Karlsson sich wieder an Frieda, doch die sah keine Veranlassung, das lange Schweigen, das nun folgte, zu brechen.

»Ich bin der gleichen Meinung wie Doktor Klein«, verkündete Karlsson schließlich.

»Verdammt, Mal!«, fluchte Crawford.

»Vielleicht hat Michelle Doyce diesen Mann ja tatsächlich getötet«, räumte Karlsson ein, »aber seit wann reicht uns ein ›Vielleicht‹?«

»Ich möchte diesen Fall abschließen«, entgegnete der Polizeipräsident beharrlich.

»Natürlich, das versuchen wir ja, aber…«

»Nein! Sie hören mir nicht zu. Allmählich habe ich das Gefühl, Sie verlieren aus den Augen, worum es geht. Dieser Fall wird abgeschlossen, und zwar jetzt sofort. Ich bin der Meinung von Doktor Bradshaw. Diese Doyce war es. Hiermit überstimme ich Sie, Mal. Schicken Sie die Akte an den CPS.«

»Tut mir leid, dass ich Ihre Zeit verschwendet habe, Frieda.«

»Es war nicht Ihre Schuld. Was werden Sie jetzt tun?«

»Wie meinen Sie das?«

»Bezüglich des Falls.«

»Sie haben es doch gehört. Ich schicke die Akte an den CPS. Michelle Doyce wird aufgrund ihres Geisteszustands nicht vor Gericht gestellt. Fall geklärt und abgeschlossen, Polizeipräsident zufriedengestellt, Täterin für den Rest ihres Lebens sicher verwahrt.«

»Aber wenn Sie doch nicht glauben, dass sie es war?«

Karlsson zuckte mit den Achseln. »Willkommen in meinem Leben.«

11

Jack Dargan blickte sich um. »Das ist doch mal was anderes«, stellte er fest, »wenn auch nicht unbedingt eine Verbesserung. Unsere Besprechungen in der Nummer 9 haben mir besser gefallen. Einen Cappuccino und einen von Marcus' kleinen Schokokuchen könnte ich jetzt gut gebrauchen.«

Durch den eisigen Nieselregen marschierten sie die Howard Street entlang. Das wenige, was von Jacks Gesicht hervorlugte, war gerötet. Er trug eine grüne Pudelmütze mit Ohrenklappen und einen braun-orange karierten Schal, den er sich mehrmals um den Hals geschlungen hatte. Wenn er nicht gerade sprach, zog er ihn sich über den Mund. Vervollständigt wurde seine Vermummung durch einen uralten, leuchtend blauen Anorak mit kaputtem Reißverschluss. Allerdings hatte er vergessen, Handschuhe anzuziehen, so dass er sich nun dauernd in die Hände blies. Jack war noch in der Ausbildung und Frieda seine Betreuerin, aber inzwischen duzten sich die beiden, und an diesem Tag sah er ohnehin aus wie ihr aufsässiger Neffe.

»In zehn Jahren, vielleicht auch nur fünf, wird dieses ganze Viertel komplett saniert sein. Häuser wie dieses hier wird man abreißen, um Platz zu schaffen für Bürogebäude«, erklärte Frieda, als sie vor Hausnummer drei stehen blieb.

»Gut.«

»Trotzdem werden die Behörden wieder einen Ort finden müssen, wohin sie den ganzen nicht gesellschaftsfähigen Ausschuss abladen können. All die hoffnungslosen Menschen.«

»Ist das hier das Haus, in dem dein Toter gefunden wurde?«

»Er ist nicht direkt *mein* Toter, aber ja, du hast recht.«

»Warum sind wir hergekommen? Du hast doch gesagt, der Fall sei abgeschlossen.«

»Ist er auch. Sie haben beschlossen, dass es Michelle Doyce war, die aufgrund ihres Geisteszustands sowieso nicht vor Gericht gestellt werden kann. Ich wollte nur sehen, wo sie gelebt hat. Außerdem dachte ich, wir beide könnten uns beim Gehen besser unterhalten.«

Sie machte kehrt und führte Jack durch die Howard Street zurück in Richtung Deptford Church Street.

»Ich glaube nicht, dass ich dieses Mal etwas Nennenswertes zu erzählen habe«, murmelte Jack.

»Ich betreue dich nun schon fast zwei Jahre.«

»Unser Gespräch ist jedes Mal der Höhepunkt meiner Woche. Ansonsten …« Er wandte den Kopf ab, so dass sie sein Gesicht nicht sehen konnte.

»Ansonsten?«

»Im Grunde macht es mir ja Spaß, über die Probleme der Leute zu reden – bloß nicht mit den Betroffenen selbst. Rein theoretisch interessiert mich das alles sehr, aber wenn ich dann in dem kleinen Raum sitze und eine Patientin mir erzählt, was ihr Stiefvater zu ihr gesagt hat, als sie sechs war, kommt mir das so sinnlos vor. Oder ich bin einfach nicht gut in meinem Job. Ich versuche ja zuzuhören, aber plötzlich ertappe ich mich dabei, wie ich überlege, was ich zu Mittag essen möchte oder welchen Film ich mir im Kino ansehen soll. Die Lebensgeschichten der Leute sind meistens so *langweilig*.«

Frieda musterte ihn aufmerksam. »Wie sieht es denn mit *deinem* Leben aus?«

»Ich kann dir genau sagen, was richtig gut war: letztes Jahr, die Zeit mit Alan und Dean, als wir beide in die ganze Geschichte involviert waren, wenn auch nur am Rand. Damals kam mir meine Arbeit wichtig vor, und es gab auch eine Art Abschluss – wie wenn ein Schlüssel in ein Schloss passt und die Tür aufschwingt. Jetzt sitze ich die meiste Zeit bloß mit meinen Patienten in einem Raum, und wir reden irgendwelches Zeug.«

»Zeug«, wiederholte Frieda. »Mehr ist es für dich nicht?«

»Weißt du, was ich glaube, Frieda? Ich glaube, ich mache es

nur noch deinetwegen. Weil ich so sein möchte wie du. Weil es mir in deiner Gegenwart vorkommt, als würde das alles einen Sinn ergeben. Die meiste Zeit aber erscheint mir das, was wir tun, wie ein einziger großer Betrug – eine Art Streich, den wir diesen Leuten spielen, die sich so heldenhaft fühlen, weil sie leiden, und über nichts anderes reden wollen.«

»Du klingst vorwurfsvoll, fast als wolltest zu sagen: ›Und was ist mit mir?‹«

»Sie drücken mir ihr ganzes schreckliches Chaos in die Hand, und ich bringe es irgendwie in Form. In welche Form, spielt im Grunde keine Rolle. Am liebsten würde ich den Leuten sagen, sie sollen doch mal über ihren eigenen Tellerrand hinausschauen und einen Blick auf die wahre Welt werfen. Da draußen gibt es eine Menge echtes Leid: Vergewaltigung, Mord und Totschlag, oder einfach nur schlichte, zermürbende Armut.«

Frieda berührte ihn an der Schulter. Sie waren aus der Deptford Church Street abgebogen und standen nun vor einer kleinen, von der Straße etwas zurückgesetzten Kirche mit einem alt aussehenden Turm. Auf dem einen Torpfosten prangte ein Totenschädel mit überkreuzten Knochen, und auf der rechten Seite war ein Leichenhaus zu sehen.

»St. Nicholas war der Schutzheilige der Seeleute«, erklärte Frieda, während sie durch das Tor auf einen kleinen Friedhof traten. »Was bei einer Kirche am Hafen ja kaum überrascht.«

»Ich war seit der Beerdigung meiner Großmutter in keiner Kirche mehr«, bemerkte Jack.

»Diese hier lag früher auf dem Land, umgeben von Obstgärten, Gärtnereien und einer Menge kleiner Boote, die die Leute an den Kais vertäuten. Die Pilger, die unterwegs nach Canterbury waren, kamen alle hier durch. In einem Haus ganz in der Nähe wurde Christopher Marlowe bei einer Schlägerei getötet. Sie haben seinen Leichnam hierhergebracht.«

»Welches ist sein Grab?«

»Es ist anonym. Er könnte überall liegen.«

Schaudernd begann Jack mit den Füßen zu stampfen, während er den Blick über die Wohnblöcke schweifen ließ, die nun die Kirche umgaben. »Seitdem ist die Gegend ziemlich heruntergekommen.«

»Das wird sich wieder ändern.«

Sie wanderten zu der Straße zurück, die den Fluss entlangführte. Drüben am anderen Ufer lagen die hohen Gebäude von Canary Wharf, wo an diesem grauen Februartag zahlreiche Lichter funkelten, doch hier auf ihrer Seite wirkte die Stadt verlassen. Eine kleine Grundschule schien geschlossen zu sein, obwohl Dienstag und Schulzeit war. Als sie an einem Schrottplatz vorbeikamen, konnten sie durch die Eisentore Berge verrostenden Metalls sehen. Über die Mauer, die oben mit Spiralen aus Stacheldraht gesichert war, wucherten Nesseln und anderes Gestrüpp. Es folgte eine Reihe von Gebäuden mit eingeschlagenen Fenstern, die zum Teil mit Brettern vernagelt waren, und dann eine alte Fabrik mit Rissen in den Wänden und einer Umzäunung, auf der die verblasste Warnung »Vorsicht, Wachhunde!« prangte. Jack ging die kleine Straße noch ein Stück weiter entlang und drückte sein Gesicht an ein Metallgitter. Wo vorher ein Gebäude gestanden hatte, klaffte nun eine tiefe, schlammige Grube, und dahinter ragte die Fassade eines Lagerhauses auf, durch dessen baufällige Bogenfenster er jenseits des trüben Flusses die schimmernden Wolkenkratzer der Docklands erkennen konnte.

»Bereit für die Sanierung.« Frieda deutete auf das Betretenverboten-Schild.

»Mir wäre es lieber, es würde bleiben, wie es ist.«

Sie wanderten weiter den Fluss entlang, vorbei an einem verrottenden Holzpier. Die Ebbe hatte am Ufer unzählige Plastikbehälter und alte Flaschen freigelegt. Frieda dachte über Jacks düstere Stimmung nach, seine niederschmetternde Unzufriedenheit, und wartete, ob er weitersprechen würde. Gleichzeitig stellte sie sich vor, wie Michelle Doyce hier unten am Fluss all die Dinge aufsammelte, von denen Karlsson erzählt hatte – Blechdosen, runde Steine, tote Vögel, gegabelte Stöckchen –, und sie dann heim in ihr Zimmer trug, um sie dort zu ordnen. Um das Chaos in Form zu bringen, wie Jack es vorhin ausgedrückt hatte. Ein instinktiver Drang in uns allen, dachte Frieda. Eine zutiefst menschliche, angstvolle Regung.

Als Jack nun einen Seitenblick auf Friedas sanft geschwungenes Profil warf und sah, dass sie dem eisigen Wind mit hochgerecktem Kinn trotzte, wurde ihm mal wieder bewusst, wie sehr er sie verehrte. Er wünschte, sie möge ihm in die Augen sehen und versichern, dass es bestimmt bald wieder aufwärts gehe. Dass er es schon schaffen werde und dass kein Grund zur Sorge bestehe, weil sie ihm helfen werde. Aber das würde sie niemals sagen. Wenn er in all den Stunden, die sie miteinander verbracht hatten, eins gelernt hatte, dann die Lektion, dass man die Verantwortung für sein eigenes Leben übernehmen musste.

Er holte tief Luft und räusperte sich. »Es gibt wohl doch etwas, das ich dir sagen sollte«, begann er. Nun, da er im Begriff war, die Karten auf den Tisch zu legen, fiel es ihm schwer, es auszusprechen. Er spürte ein unangenehmes Gefühl von Beklemmung in der Brust. »Ich habe mich ein bisschen gehen lassen.«

»Wie meinst du das?«

»Ich habe ein paar Sitzungen versäumt.«

»Mit deinen Patienten?«

»Ja. Aber nicht viele«, beeilte er sich hinzuzufügen. »Nur hin und wieder – und ein paarmal bin ich zu spät gekommen. Außerdem habe ich praktisch aufgehört, mich regelmäßig mit meiner eigenen Therapeutin zu treffen. Ich bin mir nicht sicher, ob sie wirklich die Richtige für mich ist.«

»Wie lange geht das schon?«

»Zwei, drei Monate. Vielleicht auch ein bisschen länger.«

»Was machst du, wenn du nicht hingehst oder zu spät kommst?«

»Ich schlafe.«

»Du ziehst einfach die Decke über den Kopf.«

»Ja«, antwortete Jack, »und das meine ich nicht metaphorisch. Ich ziehe eine echte Decke über meinen echten Kopf.«

»Dir ist aber schon klar, dass diese fünfzig Minuten Therapie für die Leute, die zu dir kommen, unter Umständen die wichtigsten fünfzig Minuten ihrer Woche sind – und dass manche vielleicht ihren ganzen Mut zusammennehmen müssen, um sich zu dir auf den Weg zu machen?«

»Mein Verhalten ist wirklich schlimm. Ich will mich da gar nicht rausreden.«

»Es klingt nicht so, als hättest du nur mit der Therapie ein Problem. Auf mich wirkst du fast ein bisschen depressiv.«

Sie gingen weiter. Jacks Blick schien auf etwas im Fluss gerichtet. Frieda wartete.

»Ich weiß gar nicht so recht, was dieses Wort eigentlich bedeutet«, sagte er schließlich. »Dass man einfach nur am Ende ist? Oder hat es eine weitergehende Bedeutung?«

»Es bedeutet, dass du deine Patienten und dich selbst im Stich lässt, indem du dich ins Bett legst, dir die Decke über den Kopf ziehst und darüber nachdenkst, ob du dir womöglich den falschen Beruf ausgesucht hast, woran du offenbar aber auch nichts ändern möchtest.«

»Was sollte ich denn ändern?« Sie wanderten gerade an blitzsauberen neuen Giebelhäusern mit kleinen Vorgärten und hübschen Balkonen vorbei. Es war, als hätten sie Deptford weit hinter sich gelassen.

»Ich glaube, als Erstes musst du aufhören, dich ins Bett zu legen und Menschen im Stich zu lassen, die dich dringend brauchen. Ab jetzt stehst du auf, egal, wie du dich fühlst, und gehst zur Arbeit.«

Jack schaute sie an, die Wangen von der Kälte gerötet. »Ich dachte, du kümmerst dich um die Gefühle der Menschen.«

»Darüber kannst du selbst nachdenken. Wir reden nächstes Mal darüber. In der Zwischenzeit aber machst du deine Arbeit.«

»Warum?«, fragte Jack.

»Weil das nun mal unsere Aufgabe ist.« Frieda blieb stehen und stupste ihn an. »An einem normalen Tag würde ich dir jetzt die *Cutty Sark* zeigen, aber sie sind immer noch dabei, sie wieder herzurichten, so dass man gar nichts sehen kann.« Es stimmte: Das Schiff war fast vollständig unter einem Gerüst verborgen.

»Wahrscheinlich ist es besser so«, meinte Jack. »Das ist sowieso nur alles Show.«

»Wie meinst du das?«

»Du weißt doch, dass es gebrannt hat, oder? Wie ich gehört habe, war nichts mehr davon übrig. Die neue *Cutty Sark* wird eine Art Madame-Tussaud-Nachbildung der ursprünglichen echten sein – ein weiteres Stück gefälschtes London für die Touristen.«

»Spielt das eine Rolle?«

»Stört es dich nicht, wenn die Leute ein billiges historisches Museum fälschlicherweise für das wahre Leben halten?«

Frieda betrachtete Jacks bekümmertes Gesicht. Vielleicht wäre es doch besser gewesen, in ihrem Stammcafé mit ihm zu frühstücken. »Die Vorstellung vom wahren Leben wird häufig überschätzt«, erklärte sie.

»Soll das jetzt ein Trost für mich sein?«

»Ein Trost? Nein, Jack. Komm, wir fahren hier runter.«

Sie betraten ein kleines, von einem Kuppeldach gekröntes Gebäude am Fluss und stiegen in einen ramponierten, ächzenden Lift, betrieben von einem Mann mit Kopfhörer, der gerade zu einem Lied sang, das nur er hören konnte. Während sie nach unten fuhren, schwieg Jack. Als die Türen aufgingen, sah er den Tunnel, der sich in einer langen sanften Biegung vor ihnen erstreckte.

»Was ist das?«, fragte er.

»Der Tunnel unter dem Fluss.«

»Von wem wird der benutzt?«

»Früher von den Hafenarbeitern, die zu Fuß zur Arbeit auf die Isle of Dogs gingen. Heutzutage ist er meistens leer.«

»Wohin gehen wir?«

»Ich habe mir gedacht, ich lade dich zum Mittagessen ein.«

Jack starrte sie überrascht an. Sie hatten noch nie zusammen zu Mittag gegessen. »Musst du denn nicht arbeiten?«

»Ein Patient hat abgesagt. Außerdem muss ich über ein paar Sachen nachdenken. Gehen hilft mir beim Denken.«

»Auch, wenn ich dir dabei von meinen Problemen vorjammere?«

»Auch dann.«

Jack lauschte dem Echo ihrer Schritte im Tunnel und versuchte, nicht an das Gewicht des Wassers über ihnen zu denken. »Heißt das, du musst über diesen toten Mann nachdenken?«

»Eher über die Frau, die sie bei ihm gefunden haben. Die, die sich um ihn gekümmert hat. Wenn man das so nennen kann.«

Sie traten in den Aufzug am Ende des Tunnels. Der Mann, der dort für den Liftbetrieb zuständig war, las gerade in einer Zeitschrift.

Jack sah Frieda an. »Ich schätze, manche Jobs sind noch schlimmer als meiner.«

Oben angekommen, traten sie auf der Nordseite des Flusses wieder in den Regen hinaus.

»Gewöhn dir das ab«, sagte Frieda.

»Was?«

»Über jemanden wie diesen Mann zu reden, als wäre er taub oder zu blöd, um dich zu verstehen.« Ihre Miene wirkte plötzlich streng.

»Tut mir leid«, sagte er beschämt. »Du hast ja recht. Aber was willst du wegen der Frau unternehmen?«

»Sie hat ihn definitiv nicht umgebracht«, erklärte Frieda.

»Trotzdem hat man sie in eine Klinik gesteckt, oder? Da wird sie auch bleiben, egal, was passiert. Also ...«

»Du klingst wie ein Polizist«, stellte Frieda fest, »genau wie der Polizeipräsident.«

Frieda führte ihn einen Weg am Ufer der Isle of Dogs entlang. Links von ihnen lagen Wohnblöcke, in Bürogebäude umgewandelte Lagerhallen und kleinere, moderne Häuser. Zu ihrer Rechten erstreckte sich der immer breiter werdende Fluss und drüben auf der anderen Seite von Gestrüpp überwuchertes Ödland. Nachdem sie für kurze Zeit eine etwas belebtere Straße entlanggelaufen waren, bog Frieda in eine kleine Gasse ein, und plötzlich befanden sie sich in einem alten Gasthaus: einem warmen, von Eichenbalken durchzogenen Raum mit gemütlicher Geräuschkulisse: Weingläser klirrten, die Gäste unterhielten sich in gedämpftem Ton, und im offenen Kamin knisterte ein Feuer. Junge Frauen in weißen Schürzen eilten mit Tellern vorüber, die sie hoch oben auf einer Hand balancierten.

Sie wählten einen Tisch mit Blick über das Wasser. Frieda sah hinaus. »Man kann verstehen, warum all die alten Kapitäne nach ihrer Pensionierung hierher zurückkehrten. Noch näher konnten sie dem Gefühl, wieder auf dem Meer zu sein, wohl kaum kommen.«

»Mir sind vorhin in Deptford die ganzen Namen aufgefallen.« Jack setzte sich ihr gegenüber, griff nach der Speisekarte und studierte sie aufmerksam. Er versuchte, sich seine Nervosität nicht anmerken zu lassen. Was sollte er essen? Das hing ganz von Frieda ab. Wollte sie eine richtige Hauptmahlzeit wie eine Rindfleischpie oder Lachs *en croûte* mit ihm essen, oder sollte er sich lieber für einen kleinen Snack entscheiden?

»Welche Namen?«

»Die Straßennamen. Sie haben mich an die Zeit erinnert, als wir in der Schule die Spanische Armada durchnahmen. Fisher Road, Drake Road und wie sie alle heißen. Wahrscheinlich gibt es irgendwo auch eine Nelson Road, oder war das später?«

»Sag das noch mal!«

»Bitte?«

»Die Namen!«

Während Jack sie wiederholte, stellte eine junge Frau einen Korb mit Brötchen auf den Tisch, woraufhin er sofort ein großes Stück von einem abriss und es sich in den Mund stopfte. Erst jetzt merkte er, wie hungrig er war.

»Möchten Sie schon bestellen?«, fragte die Kellnerin.

Frieda zögerte. Jack wartete ebenfalls, weil er ihr den Vortritt lassen wollte.

»Nein«, sagte Frieda langsam, »wir müssen wieder gehen.«

»Wie meinst du das?« Jack starrte sie überrascht an.

Frieda stand auf, zog einen Fünf-Pfund-Schein aus ihrem Geldbeutel und schob ihn unter den Korb mit den Brötchen.

»Komm.«

»Das nenne ich eine schnelle Mahlzeit«, bemerkte er, aber Frieda war bereits zur Tür hinaus. Er musste laufen, um sie einzuholen.

12

Sie erinnern sich an Jack Dargan?«, fragte Frieda Karlsson, kaum dass er ausgestiegen war. »Er ist ein Kollege von mir.«

Karlsson nickte Jack zu. »Seltsam, Sie hier in Deptford zu treffen. Was treibt Sie denn überhaupt in diese Ecke?«

»Jack und ich hatten einiges zu besprechen«, antwortete Frieda. »Ich dachte mir, das wäre eine gute Gegend für einen Spaziergang. Ein interessanter Stadtteil.«

»Ja, das habe ich auch schon gehört.« Karlsson starrte durch ein Eisengitter auf die Reste eines Lagerhauses. »In erster Linie aber ist es eine Müllkippe.« Er schob die Hände tief in die Taschen seiner Jacke. »Bevor Sie irgendetwas sagen, würde ich Sie gerne auf die aktuelle Situation aufmerksam machen. Es wird vermutlich darauf hinauslaufen, dass die Leute vom CPS nach Einsicht der Akte zu dem Ergebnis kommen, dass Michelle Doyce nicht verhandlungsfähig ist, was sicher auch Ihrer Einschätzung entspricht. Daher wird man dem britischen Steuerzahler die Kosten eines Prozesses und auch aller weiteren polizeilichen Ermittlungen ersparen. Michelle Doyce wird endlich die fachliche Betreuung bekommen, die sie von Anfang an gebraucht hätte, und Sie können sich wieder Ihren Patienten widmen.« Er legte eine Pause ein. »Was wirklich passiert ist, werden wir vermutlich nie genau erfahren.«

»Ich glaube, ich weiß inzwischen, was Michelle Doyce uns mitteilen wollte«, erklärte Frieda.

»Ein Geständnis, hoffe ich«, erwiderte Karlsson. Sein Blick wanderte von Frieda zu Jack, auf dessen Gesicht einen Moment der Anflug eines Lächelns lag, aber rasch wieder verschwand. »Also? Was wollte Michelle uns sagen?«

»Folgen Sie mir.« Frieda eilte die Straße entlang, in Richtung

Haus. Die beiden Männer hatten Mühe, mit ihr Schritt zu halten. »Ich habe gerade mit Jack über die Geschichte dieses Stadtteils gesprochen. Wussten Sie, dass Königin Elizabeth hier irgendwo in der Gegend Francis Drake zum Ritter geschlagen hat?«

»Nein, das wusste ich nicht«, gab Karlsson zu. »Aber ich habe während meiner Schulzeit mal die *Cutty Sark* besichtigt.«

»An der angeblich nichts mehr echt ist«, klärte Frieda ihn auf.

Mittlerweile waren sie in die Howard Street eingebogen, und Frieda blieb stehen. Alle drei blickten zu dem Haus hinüber. Nummer drei.

»Was mir an diesem Stadtteil irgendwie gefällt«, sagte Frieda, »ist die Tatsache, dass nichts mehr davon übrig ist. Vor vier- oder fünfhundert Jahren gab es hier Obstgärten und Schiffswerften, und Francis Drake kam vorbei und vertäute hier sein Boot, nachdem er rund um die Welt gesegelt war. Das alles ist spurlos verschwunden. Sie haben einfach ihre Warenlager darüber errichtet. Im Krieg wurde dann alles zerbombt, und danach bauten sie die Wohnblocks.«

»Frieda«, sagte Karlsson mit leicht genervtem Unterton, »ich hoffe wirklich, Sie wollen damit auf etwas Konkretes hinaus und ...«

»Es war Jack«, schnitt Frieda ihm das Wort ab.

Karlsson sah zu Jack hinüber, der rot wurde und gleichzeitig erfreut und verblüfft wirkte.

»Er hat mich daran erinnert, dass die Straßennamen überleben, selbst wenn die Gebäude längst plattgemacht wurden. Die Schiffswerften und Hafenanlagen sind verschwunden, nicht aber die Straßen, die nach ihnen benannt wurden.« Sie deutete auf das Straßenschild. »Sehen Sie. Howard Street. War er nicht der Admiral der Armada?«

»Keine Ahnung«, antwortete Karlsson.

Frieda setzte sich wieder in Bewegung. Vor dem Haus blieb sie stehen und wandte sich erneut an Karlsson. »Andrew Berryman hat mir geraten, Michelle Doyce genau zuzuhören. Als wir sie fragten, wo sie den Mann kennengelernt habe, redete sie die ganze Zeit von Drake und dem Fluss.

»Fluvial«, bemerkte Karlsson. »War das nicht der Ausdruck, den Doktor Bradshaw benutzte?«

»Fluvial?«, wiederholte Jack.

»Ach, das war ein Haufen Mist«, entgegnete Frieda.

»Der Mann ist eine Koryphäe.«

»Michelle hat nur versucht, die Frage zu beantworten.«

»Warum hat sie sich dann nicht klarer ausgedrückt?«, wollte Karlsson wissen.

»Sie sieht die Welt nicht wie wir. Aber sie hat geantwortet, so gut sie konnte.« Frieda führte die beiden Männer an der Vorderseite des Gebäudes entlang, bis sie einen Fußweg erreichten, der seitlich des Hauses verlief. »Drake's Alley«, verkündete sie.

»Und?«, fragte Karlsson.

»Michelle Doyce sammelt alle möglichen Sachen«, erklärte Frieda, »die sie dann nach Hause schleppt, um sie dort zu ordnen.«

»Wollen Sie damit andeuten, dass sie zusammen mit ihren anderen Fundstücken auch eine Leiche eingesammelt hat?«

»Ich glaube, genau das versuchte sie uns zu sagen.«

Nun folgte eine lange Pause, während Karlsson angestrengt nachdachte.

»Sie glauben, Michelle Doyce hat eine Leiche gefunden und in ihre Wohnung getragen?«

»Es bestand keine Notwendigkeit, sie zu tragen«, entgegnete Frieda. »Es sind – was meinen Sie? – vielleicht fünf, sechs Meter von hier bis zu ihrer Haustür. Außerdem handelte es sich um eine Art Notfall. Sie war bestimmt davon überzeugt, ihm zu helfen.«

Karlsson nickte langsam. Seine Miene wirkte konzentriert. Und auf eine wehmütige Weise fast amüsiert, fand Frieda.

»Na dann«, sagte er. »Gut. Treten Sie zurück. Es könnte sich um einen Tatort handeln. Wir sollten hier möglichst wenig herumtrampeln.«

»Und Ihr Polizeipräsident?«

»Wird von mir informiert«, antwortete Karlsson. »Zu gegebener Zeit.«

Zu dritt standen sie da und spähten in die kleine Gasse hinein – einen matschigen Kiesweg, der mit Papierabfall, Plastiktüten und benutzten Nadeln übersät war. Weiter hinten hatte jemand einen Müllsack hingeworfen.

»Bradshaw könnte trotz allem recht haben«, gab Frieda zu bedenken. »Vielleicht hat Michelle ja tatsächlich über Männer und Frauen gesprochen. Sie wissen schon, Boote und Flüsse.«

»Jemand muss das ganze Zeug durchsehen«, erklärte Karlsson, als hätte er ihren Einwand gar nicht gehört. Er holte sein Telefon heraus. »Zum Glück haben wir Leute, die das für uns erledigen.«

Im Februar waren die Tage noch kurz. Sie wusste, dass Februar war, sie wusste sogar das genaue Datum, weil sie sich einen Kalender gemacht hatte. In der Schule war sie immer gut in Kunst gewesen, ihrem Lieblingsfach. Wenn sie die Augen schloss, konnte sie sich selbst jetzt noch daran erinnern, wie sie sich als ganz kleines Mädchen gefühlt hatte, wenn sie ihren dicken Pinsel in den Farbtopf tauchte und damit eine leuchtende, gleichmäßige Linie über die leere Seite zog.

Die Bilder in diesem Kalender zeigten lauter Bäume. Einen Baum für jeden Monat. Als Mädchen hatte sie einen Skizzenblock besessen, den sie in der obersten Schublade ihres Schreibtisches aufbewahrte. Sie hatte damals sämtliche Baumsorten aus ihrem Garten hineingezeichnet: Esche, Eiche, Buche, Hagebuche, Falsche Akazie, Apfelbaum, Pflaumenbaum, Walnussbaum. Sie hatte Stunden damit zugebracht, die Stämme zu schraffieren und die Blätter möglichst wirklichkeitsgetreu hinzubekommen. Städte, Häuser und Menschen hatte sie nie gezeichnet – all die vielen Augen, die einen anstarrten, all die Gesichter, die aus den Fenstern spähten, auch wenn man vielleicht gar nicht merkte, dass man beobachtet wurde. Überall gab es Fremde, die hinter einem lauerten oder sich in irgendwelchen Ecken oder dunklen Winkeln versteckten. Aus diesem Grund bevorzugte sie menschenleere Landschaften. Sie mochte die Wüste, das Meer und große Seen.

Er hatte ihr das Papier gebracht, mehrere Bleistifte und auch Buntstifte. An einen Spitzer hatte er allerdings nicht gedacht, so dass sie gezwungen gewesen war, das Messer zu benutzen, mit dem sie die Kartoffeln schälte. Jeder Monat bestand aus jeweils einer Seite für den Baum und einer zweiten Seite, die sie in ein Raster für all die Tage einteilte. Dreißig Tage haben September, April, Juni und November … Es hatte eine Ewigkeit gedauert, aber sie hatte ja Zeit. Zumindest diese eine Sache besaß sie in Hülle und Fülle, während sie wartete. Sie hatte sich an den kleinen Tisch gesetzt und statt eines Lineals das Buch für Hobbygärtner benutzt, das er bei einem seiner Besuche dagelassen hatte. Die Wochentage, auf die das Datum jeweils fiel, hatte sie nicht hinzugefügt – das wäre zu kompliziert gewesen, außerdem hatte sie den Kalender im September gemacht, und inzwischen war schon das nächste Jahr angebrochen, 2011: Februar 2011.

In jedes der Kästchen schrieb sie, was sie an dem betreffenden Tag gemacht hatte. Damit gab sie nichts preis, denn sie notierte niemals wirklich wichtige Dinge. Sie schrieb: »20 Liegestütze«, »2 Tassen Tee« oder »schlimme Migräne«, solche Sachen. Ihr waren die Migränetabletten ausgegangen, aber er würde ihr welche mitbringen, wenn er kam. An den Tagen, an denen er bei ihr war, machte sie nur ein kleines Sternchen in die rechte obere Ecke des jeweiligen Kästchens. Deshalb wusste sie, dass sein letzter Besuch drei Wochen und drei Tage zurücklag. So lange war er noch nie weggeblieben, nicht einmal, wenn er eine Mission auszuführen hatte.

Der Baum für den Monat Februar war eine Buche, auch wenn das nur wenige Menschen außer ihr erkannt hätten, weil seine Äste kahl waren. Ihr gefiel die glatte graue Buchenrinde und die sich nach oben verjüngende Säule des Stamms. Dort, wo der Stamm sich gabelte, hatte sie winzig klein die Initialen ihres und seines Namens eingezeichnet. Niemand würde diese Buchstaben je bemerken, aber sie selbst wusste, dass sie da waren – wie von einem Liebenden in die Rinde eingeritzt. So machte sie das bei jedem Baum, immer an einer anderen Stelle. Es war eine Art Geheimcode. Nicht einmal ihm hatte sie davon erzählt, weil er es bestimmt nicht gut fände, aber wenn das alles vorüber war, würde sie es ihm verraten. Bestimmt legte er dann den Arm um ihre Schulter und küsste sie auf den Scheitel oder die Stelle knapp unterhalb ihres Ohrs. Er würde ihr sagen, wie stolz er auf sie war, weil sie seinetwegen so viel ertragen hatte. Er brauchte sie. Vorher hatte kein Mensch sie je gebraucht. Nur aus diesem Grund hatte sie alles aufgegeben: ihr Zuhause, ihre Familie, ihre Behaglichkeit, ihre Sicherheit, sich selbst.

Sie lehnte das Gesicht ans Fenster und blickte zum Himmel hinaus, dessen Grauton mit der Dämmerung immer dunkler wurde. Die Tage waren kurz und die Nächte lang, und es war kalt. Sie wollte, dass er endlich kam.

13

Am nächsten Morgen stand Frieda schon um kurz nach sieben in der Tür eines hell erleuchteten Kellerraums des Polizeipräsidiums. Es war ein fensterloser, kalter Raum, der sogar unterirdisch roch: Ein Hauch von Fäulnis und Verwesung hing in der Luft. Der Geruch stammte von dem Unrat aus der Gasse, der mit sichtlicher Sorgfalt auf sämtlichen Oberflächen verteilt worden war. Jeder Gegenstand hatte sein eigenes Fleckchen gefunden.

»Da wären wir«, murmelte Karlsson, »Sie wollten das Zeug ja unbedingt sehen.«

»Irgendetwas Interessantes dabei?«

»Urteilen Sie selbst.« Er betrat den Raum, und Frieda folgte ihm. »Selbstverständlich haben wir nach Spuren von Blut und anderen Körperflüssigkeiten Ausschau gehalten, aber falls überhaupt so etwas vorhanden war, dürften es die Regenschauer und der schmelzende Schnee längst weggewaschen haben. Falls der Leichnam tatsächlich in dieser Gasse lag, müsste das vor rund zwei Wochen gewesen sein. Natürlich wäre es schön gewesen, wenn wir seinen fehlenden Finger gefunden hätten.«

»Andere Spuren gab es nicht?«

»An was dachten Sie denn? Eine Brieftasche voller Kreditkarten oder einen Schlüsselbund mit einem Adressanhänger? Fehlanzeige. Aber wir haben eine Liste mit sämtlichen Fundstücken.« Er wedelte mit einem Blatt vor ihr herum. »Die Jungs waren sehr fleißig. Sie haben das Zeug sogar in Kategorien eingeteilt.« Er warf einen Blick auf das Blatt. »Zum Beispiel Alubehälter mit Resten von Huhn süß-sauer, so in dem Stil. Hier, bitte schön, ein Souvenir für Sie. Gegen neun fangen sie an, das Zeug wieder in Müllsäcke zu packen – dieser ganze Aufwand, nur um einen Haufen Müll umzutüten.«

Frieda warf einen Blick auf die Liste: Überreste einer Katze ohne Schwanz, achtundvierzig Spritzen, zwei schmutzige Windeln, sieben Kondome… Sie ließ den Blick durch den Raum schweifen. Obwohl klar war, dass es sich um eine forensische Untersuchung von Alltagsabfall handelte, übte die Sammlung eine seltsame Faszination auf sie aus. Schließlich wandte sie sich Karlsson zu. »Das war's dann wohl, oder?«

»Soweit es Crawford betrifft, ist der Fall abgeschlossen. Ich ermittle jetzt in einem hässlichen Fall von häuslicher Gewalt«, lautete Karlssons Antwort. »Das Gesicht der armen Frau musste mit dreiundsechzig Stichen genäht werden, nachdem wiederholt mit einer zerbrochenen Flasche auf sie eingeschlagen worden war. Hinzu kamen vier gebrochene Rippen und eine böse gequetschte Niere. Das ist nun schon das dritte Mal innerhalb von achtzehn Monaten, dass ihr derart schwere Verletzungen zugefügt wurden. Die beiden anderen Male hat sie ihre Anzeige wieder zurückgezogen und ist zu ihrem charmanten Gatten heimgekehrt. Ich versuche sie dazu zu bringen, diesmal bei der Anzeige zu bleiben.«

»Dann möchte ich Sie gar nicht länger aufhalten. Vielleicht kann ich noch ein paar Minuten hierbleiben und mich ein bisschen umsehen?«

»Um etwas zu finden, das uns entgangen ist?«

»Nachdem ich schon mal hier bin.«

»Fühlen Sie sich wie zu Hause. Wenn Sie fertig sind, sagen Sie am Eingang Bescheid, dass die mich anfunken sollen.«

Karlsson ging, und Frieda schloss hinter ihm die Tür. Ihren Mantel zog sie aus und legte ihn zusammen mit Schal und Umhängetasche auf einen Metallstuhl, ließ jedoch ihre Handschuhe an. Die erste Kategorie war die größte: verdorbenes Essen. Neben ein paar Hühnerknochen, an denen hier und da Fleischfetzen hingen, entdeckte sie mehrere Apfelgehäuse, Teile von Brötchen, an denen noch die Abdrücke von Zähnen zu erkennen waren, Alubehälter mit unterschiedlichen, unaussprechlich aussehenden fettigen Pampen, ein kleines Häufchen halb verfaulter, matschiger Tomaten, ein paar Stückchen Schokolade, jede Menge labberige, graue, mit Ketchup beschmierte Pommes, helle Brocken, die Frieda für Fisch hielt, und Piereste in unterschiedlichen Stadien der Verwesung. Rasch wandte sie sich der nächsten Kategorie zu. Dabei handelte es sich um Verpackungsmaterial: Chipstüten, Zigarettenschachteln, Umhüllungen von Süßigkeiten, alte Plastiktüten, Bierdosen, Coladosen, Ciderdosen, leere Wodka- und Weinflaschen, Styroporbecher. Als Nächstes folgten die Kleidungsstücke: ein Kinder-Flipflop, zwei Turnschuhe, bei denen sich die Sohlen ablösten, ein ehemals weißes Damen-T-Shirt, bei dem ein ganzer Ärmel fehlte, ein Wollschal mit braunen Flecken, die nach Hundescheiße rochen, ein vom Waschen schon ganz grauer BH, Größe 36B, und Herrensportsocken mit abgewetzten Fersen.

Frieda arbeitete sich weiter vor: Windeln und Kondome. Unmengen von Spritzen. Die tote, schwanzlose Katze. Ein unidentifizierbares, mausetotes Nagetier, bei dem das Gedärm heraushing. Zeitungen und Zeitschriften, die ältesten vom 23. Januar. Etliche Flyer, die für verschiedene Konzerte und Fast-Food-Restaurants warben. Teile von zerbrochenem Keramikgeschirr, unter anderem eine fast noch vollständige Schüssel mit einem altmodischen Muster, das Frieda an ihre Großmutter erinnerte. Batterien. Die rostende Hülle eines Mobiltelefons und drei Plastikfeuerzuge. Etliche Ein- und Zwei-Penny-Münzen, aber auch ein paar Euros.

Der restliche Platz war für all die Dinge reserviert, die sich nicht in Kategorien einteilen ließen: Neben einem kleinen, staubigen Häufchen Zigarettenkippen lagen benutzte Zündhölzer, Papier- und Pappefetzen, Haarklammern sowie Blechdeckel von Dosen.

Seufzend schlüpfte Frieda wieder in ihren Mantel, wickelte sich den Schal um den Hals und hängte sich ihre Tasche um. Trotzdem brach sie nicht gleich auf, sondern blieb mit gerunzelter Stirn mitten im Raum stehen und ließ den Blick erneut über die verschiedenen Kategorien gleiten. Dann ging sie noch einmal zu den Werbezetteln hinüber und blätterte sie durch. Einen zog sie heraus. Den Flyer zwischen Daumen und Zeigefinger geklemmt, verließ sie den Raum und zog die Tür hinter sich zu.

»Ist das Ihre Ausbeute?«, fragte Karlsson. Er saß an einem Schreibtisch, auf dem sich die Akten stapelten. Hinter ihm im Regal entdeckte Frieda Fotos von seinen Kindern: einem flachsblonden Mädchen, das am Kinn das gleiche Grübchen hatte wie Karlsson selbst, und einem etwas älteren Jungen mit großen, ängstlichen Augen. Sie war den beiden mal begegnet, als sie ihn in seiner Wohnung in Highbury aufgesucht hatte, konnte sich aber nicht mehr an ihre Namen erinnern.

»Der ist nicht aus der Gegend«, erklärte Frieda, während sie Karlsson den eingerissenen, zerknitterten und ziemlich schmutzigen Zettel direkt unter die Nase hielt. »All die anderen stammen aus der Nähe, aber auf dem hier steht eine Adresse in Brixton.«

»Und?«

»Warum lag der in der Gasse?«

Karlsson lehnte sich zurück und verschränkte die Hände hinter dem Kopf. »Tja, es ist wirklich erstaunlich, wie weit die Leute heutzutage herumkommen«, antwortete er in liebenswürdigem Ton. »Sehen Sie mich an! Ich bin heute schon die ganze Strecke von Highbury zur Arbeit gefahren, und abends werde ich doch tatsächlich jemanden in Kensal Rise besuchen. Aber das ist noch gar nichts im Vergleich zu Yvette. Sie fährt sogar von Harrow herein.«

»Dieser Zettel lag in einer kleinen Gasse. Da kommen nicht viele Leute vorbei.«

»Von wegen! Eine Menge Leute haben in dem Haus ihre Drogen gekauft. Manche setzten sich in der Gasse sogar ihre Spritzen.«

»Mit Quittungen und Werbezetteln in der Tasche?«

»Selbst Heroinsüchtige kaufen gelegentlich mal ein.«

»Haben Sie die handgeschriebenen Notizen auf der Rückseite bemerkt?«

Karlsson drehte den Zettel um und strich ihn glatt. »Bast«, las er laut vor. »Stroh. Kalk. Stein.«

»Können Sie damit etwas anfangen?«

»Ich tippe auf eine Einkaufsliste. Derjenige, der sie geschrieben hat, ist vielleicht begeisterter Hobbygärtner. Ausgehend von meinen eigenen einschlägigen Erfahrungen im letzten Jahr würde ich sagen, jemand hat vor, in seinem Garten Erdbeeren zu pflanzen.«

»Was bedeuten die Buchstaben?«

»D, SL, WL. Keine Ahnung, Frieda. Sagen Sie es mir!«

»Das kann ich nicht.«

»Mal sehen. Dressing, Schnittlauch, Waschlotion. Oder Dorade, Schweinelendchen, Wildlachs. So sehr mir das auch Spaß macht, ich habe eigentlich keine Zeit dafür.«

»Das ist mir schon klar.«

Karlsson gab ihr den Zettel zurück. »Hören Sie, ich weiß, dass ich Sie zur Mithilfe überredet habe. Mir ist bewusst, dass Sie eine Menge Herzblut in die Sache gesteckt haben. Ihrer Meinung nach liegen wir falsch, was Michelle Doyce betrifft, ich weiß. Ich weiß auch, dass Hal Bradshaw ein Wichser ist und seine Theorie nichts als heiße Luft, garniert mit hochgestochener Sprache. Außerdem halte ich es für durchaus denkbar – oder sogar sehr wahrscheinlich –, dass Michelle Doyce den Mord nicht begangen hat. Aber ich schlage mich hier mit einem Verbrechen herum, das keinen interessiert, weil es sich beim Opfer um eine namenlose Leiche handelt und bei meiner einzigen Zeugin um eine Irre, die nur Unsinn redet und daher in einer psychiatrischen Klinik sitzt, wo sie auch hingehört. Zu allem Überfluss schaut mir ständig ein Unternehmensberater mit spitzen Schuhen über die Schulter, und mein Chef, der Polizeipräsident, drückt mir neue Fälle aufs Auge. Was würden Sie an meiner Stelle tun?«

Frieda hielt den Flyer hoch. »Dieser Spur folgen.«

»Tut mir leid.«

Frieda wollte gerade gehen, als ihr noch etwas einfiel. »Haben Sie ein Foto von der Leiche?«, fragte sie. »Mich interessiert nur das Gesicht.«

»Natürlich«, antwortete Karlsson in argwöhnischem Ton. »Warum?«

»Könnte ich eines haben?«

»Sie wissen hoffentlich, dass Sie es nicht herumzeigen dürfen. Außerdem ist es kein schönes Foto.«

»Trotzdem.«

»Meinetwegen. Aber es sollte besser nicht auf Ihrer Facebook-Seite landen.«

»Kann ich es gleich mitnehmen?«

»Wenn Sie mir versprechen, dass Sie dann gehen.«

Als sie hinaus auf den Gang trat, fielen ihr die Namen seiner Kinder wieder ein. Mikey und Bella, so hießen sie.

14

Frieda setzte sich an ihren Schreibtisch, schlug den Skizzenblock auf und streichelte sanft über das körnige Papier, wie sie es immer tat, ehe sie zu zeichnen begann. Das hatte fast schon etwas von Aberglauben. Dann nahm sie das Foto aus seinem braunen Umschlag und legte es auf den Tisch. Die gelblichen Augen des toten Mannes starrten zu ihr empor. In Wirklichkeit aber konnten sie nicht mehr starren. Wenn man ein Gesicht betrachtet, konzentriert man sich meist auf die Augen, weil man das Gefühl hat, eine Person anzusehen, die in der Lage ist, den Blick zu erwidern. Aus diesen Augen aber sprach nur blicklose Leere. Der ganze Kopf war aufgedunsen und geschwollen. An der Schläfe und rechten Wange war das Fleisch aufgeplatzt.

Frieda griff nach einem weichen Bleistift. Normalerweise zeichnete sie nie Gesichter oder Körper, sondern nur Gegenstände: Brücken, Ziegelsteine, Eisengeländer, alte Türen, angeschlagenes Keramikgeschirr und schiefe Kamine. Beim Anfertigen der Zeichnungen achtete sie für gewöhnlich auf die Details: die Makel, die Risse und Verfärbungen. Dieses Mal hingegen versuchte sie, die Makel auszublenden. Wie hatte der Mann vorher ausgesehen? Sie begann mit dem, was sich nicht verändert hatte: den Augenbrauen und dem Haar. Die Wangenknochen wirkten trotz der Schwellung und beginnenden Verwesung markant, ebenso das Kinn. Die Lippen waren schmal, die Ohren lagen eng am Kopf an. Und die Nase? Sie zeichnete sie ein wenig kleiner. Was die Form des Gesichts betraf, konnte sie nur raten. Schmal, aber nicht hager, entschied sie. Da der Mann dunkles Haar hatte, machte sie die Augen ebenfalls dunkel. Sie lehnte sich zurück und betrachtete ihr Werk mit etwas Abstand. Es war zweifellos ein Gesicht, aber war es *das* Gesicht? Sie faltete das Blatt einmal und steckte es in ihre Umhängetasche.

In einem forensischen Computerlabor in der Innenstadt stand Yvette Long neben einem Mann mit zotteligem Haar und gelblich braunem Schnurrbart. Er war forensischer Anthropologe und saß an einem Computer, bei dem er ständig irgendwelche Tasten drückte, während er Informationen von einem neben ihm liegenden Blatt eingab. Dabei summte er immer wieder eine Melodie, von der Yvette annahm, dass sie aus einer Oper stammte, auch wenn sie sich mit Opern überhaupt nicht auskannte.

»Ich benutze dafür ein 3-D-Grafikprogramm«, erklärte er mitten in seine Melodie hinein.

Yvette nickte. Das war ihr bekannt – er sagte es ihr jedes Mal, wenn sie ihm hier einen Besuch abstattete.

»TCL/Tk-Skript, um genau zu sein«, fügte er hinzu. »Ein wirklich cleveres Programm.«

»Mm«, antwortete Yvette. Sie konnte sich darunter überhaupt nichts vorstellen, wusste aber, dass in dem Raster aus ineinander verschränkten Linien, das sie auf dem Bildschirm vor sich hatten, langsam ein Gesicht entstand.

»Sie wissen sicher, dass wir mit dieser Methode ein ziemlich unspezifisches Bild generieren. Sie könnten zum Beispiel eine dreidimensionale Rekonstruktion davon erstellen lassen.«

»Ich glaube nicht, dass das nötig sein wird.«

Es war ein eher schmales Gesicht mit gerader Nase und eng am Kopf anliegenden Ohren, einer hohen Stirn, braunem Haar, braunen Augen und einem markanten Adamsapfel.

Obwohl die beiden es nicht wissen konnten, unterschied es sich nicht allzu sehr von dem Gesicht, das Frieda gezeichnet hatte, auch wenn die Augen leerer wirkten und der Mund weniger geschwungen ausgefallen war.

»Das reicht uns«, meinte Yvette. »Damit können wir gut arbeiten.«

Um zwanzig vor acht traf Frieda in ihrer Praxis ein. Da ihr bis zu ihrem ersten Patienten noch zwanzig Minuten blieben, machte sie sich eine Tasse Tee und stellte sich damit an das Fenster, das auf die große Baustelle hinausging. Als sie damals ihre Räume hier bezogen hatte, war der inzwischen freie Platz noch von einer Reihe viktorianischer Häuser eingenommen worden. Frieda hatte miterlebt, wie die Familien auszogen und man Fenster und Türen mit Brettern vernagelte. Trotzdem waren Hausbesetzer gekommen, ihrerseits aber auch wieder hinausgeworfen worden. Rund um den ganzen Bereich hatte man einen Zaun errichtet, an dem große Schilder vor dem Betreten warnten. Bulldozer und Kräne tauchten auf: Eine Abrissbirne schwang durch Dächer und Mauern, und ganze Häuser fielen um, als bestünden sie aus Zündhölzern. Männer mit Schutzhelmen tranken auf dem Schutt ihren Tee. Baucontainer wurden errichtet. Vor einem Jahr hatte man dann die letzten noch stehenden Steine entfernt. Seitdem wartete dort kahles Ödland auf den Beginn der brandneuen Bauvorhaben, die aber vermutlich noch länger auf sich warten lassen würden. In der Mitte parkte nach wie vor ein einsamer Kran, und einen Baucontainer gab es auch noch, wenn auch inzwischen mit eingeworfenen Fenstern. Sämtliche Bagger und Arbeiter aber waren verschwunden. Der Plan war auf Eis gelegt – wie zurzeit so viele andere Pläne in dieser Stadt. Mittlerweile hatten Jugendliche den Weg durch Lücken im Zaun gefunden und den Platz wieder in Besitz genommen. Abends standen sie in Grüppchen herum, rauchten oder tranken, und manchmal versammelten sie sich dort schon morgens vor der Schule.

Heute spielten acht oder neun von ihnen Fußball. Frieda beobachtete, wie sie über den schlammigen, aufgewühlten Boden stürmten und einander schreiend aufforderten, den Ball abzugeben. Ihre Schuluniformen sahen schon ziemlich mitgenommen aus. Vielleicht würden dort nie neue Gebäude entstehen, ging ihr durch den Kopf. Vielleicht würde sich der Platz zu einer Art natürlicher Wildnis inmitten der dicht bebauten Stadt zurückentwickeln – zu einem Ort, wo Kinder spielen, Gangs einander bekämpfen und Obdachlose sich von ihren Ladeneingängen zurückziehen konnten.

Draußen hörte Frieda Schritte. Nachdem sie ihre Teetasse weggestellt hatte, blieb sie noch einen Moment stehen, um wieder einen klaren Kopf zu bekommen und sich für die Sitzung bereit zu machen. Dann öffnete sie die Tür zum Wartezimmer. Joe Franklin saß auf dem Sofa, den Kopf zur Seite geneigt, als würde er einem Geräusch lauschen, das nur er hören konnte. Frieda hatte Gelegenheit, ihn zu betrachten, bevor er sie bemerkte. Joe kam nun schon seit zweieinhalb Jahren zu ihr, zweimal die Woche, wenn er es schaffte. Oft schaffte er es nicht. Heute war er früh dran, was ein gutes Zeichen war. Frieda registrierte seinen ordentlichen Aufzug: Er hatte sich nicht verknöpft, seine Schnürsenkel waren gebunden, und seine Jeans wurde von einem Gürtel zusammengehalten, so dass sie ihm nicht von den knochigen Hüften rutschen konnte. Sein Haar sah gewaschen aus, seine Fingernägel waren sauber, und rasiert hatte er sich auch. Noch wichtiger aber war, dass seine Augen klar wirkten, als er sich ihr zuwandte, und er mit einer geschmeidigen Bewegung aufstand, statt sich wie ein alter Säufer mühsam hochzurappeln. Es gab Wochen und Monate, in denen er es kaum schaffte, den Tag zu überstehen, weil er trotz all seiner Bemühungen das Gefühl hatte, blind durch einen in Zeitlupe ablaufenden Albtraum zu stolpern. Dann aber gab es auch wieder Phasen, in denen er wie jetzt aus dem Dunkel auftauchte.

»Joe.« Mit einem aufmunternden Lächeln hielt sie ihm die Tür auf. »Schön, Sie zu sehen. Kommen Sie herein, nehmen Sie Platz. Lassen Sie uns loslegen.«

Um zehn vor zwei war Frieda für diesen Tag fertig. Vier Patienten, vier Geschichten in ihrem Kopf. Sie blieb noch ein paar Minuten sitzen, um ihre Anmerkungen zur letzten Sitzung in ihr Notizbuch zu schreiben, wobei sie wie üblich den altmodischen Füller benutzte, mit dem Reuben sie immer aufzog. Anschließend schaute sie noch nach, ob sie Nachrichten auf dem Handy hatte, rief sich ins Gedächtnis, dass sie später ihre Nichte Chloë anrufen musste, und spülte in der kleinen Küche, die ans Sprechzimmer angrenzte, ihre Teetasse ab. Gegessen hatte sie an diesem Tag noch nichts, wollte aber dennoch nicht gleich nach Hause fahren. Nachdem sie ihren langen schwarzen Mantel angezogen und sich ihren roten Schal zweimal um den Hals geschlungen hatte, verließ sie die Praxis und marschierte strammen Schritts in Richtung Warren Street und Victoria Line.

Als sie kurze Zeit später die Brixton Road entlangging, fand sie Andy's Pizzas innerhalb weniger Minuten. Es war ganz einfach, schließlich hatte sie ja den Flyer. Bei Andy gab es nicht nur Pizzas. Er hatte auch Hamburger und Pommes im Angebot. Alle erhältlichen Speisen waren auf bunten Fotos zu bewundern. Die Aufnahmen ließen Frieda plötzlich an das Bild von der Leiche denken. Nachdem sie den Gedanken erst einmal im Kopf hatte, wurde sie ihn nicht mehr los. Rasch ging sie hinein. Vorne am Fenster standen ein paar Plastiktische. An einem saß eine Frau mit einem kleinen Kind und einem Baby in einem Buggy. Frieda trat an die Theke, wo ein Mann mit schütterem Haar und einem schwarzen Bart gerade eine Bestellung übers Telefon entgegennahm. Er trug ein rotes Poloshirt, auf dem links über der Brust »Andy's« prangte. Nachdem er das Gespräch beendet hatte, reichte er die Bestellung durch eine Luke nach hinten in die Küche weiter. Eine Hand griff danach. Frieda hörte Speisen brutzeln und Pfannen klappern. Der Mann sah sie fragend an.

»Ja«, sagte Frieda, während sie die Liste mit Gerichten und Preisen studierte, die hinter ihm an der Wand hing. »Ich hätte gern einen grünen Salat. Und eine Flasche Wasser.«

»Salat!«, rief der Mann nach hinten, ehe er sich vorbeugte, eine Plastikflasche aus einem Kühlschrank nahm und sie auf die Theke stellte. »Darf es sonst noch was sein?«

»Danke, das wär's.« Frieda reichte ihm eine Fünf-Pfund-Note.

Der Mann schob ihr das Wechselgeld über die Theke. »Der Salat ist gleich fertig«, erklärte er.

Frieda zog den Werbezettel heraus und legte ihn auf die Theke. »Ich habe Ihren Flyer«, sagte sie.

»Ja?«

Frieda war sich der Problematik des Ganzen bewusst. Eine falsche Frage, die so klang, als käme sie von der Stadt oder vom Finanzamt, und der Mann würde kein Wort mehr sagen. Damit wäre die Sache gelaufen.

»Ich wollte Sie um Rat fragen«, erklärte sie, »weil ich mir auch solche Flyer machen lassen möchte. Ich habe einen kleinen Laden. Deswegen dachte ich mir, ich könnte mir so was Ähnliches drucken lassen wie Sie. Ein bisschen Werbung kann bestimmt nicht schaden.«

Das Telefon klingelte. Der Mann ging ran und nahm eine weitere Bestellung entgegen.

»Wie gesagt«, fuhr Frieda fort, sobald er aufgelegt hatte, »würde ich mir auch gern solche Flyer machen lassen. Ich habe mich gefragt, wo Sie die Ihren herhaben.«

»Ein Stück die Straße runter gibt es eine kleine Druckerei«, antwortete der Mann. »Da haben wir ein paar Hundert machen lassen.«

»Und wie läuft das dann? Verteilt die Firma die Werbung auch gleich?«

»Nein, sie drucken sie nur. Mein Cousin hat sie verteilt.«

»Sie meinen, er ist von Briefkasten zu Briefkasten gegangen?«

»So in der Art.«

»Wissen Sie, wo er überall war?«, fragte Frieda.

Der Mann zuckte mit den Achseln. Frieda empfand einen Anflug von Hoffnungslosigkeit, als versuchte sie etwas zu fassen zu bekommen, das ihr durch die Finger glitt.

»Ich bin nur neugierig.« Mit diesen Worten zog sie ihren Stadtplan heraus und blätterte nach der richtigen Seite. »Wissen Sie, am Ende wird es wohl auch darauf hinauslaufen, dass ich sie selbst verteile, deswegen würde ich gern wissen, was für eine Fläche man abdecken kann. Könnten Sie mir wohl auf der Karte zeigen, wie weit er gegangen ist? Oder ist er einfach nach Lust und Laune durch die Stadt gewandert?«

Sie schob die Karte über die Theke. Hinter dem Mann war ein Geräusch zu hören, und in der Luke tauchte ein Styroporbehälter auf. Der Mann griff nach dem Salat und reichte ihn Frieda. Er bestand aus klein gehacktem Weißkohl, Karotten, Zwiebeln und einer Tomatenscheibe, darüber eine rosafarbene Flüssigkeit. »Danke«, sagte Frieda. »Um noch mal auf den Stadtplan zurückzukommen …«

Seufzend beugte der Mann sich vor und ließ den Zeigefinger über die Seite gleiten. »Ich habe meinem Cousin gesagt, er soll die Acre Lane entlanggehen und die ganzen Nebenstraßen hier auf dieser Seite versorgen.«

»Welche Nebenstraßen meinen Sie jetzt genau?«

Der Mann ließ seinen Finger kreisen. »Er war in denen allen hier«, fügte er erklärend hinzu, »bis ihm die Zettel ausgegangen sind.«

Das sah nach vielen Straßen aus.

»Es waren dreihundert Flyer, sagen Sie?«

»Eher fünfhundert, glaube ich. Wir haben noch einen Stapel hier im Geschäft liegen.«

»Und das war vor etwa zwei Wochen?«

Der Mann musterte sie verblüfft. »Warum wollen Sie das wissen?«

»Mich interessiert, wie werbewirksam die Aktion war«, erwiderte Frieda. »Ob viele Leute deswegen angerufen und Pizza bestellt haben.«

»Schwer zu sagen«, meinte der Mann. »Ein paar bestimmt.«

»Verstehe. Danke für Ihre Hilfe.« Sie wandte sich zum Gehen.

»Moment, Sie haben Ihren Salat vergessen.«

»Ach ja, danke.«

Nachdem sie den Imbiss verlassen hatte, wartete sie, bis sie dreißig oder vierzig Meter entfernt war, ehe sie den Salatbehälter mit einem ziemlich schlechten Gewissen in eine überquellende Mülltonne stopfte.

In der U-Bahn, mit der sie zurück in Richtung Norden fuhr, warf sie erneut einen Blick auf die Rückseite des Flyers, obwohl sie die Worte mittlerweile auswendig konnte. Bast. Stroh. Kalk. Stein. Warum kaufte jemand diese Dinge? Wozu konnte man sie verwenden? Wozu brauchte man sowohl Bast als auch Stroh? Bestand zwischen diesen beiden Materialien irgendein technisch relevanter Unterschied, den sie nicht begriff, weil sie keine Handwerkerin oder Hobbygärtnerin war? Was für eine Aufgabe konnte Stroh erfüllen, Bast jedoch nicht? Auf jeden Fall klang es nach irgendeiner Freiluftaktivität, es sei denn, es ging um ein mittelalterliches Thema. Waren nicht die elisabethanischen Tavernen mit Stroh ausgestreut gewesen? Oder vielleicht war ja von Trinkstrohhalmen die Rede. Frieda starrte auf die Liste hinunter, bis ihr der Kopf brummte. Als sie an der Haltestelle Warren Street ausstieg, beschäftigte sie das Problem noch immer. Übersah sie irgendeine offensichtliche Verbindung? Sie spielte im Geist verschiedene Möglichkeiten durch. Man konnte Stroh mit Bast zusammenbinden. Oder mit Kalk bestreuen. Was für eine Funktion hatte der Stein? David und Goliath fielen ihr in diesem Zusammenhang ein, wobei es da aber um eine Schleuder und einen Stein gegangen war.

Was ließ sich mit diesen vier Materialien anfangen? Wer wusste so etwas? Schlagartig kam ihr ein Name in den Sinn. Sie konnte sich zwar nicht mit ihm treffen, aber anrufen konnte sie ihn. Eigentlich hätte sie das schon längst tun sollen, um ihn wissen zu lassen, dass sie an ihn dachte. Sobald sie zu Hause angekommen war, blätterte sie das ledergebundene Notizbuch durch, das neben dem Telefon lag. Fündig geworden, wählte sie die Nummer. Es läutete endlos. Frieda machte sich gerade bereit, eine Nachricht zu hinterlassen, als es in der Leitung klickte.

»Frieda«, meldete sich die Stimme.

»Ja, Josef. Hallo! Wie schön, nach so langer Zeit deine Stimme zu hören. Wie geht es dir? Läuft alles gut bei dir? Du fehlst uns.«

»Wie es mir geht?«, wiederholte er. »Das ist eine schwierige Frage. Ich weiß die Antwort nicht.«

»Ist etwas passiert, Josef?«

»Ach, keine Ahnung. Wie geht es denn dir, Frieda? Wie läuft es so?«

»Wie immer«, antwortete sie, »zumindest im Großen und Ganzen. Aber erzähl mir von dir. Ich hätte viel früher anrufen sollen. Es tut mir leid, dass ich das nicht gemacht habe.«

»Ist schon in Ordnung«, sagte er, »jeder hat eine Menge zu tun. Es passieren viele Dinge – Dinge, über die man am Telefon nicht gut reden kann.«

»Ich verfolge euer Wetter«, berichtete Frieda. »Sooft ich dazu komme, sehe ich mir das Wetter in Kiew an. Dort bist du doch noch, oder? Als ich das letzte Mal nachgesehen habe, waren es bei euch minus neunundzwanzig Grad. Ich hoffe, du bist schön warm verpackt.«

Es entstand eine lange Pause, gefolgt von einem seltsamen Stöhnen.

»Geht es dir nicht gut?«, fragte Frieda. »Bist du noch dran?«

»Frieda, ich bin momentan gar nicht in Kiew.«

»Oh. Wo bist du dann?«

Er murmelte etwas, das sie nicht verstand.

»Wie war das? Ist das irgendwo auf dem Land?«

Er sagte den Namen noch einmal.

»Kannst du ein bisschen langsamer sprechen?«

Er sprach die drei Silben eine nach der anderen aus.

»Summertown?«, wiederholte Frieda. »Du meinst, wie Summertown in London?«

»Ja«, bestätigte Josef, »aber nicht *wie*. Summertown in London. Genau das.«

Es dauerte ein paar Sekunden, bis Frieda wieder zusammenhängend sprechen konnte. »Du bist… du bist nur ungefähr fünfhundert Meter von mir entfernt!«

»Kann sein.«

»Was, zum Teufel, tust du hier?«

»Ich war in Schwierigkeiten.«

»Ich muss dich sehen.«

»Keine gute Idee.«

»Ich bin deine Freundin, oder hast du das vergessen?«, entgegnete Frieda. »Komm zu mir. Sofort.«

15

Frieda hatte Josef fast zwei Monate nicht mehr gesehen – das letzte Mal kurz vor Weihnachten, als er zum Andenken an das vorherige Weihnachtsfest, das sie zusammen verbracht hatten, ein traditionelles ukrainisches Gericht zubereitet und es ihr als Abschiedsgeschenk vorbeigebracht hatte, eingehüllt in weißes Leinen und dann in eine Schachtel verpackt, um die er eine Schleife gebunden hatte: kleine Küchlein aus Weizen, Honig und Mohn. Sie sah ihn noch genau vor sich: strahlend vor Stolz und fast übersprudelnd vor Großzügigkeit, zugleich aber auf eine fast feierliche Art aufgeregt. Nach vielen Monaten der Abwesenheit kehrte er in sein Heimatland zurück, um seine Frau Vera und seine beiden Söhne zu besuchen. Sein sonst so zotteliges Haar war kurz geschnitten, und er trug eine neue Steppjacke, um für das kalte ukrainische Wetter gewappnet zu sein. Für seine Söhne hatte er T-Shirts mit der Aufschrift »I love London« gekauft, außerdem kleine Union Jacks und Schneekugeln mit Miniaturausgaben verschiedener Londoner Wahrzeichen.

Der Josef, der nun vor ihrer Tür erschien, war ein völlig anderer. Sein Haar war lang, ungewaschen und voller Staub. Das Gestrüpp in seinem Gesicht hatte die Bezeichnung Bart kaum verdient, sondern sah aus, als hätte er sich einfach nicht zum Rasieren aufraffen können. Er trug eine alte Leinenhose, die von einem Plastikgürtel zusammengehalten wurde, und dazu einen dicken Pulli. Darüber hatte er besagte Steppjacke an, die inzwischen jedoch halb zerfetzt und sehr schmutzig war. Seine Stiefel wiesen Risse auf. Seine Hände wirkten rau und schwielig. Am Hals hatte er einen bereits etwas verblassten Bluterguss, und an seiner staubigen Stirn klebte ein Pflaster. Gekrönt wurde all das von einem schlaff aussehenden Gesicht und trüben Augen, die

Friedas Blick auswichen. Die Wollmütze zwischen den Händen, stand er vor der Tür und trat verlegen von einem Fuß auf den anderen.

Frieda griff nach seiner Hand, zog ihn in die Diele und schloss die Tür hinter ihm. Ein strenger Geruch nach Schweiß, Tabak und Alkohol schlug ihr ins Gesicht. Rasch zog sie ihm die Jacke aus und hängte sie neben ihren Mantel. Dabei registrierte sie, dass sein Pulli an den Ellbogen Löcher hatte.

»Magst du die Schuhe ausziehen?«, fragte sie. »Dann können wir uns ins Wohnzimmer setzen.«

»Ich bleibe nicht.«

Sein Englisch schien sich in der kurzen Zeit, die er weg gewesen war, sehr verschlechtert zu haben.

»Ich mache dir eine Tasse Tee.«

»Keinen Tee.«

»Wie lange bist du schon zurück, Josef?«

Er breitete mit einer vertrauten Geste die Hände aus. »Ein paar Wochen.«

»Warum hast du dich denn nicht gemeldet?«

Josef schaute ihr einen Moment ins Gesicht, senkte den Blick aber gleich wieder.

»Deine ganzen Sachen sind noch bei Reuben. Dein Lieferwagen steht auch dort. Wo wohnst du denn überhaupt?«

»Jetzt? Auf der Baustelle. In dem Haus, das gebaut werden muss. Es ist kalt. Aber mit Dach.«

Frieda betrachtete ihn. Sein ganzer Körper sprach von Elend und Niederlage. »Ich möchte, dass du mir ganz genau erzählst, was passiert ist«, sagte sie in sanftem Ton. »Aber keine Sorge – es muss nicht sofort sein. Wann immer du dazu bereit bist, bin ich für dich da. Ich freue mich so, dich zu sehen. Reuben wird sich auch freuen. Sein Haus braucht dich. Und ich brauche dich auch.«

»Das sagst du nur.«

»Nein, es stimmt.«

»Ich bin zu nichts gut.«

»Der Plan lautet wie folgt: Ich rufe Reuben an, und du übernachtest heute bei ihm. In seinem Haus ist einiges kaputt. Du kannst es reparieren. Wenn dir danach zumute ist, erzählst du mir – oder ihm –, was passiert ist. Jetzt aber setzst du dich erst mal in meine Küche und trinkst Tee. Ich muss dich nämlich etwas fragen.«

In Josefs braune Augen trat ein fragender Ausdruck. »Warum?«

»Warum was?«

»Warum hilfst du mir? Ich bin ein schlechter Mann, Frieda. Ein schlechter, trauriger Mann.«

Frieda schob eine Hand unter seinen Ellbogen und lotste ihn in die Küche, wo sie einen Stuhl zurechtrückte und Josef mit sanfter Gewalt zum Hinsetzen nötigte. Anschließend kochte sie Wasser für den Tee, und während der zog, toastete sie zwei Scheiben Brot, die sie mit Butter und Honig bestrich. »Hier, bitte. Das isst du jetzt.«

Als er einen Schluck von dem heißen Tee nahm, stieg ihm das Wasser in die Augen. Er griff nach einem Stück Toast. Frieda sah, wie seine Hand zitterte.

»Also, ich brauche deine Hilfe.« Sie legte den Flyer mit der Vorderseite nach unten vor ihn hin und deutete auf die Buchstaben. »Wenn du raten müsstest, was würdest du sagen, bedeuten diese Buchstaben?«

Josef legte seinen Toast zurück auf den Teller, wischte sich mit dem Ärmel über den Mund und richtete seine Aufmerksamkeit zunächst auf die vier Wörter. »Bast. Stroh. Kalk. Stein.«

»Das sind Materialien, die ein Handwerker oder Hobbygärtner brauchen könnte. Karlsson tippt auf den Anbau von Erdbeeren, aber das glaube ich nicht. Er hat sich keine ernsthaften Gedanken darüber gemacht.«

»Das ist einfach.«

»Was?«

»Das ist einfach«, wiederholte Josef. Plötzlich hatten seine Augen wieder ein wenig Glanz.

»Nun sag schon!«

»Es ist Farbe.«

»Farbe?«

»So heißen Farben. Traurige Farben – wie in deinem Arbeitszimmer. Blasse, schwache Farben. Bast, Stroh, Kalk und Stein. Genau.«

»Oh«, sagte Frieda. »Josef, du bist ein Genie!«

»Ich?«

»Und was ist mit den Buchstaben? D, SL, WL?«

»Das ist leicht«, antwortete Josef erneut. Für einen kurzen Moment klang er fast glücklich. Er wies mit dem Zeigefinger nach oben: »D heißt Decke.« Sein Finger bewegte sich wie der Zeiger einer Uhr. »WL heißt Wand links. Und ...« Er deutete auf die untere Raumkante.

»Sockelleiste!«, kam Frieda ihm zuvor. »Warum bin ich nicht selbst darauf gekommen?«

»Du bist Doktor, nicht Bauarbeiter.«

»Jemand wollte also sein Haus streichen lassen.« Sie warf einen Blick auf ihre Armbanduhr. Fast halb vier. »Wenn wir gleich aufbrechen, schaffen wir es vielleicht noch vor fünf. Begleitest du mich?« Da er nicht gleich antwortete, fügte sie hinzu: »Ich *brauche* deine Hilfe, Josef. Wie beim letzten Mal.«

Es dämmerte bereits, und der Regen ging allmählich in Hagel über. Neben Frieda trottete Josef wie ein großes, hilfloses Kind die Straßen entlang: die Mütze bis ins Gesicht gezogen, die Hände tief in die Taschen seiner schäbigen Hose vergraben. Sie hatte Reuben angerufen und ihm mitgeteilt, dass sie und Josef gegen Abend vorbeikommen würden und er ein Bett und eventuell ein paar Ofenkartoffeln vorbereiten solle.

»Was machen wir hier?«, fragte Josef jetzt.

»Ich versuche jemanden zu finden. Es ist eine ziemlich lange Geschichte, die ich dir später erzähle.«

»Wir halten Ausschau nach Wänden in Stein und Stroh?«

»Natürlich können wir nicht an jede einzelne Haustür klopfen, aber ich dachte mir, wenn wir irgendwelche äußeren Anzeichen für Bauarbeiten sehen, können wir an der betreffenden Tür klingeln.«

»Dann nimmst du diese Straße und ich die da drüben.« Josef hielt sein Telefon hoch. »Ich rufe dich an, du rufst mich an.«

Frieda freute sich über diese Anzeichen von Engagement. Sie nickte, woraufhin Josef in die eine und sie selbst in die andere Richtung aufbrach. Am Ende der beiden Straßen trafen sie sich wieder, ohne fündig geworden zu sein, und trennten sich erneut, um zwei weitere von den Parallelstraßen abzuklappern, die von der Hauptstraße abzweigten und wahrscheinlich mit den Werbeflyern von Andy's Pizzas bestückt worden waren.

Frieda hatte etwa zwei Drittel der Tully Street zurückgelegt, als ihr Handy klingelte. »Josef?«

»›Malerarbeiten und Raumausstattung. Uns ist kein Auftrag zu klein!‹ Das steht auf einem Lieferwagen hier neben mir. Ein Reifen sieht platt aus. Vor der Hausnummer dreiunddreißig, Owen Close.«

»Rühr dich nicht von der Stelle, ich bin gleich bei dir!«

Aber in dem betreffenden Haus brannte kein Licht, und niemand öffnete, als Frieda klingelte. Sie versuchte es bei Nummer einunddreißig, trat von der Tür zurück und wartete. Drinnen näherten sich Schritte, und einen Moment später schwang die Tür auf. Ein junger Mann mit kahl rasiertem Schädel streckte den Kopf heraus. Er trug einen Anzug und hielt ein Telefon in der Hand. »Ja?«

»Entschuldigen Sie die Störung«, sagte sie, wobei sie sich Josefs Anwesenheit hinter ihrem Rücken sehr bewusst war, »aber ich hoffe, Sie können mir helfen. Haben Sie zufällig einen Maler oder Raumausstatter im Haus?«

»Ja. Moment, lassen Sie mich nur schnell dieses Telefonat beenden. Tut mir leid, Cas, ich rufe dich zurück, in Ordnung? So, jetzt habe ich Zeit für Sie. Was wollten Sie noch mal wissen? Ach ja, wegen der Maler. Wir bekommen alles neu gestrichen, von oben bis unten. Im Moment sind sie im Wohnzimmer beschäftigt, aber ich glaube, sie machen gerade Schluss für heute. Warum wollen Sie das überhaupt wissen? Wohnen Sie hier in der Nähe? Womöglich wollen Sie ja auch etwas streichen lassen, denn falls ja, kann ich Ihnen die Firma nicht unbedingt empfehlen …«

»Nein. Es ist schwierig zu erklären. Ich suche jemanden und denke, dass Sie mir vielleicht helfen können.«

»Ich? Das verstehe ich jetzt nicht so ganz. Möchten Sie hereinkommen? Es wird ein bisschen frostig hier draußen. Ihr … ähm … Freund vielleicht auch?«

»Wir wollen Ihnen keine Umstände machen, ich halte Sie auch gar nicht lange auf.« Mit diesen Worten trat Frieda in die Diele, wo es nach frischer Farbe roch. Sie zog den Flyer aus ihrer Tasche. »Kommt Ihnen der Zettel bekannt vor?«

»Nun ja.« Der junge Mann musterte sie argwöhnisch, als könnte sie sich als Verrückte entpuppen. »Das ist ein Flyer. Wie unschwer zu erkennen ist. Werbung für Andy's Pizzas.«

»Bekommen Sie die hier? Die Werbung, meine ich, nicht die Pizzas.«

»Ja, ich glaube schon. In unserem Briefkasten landet jede Menge solcher Mist.«

Frieda drehte den Zettel um. »Kommt Ihnen das ebenfalls bekannt vor?«

Er kniff die Augen zusammen und runzelte die Stirn. »Ich glaube nicht, dass das meine Handschrift ist, oder die von Cas. So heißt meine Frau. Worum geht es denn?«

»Verwenden Sie die Farben Stroh, Bast, Kalk und Stein für ihre Wände?«

»Ja. Doch, ja, zumindest glaube ich das. Langsam wird mir das Ganze ein bisschen unheimlich, wenn Sie mir die Bemerkung erlauben.«

»Das tut mir leid. Ich habe hier eine Zeichnung. Können Sie mir sagen, ob dieses Gesicht Sie an irgendjemanden erinnert?«

Sie nahm das Blatt mit ihrer Zeichnung aus dem DIN-A4-Umschlag, in den sie es gesteckt hatte, und reichte es dem Mann. Er starrte auf das Gesicht hinunter. »Möglich.«

»Möglich?«

»Es besteht eine gewisse Ähnlichkeit. Da gab es so einen Typen – er sollte ursprünglich unsere Wände streichen. Er war sehr bemüht, ein richtig netter Kerl. Äußerst hilfsbereit. Die Zeichnung ähnelt ihm ein wenig. Er war übrigens auch derjenige, der uns die Farben aufgeschrieben hat, wenn ich es mir recht überlege. Letztendlich aber haben wir es doch nicht von ihm machen lassen, falls das Ihre nächste Frage sein sollte. Er ist einfach verschwunden. Der Kerl ist nicht mehr an sein Telefon gegangen. Hat uns schlichtweg hängen lassen. Deshalb haben wir dann die andere Firma beauftragt.«

Frieda bemühte sich um eine gelassene Miene. »Wann ist er verschwunden?«

»Tja, etwa vor zwei Wochen, so um den Dreh rum. Ganz genau weiß ich es nicht. Cas könnte es Ihnen vermutlich präziser sagen. Gibt es ein Problem mit ihm? Hat er etwas angestellt?«

»Wie war sein Name?« Sie registrierte, dass sie die Vergangenheitsform benutzt hatte, aber dem jungen Mann fiel es nicht auf.

»Rob. Rob Poole.«

»Haben Sie seine Adresse?«

»Nein, nichts. Nur seine Mobilnummer.« Er scrollte zu der entsprechenden Nummer in seinem Handy-Adressbuch und schrieb sie auf die Rückseite von Andy's angeschmutztem Flyer. »Er reagiert aber weder auf Anrufe noch auf Nachrichten – ich habe ihm bestimmt ein halbes Dutzend mal aufs Band gesprochen.«

»Danke.«

»Kennen Sie ihn?«

»Nicht persönlich. Könnte ich bitte auch noch Ihren Namen und Ihre Telefonnummer haben?«

»Warum denn das?«

»Ich schätze, die Polizei wird mit Ihnen über den Mann reden wollen.«

Reuben hatte keine Ofenkartoffeln vorbereitet, sondern eine fettige, reichhaltige Lasagne, außerdem Knoblauchbrot und einen grünen Salat. Der Essensgeruch schlug ihnen entgegen, sobald Reuben die Tür aufmachte. Er hatte eine Schürze umgebunden und seine Lesebrille auf der Nasenspitze. Nachdem er einen raschen Blick auf Josef geworfen hatte, war ihm sofort klar, in welchem Zustand sein Freund sich befand. Er trat einen Schritt vor und klopfte ihm auf die Schulter.

»Gott sei Dank bist du wieder da«, sagte er. »Allmählich dachte ich schon, ich müsste tatsächlich jemanden bezahlen, damit er mir mein Dach repariert und meine angeblich so leicht zusammenbaubare neue Truhe aufstellt.«

»Ich bleibe nicht«, murmelte Josef. »Ich wollte nur schnell Hallo sagen und meine Sachen abholen.«

»Können wir trotzdem reingehen?«, mischte Frieda sich ein. »Es ist zu kalt, um hier draußen vor der Tür zu stehen.«

Mit vereinten Kräften bugsierten sie und Reuben den widerstrebenden Josef ins Haus und zogen ihm Jacke und Schuhe aus. Anschließend drückte Reuben ihm eine Flasche Bier in die Hand und führte ihn gleich nach oben, um ihm die undichte Stelle am Dach zu zeigen. Irgendwie kam es, dass Josef zehn Minuten später in einem siedend heißen Bad saß. Von ihrem Platz in der warmen, chaotischen Küche konnten Reuben und Frieda ihn plantschen und stöhnen hören.

»Was, zum Teufel, ist passiert?«, wollte Reuben wissen.

Instinktiv sahen beide zu dem eselohrigen Foto an Reubens Kühlschranktür hinüber. Josef hatte es dort angebracht, als er vor über einem Jahr bei Reuben eingezogen war. Es zeigte seine dunkelhaarige Frau und seine beiden Söhne.

»Er hat in Summertown auf einer Baustelle gewohnt.«

»Warum hat er sich denn nicht gemeldet?«

»Er hat sich geschämt.«

»Weswegen?«

»Das weiß ich noch nicht.«

»Zum Glück habe ich tatsächlich ein undichtes Dach.«

»Ja.«

»Gut, dass du ihn gerettet hast.«

»Das war reiner Zufall. Ich habe ihn nur angerufen, weil ich ihn um einen Rat bitten wollte.«

»Jedenfalls ist er jetzt hier.«

Frieda nickte. »Übrigens gehe ich am Wochenende auf Kathy Ripons Beerdigung. Ich habe in den letzten Tagen viel über ihren Tod nachgedacht, und auch über Dean Reeve. Der Kerl beschert mir Albträume, deren Wirkung auch noch anhält, wenn ich wach bin.«

»Er verfolgt dich aus dem Grab?«

»Ich wünschte, es wäre so.«

In dieser Nacht musste sie sich übergeben. Es begann mit Schweißtropfen auf der Stirn, verbunden mit schrecklicher Atemnot und einem widerlichen Geschmack im Mund, der nicht verschwinden wollte. Selbst im Liegen war ihr schwindlig, und ihr Magen revoltierte.

Am Ende schaffte sie es gerade noch rechtzeitig zur Toilette, wo sie jetzt neben der Schüssel kniete. Ihre Augen brannten, und sie spürte den kalten Schweiß auf ihrer Haut, während sie sich immer wieder übergab – halb schluchzend, halb würgend. Sie fühlte sich, als wäre jede Faser ihres Körpers vergiftet. Dabei hatte sie seit Tagen kaum etwas gegessen. Mittlerweile war nichts mehr in ihrem Magen, was sie hätte erbrechen können, so dass sie nur noch keuchend vor sich hin würgte. Hin und wieder legte sie erschöpft die Stirn auf den Rand der Toilette. Ihre Knie waren von dem harten Boden schon ganz wund, das Haar klebte ihr am Kopf, und im Mund hatte sie immer noch diesen scheußlichen Geschmack, der ihr das Gefühl gab, durch und durch schmutzig zu sein. Sie dachte an heiße Bäder, frische Bettwäsche, Gerstenwasser mit Zitrone, eine kühle Hand an ihrer Stirn. Erneut musste sie würgen. Am liebsten wäre sie auf der Stelle gestorben. Aber sie durfte nicht sterben. Er würde kommen. Das war alles, was sie wusste oder wissen musste.

16

Frieda setzte sich in eine Ecke des Pubs und wartete auf Karlsson, der kurz darauf mit zwei Whiskys und zwei Tüten Chips auf sie zusteuerte.

»Die eine Tüte ist mit Salz und Essig«, informierte er sie, »die andere mit Käse und Zwiebeln. Ich wusste nicht, welche Sorte Sie lieber mögen.«

»Eigentlich keine von beiden.«

»Vermutlich mögen Sie auch keine Pubs«, meinte Karlsson.

»Hier ist es immer noch besser als auf dem Polizeipräsidium.«

»Zumindest habe ich endlich mal Ruhe vor diesem Newton, der mir auf Schritt und Tritt folgt wie ein Schatten.«

»Was ist seine Aufgabe?«

»Zeitmanagement und Effektivitätssteigerung. Denken ohne jeden Realitätsbezug. Ein frischer Blickwinkel, wie es mein Chef ausdrückt. Er nimmt unsere Abläufe unter die Lupe, unsere ganze Betriebsführung. Ich habe keine Ahnung, zu welchem Ergebnis er kommen wird.«

»Wieso das alles?«

»Es ist von Etatkürzungen die Rede. Zehn Prozent, vielleicht auch zwanzig oder sogar fünfundzwanzig. Falls unser junger Freund Jake ein paar Diagramme zeichnet, um darzustellen, wie wir mit weniger Beamten mehr Verbrecher fangen können, wird er wohl auf offene Ohren stoßen.«

Sie nahmen beide einen Schluck von ihrem Whisky und sahen sich an.

»Es tut mir leid, wenn ich Ihre Arbeit noch zusätzlich erschwere.«

»Wir haben die Akte wieder angefordert«, antwortete Karlsson. »Alle rechtlichen Schritte gegen Michelle Doyce sind vorerst eingestellt, während die Ermittlungen fortgesetzt werden. So in etwa lautet der Text meines Aktenvermerks.« Er nahm einen weiteren Schluck von seinem Drink und rieb sich das Gesicht. Frieda fand, dass er noch erschöpfter aussah als sonst. »Ich weiß, warum der Polizeipräsident sich in diesem Fall so verhalten hat«, fuhr Karlsson fort. »Niemand hat großes Interesse an einem solchen Fall. Warum ich ihn los sein will, weiß ich natürlich auch. Was ich nicht verstehe, sind *Ihre* Beweggründe. Michelle Doyce wäre doch sowieso nicht ins Gefängnis gekommen. Sie hätte die medizinische Betreuung bekommen, die sie braucht. Alles hätte sich irgendwie geregelt. Haben Sie denn mit Ihrer eigenen Arbeit nicht schon genug zu tun?«

Frieda musterte ihn nachdenklich. »Was spielt es für eine Rolle, warum ich es getan habe? Vielleicht mag ich einfach keine Geschichten mit offenem Ende. Ich hatte mal eine Patientin, eine junge Frau. Kennen Sie das Gefühl, wenn Sie das Haus verlassen haben und sich fragen, ob der Herd noch an ist? Bei ihr war es nicht nur der Herd. Womöglich hatte sie ja ein Fenster offen gelassen oder die Katze im Schlafzimmer eingesperrt. Sie versuchte, alles zu überprüfen, bevor sie ging, aber es war einfach nicht möglich, sämtliche Gefahren zu erkennen. Dann kam ihr der Gedanke, dass sie womöglich, während sie alles überprüfte, ein anderes Fenster aufgemacht oder versehentlich etwas angeschaltet hatte. Am Ende war sie überhaupt nicht mehr in der Lage, das Haus zu verlassen.«

»Wie haben Sie sie geheilt?«

»Ich war nicht die Richtige für sie. Ich habe sie an einen Verhaltenstherapeuten verwiesen. Aber darauf wollte ich gar nicht hinaus. Ich will damit nur sagen, dass ich in Bezug auf Geschichten ein bisschen so bin wie diese Frau. Ich konnte es einfach nicht dabei belassen: zu wissen, dass die Leiche draußen in der Gasse gelegen hatte, aber nicht zu wissen, aus welchem Grund der Mann dort gelandet war oder wie er hieß oder ob er Angehörige hinterlassen hat. Es war, als würde ich aus dem Haus gehen, ohne mir darüber klar zu sein, ob das Gas noch an ist oder nicht.«

Karlsson schüttelte den Kopf. »Meine Arbeit würde Ihnen nicht gefallen. Ich verbringe den Großteil meines Lebens in dem Wissen, dass das Gas nicht zugedreht ist, das Bad überläuft und das Fenster offen steht.«

»Wieso glauben Sie, dass mir meine Arbeit als Therapeutin gefällt?«, gab Frieda zurück. »Also, wie geht es nun weiter?«

»Ich habe zwei von meinen Leuten losgeschickt, damit sie mit dem Paar in Brixton reden. Robert Poole ist ein ziemlich häufiger Namen, und vorerst haben wir nichts anderes. Der Mann gibt uns nach wie vor Rätsel auf.«

»Sie meinen, Sie kennen nun zwar seinen Namen, haben aber noch immer keine Ahnung, wer er wirklich war?«

»Genau.«

»Was ist mit seiner Handynummer? Die liefert Ihnen doch bestimmt einen Anhaltspunkt. Können Sie ihn damit denn auch nicht identifizieren?«

»Seine Nummer gehört zu einem Prepaidhandy, aber wir werden sehen, ob wir etwas damit anfangen können. Wir haben sein Gesicht rekonstruieren lassen und hängen das Bild aus – Sie wissen schon, unter dem Motto: ›Haben Sie diesen Mann schon mal gesehen?‹ Zusammen mit dem Namen könnte es vielleicht klappen, auch wenn die Leute, die sich bei solchen Aktionen melden, für gewöhnlich nicht gerade das sind, was man verlässliche Zeugen nennt. Es gibt da beispielsweise einen alten Mann, der grundsätzlich jede Person gesehen hat, die auf so einem Poster prangt. Trotzdem ist es einen Versuch wert. Das Zimmer von Michelle Doyce werden wir auch noch einmal gründlich unter die Lupe nehmen. Es besteht – das möchte ich betonen – noch keine unumstößliche, absolute, hundertprozentige Gewissheit, dass es sich bei der Leiche, die in dem Raum gefunden wurde, tatsächlich um diesen Maler und Innenausstatter handelt.«

»Die Leute haben ihn auf der Zeichnung erkannt, die ich ihnen gezeigt habe.«

»Ja. Ich habe die Zeichnung gesehen. Vielleicht hätten Sie mit mir darüber reden sollen, bevor Sie losgezogen sind, um sie überall herumzuzeigen – aber in Ordnung, ich akzeptiere das. Offen gestanden ist Ihre zeichnerische Variante gar nicht so weit von unserem Computer-Phantombild entfernt.«

Frieda leerte ihr Glas. »Danke, dass Sie mich informiert haben«, sagte sie. »Ich werde mich nicht mehr derartig einmischen.«

Karlsson stieß ein Hüsteln aus, als würde er zu einer längeren Rede ansetzen.

»Da ist noch etwas, Frieda. Ich wollte Ihnen in aller Deutlichkeit sagen, dass Sie uns – trotz gelegentlicher Meinungsverschiedenheiten – eine große Hilfe waren und …«

»Das klingt nach der Art Ansprache, die man hält, wenn man jemanden feuert«, fiel Frieda ihm ins Wort.

»Nein«, widersprach Karlsson, »ganz im Gegenteil. Wir müssen das Ganze offiziell machen. Falls Sie bereit sind, weiterhin von Zeit zu Zeit mit uns – oder mit mir – zusammenzuarbeiten, sollten Sie als Beraterin eingestellt werden, mit Vertrag und entsprechender Vergütung und einem klar umrissenen Aufgabenbereich. Was halten Sie davon?«

»Moment.« Frieda stand auf, ging zur Theke und kehrte mit zwei weiteren Whiskys zurück.

»Also?«, fragte Karlsson.

»Ich bin mir nicht sicher, ob ich dabei ein gutes Gefühl habe.«

»Wieso denn das? Wir würden unsere Zusammenarbeit doch nur offiziell absegnen.«

»Ich denke darüber nach«, antwortete Frieda, »auch wenn mir auf Anhieb nur Argumente einfallen, die dagegen sprechen. Was den aktuellen Fall betrifft, habe ich nicht das Gefühl, dass ich da noch irgendetwas beisteuern kann. Sobald Sie herausgefunden haben, wer Robert Poole ist, werden Sie auch den Täter finden. So funktioniert das doch meist, oder etwa nicht?«

»Eine eifersüchtige Geliebte«, meinte Karlsson, »bestimmt läuft es darauf hinaus.«

»Nur der Finger passt da nicht ins Bild.« Frieda runzelte die Stirn. »Der spricht für mehr Berechnung.«

Karlsson lächelte triumphierend. »Sehen Sie, Sie können es nicht sein lassen. Sie sind nach wie vor interessiert. Die Frau könnte den Finger abgeschnitten haben, um den Ehering zurückzubekommen. Wegen des Goldes. Oder als extreme Form der Scheidung. Meine Frau hätte das auch mit mir gemacht, wenn sie gekonnt hätte.«

»Es war der falsche Finger«, gab Frieda zu bedenken. »Außerdem bereitet mir die Idee mit dem Vertrag Sorgen. Dadurch hätte ich Pflichten und trüge Verantwortung. Bisher habe ich Ihnen nur geholfen, weil es mir selbst ein Bedürfnis war. Ich musste mir keine Gedanken darüber machen, wie ich meine Ausgaben rechtfertige oder in welches Kästchen ich einen Haken machen muss.«

»Sagen Sie nicht Nein«, bat Karlsson. »Zumindest nicht sofort. Denken Sie in Ruhe darüber nach. Lassen Sie sich ein paar Tage Zeit. Sehen Sie, jetzt spiele ich mal den Therapeuten und …«

»Bitte …«

»Nein, wirklich. Ich glaube, es macht Ihnen einfach mehr Spaß, sich ungebeten einzumischen und den Leuten Dinge zu sagen, die sie nicht hören wollen. Sobald man Sie dabeihaben möchte, wird es für Sie problematisch. Gibt es nicht irgendeinen alten Witz darüber, dass man nicht gerne einem Klub beitritt, bei dem man als Mitglied willkommen ist? Das trifft genau auf Sie zu.«

»Es gibt noch etwas, das ich Ihnen sagen muss«, erklärte sie.

»Zu diesem Fall?

»Nein, nicht zu diesem. Sie wissen doch, dass ich den Neurologen Andrew Berryman mit zu Michelle Doyce genommen habe. Das ist beispielsweise etwas, das ich nicht mehr tun könnte, wenn ich unter Vertrag stünde.«

»Zumindest müssten Sie vorher fragen«, antwortete Karlsson. »Was Sie nicht gerne tun, ich weiß.«

»Und ich müsste es rechtfertigen und einen Antrag ausfüllen, der mit Sicherheit abgelehnt würde, aber das ist nicht der Punkt. Etwas, das Berryman gesagt hat, geht mir nicht mehr aus dem

Kopf. Als wir uns über Michelle Doyces problematische Realitätswahrnehmung unterhielten, erzählte er mir von einer neurologischen Krankheit namens Capgras-Syndrom. Einige sehr seltene Fälle von Nervenschädigung führen dazu, dass der betroffene Patient sich einbildet, ein nahes Familienmitglied wäre auf irgendeine Art und Weise durch einen Doppelgänger ausgetauscht worden.«

»Klingt unangenehm«, meinte Karlsson. Er wartete einen Moment. »Und?«

»Das Ganze ließ mir keine Ruhe mehr. Allerdings wusste ich erst nicht, warum. Dann fiel mir plötzlich Carrie Dekker ein.«

»Warum denn das, um Himmels willen?«

»Sie hat gesagt, nach Deans Tod habe sich das Verhalten ihres Mannes grundlegend verändert. Dann verließ er sie plötzlich und verschwand spurlos. Mir ist der Gedanke gekommen, dass Carrie ebenfalls das Gefühl hatte, als wäre ihr Mann durch einen Doppelgänger ausgetauscht worden.«

Karlssons Gesicht nahm einen nachdenklichen Ausdruck an. Als er schließlich seine Antwort formulierte, klang es, als würde sein Gehirn nur ganz langsam arbeiten. »Das verstehe ich jetzt nicht«, erklärte er. »Wollen Sie damit sagen, dass Caroline Dekker an einer unglaublich seltenen Geisteskrankheit leidet?«

»Nein«, erwiderte Frieda, »eher das Gegenteil. In welchem Fall hätte ein Mensch die Symptome des Capgras-Syndroms, nicht aber die Krankeit?«

»Ich habe keine Ahnung, wovon Sie reden.«

»Nur dann, wenn es sich nicht um eine Wahnvorstellung handelt.«

»Wie meinen Sie das?«, fragte Karlsson. »Sie glauben …?« Er sprach den Satz nicht zu Ende. »Mein Gott! Das kann unmöglich Ihr Ernst sein. Wir haben Deans Leiche gefunden. Ich habe anschließend mit Alan gesprochen. Er war bei ihr.«

»Ich habe mich auch von Dean narren lassen. Ich war ihm genauso nahe wie jetzt Ihnen. Ich habe mit ihm gesprochen, konnte dabei aber keinen Unterschied feststellen.«

»Aber wir hatten die Leiche.«

»Was beweist das?«, fragte Frieda. »Dean und Alan waren eineiige Zwillinge. Sie hatten sogar die gleiche DNA.«

Karlsson runzelte die Stirn. »Haben Sie irgendwelche Beweise für Ihre Behauptung?«, fragte er.

»Es ist nur so ein Gefühl«, antwortete Frieda. »Wegen Alans Verschwinden. Beziehungsweise Deans Verschwinden. Ich hatte deswegen schon die ganze Zeit so ein komisches Gefühl, wusste aber nicht recht, warum.«

»Das ist doch lächerlich«, entgegnete Karlsson. »Seine Ehefrau hätte er niemals täuschen können. Er wusste doch gar nichts über ihr gemeinsames Leben, ihre Freunde.«

»Er war nur ein paar Tage bei ihr, weigerte sich, etwas zu unternehmen oder sich mit jemandem zu treffen. Besser hätte er sich nicht aus der Affäre ziehen können – vor den Augen aller. Es war die perfekte Möglichkeit zu fliehen, ohne dass irgendjemand merkte, dass er ungestraft davongekommen war.«

»Wo ist er dann jetzt?«, fragte Karlsson. »Ihrer Theorie zufolge?«

»Ich habe keine Ahnung.«

»Dafür gibt es keinerlei Beweis.«

»Nein, gibt es nicht«, bestätigte Frieda, »und wird es auch nie geben.«

»Nur Ihr Bauchgefühl.«

»Genau deswegen sollten Sie sich noch einmal gut überlegen, ob Sie mir wirklich einen Vertrag anbieten wollen. Und ich sollte mir zweimal überlegen, ob ich ihn unterschreibe. Ich bin keine Polizistin, und ich will auch keine werden.«

Die Beamtin an der Pforte kannte diese Sorte Besucher. Sie kamen ins Präsidium marschiert, als wären sie vor dem kalten Regen ins Warme geflohen. Nach einem kurzen Blick auf die Person am Eingang fingen sie an, die Plakate an den Wänden zu studieren oder sogar die Texte zu lesen. Manche wurden nach einer Weile nervös und gingen einfach wieder. Andere kamen langsam immer näher und gaben sich dabei betont lässig, als hätten sie überhaupt kein Problem damit. Diese Dame war schätzungsweise Ende vierzig, vielleicht auch älter. Schick, aber dezent gekleidet, wirkte sie wie eine berufstätige Frau auf dem Heimweg. Sie trug alte Werktagsschuhe, die aber auf Hochglanz poliert waren. Wie ein Verbrechensopfer sah sie nicht aus. Sie brauchte mehrere Minuten, bis sie schließlich vor der Pforte stand und durch das Sicherheitsgitter spähte.

»Kann ich Ihnen helfen?«, fragte die Beamtin.

»Es geht um meinen Nachbarn«, antwortete die Frau. »Den Mann, der über mir wohnt.«

»Was hat er getan?«

»Er ist verschwunden.«

Die Beamtin bemühte sich um einen möglichst neutralen Gesichtsausdruck und setzte zu der Erklärung an, die sie jede Woche ein- bis zweimal vom Stapel ließ: Wie oft es doch vorkomme, dass jemand sich ohne Grund davonmache, und dass mit ziemlicher Sicherheit kein Anlass zur Sorge bestehe.

»Nein«, widersprach die Frau. »Ich habe einen Schlüssel. Ich füttere die Katze, wenn er nicht da ist, und gieße seine Pflanzen. Ich habe nachgesehen. Die Post stapelt sich auf der Fußmatte. Das ganze Essen im Kühlschrank ist schon verdorben. In der Schale für den Kater war kein Futter. Der Kater selbst war Gott sei Dank nicht da. Er kann durch eine Katzenklappe ein und aus, und über eine Art Mauervorsprung gelangt er hinunter auf das Dach des Fahrradschuppens im Vorgarten des Nachbarhauses. Es muss etwas passiert sein.«

Die Beamtin an der Pforte seufzte. »Es handelt sich um einen erwachsenen Mann?«, fragte sie.

»Ja«, antwortete die Frau. »Das sieht ihm überhaupt nicht ähnlich. Was können Sie da unternehmen?«

Die Beamtin ging zu einem Aktenschrank. Nachdem sie die erste Schublade wieder hineingeschoben und eine andere herausgezogen hatte, kehrte sie mit einem Formular zurück.

»Wir füllen jetzt dieses Blatt hier aus«, erklärte sie. »Anschließend geben wir die Daten in den Computer ein, und wenn sein Name irgendwo verzeichnet ist, taucht er hier auf dem Bildschirm auf.«

»Wollen Sie denn nicht nach ihm suchen?«

»Das ist die normale Vorgehensweise«, entgegnete die Beamtin, »es sei denn, es handelt sich um einen Notfall.«

»Ich glaube, das ist ein Notfall.«

»In der Regel tauchen sie wieder auf«, erklärte die Beamtin in beruhigendem Ton. »Aber lassen Sie uns mit dem Formular beginnen. Wie lautet denn sein Name?«

»Bob«, sagte die Frau. »Ich meine, Robert. Robert Poole.«

17

Von der Haltestelle Gloucester ging Frieda zu Fuß. Winzige Schneeflöckchen verfingen sich in ihrem Haar und schmolzen auf der Straße. Sie hatte gedacht, mit dem ganzen Schnee wäre es nun vorbei, und die bittere Kälte würde endlich nachlassen. Vielleicht war es ja nur ein letztes Aufbäumen, als wollte der Winter sich noch einmal in Erinnerung bringen.

Sie traf frühzeitig an der Kirche ein, eilte schnell an den Fotografen und Journalisten vorüber, die sich bereits vor dem Eingang versammelt hatten, und setzte sich auf einen Platz weit hinten, gleich neben der Wand. Allmählich schoben sich immer mehr Menschen in die Bänke. Während sie ihre Hüte, Handschuhe und dicken Mäntel ablegten, hielten sie nach Bekannten Ausschau, denen sie dann mit einer Mischung aus Wiedersehensfreude und verlegenem Ernst zunickten. Ein Pulk aus jungen Leuten traf ein, die Wangen von der Kälte gerötet. Frieda nahm an, dass es sich um Studienkollegen von Kathy handelte. Sie griff nach dem Faltblatt mit den Liedern und überflog die Titel, die sie singen sollten. Die Kirche füllte sich immer mehr. Am Ende mussten sich die Leute in bereits volle Bänke quetschen oder hinten stehen. Ein älteres Paar schritt langsam durch den Mittelgang nach vorn. Die Frau stützte sich auf den Arm des Mannes. Kathys Großeltern, nahm Frieda an. Einen Mann, der in einem kamelhaarfarbenen Mantel an ihrer Reihe vorüberging, erkannte sie als Seth Boundy wieder. Kathy Ripon hatte bei ihm studiert und zu seinem Forschungsteam gehört. Im Grunde hatte er sie in den Tod geschickt. Er – und Frieda.

Sein unruhiger, schlurfender Gang unterschied sich sehr von dem würdevollen Schreiten, an das Frieda sich erinnerte. Er hielt den Kopf gesenkt und hatte den Mantelkragen hochgeklappt, als wollte er sich verstecken. Vielleicht aber spürte er Friedas Blick auf seinem Rücken, denn plötzlich drehte er sich um und sah kurz zu ihr nach hinten. Dann wandte er sich wieder ab und ging weiter. Zuletzt traf Kathys Familie ein: ihre Eltern, die Hand in Hand gingen, und hinter ihnen zwei ordentlich frisierte, vom Rasieren rotgesichtige junge Männer, die sich in ihren schwarzen Anzügen sichtlich unwohl fühlten.

Der Sarg wurde von Angestellten des Bestattungsinstituts getragen, jungen Männern mit professioneller Trauermiene. Frieda stellte sich die aufgequollenen sterblichen Überreste vor, die sich in diesem Sarg befanden, und dann das kluge, sympathische Gesicht der jungen Frau. Während die Trauergemeinde »Der Herr ist mein Hirte« sang, musste sie – wie jeden Tag in den letzten vierzehn Monaten – daran denken, dass Kathy noch leben würde, wenn sie, Frieda, nicht gewesen wäre, so dass Kathys Eltern nun nicht mit hängenden Schultern in der Kirchenbank sitzen müssten, blass und vorzeitig gealtert. Ein Kind wäre tot, aber Kathy noch am Leben. Eine junge Frau mit einem langen, traurigen Gesicht ging nach vorn und spielte eine Melodie auf der Flöte. Einer von Kathys Brüdern las ein Gedicht vor, schaffte es aber nicht bis zum Ende. Während er vor ihnen stand und krampfhaft nach Fassung rang, beugten sich alle voller Mitgefühl vor, als könnten sie ihn auf diese Weise zum Weiterlesen bewegen. Vielen liefen dabei Tränen über die Wangen. Der Pfarrer erhob sich und sagte ein paar Worte darüber, dass ein junges Leben ein grausam jähes Ende gefunden habe, die Eltern nun aber endlich ihre Tochter beerdigen könnten. Er sprach von einem gnädigen Gott und dem Triumph von Gut über Böse, von Liebe über Hass. Frieda schloss die Augen, betete aber nicht.

Schließlich war es vorüber. Der Sarg wurde langsam nach draußen getragen, wo immer noch lockerer Schnee fiel, und Kathys Familie folgte ihm. Frieda wartete, bis die meisten der Trauernden die Kirche verlassen hatten. Erst dann glitt sie aus ihrer Bank und stellte sich vor Seth Boundy. »Ich finde es gut, dass Sie gekommen sind«, sagte sie.

»Sie war schließlich meine Studentin.« Er sah sie einen Moment an, senkte dann den Kopf und starrte auf den Steinboden hinunter.

Allmählich begann der Schnee auf den Grabsteinen und den Dächern der draußen parkenden Autos liegen zu bleiben. Überall standen Leute herum und umarmten einander. Frieda hatte nicht vor, zum Leichenschmaus zu bleiben. Kurz vor dem Tor streifte sie einen großen Mann.

»Hallo, Frieda«, sagte Karlsson.

»Sie haben gar nicht erwähnt, dass Sie herfahren würden.«

»Sie auch nicht.«

»Ich musste. Sie ist meinetwegen gestorben.«

»Sie ist wegen Dean gestorben.«

»Fahren Sie mit dem Zug zurück?«

»Nein, auf mich wartet ein Wagen. Sollen wir Sie mitnehmen?«

Frieda überlegte kurz. »Ich würde lieber alleine nach Hause fahren.«

»Natürlich. Vielleicht interessiert es Sie, dass ein Robert Poole als vermisst gemeldet wurde.«

Angesichts von Friedas überraschter Miene musste Karlsson lächeln. Einen Augenblick wirkte sein Gesicht viel weicher als sonst. »Von wem?«, wollte Frieda wissen.

»Einer Nachbarin. Sie wohnt ein Stockwerk tiefer. In einem Haus unten in Tooting.«

»Was um alles in der Welt tun Sie dann hier?«, fragte sie. »Warum sind Sie nicht in Tooting und nehmen seine Wohnung auseinander?«

»Yvette ist heute dort. Sie macht das auch sehr gut.«

»Natürlich.«

»Aber Sie hätten heute Zeit?«

Frieda zögerte. »Vielleicht.«

»Ist das ein Ja?«

»Es ist ein Vielleicht. Das alles hier …«, sie deutete auf die Kirche und die Trauernden hinter ihnen, »… das weckt in mir eher den Wunsch, mich nicht mehr in die Arbeit der Polizei hineinziehen zu lassen. Nie wieder.«

»Es wird nicht besser«, klärte Karlsson sie auf, »es sei denn, man stumpft irgendwann ab. Ich rufe Sie an.«

Die Fahrt nach London dauerte zwei Stunden. Frieda wäre durchaus noch rechtzeitig zu ihrer nachmittäglichen Sitzung mit Gerald Mayhew gekommen, einem älteren und sehr reichen amerikanischen Bankier, der, als er eines Morgens aufwachte, aus unerfindlichen Gründen von einer heftigen Trauer um seine längst verstorbenen Eltern übermannt wurde. Aber Frieda hatte an diesem Tag all ihren Patienten abgesagt. In Paddington angekommen, fuhr sie mit der Bakerloo Line bis zur Haltestelle Elephant and Castle, von wo sie durch Matsch und Eisregen bis zu einem Block mit Sozialwohnungen in der New Kent Road stapfte. Es war ein graues, tristes Gebäude mit Metallgittern über den Fenstern im Erdgeschoss und einem baumlosen Hof, wo ein einzelnes Kleinkind auf seinem Dreirad im Kreis fuhr. Der Junge steckte in einer dicken Steppjacke, und in dem eisigen Wind tropfte ihm die Nase.

Frieda stieg die Treppe bis in den vierten Stock hinauf und ging dann einen betonierten Flur entlang, bis sie eine braune, mit Klopfer und Spion ausgestattete Tür erreichte. Sie klopfte und wartete. Eine Kette wurde gelöst, ein Auge spähte heraus.

»Ja? Wer ist da?« Es war nicht die Stimme, mit der sie gerechnet hatte.

»Ich wollte zu …« Fast hätte sie »Terry« gesagt, riss sich aber gerade noch am Riemen. »Joanna Teale. Ich habe meinen Besuch nicht angekündigt. Mein Name ist Frieda Klein.«

»Die Psychologin?«

Frieda war diejenige gewesen, die begriffen hatte, dass Dean Reeves Frau Terry in Wirklichkeit Joanna Teale war, die mehr als zwanzig Jahre zuvor als Schulmädchen entführt worden war. Außerdem hatte Frieda Karlsson gegenüber darauf beharrt, dass Joanna, nachdem man sie über Jahrzehnte hinweg ihrer Freiheit beraubt und einer Gehirnwäsche unterzogen hatte, eher als Opfer zu sehen war und nicht so sehr als Täterin – auch wenn Joanna es den anderen manchmal schwer gemacht hatte, ihre Partei zu ergreifen. Sie war selbstgerecht und schnell gekränkt, hielt es ihrerseits aber nicht für nötig, sich für irgendetwas zu entschuldigen. Ihren Eltern – die durch Joannas Wiederauftauchen fast so sehr aus der Bahn geworfen worden waren wie damals durch ihr Verschwinden – begegnete sie mit einer Art zornigem Desinteresse, ihrer älteren Schwester Rose mit Verachtung. Es war für sie alle eine schockierende Wiedervereinigung gewesen. Nach den ersten paar Wochen war Frieda auf Abstand gegangen und hatte sich seitdem von ihnen ferngehalten. Bis jetzt.

Die Tür schwang auf. Auf der Türmatte stand eine junge Frau mit einem blonden, straff zurückgebundenen Pferdeschwanz und fast schon übertrieben formschönen Augenbrauen. Zu einem kurzen Rock trug sie dicke Stulpen und um den Hals einen gestreiften Baumwollschal, obwohl es Frieda in der Wohnung recht warm vorkam. »Ich bin Janine.« Sie hielt Frieda die Hand hin. »Kommen Sie doch herein.«

»Ist Joanna hier?«

»Sie spricht da drin gerade mit Rick.«

»Rick?«

»Rick Costello. Joanna, du hast Besuch!«

»Wer ist es denn?« Heiser und leicht nuschelnd – das war die Stimme, die Frieda erwartet hatte.

»Das errätst du nie! Wenn man vom Teufel spricht. Soll ich Ihnen den Mantel abnehmen?«

»Könnten Sie mir erst mal verraten, wer Sie sind?«, entgegnete Frieda. »Sie scheinen mich zu kennen, aber ich kenne Sie definitiv nicht.«

»Ich arbeite mit Joanna.«

»Inwiefern?«

»Ich helfe ihr dabei, ihre Geschichte zu erzählen.«

»Ihre Geschichte?«, wiederholte Frieda bedächtig. »Sind Sie Schriftstellerin?«

»Ich? Nein. Ich bin nur die PR-Frau, die von ihrem Verlag damit beauftragt wurde, dafür zu sorgen, dass sie das größtmögliche Publikum erreicht. Es ist eine so schreckliche Geschichte. Eine Tragödie und zugleich die Geschichte einer Rettung. Und ein echtes Monster kommt auch darin vor. Wie viel Kraft muss es sie gekostet haben, das alles zu überstehen! Aber das brauche ich Ihnen ja nicht zu erzählen.« Janine bedachte Frieda mit einem wissenden Lächeln. »Ich bin über Ihre Rolle informiert.«

Frieda zog ihren Mantel aus. Schlagartig hatte sie Kopfschmerzen, als wäre ein Band viel zu fest um ihren Schädel gewickelt. »Sie schreibt also ein Buch?«

»Es ist schon fertig. Wir haben tagelang daran gearbeitet. Für mich ist es einfach ein Glücksfall, dass man mich damit betraut hat, ihr zu helfen. Aber als Therapeutin wissen Sie ja, wie man Menschen in die Lage versetzt, ihr Potenzial zu nutzen. Kommen Sie, hier hinein.«

Janine führte Frieda in ein kleines Zimmer, in dem kaum Platz war für die große Ledercouch und den ausladenden Sessel. Eine Rauchwolke hing in der Luft – und im dichtesten Teil der Rauchwolke saß Joanna am einen Ende des Sofas, die nackten Füße unter den Körper gezogen. Als Frieda sie das letzte Mal gesehen hatte, war ihr dunkles Haar blond gefärbt gewesen. Jetzt schimmerte es in einem metallischen Kastanienbraun. Ihre Haltung aber wirkte noch genauso schlampig und ihr Gesicht genauso grob. Die Blässe ihrer Haut war mit einer dicken Schicht aus bräunlichem Make-up übertüncht. Im Mundwinkel hatte sie eine Zigarette hängen, und der Aschenbecher, der neben ihrem Ellbogen auf dem kleinen Tischchen stand, quoll bereits über. Ihr massiger Körper war in eine enge Jeans und ein knappes, mit einem Leopardenmuster bedrucktes Oberteil gezwängt. Ein paar Hautfalten ihres weißen Bauchs waren zu sehen, und Frieda erhaschte einen Blick auf ihre orientalisch anmutende Tätowierung. Im Sessel lümmelte ein junger Mann mit einem rosa Babygesicht und Pickeln auf der Stirn. Er musterte

Frieda misstrauisch. Unter seinen hochgerutschten Hosenbeinen lugten gelbe Socken und leuchtend weiße Schienbeine hervor.

»Hallo, Joanna«, sagte Frieda.

»Sie haben gar nicht vorher angerufen, dass Sie kommen.«

»Nein.«

»Was wollen Sie hier? Nach all der Zeit?«

»Ich wollte sehen, wie es Ihnen geht.«

Joanna zog an ihrer Zigarette. »Ist das nicht ein seltsamer Zufall?«

»Wie meinen Sie das?«

»Ausgerechnet jetzt, wo ich reinen Tisch mache.«

»Davon wusste ich nichts.«

»Das da«, sagte Joanna in selbstgefälligem Ton und machte dabei eine Kopfbewegung zu dem jungen Mann hinüber, »ist Rick.« Sie schnippte eine Ladung Asche von ihrer Zigarette.

Frieda nickte zu Rick hinüber, der ihr eine schlaffe rosa Hand hinhielt.

»Mein Verleger«, fügte Joanna stolz hinzu.

»Der Verleger Ihres Buchs?« Er entsprach nicht Friedas Vorstellung von einem Verleger.

»Er gibt die *Sketch* heraus.«

»Ich dachte, Sie schreiben ein Buch.«

»Es erscheint in Fortsetzungen«, mischte Rick sich ein.

»Verstehe.«

»Möchten Sie einen Kaffee?«, fragte Janine mit einer Kopfbewegung, die ihren Pferdeschwanz zum Schwingen brachte.

»Nein, danke.«

»Sie wussten also wirklich nichts davon?«, fragte Joanna noch einmal. »Man hat Sie nicht zum Spionieren hergeschickt?«

»Was sollte ich hier denn ausspionieren?«

»Mich. Dieses ganze Projekt.«

»Dafür ist es schon zu spät«, mischte Rick sich ein. »Wir haben so ziemlich alles unter Dach und Fach. Während wir hier reden, werden gerade die juristischen Aspekte geklärt.«

Frieda nahm auf dem Sofa Platz und versuchte, sich nur auf

Joanna zu konzentrieren und die beiden anderen einfach auszublenden. »Sie haben also ein Buch geschrieben?«

»Stimmt.«

»Über das, was passiert ist?«

»Worüber sollte ich sonst ein verdammtes Buch schreiben?« Joanna drückte ihre Zigarette aus und zündete sich gleich die nächste an. »Wie finden Sie das?«

»Kommt darauf an, was Sie darin von sich geben und was Sie dazu bewogen hat.«

»Es ist meine Geschichte«, antwortete Joanna. »Alles, was ich im Leben durchgemacht habe. Entführt, versteckt, missbraucht, geschlagen, vergewaltigt und einer Gehirnwäsche unterzogen.« In lauterem Ton fügte sie hinzu: »Damals hat mich niemand gerettet. Ich nenne die Dinge beim Namen. Ohne etwas schönzureden. Ich habe mich um Matthew gekümmert, müssen Sie wissen. Ich habe ihn gerettet. Tief in mir drin steckte ein starker Kern. Wie hätte ich es sonst geschafft, das alles zu überleben? Ein starker Kern«, wiederholte sie. »Sie wollen wissen, warum ich es geschrieben habe? Um anderen Hoffnung zu machen, darum.«

»Verstehe.«

»Die Kohle kann ich natürlich auch gut gebrauchen. Ich habe keinen Penny Entschädigung bekommen. Nach allem, was ich durchmachen musste. Ich habe in der Hölle gelebt«, erklärte sie. »Mit einem Monster, und zwar zweiundzwanzig Jahre lang. Diese Jahre kann mir niemand zurückgeben.«

»Sehen Sie Ihre Familie öfter mal, Joanna? Haben Ihre Eltern und Ihre Schwester das Buch gelesen?«

»Die verstehen das nicht. Rose schaut hin und wieder vorbei, sitzt dann aber immer nur da und starrt mich mit ihren großen Augen an. Sie möchte, dass ich mit jemandem über das alles rede, was passiert ist. Mit jemandem wie Ihnen, meine ich.« Sie zog wieder an ihrer Zigarette und inhalierte tief. »Ich rede aber viel lieber mit jemandem wie Janine oder Rick. Außerdem hat Rose sich auch nicht um mich geschert. Sie hätte damals, als ich entführt wurde, auf mich aufpassen sollen.«

Frieda musste an das bekümmerte Gesicht von Rose Teale denken, ihre fortwährenden Schuldgefühle. Diese herzensgute junge Frau war fast ebenso sehr ein Opfer von Dean Reeve geworden wie ihre jüngere Schwester. »Sie war erst neun, Joanna.«

»Meine große Schwester. Sie haben mich alle im Stich gelassen. Deswegen kommen sie damit auch nicht klar.«

Joanna ließ den Zigarettenstummel auf den bereits vorhandenen Haufen Kippen fallen. »Aber ich habe ihnen verziehen.«

»Sie haben ihnen verziehen?«

»Ja.«

Frieda rief sich den eigentlichen Grund ihres Kommens ins Gedächtnis. »Als Dean starb«, begann sie, »waren Sie da überrascht, weil er sich das Leben genommen hat?«

Joannas Blick wanderte nervös zwischen Janine und Frieda hin und her. »Es hat mir gezeigt, dass er mich liebte und dass ihm klar war, wie sehr er mich missbraucht hatte. Sein Selbstmord war ein letztes Aufflackern von menschlichem Anstand.«

Brocken aus dem Buch flogen Frieda um die Ohren: Phrasen über Stärke, Gut und Böse, Überleben und Opfer. Sie versuchte, einen klaren Kopf zu behalten. »Demnach hatten Sie nie den Eindruck, dass es untypisch für ihn war?«

Joanna starrte sie an. Nun hatte Frieda es doch geschafft, sie aus dem Konzept zu bringen. »Er hatte eben das Ende des Weges erreicht«, meinte sie achselzuckend.

»Haben Sie sich mit Alan getroffen?«, fragte Frieda.

»Wer ist das?«

»Deans Bruder. Sein Zwilling.«

»Warum sollte ich mich mit dem treffen?«

»Sie haben also nicht mit ihm gesprochen? Kein einziges Mal?«

»Nein.«

»Und mit June? Deans Mutter?«

Joanna verzog das Gesicht. »Die ist doch völlig gaga. Selbst wenn ich sie besuchen würde, was ich sowieso nie täte, würde sie mich nicht mehr erkennen.« Es dauerte einen Moment, bis sie wieder in ihren Text hineinfand. »Ein Fluch, der von einer Generation auf die nächste weitervererbt wurde«, erklärte sie. »Ich komme ins Fernsehen, müssen Sie wissen. Rick hat es mir gesagt. Er arrangiert das alles. Und nächste Woche ist mein Buch in der Zeitung.«

»Als große Story in vier Teilen«, fügte Janine hinzu, »über vier Tage hinweg. Sie sollten es unbedingt lesen. *Unschuldig in der Hölle.* Sie können sich nicht vorstellen, was darin für Sachen vorkommen.«

»O doch, ich glaube schon.«

»Trotzdem möchte ich Sie nicht wiedersehen«, verkündete Joanna. »Ich mag es nicht, wie Sie mich anstarren.«

18

Für Yvette war es hauptsächlich eine Frage der Bürokratie und der Logistik, wie der Großteil ihres Jobs. Morgens bekam sie die schriftliche Bestätigung, dass für Apartment Nummer zwei in der Waverley Street Nummer vierzehn kein Durchsuchungsbefehl nötig sei, da die Wohnung mit einer strafbaren Handlung in Zusammenhang stehe. Yvette setzte sich mit dem Polizeirevier in Balham in Verbindung, wo das Verschwinden des Mannes gemeldet worden war. Dort bekam sie die Telefonnummer der Frau, die Poole als vermisst gemeldet hatte. Sie rief Janet Ferris an. Als sie ihr sagte, dass eine Leiche gefunden worden sei, begann die Frau zu weinen. Yvette ließ sich von ihr die Nummer des Vermieters geben, eines gewissen Mr. Michnik. Nachdem sie sich mit Janet Ferris zu einem Gespräch vor Ort verabredet hatte, rief sie Mr. Michnik an und bat ihn, ebenfalls zum Haus zu kommen. Sie hatte gerade die Spurensicherung angefordert, als ihr Telefon klingelte. Eine Frauenstimme erklärte ihr, Polizeipräsident Crawford sei in der Leitung. Yvette holte tief Luft.

»Spreche ich mit DC Long?«

»Ja, Sir.«

»Wo ist Karlsson?«

»In Gloucester. Auf einer Beerdigung.«

»Familie?«

»Nein«, antwortete Yvette, »Katherine Ripon.« Als keine Reaktion kam, fügte sie hinzu: »Die Frau, die Dean Reeve in seine Gewalt gebracht hatte.«

»Ach, die.«

»Die, die wir nicht gefunden haben«, erklärte Yvette.

Am anderen Ende der Leitung herrschte Schweigen. Sie starrte aus dem Fenster und wartete.

»Tja«, sagte er schließlich. »Was ist denn aus der Mordanklage geworden? Dem Fall mit der Irren aus Deptford?«

»Wir haben die Akte zurückbekommen, Sir. Vom CPS.«

»Ich war der Meinung, wir hätten einen Schlussstrich unter die Sache gezogen.« Seine Tonlage verhieß nichts Gutes. »Da habe ich meinen Standpunkt doch recht deutlich gemacht.«

»Es sind neue Beweise aufgetaucht. Wie sich herausgestellt hat, liegt der Fall etwas komplizierter, als wir dachten.«

»Wirklich?«

»Wir wissen jetzt, wer der Mann ist.«

Crawford seufzte.

Sie hörte ihn mit einem Stift herumklopfen und konnte sich seine grimmige Miene gut vorstellen. »Möchten Sie Genaueres darüber wissen?«, fragte Yvette.

»Gibt es etwas, das ich unbedingt wissen sollte? Etwas, das ich veranlassen muss?«

»Nein.«

»Dann machen Sie einfach weiter.«

Ehe sie Gelegenheit hatte, Ja zu sagen, war er bereits aus der Leitung. Sie hatte das ungute Gefühl, etwas falsch gemacht zu haben, wusste aber nicht so recht, was.

Der Wagen, der sie abholen sollte, verspätete sich, und in der Balham Highstreet standen sie eine Weile im Stau. Als sie das Haus schließlich erreichten, stellte Yvette fest, dass der Wagen der Spurensicherung bereits vor Ort war. Es handelte sich um ein gewöhnliches Kieselrauputzhaus in einer Wohnstraße. Vor der Tür wartete ein mit einem Anorak bekleideter Mann.

»Mister Michnik?«, fragte sie.

»Ich bin der Hausbesitzer.« Er sprach mit einem Akzent, den sie nicht einordnen konnte. Irgendetwas Osteuropäisches. »Ich habe Ihre Leute schon reingelassen.« Yvette blickte nach oben. »Das Fenster im ersten Stock war von den Scheinwerfern erhellt, die das Team der Spurensicherung in der Wohnung installiert hatte. »Ist er tot?«

»Zumindest haben wir eine Leiche gefunden«, antwortete sie.

»Wir befürchten, dass es sich dabei um Mister Poole handeln könnte. Haben Sie ihn persönlich gekannt?«

»Er ist schließlich mein Mieter.«

Sie holte ein Notizbuch heraus. »Früher oder später werden wir eine richtige Aussage von Ihnen brauchen«, erklärte sie, »aber vielleicht können Sie mir vorab schon sagen, wann Sie ihn das letzte Mal gesehen haben?«

»Vor zwei Monaten«, antwortete Michnik, »oder auch drei, das weiß ich nicht mehr genau. Ich habe ihn nur ein paarmal getroffen. Er zahlt die Miete immer pünktlich und macht keine Probleme, deswegen sehe ich ihn nicht oft.«

»Wann ist er eingezogen?«

»Ich habe nach Ihrem Anruf extra nachgesehen. Letztes Jahr im Mai. Anfang Mai.«

»Wissen Sie, was er gearbeitet hat?«

Michnik überlegte einen Moment. »Vielleicht war er Geschäftsmann. Ich kenne ihn nur im Anzug.«

»Was für ein Typ Mensch war er?«

»Er hat sofort die Kaution bezahlt und immer pünktlich die Miete. Er hat keinen Ärger gemacht. Ein freundlicher Mensch. Ein netter Mann.«

»Wie viele Leute wohnen in diesem Haus?«

»Es sind drei Wohnungen.«

»Mit Janet Ferris habe ich schon gesprochen.«

»Ja, sie wohnt im Erdgeschoss, und ganz oben ein Deutscher. Ein Student, aber ein angenehmer. Er ist schon älter.«

»Sind die Wohnungen möbliert?«

»Die Erdgeschosswohnung von Miss Ferris nicht, die anderen beiden schon. Alle Stühle, Tische und Bilder gehören mir. Was passiert jetzt mit der Wohnung?«

»Wir werden sie versiegeln«, antwortete Yvette. »Vorerst gilt sie als Tatort. Sie sollten sie nicht betreten. Außerdem muss ich Sie darauf aufmerksam machen, dass Sie eine Straftat begehen, wenn Sie etwas daraus entfernen oder sich an den darin befindlichen Gegenständen zu schaffen machen.«

»Für wie lange?«

»Nicht allzu lange, nehme ich an. Ist Janet Ferris da?«

Michnik runzelte die Stirn. »Ich führe Sie hinein.«

Auf ihr Klopfen hin machte Janet Ferris verdächtig schnell auf. Yvette vermutete, dass sie schon hinter der Tür gewartet hatte. Sie war mittleren Alters, ihr rotes Haar war von grauen Strähnen durchzogen, und ihr schmales Gesicht wirkte fahl und ängstlich. »Ist es wirklich wahr?«, fragte sie. »Er ist tot?«

»Uns fehlt noch die letzte Bestätigung«, antwortete Yvette, »aber wir gehen davon aus.«

»Mein Gott!« Sie presste ihre unberingte linke Hand an die Brust. »Das ist ja schrecklich!«

»Wann haben Sie ihn das letzte Mal gesehen?«

»Das muss um den zwanzigsten, einundzwanzigsten Januar gewesen sein. Ich weiß das noch ziemlich genau, weil wir uns getroffen haben, als wir beide das Haus verließen und ich eine Bemerkung machte, dass ich eine Karte an meine Nichte einwerfen müsse, damit sie rechtzeitig zu ihrem Geburtstag ankomme, und der ist am vierundzwanzigsten.«

»Wirkte er irgendwie beunruhigt?«

»Nein, ganz normal. Freundlich und hilfsbereit wie immer.« Ihre Stimme zitterte leicht. »Ich hatte Urlaub und wollte wie jedes Jahr um diese Zeit meine Schwester und deren Familie in Frankreich besuchen. Er sollte während meiner Abwesenheit in meiner Wohnung nach dem Rechten sehen, die Pflanzen gießen, die Post reinholen, all diese Dinge. So haben wir das immer gemacht: Er schaute bei mir nach dem Rechten und ich bei ihm. Hin und wieder hat er mich gebeten, ein paar Tage lang seine Katze zu füttern. Als ich aus dem Urlaub zurückkam, erkannte ich schon auf den ersten Blick, dass er kein einziges Mal in der Wohnung gewesen war. Er hatte die Post nicht reingeholt, und meine Pflanzen waren alle halb vertrocknet. Das sah ihm gar nicht ähnlich. Normalerweise war er sehr aufmerksam. Mir fiel auf, dass er auch seine eigene Post nicht reingeholt hatte.« Sie deutete auf ein Bündel Briefe, die sie in einer Ecke ihrer Diele gestapelt hatte. Yvette ging in die Knie und sah sie durch. Es handelte sich um lauter Werbebroschüren.

»Ich bin raufgegangen und habe bei ihm geklopft«, fuhr Janet Ferris fort, »aber natürlich hat er nicht aufgemacht. Als ich dann mit dem Schlüssel, den ich von ihm hatte, rein bin, wusste ich sofort, dass etwas nicht stimmt. Deswegen bin ich gleich zur Polizei gegangen.«

»Hatte er einen Freundeskreis? Leute, die ihn hier besuchten?«, fragte Yvette.

»Ich habe nie jemanden gesehen«, antwortete Janet Ferris. »Aber er war beruflich viel unterwegs, und ich bin tagsüber ja ebenfalls in der Arbeit. Hin und wieder blieb er auch mal etwas länger weg.«

»Waren *Sie* mit ihm befreundet?«

»Er war mehrmals zum Kaffee bei mir. Wir haben uns immer gut unterhalten.«

»Hat er dabei etwas von sich erzählt?«

»Der Typ war er nicht«, antwortete Janet Ferris. »Er schien sich für mein Leben zu interessieren, meine Arbeit, wo ich herkam und warum ich nach London gezogen war. Über sich selbst hat er gar nicht gesprochen.«

Nachdem Yvette mit Janet Ferris einen Termin für ihre offizielle Aussage vereinbart hatte, ging sie nach oben. An der Wohnungstür traf sie auf Martin Carlisle von der Spurensicherung. Mit seinen schlaksigen Gliedmaßen und dem wilden dunklen Lockenkopf sah er aus, als gehörte er eigentlich in ein Sechstklässler-Chemielabor. »Hier ist nicht das Geringste zu entdecken. Keine Flecken, keine Anzeichen für einen Kampf. Außerdem wirkt die Wohnung, als hätte er hier nur einen Zwischenstopp eingelegt und nicht wirklich gewohnt, falls du weißt, was ich meine. Zu ordentlich. Immerhin haben wir sowohl eine Zahnbürste als auch eine Haarbürste für die DNA.«

Yvette zog die Überschuhe aus Papier an und schlüpfte in ein Paar Plastikhandschuhe.

»Ich bin noch nicht fertig«, erklärte Carlisle, während er ihr ein Notizbuch reichte. »Ich habe einen Blick hineingeworfen. Es stehen ein paar Namen drin. Aber noch viel besser ist«, verkündete er und schwenkte dabei in paar bedruckte Blätter, »dass wir mehrere Kontoauszüge gefunden haben. Was glauben Sie, wie viel er auf dem Konto hatte?«

»Keine Ahnung«, entgegnete Yvette.

»Sie würden sowieso viel zu wenig tippen«, meinte Carlisle. »Er war nämlich richtig reich, Ihr Mr. Poole.«

Yvette trat in die Diele. Sie bewegte sich ganz vorsichtig: Ihre Füße fühlten sich in den Überschuhen viel zu groß an, und in den Gummihandschuhen hatte sie schweißnasse Hände. Sie musste an ihre Mutter denken – eine zierliche, kokette Person –, die sie regelmäßig darauf aufmerksam machte, wie linkisch sie war. »Sieh dich doch nur an«, sagte sie dann immer, aber das wollte Yvette nicht. Was sie im Spiegel sah, gefiel ihr überhaupt nicht: eine grobknochige, braunhaarige Kreatur, die man nur bemerkte, wenn sie etwas fallen ließ oder im unpassendsten Moment mit einer lauten Bemerkung herausplatzte – was bei ihr ziemlich häufig vorkam. Dann hörte sie sich selbst Dinge aussprechen, die sie eigentlich gar nicht hatte sagen wollen. Meistens passierte ihr das ausgerechnet in Karlssons Gegenwart.

Carlisle hatte recht: Bei Robert Poole war es viel zu ordentlich. Nicht zu vergleichen mit dem Chaos, in dem sie selbst lebte. Sein Wohnzimmer hatte überhaupt nichts Gemütliches. Yvette verharrte in der Tür und schaute sich um. Sie versuchte es genauso zu machen wie Karlsson, wenn er einen Tatort betrat: Er stand dann immer ganz still und wachsam da, während er den Blick von einem Gegenstand zum anderen wandern ließ, als hätte er sich in eine Kamera verwandelt. »Bilden Sie sich nicht gleich ein Urteil«, hatte er mal zu ihr gesagt. »Schauen Sie einfach nur genau hin.« Sie sah ein Sofa, einen Sessel, einen Tisch, mehrere Bilder an den Wänden, ein Regal mit ein paar Büchern, die der Größe nach geordnet waren, und einen Teppich. Das Ganze hatte etwas von einem Hotelzimmer.

In der Küche war es genauso: lauter gleiche Teebecher an einer langen Leiste mit Haken, ein Kochtopf und daneben eine kleine Milchkanne, ein Wasserkocher. Sie öffnete den Kühlschrank. Er enthielt ein halbes Päckchen Butter, ein Stück Cheddarkäse, noch vakuumverpackt, zwei Hühnerbeine mit einem grünlichen Belag, eine Plastikflasche mit Tomatenketchup und ein Glas fettarme Mayonnaise. Sonst nichts.

Nachdem sie eine Runde durch sein Schlafzimmer gedreht hatte, wo sie in jede Schublade und jeden Schrank spähte und sogar einen Blick unter das Bett warf, stellte sie sich für eine Weile in das saubere, leere Bad (Zahnbürste, Rasierer, Rasierschaum, flüssige Aloe-vera-Seife, Paracetamol, Zugpflaster, Nagelknipser) und kehrte dann ins Wohnzimmer zurück.

Nachdenklich ließ sie sich auf die Couch sinken. Als Erstes ging ihr durch den Kopf, was alles fehlte: Sie hatte keinen Pass gefunden, keine Brieftasche, keine Schlüssel, kein Telefon, keine Geburtsurkunde, keine Versicherungsnummer, keine Fotos, keine Briefe, keinen Computer, kein Adressbuch, keine Kondome, keine Schublade mit dem üblichen Krimskrams, der das Leben eines Menschen ausmachte.

Sie schlug das Notizbuch auf, das Carlisle ihr gegeben hatte. Robert Poole hatte eine schöne, ordentliche, gut leserliche Handschrift. Sie blätterte die Seiten durch. Das Büchlein enthielt etliche Listen. Möglicherweise Einkaufslisten, dachte sie. Wobei sie viel spezifischer waren als die Einkaufslisten, die sie selbst für gewöhnlich zusammenstellte. Eine bestand beispielsweise nur aus Pflanzennamen – von denen Yvette allerdings nur einige wenige kannte. Eine andere sah nach Buchtiteln aus, oder vielleicht waren es auch Filme.

Als Nächstes stieß sie auf eine Reihe von Namen, die durch Kritzeleien voneinander abgetrennt waren. Manche waren mit Ausrufezeichen und Sternchen versehen, neben anderen standen sogar Adressen oder Teile von Adressen. Damit ließ sich bestimmt etwas anfangen. Sie blätterte das Notizbuch bis ganz hinten durch. Es gab noch ein paar Seiten mit irgendwelchen

Berechnungen, außerdem eine Skizze, die aussah wie der rasch hingeworfene Plan eines Hauses, und schließlich eine Seite mit Zahlen, bei denen es sich unter Umständen um Telefonnummern handelte, allerdings ohne Vorwahl.

Nachdem Yvette das Notizbuch zugeklappt hatte, warf sie noch einen Blick in den braunen DIN-A4-Umschlag, den Carlisle ihr in die Hand gedrückt hatte, und zog das Bündel Kontoauszüge heraus. Sie inspizierte den obersten, aktuellsten, datiert vom 15. Januar. Überrascht starrte sie auf den Betrag, kniff die Augen zusammen und blinzelte einen Moment. Dann schob sie die Auszüge vorsichtig zurück in den Umschlag und erhob sich. Es würde ein langer Tag werden.

19

Das Letzte, was Frieda nach der Beerdigung und ihrem aufwühlenden Besuch bei Joanna wollte, war ein Abend in Gesellschaft. Sie brauchte Ruhe, und zwar im schützenden Kokon ihres Hauses, wo sie die Jalousien herunterlassen, ein Kaminfeuer entzünden und die Welt aussperren konnte. Trotzdem konnte sie nach ihrer Chemiestunde mit einer schlecht gelaunten Chloë nicht gleich nach Hause. Ausgerechnet an diesem Abend hatte Olivia sie zum Essen eingeladen – besser gesagt, beordert. Noch dazu zu keinem gewöhnlichen Abendessen: Sie sollte bei dieser Gelegenheit Olivias neuen Freund Kieran kennenlernen, den Chloë als das E-Bay-Schnäppchen ihrer Mum bezeichnete. Ein paar Tage zuvor hatte Olivia zu Frieda gesagt, sie solle doch noch jemanden mitbringen, woraufhin Frieda Sasha gefragt hatte, ob sie Zeit habe.

»Doch keine Frau! Mein Gott, Frieda, auf welchem Planeten lebst du eigentlich? Ich habe natürlich gemeint, dass du einen anderen Mann mitbringen sollst, weil es sonst ein bisschen komisch aussehen könnte.«

»Inwiefern komisch?«

»Ich weiß es ja auch nicht. Irgendwie zu heftig – als wollte ich ihn meiner Familie vorstellen.«

»Deiner Exschwägerin.«

»Wie auch immer, du weißt, was ich meine. Wenn du jemanden mitbringst, wirkt es ungezwungener. Zwei Paare.«

»Ich bin aber nun mal kein Paar.«

»Du weißt, was ich meine!«

»Dann wird Chloë also nicht dabei sein?«

»Lieber Himmel – doch, wahrscheinlich schon. Sie wird den ganzen Abend dasitzen und Kieran böse anstarren. Du kennst ja ihren finsteren Blick. Mir ist noch kein anderer Mensch untergekommen, der so streng die Augenbrauen zusammenziehen kann. Ein Erbe der Familie Klein – die Brauen hat sie von ihrem Vater. Ich hoffe, sie geht mit ihren Freundinnen aus.«

Am Ende hatte Frieda widerstrebend nachgegeben und Reuben gebeten, sie zu begleiten. Reuben hatte gefragt, ob er auch Paz mitbringen könne, die frisch von ihrem Freund getrennt sei und dringend eine Aufmunterung brauche. Und natürlich Josef. Den dürfe man im Moment auf keinen Fall allein lassen – nicht in seinem derzeitigen Zustand. Josef bereitete Reuben ernsthaft Sorgen: Er sang unter der Dusche traurige Lieder und hatte sich einen struppigen Schnurrbart wachsen lassen, wollte aber noch immer nicht über das reden, was passiert war. Nachdem nun drei neue Gäste auf der Liste standen, verkündete Olivia, in diesem Fall sei es Unsinn, Sasha wieder auszuladen. Man müsse sie nur möglichst weit von Kieran fernhalten. So kam es, dass aus dem einfachen Abendessen ein aufwendiges Dinner wurde, bestehend aus viel zu lange gebratenen Lachsfilets im Teigmantel und einer Baiser-Nachspeise, die an den Zähnen kleben blieb. Reuben erschien in seiner Lieblingsweste, die wie ein mit Edelsteinen besetzter Brustharnisch wirkte, trank den ganzen Abend über Wasser (wenn er nicht gerade an den Gläsern anderer Leute nippte) und sonnte sich im Glanz seiner neuen Tugend. Er war tatsächlich in Begleitung von Josef gekommen, der als Gastgeschenk einen großen, schon etwas welken Blumenstrauß mitgebracht hatte. Frieda wäre jede Wette eingegangen, dass Josef ihn aus dem Haus geklaut hatte, in dem er gerade den Boiler reparierte. Er trug eine seltsame Jacke, die aussah wie aus einem Kartoffelsack geschneidert. Sasha war direkt von der Arbeit herbeigeeilt und entsprechend geschäftsmäßig gekleidet. Ihr schönes Gesicht war völlig ungeschminkt. Sicherheitshalber wurde sie in die hinterste, dunkelste Ecke des Raums verbannt. Olivia trug ein rotes Abendkleid und lange goldene Ohrgehänge. Ihre Augen waren mit Kajal umrandet, die Lippen knallrot geschminkt. Mit ihren hochhackigen Schuhen stolzierte sie herum wie ein

Kranich, und ständig lachte sie an den falschen Stellen. Zu allem Überfluss verkündete Chloë, sie habe beschlossen, nun doch nicht auszugehen, dafür aber ihre Grufti-Freundin Sammy einzuladen, und es solle ja niemand wagen, sie wegen ihres halbseitig kahl geschorenen Schädels anzustarren.

Chloë hatte zu Frieda gesagt, Olivias neuer Freund Kieran sei ein Widerling. Jedes Mal, wenn sie ihn erwähnte, verdrehte sie die Augen. Wider Erwarten entpuppte er sich nun als ein schüchterner, leicht zerknautscht wirkender Mann, der seine Größe durch eine gebeugte Haltung zu kaschieren versuchte, bei jeder Gelegenheit errötete und die Aufmerksamkeit, mit der Olivia ihn bedachte, sichtlich verblüfft, aber erfreut zu genießen schien. Olivia schob ihm mit ihren langen, lackierten Fingernägeln Oliven in den Mund, wuschelte ihm durchs Haar und nannte ihn »Süßer«. Dabei sprach aus dem Blick, mit dem er sie ansah, eine solche Dankbarkeit, dass alle gerührt waren – mit Ausnahme von Chloë, die es widerlich fand. Frieda merkte Kieran an, dass er sich vor Chloë fürchtete. Der Mann tat ihr leid, denn ihre Nichte war in der Tat ein Biest: Sie hatte keinerlei Hemmungen und würde auch nicht davor zurückschrecken, ihn in aller Öffentlichkeit zu blamieren.

»Was machen Sie denn beruflich, Kieran?«, fragte Frieda ihn, woraufhin Chloë ein verächtliches Schnauben ausstieß.

»Rate mal«, sagte sie. »Das errätst du nie!«

»Ich würde es mir lieber von ihm erzählen lassen.«

»Nein, du musst raten. Zwanzig Versuche!«

»Ich arbeite für eine Bestattungsfirma«, erklärte Kieran.

»Siehst du?«, triumphierte Chloë.

»Das ist doch ein guter Job«, meinte Frieda, »noch dazu ein wichtiger.«

Kieran, der wohl nicht sicher war, ob sie das ernst meinte, lächelte schüchtern. »Ich arbeite im Büro«, fügte er hinzu, »in der Buchhaltung.«

»Er muss keine Särge tragen«, mischte Olivia sich ein, »und auch keine aufgesetzte Trauermiene.«

Der Abend zog sich hin. Olivia, die schon ziemlich beschwipst war, kickte ihre Schuhe in eine Ecke, löste ihr Haar und lehnte das erhitzte Gesicht an Kierans knochige Schulter. Reuben griff immer mal wieder geistesabwesend nach Sashas Weinglas, während er Chloë und Sasha eine lange Geschichte über Schneegänse erzählte. Sie klang nach einer Parabel, hatte aber keine Schlussmoral: Am Ende des Winters verschwanden die Schneegänse einfach. Josef brachte Sammy und Paz ein Trinklied bei, das von Holzgeist und anderen zweifelhaften Freuden des Landlebens handelte. Frieda stapelte Teller, schenkte nach und verteilte Kaffeetassen. Sie hörte Kieran über seine beiden bereits erwachsenen Söhne sprechen, von denen einer in der Armee war und der andere in Australien lebte, und Sammy über ihren älteren Bruder, der sich einer Gang angeschlossen hatte und mit einem im Schuh versteckten Messer herumlief. Frieda musste an Kathy Ripon denken, die zum zweiten Mal beerdigt worden war, wenn auch dieses Mal mit Liebe, und an Joanna, die der Welt ihre Geschichte erzählen wollte, nachdem sie all die unangenehmen Aspekte abgemildert und verharmlost hatte. Beim Anblick von Olivias verschmiertem, glücklichem Gesicht ging ihr durch den Kopf, dass es wesentlich schlimmere Methoden gab, einen Mann kennenzulernen, als übers Internet.

An diesem Abend kaufte sich Karlsson auf dem Heimweg eine Schachtel mit zehn Silk Cut und Zündhölzer. Früher hatte er immer Marlboro geraucht, an guten Tagen zwanzig, an schlechten noch mehr, aber als seine Frau dann schwanger wurde, hatte er damit aufgehört. Selbst nachdem sie ihn verlassen hatte und mit den Kindern nach Brighton gezogen war, hatte er der Versuchung widerstanden. Er wollte nicht, dass Mikey und Bella ihn in einer Wohnung besuchen mussten, die nach kaltem Rauch stank.

Nun marschierte er schnurstracks hinaus in den kleinen Garten an der Rückseite seiner Erdgeschosswohnung und zündete sich eine an. Schon vom ersten Zug wurde ihm schwindlig und leicht übel. Für einen Moment leuchtete die Glut in der Dunkelheit hell auf. Im Nachbargarten rief eine Frau nach ihrer Katze und klopfte dabei mit einer Gabel gegen die Futterschüssel. »Komm, Skit, Skit, Skit. Komm, Skit, Skit, Skit.« So ging das endlos weiter. Die Frau bemerkte nicht, dass er auf der anderen Seite des Zauns stand und trotz seines Wintermantels vor Kälte die Schultern hochzog. Obwohl es nicht wie in Gloucester schneite, hing eine eigenartige Stille in der Luft, als würde es jeden Moment anfangen.

Nachdem er zwei Zigaretten hintereinander geraucht hatte, ging er hinein und putzte sich die Zähne – als könnte sie ihn übers Telefon riechen und seine Schwäche gegen ihn verwenden. Dann tippte er ihre Nummer.

»Ich bin's, Mal.«

»Ja?«

»Ich habe über das nachgedacht, was du gesagt hast.«

»Wegen Madrid?«

»Ja.«

»Und?«

»Natürlich kann ich Mikey und Bella nicht davon abhalten zu gehen. Ich kann euch alle nicht davon abhalten, wenn ihr das unbedingt machen wollt und es auch für die Kinder gut findet.«

»Ach, Mal, wenn du wüsstest, wie …«

»Aber bis ihr weggeht, möchte ich die beiden öfter sehen. Mitte April, sagst du?«

»Ja. Natürlich kannst du sie so oft sehen, wie du willst.«

»Ich möchte sie auch dann noch regelmäßig sehen, wenn ihr weg seid. Da müssen wir uns etwas einfallen lassen. Wir brauchen ein System, eine Struktur.«

Schon während er es aussprach, wurde ihm bewusst, wie hoffnungslos das Ganze war. Sie würden völlig in ihrem neuen Leben aufgehen, und er wäre nur noch eine Erinnerung, eine Gestalt aus der Vergangenheit, die in immer weitere Ferne rückte. Ein Gefühl von Einsamkeit schlug über ihm zusammen – eine Welle, die ihm fast den Atem raubte.

»Ich weiß das zu schätzen.«

»Gut.«

»Mir ist klar, dass das nicht leicht für dich ist.«

»Stimmt.«

»Aber du wirst es nicht bereuen.«

Nachdem er das Telefon zurück in seine Halterung gestellt hatte, schenkte er sich einen strammen Whisky ein. Diese Art Drink verband er mit Frieda. Er sah sie richtig vor sich, wie sie wachsam den Blick schweifen ließ und dabei das Kinn hochreckte, als müsste sie sich für eine Schlacht wappnen. Verzweifelt presste er das Whiskyglas an seine Stirn. Wäre er ein weinerlicher Mann gewesen, dann hätte er jetzt geheult.

Bald würde er kommen. Er hatte gesagt, er würde kommen, und sie musste ihm glauben. Es sei denn, es war etwas passiert. Aber nein, bestimmt kam er bald. Sobald er den vereinbarten Kode an die Luke klopfte, würde sie die Klappe hochschieben, und er würde hinunter zu ihr ins Boot gleiten. Bestimmt legte er dann die Hände an ihre Schultern und sah ihr in die Augen, und es war gar nicht nötig, dass sie etwas sagte, weil er sowieso wusste, dass sie ihre Sache gut gemacht hatte – dass sie den Glauben an ihn nie verloren hatte. Er nannte sie seine Soldatin, seine Getreue. Sie würde ihn nicht im Stich lassen.

Mittlerweile gingen ihr die grundlegendsten Dinge aus. Das Allerwichtigste – Wasser – zum Glück nicht, weil es ein Stück den Weg hinunter, in der Nähe des Ruderklubs, einen Wasserhahn gab, zu dem sie nachts mit ihren zwei Plastikkanistern gehen konnte. Sie hatte auch einen Eimer, den sie mit Flusswasser füllte, wenn sie das Deck schrubben oder die Toilette spülen wollte. Aber ihre Essensvorräte gingen zur Neige, ebenso Kerzen, Toilettenpapier und Seife. Deo hatte sie auch keines mehr, was ihr gar nicht gefiel, und ihr Rasierer war schon ganz stumpf. Sie sollte eine Liste machen, die sie ihm geben konnte, wenn er kam. Nichts Teures: Streichhölzer, Waschmittel, mehr Milchpulver, Zahnpasta und Pflaster für die Schnitte an ihren Beinen, die immer wieder aufgingen. Und vielleicht irgendeinen Sirup.

Holunderblütensirup. Sie hatte manchmal solchen Durst, ihr Mund war dann ganz trocken, und sie wurde diesen fürchterlichen Geschmack nicht los. Pures Wasser stillte den Durst nicht richtig. Sie gestattete sich, an frisch gepressten Orangensaft zu denken. Für einen Moment stellte sie sich vor, barfuß auf einer Wiese zu sitzen, ein großes Glas Saft in der Hand, und die Sonne im Nacken zu spüren.

Nachdem das Gas fast aus war, beschloss sie, alle noch übrigen Kartoffeln auf einmal zu kochen. Sie konnte sie im Lauf der nächsten Tage kalt essen. Sie hatte noch Dosen mit Thunfisch und Sardinen, die sie dazu essen konnte, und Suppenwürfel waren auch noch da. Manchmal schüttete sie einfach nur kochendes Wasser über einen solchen Würfel, wenn sie eine Mahlzeit brauchte. Jetzt aber kippte sie die Kartoffeln in das kleine Spülbecken, das auf einer Seite einen Sprung hatte, so dass man kein Wasser mehr einlassen konnte, und holte das Messer heraus. Die Kartoffeln waren groß, knubbelig und sandig. Zum Teil trieben sie schon aus. Als sie noch jünger war, mochte sie keine Kartoffeln, aber er hatte ihr beigebracht, dass man nicht so wählerisch sein durfte. Es war, als befände man sich im Krieg, in einem Schützengraben oder einem Versteck hinter den feindlichen Linien. Man durfte nie vergessen, warum man sich dort aufhielt, sondern musste immer an sein Ziel und an seine bedeutsame Mission denken. Er hatte sie ganz fest an sich gedrückt, als er ihr das sagte, und seine Augen leuchteten.

Mit langsamer Präzision schälte sie die Kartoffeln und schnitt sie dann in kleine Stücke, damit sie schneller kochten und weniger Gas verbrauchten. Sie gab sie in den Topf und fügte Salz hinzu. Salz musste sie auch auf die Liste schreiben. Es war nur noch so wenig da, alles ging zur Neige. Vor ihrem geistigen Auge sah sie eine Sanduhr, durch die der Sand immer schneller zu rieseln schien. So ein ähnliches Gefühl hatte sie jetzt auch. Hinter ihren Augen waren Lichter, und ihr Herz schlug wie eine

Trommel. Manchmal konnte sie gar nicht mehr sagen, ob dieses Trommeln in ihr oder außerhalb von ihr war. Es klang wie ferner Donner, der langsam immer näher kam. Die Zeit lief ihr davon.

20

Obwohl Frieda spät zu Bett gegangen war, stand sie am nächsten Morgen zeitig auf, staubsaugte das Haus, wischte den Küchenboden, bereitete das Kaminfeuer im Wohnzimmer für ihre Rückkehr vor, duschte und verließ kurz nach neun das Haus. Sie war schon zweimal im Pflegeheim River View gewesen, allerdings beide Male mit dem Auto. Dieses Mal nahm sie den Regionalzug, stieg in Gallions Reach aus und ging die restliche Strecke zu Fuß, vorbei an Reihen von Wohnblöcken, mehreren Leichtindustriebetrieben und einem heruntergekommenen Einkaufszentrum, bis sie schließlich das Pflegeheim erreichte, das ein ganzes Stück vom Fluss entfernt lag. Seine Fenster waren mit Metallgittern versehen. Die Gehhilfen und Rollstühle, die im Eingangsbereich an der Wand standen, sahen aus, als wären sie seit ihrem letzten Besuch nicht bewegt worden. Frieda trat an die Anmeldung, wo eine junge Frau in Uniform gerade in einer Zeitschrift blätterte.

»Ist Daisy da?« Frieda hatte sich den Namen der Frau gemerkt, die sie beim letzten Mal begleitet hatte.

»Die arbeitet nicht mehr hier.«

»Ich wollte June Reeve besuchen.«

»Warum?«

»Ich bin Ärztin«, erklärte Frieda. »Ich war letztes Jahr schon mal hier. Ich würde gerne mit ihr sprechen.«

Die junge Frau blickte hoch. Nun zeigte sie zumindest einen Hauch von Interesse. Trotzdem schüttelte sie den Kopf. »Sie hängt an einem Beatmungsgerät.«

»Was hat sie?«

»Lungenentzündung.«

»Wird sie sich wieder erholen?«

»Da bin ich nicht die richtige Ansprechpartnerin.«

»Wer kann mir denn Auskunft über sie geben? Vielleicht jemand von der Heimleitung?«

»Misses Lowe ist im Haus«, antwortete die junge Frau. »An die können Sie sich wenden.«

Mrs. Lowe war um die fünfzig und hatte eine muntere, helle Stimme, ein fröhliches Gesicht und einen flotten, beschwingten Gang. Alles an ihr zielte darauf ab, ihre Umgebung aufzuheitern. Für Frieda war so viel Fröhlichkeit schwer zu ertragen. Aber wie sollte man sonst einen Tag nach dem anderen überstehen, wenn man an einem solchen Ort arbeitete?

»Möchten Sie einen Blick zu ihr hineinwerfen?«, fragte sie. »Sie ist wirklich arm dran. Kommen Sie mit.« Freundschaftlich hakte sie sich bei Frieda unter. »Ihr Zimmer ist gleich da vorn.«

Sie führte sie den Gang entlang, an den Frieda sich nur allzu gut erinnerte, vorbei an einem alten Mann, der fast seine Schlafanzughose verlor. Vor einer Tür blieb sie stehen.

»Sie ist nicht mehr so, wie sie mal war«, erklärte Mrs. Lowe, ehe sie die Tür aufschob und den Blick auf den kleinen, kahlen Raum freigab: dasselbe vergitterte Fenster, dasselbe Bild von der Seufzerbrücke an der Wand, dasselbe Bücherregal, in dem nur eine ledergebundene Bibel stand, dieselbe leere Blumenvase. Nach dem gerahmten Foto von Dean hielt Frieda vergeblich Ausschau, offenbar war es entfernt worden. June Reeve selbst saß nicht mehr in ihrem Sessel, sondern lag mit geschlossenen Augen und einer Sauerstoffmaske über dem Mund im Bett. Ihre Haut wirkte ledrig und hatte die Farbe von Tabakblättern, ihre Brust hob und senkte sich unregelmäßig.

»Ihre Tage auf dieser Welt sind gezählt«, sagte Mrs. Lowe. Sie hatte weiße, große Zähne.

»Spricht sie überhaupt noch?«

»Nein, inzwischen nicht mehr.«

Nachdenklich betrachtete Frieda die Mutter von Dean und Alan, ihren kleinen, fies wirkenden Mund und ihre Falten. Sie hatte Alan als Baby ausgesetzt, ohne sich Gedanken darüber zu machen, ob er überleben oder sterben würde. Sie hatte Dean geholfen, Joanna zu entführen und in Terry zu verwandeln. Dabei hatte sie nie etwas anderes an den Tag gelegt als Selbstgerechtigkeit und Selbstmitleid. Nun aber war sie an einem Punkt angelangt, an dem Vorwürfe und Hass sie nicht mehr erreichten. Frieda fragte sich, wovon sie hinter diesem eingefallenen Gesicht wohl träumte.

»Danke.« Frieda wandte sich zum Gehen. Sie wartete, bis Mrs. Lowe die Tür zugezogen hatte. »Bekommt sie jemals Besuch?«

»Keine Menschenseele«, antwortete Mrs. Lowe, die mittlerweile wieder ihr strahlendes Lächeln aufgesetzt hatte.

»Nie?«

»Nicht dass ich wüsste.«

»Ihr Sohn besucht sie auch nicht?«

»Sie meinen, der andere Sohn? Deans Zwilling?«

»Alan. Ja.«

»Nein, der war noch kein einziges Mal da. Was man ihm kaum verdenken kann, oder? Schließlich hat sie sich ihm gegenüber nicht wie eine Mutter verhalten. Sie hat den falschen behalten, sage ich immer.«

»Dann ist sie also ziemlich allein, seit Dean sich umgebracht hat?«

»Womit sie aber kein großes Problem haben dürfte. Ich würde sie nicht gerade als gesellig bezeichnen. An unserem Unterhaltungsprogramm hat sie auch früher nie teilgenommen, als ihr Gedächtnis noch nicht so schlecht war wie jetzt. Sie wollte immer für sich sein. Vielleicht ist es sogar besser so. Ich muss zugeben, dass einige unserer alten Leutchen hier nicht sehr begeistert darüber waren, die Mutter eines teuflischen Monsters …« Für einen Moment wich das Dauerlächeln aus Mrs. Lowes Gesicht, und sie verzog es zu einer Grimasse. »Für so etwas ist es nun zu spät – zu spät für alles. Sie hat nie ihren Frieden mit der Welt geschlossen.«

»Danke für Ihre Hilfe.«

»Ein einziges Mal war jemand da, hat sich aber nicht mal die

Mühe gemacht, zu ihr reinzuschauen. Am Empfang wurde nur eine Tüte Doughnuts für sie abgegeben.«

»Doughnuts«, sagte Frieda leise, mehr zu sich selbst als zu Mrs. Lowe.

»Die mochte sie immer sehr gern.«

»Ja«, murmelte Frieda, »ich weiß. Ihr Sohn, Dean, hat sie ihr immer gebracht.«

»Dann muss es dieses Mal jemand anderer gewesen sein.«

Frieda wartete, bis sie etliche Straßen vom River-View-Pflegeheim entfernt war, ehe sie ihr Handy herausholte und die Nummer wählte, die sie an diesem Morgen eingespeichert hatte. Dann marschierte sie zurück zur Haltestelle Gallions Reach, fuhr von dort aber nur bis Canning Town, wo sie in einen Zug nach Stratford umstieg. Es war ein nebliger Tag, und die diesige Luft verlieh dem halb fertigen Olympiadorf etwas Gespenstisches: Aus dem nasskalten Dunst tauchten eingerüstete Gebäude und Teile von Kuppeln und Türmen auf, und unterhalb davon konnte Frieda Lastwagen, Bagger und Scharen von Arbeitern mit Schutzhelmen erkennen.

Nach einem Fußmarsch von fünfzehn Minuten erreichte sie Leytonstone, wo sie in eine lange, gerade, von grauen Nebelschleiern verhangene Straße mit viktorianischen Reihenhäusern einbog. Frieda hatte es nicht eilig, zu Nummer hundertacht zu kommen. Vorher wollte sie in Ruhe ihre Gedanken ordnen und sich überlegen, was sie sagen solle. *Dass* sie es sagen musste, stand für sie inzwischen außer Frage. Als sie schließlich an der dunkelgrünen Tür klingelte und dem gedämpften Läuten lauschte, befiel sie das unheimliche Gefühl, in ein früheres Leben zurückgekehrt zu sein. Fast rechnete sie damit, dass gleich Alan mit seinen traurigen braunen Augen und seinem entschuldigenden Lächeln vor ihr stehen würde.

Aber es war Carrie, die ihr öffnete. Sie trug einen gelben Pulli, der ihre Blässe noch unterstrich, und auf ihrem Gesicht lag kein Lächeln. »Sie kommen wohl besser herein«, sagte sie.

Frieda trat in die Diele, wo sie sich an der Türmatte gewissenhaft die Schuhe abtrat und dann ihren Mantel aufhängte. »Danke, dass Sie sich bereit erklärt haben, mit mir zu sprechen.«

»Sie haben mir ja keine große Wahl gelassen. Sollen wir rüber in die Küche gehen?«

Der Raum wirkte so ordentlich und freundlich wie immer. Die eine Hälfte war den Haushaltsgeräten vorbehalten, die andere Alans Werkzeug. In Dutzenden von Regalen, die in lauter kleine Fächer unterteilt waren, lagen seine Schrauben, Muttern und Bolzen, seine Sicherungen, Beilagscheiben und Keile. Carrie bemerkte Friedas Blick und lächelte gequält. »Er hat sein ganzes Zeug dagelassen. Ich dachte die ganze Zeit, er würde doch wieder zurückkommen, deswegen habe ich nichts davon weggeräumt. Blöd, nicht wahr? Wo doch völlig klar ist, dass er nicht zurückkommt. Ich weiß nur nicht, wo ich anfangen soll.«

»Es gibt da etwas, das Sie wissen sollten.«

»Über Alan? Also hatte ich doch recht. Sie *wissen*, wo er ist.«

»Es geht um Alan, ja. Sie sollten sich lieber hinsetzen.«

Carrie tat, wie ihr geheißen. Aus ihrem Blick sprach Angst, als machte sie sich auf einen schweren Schlag gefasst.

»Das wird jetzt ein Schock für Sie sein, und vielleicht werden Sie mir auch gar nicht glauben, aber ich bin mir sicher, dass Alan tot ist.«

Carrie schlug die Hände vor den Mund. Mit weit aufgerissenen Augen starrte sie Frieda an. »Tot?«, flüsterte sie. »Tot? Alan? Mein Alan? Aber … wann? Wann ist er gestorben?«

»Am vierundzwanzigsten Dezember 2009.«

Carrie ließ die Hände sinken und bewegte lautlos die Lippen. Offenbar wollte sie etwas sagen, bekam die Worte aber nicht heraus. Sie beugte sich leicht vor, und ihr Kopf sank auf eine Seite. »Was wollen Sie damit …?« Ihre Stimme klang so belegt, dass sie kaum noch als die ihre zu erkennen war. »Ich war doch danach noch mit ihm zusammen. Wir haben Weihnachten miteinander verbracht. Das habe ich Ihnen doch erzählt!«

»Ich glaube, dass Alan an dem Tag, an dem die beiden sich trafen, von Dean getötet wurde.«

Frieda hielt einen Moment inne. Bestimmt brauchte Carrie ein bisschen Zeit, um zu begreifen, was Frieda ihr damit sagen wollte. »Dean hat Alan gezwungen, die Kleider mit ihm zu tauschen, und ihn dann erhängt. Anschließend hat er seinen eigenen Abschiedsbrief geschrieben und ist als Alan zu Ihnen nach Hause gegangen, woraufhin Sie die Polizei angerufen haben. Den Rest wissen Sie ja selbst.«

Carrie sagte etwas, das Frieda nicht verstand. Es kam tief aus dem Bauch und klang gefährlich kehlig. Dann sprang sie auf und stieß dabei den Tisch um, der Frieda am Schienbein traf. Porzellan zerbarst unter lautem Getöse, und der Holztisch donnerte auf den Fliesenboden.

»Miststück!«

»Carrie.«

Frieda packte sie an den Handgelenken und versuchte sie festzuhalten, doch obwohl Carrie kleiner war als Frieda, verlieh ihr die Wut ungeahnte Kräfte. Speichel lief ihr übers Kinn, und an ihren Wangen leuchteten weiße Flecken, als hätte jemand den Daumen tief hineingedrückt.

»Lassen Sie mich los! Fassen Sie mich nicht an! Hören Sie?«

Frieda schlang von hinten beide Arme um Carries Körper und hielt sie fest umklammert. »Carrie«, wiederholte sie in beruhigendem Ton.

Carrie bäumte sich in ihren Armen auf und knallte dabei mit dem Hinterkopf gegen Friedas Mund. Während sie nach Friedas Beinen trat, versuchte sie gleichzeitig, den Kopf zu verdrehen und ihr in die Schulter zu beißen. »Das ist nicht wahr!«, schrie sie mit tiefer, heiserer Stimme. »Sie lügen! Sie lügen mich an! Es ist nicht wahr, Alan ist nicht tot!«

Frieda spürte, wie Carrie alle Muskeln anspannte und dann plötzlich ganz schlaff wurde. Sie stieß ein würgendes Geräusch aus. Als Frieda daraufhin ihren Klammergriff löste, beugte sie sich vor und erbrach sich auf den Küchenboden. Frieda legte eine Hand an Carries Stirn und stützte ihren Kopf, bis sie fertig war. Dann verfrachtete sie sie auf den noch stehenden Stuhl. Während Carrie wie eine Stoffpuppe in sich zusammensank, riss Frieda ein Blatt von der Küchenrolle, wischte ihr damit den Mund ab und strich ihr das Haar aus dem schweißnassen Gesicht. Dann stellte sie den umgefallenen Tisch wieder auf. Carrie legte den Kopf darauf und begann halb würgend, halb schluchzend zu weinen. Es klang, als würde sie ihr Innerstes nach außen kehren und sich dabei nicht nur das Herz, sondern auch alle anderen Organe aus dem Leib weinen.

Nachdem Frieda den zweiten Stuhl wieder aufgestellt hatte, wischte sie mit etlichen Blättern Küchenrolle das Erbrochene auf und spülte es im Klo nebenan hinunter. In die Küche zurückgekehrt, füllte sie eine Spülschüssel mit heißer Seifenlauge und schrubbte damit den Boden. Dann setzte sie Wasser auf und machte eine Kanne starken Tee. Sie häufte vier Löffel Zucker in eine Tasse und fügte einen großen Schuss Milch hinzu. Als sie die Teetasse schließlich vor Carrie hinstellte, hob diese den Kopf. Ihr Gesicht war vom Weinen ganz verquollen.

»Sie müssen ein bisschen was trinken«, sagte Frieda. »Ist Ihnen kalt?«

Carrie nickte. Frieda lief nach oben und kehrte mit einer Steppdecke zurück, die sie vom nächstbesten Bett gezogen hatte. »Wickeln Sie sich in die Decke, und trinken Sie Ihren Tee.«

Carrie richtete sich auf. Ihre Hände zitterten derart, dass sie die Teetasse kaum halten konnte. Rasch nahm Frieda sie ihr aus der Hand und hielt sie ihr an die Lippen, wobei sie die Tasse ganz vorsichtig neigte, bis Carrie kleine Schlucke trinken konnte.

Schließlich fragte Frieda: »Haben Sie verstanden, was ich Ihnen gesagt habe?«

Carrie zog die Steppdecke höher und wickelte sich fest darin ein, so dass am Ende nur noch ihr Gesicht herausschaute. Ihr Blick ließ Frieda an ein geprügeltes Tier denken.

»Carrie?«

Sie nickte. »Ich habe verstanden«, flüsterte sie.

»Glauben Sie mir?«

»Alan hatte so eine Angewohnheit.« Carries Stimme klang vom Weinen heiser. »Er stibitzte immer etwas von meinem Teller oder trank meinen Tee halb leer, obwohl er seinen eigenen hatte. Wenn ich mir gerade einen Keks in den Mund schieben wollte, beugte er sich herüber, um ihn mir wegzuschnappen und ihn sich selbst in den Mund zu stecken, oder er griff nach meinem Sandwich und biss aus der Mitte ein großes Stück heraus, natürlich das beste. Dabei tat er immer so, als wäre er in Gedanken und würde gar nicht merken, was er gerade machte. Ich brauchte nur kurz den Blick abzuwenden, und wenn ich dann wieder hinsah, waren an meinem Kuchenstück die Abdrücke von seinen Zähnen. So in der Art. Das hat mich ziemlich genervt, aber gleichzeitig war es auch eine Art Spaß zwischen uns. Selbst als es dann richtig schlimm wurde und er auf nichts mehr Appetit hatte, klaute er mir immer noch mein Essen. Ich denke oft, dass genau diese Dinge eine Ehe am Laufen halten – nicht die großen, offensichtlichen Sachen wie Sex und Kinder, sondern all diese Gewohnheiten und lustigen Macken, all die Kleinigkeiten, die einen in den Wahnsinn treiben, gleichzeitig aber auch mit dem Partner zusammenschweißen!« Ihr Blick war jetzt nicht mehr auf Frieda gerichtet, sondern auf die Tischplatte, und sie sprach so leise, dass Frieda sich vorbeugen musste, um sie zu verstehen. »Er hat mein Essen genommen, weil mein Essen auch sein Essen war. Zwischen meinem und seinem Leben gab es keine Grenzen mehr. Wir waren sozusagen eins geworden. An dem Tag, als er mich verließ…« Sie schluckte. Ihr fleckiges Gesicht zuckte. »An dem Tag, als mich der Mann, den ich für Alan hielt, verließ, saßen wir auf dem Sofa, und ich hatte uns zwei Mince Pies aufgewärmt. Wir aßen zu Weihnachten nie den üblichen Plumpudding. Stattdessen leisteten wir uns immer unsere Luxus-Mince-Pies aus dem Delikatessenladen, mit viel Sahne, das war eine unserer Traditionen – aber zum ersten Mal stibitzte er mir nichts. Ich machte einen Witz darüber, indem ich ihm meinen Pie vor den Mund hielt und sagte: ›Was mein ist, ist auch dein‹, oder irgend so was Dämliches. Aber er meinte nur lächelnd, er habe doch seinen eigenen. Später, als er dann weg war, dachte ich immer, dass er mir auf diese Weise bereits seine Eigenständigkeit demonstriert hatte – dass er mein Essen verschmähte, weil er nicht mehr mit mir zusammen sein wollte. Verstehen Sie?«

Frieda nickte nur wortlos. Sie stand auf, schenkte Carrie Tee nach und gab einen weiteren Löffel Zucker hinein.

»Ein einziges Mal hat er mir eine Tasse Tee gemacht«, fuhr Carrie mit müder Stimme fort. »Das war am selben Tag. Normalerweise machte ich immer den Tee, aber nach der ganzen Kocherei bat ich ihn, eine Tasse für mich aufzugießen. Er zelebrierte es richtig, indem er mir die Tasse auf einem Tablett servierte, schön angerichtet mit einem kleinen Milchkännchen und Zucker in einer Porzellandose, obwohl ich gar keinen Zucker nehme. Ich dachte, er wolle besonders witzig und romantisch sein. Den wahren Grund habe ich nicht kapiert. Er wusste es einfach nicht, stimmt's? Er wusste nicht, wie ich meinen Tee trinke.«

»Es tut mit so leid, Carrie.«

»Ich habe mit ihm geschlafen!«, schrie Carrie plötzlich. »Ich hatte Sex mit ihm! Zum ersten Mal seit Monaten, weil Alan … nun ja, er konnte nicht. Es war gut.« Sie verzog das Gesicht, als müsste sie sich gleich wieder übergeben. »Es war der beste Sex, den ich je hatte, der beste meines *Lebens*. Verstehen Sie? Können Sie sich das vorstellen? Aber es war gar nicht Alan. Es war gar nicht mein lieber, lieber Schatz. Alan war tot, aufgehängt wie ein Verbrecher. Und ich wusste es nicht und trauerte nicht um ihn, sondern trieb es mit seinem miesen, mörderischen Bruder und war auch noch *glücklich* dabei. Ich war so glücklich, während ich da in der Dunkelheit lag, eng umschlungen mit dem Mann, der Alan umgebracht und anschließend mit mir geschlafen hatte. Erst hörte er mich vor Lust stöhnen, und dann durfte er sich auch noch anhören, dass es für mich noch nie so gut war. Ahh! Das ist … ich kann nicht …«

Mit kreidebleichem Gesicht sprang sie auf und stürmte aus dem Zimmer. Frieda hörte, wie sie sich erneut übergab, die

Toilettenspülung betätigte und dann den Wasserhahn aufdrehte. Wenige Augenblicke später kam sie zurück, setzte sich wieder hin und sah Frieda aus rot geränderten Augen an.

»Sind Sie ganz sicher?«, fragte sie.

»Ja, bin ich. Aber ich habe keine Beweise – zumindest keine, die die Polizei akzeptieren würde.«

»Können Sie denn keinen DNA-Test machen lassen? Ich habe seine Zahnbürste, seinen Kamm.«

»Die DNA der beiden war identisch«, gab Frieda zu bedenken. »Wie auch immer, mir geht es erst mal nur um Ihre Einschätzung.«

»Ich glaube Ihnen.«

»Carrie, Sie müssen sich immer wieder vor Augen führen, dass Alan Sie nicht verlassen, sondern bis zuletzt geliebt hat. Sie haben ihn auch geliebt und immer zu ihm gehalten. Sie haben sich nichts vorzuwerfen.«

»Wieso habe ich nichts gemerkt, nichts gespürt? Jetzt kann ich es nie mehr gutmachen. Ich kann Alan nie wieder in den Arm nehmen und festhalten, ihn nie wieder trösten und an mich drücken, bis er sich wieder sicher fühlt. Ich kann ihn nicht mal um Verzeihung bitten, und daran wird sich nichts ändern, bis ich sterbe. Ach, mein armer, lieber Alan. Für ihn ist nie etwas gut ausgegangen, oder? Natürlich hätte er mich nicht verlassen – wie konnte ich das nur glauben?«

Den ganzen dunklen, feuchten Tag lang saß Frieda in der Küche und hörte zu, wie Carrie über Alan sprach und über Dean, über ihre Einsamkeit und Kinderlosigkeit, über Kummer und Zorn, Feindseligkeit und Ekel vor sich selbst. Sie sprach auch von Hass – Hass auf Dean natürlich, aber auch auf sie, Frieda, die Alan in einen Strudel hineingezogen hatte, aus dem er nie wieder aufgetaucht war. Sie sprach von ihrem Hass auf die Polizei, die Dean nicht aufgehalten hatte, und von ihrem Hass auf sich selbst – und ihren Rachegelüsten. Dann erzählte sie Frieda von ihrer Anfangszeit mit Alan. Dass sie schon bei ihrem allerersten Rendezvous gewusst habe, dass sie ihn heiraten werde, weil er ihren Namen auf eine so besondere Art aussprach – schüchtern und verlegen, als würde er einen feierlichen Eid schwören. Frieda machte ihr etliche Tassen Tee und später Toast und ein gekochtes Ei, in dem Carrie lustlos herumstocherte.

Frieda brach erst auf, als Carrie ihre beste Freundin angerufen und gebeten hatte, bei ihr vorbeizuschauen. Carrie musste Frieda versprechen, sich am nächsten Tag telefonisch bei ihr zu melden. Danach stieg Frieda jedoch nicht gleich in ein Taxi oder den nächsten Zug nach Hause, sondern marschierte zu Fuß durch die Straßen von London. Während sie sich ihren Weg nach Westen bahnte, brach die Dämmerung herein, die langsam in Dunkelheit überging. Frieda hatte den Kopf voller Gedanken und Geister: Für einen Moment starrte ihr Carries weißes Gesicht entgegen, dann sah sie plötzlich Alans Augen vor sich, die sie immer an einen schüchternen, um Zuneigung heischenden Spaniel erinnert hatten, und dann das höhnische Grinsen von Dean, der tot gewesen war, nun aber wieder lebte. Irgendwo auf der Welt.

21

»So«, sagte Karlsson zu Yvette Long und Chris Munster, »ich fasse jetzt mal zusammen, was wir haben, und ihr erhebt sofort Einspruch, wenn ich etwas Falsches sage.« Er zählte die einzelnen Punkte an den Fingern ab. »Erstens haben wir ein Mordopfer, per DNA als der Robert Poole identifiziert, der in der von uns durchsuchten Wohnung lebte und dessen Leichnam wir nackt in der Wohnung einer gestörten Frau gefunden haben, welche ihn in einer angrenzenden Gasse aufgesammelt hatte. Wir sprechen hier von einem Mann, dessen Beruf wir nicht kennen, dessen Freunde ihn nicht vermissten und dessen Nachbarin von ihm sagt, er sei charmant und hilfsbereit gewesen und habe immer die Blumen für sie gegossen.«

Karlsson trank einen Schluck Wasser und fuhr dann fort: »Zweitens haben wir Mister Pooles Kontoauszüge. Der aktuellste Auszug belegt, dass er zu dem Zeitpunkt knapp dreihundertneunzigtausend Pfund auf dem Konto hatte. Was es mit dem vielen Geld auf sich hat, weiß ich nicht, das wird gerade mit der Bank geklärt, während wir hier reden.« Er warf einen Blick auf seine Armbanduhr. »Die sollten eigentlich längst angerufen haben. Egal. Drittens haben wir die Wohnung, die vorab von Yvette und anschließend von der Spurensicherung durchsucht wurde. Dabei wurden kein Pass und keine Brieftasche gefunden, überhaupt keinerlei persönliche Dokumente. Der Mann ist auch nicht auf Facebook, Twitter oder einem anderen derartigen Netzwerk vertreten. Allerdings liegt uns ein Notizbuch vor, bei dem etliche Seiten herausgerissen sind. Es enthält eine Handvoll von Namen, ein paar Adressen, Skizzen und Kritzeleien. Korrekt, Yvette?«

»Ja. Unter anderem den Namen des Paars aus Brixton, das Ihre alte Freundin aufgestöbert hat.«

»Sie meinen Frieda Klein? Sie ist keine alte Freundin, sondern eine Psychologin, die uns geholfen hat. Und nachdem Sie gerade auf sie zu sprechen kommen, sollte ich vielleicht erwähnen, dass ich gerne auf einer längerfristigen Basis mit ihr zusammenarbeiten möchte.«

Yvette runzelte die Stirn. »Wieso?«

»Sie kann sehr nützlich für uns sein.«

»Gut.«

»Womit Sie das genaue Gegenteil meinen.«

»Es ist Ihre Entscheidung.« Yvette hörte selbst, wie beleidigt sie klang. Ihre Wangen brannten. Sie war sicher, dass Frieda nicht jedes Mal knallrot anlief, wenn sie verlegen war – aber vielleicht wurde Dr. Klein ja nie verlegen.

»Stimmt, und da ich diese Entscheidung bereits getroffen habe, können wir uns jetzt wieder auf Robert Poole konzentrieren. Wie weit seid ihr mit den Namen im Notizbuch?«

Chris Munster griff nach einem Zettel. »Wir werden uns langsam durcharbeiten. Ein paar werden leicht zu finden sein, bei anderen dürfte es etwas länger dauern. Wir haben bereits einen Termin mit einer gewissen Mary Orton vereinbart. Gleich im Anschluss an diese Besprechung fahren wir zu ihr. Am Telefon klang sie ziemlich aufgeregt – sie ist schon eine ältere Dame und lebt allein. Offenbar hat Robert Poole für sie irgendwelche Reparaturen im Haus ausgeführt. Wir werden in der Gegend unser Phantombild verteilen. Vielleicht tauchen dann ja noch ein paar mehr Leute auf, die ihn kannten.«

»Ja, das sollte…« Karlsson wurde durch das Klingeln des Telefons unterbrochen. Er ging ran, lauschte, runzelte die Stirn und schrieb etwas auf seinen Notizblock. Nachdem er aufgelegt hatte, verkündete er: »Sie haben mit der Bank gesprochen.« Er riss die Notiz aus seinem Block und reichte den Zettel Yvette. »Es gibt einen nahen Verwandten, einen Bruder in St. Albans. Fahren Sie hin, und reden Sie mit ihm. Und was das Geld auf seinem Konto betrifft – es ist weg. Es wurde am dreiundzwanzigsten Januar von dem Konto abgebucht. Ich möchte, dass ihr ihn beide aufsucht und ihm die Nachricht überbringt. Beschafft so viele Informationen über Robert Poole wie nur irgendwie möglich, Fotos, Dokumente, was auch immer.« Nach einem erneuten Blick auf seine Armbanduhr griff er nach dem Notizbuch, stand auf und schob seinen Stuhl zurück. »Gut. Mit ein bisschen Glück finden wir jemanden, der seit Kurzem um dreihundertneunzigtausend Pfund reicher ist, und können das Ganze schnell abschließen.«

Karlsson musste es mehrere Male versuchen, bis er Frieda endlich erreichte. »Ich habe Ihnen aufs Band gesprochen«, erklärte er. »Schon zweimal.«

»Ich hätte Sie schon noch zurückgerufen«, entgegnete sie. »Ich war den ganzen Vormittag mit meinen Patienten beschäftigt.«

Er berichtete ihr von den neuen Entwicklungen in dem Fall und von dem Notizbuch. Frieda sagte nicht viel dazu.

»Einen Angehörigen von Poole haben wir auch aufgespürt«, fuhr er fort, »einen Bruder. Yvette ist gerade unterwegs zu ihm.«

»Dann scheint es ja vorwärtszugehen«, meinte Frieda, klang dabei aber nicht allzu interessiert.

Karlsson ertappte sich dabei, dass ihn das ärgerte. Als hätte er sich Friedas ganze Aufmerksamkeit gewünscht, die er nun aber, wie er feststellen musste, nicht bekam. Es folgte eine lange Pause.

»Ein paar von meinen Leuten sind die Namen in Pooles Notizbuch durchgegangen«, informierte Karlsson sie schließlich. »Eine der dort aufgeführten Personen ist eine alte Dame namens Mary Orton, die in Putney lebt. Poole hat irgendwelche Reparaturen für sie ausgeführt. Die Arbeiten waren noch nicht abgeschlossen, als er verschwand.«

»Und?«

Karlsson holte tief Luft. »Der Freund, mit dem Sie mal bei mir waren … Josef. Der ist doch Bauarbeiter, oder?«

»Ja, stimmt.«

»Ist er gut? Und vertrauenswürdig?«

»Ja, das ist er.«

»Ich habe mir gedacht, Sie könnten vielleicht mit der Frau reden und Ihren Bauarbeiterfreund mitnehmen, damit er sich mal anschaut, was Poole da eigentlich gemacht hat. Womöglich springt dabei sogar ein Auftrag für ihn heraus – nachdem die Arbeiten ja noch nicht abgeschlossen sind. Laut Chris Munster handelt es sich um eine alte Dame, deren Mann gestorben ist und deren Söhne irgendwo anders leben. Ich glaube, sie ist ein bisschen einsam.« Es folgte eine weitere Pause. »Es sei denn, es macht Ihnen nur dann Spaß, aktiv zu werden, wenn Sie es hinter meinem Rücken tun können.«

»Ich glaube, Josef kann tatsächlich noch Arbeit gebrauchen«, antwortete Frieda. »Aber da muss ich erst bei ihm nachfragen.«

»Seien Sie so gut.« Karlsson nannte ihr die Adresse in Putney.

»Hat sie etwas über Robert Poole gesagt?«, wollte Frieda wissen.

»Dass er nett und höflich war«, antwortete Karlsson. »Das sagen sie alle. Nett und höflich.«

»Haben Sie das schon mal gemacht?«, fragte Yvette Long.

Chris Munster saß am Steuer. »In meinem ersten Berufsjahr«, antwortete er, ohne den Kopf zu wenden, »wurde ein Junge totgefahren, und ich musste einen Sergeant zu den Eltern begleiten. Die Mutter machte uns auf. Ich hielt mich im Hintergrund, während der Kollege es ihr mitteilte. Wir sprachen gerade mit ihr, als der Vater von der Arbeit nach Hause kam, so dass wir dabeistanden, als sie es ihm sagte. Ich erinnere mich noch genau daran, dass mein Sergeant ziemlich verlegen wirkte, als wartete er auf eine Gelegenheit, sich nach einer Party von den Gastgebern zu verabschieden. Die Eltern wünschten sich wohl einerseits, wir würden endlich gehen und sie allein lassen. Gleichzeitig konnten sie uns aber nicht gehen lassen. Sie hörten nicht auf, von ihrem Jungen zu reden, und fragten uns, ob wir Tee wollten. Ich hatte seitdem noch des Öfteren diese unangenehme Aufgabe, aber dieses eine Mal ist mir besonders lebhaft in Erinnerung geblieben. Und Sie?«

»Ich musste es auch schon ein paarmal machen«, antwortete

Yvette, »nein, mehr als ein paarmal. Vorher bin ich immer sehr nervös. Ich starre auf die Haustür und fühle mich schuldig, weil ich den Leuten das antun muss. Wenn dann die Tür aufgeht, merkt man manchen gleich an, dass sie es schon wissen, bevor man ein Wort gesagt hat.« Sie blickte zu ihm hinüber. »Es ist die nächste Ausfahrt.«

Nachdem sie von der Autobahn abgefahren waren, sprach nur noch die Stimme des Navigationssystems, das sie durch die Wohnstraßen von St. Albans lotste.

»Waren Sie hier schon mal?«, fragte Munster schließlich.

»Ich glaube, in der Gegend gibt es irgendwo römische Ruinen«, antwortete Yvette. »Ich war mal mit der Schule dort, kann mich aber an keine Einzelheiten mehr erinnern. Heute fände ich es wahrscheinlich interessant.«

Das Navigationssystem informierte sie darüber, dass sie ihr Ziel erreicht hatten. Sie blieben noch einen Moment im Wagen sitzen. Yvette warf einen Blick auf den Ausdruck auf ihrem Schoß, um sich zu vergewissern, dass die Adresse stimmte, was der Fall war.

Munster sah sie an. »Sind Sie jetzt nervös?«

»Wenn ich es jeden Tag täte, würde ich mich vielleicht daran gewöhnen.«

»Wollen Sie es ihm sagen, oder soll ich das übernehmen?«

»Ich trage die Verantwortung«, erklärte Yvette.

Sie stiegen aus, öffneten die Tür des Miniaturvorgartens und stiegen die drei Stufen zu dem kleinen georgianischen Portikus hinauf. Als Yvette läutete, war im Haus ein melodisches Klingeln zu hören. Ein Mann machte auf. Er war untersetzt und hatte kurzes blondes Haar. An den Seiten war sein Schädel fast kahl geschoren. Er trug eine Jeans und ein T-Shirt, das aussah wie ein Fußballtrikot. Fragend sah er sie an.

»Sind Sie Dennis Poole?«, fragte Yvette.

»Ja, der bin ich.«

Sie stellte sich und Chris Munster vor. »Sind Sie der Bruder von Robert Poole?«

»Was?« Er wirkte überrascht. »Warum wollen Sie das wissen?«

»*Sind* Sie sein Bruder?«

»Ja, schon«, sagte Poole, »aber …«

»Dürfen wir reinkommen?«, fiel Yvette ihm ins Wort.

Er führte sie ins Wohnzimmer, wo der Fernseher lief. Offenbar sah er sich gerade eine Spielshow an, die Yvette nicht kannte. Sie bat Poole, den Fernseher auszuschalten. Statt ihrer Aufforderung nachzukommen, schaltete er nur den Ton leise.

»Ich fürchte, ich muss Ihnen mitteilen, dass Ihr Bruder tot ist.«

»Wie bitte?«

»Es tut mir sehr leid«, fuhr sie fort, »wir haben seine Leiche bereits am ersten Februar gefunden, aber es hat eine Weile gedauert, bis wir sie identifizieren konnten.«

»Wie meinen Sie das, seine Leiche?«

»Seine Leiche wurde in einem Haus in Süd-London gefunden. Wir haben Ermittlungen wegen Mordes eingeleitet und nehmen im Moment Zeugenaussagen auf. Mir ist klar, dass das ein schlimmer Schock für Sie sein muss.«

»Wie meinen Sie das? Wieso in Süd-London?«

Yvette war daran schon gewöhnt. Im Schockzustand verloren Menschen ihre Fähigkeit, Informationen zu verarbeiten. Man musste ihnen Zeit lassen. »Es tut mir leid«, sagte sie. »Mir ist klar, wie schwer das für Sie sein muss. Überrascht es Sie, dass Ihr Bruder sich in der Gegend aufhielt?«

»Wovon, zum Teufel, reden Sie?«, entgegnete Poole. »Rob ist schon vor sechs Jahren gestorben beziehungsweise fast sieben. Da muss eine Verwechslung vorliegen.«

Yvette war für einen Moment sprachlos. Sie sah zu Munster hinüber. Er war derjenige, der die Geburtsurkunde besorgt hatte. Was für ein katastrophaler Fehler war ihm da bloß unterlaufen? Sie zog das Blatt aus der Tasche, die sie mit sich trug.

»Wir sprechen doch von Robert Anthony Poole? Geboren am dritten Mai 1981 in Huntingdon. Als Sohn von James Poole.«

»Stimmt«, bestätigte Poole, »das ist mein Dad. Aber Robert

ist schon 2004 gestorben. Bei einem Arbeitsunfall. Irgendein Gerüst ist zusammengebrochen. Die Firma hat ihm die ganze Schuld in die Schuhe geschoben. Das wäre mal ein lohnender Grund zum Ermitteln.«

»Es tut mir so leid«, sagte Yvette. »Offenbar handelt es sich um irgendeine Art von …« Sie wusste nicht, wie sie es nennen sollte. »… Fehler«, sagte sie schließlich lahm.

»Ich würde sagen, das ist stark untertrieben.«

Sie holte tief Luft. »Das alles tut mir außerordentlich leid«, erklärte sie. »Ich verspreche Ihnen, dass wir der Sache auf den Grund gehen werden.« Sie zögerte einen Moment. »Könnten Sie uns eventuell nähere Informationen zu Ihrem Bruder liefern? Oder haben Sie vielleicht sogar etwas Schriftliches da?«

»Irgendwo oben im Speicher. Das dauert wahrscheinlich eine Weile, bis ich die Papiere ausgegraben habe.«

»Wir können warten.«

22

Josef war anfangs misstrauisch. »Ist das als gute Tat gedacht?«

»Für wen? Für dich oder für sie?«

»Für beide.«

»Karlsson hat mich angerufen, weil er dachte, du könntest vielleicht aushelfen. Es hat sie wohl jemand hängen lassen. Aber falls dabei tatsächlich Arbeit anfällt, wird sie dich bezahlen.«

Frieda fand, dass er schon etwas besser aussah. Zumindest roch er sauber und war anständig gekleidet. Sein Gesicht wirkte auch nicht mehr ganz so hager. Reuben hatte ihr erzählt, dass er nur tageweise arbeitete. Die Baubranche stagnierte nach wie vor. Er chauffierte sie in Reubens Auto, weil sein eigener alter Lieferwagen immer noch mit leerer Batterie und plattem Reifen vor dem Haus stand. Da sehr viel Verkehr herrschte, dauerte die Fahrt fast eine Stunde.

»Es gibt da diesen alten Witz, demzufolge man in London schneller vorankam, als die Leute noch hoch zu Ross unterwegs waren«, meinte Frieda.

Josef gab ihr keine Antwort.

»Wobei das eigentlich gar kein Witz ist«, fügte sie hinzu, »sondern die Wahrheit, fürchte ich.«

Josef blickte nur stur geradeaus.

»Wenn man in London in einem Garten arbeitet«, fuhr sie fort, »und man schneidet sich, dann braucht man eine Tetanusspritze. Das hat mit dem Pferdemist zu tun. In viktorianischer Zeit kippten die Leute den Mist in ihre Gärten. Die Bakterien sind immer noch aktiv.«

Keine Reaktion von Josef. Frieda blickte zu ihm hinüber. Ihn schienen sämtliche Lebensgeister verlassen zu haben. Frieda wusste, dass er Reuben noch immer nicht erzählt hatte, was ihm passiert war. Bei ihrem ersten Wiedersehen nach seiner klammheimlichen Rückkehr hatte sie zu ihm gesagt, er könne mit ihr reden, wann immer er wolle. Aber vielleicht musste sie den Anfang machen.

»Josef«, begann sie, »bei dir zu Hause ist doch etwas Schlimmes passiert, oder?«

Obwohl er immer noch stur geradeaus blickte, registrierte sie, dass er das Lenkrad plötzlich eine Spur fester umklammerte.

»Möchtest du es mir erzählen?«

»Nein.«

»Weil du glaubst, dass ich dann schlecht von dir denke?«

»Ich glaube es nicht, ich weiß es.«

»War das der Grund, warum du uns nicht gesagt hast, dass du wieder da bist?«

»Du bist eine gute Frau. Für dich ist es leicht. Ich bin ein schlechter Mann.«

»Josef, jeder hat Gutes und Schlechtes in sich. Jeder macht Fehler.«

»Du nicht.«

»Von wegen!«, widersprach Frieda energisch. Zögernd fügte sie hinzu: »Weißt du, wo ich letzten Freitag war?«

»Freitag? Beim Abendessen bei Olivia?«

»Vorher. Ich war auf der Beerdigung von Kathy Ripon. Du weißt schon, das war die junge Frau, die Dean Reeve in seine Gewalt gebracht hat und deren Leiche am Ende in einem Regenkanal gefunden wurde.« Josef, der den Wagen gerade durch einen Minikreisverkehr manövrierte, nickte nur. »Ich war für ihren Tod verantwortlich. Nein, unterbrich mich nicht. Es war meine Schuld. Ich habe überstürzt gehandelt und nicht über die Konsequenzen nachgedacht. Deshalb musste sie sterben. So, nun weißt du, was für ein Mensch ich bin. Und was hast du angestellt?«

Abrupt fragte er: »Glaubst du, dass ich ein guter Vater bin?«

»Wie meinst du das? Auf jeden Fall glaube ich, dass du deine Söhne liebst und dass sie dir fehlen. Ich glaube, du würdest alles für sie tun. Bestimmt hast du Fehler gemacht. Trotzdem können sie sich glücklich schätzen, dich zu haben.«

Er legte eine Vollbremsung hin und wandte ihr sein kantiges Gesicht zu. »Sie haben mich nicht mehr. Sie haben jetzt ihn.«

»Wen?«

»Ihn. Sie haben einen neuen Mann, einen neuen Vater. Mit Anzug und Krawatte. Für sie ist er ein Held. Am Wochenende bringt er ihnen Kuchen in einer Schachtel mit Schleife. Mich sehen sie an wie etwas an einer Schuhsohle. Scheiße«, fügte er hinzu. »Wie Scheiße.«

»Warum?«

Hinter ihnen hupten die ersten Wagen. Josef fuhr weiter. »Weil ich Scheiße bin.«

»Was ist passiert?«

»Sie wusste von dem Fremdgehen.«

»Von dem Fremdgehen? Du meinst, von den anderen Frauen?«

Frieda wusste auch von den anderen Frauen. Josef empfand für seine Ehefrau eine sentimentale, nie nachlassende Liebe, aber sie war in Kiew gewesen und er in London. Für ihn waren das zwei völlig verschiedene Welten: In der einen hatte er eine Frau, die er liebte, in der anderen nicht.

»Sie wusste davon«, wiederholte Josef. »Ich komme nach Hause, mit meinen Geschenken und meinem Herzen voller Zärtlichkeit und Glück, weil ich endlich nicht mehr einsam bin, und sie macht einfach die Tür zu. Sie hat einfach die Tür zugemacht, Frieda. Meine Jungs mussten mit ansehen, wie ich weggescheucht wurde wie ein Hund.«

»Hast du es je geschafft, mit ihr darüber zu reden?«

Er drehte den Kopf langsam von einer Seite zur anderen. »Ich habe es versucht. Mich mit dem neuen Mann getroffen. Er hat einen guten Job und kauft meinen Jungen Spielsachen. Autos, die sich mit Funk bewegen. Computerspiele mit Schießen und Bomben. Sie brauchen meine billigen Geschenke nicht mehr, und mich auch nicht. Vorbei. Alles vorbei. Mein Leben ist kaputt, und ich bin wieder hier.«

»Ihr habt also tatsächlich kein richtiges Gespräch über das Ganze geführt?«

»Was soll ich denn sagen, Frieda? Was soll ich tun? Alles ist aus. Vorbei.«

»Du solltest ihr sagen, wie du empfindest, und dir anhören, wie sie empfindet, um auf diese Weise herauszufinden, ob wirklich alles vorbei ist.«

»Ich bin ein Niemand«, erklärte Josef. »Ich habe kein Geld. Ich lebe in einem weit entfernten Land. Ich gehe fremd, sobald sie mir den Rücken zukehrt. Warum sollte sie mich als Mann wollen? Warum solltest du mich als Freund wollen?«

»Ich mag dich«, antwortete Frieda. »Und ich vertraue dir.«

»Du vertraust mir? Mir?«

»Warum würde ich dich sonst um Hilfe bitten?«

Seine Augen füllten sich mit Tränen. »Wirklich?«

»Ja. Hör zu, Josef, wir müssen darüber noch ausführlicher reden. Aber jetzt sind wir da. Du musst links abbiegen. Hier wohnt Mary Orton.«

Josef fand einen Parkplatz, und sie stiegen beide aus.

»Geht's wieder?«, fragte Frieda, während sie die Brittany Road entlanggingen.

Er blieb stehen. »Ich danke dir.« Er legte eine Hand aufs Herz und machte seine lustige kleine Verbeugung.

Noch ein paar Schritte, dann waren sie auf Höhe von Mary Ortons großem, frei stehendem Haus angekommen.

»Ein großes Haus für eine einzelne Frau«, stellte Josef fest.

»Ihr Mann ist gestorben«, erklärte Frieda, »und ihre Kinder sind schon vor langer Zeit ausgezogen. Wahrscheinlich will sie einfach nicht weg von hier. Oder vielleicht braucht sie den Platz, wenn ihre Enkel bei ihr sind.«

Während Josefs Blick an der Fassade des Hauses hinaufwanderte, richtete Frieda den ihren auf Josefs Gesicht. Sein Ausdruck gefiel ihr. Sie mochte es, wenn jemand verzückt auf etwas starrte, das sie nicht sehen konnte. »Was hast du für einen Eindruck?«, fragte sie.

Er deutete zu einem Fenster im zweiten Stock hinauf.

»Da oben ist ein Riss«, sagte er. Es sah aus wie ein dunkler, vom Fensterbrett nach unten verlaufender Faden. »Das Haus hat sich ein bisschen bewegt. Aber nicht viel.«

»Ist das schlimm?«

»Nicht sehr schlimm«, meinte Josef. »Das ist eben London.« Er streckte beide Handflächen vor und bewegte sie dann horizontal hin und her. »Der Untergrund ist Lehm. Wenn es lange keinen Regen gibt und dann viel Regen, bewegen sich die Häuser, und später, du weißt schon...« Er mimte etwas, das aussah wie ein ermattet niedersinkender Mensch.

»Später setzen sie sich wieder«, kam Frieda ihm zu Hilfe.

»Ja, sie setzen sich«, bestätigte Josef, »aber das ist nicht so schlimm.«

Die Tür ging auf, noch ehe sie das Gebäude ganz erreichten. Mary Orton hatte die beiden Fremden, die so neugierig ihr Haus anstarrten, offensichtlich schon bemerkt. Frieda fragte sich, wie viel Zeit die alte Dame wohl damit verbrachte, aus dem Fenster zu spähen. Sie trug eine dunkelblaue Kordhose und ein kariertes Hemd. Frieda sah sofort, dass sie einmal eine sehr schöne Frau gewesen sein musste. Irgendwie war sie immer noch schön, auch wenn ihr Gesicht mehr als nur faltig war. Ihre Haut wirkte wie Pergament. Frieda stellte sich und Josef vor.

»Hat der Detective Ihnen gesagt, dass wir kommen?« Sie ertappte sich dabei, dass sie ein wenig lauter sprach, als wäre Mary Orton schwerhörig oder geistig behindert.

Die alte Dame scheuchte sie ins Haus und durch die Diele in eine große Küche, die auf einen riesigen Garten hinausging. Am hinteren Ende standen zwei sehr hohe Bäume. Jenseits davon und zu beiden Seiten erstreckten sich weitere Gärten. Es war, als würde man auf eine Parklandschaft hinausschauen. Während Josef und Frieda den Blick durch die Terrassentür genossen, wuselte Mary Orton geschäftig hinter ihnen herum. Sie bereitete Tee zu und holte zwei Kuchen heraus, die sie auf große Platten legte und dann in Stücke aufteilte.

»Für mich bitte nur ein ganz kleines«, sagte Frieda. »Halb so groß wie das da.«

Josef aß zusätzlich zu seinem eigenen Stück auch noch die von Frieda verschmähte Hälfte, trank dazu seinen Tee und ließ sich anschließend ein Stück von dem zweiten Kuchen geben. Mary Orton bedachte ihn mit einem dankbaren Blick.

»Sobald Josef den ganzen Kuchen verspeist hat«, sagte Frieda, »kann er sich ansehen, was im Haus noch zu machen ist. Er versteht sich auf so etwas.«

Josef stellte seinen Teller in die Spüle. »Das waren sehr gute Kuchen, alle beide.«

»Nehmen Sie doch noch ein Stück«, meinte Mary Orton, »der wird sonst nur trocken.«

»Ich esse später noch welchen«, antwortete Josef, »aber jetzt sagen Sie mir doch erst mal, was der Mann für Sie reparieren sollte.«

»Was passiert ist, ist so schrecklich«, sagte sie, »ganz entsetzlich.« Sie strich sich mit einer Hand übers Gesicht, als fühlte sie sich ein wenig benommen. »Die Dame von der Polizei hat behauptet, er sei ermordet worden. Ist das denn wirklich möglich?«

»Ich glaube schon«, antwortete Frieda. »Wobei ich es Ihnen nicht mit Sicherheit sagen kann. Ich bin nur …« Sie hielt einen Moment inne. Was war sie eigentlich? »… nur eine Kollegin.«

»Er war so hilfsbereit«, fuhr Mary Orton fort, »und hatte eine so beruhigende Art. Ich fühlte mich bei ihm in guten Händen. So habe ich mich nicht mehr gefühlt, seit mein Mann starb, und das ist schon lange her. Er hat gesagt, am Haus sei viel zu tun. Was natürlich stimmt. Ich habe es schrecklich vernachlässigt.« Sie griff nach einer Schachtel Zigaretten und einem Aschenbecher. »Stört es Sie?« Frieda schüttelte den Kopf. Die alte Dame zündete sich eine an. »Es war alles Mögliche zu reparieren. Er und ein paar Männer, die für ihn arbeiteten, besserten hier und dort etwas aus. Aber das Hauptproblem war das Dach. Er hat gesagt, alles andere könne warten, aber wenn das Dach erst einmal durchlässig ist und Wasser eindringt …«

»Das stimmt«, bestätigte Josef. »Das Dach ist wichtig. Aber ich habe draußen gar kein Gerüst gesehen. Ist das schon wieder entfernt worden?«

»Nein«, entgegnete Mary Orton, »sie haben von innen daran gearbeitet.«

»Was?« Josef verzog das Gesicht.

»Wie lange war er da?«, fragte Frieda

»Eine Ewigkeit.« Mary Orton lächelte. »Ich kann es gar nicht mehr genau sagen. Natürlich waren sie nicht ständig hier. Manchmal mussten sie weg und andere Aufträge erledigen. Aber da war ich flexibel.«

»Trotzdem ist das Dach immer noch undicht«, stellte Frieda fest, »zumindest wurde mir das gesagt.«

»Er war noch nicht fertig«, erwiderte Mary Orton. »Plötzlich kam er nicht mehr. Er hat mir gefehlt – nicht nur wegen der Reparaturen. Jetzt wissen wir, was der Grund für sein Fortbleiben war. Es ist so schrecklich.« Ihr altes Gesicht schien sich noch mehr in Falten zu legen. Sie wandte den Kopf ab.

»Ist es Ihnen recht, wenn Josef mal einen Blick darauf wirft?«

»Natürlich«, antwortete Mary Orton. »Soll ich es Ihnen zeigen?«

Josef lächelte. Seit seiner Rückkehr hatte Frieda ihn noch kaum lächeln sehen. »Ich kenne den Weg zum Dach«, erklärte er.

Nachdem Josef gegangen war, blickte Frieda sich in der Küche um. Auf der Anrichte standen Schnappschüsse von Kindern, alle in kleinen Rahmen. »Sind das Ihre Enkel?«

»Ja. Allerdings sind sie inzwischen schon größer.«

»Sehen Sie sie oft?«

»Meine beiden Söhne leben nicht in London. Sie besuchen mich in den Ferien, sooft es geht. Natürlich habe ich einen Freundeskreis.«

Es klang fast, als versuchte sie sich zu verteidigen. Frieda griff nach einem der Bilder. Es war ein Einschulungsfoto aus dem Jahr 2008, also drei Jahre alt. Eine lange Zeit im Leben eines Kindes, dachte Frieda.

»Es muss für Sie recht schön gewesen sein, Robert Poole im Haus zu haben«, wandte sie sich an die alte Dame.

»Nun ja, er war ein sehr netter Mann.« Mary Orton wirkte verlegen. »Er hat mir Fragen gestellt, sich für mein Leben interessiert. Wenn man alt ist, nehmen einen die meisten Leute gar nicht mehr wahr. Man wird unsichtbar. Aber er war nicht so.«

»Er war aufmerksam«, mutmaßte Frieda.

»Ja, ich schätze, das war er. Kaum zu glauben, dass er tot ist.«

Josef kam die Treppe heruntergepoltert. Beide Frauen wandten den Kopf, als er die Küche betrat.

»Misses Orton.« Er baute sich vor ihr auf. »Es ist nur ein kleines Loch. Ich hole meine Tasche aus dem Auto, und in fünf Minuten habe ich es provisorisch abgedichtet. Um es richtig zu reparieren, muss ich vielleicht ein, zwei Tage daran arbeiten. Ich erledige das für Sie. Kein Problem.«

»Das wäre wunderbar.«

»Ich gehe rasch zum Auto. Frieda?« Er nickte ihr zu. »Misses Orton, würden Sie uns einen Moment entschuldigen?«

Frieda folgte ihm hinaus in die Diele. »Alles in Ordnung?«

Josef zog verächtlich das Gesicht. »Von wegen neues Dach! Das ist doch lauter Mist. Ich wusste gleich Bescheid, weil er kein Gerüst verwendet hat. Er hat überhaupt nichts gemacht.«

»Wie meinst du das?«

»Ich meine damit, dass er da oben nichts gemacht hat, außer vielleicht ein bisschen herumgeklopft. Das Dach hat er jedenfalls nicht erneuert.«

Frieda starrte ihn verblüfft an. »Vielleicht sieht man bloß nicht, was er repariert hat.«

»Frieda«, entgegnete Josef, »ich kann es dir zeigen, wenn du willst. Ich war oben. Vom obersten Schlafzimmer bin ich eine Leiter hochgestiegen und habe mit der Taschenlampe alles ausgeleuchtet. Ich habe mir die Bretter angesehen, die Dachbalken. Er hat ein paar neue Bretter angebracht, und ein wenig…«, er fuchtelte mit den Händen durch die Luft, suchte nach dem richtigen Wort, »... Filz, aber nichts weiter. Es geht immer noch nass ein.« Er tippte an seinen Kopf. »Vielleicht ist sie ...«

»Schon gut«, fiel Frieda ihm ins Wort. »Am besten, du machst dich gleich an die Arbeit und dichtest das Dach ab.« Sie berührte ihn an der Schulter. »Danke, Josef.«

Achselzuckend ging er zum Auto hinaus. Frieda dachte ein paar Minuten lang angestrengt nach, ehe sie in die Küche zurückkehrte. Nachdem sie sich neben Mary Orton am Tisch niedergelassen hatte, rückte sie ihren Stuhl noch näher heran, damit sie sich ganz leise unterhalten konnten.

»Mary, ich möchte Sie etwas fragen. Können Sie mir sagen, wie viel Sie Robert Poole bezahlt haben?«

Mary Orton lief rot an. »Das weiß ich nicht so genau«, antwortete sie. »Ich habe nicht alles auf einmal bezahlt, sondern immer mal wieder einen Teil. Die Gesamtsumme kann ich Ihnen wirklich nicht nennen.«

Frieda lehnte sich zu ihr hinüber und legte eine Hand auf den Unterarm der alten Dame. »Ich würde Sie nicht darum bitten, wenn es nicht wichtig wäre, aber können Sie mir vielleicht Ihre Kontoauszüge zeigen?«

»Also, eigentlich ...«

»Sie müssen sie mir nicht zeigen«, meinte Frieda, »aber ich fürchte, wenn Sie es nicht tun, wird die Polizei kommen und sie sich sowieso ansehen.«

»Also gut.« Mary Orton nickte. »Auch wenn mir das ein bisschen seltsam vorkommt.«

Sie verließ den Raum. Frieda hörte sie die Treppe hinaufgehen und wieder herunterkommen. Als Mary Orton schließlich in die Küche zurückkehrte, legte sie einen Stapel Papiere auf den Tisch. »Sie sind völlig durcheinander«, erklärte sie. »Das hat früher alles mein Mann gemacht.«

Nachdem Frieda die aktuellen Auszüge herausgesucht und nach dem Datum geordnet hatte, überflog sie die Beträge. Schon nach ein paar Sekunden beschleunigte sich ihr Herzschlag. Sie spürte das Pulsieren bis hinauf in den Hals. Langsam legte sie den letzten Auszug zurück auf den Stapel und wandte sich wieder Mary Orton zu.

»Ich habe es nur grob überschlagen. Vielleicht habe ich auch ein paar Auszüge übersehen, aber insgesamt komme ich auf rund hundertsechzigtausend Pfund. Kann es sein, dass Sie ihm so viel bezahlt haben?«

Mary Orton zündete sich eine weitere Zigarette an. Dabei zitterten ihre Hände derart, dass sie zwei Zündhölzer brauchte. »Ja, schon möglich. So ein Dach ist nun mal schrecklich teuer, nicht wahr?«

»Ja«, pflichtete Frieda ihr bei, »das habe ich auch gehört.«

23

Robert Pooles Notizbuch enthielt acht Namen beziehungsweise Namenspaare. Yvette las sie laut vor. »Erstens: Misses Mary Orton.«

»Mit ihr haben wir schon gesprochen«, erklärte Chris Munster an Karlsson gewandt. »Sie hat Robert Poole definitiv gekannt – und zwar wahrscheinlich am besten von allen, auf die wir bis jetzt gestoßen sind.«

»Zweitens: Frank und Aisling Wyatt«, fuhr Yvette fort.

»Die ihn ebenfalls kannten, wenn auch nicht so gut«, meldete sich wieder Chris Munster zu Wort.

»Drittens: Caroline Mallory und David Lewis, das Paar in Brixton, unsere erste Spur. Die beiden geben an, ihn nur das eine Mal getroffen zu haben. Den vierten Namen auf der Liste werden Sie wahrscheinlich kennen: Jasmine Shreeve.« Yvette schwieg einen Moment, als erwartete sie von Karlsson eine Reaktion.

»Müsste ich wissen, wer sie ist?«, fragte er.

»Sie hat vor ein paar Jahren mal eine von diesen Fernsehshows moderiert, bei denen die Wohnungen der Leute umgestaltet werden. Ich glaube allerdings, die Sendung wurde hauptsächlich tagsüber ausgestrahlt.«

»Seit wann haben Sie tagsüber Zeit zum Fernsehen?«

»Ich habe die Sendung nie selbst gesehen. Jasmine Shreeve hat mir davon erzählt. Sie hat bestätigt, dass sie Poole kannte, kann sich aber nicht vorstellen, warum jemand den Wunsch gehabt haben sollte, ihn umzubringen.«

»Wir müssen diese Leute noch genauer befragen«, erklärte Karlsson. »Was ist mit dem Rest?«

»Die Genannten sind diejenigen, die ihn persönlich kannten.« Yvette warf einen Blick auf ihre Notizen. »Dann wären da noch die Coles, ein pensioniertes Paar draußen in Haywards Heath. Die beiden haben keine Ahnung, wer er ist. Jedenfalls können sie sich nicht erinnern, ihm jemals begegnet zu sein. Des Weiteren Graham Rudge, alleinstehend, Direktor einer Privatschule. Er lebt in der Nähe von Notting Hill und gibt ebenfalls an, niemals einem Mann namens Robert Poole begegnet zu sein, auch wenn er sich nicht ganz sicher ist, ob ihn nicht mal jemand dieses Namens angerufen hat – warum oder wann, weiß er nicht mehr. Außerdem ein junges Paar in Chelsea, Andrea und Lawrence Bingham. Die beiden sind gerade erst von ihrer Hochzeitsreise zurück. Beide arbeiten in der Innenstadt. Und schließlich eine Frau namens Sally Lea. Über sie wissen wir bisher noch gar nichts.«

»Sind das jetzt alle?«

»Ja.«

»Verbindet diese Leute irgendetwas?«

»Das haben Chris und ich uns auch schon gefragt. Sie leben alle in ganz verschiedenen Teilen von London, ein paar auch außerhalb der Stadt. Mary Orton und Jasmine Shreeve wohnen mehr oder weniger in der Gegend, in der auch Pooles Wohnung liegt. Die Wyatts leben nicht weit von der Fundstelle der Leiche entfernt. Sie üben alle unterschiedliche Berufe aus. Sie gehören unterschiedlichen Altersklassen und Gesellschaftsschichten an. Einige von ihnen sagen aus, ihn gekannt zu haben, andere kannten ihn nicht. Untereinander kennen sie sich alle nicht. Soweit wir es beurteilen können, scheint es keine Verbindung zu geben.«

»Wir haben also acht Namen und keinerlei Verbindungsglied, nicht einmal den gemeinsamen Nenner einer Bekanntschaft mit dem Opfer.«

»Sie sind alle recht gut situiert«, meinte Chris Munster zögernd.

»Recht gut bis sehr gut«, bestätigte Yvette. »Sie sollten mal sehen, wie die Wyatts wohnen. So was kennt man sonst nur aus den Zeitschriften.«

»Ich werde ihnen einen Besuch abstatten.«

»So.« Eine Stunde später beugte Karlsson sich über seinen Schreibtisch. »Was sagen Sie? Sind Sie dabei oder nicht?«

»Ich bin mir noch immer nicht sicher, ob wir das auf eine offizielle Basis stellen sollten.«

»Wissen Sie, Frieda, irgendwie kommt es mir vor, als würden wir beide eine seltsame Art von Tanz aufführen. Wenn ich Sie bitte, nichts zu unternehmen, macht es Ihnen besonderen Spaß, es trotzdem zu tun. Oder Sie ziehen los und tun etwas, das Sie eigentlich gar nicht tun sollen, und erzählen mir im Nachhinein davon. Wissen Sie, was? Wenn Sie sich ausnahmsweise mal selbst therapieren würden, kämen Sie vermutlich zu dem Schluss, dass Sie unter Bindungsangst leiden.«

»Sie möchten, dass ich einen Eid ablege und all die richtigen Formulare ausfülle?«

»So dürfen Sie sich das nicht vorstellen.«

»Ich eigne mich nicht besonders zur Mannschaftsspielerin – vor allem nicht in einer Mannschaft, bei der ich nicht sicher bin, ob sie mich überhaupt haben will.«

»Was, zum Teufel, meinen Sie damit?«

»Wie steht es denn mit Yvette Long?«

»Yvette? Was soll mit ihr sein?«

»Sie mag mich nicht und ist gegen meine Mitarbeit.«

»Unsinn.«

»Sind Sie blind?«

»Sie ist nur besorgt um mich.«

»Sie befürchtet, ich könnte Sie in Schwierigkeiten bringen. Womit sie vielleicht sogar recht hat.«

»Das ist mein Problem. Wenn Sie nicht mit mir zusammenarbeiten wollen – gut. Sagen Sie es mir einfach klipp und klar, dann belästige ich Sie nicht mehr. Aber auf diese halbseidene Art können wir nicht weitermachen. Es geht nicht, dass Sie mal im Boot sind und mal nicht und keiner so recht weiß, was Sie im Schilde führen. Es ist Zeit, sich zu entscheiden: ja oder nein?«

Frieda sah ihn an, und er erwiderte ihren Blick. Schließlich nickte sie. »Ich wage einen Versuch.«

»Gut.« Karlsson wirkte fast ein wenig überrascht. »Das freut mich. Ein bisschen Papierkram lässt sich natürlich nicht vermeiden. Sie werden einen Vertrag unterschreiben müssen.«

»Hat das etwas mit Gesundheitsschutz und Sicherheit zu tun?«

»Nein, es hat mit der Polizeiarbeit an sich zu tun, die größtenteils aus dem Ausfüllen von Formularen besteht. Aber jetzt kommen Sie erst einmal mit und begleiten mich zu denjenigen Leuten auf Robert Pooles Liste, die ihn tatsächlich kannten. Wie es aussieht, war dieser nette junge Mann doch nicht ganz so nett – und Robert Poole hieß er wohl auch nicht.«

»Darf ich Sie um einen Gefallen bitten, bevor wir aufbrechen?«

»Lassen Sie hören.«

»Alan Dekker.«

Karlssons Miene wurde argwöhnisch. Er stützte das Kinn auf seine gefalteten Hände und sah Frieda an. »Das hatten wir doch schon …«

»Ich weiß.«

»Sie können nichts vorweisen, womit sich arbeiten ließe, Frieda, abgesehen von Ihrem Bauchgefühl.«

»Ich weiß, dass Dean am Leben ist.«

»Sie wissen es nicht, Sie glauben es.«

»Ich bin der festen Überzeugung. Falls Alan irgendwo da draußen ist, muss es eine Möglichkeit geben, ihn aufzuspüren. Das gehört doch zu Ihrem Beruf, oder etwa nicht?«

Karlsson seufzte schwer. »Sagen Sie mir mal eins, Frieda: Was, wenn wir ihn finden?«

»Ganz einfach. Wenn Sie Alan finden, wissen wir, dass Dean tot ist, und ich gebe zu, dass ich mich geirrt habe.«

»Das wäre das erste Mal.«

»Also machen Sie es?«

»Mal sehen. Es ist manchmal schwierig, jemanden zu finden, der nicht gefunden werden möchte.«

Im Auto berichtete Karlsson Frieda, was sie bisher über den Mann wussten, der sich Robert Poole genannt hatte: Zum einen hatte er die Identität eines Mannes angenommen, der bereits sechs Jahre tot war. Seine wahre Identität war noch immer unbekannt. Obwohl sie keine Hinweise auf einen festen Job oder ein geregeltes Einkommen gefunden hatten, war kurz vor seinem Tod eine große Summe auf seinem Bankkonto gewesen, das etwa um die Zeit seiner Ermordung abgeräumt wurde. In seiner Wohnung hatte man ein Notizbuch mit etlichen Namen darin gefunden, unter anderem die des Paars in Brixton und den von Mary Orton.

»Mit wem reden wir als Erstes?«, wollte Frieda wissen.

»Frank und Aisling Wyatt. Sie leben in Greenwich. Wir haben vorher angerufen, damit sie dieses Mal beide zu Hause sind. Beim letzten Mal haben wir nur die Frau angetroffen.«

»Was wissen Sie über die zwei?«

»Er arbeitet als Buchhalter in der Innenstadt. Sie ist Innenarchitektin, aber nur Teilzeit beschäftigt. Wahrscheinlich betreibt sie es eher als Hobby. Ihre Kinder sind noch im Vor- und Grundschulalter.«

Der Wagen hielt vor einer Reihe Apartmentblöcken mit Blick auf den sich verbreiternden Fluss. Im Moment war allerdings gerade Ebbe und die Themse ein immer schmäler werdender brauner Wasserlauf zwischen zwei Bänken aus Schlick und Sand.

»Die Familie ist nicht gerade arm«, fügte Karlsson hinzu.

Sie gingen den geteerten Uferweg entlang, der zur Behausung der Wyatts führte. Die Wohnung war in zwei Ebenen aufgeteilt: Im ersten Stock gab es einen Balkon mit einem schmiedeeisernen Geländer, und das Erdgeschoss ging auf einen kleinen Garten hinaus, in dem Unmengen von Pflanzkübeln standen, einige aus Terrakotta, andere aus Zinn und Messing. Selbst an diesem grauen, windigen Februartag konnte Frieda sehen, dass es dort im Frühling und Sommer eine Explosion aus Farben und Düften geben würde. Vorerst aber lugten neben tief herabhängenden Schneeglöckchen nur ein paar blaue Sternhyazinthen hervor.

Karlsson klopfte an die Tür, die sofort von einem dunkelhaarigen, kräftig gebauten Mann Mitte dreißig geöffnet wurde. Über seinen grauen Augen wölbten sich buschige Brauen, und an seinem Kinn schimmerten bläuliche Bartstoppeln. Er trug einen gut geschnittenen dunklen Anzug, ein faltenlos gebügeltes weißes Hemd und eine rote Krawatte. Mit skeptischer Miene hörte er sich an, wie Karlsson sich auswies, doch als er ihm dann Frieda vorstellte, wirkte sein Blick fast amüsiert.

»Aisling ist drüben im Wohnzimmer. Darf ich fragen, wie lange es dauern wird? Heute ist schließlich ein Werktag.« Er warf einen Blick auf seine Armbanduhr, ein funkelndes Kunstwerk aus Zifferblättern und schimmerndem Metall.

»Wir werden uns so kurz wie möglich fassen.«

Frank Wyatt führte sie durch eine Tür in den Hauptraum, der das ganze Erdgeschoss einnahm. Vor ihnen erstreckte sich eine weite Fläche gebeizter Holzdielen. Für Behaglichkeit sorgten mehrere kleinere Teppiche, weich gepolsterte Sofas, Vorhänge in sanften, blassen Farben, schöne Grünpflanzen und ein niedriger Tisch. Am anderen Ende schimmerte eine Küche mit einem Kochfeld aus Edelstahl und blitzenden Arbeitsflächen. Durch die Fensterfront mit Blick auf den Fluss flutete Licht in den Raum. Vor ihrem geistigen Auge sah Frieda für einen Moment Michelle Doyce, wie sie nur ein kleines Stück flussaufwärts Abfallcontainer und Mülltonnen durchwühlte. Dann aber richtete sie ihre Aufmerksamkeit auf die Frau, die sich gerade vom Sofa erhob, um Karlsson und sie zu begrüßen. Aisling Wyatt war groß und dünn. Ihr volles, braunes Haar war streng zurückgebunden, ihr markantes Gesicht gänzlich ungeschminkt. Sie trug eine Jogginghose, einen cremeweißen Kaschmirpulli und keine Schuhe. Frieda registrierte, dass ihre Füße genauso lang und schmal waren wie alles andere an ihr. Sie strahlte eine Selbstsicherheit aus, die mit der Einrichtung im Einklang stand.

»Darf ich Ihnen etwas anbieten? Tee oder Kaffee?«

Sie lehnten beide ab. Karlsson stand mit dem Rücken zum Fenster. Frieda fiel auf, dass er sich nirgendwo richtig einfügte, egal, wie die Umgebung war, er wirkte immer ein wenig distanziert.

»Aisling hat ja schon mit Ihren Kollegen gesprochen, deshalb weiß ich nicht so recht, was dem noch hinzuzufügen wäre«, erklärte der Hausherr gerade.

»Wir möchten nur noch ein paar Einzelheiten klären. Wie Sie wissen, wurde Robert Poole ermordet.«

»Ja, schrecklich«, murmelte Aisling. Frieda fiel auf, dass die Haut unter ihren Augen leicht gerötet war, wohingegen ihre Lippen extrem blutleer wirkten.

»Wir versuchen uns ein Bild von ihm zu machen«, fuhr Karlsson fort. »Können Sie uns sagen, wie Sie ihn kennengelernt haben?«

»Da müssen Sie meine Frau fragen.« Frank nickte zu ihr hinüber.

»Mrs. Wyatt?«

»Wegen des Gartens«, antwortete Aisling.

»Wir haben ihn von draußen gesehen«, erklärte Frieda, »er ist sehr schön.«

»Ich liebe meinen Garten.« Aisling wandte sich ihr zu und lächelte, wodurch ihr Gesicht seinen müden, leicht verächtlichen Ausdruck verlor und plötzlich gar nicht mehr hochmütig wirkte. »Er ist meine große Leidenschaft. Frank arbeitet sehr viel, und wenn die Kinder in der Schule sind, werkle ich gerne dort draußen. Ich habe zwar auch so etwas wie einen Beruf, aber ehrlich gesagt sind die Leute im Moment nicht bereit, ihr Geld für Innenarchitektur auszugeben.«

»Es sind harte Zeiten für alle, sogar die besser Situierten«, bemerkte Frank, der gerade auf einen Sessel zusteuerte und ihn einen Moment unentschlossen betrachtete, als überlegte er, ob es sich überhaupt lohnte, sich zu setzen.

Frieda richtete ihre ganze Aufmerksamkeit auf Aisling. »Demnach haben Sie Robert Poole also durch Ihr Interesse für Gärten kennengelernt?«

»Es kommt mir so seltsam vor, wenn Sie ihn Robert nennen.

Wir kannten ihn als Bertie«, erklärte Aisling. »Eines Tages ging er draußen vorbei und sah mich eine besondere Rose pflanzen, die ich sehr liebe. Ich habe sie an der Mauer entlanggezogen, von wo sie dann mehr oder weniger auf die andere Seite hinüberwachsen kann. Er blieb stehen, und wir kamen ins Gespräch. Dabei erzählte er mir, er habe beruflich viel mit Gartenplanung zu tun. Deswegen fand er es interessant, was ich auf so begrenztem Raum alles zuwege gebracht hatte. Er registrierte jede Kleinigkeit.« Ihr Blick wanderte zu Frank, der inzwischen ihr gegenüber Platz genommen hatte, wenn auch nur vorne auf der Kante, als wollte er dadurch demonstrieren, wie eilig er es hatte, endlich an seinen Arbeitsplatz zu kommen.

»Ein, zwei Tage später kam er erneut vorbei«, fuhr Aisling fort. »Er sagte, er gehe oft diesen Weg, wenn er unterwegs zu Kunden hier in der Gegend sei. Aber er hatte trotzdem Zeit für einen kurzen Plausch. Danach haben wir uns des Öfteren unterhalten. Er kam ein paarmal auf einen Kaffee herein und zeigte mir Pflanzenkataloge. Er war gerade dabei, sich selbstständig zu machen, und meinte, wir sollten uns doch zusammentun, dann könnte ich den Innen- und er den Außenbereich gestalten. Das war natürlich nur ein Scherz. Trotzdem war es schön, mal mit jemandem zu reden, der mich ernst nahm.«

»Haben Sie ebenfalls mit ihm gesprochen?«, wandte sich Karlsson an Frank.

»Ja, ein paarmal«, antwortete Frank. »Ein netter Kerl.«

»Worüber haben Sie geredet?«

»Ach, nichts Wichtiges.«

»Erzählen Sie es uns trotzdem.«

Frank wirkte plötzlich verlegen. »Das einzige Mal, als ich wirklich mit ihm allein war, haben wir uns darüber unterhalten, dass wir beide schon in sehr jungen Jahren ein Internat besucht haben. Ich habe diese Zeit weit hinter mir gelassen, weshalb ich sonst auch nie darüber rede. Er wusste, wie das ist, weil er selbst die Erfahrung gemacht hatte. Allerdings weiß ich nicht, auf welchem Internat er war.«

»Demnach konnte man sich gut mit ihm unterhalten«, stellte Frieda fest.

»Ja, ich schätze schon.«

»Hat er über seine Arbeit gesprochen?«

»Nein«, antwortete Frank.

Aisling schüttelte den Kopf. »Nicht konkret.«

»Sie waren also beide mit ihm befreundet.«

»*Befreundet* wäre zu viel gesagt«, entgegnete Frank.

»Mrs. Wyatt?«

»Hmm.« Sie zog den Laut in die Länge, so dass er fast wie ein müder Seufzer klang. »Nein, ein Freund war er nicht. Eher ein guter Bekannter.«

»Wie oft haben Sie sich mit ihm unterhalten?«

»Warum wollen Sie das alles so genau wissen?«, fragte Frank plötzlich in barschem Ton. Seine Nasenflügel bebten. »Der Mann ist tot. Wir sind geschockt, und es tut uns natürlich auch leid um ihn, aber im Grunde kannten wir ihn kaum. Es muss Dutzende – nein, Hunderte – Leute geben, die ihn besser kannten als wir.«

»Nicht allzu oft.« Aisling ignorierte den Ausbruch ihres Mannes. »Sechs-, siebenmal. Er ist nur hin und wieder auf dem Weg zur Arbeit vorbeigekommen.«

»Wo genau hat er denn da gearbeitet?«

Sie zuckte mit den Achseln.

»Und woher kam er?«

»Habe ich das nicht schon gesagt? Von dort, wo er wohnte.«

»Tooting«, sagte Karlsson. »Was ja nicht gerade um die Ecke liegt.«

»Er hat nie behauptet, ganz in der Nähe zu wohnen.«

»Wie es aussieht, hat er überhaupt sehr wenig von sich erzählt«, erklärte Karlsson. »Wir wissen so gut wie gar nichts über ihn. Aber Ihre Namen standen in seinem Notizbuch. Das ist der Grund, warum wir mit Ihnen sprechen.«

»Warum hat er sich unsere Namen notiert?«

»Hat er je für Sie gearbeitet?«

»Ein paarmal hat er mir ein bisschen im Garten geholfen.«

»Haben Sie ihn dafür bezahlt?«

Die Wyatts sagten gleichzeitig Nein.

»Und sonst können Sie uns nichts über ihn berichten?«

»Wie gesagt, wir kannten ihn kaum.« Frank erhob sich. »Wir haben Ihnen alles erzählt, was wir wissen.«

»Wann haben Sie ihn zum letzten Mal gesehen?«

»Das weiß ich nicht mehr so genau«, antwortete Frank. »Er hat einfach hin und wieder vorbeigeschaut.«

»Sie können sich also nicht daran erinnern?«

»Nein, tut mir leid.«

»Am einundzwanzigsten Januar«, sagte Aisling Wyatt.

»Das ist aber eine sehr genaue Angabe.«

»An dem Tag musste ich meinen Sohn ins Krankenhaus bringen. Ich habe ihm davon erzählt.«

»Am einundzwanzigsten Januar.«

»Ja. Es war ein Freitag.«

»Gut«, sagte Karlsson, »damit haben Sie uns sehr geholfen. Falls Ihnen sonst noch etwas einfällt ...«

»Ja, ja.« Frank Wyatt wartete ungeduldig darauf, dass sie endlich gingen. »Dann melden wir uns. Selbstverständlich.«

»Wie schätzen Sie die beiden ein?«, fragte Karlsson, sobald sie im Auto saßen.

»Reich.«

»Das liegt auf der Hand.«

»Die Frau ist einsam.«

»Glauben Sie?«

»Ja. Außerdem haben die beiden sich nicht angesehen. Kein einziges Mal.«

Als Frieda an diesem Abend nach einem Essen mit Freunden ihre Haustür aufsperrte, klingelte drinnen das Telefon. Sie hatte den Anrufbeantworter nicht angeschaltet und schaffte es nicht mehr rechtzeitig, doch bevor sie auf die Wahlwiederholungstaste drücken konnte, begann es erneut zu klingeln.

»Ja? Hier ist Frieda.«

»Mein Gott, endlich! Wo warst du denn? Ich versuche schon den ganzen Tag, dich zu erreichen. Zu Hause, auf dem Handy, per E-Mail.«

»Hallo, Olivia.«

»Ich habe es sogar unter deiner Arbeitsnummer versucht.«

»Die ist nur für Notfälle gedacht.«

»Aber das ist ein verdammter Notfall! Ich werde bald auf der Straße sitzen, und Chloë auch.«

Frieda ließ sich nieder und hielt das Telefon ans andere Ohr. Nebenbei streifte sie ihre Stiefel ab und massierte sich die Füße. Sie war mehrere Kilometer nach Hause marschiert.

»Was ist los?«

»Was los ist? Dein Bruder ist los!«

»David.«

»Hast du sonst noch Brüder, mit denen ich verheiratet war und die jetzt versuchen, mein Leben zu ruinieren? Reicht es denn nicht, dass er mich wegen dieses Flittchens zutiefst demütigt, in die totale Einsamkeit treibt und sein einziges Kind im Stich lässt? Muss das jetzt auch noch sein?«

»Erzähl mir doch erst mal, was passiert ist.«

»Er hat gesagt, dass er mit einem Anwalt gesprochen hat und dass er die Zahlungen an mich reduzieren will.« Olivia sprach jetzt ganz schnell und schluchzte zwischendrin immer wieder weinerlich auf. Frieda vermutete, dass sie sich bei der Gelegenheit auch den einen oder anderen Schluck Wein hinter die Binde goss. »Darf er das denn, Frieda?«

»Wurden die finanziellen Aspekte bei der Scheidung denn nicht gerichtlich festgelegt?«

»Eigentlich schon. Dachte ich zumindest. Ach, ich weiß es nicht. Damals war ich so durcheinander, dass ich gar nicht klar denken konnte. Für Chloës Unterhalt zahlt er weiter, sagt er, aber er findet es nicht gerecht, dass er für mich auch zahlen soll. Er sagt, ich soll mir einen Vollzeitjob suchen. Kann er sich denn nicht denken, dass ich das schon die ganze Zeit versuche? Hat er nicht mitbekommen, dass wir in einer Wirtschaftskrise stecken? Was soll ich denn seiner Meinung nach tun? Ich bin einundvierzig und habe keinen richtigen Beruf. Ich bin alleinerziehende Mutter. Wirklich, Frieda, das ist eine brutale Welt da draußen. Warum sollten die mich nehmen, wenn sie auch eine Zwanzigjährige mit Uniabschluss haben können, die es für den halben Preis macht – oder umsonst, wenn sie dafür ein gutes Zeugnis für ihren Lebenslauf bekommt?«

»Ich weiß, dass es schwer ist«, räumte Frieda ein. »Hast du das David denn nicht gesagt?«

»Glaubst du, den Mistkerl *interessiert* das? Der hat doch jetzt sein neues Leben.«

»Hast du noch die Schreiben eurer Anwälte, Bankauszüge, solche Sachen?«

Am anderen Ende der Leitung herrschte plötzlich Schweigen.

»Olivia?«

»Ich wollte den ganzen Mist einfach los sein. Wobei ich vielleicht doch noch ein bisschen was habe – fragt sich bloß, wo. So was wie einen Aktenschrank besitze ich nicht. Bei mir werden die Sachen einfach … na ja, du weißt schon … irgendwo abgelegt. Kannst du ihn nicht anrufen?«

»Ich habe seit Jahren nicht mehr mit David gesprochen.«

»Auf dich wird er hören. Vor dir haben sie alle Angst.«

»Ich denke darüber nach«, antwortete Frieda grimmig.

Sie dachte tatsächlich darüber nach. Eine ganze Weile ging sie barfuß und mit gerunzelter Stirn im Wohnzimmer auf und ab. Schließlich griff sie nach dem Telefon, wählte seine Nummer und ließ es sogar ein paarmal klingeln, bevor sie ganz schnell den Hörer aufknallte. Der kalte Schweiß stand ihr auf der Stirn, und ihr war übel. Es musste einen anderen Weg geben.

24

Jasmine Shreeve behandelte Karlsson und Frieda, als wäre sie diejenige, die die Befragung durchführte. Als sie mitbekam, dass Frieda Psychotherapeutin war, feuerte sie das noch mehr an.

»Sie erinnern sich doch bestimmt an die Zeit, als ich *House Doctor* gemacht habe?« Sie sah die beiden erwartungsvoll an. Da Karlsson nur verlegen vor sich hin nuschelte, wanderte ihr Blick zu Frieda.

»War das eine medizinische Sendung?«, fragte Frieda.

»Sie haben es also wirklich nicht …«, begann Shreeve. »Es war damals eine sehr wichtige Sendung. Man hatte mich mit diesem berühmten Psychologen zusammengespannt, Lenny McMullen. Doktor Mac. Den kennen Sie sicher.«

Wieder entstand eine peinliche Pause.

»Miss, ähm …«

»Nennen Sie mich Jasmine.«

»Ich glaube nicht, dass mir sein Name etwas sagt.«

»Er war eine Koryphäe auf seinem Gebiet«, erklärte Jasmine, »und als Fernsehstar ein Naturtalent. Er wurde berühmt für seine Pullis. Sie haben die Sendung also wirklich nie gesehen?« Sie wirkte verblüfft und schien einen Moment zu überlegen. »Wie auch immer«, fuhr sie schließlich fort, »wir sind damals zu den Leuten nach Hause gegangen. Sie mussten draußen warten, während Lenny und ich durchs Haus spazierten. Dabei diagnostizierte er die psychischen Probleme der Bewohner, indem er sich einfach nur ihre Einrichtung ansah: die Möbel, die Dekorationsgegenstände, die Bilder an der Wand. Dann holten wir die betreffenden Personen beziehungsweise das Paar oder die Familie wieder herein, und Lenny und ich sprachen mit ihnen über ihre Probleme und anschließend über mögliche Lösungen.«

»Wie zum Beispiel eine neue Wohnungseinrichtung?«, warf Karlsson ein.

»Manchmal«, antwortete Jasmine. »Sie sollten sich nicht darüber lustig machen. Unsere Umgebung sagt sehr viel über uns aus. Ein heiles Haus ist der erste Schritt zur Selbstheilung, hat Lenny immer gesagt.« Sie warf einen Blick zu Frieda hinüber. »Ich weiß genau, was Sie gerade tun.«

»Was tue ich denn?«

»Sie analysieren mein Haus. Sie versuchen, mit mir das Gleiche zu machen, was wir damals in *House Doctor* gemacht haben.«

»Dafür wäre ich gar nicht qualifiziert«, erwiderte Frieda.

»Seien Sie nicht so bescheiden. Ich werde Ihnen sagen, was Sie sehen: Wenn Sie hier den Blick schweifen lassen, sehen Sie ein Wohnzimmer, das für eine Moderatorin aus dem Bereich des Kommerzfernsehens erstaunlich geschmackvoll eingerichtet ist. Die Wandfarbe beispielsweise ist einem Ton nachempfunden, den ich mal in Pompeji gesehen habe. Außerdem werden Sie auf ein paar Fotos stoßen, die mich mit bekannten Persönlichkeiten zeigen, allerdings schon vor verdächtig langer Zeit. Wussten Sie, dass Channel Four damals, als *House Doctor* aus dem Programm genommen wurde, noch nicht mal über eine Website verfügte? Nein, natürlich wussten Sie das nicht, Sie kannten die Sendung ja gar nicht, deshalb gehe ich davon aus, dass Sie auch die Sendungen, die ich für andere Fernsehanstalten gemacht habe, nicht kennen.«

»Ich schaue hauptsächlich Sport«, erklärte Karlsson, »und auch das nur selten.«

»Was Sie hier sehen«, fuhr Jasmine fort, »ist das Haus einer einundfünfzigjährigen Fernsehmoderatorin, deren Branche keine einundfünfzigjährigen Fernsehmoderatorinnen gebrauchen kann. Dass in diesem Raum ein Foto von einem meiner beiden Exmänner steht, liegt daran, dass ich mit ihm noch gut befreundet bin. Von dem anderen finden Sie kein Foto, weil wir keine Freunde mehr sind. Vielleicht hatten Sie ja damit gerechnet, hier das Haus einer Frau vorzufinden, die sich an die Vergangenheit klammert und wegen ihres Schicksals verbittert ist. Sagen Sie, Doktor Klein …«

»Bitte nennen Sie mich Frieda.«

»Frieda, ist dies das Wohnzimmer einer verbitterten Frau?«

Plötzlich musste Frieda an ihren Großvater denken. Ein Freund von ihm hatte ihr mal erzählt, was besagter Großvater immer gemacht hatte, wenn jemand herausfand, dass er Arzt war und ihn daraufhin – wie es viele Leute gerne tun – zu irgendeinem Zipperlein oder Wehwehchen befragte, das ihn gerade plagte. In so einem Fall hatte er jedes Mal in besorgtem Ton zu der betreffenden Person gesagt, sie solle doch die Augen schließen und die Zunge herausstrecken. Dann war er einfach gegangen, um sich mit jemand anderem zu unterhalten. Frieda überlegte einen Moment. »Wenn das jetzt eine Therapiestunde wäre, würde ich Sie fragen, was Sie jetzt von mir hören wollen. Es kommt mir so vor, als versuchten Sie mich zu einer Aussage über Sie zu nötigen. Aber wir befinden uns ja nicht in einer Sitzung. Manchmal ist ein Zimmer einfach nur ein Zimmer. Ich finde den Raum schön. Der Farbton aus Pompeji gefällt mir.«

»Wissen Sie, dass ich an der Uni war?«, fragte Jasmine. »In Oxford. Ich habe mein Englischstudium mit Bestnote abgeschlossen, und mein Zweitfach auch. Also war es eigentlich eine Doppelbestnote. Das ist nicht gerade das, was man bei einer Frau erwartet, die im Fernsehen Werbung für Inkontinenzbinden gemacht hat, oder? Womit ich übrigens fast die Hälfte dieses Hauses finanziert habe. Aber wissen Sie, was das bedeutet? Die Bestnote, meine ich, nicht die Fernsehwerbung.«

»Jedenfalls klingt es beeindruckend«, meinte Frieda.

»Es bedeutet, dass beispielsweise Sie mich von vornherein anders einstufen würden, wenn Sie mich analysieren müssten. Menschen wie Sie interpretieren ein Menschenleben wie eine Geschichte – eine Geschichte mit einer Moral und einem Sinn. Aber ich habe das in Oxford auch gelernt. Ich weiß, wie man

Geschichten analysiert, und ich weiß auch, wie man bestimmte Dinge in Geschichten verwandelt. Als ich damals *House Doctor* gemacht habe, und auch später, als ich eine Billigdokumentarserie über Leute moderierte, die sich im Urlaub schlecht benahmen, sah ich in jedem dieser Menschen eine kleine Geschichte. Und genau aus diesem Grund können Sie nicht einfach in mein Haus kommen und mich in die Psychogeschichte hineinpressen, die Sie sich vielleicht von einer alternden Fernsehmoderatorin zurechtgelegt haben.«

Einen Moment herrschte Schweigen. Karlsson wirkte ziemlich verblüfft. Verstohlen schielte er zu Frieda hinüber. Er fand, das war ihr Ressort.

»Tja«, sagte sie, »was passierte denn in Ihrer Geschichte mit Robert Poole?«

»Er war ein Freund«, entgegnete Jasmine. »Wir haben miteinander gearbeitet. In gewisser Weise.«

»Können Sie das näher erläutern?«, bat Frieda sie. »Wie haben Sie sich kennengelernt?«

Jasmines Blick wurde wehmütig. »Es war ein bisschen wie im Film. Ich gehe ein paarmal die Woche ins Fitnessstudio, aber manchmal jogge ich auch. Eines Tages – vor ein paar Monaten – war ich im Ruskin Park unterwegs, hinter dem Krankenhaus. Während ich meine Dehnübungen absolvierte, hat er einfach ein Gespräch mit mir angefangen.«

»Worüber?«

»Ach, es ging dabei nur um die besagten Übungen. Er meinte, Dehnen nach dem Laufen sei grundsätzlich gut, aber eine von den Übungen, die ich machte, könnte unter Umständen schädlich für meinen Rücken sein. Er schlug mir eine andere Variante vor. Auf diese Weise kamen wir ins Gespräch, gingen miteinander einen Kaffee trinken, und ich bat ihn, mich bei meinem Fitnessprogramm zu unterstützen.«

»Sozusagen als Privattrainer?«, fragte Karlsson.

»Genau.«

»Warum?«

»Wie meinen Sie das?«, fragte sie. »Warum nicht?«

»Sie hatten ihn doch gerade erst im Park kennengelernt.«

»Wie suchen Sie sich denn Ihre Leute aus?«, konterte sie. »Ich habe eine gute Menschenkenntnis. Der Mann wusste, wovon er redete, und ich verstand mich blendend mit ihm. Ich hatte das Gefühl, dass die Zusammenarbeit mit ihm eine gute Motivation für mich wäre.«

»Wie viel haben Sie ihm bezahlt?«

Sie überlegte einen Moment. »Sechzig Pfund die Stunde. Erscheint Ihnen das übertrieben?« Ihr Blick wanderte zu Frieda. »Wie viel berechnen *Sie* denn?«

»Das variiert«, antwortete Frieda. »Hat er über seine anderen Kunden gesprochen?«

»Nein«, entgegnete Jasmine. »Das war eine der Eigenschaften, die ich so an ihm mochte. Wenn ich mit ihm zusammen war, konzentrierte er sich völlig auf mich, auf unsere gemeinsame Arbeit.«

»Waren Sie gefühlsmäßig involviert?«, fragte Karlsson.

Einen Augenblick schien sie nicht recht zu wissen, was sie antworten sollte. »Er war nur mein Trainer«, sagte sie dann. »Nun ja, nicht *nur*. Das Tolle an Robbie war, dass ich so gut mit ihm reden konnte.«

»Worüber haben Sie gesprochen?«, wollte Frieda wissen.

»Wenn man im Fernsehen auftritt, meinen die Leute immer, dass man ganz anders ist als sie. Er war nicht dieser Meinung. Er konnte gut zuhören. Das klingt banal, aber es gibt nicht viele solche Menschen.«

»Wann haben Sie ihn das letzte Mal gesehen?«, fragte Karlsson.

»Vor etwa einem Monat.«

»Wie kam er Ihnen da vor?«

»Wie immer – herzlich, interessiert, aufmerksam. Zu unserem nächsten Termin Ende Januar ist er nicht erschienen. Ich habe bei ihm angerufen, aber er ging nicht ran. Und dann erfuhr ich all das... Ich wünschte, ich könnte Ihnen irgendwie weiterhelfen, Ihnen irgendeine Erklärung liefern. Ich zermartere mir das Gehirn, seit ich davon erfahren habe, aber ich kann Ihnen wirklich nichts dazu sagen.«

»Hat er je über Freunde oder Familie gesprochen?«, fragte Frieda. »Oder irgendetwas über seine Vergangenheit oder einen anderen Bereich seines Lebens erzählt?«

»Nein.« Jasmine schüttelte den Kopf. Dabei lag ein seltsames Lächeln auf ihrem Gesicht. »Es ging nur um mich. Vielleicht war es das, was ich an ihm so mochte.«

»Und Sie haben ihm nur das Geld für die Stunden gegeben? Jeweils sechzig Pfund pro Trainingseinheit?«

»Genau.«

Für einen Moment herrschte Schweigen. Karlsson nickte Frieda unauffällig zu. Sie musste an die geheimen Signale denken, die Paare sich oft gaben, wenn sie es für an der Zeit hielten, eine Party zu verlassen. Sie standen beide auf. Als Frieda nach der Hand griff, die Jasmine ihr zum Abschied hinhielt, fiel ihr noch etwas ein. »Sie haben zu mir gesagt, es würde mir nicht gelingen, Sie allein anhand Ihres Hauses zu verstehen, und eine Psychoanalyse würde bei Ihnen auch nicht funktionieren, weil Sie Englisch studiert hätten. Was hat Robert Poole in Bezug auf Sie verstanden?«

Jasmine entzog Frieda ihre Hand. »Jetzt spielen Sie aber die Neunmalkluge. Das Besondere an Robbie war, dass er mich nicht so gesehen hat, wie alle anderen mich sehen. Er hat mich gesehen, wie ich wirklich bin. Ganz einfach.«

Nachdem sie aus Jasmine Shreeves Haus auf die ruhige kleine Camberwell Street hinausgetreten waren, machte Karlsson seinem Unmut Luft. »Wer, zum Teufel, ist dieser Kerl?«

Von irgendwo schien Wasser ins Boot zu dringen. Sie konnte nicht sagen, von wo, aber die Bodendielen waren nass und alle ihre Sachen feucht. Eines Morgens war es so kalt, dass sie ihre Hose steif gefroren vorfand, hart wie Pappkarton, so dass sie die Zähne zusammenbeißen musste, als sie hineinschlüpfte. Ihre

Hände pulsierten und wirkten ein wenig geschwollen. Sie hielt sie zum Fenster hoch, um sie genauer in Augenschein zu nehmen. Sie musste gut aussehen, wenn er kam. Nicht glamourös und affektiert, denn das konnte er nicht ausstehen, sondern sauber, fit und bereit, alles zu tun, was er von ihr verlangte. Er mochte starke Frauen, die in der Lage waren, ihn durch eine Welt voller Gefahren zu begleiten.

Sie hatte abgenommen. Obwohl sie selbst keinen großen Unterschied sah, spürte sie es an ihrer Kleidung, die ihr viel zu locker am Leib hing, und an ihren Hüftknochen, die neuerdings so weit herausstanden. Außerdem hatte sie schon – wie lange? – keine Periode mehr gehabt. Sie konnte sich nicht genau erinnern. Sie würde im Kalender nachsehen müssen, wo sie die Tage immer eingetragen hatte. Wobei es keine Rolle spielte. Mehr Sorgen bereitete ihr, dass sie Probleme mit dem Sehen hatte – vor ihren Augen tanzten kleine Pünktchen, und die Gegenstände schienen an den Rändern zu verschwimmen. Das würde sie ihm aber nicht verraten, und ihr Vorhaben durfte es auch nicht beeinträchtigen.

Ihr Vorhaben. Was war das noch mal? Ach ja, ihre Haare. Sie machte sie nass und kämmte sie glatt. Dann stellte sie sich vor den Spiegel in der kleinen Kammer, die einmal der Duschraum des Boots gewesen war, und versuchte sich einen Haarschnitt zu verpassen, indem sie mit der Schere an den gespaltenen Spitzen herumschnippelte. Früher, als sie noch in die Stadt zum Friseur ging, schloss sie immer die Augen, sobald sie vor dem großen Spiegel saß, und ließ sich von André verwöhnen: Zuerst massierte er Limonenöl in ihre Kopfhaut ein, dann kam das Shampoo und zum Schluss die Spülung. Erst dann schnitt er ihr ganz langsam und zärtlich die Haare, und anschließend fönte er sie wieder in Form.

Das hier war etwas ganz anderes – nur ein Mittel zum Zweck, um gut vorbereitet zu sein. Allerdings war es in diesem schwachen Licht schwer, den Schnitt gleichmäßig hinzubekommen. Außerdem schien ihr Gesicht einen Moment zu schrumpfen und dann plötzlich übergroß zu werden, so dass sie das schreckliche Gefühl hatte, eine Fremde vor sich zu sehen – mit einer Haut, welche die Farbe von Pilzen hatte, viel zu großen Augen und viel zu markanten Wangenknochen. Das Einzige, was sich gut anfühlte, war die Art, wie die Klingen der Schere durch ihre nassen Locken glitten.

Hinterher wusch sie das, was von ihrem Haar noch übrig war, in dem undichten Waschbecken, indem sie tassenweise Wasser darüber goss und den Rest ihres Shampoos einmassierte. Ihr Gesicht fühlte sich vor Kälte wie Gummi an, aber gleichzeitig war ihr heiß – innerlich. Sie klammerte sich mit beiden Händen an den Rand des Spülbeckens. Die Oberfläche war glitschig, so dass es ihr schwerfiel, sich daran festzuhalten. Das Boot schien sich auf eine Seite zu neigen.

Sie wusste, dass sie etwas essen musste, aber ihr war übel. Auf keinen Fall konnte sie jetzt den stark riechenden Thunfisch unter ihre letzten Kartoffeln rühren. Dosenpfirsiche – ja, das würde gehen. Sie fand den Dosenöffner nicht. Bestimmt hatte sie ihn irgendwo fallen lassen, aber die Beleuchtung im Boot war schwach, und die Batterie ihrer Taschenlampe leer. Wo waren die Streichhölzer?

Alles schien ihr zu entgleiten. Das durfte sie nicht zulassen. Sie war eine Soldatin. Kinn hoch. Schließlich fand sie das Küchenmesser. Auf den Boden gekauert, begann sie damit auf den Deckel der Dose einzustechen. Zunächst hinterließ das Messer nur kleine Dellen, die aber nach und nach größer wurden, bis das Blech endlich nachgab und eine Pfirsichsaftträne hervorquoll. Gierig leckte sie den Saft mit der Zungenspitze auf. Er schmeckte süß, nach Lebenskraft. Ihre Augen füllten sich mit Tränen. Entschlossen rammte sie das Messer in das Loch und bewegte es hin und her, wodurch die Öffnung immer größer wurde. Dann aber hielt sie es plötzlich nicht mehr aus. Sie hob die aufgerissene Dose an ihren Mund und saugte Saft und Früchte heraus.

Erst hinterher, als sie immer noch Metall schmeckte, stellte sie fest, dass ihre Unterlippe aufgeschnitten war und ihr Mund voller Blut. Sie versuchte sich hochzurappeln, aber der Boden gab nach, und die Decke neigte sich ihr entgegen. Erschöpft legte sie den Kopf auf den nassen Holzdielen ab und starrte hinauf zur Luke, durch die er bald kommen würde.

25

Am Sonntagmorgen erwachte Frieda mit einem Ruck. Schweißtropfen standen ihr auf der Stirn, und ihr Herz hämmerte. Ein paar Augenblicke lang wollte das Bild aus ihrem Traum nicht weichen: ein Mann mit einem runden, von Sommersprossen gesprenkelten Gesicht, auf dem ein leichtes, freudloses Lächeln lag. Er beobachtete sie, immer beobachtete er sie. Dean Reeve. Sie setzte sich im Bett auf und zwang sich, ruhig durchzuatmen. Dann warf sie einen Blick auf ihre Armbanduhr. Zehn vor neun. Sie konnte sich nicht daran erinnern, wann sie das letzte Mal so schwer und lang geschlafen hatte. Es klingelte an der Tür, vermutlich hatte das Läuten sie geweckt. Sie hüllte sich in ihren Morgenmantel, ging die Treppe hinunter und öffnete die Tür.

Dicht davor standen Reuben, Josef und Jack. Sie füllten den ganzen Rahmen aus, so dass kaum noch Licht in die Diele fiel. Als Frieda ihre leicht betretenen Mienen sah, verkrampfte sich ihr Magen. Irgendetwas Schreckliches war geschehen. Jemand war gestorben. Gleich würden sie ihr eine schlimme Nachricht unterbreiten. Sie wappnete sich für den Schlag.

»Was ist passiert?«, fragte sie. »Los, raus damit!«

»Wir wollten es dir lieber persönlich sagen.« Jacks Gesicht war vor Aufregung rot angelaufen.

»Bevor du es von jemand anderem erfährst«, fügte Reuben hinzu.

»Was denn?«, fragte Frieda.

Reuben hielt eine Boulevardzeitung hoch. »Die Neuigkeiten über Terry Reeve, oder wie auch immer ihr richtiger Name lautet«, erklärte er. »Es ist lauter Mist, diese Zeitung taugt sowieso nur zum Einwickeln von Fisch und Pommes. Aber sie bringen ihre Geschichte, in der mehrfach von dir die Rede ist, wenn auch – daran führt nun mal kein Weg vorbei – auf wenig schmeichelhafte Weise. Sogar ein Foto von dir haben sie irgendwo ausgegraben. Auf dem du eigentlich recht gut aussiehst.«

Frieda holte tief Luft. »Ist das alles?«, fragte sie.

Josef hielt eine Papiertüte hoch. »Wir haben Gebäck und Brötchen dabei. Wir kommen rein und kochen dir starken Kaffee.«

Frieda ging wieder nach oben und duschte. Anschließend zog sie eine Jeans und einen schwarzen Pulli an und schlüpfte barfuß in Turnschuhe. Unten hörte sie bereits Teller und Pfannen klappern. Als sie kurz darauf ins Wohnzimmer trat, waren ihre Besucher gerade dabei, eine bunt gemischte Auswahl aus Tassen und Tellern auf dem Tisch zu verteilen. Josef hatte den Kamin angeheizt. Reuben schenkte Kaffee aus. Jack kam mit ein paar Gläsern und einem Päckchen Butter aus der Küche herüber – einem noch ungeöffneten Päckchen, obwohl Frieda genau wusste, dass in der Kühlschranktür ein offenes lag. Aber was spielte das für eine Rolle? Josef reichte ihr eine Tasse. Genau in dem Moment, als sie den ersten Schluck trinken wollte, klingelte es wieder. Als sie öffnete, stand Sasha vor der Tür.

»Ich weiß nicht, ob du es schon gehört hast«, begann Sasha. »Ich habe mir gedacht, ich komme lieber gleich vorbei und …« Als Frieda die Tür aufschob und den Blick auf die drinnen versammelten Männer freigab, verstummte sie.

»Wir frühstücken gerade«, sagte Frieda.

Sasha hielt ihre eigene Tüte hoch. »Ich habe Croissants aus der Nummer 9 mitgebracht«, verkündete sie. »Die sind noch ganz warm.«

Sasha bekam ebenfalls einen Kaffee eingeschenkt, und sofort ertönte ein ganzer Chor aus Stimmen, die Frieda alle versicherten, das Ganze sei nicht so schlimm, und niemand, der sie kenne – und bestimmt auch sonst niemand – werde diesen Mist ernst nehmen. Wahrscheinlich könne sie sogar gerichtlich dagegen vorgehen, falls sie das wolle. Frieda hielt eine Hand hoch. »Stopp!«, sagte sie. »Ich möchte es gar nicht sehen. Sagt mir einfach in zwei Sätzen, was drinsteht.«

Eine Weile herrschte Schweigen.

»Letztendlich betrachtet sie sich als Opfer«, begann Reuben.

»Und die Schuld liegt bei allen anderen«, fügte Jack hinzu.

»Einschließlich dir«, sagte Sasha. »Aber das Foto wirkt eigentlich recht glamourös. Wobei die Bildunterschrift nicht sehr nett ist.«

»Es ist ein Haufen Mist, sonst nichts«, erklärte Josef mit Nachdruck.

Sie waren alle ihre Freunde. Ihr Besuch war gut gemeint, aber Frieda fühlte sich durch die vier auf sie gerichteten Augenpaare stark unter Druck gesetzt, als wollten sie jetzt alle sehen, wie sie reagierte.

»Also gut, also gut«, sagte sie, »was schreibt sie über mich?«

Die anderen wechselten verlegene Blicke.

»Raus damit!«

»Sie schreibt, du hättest sie ausgenutzt.« Sasha sprach vor lauter Nervosität sehr schnell. »Was natürlich lächerlich ist, weil du die Lorbeeren ja gar nicht einheimsen wolltest. Außerdem hast du sie schließlich gerettet.«

»Für sie fühlt sich das nicht so an«, widersprach Frieda. »Sie hatte sich eine Art sicheren Hafen geschaffen. Ich war diejenige, die sie in die große, böse Welt hinausgestoßen hat.«

»Sie behauptet, du wolltest durch sie berühmt werden«, meldete Reuben sich wieder zu Wort.

»Sonst noch was?«, fragte Frieda.

Jack räusperte sich, als hätte er einen trockenen Mund. »Sie erwähnen das Opfer, Kathy Ripon, und erwecken den Eindruck, als wärst du … du weißt schon.« Er brachte es nicht übers Herz, den Satz zu Ende zu sprechen.

»Das ist total unfair«, erklärte Reuben, »und das wissen auch alle – zumindest alle, die damit zu tun hatten. Alle, auf die es ankommt.«

Beim Gedanken an Kathy Ripons Familie und die vielen Leute auf der Beerdigung musste Frieda schlucken. »Wenigstens wurde ich nicht ermordet«, murmelte sie. »Nur mein Ruf ist ruiniert.«

Sie richtete den Zeigefinger auf Reuben. »Zitiere jetzt ja nicht Shakespeare!«, warnte sie ihn in scharfem Ton.

Bestürzt starrte er sie an. »Das hatte ich doch gar nicht vor.«

»Ich nehme ein Croissant«, erklärte sie, obwohl sie nicht glaubte, dass sie auch nur einen Bissen davon hinunterbekommen würde.

Josef riss Friedas Foto aus der Zeitung und reichte es ihr. Es handelte sich um eine alte Aufnahme, die ein paar Jahre zuvor anlässlich einer Konferenz gemacht worden war, auf der Frieda einen Vortrag gehalten hatte. Offenbar hatten sie das Foto irgendwo online gefunden. Ein Wort aus der Bildunterschrift sprang ihr entgegen: »rücksichtslos.« Wie in Trance strich sie Marmelade auf ihr Croissant und schnitt es in Stücke, aß aber nichts davon. Sie vernahm das Stimmengewirr um sich herum, und von Zeit zu Zeit hörte sie sich sogar selbst etwas antworten oder versuchte, ein Lächeln zustande zu bekommen. Nachdenklich betrachtete sie die kleine Gruppe. Der Gedanke, dass sich ihre Freunde an einem Sonntagmorgen in aller Frühe miteinander in Verbindung gesetzt und zu diesem Besuch verabredet hatten, rührte sie. Als sie allmählich Anstalten machten, wieder zu gehen, war sie trotzdem erleichtert. Dann aber fiel ihr etwas ein. Sie berührte Jack am Ärmel. »Könntest du noch einen Moment bleiben?«, fragte sie. »Ich möchte etwas mit dir besprechen.«

»Was denn? Stimmt etwas nicht?«

Während er sie angstvoll anstarrte, fuhr er sich mit einer Hand nervös durchs Haar, so dass ihm plötzlich eine Strähne senkrecht vom Kopf abstand. Frieda musste sich ein Lächeln verkneifen. Obwohl er immerhin schon Mitte zwanzig war, ein fertig ausgebildeter Arzt und angehender Therapeut, sah er mit seiner schrecklichen orangeroten Steppjacke und seinen dreckverkrusteten Turnschuhen wie ein kleiner Junge aus, der bei irgendeiner Missetat ertappt worden war.

»Keine Sorge, ich möchte dir nur einen Vorschlag unterbreiten.« Jacks eben noch so ängstlicher Ausdruck verwandelte sich in Eifer. Zappelig trat er von einem Fuß auf den anderen, bis sie schließlich auf einen Stuhl deutete. »Möchtest du noch eine Tasse Kaffee?«

»Nein, danke. Worum geht es denn?«

»Ich hätte gern, dass du dich um Carrie Dekker kümmerst.«

»Carrie Dekker? Alans Frau? Warum denn das? Was ist passiert?«

»Ich meinte, als ihr Therapeut.«

»Ihr Therapeut?«

»Du wiederholst jedes Mal wie ein Echo, was ich gesagt habe.«

»*Ich* soll sie therapieren?«

»Jack, du *bist* Therapeut. Du hast Patienten. Das ist dein Beruf. Ich möchte dich bitten, dir zu überlegen, ob du Carrie übernehmen kannst. Sie braucht Hilfe, und ich glaube, du tätest ihr gut.«

»Du sagst das aber nicht nur aus Nettigkeit, oder?«

Frieda runzelte die Stirn. »Glaubst du wirklich, ich würde dich einer Frau empfehlen, die gerade Kummer hat, nur um dich aufzuheitern? Außerdem steht es ihr jederzeit frei, sich gegen dich zu entscheiden, falls Sie dich nicht für geeignet hält.«

»Ja, natürlich.«

»Oder du kommst nach dem ersten Gespräch zu dem Schluss, dass es nicht funktionieren würde.«

»Ja.«

»Sie steht unter Schock. Als sie noch dachte, Alan hätte sie verlassen, war das schon katastrophal genug, aber nach allem, was Dean ihr angetan hat...«

»Ich glaube, das ist mir zu heftig«, fiel Jack ihr ins Wort. »Ich weiß nicht, wie ich das anpacken soll.«

»Doch, das weißt du. Außerdem kannst du jederzeit mit mir darüber sprechen. Mal sehen, was sie dazu sagt.«

Jack stand auf, schloss den Reißverschluss seiner Jacke und zog sich eine gelb-lila gemusterte Wollmütze übers zerzauste Haar. »Ach ja, apropos... Saul Klein«, sagte er aus heiterem Himmel.

Frieda erstarrte mitten in der Bewegung. Sie fühlte sich, als hätte ihr jemand einen Tritt in den Magen verpasst. »Was?« Ihre Stimme klang vergleichsweise ruhig.

»Doktor Saul Klein. *Der* Saul Klein, nach dem der Flügel der Klinik benannt wurde. Er ist dein Großvater.«

»Und?«

»Aber das ist fantastisch! Er ist eine Legende, ein Pionier. Warum hast du mir das nie erzählt?«

»Warum sollte ich?«

»Hast du ihn persönlich gekannt?«

»Nein.«

»Es muss trotzdem ein besonderes Gefühl sein.«

»Meinst du?« Frieda fror, als stünde sie in eisigem Schatten.

»Demnach liegt das bei dir also in der Familie?«

»Was?«, fragte sie in so scharfem Ton, dass er sie verunsichert anstarrte.

»Das Arztgen.«

»Mein Vater war kein Arzt.«

»Was hat er gemacht?«

»Du kommst zu spät, Jack.«

»Wohin? Ich werde nirgendwo erwartet.«

»Dann komme *ich* zu spät.«

»O ja, klar. Ich bin ja schon weg.« Trotzdem blieb er noch einen Moment in der offenen Tür stehen. Sein Schal wehte im Wind, und sein Gesicht bekam in der kalten Luft sofort rote Flecken.

»Auf Wiedersehen.«

Nachdem er weg war, kehrte Frieda in ihren Sessel am Kamin zurück. Mehrere Minuten lang starrte sie reglos in die züngelnden Flammen, ohne etwas wahrzunehmen. Dann griff sie nach der Zeitung und las den Text Wort für Wort, Seite für Seite. Anschließend knüllte sie die einzelnen Seiten zu kleinen Kugeln zusammen und warf sie ins Feuer.

»Wie oft sehen Sie denn Ihre Schwester?«, fragte Frieda.

Sie kannte Rose seit gut einem Jahr. Damals wusste Rose nicht, ob sie überhaupt noch eine Schwester hatte. Sie war eine gramerfüllte, schuldbewusste junge Frau gewesen, verfolgt von dem kleinen Mädchen, das sie auf dem Heimweg von der Schule aus den Augen verloren und seitdem nie wieder gesehen hatte. Sie hatte sich verantwortlich gefühlt – nicht nur für die kleine Joanna, die sich in Luft aufgelöst hatte, sondern auch für ihre Eltern und deren Leid. Ihre Mutter hatte wieder geheiratet und zwei weitere Kinder bekommen, aber ihr Vater hatte zu trinken begonnen und jahrelang in seiner engen, schmutzigen Wohnung gesessen, benebelt von Whisky und Kummer.

Frieda hatte ein paarmal mit ihr gesprochen, seit ihre Schwester wieder aufgetaucht war. Im Grunde wirkte sie nun noch gequälter als vorher. Joanna, die zum Zeitpunkt ihrer Entführung ein zartes und verletzliches kleines Mädchen mit Zahnlücke und Knubbelknien gewesen war, hatte sich so sehr verändert, dass sie gar nicht mehr wiederzuerkennen war. Die Familienzusammenführung war total in die Hose gegangen, und Joanna hatte nur höhnische Verachtung für die anderen übrig – für Rose, für ihre Eltern und für die ganze Welt, die sie repräsentierten.

»Nicht sehr oft«, antwortete Rose. »Sie ist nicht allzu scharf darauf, mich zu sehen. Was ich nachvollziehen kann«, fügte sie eilig hinzu, »wenn man bedenkt, was sie alles durchgemacht hat.«

»Würden Sie sie gern öfter sehen?«

Rose biss sich auf die Unterlippe. »Wollen Sie meine ehrliche Antwort hören? Eigentlich nicht. Ich fürchte mich jedes Mal vor unserer Begegnung. Andererseits habe ich das Gefühl, ich sollte mich öfter mit ihr treffen.«

»Weil sie Ihre Schwester ist?«

»Weil sie meine Schwester ist. Und wegen all der Dinge, die sie durchgemacht hat. Weil …« Sie sprach den Satz nicht zu Ende.

»Sie glauben immer noch, dass es Ihre Schuld war?«

»Ja, auch wenn ich genau weiß, was Sie gleich sagen werden.«

»Dann spare ich mir das lieber. Haben Sie ihr Buch gelesen?«

Rose schüttelte den Kopf. »Irgendwann werde ich es lesen«, antwortete sie. »Ich finde, ich sollte wissen, was sie zu sagen hat.«

»Besitzen Sie ein Exemplar?«

»Ja, ich habe schon ganz früh ein Leseexemplar erhalten. Mit einem Begleitzettel, auf dem stand, es sei ihr ausdrücklicher Wunsch gewesen, mir eines zukommen zu lassen.«

»Darf ich einen Blick darauf werfen?«

Rose wirkte verlegen. »Ich weiß aus der Zeitung, dass sie nicht sehr nett über Sie schreibt. Das tut mir leid.«

»Kein Problem«, entgegnete Frieda. »Das ist nicht der Grund, warum ich es sehen möchte.«

Der Umschlag von *Unschuldig in der Hölle* zeigte ein zartes kleines Mädchen mit flehend hochgereckten Armen. Den Hintergrund bildete ein grelles rotes Muster, das verdächtig an Flammen erinnerte. Frieda schlug das Buch auf. Unter die offizielle Widmung (»Für alle, die gelitten haben, ohne Hoffnung auf Rettung«) war eine persönliche Nachricht gekritzelt: »Für meine Schwester Rose, voller Vergebung und Verständnis, von deiner kleinen Schwester Jo-Jo.«

»Ach, du meine Güte!«, murmelte Frieda.

»Das ist schon in Ordnung«, entgegnete Rose, »sie meint es nur gut.«

»Glauben Sie?«

»Na ja, ich weiß es nicht.«

»Leihen Sie mir das Buch?«

»Sie wollen es wirklich lesen?«

»Ich bringe es Ihnen zurück, sobald ich damit durch bin.«

»Lassen Sie sich ruhig Zeit, bei mir hat es keine Eile.«

»Gut. Joanna kann sich glücklich schätzen, Sie zur Schwester zu haben.«

Frieda wollte das Buch nicht bei sich daheim lesen. Dafür brauchte sie neutralen Boden. Sie überlegte, ob sie es mit in die Nummer 9 nehmen solle, aber selbst dort fühlte sie sich zu sehr zu Hause. Sie wollte sich diesen Ort nicht durch eine solche Lektüre vergällen. Am Ende entschied sie sich für eine Lösung, die sie schon des Öfteren gewählt hatte: Sie marschierte in die Great Portland Street und setzte sich in die Circle Line in Richtung Westen. Frieda wusste, dass die komplette Runde etwa fünfzig Minuten dauerte, vielleicht auch eine Stunde. So früh am Sonntagabend war der Zug fast leer. Eine junge Frau, die ein rosarotes Ballettröckchen und dazu einen Pulli im Schottenkaro trug, stieg in King's Cross aus. Ein älterer Mann, der in der Bibel las und dabei manche Abschnitte mit einem Stift markierte, blieb bis zur Station Liverpool Street sitzen. Ab da war Frieda in ihrem Abteil allein, bis der Zug die Haltestelle Monument erreichte, wo für ein paar Stationen eine Familie zustieg. Frieda machte sich bei ihrer Lektüre von *Unschuldig in der Hölle* etliche Notizen, und von Zeit zu Zeit blickte sie auf, um ja ihre Haltestelle nicht zu verpassen. Der Zug bahnte sich seinen Weg unter der Innenstadt hindurch, wo die Straßen am Wochenende wie leer gefegt und die hohen Gebäude zwar hell erleuchtet, aber ebenfalls menschenleer waren. Dann kamen Westminster und der St. James's Park, die reichen Enklaven von Kensington, und schließlich steuerte der Zug wieder auf Friedas Haltestelle zu. Sie klappte das Buch zu und eilte hinaus in die windige Nacht, tief in Gedanken versunken.

26

Er hat mir das Gefühl gegeben, dass sich jemand um mich kümmert.« Die Frau verzog das Gesicht zu einer selbstironischen Grimasse. Obwohl sie erst vor Kurzem ihre Schwester und deren Familie in Frankreich besucht hatte, wirkte sie blass und müde. »Wahrscheinlich fühlte ich mich durch ihn einfach weniger allein. Er hatte eine ganz besondere Art.«

Es war Montagmorgen um halb acht, und Frieda saß bereits vor einer Tasse Tee bei Janet Ferris in der Küche. Draußen regnete es aus einem bleigrauen Himmel. Janet Ferris war Sprechstundenhilfe in einer nahe gelegenen Arztpraxis und hatte sich bereit erklärt, sich vor der Arbeit mit Frieda zu treffen. Allerdings hatte sie schon am Telefon gesagt, sie glaube nicht, dass sie dem, was sie Yvette Long über Robert Poole erzählt habe, noch etwas hinzufügen könne. Er sei nur ein Nachbar gewesen, wenn auch ein sehr netter, sehr freundlicher, der ihr fehlen werde.

Es handelte sich um eine kleine Küche mit einer altmodischen Tapete, roten Fliesen und einem auf Hochglanz polierten Holztisch, um den lauter unterschiedliche Stühle verteilt waren. Frieda registrierte, dass alles vor Sauberkeit blitzte. Auf dem Fensterbrett stand ein Pflanzgefäß mit Kräutern, auf der Arbeitsplatte eine Schale mit Orangen und daneben ein blauer Topf mit Hyazinthen, deren Duft den ganzen Raum erfüllte. Neben der kleinen, weiß gestrichenen Anrichte hing eine Kohlezeichnung an der Wand. Am Kühlschrank klebte ein Zeitungsausschnitt über nachhaltige Fischzucht, mit einer Liste unbedenklicher Fischarten. Draußen vor dem großen Fenster hing ein transparenter kleiner Vogelfutterspender voller Samenkörner. Frieda hatte den Eindruck, dass diese Frau ein selbstgenügsames, bescheidenes und anständiges Leben führte, in dem sich alles an seinem angestammten Platz befand. Sie registrierte aber auch Janet Ferris' unberingte Hände, ihre traurigen Augen, die Sorgenfalten in ihrem ungeschminkten Gesicht und die praktische Kleidung, die an ihrer schmalen Gestalt hing, als wäre sie ihr eine Nummer zu groß, und dadurch ihre Figur verhüllte. Ihre Stimme klang weich und angenehm tief.

Frieda nickte zu der kleinen Schildpattkatze hinüber, die sich unterhalb des Fensters auf einem Korbstuhl zusammengerollt hatte. »Ist das seine Katze?«

»Ja, sein Katerchen. Ich nehme an, dass es in Ordnung ist, wenn ich ihn behalte. Ich glaube nicht, dass sich sonst jemand um ihn kümmern würde.«

»Wie heißt er?«

»Ich weiß nicht mal, ob es sein richtiger Name ist, aber Bob hat ihn immer Mog genannt. Deswegen nenne ich ihn auch so: Moggie. Ich fände es nicht richtig, ihn umzutaufen.«

»Wie lange hat Robert Poole hier gewohnt?«

»Mister Michnik müsste das ganz genau wissen. Etwa neun Monate, schätze ich.«

»Wie haben Sie beide sich kennengelernt?«

Ein Lächeln zuckte um ihre Lippen. »Wir hatten uns schon ein paarmal im Hausgang getroffen und immer freundlich zugenickt, aber dann, eines Sonntagmorgens – das muss ein paar Wochen nach seinem Einzug gewesen sein – stand er plötzlich mit einer riesigen Schale Frühsommererdbeeren vor meiner Tür. Er sagte, er habe sie geschenkt bekommen, könne sie aber unmöglich alle allein essen, und bot mir welche an.«

»Das war nett von ihm.«

»Ja. Ich nahm das Angebot an, woraufhin er verkündete, ich bekäme die Früchte nur unter einer Bedingung: wenn ich ihn hereinbitten und sie mit ihm teilen würde. Das entwickelte sich dann zu einer Art Scherz zwischen uns. Von Zeit zu Zeit tauchte er mit irgendetwas auf – Kirschen, einer Dose Kekse, einem großen Stück Käse – und erklärte, ich müsse ihm beim Aufessen helfen. Das letzte Mal waren es Mince Pies.«

»Dann war er also ein Freund, nicht nur ein Nachbar?«

Plötzlich leuchteten auf Janet Ferris' Wangen rote Flecken. »Ich glaube, das wäre übertrieben. Er kam ja nur ab und zu vorbei. Aber es war nett.«

»Worüber haben Sie sich unterhalten?« Frieda bemühte sich um einen neutralen Ton. Sie spürte, dass Janet Ferris den Wunsch hatte, mit jemandem zu sprechen und ihre zarten, aufgestauten Gefühle zum Ausdruck zu bringen. Das würde sie aber nur tun, wenn man sie nicht drängte.

»So genau kann ich Ihnen das gar nicht mehr sagen. Über alles Mögliche.« Frieda wartete. »Meistens habe ich ihm erzählt, was ich gerade las. Ich lese nämlich sehr viel, hauptsächlich viktorianische Romane. Wilkie Collins, Charles Dickens und Misses Gaskell.«

»Hat er auch viel gelesen?«

»Das weiß ich nicht. Ich hatte schon den Eindruck, kann mich aber nicht daran erinnern, dass er konkrete Titel genannt hat. Ich glaube, ich habe viel mehr geredet als er, was eigentlich gar nicht meine Art ist, ich bin sonst eher ein stiller Typ.«

»Sie haben also über Bücher gesprochen.«

Janet Ferris blickte auf ihre schmalen, blau geäderten Hände mit den glatten, perlmuttartig schimmernden Nägeln hinunter. »Man konnte gut mit ihm reden«, sagte sie so leise, dass Frieda sie kaum verstand. »Einmal habe ich ihm erzählt, wie gern ich Kinder gehabt hätte und dass das der Punkt sei, den ich an meinem Leben am meisten bedauere: dass sich dieser Wunsch nicht erfüllt habe. Daraufhin hat er mir dann die Mince Pies gebracht. Das war kurz vor Weihnachten. Weihnachten ist für mich immer eine schwierige Zeit. Obwohl ich einen großen Freundeskreis habe und an dem Tag nie allein bin, ist es doch etwas anderes als mit einer Familie. Ich erzählte ihm von meinem Kinderwunsch und dass ich mal mit einem Mann zusammen war, mit dem ich eigentlich eine Familie gründen wollte. Daraus wurde aber nichts, und dann war es irgendwie zu spät. Sie wissen ja, wie das ist – die Zeit vergeht so schnell. Man kann gar nicht sagen, wann genau man die Grenze zur kinderlosen Frau überschreitet, aber eines Tages wird einem klar, dass man eine ist.« Sie sah Frieda an. »Haben Sie Kinder?«

»Nein. Wie hat er reagiert, als Sie mit ihm darüber sprachen?«

»Er hat nicht versucht, mir einzureden, dass es gar nicht so wichtig sei, ob man Kinder habe oder nicht. Das tun nämlich die meisten Leute. Stattdessen hat er über Parallelleben gesprochen. Über andere Versionen von uns selbst, die uns unser Leben lang begleiten – Menschen, die wir auch hätten werden können. Und darüber, wie schmerzhaft das sein kann.«

Plötzlich kam es Frieda vor, als würde sich in ihrem Kopf etwas verschieben – oder lösen. Als sähe sie den toten Mann an diesem Tisch sitzen und den Worten dieser einsamen Frau mittleren Alters lauschen, die ihm erzählte, was sie im Leben alles bedauerte. »Hatten Sie das Gefühl, dass er dabei auch von sich selbst sprach?«, fragte sie.

»Vielleicht. Ich hätte ihn fragen sollen. Ich kann einfach nicht fassen, dass er tot ist, ein so lieber Mensch wie er. Das ist noch gar nicht richtig bei mir angekommen – auch wenn ich mir manchmal die leere Wohnung über mir vorstelle, die Räume, in denen er sich aufgehalten hat. Es kommt mir so irreal vor.«

»Er hat gewusst, wie sich Einsamkeit anfühlt. Glauben Sie, dass er ein einsamer Mensch war?«

»Das kann schon sein. Oder zumindest ein Außenseiter.«

»Wissen Sie, wo er Weihnachten verbracht hat?«

»Ich selbst war in Brighton, bei der Familie meiner Cousine. Ich glaube, er hat gesagt, er werde für ein, zwei Tage wegfahren – aber genau weiß ich es nicht mehr. Als ich zurückkam, war er da.«

»Haben Sie jemals Freunde von ihm kennengelernt?«

»Nein.« Sie schüttelte den Kopf. »Ich habe nie jemanden zu ihm hinaufgehen sehen. Aber er war ja auch ziemlich viel unterwegs. Er war oft tagelang nicht da.«

»Sie wissen also nicht, ob er Familie hatte, nahe Verwandte oder Liebesbeziehungen?«

»Nein. Er hat davon nie etwas gesagt, und ich habe ihn nie danach gefragt. So eng war unser Verhältnis nicht.«

»Wissen Sie, ob er hetero oder schwul war?«

»Oh, ich bin mir sicher, dass er Frauen mochte. Er war …« Sie runzelte die Stirn. »Jedenfalls bin ich mir sicher, dass er Frauen mochte«, wiederholte sie.

»Warum?«

Janet Ferris wurde rot. »Einfach wegen seiner Art.« Sie griff nach ihrer leeren Tasse, um ihre Verlegenheit zu überspielen. »Er hat gern geflirtet – nicht auf aufdringliche Weise, sondern ganz dezent. Er hat einem einfach das Gefühl gegeben, etwas Besonderes zu sein.«

»War er gut aussehend?«

»Nicht auf den ersten Blick. Aber mit der Zeit gewann er immer mehr.«

Frieda betrachtete sie nachdenklich: eine kluge und gütige, aber einsame Frau, die ein bisschen in Robert Poole verliebt gewesen war. Er hatte sie aus ihrem Schneckenhaus gelockt und sie aufgeheitert, indem er ihr zuhörte und ihr das Gefühl gab – wie hatte sie es ausgedrückt? –, das Gefühl, dass sich jemand um sie kümmerte.

»Wissen Sie, wo er gewohnt hat, bevor er hier eingezogen ist?«

»Ich habe keine Ahnung. Durch Ihre Fragen merke ich erst, wie wenig ich über ihn wusste. Ich glaube, ich war ihm gegenüber eine ganz schöne Egoistin.«

»Das glaube ich nicht.«

»Wissen Sie, was?« Janet Ferris schwieg einen Moment und wurde dabei wieder rot.

»Was?«

»Sie erinnern mich an ihn. Mit Ihnen kann ich auch so gut reden. Manche Menschen sind einfach gute Zuhörer.«

»Und er war das auch?«

»Ja. Und jetzt ist er nicht mehr da.«

Nachdem Janet Ferris zur Arbeit aufgebrochen war, blieben Frieda noch etwa zwanzig Minuten, bis sie selbst auch los musste, um rechtzeitig zu ihrem Termin mit ihrem ersten Patienten der Woche zu kommen. Sie nutzte die Zeit für einen kurzen Abstecher in den ersten Stock. Das Siegel war von Robert Pooles Wohnungstür entfernt worden, und nichts wies mehr darauf hin, dass jemand von der Polizei da gewesen war. Trotzdem hatte Yvette Long ihr klargemacht – und zwar in sehr strengem Ton, als hätte Frieda ihren Anweisungen bereits zuwidergehandelt –, dass sie ja nichts anfassen oder verändern dürfe. Daher beschränkte sie sich zunächst darauf, langsam und leise von Raum zu Raum zu gehen. In der kleinen Diele hingen ein Mantel und eine dicke Jacke an einem Haken, und in der Ecke lehnte ein schwarzer Schirm. Die Wohnzimmereinrichtung bestand aus einem grünen Kordsofa mit passendem Sessel, einem niedrigen Couchtisch, einem beigebraunen Läufer, einem mittelgroßen Fernseher, einer kleinen Kommode, in der, wie Frieda aus dem Polizeibericht wusste, das Notizbuch gefunden worden war, und einem leeren Zeitungsständer. Es gab keine Fotos, keinen Krimskrams, keine Spur von Unordnung. An der Wand hingen ein paar Bilder. Frieda hatte den Verdacht, dass der Vermieter sie als gemischten Restposten erstanden hatte: eine Darstellung vom Eiffelturm bei Nacht, eine nichtssagende, eher düstere Madonna mit Kind, ein rosa Sonnenaufgang oder -untergang über dem Meer, ein Mohnblumenfeld von Monet. Nur ein einziges Bild – ein Paar leuchtend orangeroter und fast abstrakt anmutender Fische – sah aus, als könnte es sich dabei um Robert Pooles persönlichen Geschmack handeln und nicht um ein weiteres abgedroschenes Klischee, das ein Stückchen Wand bedeckte. Dagegen waren die paar Bücher, die nicht nach Themen, sondern nach Größe geordnet im Regal standen, schon ein bisschen aussagekräftiger: drei große Bildbände, in denen es um städtische Gärten ging, ein dickes Taschenbuch, das nach einem Handbuch für Bauarbeiter aussah, *Nord und Süd* von Mrs. Gaskell, *Unser gemeinsamer Freund* von Charles Dickens, mehrere Bücher zum

Thema Fitness, ein Fachbuch über forensische Medizin. Frieda stand minutenlang vor dem Regal und betrachtete die Bände mit gerunzelter Stirn. Dann ging sie in die Küche. Auf der Arbeitsplatte standen eine Teekanne und eine Pressfilterkanne für Kaffee. Vier braune Tassen hingen an Haken an der Wand. In einem Regal waren Gläser und Teller untergebracht: jeweils sechs große Trinkgläser und sechs Weingläser von der gleichen Sorte, sechs weiße Teller, sechs weiße Schalen. Neben dem Kochfeld hingen Topfhandschuhe und ein Geschirrtuch. Frieda wickelte das Geschirrtuch um ihre Hand und öffnete damit vorsichtig die Tür des Vorratsschranks: eine Tüte Mehl, eine Tüte Zucker, eine Packung Müsli, eine Packung Cornflakes, eine Schachtel Mince Pies, ein Glas löslicher Kaffee, englischer Frühstückstee, Reis mit kurzer Kochzeit. Der Kühlschrank war leer. Vermutlich war er ausgeräumt worden, nachdem die Polizei ihre Spurensuche abgeschlossen und alle als Beweismaterial infrage kommenden Sachen mitgenommen hatte.

Im Schlafzimmer stand ein kleines Doppelbett, das ordentlich gemacht war. Decke und Kissen hatten blaue Überzüge. Neben dem Bett stand ein einzelner Stuhl. Darunter lugten Stoffhausschuhe hervor, an der Tür hing ein gestreifter Morgenmantel, und hinten an der Wand stand ein aufgeklapptes Bügelbrett und darauf das dazugehörige Bügeleisen, ordentlich mit seinem Kabel umwickelt. Friedas Blick glitt über den Nachttisch: eine Lampe, eine Packung Paracetamol, ein Buch mit einem grellen Umschlag, das sich bei näherem Hinsehen als ein Kurzgeschichtenband über den Wilden Westen entpuppte. Als Frieda sich schließlich den Ärmel ihres Pullovers über die Hand zog und vorsichtig die Schranktür öffnete, schwang der lange, innen angebrachte Spiegel an ihr vorbei, und einen Moment erschrak sie über ihr eigenes Spiegelbild. Im Schrank hingen reihenweise gebügelte Hemden, einfarbige und gemusterte, maßgeschneiderte und lässig weite von der Stange, außerdem mehrere Hosen und zwei Jacken, eine davon aus nüchternem Tweed, die andere aus Leder, machohaft mit Nieten besetzt. Auf dem Schrankboden standen derbe Lederstiefel, Turnschuhe, elegante Halbschuhe. Mit nachdenklich geschürzten Lippen inspizierte Frieda die T-Shirts und Pullis, die sich in den Fächern des Schranks stapelten.

»Wer bist du?«, sagte sie laut, während sie die Tür schloss und ins Bad ging, das so sauber und leer wirkte wie ein Hotelbadezimmer: Wanne, Waschbecken, Toilette, ein graues Handtuch, ein kleiner runder Spiegel, Rasierschaum, eine Rasierklinge, eine grüne Zahnbürste, Zahnseide, ein Waschlappen, ein Nagelknipser…

Frieda kehrte ins Wohnzimmer zurück und ließ sich auf dem Sessel nieder. Sie musste an ihr eigenes kleines Häuschen denken. Auch sie behielt ihr Privatleben lieber für sich: Bei ihr gab es keine gerahmten Familienfotos, sie ließ ihre Post nicht offen herumliegen und pinnte auch keine Ansichtskarten an ein Notizbrett. Trotzdem war jeder Raum mit Gegenständen gefüllt, die etwas über ihr Leben aussagten. Da war beispielsweise der Schachtisch, an dem sie früher immer mit ihrem Vater saß – vor langer Zeit, in einer anderen Welt. Oder die kobaltblaue Schale aus Venedig. Das Gemälde über dem Kaminsims, das einen Baum im Frühling darstellte. Der alte Seidenmorgenmantel ihrer Großmutter, dessen schimmernde Grün- und Rottöne schon etwas verblasst waren. Obwohl sie ihn nie trug, hing er bei ihr im Schrank. Oder die Tassen in ihrer Küche, von denen jede anders war, weil Frieda sie einzeln von ihren langen Streifzügen durch London mitbrachte. Das Mobile aus Papierkranichen, das Chloë für sie gebastelt hatte. Das Stück Treibholz, die alten Londoner Stadtpläne, die angeschlagenen Töpfe und Pfannen, die Halskette, die Sandy ihr geschenkt hatte und die sie schmerzhaft an die glorreichen Zeiten erinnerte, als sie beide noch ein Paar gewesen waren, die Fotoalben… Und natürlich oben in ihrem kleinen Arbeitszimmer auf dem Dachboden ihre ganzen Zeichnungen, mit einem weichen Bleistift auf dickes Papier gebannt: Kritzeleien und rasch hingeworfene Skizzen, aber auch aufwendigere Arbeiten, die alle zusammengenommen eine Art verstecktes Tagebuch ergaben. Hier aber, in Robert Pooles Apartment, gab es fast nichts dergleichen: Abgesehen von den paar Büchern wirkte diese Wohnung wie eine einzige Leerstelle, ein Vakuum, ein Ort ohne Ausdruck und Leben. Vielleicht lag es daran, dass der Mann, der hier gelebt hatte, tot war und dadurch auch seine Wohnung ihre belebende Seele verloren hatte, aber das glaubte Frieda nicht. Sie empfand allein schon die wenigen Minuten, die sie dort verbrachte, als deprimierend und verstörend.

Wer war Robert Poole? Rob, Robbie, Bob, Bertie – jeder nannte ihn anders. Er besaß auch sehr unterschiedliche Kleidung: eine Lederjacke und eine aus Tweed, elegante Halbschuhe und derbe Stiefel, edle maßgeschneiderte Hemden und lässige Sweatshirts.

Wenn die Leute über ihn sprachen, dann redeten sie immer nur von sich selbst – den Eigenschaften, die er an ihnen entdeckt und aus ihnen herausgeholt hatte. Er war ein Zuhörer gewesen, einer, der sich um andere kümmerte, ein barmherziger Samariter. Mary Orton hatte er zwar das Geld abgeknöpft, sich gleichzeitig aber auch ihre Geschichten angehört. Für Janet Ferris war er ein guter Nachbar gewesen, für Jasmine Shreeve ein respektvoller, aufmerksamer Privattrainer. Doch trotz seiner sympathischen Ausstrahlung hatte er offenbar keine Freunde gehabt und wohl auch keine Liebesbeziehungen, obwohl ihn die Leute als charmant und gut aussehend beschrieben. Und nachdem er ermordet und in einer schmutzigen Gasse abgelegt worden war, hatte Michelle Doyce ihn aufgelesen, und er hatte als nackte, bereits verwesende Leiche tagelang in ihrem Wohnzimmer gesessen, ohne dass ihn jemand vermisste.

Frieda warf einen Blick auf ihre Armbanduhr. Zeit zu gehen. In fünfundvierzig Minuten würde sie in ihrem roten Sessel sitzen und Joe Franklin zuhören. Dabei würde sie ihn aufmerksam beobachten, ihn mit Fragen aus der Reserve locken, sich um seine Nöte kümmern. Ein leichter Schauder lief ihr über den Rücken. Fast kam es ihr vor, als wären die Leute auf Robert Pooles Liste ebenfalls seine Patienten gewesen, die seine Hilfe benötigten.

Hinter ihren Augenlidern blitzte es, und in ihrem Magen wüteten scharfe Klauen, die ihr stechende Schmerzen verursachten. In ihrem Kopf donnerte es. Das war aber kein richtiger Schmerz, eher ein quälendes Geräusch, eine tosende Angst, die abwechselnd anschwoll und wieder verebbte, näher kam und sich wieder entfernte, um bald darauf mit neuer Gewalt zurückzukehren. Sie musste unbedingt einen klaren Kopf bekommen, aber wie sollte das gehen, wenn in ihrem Schädel dieser laute, wütende Sturm brauste? Früher nahm sie immer Tabletten, wenn sie sich so fühlte, eine große, orangerote Kapsel, die sie mit einem Glas Wasser hinunterspülte. Ihre Mutter legte sie ihr morgens immer hin und wartete, bis die Kapsel unten war. Inzwischen aber hatte sie keine Tabletten mehr. Es war lange her, dass sie die letzte genommen hatte, sie konnte sich kaum noch daran erinnern. Das alles war im Nebel der Vergangenheit versunken, die sie hinter sich gelassen hatte. Er hatte ihr klargemacht, dass man ihr die Medikamente nur gab, um sie gehorsam und gefügig zu machen und ihre Wut zu dämpfen, die doch eigentlich gerechtfertigt und kraftvoll war. »Du brauchst keine Pillen, sondern einen Plan für dein Leben«, hatte er gesagt und ihr dabei eine Hand auf die Stirn gelegt wie ein gütiger Arzt oder Vater, der ein krankes Kind beruhigte. »Außerdem hast du jetzt ja mich«, hatte er hinzugefügt, »das darfst du nie vergessen.«

Aber sie hatte ihn nicht mehr. Er war nicht gekommen. Sie saß ganz allein in dieser feuchten Kälte, und der Wind draußen war genauso eisig wie der, der durch ihren Kopf brauste. Ihre Gedanken polterten laut und wirr durcheinander. Und Hunger hatte sie auch. Der Kartoffelvorrat war aufgebraucht, das Gas ebenfalls. An diesem Morgen hatte sie einen Brühwürfel in kaltes Wasser gerührt und dann seine salzigen, halb aufgelösten Körnchen getrunken und nur mit Mühe den Würgereiz unterdrückt. Ihre Lippe war mehr oder weniger verheilt, aber wenn sie in den kleinen Spiegel blickte, kam ihr die wulstige Narbe wie ein höhnisches Lächeln vor. Das würde ihm gar nicht gefallen. Außerdem hatte sie das Gefühl, dass sie zu stinken begann, obwohl sie immer noch versuchte, das harte Stückchen Seife in ihre Haut zu reiben, und auch in ihre paar Kleidungsstücke, die sie anschließend wie nasse Lappen zum Trocknen in der ganzen Kabine verteilte. Aber nichts trocknete mehr richtig.

Wie lange ging das nun schon? Sie nahm ihren Kalender mit den Bäumen, hielt ihn vor das schmale Fenster und kniff die Augen zusammen. Fast den ganzen Januar und mehr als den halben Februar. Allerdings hatte sie wohl irgendwann aufgehört, die Tage anzukreuzen. Womöglich war ja schon März. Vielleicht kam bald der Frühling mit seinen Narzissen, frischen Knospen und warmen Sonnenstrahlen. Aber das glaubte sie nicht. Es fühlte sich nicht nach Frühling an.

Trotzdem dauerte es zu lang, selbst wenn noch Februar war. Achtundzwanzig Tage, in einem Schaltjahr sogar neunundzwanzig. War dieses Jahr ein Schaltjahr? Man konnte einen Mann durchaus fragen, ob er einen heiraten wollte. Aber man konnte ihn das nicht fragen, wenn er nicht da war. Allein. Allein in einer Welt voller grausamer Fremder und scheinheilig lächelnder Gesichter. Was hatte er gesagt? »Ich komme immer wieder zurück. Wenn ich irgendwann nicht mehr komme, weißt du, dass sie mich erwischt haben.« Dann hatte er sie auf die Stirn geküsst. Tapfer. Sie musste auch tapfer sein. Sie musste ohne ihn weitermachen und die Dinge tun, die er hatte tun wollen. Sie war die Zündschnur. Er hatte sie entzündet. Sie war die Zeitbombe – und er hatte sie zum Ticken gebracht. Etwas anderes gab es jetzt nicht mehr.

27

In den vergangenen zwei Wochen war Joe Franklin in einem wesentlich besseren Zustand gewesen als die Monate oder sogar Jahre zuvor. An diesem Tag trug er eine Jeans und ein gebügeltes Hemd, seine Schnürsenkel waren gebunden, seine Fingernägel sauber und geschnitten, seine Haare gekämmt, Kinn und Wangen frisch rasiert. Für gewöhnlich hing er vornübergebeugt auf seinem Sessel und hatte die Hände vors Gesicht geschlagen, so dass man kaum etwas von ihm sah. An diesem Tag jedoch lehnte er sich zurück und stützte den Kopf gegen die Rückenlehne wie ein frisch Genesener, der sich zwar noch schwach fühlte, gleichzeitig aber spürte, wie seine Lebensgeister langsam wieder erwachten. Er lächelte sogar zweimal – einmal, als er ihr erzählte, wie er als kleiner Junge immer die Teigschüssel ausgeleckt habe, und das zweite Mal, als er ihr berichtete, dass er abends Besuch von einem Freund erwarte und sie miteinander Seeigel essen wollten. »Wussten Sie, dass man Seeigel essen kann?« Nein, dass hatte Frieda nicht gewusst. Ihr fiel auf, wie sehr sich sein Gesicht veränderte und wie viel weicher seine Züge wirkten, wenn sie nicht mehr von Schmerz geprägt waren. Dann sah er gleich um Jahre jünger aus.

Nach Joe kam Alison, eine Schauspielerin, die zwei Jahre zuvor plötzlich von einem akuten, lähmenden Lampenfieber befallen worden war. Sie hatte sich bereits hypnotisieren lassen, einen Heiler um Hilfe gebeten und eine Verhaltenstherapie gemacht. Nun war sie auf Friedas Sessel gelandet, wo sie derart verkrampft dasaß, dass ihre Fingerknöchel weiß hervortraten, während sie herauszufinden versuchte, was ihr eine solche Angst machte.

Die letzte Sitzung an diesem Vormittag hatte Frieda mit einem Mann mittleren Alters, der Gordon hieß und nur zwischen den Fingern hindurchflüsterte, als würde er sich ganz schrecklich schämen. Er war gefangen im Netz seiner eigenen Unsicherheiten und Hemmungen, blockiert durch die Knoten, in die er sich selbst eingeschnürt hatte, und Friedas Aufgabe war es nun, sich in seine Welt hineinzubegeben und ihn wieder herauszuholen. Manchmal hatte sie das Gefühl, als versuchte sie eine Burg zu bauen, indem sie mühsam ein Sandkorn auf das andere fügte.

Als die Sitzung zu Ende war, öffnete sie ein paar Augenblicke das Fenster, atmete gierig die feuchtkalte Luft ein und ließ sich vom Wind durchblasen. Auf der freien Fläche gegenüber hatten die Bauarbeiten noch immer nicht begonnen, aber sie sah, dass sich ein paar Jugendliche aus irgendwelchen Brettern einen kleinen Verschlag gezimmert hatten. Während Frieda den Blick schweifen ließ, kamen drei Jungs angelaufen und zwängten sich durch eine Öffnung in das wackelige Bauwerk. Frieda fiel ein, dass die Woche schulfrei war: Chloë hatte in sehr entschiedenem Ton verkündet, dass diesen Freitag keine Chemienachhilfe angesagt sei, weil sie schließlich Ferien habe.

Sie schloss das Fenster wieder und machte sich ihre Notizen zur letzten Sitzung, doch noch ehe sie damit fertig war, klingelte das Telefon. Es war Josef. »Wo bist du?«, fragte sie.

»Bei der Frau«, antwortete er. »Misses Orton. Am Haus ist viel zu tun, ich bessere hier und dort etwas aus.«

»Geht es ihr gut?«

»Kannst du kommen?«

»Gibt es ein Problem?«

Josef antwortete etwas, aber die Verbindung war entweder so schlecht, oder er sprach so leise, dass Frieda nichts verstand.

»Könntest du bitte lauter sprechen?«, bat sie. »Ich kann nicht hören, was du sagst.«

»Du solltest besser herkommen«, erwiderte Josef. »Hast du gleich Zeit?«

»Stimmt etwas nicht?«

»Kannst du gleich kommen?«

Frieda gab auf. »Ja«, seufzte sie, »ich kann gleich kommen.«

Ein Mann, den Frieda nicht kannte, machte ihr auf. Frieda schätzte ihn auf gut fünfzig, sein Haar lichtete sich bereits etwas. Er trug eine graue Kordhose und ein kariertes Hemd. Stirnrunzelnd ließ er sie hinein.

»Ich bin Robin Orton«, stellte er sich vor, während er sie in die Küche führte, wo Mary mit einem zweiten Mann am Tisch saß. Er war ebenfalls sportlich gekleidet: Zu einer schwarzen Jeans trug er einen marineblauen Pulli, dessen Reißverschluss er bis unters Kinn hochgezogen hatte. Er war etwas älter, etwas stämmiger und auch noch etwas kahler als der andere Mann. Frieda fühlte sich wie in einem Büro, wo gerade Antianzugtag war, obwohl die Angestellten sich im Anzug viel wohler gefühlt hätten. »Das ist mein Bruder Jeremy«, stellte Robin ihn vor.

»Bitte setzen Sie sich«, sagte Jeremy.

Frieda ließ sich am Tisch nieder. Inzwischen kam sie sich vor, als wäre sie aus Versehen in ein Bewerbungsgespräch geraten.

»Hallo, Frieda«, begrüßte Mary Orton sie mit einem nervösen Lächeln. »Ich habe gerade Kaffee gemacht. Möchten Sie eine Tasse?«

Frieda nickte. Die alte Dame schenkte eine Tasse ein und reichte sie ihr auf einer Untertasse.

»Und vielleicht auch ein Stück Kuchen? Beim letzten Mal hat er Ihnen doch so gut geschmeckt.«

»Ja, das wäre schön«, antwortete Frieda, »aber nur ein ganz kleines Stück.« Sie nahm einen Schluck von dem schon ziemlich kalten Kaffee. Dabei war ihr sehr bewusst, dass sie von drei Augenpaaren gemustert wurde. »Josef Morosow hat mich gebeten zu kommen«, erklärte sie.

Jeremy verschränkte die Arme. Er war offensichtlich der ältere Bruder und hatte das Sagen. »Ja, wir haben schon mit ihm gesprochen. Sie müssen entschuldigen, aber könnten wir vielleicht erst einmal die ganz grundlegenden Dinge klären? Würden Sie uns bitte genau erläutern, was Sie mit meiner Mutter zu tun haben?«

Frieda schwieg einen Moment. Das war eine überraschend schwierige Frage. »Ein Mann, der für Ihre Mutter gearbeitet hatte, wurde ermordet.« Sie sah Mary Orton an. Es war ihr peinlich, über sie zu sprechen, als wäre sie nicht anwesend. »Ich war an der Befragung von Misses Orton beteiligt.«

»Sagen Sie doch bitte Mary«, warf Mary Orton ein.

»Sind Sie Polizistin?«, fragte Jeremy.

»Nein, ich arbeite nur mit ihr zusammen. Sozusagen in beratender Funktion.«

»Können Sie sich ausweisen?«

»Als was?«

»Als offizielle Mitarbeiterin der Polizei.«

Frieda bemühte sich um einen möglichst ruhigen Ton. »Nein, aber wenn Sie irgendwelche Fragen haben, kann ich Ihnen eine Telefonnummer geben. Im Moment bin ich nur hier, weil Josef mich angerufen hat. Ich dachte, es gäbe ein Problem.«

»Es gibt alle möglichen Probleme«, entgegnete Jeremy. »Dazu kommen wir noch. Aber vorher reden wir über diesen Josef. Er ist auf Ihre Empfehlung hin hier, ist das richtig?«

»Ja, das ist richtig.«

»Ist das ein offizieller Service, der zu Ihrer Polizeiarbeit gehört?«

Frieda runzelte die Stirn. »Nein. Bei Ihrer Mutter kam Wasser durchs Dach. Josef ist ein Freund von mir. Er ist ein guter Handwerker und sehr vertrauenswürdig. Falls Sie ein Problem mit seiner Anwesenheit haben, brauchen Sie es mir nur zu sagen. Oder noch besser, sagen Sie es ihm selbst.«

Die Brüder schauten sich an. Robin war neben der Küchentür stehen geblieben. Nun kam er herüber und setzte sich zu ihnen an den Tisch. Frieda fühlte sich plötzlich eingekreist.

»Bei uns hat der Familienrat getagt«, erklärte Robin. »Wir sind gar nicht begeistert über das, was unserer Mutter passiert ist.«

»Moment mal.« Frieda stellte ihre Kaffeetasse ab. »Ich wurde von Josef angerufen. Wo ist er?«

»Oben auf dem Dachboden«, antwortete Jeremy. »Sie können gerne hinaufgehen und nach ihm sehen, wenn Sie wollen.«

»Das mache ich gleich«, sagte Frieda. »Aber falls Sie tatsächlich ein Problem mit seiner Anwesenheit haben, dann lassen Sie es uns einfach wissen. So wie ich es sehe, tut er Mary einen Gefallen. Wenn Sie das anders sehen, dann sagen Sie es, und wir gehen.«

»So war das doch gar nicht gemeint.«

»Warum hat er mich dann angerufen?«

»Nun ja, als ich kam, war ich ziemlich überrascht, ihn hier vorzufinden. Ich habe ihn nach seinen Plänen gefragt, nach den Kosten und dem Kostenvoranschlag. Ich sollte vielleicht hinzufügen, Miss Klein, dass ich Buchhalter bin und mich mit diesen Dingen auskenne.«

»Als Josef das erste Mal hier war, kam oben der Regen durchs Dach«, erklärte Frieda. »Sie sollten froh sein, dass Ihre Mutter so schnell einen Handwerker gefunden hat.«

»Das interessiert mich eher am Rande«, gab Jeremy zurück. »Als ich diesen Mann hier antraf, wollte ich in erster Linie wissen, wer das organisiert hat und was hier bei meiner Mutter überhaupt los war.«

»Was glauben Sie denn«, konterte Frieda, »was hier los war?«

»Es ist eine Schande!«, antwortete Jeremy. »Dabei schaue ich doch von Zeit zu Zeit vorbei, um den Bürokram meiner Mutter zu erledigen und ihr bei der Ablage ihrer Kontoauszüge zu helfen.«

Friedas Blick schweifte zu den Fotos auf der Anrichte. Ihr fiel ein, was Mary Orton über ihre Enkel gesagt hatte. Dass die Fotos schon älter seien und die Kinder mittlerweile schon größer. »Wann haben Sie die Kontoauszüge Ihrer Mutter denn zum letzten Mal durchgesehen?«, fragte sie.

»Das ist schon eine Weile her«, räumte Jeremy ein. »Sechs Monate, würde ich sagen. Ich glaube, es war vor den Sommerferien. Ich lebe in Manchester, und Robin ist in Cardiff. Wir haben beide Familie. Wir kommen, sooft wir es schaffen.«

»Letzten Juli also?« Sie sah ihn an. »Vor sieben Monaten.«

»Ja. Vielleicht war es auch schon im Juni. Aber das ist nicht der Punkt. Der Punkt ist, dass meine Mutter Opfer eines Verbrechens wurde, und ich würde gerne wissen, ob da angemessen ermittelt wird.«

»Von welchem Verbrechen sprechen Sie jetzt?«, fragte Frieda.

Wieder wechselten die beiden Brüder rasch einen Blick.

»Soll das ein Witz sein?«, fragte Robin. »Dieser Robert Poole hat ihr mehr als hundertfünfzigtausend Pfund gestohlen. Hinzu kommt, dass er am Haus nicht das Geringste gemacht hat.«

Frieda warf einen Blick auf die alte Dame. Sie fühlte sich an die Situation erinnert, als sie bei Michelle Doyce saß und ihr Fall diskutiert wurde, als wäre sie gar nicht da. »Ich weiß nicht, ob das der richtige Zeitpunkt und der richtige Ort ist, um dieses Thema zu besprechen«, sagte Frieda.

»Wie meinen Sie das?« Jeremys Stimme wurde eine Spur lauter. »Wir haben einen Diebstahl entdeckt. Sie sind von der Polizei. Wir wollen wissen, was deswegen unternommen wird.«

»Da bin ich nicht die richtige Ansprechpartnerin«, erklärte Frieda. »Sie müssen sich direkt an die Polizei wenden.«

»Was tun Sie dann hier?«, fragte Jeremy.

»Ich bin hier, weil ich gebeten wurde herzukommen.«

»Laut meiner Mutter waren Sie diejenige, mit der sie gesprochen hat. Sie haben Ihre Auszüge durchgesehen und den Diebstahl entdeckt. Was für eine Rolle spielen Sie bei der ganzen Sache?«

»Ich habe eine unterstützende Funktion und helfe, wo ich kann – im Rahmen meines Fachbereichs.«

»Der da wäre?«

»Ich bin Psychotherapeutin.«

Jeremy starrte sie ungläubig an. »Psychotherapeutin?«

»Ja.«

»Und da vermitteln Sie Handwerker?«

Frieda holte ein weiteres Mal tief Luft. Sie wandte sich mit ihrer Antwort an Mary. »Ich habe Ihnen Josef empfohlen, weil er ein Freund von mir ist. Falls Sie mit ihm oder seiner Arbeit nicht zufrieden sind, dann sagen Sie es mir einfach.«

»Oh, nein, nein!«, entgegnete Mary hastig. »Er macht seine Sache hervorragend. Ich habe ihn gern im Haus. Er hat mir von seiner Familie in der Ukraine erzählt. Der Ärmste macht gerade eine schwere Zeit durch.«

»Wobei sie natürlich nicht oben auf dem Dachboden war«, wandte Robin ein, »um seine Arbeit zu überprüfen.«

»Sie können jederzeit hinaufgehen«, konterte Frieda, »und wenn Sie irgendwelche Beschwerden haben, lassen Sie es mich wissen.«

»Wir werden ihm schon auf die Finger schauen«, sagte Jeremy.

»Haben Sie Robert Poole je kennengelernt?«

Jeremy verneinte. »Ich habe Ihnen doch gesagt, dass wir seit letztem Sommer nicht mehr hier waren.«

»Nein«, widersprach Frieda. »Sie haben nur gesagt, dass Sie die Kontoauszüge seitdem nicht mehr durchgesehen haben. Ich dachte, Sie hätten vielleicht hin und wieder mal die Kinder hergefahren, damit sie ein Wochenende oder ein paar Ferientage in London verbringen können, oder so was in der Art.«

»Wir wohnen weit weg von London.«

»Und Sie?«, wandte Frieda sich an Robin.

»Ich hatte sehr viel zu tun.« Robins Gesicht war rot angelaufen.

»Auch an Weihnachten?«, fragte Frieda in sanftem Ton. »Was war Weihnachten?«

»An Weihnachten ist bei denen immer so viel los«, warf Mary Orton rasch ein. »Jeremy geht da Skifahren, nicht wahr, mein Lieber? Und Robin …« Sie verstummte. Verlegen zupfte sie an ihrem Pulli herum.

Für einen Moment herrschte Schweigen. Frieda wandte sich wieder an die Brüder. »Sie haben ihn also nie gesehen?«

»Nein.«

»Wussten Sie von den Arbeiten am Haus?«

»Nein, woher denn?«

Frieda zuckte leicht mit den Achseln. »Immerhin hat Ihre

Mutter größere Renovierungsmaßnahmen am Haus durchführen lassen. Ich dachte, Sie hätten vielleicht mal am Telefon darüber gesprochen.«

»Nein, das haben wir nicht«, entgegnete Jeremy, »denn eines dürfen Sie mir glauben: Wäre dem so gewesen, dann hätten wir beide hier garantiert nach dem Rechten gesehen und uns davon überzeugt, dass es ordentlich gemacht wird.«

»Ich bin mir sicher, dass ich es mal erwähnt habe«, wandte Mary Orton mit schwacher Stimme ein.

»Nein, das hast du nicht, Ma«, widersprach Robin.

Frieda wandte sich ihr zu. »Bei unserem letzten Gespräch haben Sie mir erzählt, Ihr Mann sei bereits vor langer Zeit gestorben. Wie viele Jahre leben Sie denn schon allein?«

»Dad ist vor fünf Jahren gestorben«, kam Jeremy seiner Mutter zuvor. »Er steht da drüben auf der Anrichte.« Er grinste, weil Frieda ihn so verdutzt anstarrte. »In dem Holzding dort. Dem Gefäß, das aussieht wie eine Kaffeekanne. Es ist schon seltsam, so was in der Küche zu haben.«

»Ich rede manchmal mit ihm«, erklärte Mary Orton.

»In ihrer Gegenwart solltest du aufpassen, was du sagst.« Robin deutete auf Frieda. »Sie findet es vielleicht nicht gut, wenn eine alte Frau mit einer Urne spricht.«

»Warum sollte ich das nicht gut finden?«, mischte Frieda sich ein.

»Brauchbare finanzielle Ratschläge bekommt man von dem Ding vermutlich nicht«, bemerkte Jeremy. »Apropos, was unternimmt die Polizei eigentlich wegen dieses Diebstahls?«

»Ihnen ist aber schon klar, dass hier in einem Mordfall ermittelt wird, oder?«, fragte Frieda.

»Und Ihnen ist sicher klar«, entgegnete Jeremy, »dass uns der kleine Fall von Betrug ein bisschen mehr Kopfzerbrechen bereitet. Wir würden gern von Ihnen wissen, wann unsere Mutter ihr Geld zurückbekommt.«

Frieda war versucht, die beiden Brüder darüber aufzuklären, dass das ganze Geld von Robert Pooles Konto verschwunden sei, dieser das Konto im Übrigen unter falschem Namen geführt habe und auch noch gar nicht feststehe, ob es sich überhaupt um einen Fall von Diebstahl handle. Aber sie riss sich am Riemen. »Ich fürchte, ich kann Ihnen über den Stand der Ermittlungen keine Auskunft geben. Über die Einzelheiten bin ich selbst nicht informiert. Sie werden sich an den leitenden Beamten wenden müssen.« Die Vorstellung, dass Karlsson gezwungen sein würde, sich mit den Gebrüdern Orton herumzuschlagen, bereitete ihr ein gewisses grimmiges Vergnügen.

»Sie klingen nicht sehr mitfühlend«, stellte Jeremy fest.

»Ich tue, was ich kann«, erwiderte Frieda. »Es handelt sich hier nicht um einen Wettbewerb in Mitgefühl, aber ich habe zumindest dafür gesorgt, dass es nicht mehr durchs Dach regnet.«

»Was glauben Sie eigentlich, wie sich das anfühlt, wenn man feststellen muss, dass die eigene Mutter um ihre ganzen Ersparnisse gebracht worden ist?« Jeremy deutete mit dem Zeigefinger auf Frieda.

»Tja …«

»Das war eher eine rhetorische Frage«, schnitt er ihr das Wort ab. »Ich muss sagen, dass ich nicht den Eindruck habe, dass Sie den Fall wie ein richtiges Verbrechen behandeln.«

»Ich bin keine Polizistin.«

»Sie scheinen sich aber die meiste Zeit wie eine zu benehmen. Was diesen Mann betrifft, der meiner Mutter das Geld abgeknöpft hat, wirken Sie ziemlich gelassen.«

»Das fällt nicht wirklich in mein …«

»Außerdem«, unterbrach er sie und nahm dabei einen ungesunden Rotton an, »ist das ja nicht das Einzige, was er gemacht hat. Stimmt's, Ma?«

»Was wollen Sie damit sagen?«

»Bitte«, sagte Mary Orton, »bitte nicht!«

»Er hat darüber hinaus versucht, sie dazu zu bringen, ihr Testament zu ändern und ihm ein Drittel Ihres gesamten Besitzes zu hinterlassen.«

»Was?«

»Nein, Jeremy«, protestierte Mary Orton, »ich habe das nicht… ich konnte es nicht…« Sie hatte ein hochrotes Gesicht, und aus den Augenwinkeln liefen ihr Tränen.

»Ist schon gut, Ma.« Jeremy tätschelte ihr die Hand, als wäre sie ein alter Hund. »Es war nicht deine Schuld. Der Mann hatte dich völlig unter seiner Fuchtel. Du wusstest doch gar nicht mehr, was du tust.«

»Mary«, wandte Frieda sich an die alte Dame, »ist es Ihnen denn überhaupt recht, wenn wir über das Thema sprechen?« Mary Orton nickte, sagte aber nichts. Frieda sah Jeremy an. »Bitte erklären Sie mir das. Die Sache mit dem Testament.«

»Ich habe es Ihnen doch schon gesagt. Ich habe Mas Papiere durchgesehen. Dabei bin ich auch auf Briefe einer Anwältin gestoßen. Es ging darin um eine Testamentsänderung. Ma besitzt zusätzlich zum Haus noch Wertpapiere, es handelte sich also um einen recht schwerwiegenden Schritt. Zum Glück hatte sie ein Einsehen.«

»Mary hat es sich anders überlegt?«

»Nein«, sagte Jeremy. »Die Anwältin hat es nicht durchgezogen. Sie hat Einwände erhoben. Wahrscheinlich hat sie einen Riecher für Ratten und geahnt, dass der Kerl Dreck am Stecken hatte. Ich wünschte, jemand hätte das ein bisschen früher gemerkt. Wenn jemand versucht, eine hilfsbedürftige alte Frau dazu zu bringen, ihr Testament zugunsten von jemandem zu ändern, den sie kaum kennt, gilt das dann eigentlich als Verbrechen?«

»Keine Ahnung«, antwortete Frieda. »Haben Sie mit der Anwältin gesprochen?«

»Ich habe die Briefe gelesen. Und Ma danach gefragt. Der Kerl hat versucht, sich an ihr zu bereichern!«

Am liebsten hätte Frieda gesagt: »Ihre Mutter befindet sich im Raum.« Jeremy Orton behandelte die alte Frau, als wäre sie geistig ein wenig minderbemittelt oder des Sprechens nicht mächtig. Ihn darauf aufmerksam zu machen, hätte für sie jedoch eine zusätzliche Demütigung bedeutet. »Kann ich die Briefe sehen?«, fragte Frieda stattdessen.

Obwohl sie sich dabei an Mary Orton gewandt hatte, nickte Jeremy zu seinem Bruder hinüber, der daraufhin eine Aktenmappe aus seiner Tasche zog und sie Frieda reichte. Sie schlug sie auf und blätterte die offiziell aussehenden Briefe durch. Bei einem davon handelte es sich um eine Rechnung. Sie spürte jemanden hinter sich: Robin las über ihre Schulter mit.

»Dreihundert Pfund«, stellte er fest. »Diese Frau berechnet dreihundert Pfund dafür, dass sie ein Testament nicht ändert. Ich frage mich, was sie verlangt hätte, wenn sie es geändert hätte.«

Friedas Blick wanderte zur Unterschrift. Tessa Welles. Sie notierte sich Namen und Adresse. »Für mich klingt das trotzdem nach einem Schnäppchen«, bemerkte sie.

»Ich weiß, worauf Sie hinauswollen«, gab Robin ihr recht. »Zumindest hat da jemand auf meine Mutter geschaut.«

»Haben Sie das gerade erst entdeckt?«

»Wie meinen Sie das?«

»Vorher wussten Sie beide nichts von der Sache mit dem Testament?«

»Nein«, antwortete Jeremy.

»Nein«, bestätigte Robin, »natürlich nicht.«

Die Küchentür ging auf, und Josef kam herein. Er wirkte müde, lächelte aber bei Friedas Anblick. »Ich wusste nicht, dass du schon da bist.«

»Ich wäre gleich hinaufgekommen.«

»Na, was haben Sie oben denn alles gemacht?«, wollte Jeremy wissen.

»Das Dach ist ausgebessert«, erklärte Josef, »noch nicht dauerhaft repariert, aber ausgebessert, damit kein Wasser mehr durchkommt.«

»Haben Sie meiner Mutter einen Kostenvoranschlag gemacht?«

Josef starrte Jeremy verwirrt an.

»Apropos«, fuhr Jeremy an Frieda gewandt fort, »mir ist nicht ganz klar, wie Sie dazu kommen, im Haus meiner Mutter Arbeiten zu vergeben.«

»Im Dach war ein Loch«, antwortete Frieda, »und Sie waren in Manchester.«

»Verstehe.« Jeremy klang plötzlich recht barsch. »Damit wollen Sie wohl sagen, dass Sie und dieser Mann sich um meine Mutter gekümmert haben, ich aber nicht?«

»Bitte, Jeremy«, mischte Mary sich ein, »die beiden wollten mir doch nur ...«

»Das spielt keine Rolle«, fiel er ihr ins Wort. An Frieda gewandt fuhr er fort: »Wie würden Sie sich denn fühlen, wenn jemand das mit Ihrer Mutter machen würde?«

»Wie haben *Sie* sich gefühlt?«, entgegnete Frieda.

»Was glauben Sie denn?«

»Es tut mir leid«, meldete Josef sich zu Wort. »Ich bin fertig.«

»Ehrlich gesagt«, antwortete Mary, »hatte ich gehofft, Sie würden sich noch ein paar andere Dinge ansehen. Der Boiler gibt so ein komisches Geräusch von sich, und eines von den oberen Fenstern lässt sich nicht mehr richtig schließen.«

Josef warf einen argwöhnischen Blick zu Robin und Jeremy hinüber.

»Mich brauchen Sie da nicht zu fragen«, sagte Jeremy. »Mein Haus ist es nicht.«

»Kommen Sie, ich zeige es Ihnen.«

Während Mary und Josef gemeinsam die Küche verließen, blickte Frieda auf die Adresse hinunter, die sie in ihr Notizbuch geschrieben hatte. »Princes Road. Ist das hier in der Nähe?«

»Gleich um die Ecke«, antwortete Robin. »Poole hat Ma einfach zum nächstbesten Notar geschleppt, nur ein Stück die Straße rauf. Er dachte wohl, das wird ein Kinderspiel.«

»Darf ich Ihr Telefon benutzen?«, fragte Frieda.

»Haben Sie denn kein Handy?«

»Zumindest nicht bei mir.«

Robin deutete auf das Telefon, das in einer Halterung an der Wand steckte.

Es waren mehrere Anrufe und wiederholte Erklärungen nötig, und dann musste Frieda noch vierzig Minuten höchst unangenehmen Schweigens ertragen, bis endlich Yvette mit ihrem Fahrer eintraf und Frieda abholte. Sie wirkte nicht sehr glücklich, Frieda zu sehen. »Sie müssen es uns vorher sagen«, erklärte sie, »wenn Sie mit Zeugen sprechen.«

»Ich hatte eigentlich gar nicht vor, mit Zeugen zu sprechen«, gab Frieda zurück. »Josef arbeitet in Mary Ortons Haus und hat mich angerufen, weil es ein Problem mit ihren Söhnen gab. Ich war nicht der Meinung, dass es mit dem Fall zu tun hatte.«

Yvette saß auf dem Beifahrersitz, Frieda hinten. Sie kam sich vor wie ein Kind, das von zwei erbosten Erwachsenen abtransportiert wurde.

»Sie können nicht einfach auf eigene Faust ermitteln«, wies Yvette sie erneut zurecht.

Frieda gab ihr keine Antwort. Schließlich kam der Wagen vor einer Reihe von Geschäften zum Stehen. »Soll ich mit reinkommen?«, brach Frieda das Schweigen.

»Wenn Sie wollen«, meinte Yvette achselzuckend.

Die beiden Frauen stiegen aus. Tessa Welles' Büro war auf den ersten Blick nicht zu sehen. In Nummer zweiundfünfzig befand sich ein Laden, in dem man Fliesen, Vasen, Krüge und Kaffeetassen kaufen konnte. Zweiundfünfzig B entpuppte sich als kleine grüne Tür links davon. Als Long klingelte, wurde ihnen per Türöffner aufgemacht. Die beiden stiegen eine schmale Treppe hinauf. Oben befand sich ein Vorzimmer mit einem Schreibtisch, einem Computer, ordentlich gestapelten Akten und einem Stuhl. Dahinter schwang eine Tür auf, und eine Frau kam heraus. Frieda schätzte sie auf Ende dreißig. Sie hatte volles, langes, rotblondes Haar, das sie locker zurückgesteckt hatte, als wollte sie es einfach nur aus dem Weg haben, und ein bleiches, völlig ungeschminktes Gesicht mit blassen Sommersprossen auf dem Nasenrücken. Der Blick ihrer graublauen Augen wirkte recht wach. Sie trug ein anthrazitgraues Etuikleid, dicke, gemusterte Strümpfe und Stiefeletten. Sie begrüßte die beiden Frauen mit einem leicht erschöpften Lächeln. »Ich bin Tessa Welles«, stellte sie sich vor. »Möchten Sie nicht hereinkommen? Ich habe gerade eine Kanne Kaffee gemacht, falls Sie eine Tasse wollen.«

Sie führte sie in das wesentlich unordentlichere Hauptbüro, dessen Fenster auf die Straße hinausging. Auf ihrem Schreibtisch stapelten sich die Akten, und in den Regalen standen weitere Akten in dicken Ordnern und reihenweise juristische Fachbücher. An den Wänden hingen Zertifikate und Fotos: Tessa Welles mit einer Gruppe von Leuten im Restaurant, Tessa Welles an irgendeinem Strand, Tessa Welles bei einer Radtour, umringt von anderen Radfahrern und im Hintergrund Berge. Außerdem entdeckte Frieda zwei Gemälde, die sie sich selbst auch an die Wand gehängt hätte. Während Tessa ihnen Kaffee einschenkte, stellte Yvette erst sich selbst vor und dann Frieda als »zivile Assistentin«.

»Arbeiten Sie allein?«, fragte Yvette, nachdem sie einen Schluck von ihrem Kaffee genommen hatte.

»Ich habe auch eine Assistentin, Jenny, die aber nur halbtags kommt. Heute ist sie nicht da.«

»Misses Welles«, begann Yvette.

»Miss.«

»Verzeihung, Miss. Mitte November vergangenen Jahres lernten Sie eine Frau namens Mary Orton und einen Mann namens Robert Poole kennen. Es ging um eine Testamentsänderung. Erinnern Sie sich?«

Der Anflug eines Lächelns huschte über Tessas Gesicht. »Ja, ich erinnere mich.«

»Bitte entschuldigen Sie meine Neugier«, fuhr Yvette fort, »aber was ist daran lustig?«

»Gar nichts«, antwortete Tessa, »es ist eigentlich gar nicht lustig. Geht es hier um einen Fall von Betrug?«

»Wie kommen Sie darauf?«

»Ich weiß nicht. Mir ist hauptsächlich in Erinnerung geblieben, dass ich bei dem Mann ein ungutes Gefühl hatte. Irgendwie kam er mir ein bisschen vor wie ein Windhund. Was ist passiert? Ermitteln Sie tatsächlich wegen Betrugs?«

»Nein, wegen Mordes«, erwiderte Yvette. »Jemand hat ihn ermordet.«

Tessa starrte sie geschockt an. »Ach, du lieber Himmel! Es tut mir leid, ich hatte ja keine Ahnung, ich …«

»Ein Windhund, haben Sie gesagt.«

»Nein, nein.« Tessa hob abwehrend die Hände. »Es war nicht meine Absicht, ihn schlechtzumachen. Eigentlich weiß ich gar nichts über ihn.«

»Wie war das dann gemeint?«

Tessa holte tief Luft. »Wenn jemand ein Testament zugunsten einer Person ändert, die kein Familienmitglied ist, dann lässt das bei mir immer die Alarmglocken schrillen.«

»Wie haben Sie reagiert?«

Sie runzelte die Stirn, als müsste sie erst ihr Gedächtnis durchforsten. »Ich glaube, ich habe es einfach nur mit den beiden durchgesprochen … das heißt, vor allem mit der Frau. Ich fragte sie nach ihren Beweggründen: Warum sie das Testament ausgerechnet zu dem Zeitpunkt ändern wolle, ob sie es sich gut überlegt habe, ob sie mit ihrer Familie darüber gesprochen habe und so weiter.«

»Und was hat Misses Orton gesagt?«

»Daran kann ich mich nicht mehr genau erinnern«, antwortete Tessa. »Ich hatte den Eindruck, dass sie sich von ihrer Familie im Stich gelassen fühlte. Ich glaube, der Mann hatte deren Stelle eingenommen.«

»Was hat Poole während dieser Besprechung gesagt?«

»Nicht viel. Er benahm sich wie ein aufmerksamer, hilfsbereiter Sohn, hielt sich ansonsten aber im Hintergrund.«

»Wo lag dann das Problem?«, mischte Frieda sich ein.

Yvette musterte sie mit gerunzelter Stirn.

»Was?« Tessa wirkte perplex.

»Sie sind doch Anwältin«, sagte Frieda. »Wenn jemand sein Testament ändern möchte und damit zu Ihnen kommt, ist es dann nicht eigentlich Ihr Job, einfach zu tun, was die betreffende Person möchte, und das Testament entsprechend zu ändern?«

Tessa lächelte einen Moment. Dann wurde ihr Blick nachdenklich. »Ich bin Familienanwältin«, erklärte sie. »Ich beschäftige mich mit Eigentumsübertragungen, Testamenten und Scheidungen. Mit Menschen, die Häuser kaufen, heiraten und sterben. Ich weiß noch, dass während des Studiums mal ein Dozent zu mir gesagt hat, wenn ich eine juristische Arbeit wolle, die Ähnlichkeit mit dem Theater habe, solle ich Prozessanwältin werden, aber wenn ich die Geheimnisse der Leute entdecken möchte, ihre tiefsten Gefühle und Leidenschaften, dann müsse ich Rechtsanwältin werden.«

»Oder Psychotherapeutin«, warf Yvette ein.

»Nein«, winkte Tessa ab, »ich kann den Leuten wirklich helfen.«

Yvette bedachte Frieda mit einem verstohlenen Lächeln, das Tessa jedoch nicht entging. »Oje, Sie sind doch nicht etwa ...«, begann sie.

»Doch, ist sie«, bestätigte Yvette.

»Entschuldigen Sie bitte, das war eine dumme Bemerkung von mir. Ich habe es nicht so gemeint.«

»Ist schon gut«, beruhigte sie Frieda. »Sie haben gerade davon gesprochen, Menschen zu helfen.«

»Ja. Ich habe beispielsweise viel mit Paaren zu tun, die sich scheiden lassen wollen, und manchmal reden sie mit mir auf eine Weise, wie sie es mit niemandem sonst können. Nicht einmal miteinander.«

»Was hat das mit Mary Orton zu tun?«, wollte Frieda wissen. »Warum haben Sie das Testament nicht einfach für sie geändert?«

»Weil ich es nicht als meine Aufgabe betrachte, solche wichtigen Dinge ›einfach‹ für jemanden zu erledigen«, erwiderte Tessa. »Ich rede immer mit den Leuten und versuche herauszufinden, was sie wirklich brauchen.«

»Und was brauchte Mary Orton?«, fragte Frieda.

»Sie war einsam, das merkte man gleich, und sie brauchte Unterstützung. Ich schätze, eigentlich hätte sie ihre Familie gebraucht. Mein Eindruck war, dass dieser Mann die Leerstelle genutzt hatte und sich an ihr bereichern wollte.«

»Warum haben Sie das nicht der Polizei gemeldet?«

»Sie hat es nicht der Polizei gemeldet«, mischte Yvette sich ein, »weil eine Testamentsänderung kein Verbrechen ist.«

»Ja, das stimmt«, bestätigte Tessa. »Ich habe versucht, mit Misses Orton über ihre Beweggründe zu sprechen. Ihr schien das Ganze sehr peinlich zu sein, sie wirkte richtig bekümmert. Sie hat mir leidgetan.«

»Wie verhielt sich Robert Poole?«, fragte Yvette.

»Er behauptete, es sei nicht seine Idee gewesen, sondern der Wunsch von Misses Orton, und ihr liege sehr viel daran.«

»Der Typ hatte vielleicht Nerven!«, entfuhr es Yvette, die sich sofort auf die Unterlippe biss. »Wie ging es dann weiter?«, fragte sie in ruhigerem Ton.

»Ich erklärte Misses Orton, dass sie da einen großen Schritt vorhabe und sie sich das gut überlegen solle. Vermutlich habe ich sie außerdem darüber informiert, dass die Gefahr eines Rechtsstreits bestehe, falls sie sich dazu entscheiden sollte, ihrer Familie gar nichts zu hinterlassen und alles anderweitig zu vererben.«

»Und?«

»Das war alles«, antwortete Tessa. »Die beiden sind gegangen, und ich habe nichts mehr von ihnen gehört.«

»Waren Sie wegen der Sache schockiert?«, fragte Yvette.

Tessa zog ein Gesicht und schüttelte dann den Kopf. »Früher wäre ich es gewesen. Während meiner Anfangsjahre, in denen ich zum ersten Mal so richtig mitbekam, was Ehemänner über ihre Ehefrauen sagen und umgekehrt und was Menschen ihren eigenen Familien alles antun, verlor ich alle meine Illusionen. Manchmal kommt es mir vor, als wäre ich mit riesigen, gefährlichen Maschinen konfrontiert, die kurz vor dem Auseinanderfallen sind, und ich kann nichts anderes tun, als sie mit kleinen Stückchen Klebeband zu versehen, in der Hoffnung, dass sie dann noch eine Weile halten.«

»Welchen Eindruck hatten Sie von Robert Poole?«, fragte Yvette.

»Das habe ich Ihnen doch schon gesagt. Obwohl er sehr höflich war und Mary Orton ihm offensichtlich vertraute, hatte ich das Gefühl, dass mit ihm etwas nicht stimmte. Ich tat, was ich konnte, aber mir war natürlich klar, dass er sich möglicherweise einen anderen Anwalt suchen würde, um das Testament ändern zu lassen. Oder die beiden würden einfach gemeinsam etwas aufsetzen und einen beliebigen Zeugen hinzuziehen. Man kann den Leuten nur bis zu einem gewissen Grad helfen. Irgendwo ist eine Grenze.«

»Was ging Ihnen durch den Kopf, als Sie hörten, dass er ermordet worden war?«

»Ich weiß nicht, worauf Sie hinauswollen«, antwortete Tessa. »Selbstverständlich war ich schockiert. Ich kann es noch immer nicht glauben.«

»Warum, meinen Sie, wurde er umgebracht?«

»Mein Gott, keine Ahnung. Ich weiß nicht das Geringste über sein Leben.«

»Aber Sie haben ihn in Aktion erlebt«, sagte Yvette. »Was, wenn er etwas Derartiges bei der falschen Person versucht hat?«

»Ja, wer weiß«, gab Tessa ihr recht. »Aber ich hatte nur eine einzige kurze Begegnung mit ihm. Danach habe ich die ganze Geschichte schnell wieder vergessen und überhaupt nicht mehr an ihn gedacht. Bis jetzt. Was seine Ermordung betrifft, kann ich Ihnen nicht weiterhelfen, falls Sie darauf hinauswollen. Wie hat denn Mary Ortons Familie reagiert?«

»Die waren nicht begeistert«, antwortete Frieda, »ganz und gar nicht begeistert.«

»Das überrascht mich nicht.«

»Die meisten Leute fanden Robert Poole charmant«, fuhr Frieda fort. »Hatte er auf Sie nicht diese Wirkung?«

Wieder lächelte Tessa leicht. »Nein. Wahrscheinlich habe ich ihn in der falschen Situation kennengelernt, um seinem Charme zu erliegen.«

Yvette erhob sich. »Vielen Dank, Miss Welles«, sagte sie. »Ich glaube, das wäre vorerst alles.«

Frieda blieb sitzen. »Ich würde Tessa gerne noch etwas fragen«, erklärte sie Yvette. »Es hat nichts mit dem Fall zu tun. Ist es in Ordnung, wenn ich kurz allein mit ihr spreche?« Yvette bedachte sie mit einem wütenden Blick. »Es dauert nur eine Minute«, fügte Frieda in sanftem Ton hinzu.

Yvette drehte sich wortlos um und stürmte hinaus. Frieda hörte sie die Treppe hinunterpoltern. Tessa sah Frieda fragend an. »Alles in Ordnung?«

»Zwischen uns gibt es noch leichte Reibereien. Ich bin gerade erst ernannt worden.«

»Wozu ernannt?«

»Das ist eine gute Frage. Aber ich wollte eigentlich etwas völlig anderes mit Ihnen besprechen. Ich fand sehr interessant, was Sie vorhin über Ihre Arbeit gesagt haben. Dass Sie die Geheimnisse der Leute erfahren und sie beraten …«

»›Beraten‹ habe ich nicht direkt gesagt.«

»Wie auch immer, meine Schwägerin versteht sich sehr schlecht mit ihrem Exmann, meinem Bruder, und bräuchte dringend ein bisschen Beratung, wie sie mit der Situation umgehen soll.«

Tessa lehnte sich zurück und verschränkte die Arme. »Auf welcher Seite stehen Sie bei der Sache?«

»Ich bin mir nicht sicher, ob ich überhaupt auf einer Seite stehe«, antwortete Frieda, »aber wenn ich mit den beiden in einem Ballon säße und einen von beiden hinauswerfen müsste, wäre es mein Bruder.«

Tessa lächelte. »Ich habe auch einen Bruder. Ich glaube, ich weiß, was Sie meinen.«

»Fällt so etwas denn in Ihr Ressort?«

»Das fällt genau in mein Ressort.«

»Ich bitte Sie nicht um einen Gefallen«, erklärte Frieda. »Wir würden zahlen wie jeder andere Klient auch. Könnten Sie mit ihr reden?«

»Selbstverständlich.«

Draußen an der Straße standen Yvette und der andere Beamte an den Wagen gelehnt und unterhielten sich. Frieda steuerte auf sie zu. Als Yvette sich nach ihr umwandte, konnte Frieda die Feindseligkeit, die sie ausstrahlte, fast körperlich spüren. »Gute Arbeit«, stieß Yvette zwischen zusammengebissenen Zähnen hervor. »Aber überlassen Sie das Ermitteln in Zukunft uns, ja?«

28

Ich weiß, was Sie glauben.«

»Und das wäre?«

»Sie glauben, dass er Hintergedanken hatte, stimmt's?«

»Wie kommen Sie darauf?«

»Hören Sie, ich bin doch nicht blöd. Ich weiß, wie ich auf Sie wirke – eine alternde Fernsehmoderatorin, die ihre beste Zeit längst hinter sich hat und nach einer Reihe gescheiterter Beziehungen alleine dasitzt, umgeben von lauter Andenken an ihre gar nicht so glorreiche Vergangenheit. Ich kann mich mit Ihren Augen sehen: mein gefärbtes Haar und all meine anderen kläglichen Versuche, um jeden Preis jung zu bleiben. Habe ich recht?«

»Nein, Sie haben nicht recht.«

»Was sehen Sie dann in mir?«

»Wie wäre es damit: eine erfolgreiche Frau, die es geschafft hat, sich in einem schwierigen Beruf zu behaupten und sich dabei ihre Würde und Selbstachtung zu bewahren.«

Die Züge von Jasmine Shreeve entspannten sich. Sie setzte sich Frieda gegenüber. »Entschuldigen Sie. Ich habe manchmal das Gefühl, mich verteidigen zu müssen.«

»Das ist schon in Ordnung.«

»Schätzen Sie mich wirklich so ein?«

»Ich weiß nicht genug über Ihr Leben, aber so kann man es durchaus auch sehen.«

»Sie gehen also nicht automatisch davon aus, dass Robbie nur daran interessiert war, Kapital aus mir zu schlagen?«

»Er hatte sich offenbar darauf spezialisiert, sich im Leben verwundbarer Menschen einzunisten«, erklärte Frieda, die daran denken musste, wie Mary Orton bei ihrer letzten Begegnung ausgesehen hatte – eine kleine, zusammengeschrumpfte Gestalt, flankiert von ihren beiden hochgewachsenen Söhnen.

»Sie halten mich also für verwundbar?«

»Wir sind alle auf die eine oder andere Art verwundbar. Poole hatte wohl ein besonderes Gespür für die Schwächen seiner Mitmenschen.«

»Zu mir war er sehr nett. Ich hatte das Gefühl, dass er mich mag.« Als Frieda nicht reagierte, versteifte sich Jasmine Shreeve wieder. »Ihr Psychologen geht grundsätzlich davon aus, dass unter jeder Oberfläche etwas schlummert – dass sich unter der Bedeutung, die wir den Dingen geben, immer noch eine andere Bedeutung verbirgt. Ich brauche nur zu sagen, dass er mich mochte, und schon sehe ich Ihre Augen aufleuchten. Bei Ihnen muss man sich jedes Wort gut überlegen.«

»Sind Sie wütend auf alle Therapeuten, weil Ihre eigene Therapie Ihnen nichts gebracht hat?«

»Wie bitte?«

»Vielleicht haben Sie ja das Gefühl, dass wir Antworten versprechen, in Wirklichkeit aber nur noch mehr Fragen aufwerfen.«

»Woher wissen Sie, dass ich in Therapie war? Wer hat da über mich geplaudert?«

Jasmine Shreeve wirkte nicht mehr nur wütend, sondern richtig erschrocken. Ihre Stimme zitterte, und sie hielt sich eine Hand vors Gesicht. Dabei handelte es sich um eine Geste des Selbstschutzes, die Frieda von ihren Patienten kannte.

»Niemand hat etwas über Sie ausgeplaudert. Es war nur eine Vermutung von mir.«

»Womit habe ich Sie darauf gebracht? Ich habe doch gar nichts gesagt! Was wissen Sie sonst noch über mich? Los, nun reden Sie schon! Hören Sie auf, einfach nur so dazusitzen und mich anzustarren, als könnten Sie in mich hineinsehen.«

Frieda lehnte sich zurück. »Hat Ihnen die Therapie bei Ihrem Alkoholproblem geholfen?«

»Nicht besonders, ich ...« Jasmine brach ab. »Haben Sie das

in irgendeinem bösartigen Blog gelesen und gleich abgespeichert, damit Sie es jetzt gegen mich verwenden können? Das ist verdammt erbärmlich!«

Frieda musterte sie neugierig. »Trauen Sie mir ein solches Verhalten wirklich zu?«

»Zumindest bekämen Sie dadurch Macht über mich. Wieso sollten Sie sonst davon wissen?«

Frieda überlegte einen Moment. Woher wusste sie es? »Es war nur so ein Gefühl.« Sie blickte sich in dem offen angelegten Wohnbereich um. »Sie sind von so vielen Dingen umgeben, die Sie im Lauf Ihres Lebens gesammelt haben.« Sie unterstrich ihre Worte mit einer ausladenden Geste. »All diese kleinen Schalen, die gerahmten Fotos, die Porzellanfigürchen. Oder die kleine Truhe da drüben, bei der Sie den Deckel aufgeklappt haben, damit man den Inhalt sieht. Alles sehr dekorativ präsentiert. Aber ich kann kein einziges Weinglas entdecken, keine Karaffe, keine Flaschen, und obwohl es fast sieben Uhr abends ist, haben Sie mir Tee angeboten, keinen Drink. Deswegen ...«

Jasmine schlug die Hände vors Gesicht. Aufgewühlt stieß sie hervor: »Ich lasse Sie in mein Haus und spreche ganz offen mit Ihnen, und Sie spionieren mich die ganze Zeit aus!«

»Möchten Sie mir davon erzählen?«

Jasmine hob den Kopf. Ihre Wimperntusche war verschmiert. Sie sah dadurch älter, aber zugleich kindlicher aus. »Sie haben recht – alles, was Sie gesagt haben, trifft zu. Ich habe etwas Schreckliches getan.«

»Was denn?«

»Ich bin in einem Geschäft auf jemanden losgegangen, eine Verkäuferin, eine junge Frau. Ist das nicht fürchterlich erbärmlich? Ich war betrunken, und sie war gemein zu mir, zumindest kam mir das damals so vor.« Sie hielt einen Moment inne. Es bereitete ihr sichtlich Schwierigkeiten, die Worte auszusprechen. »Ich wurde ...«, Schamesröte schoss ihr ins Gesicht, »... ich wurde vorübergehend in die Psychiatrie eingewiesen, zu meiner eigenen Sicherheit. Anschließend bin ich dann aus freien Stücken zum Alkoholentzug in eine Klinik gegangen. Seitdem habe ich keinen Tropfen mehr angerührt.«

»Das ist gut.«

»Ich habe mich so geschämt.«

»Was finden Sie an dieser Geschichte eigentlich derart schrecklich, Jasmine?«

»Wie meinen Sie das?«

»Sie hatten ein Suchtproblem. Sie schafften es, die Sucht zu überwinden. Warum macht Ihnen die Vorstellung, dass die Leute davon erfahren könnten, solche Angst?«

»Zum einen wäre es das Ende meiner Karriere – beziehungsweise dessen, was davon noch übrig ist.«

»Wirklich? Gibt es nicht eine Menge Leute, die mit der Story über ihre Schande und Läuterung sogar Geld machen?«

»Das ist etwas anderes.«

»Warum?«

»Ich galt immer als angenehme, vielleicht etwas kokette, ansonsten aber mustergültige Moderatorin, die versuchte, den Leuten zu einem etwas besseren Leben zu verhelfen. Wenn bekannt würde, dass ich in Wirklichkeit eine alte Säuferin war, die vorübergehend sogar in der Klapse landete, weil sie kreischend auf ihre Mitmenschen losging, was glauben Sie, wie die Leute darauf reagieren würden?«

»Keine Ahnung, aber Sie haben diesbezüglich offenbar eine sehr große Angst entwickelt. Eine Angst, die mit der Zeit nicht nachlässt, sondern immer größer und bedrohlicher wird. Vielleicht ist das eigentliche Problem Ihre Heimlichtuerei.«

»Sie haben leicht reden. Ich kann nicht riskieren, dass das herauskommt.«

»Hat Ihnen Robert Poole das eingeredet? Dass Sie es nicht riskieren sollten?«

»Woher *wissen* Sie das alles?«

»Weil Sie mit ihm so offen gesprochen haben wie jetzt mit mir«, antwortete Frieda. »Poole war also in Ihr Geheimnis eingeweiht?«

»Er meinte, niemand dürfe davon erfahren, weil das unter Umständen mein Ruin wäre. Er war sehr mitfühlend. Er hat gesagt, mit ihm könne ich jederzeit darüber sprechen.« Jasmine sah Frieda an. »Sie glauben, er hatte unrecht?«

»Ich glaube, es ist immer schwierig, einem anderen Menschen einen Rat zu geben. Trotzdem sollten Sie vielleicht mal darüber nachdenken, was für eine Macht dieser Teil Ihres Lebens über Sie hat.«

»Sie sind doch Therapeutin«, entgegnete Jasmine. »Glauben Sie denn nicht daran, dass geteiltes Leid halbes Leid ist?«

»Das mag in vielen Fällen so sein. Aber wenn Sie ein Problem mit nur einer Person teilen, dann kann es auch sein, dass Sie dieser Person dadurch Macht über sich geben.«

Bei ihrer Rückkehr fand Frieda eine E-Mail von Tessa Welles vor. Sie habe in den kommenden Wochen keinen Termin mehr frei, gehe aber am nächsten Abend in Islington ins Theater und könne vorher, vielleicht so gegen sechs, bei Olivia vorbeischauen, falls ihr das passe.

Frieda rief Olivia an, die erklärte, dass es nicht nur passe, sondern geradezu perfekt sei, je eher, desto besser, ansonsten stehe sie nämlich bald mit einem Messer vor Davids Tür. Frieda schickte Tessa eine entsprechende Antwort, in der sie ihr auch Olivias Festnetz- und Handynummer mitteilte, und ließ Olivia eine Kopie dieser Antwort zukommen.

Außerdem hatte Frieda eine Nachricht von Karlsson auf dem Band, eine Bitte um Rückruf. Als sie ihn schließlich erreichte, sagte er nur: »Nichts zu finden.«

»Wie bitte?«

»Sie hatten mich um einen Gefallen gebeten.«

»Ach, Sie meinen wegen Alan Dekker.«

»Ja.«

»Aber im Moment sind Sie nicht allein und können nicht offen sprechen.«

»Genau.«

»Weil Sie sich mir zuliebe zu weit aus dem Fenster gelehnt haben.«

»Richtig.«

»Ich bin Ihnen sehr dankbar. Dann hat Carrie also recht, er ist tatsächlich spurlos verschwunden.«

»Sieht ganz danach aus.«

»Finden Sie das nicht seltsam?«

»Mehr kann ich nicht für Sie tun, Frieda.«

Nachdem sie das Gespräch beendet hatte, ging sie hinauf in ihr Arbeitszimmer, wo sie durch die Dachluke sehen konnte, wie die Lichter Londons draußen in der Februarfinsternis flimmerten.

29

Betrachten Sie es als Ausflug.«

Yvette saß am Steuer, Karlsson auf dem Beifahrersitz. Sie waren bereits im Morgengrauen in London aufgebrochen, dann aber auf der North Circular stecken geblieben und jetzt erst auf der M1 unterwegs in Richtung Norden. Es war ein kalter, windiger Tag, und die tief hängenden Wolken sahen nach Regen aus.

»Das wird ein langer Tag«, bemerkte Yvette. In Wirklichkeit machte es ihr nichts aus. Sie freute sich auf die vielen Stunden allein mit Karlsson. Gleichzeitig empfand sie eine gewisse Befangenheit und Nervosität. »Erst Manchester und dann Cardiff. Acht Stunden Fahrzeit, wenn wir mit dem Verkehr Glück haben.«

»Mittags essen wir eine Kleinigkeit in einem Pub«, meinte Karlsson. »Ich hielt es für besser, die Orton-Brüder beide an einem Tag aufzusuchen. Ich möchte mir ein Bild von ihnen machen.«

»Was wissen Sie bereits?«

»Mal sehen. Der Ältere, Jeremy – er ist Mitte fünfzig – arbeitet als Buchhalter für einen großen Pharmakonzern. Muss ziemlich viel Kohle haben. Verheiratet, zwei Töchter. Lebt in Didsbury und sieht seine Mutter nicht oft, höchstens ein-, zweimal im Jahr für ein, zwei Tage. Frieda konnte ihn nicht leiden.«

»Frieda kann viele Leute nicht leiden.«

Karlsson warf ihr einen flüchtigen Blick zu. »Sie folgt ihrem Bauchgefühl«, erklärte er. »Wir haben schon genug Leute, die sich zu streng ans Prozedere halten.«

Yvette starrte auf die Straße hinaus. Es begann zu regnen. »Leute wie mich«, hätte sie am liebsten geantwortet, »langweilig, linkisch und schwerfällig.« Aber sie verkniff es sich. »Was ist mit dem jüngeren Bruder?«, fragte sie stattdessen.

»Robin. Er hat eine wesentlich wechselhaftere berufliche Laufbahn hinter sich, und dasselbe gilt für sein Privatleben. Ursprünglich besaß er eine kleines Unternehmen. Gartengestaltung, steht hier in meinen Unterlagen.«

»Teiche und so was?«

»Schätzungsweise. Die Firma ging in den Neunzigern pleite, und seitdem hat er alles Mögliche gemacht. Neuerdings ist er Unternehmensberater, was auch immer das eigentlich sein mag. Er hat einen Sohn aus erster Ehe und einen zweiten, viel jüngeren aus seiner jetzigen. Er lebt in Cardiff, nahe der Bucht.«

»Und? Konnte Frieda ihn genauso wenig leiden?«, fragte Yvette.

»Seine Mutter besucht er jedenfalls auch nicht oft«, antwortete Karlsson, »aber nach Friedas Meinung ist er der Schwächere von beiden und kein ganz so grober Klotz.«

Als sie die M6 erreichten, hielten sie kurz an, um einen Kaffee zu trinken und zu tanken. Gegen elf lotste das Navigationssystem sie schließlich durch die etwas nobleren Vororte von Manchester. Jeremy und Virginia Orton wohnten in einem großen, frei stehenden Haus in Didsbury, ein Stück zurückgesetzt von der Straße, die von Bäumen gesäumt war. In der gekiesten Einfahrt standen zwei Autos, ein BMW und ein Golf. Aus dem Schornstein stieg Rauch – der von einem Kaminfeuer stammte, wie sie kurz darauf feststellen konnten, nachdem Virginia sie hineingelassen und ins Wohnzimmer geführt hatte.

Auf Karlsson wirkten die dunklen Möbel, das Silbertablett, auf dem ihnen der Kaffee serviert wurde, und die Fotografien von den Kindern in Schuluniform, die in silbernen Rahmen auf dem Stutzflügel standen, wie Relikte aus einer vergangenen Zeit.

Virginia Orton war eine kleine, zierliche Frau mit einer etwas spröden Art. Ihr lockiges Haar war streng zurückgebunden. Ihr Mann wirkte vergleichsweise bullig: nicht fett, aber groß und kräftig wie ein Rugbyspieler in Centre-Position, ein Schrank von einem Mann, mit breiten Schultern, einem großen, schon etwas kahlen Kopf und riesigen Händen und Füßen. Unter seinem Jackett trug er ein lila Hemd und am Handgelenk eine funkelnde Uhr. Er hatte graue, etwas vorquellende Augen, die den beiden Besuchern ziemlich argwöhnisch entgegenblickten.

»Ich habe Sie schon vor einer halben Stunde erwartet«, stellte er fest.

»Stau«, entgegnete Karlsson. »Tut mir leid, wenn wir Sie haben warten lassen.«

»Danke«, wandte Jeremy sich an seine Frau und entließ sie mit einem Kopfnicken. Ihre Absätze klapperten laut über die blanken Bodendielen, als sie sich entfernte. »Worum geht es?«

»Wie Sie wissen, leite ich die Ermittlungen in dem Mordfall.«

»Ja, ja, aber warum sind Sie hier? Ich wüsste nicht, was ich damit zu tun haben könnte. Abgesehen davon, dass mich der Kerl geschröpft hat, natürlich.«

»Wir werden Sie nicht lange aufhalten. Eigentlich war ich der Meinung, dass Mr. Poole Ihre Mutter geschröpft hat und nicht Sie.«

»Schrecklich. Eine alte Frau derart auszunehmen.«

»Aber persönlich sind Sie ihm nie begegnet?«

»Natürlich nicht. Wenn dem so gewesen wäre, hätte ich ihn mit Sicherheit durchschaut.«

»Gehört hatten Sie auch nie von ihm?«

»Nein.

»Hat Ihre Mutter Ihnen nicht erzählt, dass sie Arbeiten am Haus durchführen lassen wollte?«

»Hätte sie es mir erzählt, dann hätte ich ihr geraten, verschiedene Angebote einzuholen. Ich kenne mich mit solchen Baupfuschern aus. Was ist mit den anderen Männern, mit denen er zusammengearbeitet hat? Können Sie die nicht belangen?«

»Das haben wir selbstverständlich versucht. Es existieren keinerlei Unterlagen über sie. Uns liegen keine Namen vor, keine Telefonnummern, nichts.«

»Dann waren das wahrscheinlich Polen.«

»Wussten Sie, dass das Dach Ihrer Mutter undicht war?«, fragte Yvette.

»Nein, zumindest kann ich mich nicht daran erinnern. Was soll das alles? Der Kerl hat sie beschissen, und jetzt ist er tot. Sie hatte Glück im Unglück.«

»Ihnen war also nicht bekannt«, ergriff Karlsson wieder das Wort, »dass er im Auftrag Ihrer Mutter das Haus renoviert hat?«

»Von wegen renoviert! Das war doch nur ein Vorwand, um an unser Geld heranzukommen.«

»Das Geld Ihrer Mutter.«

»Ihr Geld, unser Geld. Wir sind eine Familie.«

»Sie wussten nichts von den Renovierungsmaßnahmen, und Sie sind Mister Poole nie persönlich begegnet, korrekt?«

»Korrekt.« Jeremy Orton warf einen Blick auf seine Uhr.

»Weil Sie Ihre Mutter seit letztem Sommer nicht mehr besucht hatten?«, mischte Yvette sich ein. Karlsson warf ihr einen warnenden Blick zu.

»Diese *Therapeutin*« – er sprach das Wort voller Abscheu aus – »hat deswegen schon auf mir und Robin herumgehackt. Mir ist klar, was sie uns damit sagen wollte. Aber wir sind nun mal beide sehr beschäftigt. Wir tun, was wir können.«

»Sie hatten also keine Ahnung, dass Ihre Mutter ihr Testament ändern lassen wollte?«

»Das wollte sie keineswegs. Sie stand nur völlig unter dem Einfluss dieses Mannes und war in einem sehr verwirrten Zustand.«

»In dem neuen Testament hätte sie ihm ein Drittel ihres Vermögens hinterlassen.«

»Davon habe ich erst im Nachhinein erfahren. Ich habe Ma deswegen ganz schön den Kopf gewaschen. Etwas derart Dummes macht sie nicht noch mal.«

»Wir bräuchten von Ihnen ein paar Auskünfte über Ihre Aktivitäten während der letzten Januarwoche«, erklärte Yvette.

»Wie bitte?«

»Nur fürs Protokoll. Könnten Sie uns bitte sagen, wo Sie sich während der letzten zehn Januartage jeweils aufgehalten haben?«

Jeremy Orton starrte sie und Karlsson ungläubig an. Die Zornesröte stieg ihm ins Gesicht. »Das ist jetzt nicht Ihr Ernst, oder?«

»Und falls es Zeugen gibt, die Ihre Angaben bestätigen können, wären deren Namen hilfreich, damit wir sie überprüfen können.«

»Sie glauben doch nicht allen Ernstes, dass ich mit dieser Sache etwas zu tun habe?«

»Wir stecken nur das Terrain für unsere Ermittlungen ab. Reine Routine.«

Jeremy Orton erhob sich. »Virginia!«, bellte er. »Bringst du mir mal meinen Terminkalender?«

Viereinhalb Stunden später waren Karlsson und Yvette in Cardiff. Robin Orton wohnte mit Blick aufs Meer, wenn auch wesentlich bescheidener als sein Bruder. Sein Wagen parkte auf der Straße vor dem Haus. Seine Frau war in der Arbeit. Den Tee servierte er ihnen nicht in edlen Tassen, sondern in großen Bechern. Fotos von seinen Kindern waren zwar vorhanden, aber da es keinen Flügel gab, hingen sie an der Wand.

Robin Orton war kleiner als sein Bruder. Auf Karlsson wirkte er, als hätte er in kurzer Zeit sehr viel Gewicht verloren. Die Haut seines Gesichts hing schlaff herab, und seine überweite Hose wurde von einem schwarzen Ledergürtel zusammengehalten.

Sie stellten ihm die gleichen Fragen, auf die er mehr oder weniger die gleichen Antworten gab wie sein Bruder. Nein, von den Renovierungsarbeiten am Haus habe er nichts gewusst. Nein, von der Testamentsänderung auch nicht, aber wenn sie seine Meinung hören wollten – es sei eine absolute Schande, dass Typen wie dieser Poole es schafften, sich in den Häusern alter Frauen einzunisten. Nein, er habe seine Mutter schon länger nicht mehr gesehen. Was sie beide das überhaupt angehe. Seine Mutter habe ihrerseits ja auch keine größeren Anstrengungen unternommen, ihn in Cardiff zu besuchen. Außerdem interessiere sie sich seit jeher mehr für Jeremy als für ihn, und wenn sie beide wirklich seine Meinung hören wollten: Sie hätte das Geld, das sie jedem Betrüger, der an ihre Tür klopfte, so bereitwillig in die Hände drückte, auch sinnvoller anlegen können, beispielsweise, indem sie ihn bei seinem neuen Geschäft unterstützte. Alte Leute sollten großzügiger sein, schließlich brauche seine Mutter selber kaum noch was. Und was die letzte Januarwoche betreffe, habe er die meiste Zeit mit einer besonders scheußlichen Grippe das Bett gehütet. Sie könnten seine Frau fragen, auch wenn die es wahrscheinlich als Erkältung bezeichnen würde, aber so seien Frauen nun mal. Den Weg zur Tür fänden sie beide sicher selbst, und sie sollten ja nicht vergessen, sie fest hinter sich zuzuziehen.

»Was für schreckliche Männer!«, meinte Yvette.

»Ja, aber wie schätzen Sie ihre Rolle bei der ganzen Sache ein?«

Sie fuhren gerade auf der M4 zurück nach London. Inzwischen prasselte ein richtiger Landregen vom Himmel.

»Ich wünschte, sie hätten ihn gemeinsam umgebracht«, antwortete sie, »denn dann könnten wir sie für lange Zeit wegsperren. Die arme Mutter!«

»Heißt das, Sie sind der Meinung, dass sie es nicht waren?«

»Wir müssen natürlich überprüfen, was sie während der betreffenden Woche getan haben, und uns von Mary Orton bestätigen lassen, dass beide schon länger nicht mehr bei ihr waren. Leider bin ich mir ziemlich sicher, dass diese Mistkerle sie tatsächlich seit dem Sommer nicht mehr besucht haben, weil sie ja so *beschäftigt* waren.«

»Demnach haben sie zwar ein Motiv, aber zu spät davon erfahren«, fasste Karlsson zusammen.

»Ich brauche eine Dusche.«

»Ich brauche ein Bier.« Er zögerte. »Trinken Sie eines mit?«

»Ja!«, rief sie, versuchte ihren Begeisterungsausbruch aber sofort abzumildern. »Ich glaube, ich könnte jetzt auch eines vertragen.«

»Unter einer Bedingung.«

»Nämlich?«

»Sie ziehen nicht über Frieda her.« Sie setzte zu einer Erwiderung an, doch Karlsson kam ihr zuvor. »Sie beide müssen zusammenarbeiten.«

Sie konnte sich nicht erinnern. Sie wusste nicht mehr, wie sich der Frühling anfühlte oder der Sommer. Nicht einmal an den schönen, goldenen Herbst konnte sie sich erinnern, der immer ihre liebste Jahreszeit gewesen war. Sie kannte nur noch den Winter, in dem sie gefangen war – festgefroren in einer nicht enden wollenden Kälte. Es war Tag für Tag das Gleiche: die kahlen Bäume, der zu eisigen Schlammrippen gepflügte Boden, der braune, langsam und traurig dahinfließende Fluss, das Getröpfel des Wassers von der Decke, ihre tauben Finger, wenn sie morgens erwachte, und die Spinnweben aus Frost an den kleinen Fenstern, die sie mit ihren brüchigen Fingernägeln wegkratzen musste. Einer ihrer Zähne lockerte sich immer mehr, als wäre ihr Zahnfleisch inzwischen zu weich, um ihn festzuhalten.

Sie konnte sich nicht mehr daran erinnern, was er alles zu ihr gesagt hatte – welche Anweisungen er ihr gegeben hatte. Seine Worte waren in ihr, aber sie konnte sie nicht finden. Sie stöberte in den Schubladen ihres Gedächtnisses und stieß dort auf seltsame Dinge, Erinnerungsfetzen. Doch die brauchte sie nicht mehr.

Ihr Leben bestand nur noch aus diesem Boot, diesem Moment. Warum das so war, hatte sie vergessen.

30

Am selben Tag fuhr Frieda um halb drei Uhr nachmittags noch einmal nach Greenwich zu den Wyatts. Sie folgte dabei einem Gefühl, das im Lauf des Vormittags immer stärker geworden war. Karlsson sagte sie nichts davon, und sie kündigte sich auch nicht telefonisch an, obwohl ihr klar war, dass mit großer Wahrscheinlichkeit niemand zu Hause sein würde. Als sie dann aber an der Wohnung ankam, sah sie Aisling durch das große Erdgeschossfenster am Klavier sitzen und spielen. Selbst von draußen konnte Frieda erkennen, dass Aisling zwar die Hände routiniert über die Tasten gleiten ließ, ihre Sitzhaltung aber eher verkrampft wirkte. Als Frieda schließlich klingelte, brach das gedämpfte Klavierspiel abrupt ab. Ein paar Sekunden später ging die Tür auf.

»Ja?«

»Entschuldigen Sie, dass ich Sie unangemeldet überfalle«, sagte Frieda. »Wir kennen uns bereits.«

»Ja, ich erinnere mich.«

Aisling schien nicht recht zu wissen, wie sie reagieren solle. Ihr Gesicht sah angespannt aus, und sie hatte kleine Fältchen um den Mund, die Frieda beim letzten Mal nicht aufgefallen waren. »Die Kinder kommen bald aus der Schule«, erklärte sie, bat ihre Besucherin aber trotzdem herein. Frieda trat in die blitzblanke Weite des Erdgeschosses, das ihr eher wie ein Ausstellungsraum als ein Wohnzimmer erschien. Es war kaum zu glauben, dass die Wyatts Kinder hatten. Frieda fragte sich, wie viele Stunden am Tag die Putzfrau hier wohl zugange war. Die frisch gebohnerten Holzdielen waren so glatt, dass man fast ausrutschte. Auf einem niedrigen Glastisch stand eine schöne geschnitzte Holzschale, in der leuchtend orangegelbe Mandarinen zu einer Pyramide aufgetürmt waren.

»Darf ich Ihnen etwas anbieten? Kaffee, schwarzen Tee, Kräutertee?«

»Nein, danke«, sagte Frieda, die sich gerade auf dem weichen Sofa niederließ und dabei halb versank. Sie mochte keine Möbel, die einen verschluckten. Sie saß lieber aufrecht.

»Haben Sie noch Fragen an uns? Frank ist natürlich nicht da.«

»Deswegen bin ich um diese Uhrzeit gekommen. Ich bin davon ausgegangen, dass Ihr Mann arbeitet und die Kinder noch in der Schule sind.«

»Das verstehe ich jetzt nicht.«

»Ich wollte mit Ihnen über Ihre Affäre mit Robert Poole sprechen.«

»Wie können Sie es wagen!« Aisling sprang auf. Ihr dünner Körper zitterte vor Wut, während sie sich vor Frieda aufbaute. »Wie *können* Sie es wagen?«

»Jemand hat ihn getötet, Aisling. Womöglich ist es für den Fall relevant.«

»Raus!«

»Schon gut.« Frieda erhob sich. Während sie ihren Mantel von der Armlehne des Sofas nahm, tastete sie in der Tasche nach einer Visitenkarte. »Hier haben Sie meine Karte, falls Sie doch noch mit mir darüber reden wollen.« Sie zögerte einen Moment, ehe sie hinzufügte: »Ich werde der Polizei vorerst nichts davon sagen.«

»Es gibt nichts zu sagen.«

Die beiden Frauen starrten sich an. Schließlich nickte Frieda Aisling zu und ging. Durchs Fenster konnte sie sehen, dass Aisling reglos dastand, den Blick auf ihre Visitenkarte gerichtet.

»Herein, herein!« Olivia unterstrich ihre Worte mit einer schwungvollen Armbewegung. Bereits leicht beschwipst, spielte sie die mondäne Gastgeberin – in grünen Samt gehüllt, das Haar hochgesteckt, baumelnde Gehänge an den Ohren. Sie zog Frieda ins Haus, küsste sie überschwänglich auf beide Wangen und wischte ihr anschließend die Lippenstiftspuren aus dem Gesicht.

Die Diele war mit Schuhen vollgestellt. Am Fuß der Treppe entdeckte Frieda außerdem eine Mausefalle, bis dato noch ohne Maus.

»Ist sie schon da?«

»Deine Freundin, die Anwältin …«

»Tessa Welles.«

»Noch nicht, aber sie hat angerufen, dass sie schon unterwegs ist. Eine *reizende* Person, der Stimme nach zu urteilen. Sie bringt ihren Bruder mit.«

»Warum denn das? Ist er auch Anwalt?«

»Nein, aber sie geht mit ihm ins Theater, und nachdem beide aus derselben Richtung kommen …« Olivia machte eine wegwerfende Handbewegung. Ihre Fingernägel waren größtenteils abgebrochen, dafür aber feuerrot lackiert. »Ich habe gesagt, dass sie ihn gerne mitbringen kann.«

»Ja, natürlich. Hast du alle deine Dokumente beisammen?«

»Ähm. Tja, also … Da gibt es ein kleines Problem. Ich habe mir wirklich alle Mühe gegeben, aber du weißt ja, wie das ist. Manche Dinge verschwinden einfach.« Dabei riss Olivia die Augen weit auf, als wäre sie eine Zauberkünstlerin, die gerade einen tollen Trick vorgeführt hatte.

»Bestimmt ist sie daran schon gewöhnt«, meinte Frieda. »Wo ist denn Chloë?«

»Bei irgend so einem Handyklubtreffen.«

»Was ist das?«

»So genau kann ich dir das auch nicht sagen«, antwortete Olivia. »Das machen sie alles über Facebook, aber sie ist mit Sammy zusammen, und Sammys Bruder und dessen Freunde sind auch dabei. Außerdem ist sie schon *siebzehn.*«

Es läutete, und sie ging zur Tür, wobei sie diese so schwungvoll öffnete, dass sie gegen die Wand knallte und gleich wieder zuflog. Frieda erhaschte nur einen kurzen Blick auf zwei überraschte Gesichter.

»Entschuldigung«, sagte Olivia, als sie zum zweiten Mal aufmachte, »kommen Sie doch herein!«

Man sah sofort, dass sie Geschwister waren. Sie waren nicht nur beide groß und schlaksig, sondern hatten auch noch das gleiche rotblonde Haar, auch wenn seines kurz geschnitten und schon ein wenig grau meliert war. Außerdem hatten sie die gleiche ovale Gesichtsform und die gleichen graublauen Augen.

»Das ist mein Bruder, Harry Welles.«

Harry schüttelte erst Olivia und dann Frieda die Hand. »Ich möchte auf keinen Fall stören«, erklärte er. »Ich kann mich auch wieder ins Auto setzen, falls das gewünscht wird, oder ich ziehe mich in eine stille Ecke zurück, während Sie sich unterhalten. Ich habe jede Menge Arbeit dabei, mit der ich mich beschäftigen kann.«

»Gehen Sie uns zur Hand?«, wandte Tessa sich an Frieda.

»Ich habe sie zu meiner moralischen Unterstützung hergebeten«, erklärte Olivia. »Irgendwie hatte ich nämlich mit einem furchteinflößenden Frauenzimmer im Nadelstreifenanzug gerechnet, aber ich glaube, mit Ihnen komme ich alleine klar. Lassen Sie uns doch rüber ins Wohnzimmer gehen, obwohl da trotz meines Versuchs, ein bisschen aufzuräumen, ziemliches Chaos herrscht.«

»Wohin soll ich mich zurückziehen?«, fragte Harry an Frieda gewandt.

»Sie könnten es mal mit der Küche probieren«, antwortete Frieda, »wobei ich nicht weiß, ob sie begehbar ist.« Sie klang eher skeptisch. »Sollen wir mal einen Blick hineinwerfen?«

»Wow!«, stieß Harry aus. »Jetzt weiß ich, was Sie meinen.«

»Ich könnte Ihnen am Tisch einen Platz freiräumen.«

»Und wo wollen Sie sitzen?«

»Vielleicht schaffe ich erst mal ein wenig Ordnung. Auch wenn ich nicht weiß, wo ich anfangen soll.«

»Was halten Sie davon, wenn ich das Abspülen übernehme?«

»Das kommt überhaupt nicht infrage.«

»Warum nicht? Ich spüle gerne ab. Gibt es hier irgendwo Gummihandschuhe in meiner Größe?«

»Nein.«

»Doch. Hier sind welche.« Er streifte sie über. »Perfekt. Schon kann's losgehen.«

»Ich finde das völlig unmöglich.«

»Sie meinen, unpassend?«

»Ja.«

»Es ist Ihnen peinlich.«

»Ja.«

Er zog die Handschuhe wieder aus. »Ich wüsste nicht, was daran peinlich sein sollte. Wie wär's, wenn Sie uns erst mal einen Tee machen?«

»Mir ist nicht nach Tee.«

»Möchten Sie lieber ein Glas Wein? Ich sehe hier mindestens vier offene Flaschen herumstehen.«

»Also gut, ich mache uns Tee, und Sie setzen sich währenddessen an den Tisch.«

Sie räumte den Aschenbecher, die Weingläser, die Teebecher und mehrere schmutzige Teller vom Tisch und stapelte anschließend die Zeitungen und Zeitschriften. Dabei stieß sie auf etliche ungeöffnete Briefe, allem Anschein nach Rechnungen, die sie zur Seite legte, damit Olivia sie sich später ansehen konnte. »So, jetzt können Sie Platz nehmen.«

»Sie sind ganz schön stur.«

»Ja. Ich wische nur noch schnell den Tisch ab.«

»Währenddessen setze ich das Teewasser auf, ja?«

»Fühlen Sie sich immer gleich so zu Hause?«

»Tue ich das?« Er wirkte überrascht. »Keine Ahnung.«

Frieda machte eine Kanne Tee, und Harry Welles öffnete seine Aktenmappe und holte ein paar Unterlagen heraus, erweckte dabei aber nicht den Eindruck, als hätte er große Lust zu arbeiten.

»Was machen Sie beruflich?«, fragte Frieda ihn schließlich.

»Ich bin Finanzberater. So, nun ist es heraus. Mehr will meist keiner wissen.«

»Was für Leute beraten Sie denn?«

»Alle möglichen. Manche, die zu viel Geld haben und nicht wissen, auf welchen Schwarzgeldkonten sie es verstecken sollen, aber auch viele, die zu kämpfen haben und nicht über die Runden kommen. Ich kümmere mich sogar um ein paar Sozialfälle. Sie können sich gar nicht vorstellen, in welches finanzielle Schlamassel sich manche Leute hineinmanövrieren.«

»O doch, das kann ich mir sogar sehr gut vorstellen.«

»Aber Sie nicht. Ich meine, Sie haben bestimmt keine Geldprobleme.«

»Nein.«

»Natürlich nicht. Wie ich höre, sind Sie Therapeutin.«

»Ja.«

Viele Leute reagierten auf ihren Beruf mit der halb scherzhaften, halb nervösen Frage, was sich denn aus *ihrem* Verhalten und Gebaren herauslesen lasse, als wäre Frieda mit einer Art übersinnlichem Röntgenblick ausgestattet. Harry Welles stützte das Kinn auf die Hände und musterte sie einen Moment eindringlich. »Ja«, sagte er dann, »ich kann nachvollziehen, warum Ihre Patienten Ihnen vertrauen.« In beiläufigem Ton fügte er hinzu: »Hätten Sie Lust, am Freitagabend mit mir essen zu gehen?«

Frieda reichte ihm seinen Tee. »Ja, warum nicht?«

»Gut. Ich suche uns ein schönes Lokal aus. Wie lautet Ihre E-Mail-Adresse?«

Sie nannte sie ihm. Nachdem er sich die Adresse notiert hatte, schlug er eine Aktenmappe auf, griff nach einem Stift und begann zu arbeiten. Frieda lächelte in sich hinein und nahm einen besonders verkrusteten Topf in Angriff.

31

Frieda machte für sich selbst schwarzen Tee und für Aisling Wyatt grünen. Als Frieda ihn ihr reichte, legte Aisling sofort beide Hände um den heißen Becher.

»Bei der Kälte draußen«, erklärte sie, »muss ich mich erst mal aufwärmen. Ich friere schon den ganzen Winter, ständig ist es so kalt. An manchen Tagen habe ich bei meinen Spaziergängen am Fluss fast damit gerechnet, dass er zufrieren würde. Früher ist er doch öfter zugefroren, nicht wahr? Vor Hunderten von Jahren. Da konnten die Leute sogar auf der Themse Schlittschuh laufen.«

»Und Feste auf dem Fluss feiern«, bestätigte Frieda, »richtige Volksfeste.«

»Dann hätte er diesen Winter auch zufrieren müssen«, meinte Aisling, »so bitterkalt, wie es war.«

Frieda betrachtete sie. Aisling war genau der Typ Frau, der leicht fror – dünn und hypernervös.

»Es lag an der alten London Bridge«, erklärte Frieda.

»An der alten London Bridge? Was hatte denn die damit zu tun?«

»Sie verlangsamte den Fluss des Wassers.«

Aisling blickte sich in Friedas Wohnzimmer um, als würde sie langsam auftauen und sich ihrer Umgebung bewusst werden. »Sie haben es schön hier.«

»Danke.«

»Schöne Sachen. Wie dieses Prachtstück.« Sie hob eine grüne Porzellanschale hoch. »Wo haben Sie die her?«

»Jemand hat sie mir geschenkt.«

»Empfangen Sie hier auch Ihre Patienten?«

»Nein«, entgegnete Frieda, »die Sitzungen mit meinen Patienten finden fast ausschließlich in meiner Praxis statt, gleich um die Ecke.«

»Würden Sie mich als Patientin annehmen?«, fragte Aisling.

»Das wäre nicht richtig – wegen der Art, wie wir uns kennengelernt haben. Aber wieso sollten Sie überhaupt den Wunsch haben, als Patientin zu mir zu kommen?«

»Ach, da fallen mir eine Menge Gründe ein«, erwiderte Aisling. »Zum Beispiel, weil bei mir alles ein einziges Schlamassel ist, weil mein Leben nicht so läuft, wie ich es mir vorgestellt habe, und weil ich mich selbst hasse. Reicht das für den Anfang?«

Aisling hatte Frieda noch kein einziges Mal angesehen. Stattdessen starrte sie in ihren Tee oder schaute sich im Raum um – Hauptsache, sie musste keinen Blickkontakt herstellen.

»Für mich klingt das, als sollten Sie erst mal mit Ihrem Arzt sprechen«, entgegnete Frieda, »aber ich kann Sie selbstverständlich an jemanden verweisen.«

Endlich schaffte Aisling es, Frieda direkt anzusehen. »Ich nehme an, Sie wollen mich einfach nicht als Patientin haben«, sagte sie, »was ja durchaus verständlich ist. Schließlich arbeiten Sie für die Polizei. Das hat für Sie oberste Priorität.«

»Ich arbeite *tatsächlich* für die Polizei.«

Aisling bedachte sie mit einem bitteren Lächeln. »Außerdem habe ich in der Zeitung etwas über Sie gelesen«, fuhr sie fort. »Wie es aussieht, haben Sie ja selbst genug Probleme.«

»Wenn Sie der Meinung sind, dass ich selbst genug Probleme habe, warum wollten Sie dann mit mir sprechen?«

»Als Sie mich nach Bertie fragten, hatte ich den Eindruck, dass Sie ein mitfühlender Mensch sind.«

»Und wie denken Sie inzwischen über mich?«

»Das Mädchen, dessen Geschichte die Zeitung brachte, hat behauptet, Sie hätten sie nur benutzt.«

»Ich war an ihrer Befreiung beteiligt. Aus einer solchen Situation gerettet zu werden, kann sehr schmerzhaft sein.«

»Vielleicht wollte sie damit sagen«, meinte Aisling, »dass Sie sich in das Leben anderer Menschen einmischen, alles durcheinanderbringen und dann einfach wieder gehen, ohne die Verantwortung für das zu übernehmen, was Sie angerichtet haben.«

»Fühlen Sie sich von mir so behandelt?«

Nachdem Aisling einen Schluck von ihrem Tee genommen hatte, stellte sie die Tasse ganz behutsam auf dem Tisch ab. »Als ich Frank kennenlernte, arbeiteten wir beide in derselben Abteilung. Ich war auf keinen Fall schlechter, eher sogar eine Spur besser. Dann bekamen wir Joe und Emily, und bla, bla, bla, plötzlich sitze ich zu Hause, und er ist befördert worden. Ich finde es schon todlangweilig von mir, dass ich diese Phrasen überhaupt in den Mund nehme – das ist alles so klischeehaft! Dabei dürfte ich überhaupt nicht langweilig sein. Am College war nämlich immer ich diejenige, die alle anderen langweilig fand. Wenn ich mit zweiundzwanzig gewusst hätte, wie mein Leben mit zweiunddreißig aussehen würde, hätte ich … na ja, ich hätte irgendwas Dramatisches gemacht – mich nach Südamerika abgesetzt oder so.« Jetzt musterte sie Frieda herausfordernd. »Ich weiß, gleich werden Sie mir sagen, ich soll mich doch über mein Glück freuen. Sie werden mich darauf hinweisen, dass ich zwei wunderbare Kinder und eine schöne Wohnung habe und es schließlich meine eigene Entscheidung war, so dass ich nun auch dazu stehen muss. Wahrscheinlich sind Sie der Meinung, dass ich unbewusst wohl doch nicht so glücklich darüber war, in einer Buchprüfungsfirma zu arbeiten, und die Kinder nur als Vorwand benutzt habe.«

Frieda stellte ihre Teetasse ab, ohne einen Schluck getrunken zu haben. »Erzählen Sie mir von Robert Poole«, sagte sie.

»Wenn ich Frank abends zeige, was ich tagsüber im Garten oder im Haus gemacht habe, bekommt er vor Langeweile sofort glasige Augen. Bertie war da ganz anders. Er war interessiert und brachte eigene Ideen ein. Meine Ideen hat er sich auch aufmerksam angehört.« Sie schien auf eine Reaktion von Frieda zu warten, doch es kam keine. Als sie daraufhin fortfuhr, klang es fast, als spräche sie mit sich selbst: »Ich hätte nie gedacht, dass ich mich noch mal so fühlen würde. Endlich sah mich jemand wieder richtig an. Ich weiß, was Sie jetzt denken.«

»Da liegen Sie vermutlich falsch.«

»Sie glauben, dass ich Schuldgefühle habe, weil ich eine so schlechte Ehefrau und Mutter bin. Aber da täuschen Sie sich. Wir haben uns geliebt, wenn die Kinder aus dem Haus waren. Emily ist vier Vormittage die Woche im Kindergarten und zusätzlich drei Nachmittage bei einer Tagesmutter. Wir haben es im Zimmer der Kinder getrieben. Zum Teil hatte das praktische Gründe. Sonst hätte ich mir wahrscheinlich Sorgen gemacht, dass die Bettwäsche nach Sex riechen könnte. Ich hätte sie jedes Mal gewaschen, und womöglich hätte Frank etwas gemerkt. Aber es war mehr als das. Wenn wir nackt im Zimmer der Kinder lagen, umgeben von ihren Sachen, ihrem ganzen Spielzeug, dann hatte ich immer das Gefühl, auf diese Weise ›Ihr könnt mich mal‹ zu alledem zu sagen – zu meiner Rolle als Hausfrau und Mutter und auch zu der irrigen Annahme, dass ich in dieser Rolle aufging. Ich schätze, jetzt sind Sie schockiert.«

»Nein. Haben Sie je mit dem Gedanken gespielt, Ihren Mann zu verlassen?«

»Nein, eigentlich nicht«, antwortete Aisling, »nein, definitiv nicht. Außerdem hörte das mit dem Sex sowieso nach einer Weile auf, auch wenn das Gefühl von Vertrautheit bestehen blieb. Wir haben darüber gesprochen, beruflich zusammenzuarbeiten.«

»In welcher Form?«

»Ihm schwebte vor, als Landschaftsarchitekt zu arbeiten, aber auch als Innenarchitekt.« Aisling lächelte. »Wir sind durch Greenwich gewandert und haben uns die Gärten angesehen. Dabei merkt man ganz schnell, wie viele Leute dringend jemanden bräuchten, der zu ihnen nach Hause kommt und ihnen die dort anfallenden Probleme abnimmt, damit sie selbst Zeit haben, sich um andere Dinge zu kümmern. Diese Leute besitzen zwar das nötige Geld, wissen aber nicht, wie sie das, was sie wirklich wollen, bewerkstelligen sollen. Wer es schafft, zu diesen Leuten vorzudringen, kann gar nicht scheitern. Deswegen haben wir darüber gesprochen, gemeinsam ein Geschäft aufzubauen, das in diese Richtung gehen sollte.«

»Haben Sie mehr getan, als nur darüber zu reden?«

Aisling senkte den Blick und zuckte mit den Achseln.

»Was haben Sie gemacht?«, fragte Frieda.

»Etwas anderes interessiert Sie nicht«, ereiferte sich Aisling. »Sie spielen doch schon wieder die Polizistin.«

»Wenn Sie mir nicht die Wahrheit sagen, kann ich Ihnen nicht helfen«, erklärte Frieda, »und damit meine ich die ganze Wahrheit. Auch die unangenehmen Aspekte.«

Für einen Augenblick schlug Aisling eine Hand vor den Mund, dann rieb sie sich übers Gesicht, als würde ihre Haut jucken. »Es wäre ziemlich peinlich für mich, wenn es herauskäme, und nun, da er tot ist, weiß ich sowieso nicht, wie es weitergehen wird.«

»Wenn *was* herauskäme?«

»Ich habe Bertie unterstützt, das ist alles. Unter anderem finanziell.«

»Mit wie viel?«

»Ein paar Tausend«, murmelte Aisling. »Oder auch mehr. Etwas mehr war es schon. Fünfundzwanzig, vielleicht sogar dreißig oder vierzig. So um den Dreh rum. Es ist genauso mein Geld wie das von Frank. Wir teilen alles, und ich habe mein eigenes Konto.«

»Haben Sie Ihrem Mann davon erzählt?«

»Ich wollte damit noch ein bisschen warten und ihm erst von unseren Plänen erzählen, wenn sie ein wenig konkreter gewesen wären. Dann hätte es bestimmt keine Probleme gegeben, aber plötzlich war Bertie tot. In gewisser Weise ist das Ganze ein Desaster, ich weiß, aber wir haben ziemlich viel gespart. Außerdem sieht Frank sich meine Kontoauszüge nie an, wieso sollte er auch? Ich fühle mich wegen alldem richtig mies, aber letztendlich wird es sich schon wieder einrenken. Es ist eine Krise, die vorübergehen wird, zumindest rede ich mir das ein. Im Grunde hat das alles überhaupt nichts mit Berties Tod zu tun, sondern nur mit dem Schlamassel unserer Ehe. Unserem ureigenen Schlamassel – mit etwas anderem hat das nichts zu tun, das ist Ihnen hoffentlich klar.«

Frieda hielt ihrem Blick stand. »Sie werden sicher verstehen, dass ich der Polizei davon berichten muss.«

»Nein! Warum? Das Ganze steht doch in keinem Zusammenhang mit den Ermittlungen. Ich bin zu Ihnen gekommen, weil ich Ihnen vertraut habe.«

»Sie sind zu mir gekommen, weil ich herausgefunden habe, dass Sie eine Affäre mit Robert Poole hatten.«

»Ich dachte, Sie würden mich verstehen. Nie hätte ich erwartet, dass Sie mich verurteilen würden.«

»Ich verurteile Sie nicht, Aisling. Ein Mann wurde ermordet.«

»Aber nicht von mir.«

»Ich muss es der Polizei trotzdem sagen.«

»Aber dann erfährt es Frank. Sie werden es ihm doch nicht erzählen, oder? Das dürfen Sie außerdem gar nicht. Als Psychotherapeutin unterliegen Sie der Schweigepflicht.«

»Sie sind keine Patientin von mir«, widersprach Frieda. »Aber ich werde es ihm trotzdem nicht verraten. Am besten wäre, Sie würden es ihm selbst sagen – auch dann, wenn er es nicht von der Polizei erfährt.«

»Das kann ich nicht. Sie wissen nicht, wie er ist. Er würde mir das nie verzeihen.«

»Geben Sie ihm die Chance. Außerdem glaube ich, dass er es ohnehin schon weiß.«

Frieda war gerade auf dem Weg nach oben, um zu duschen, als es an der Tür klingelte. Seufzend machte sie kehrt.

»Hallo? Sind Sie Doktor Klein?«

Draußen stand eine junge Frau mit einem frischen Gesicht. Ihr Blick wirkte halb entschuldigend, halb erwartungsvoll. Frieda rechnete damit, dass sie gleich ein strahlendes Lächeln aufsetzen und man dabei zwei Grübchen an ihren Wangen sehen würde. Ihre kastanienbraunen Locken wirkten trotz Kurzhaarschnitt widerspenstig, Wangen und Nase waren mit Sommersprossen übersät, und im sanften Braun ihrer Augen entdeckte Frieda goldene Einsprengsel.

»Bitte entschuldigen Sie, dass ich hier einfach so unangemeldet auftauche. Mein Name ist Liz. Liz Barron.«

»Wie kann ich Ihnen helfen?«

Sie schauderte. »Es ist schrecklich kalt hier draußen. Dürfte ich für einen Moment hineinkommen?«

»Erst, wenn Sie mir sagen, was Sie von mir wollen.«

»Natürlich, entschuldigen Sie. Ich wollte Sie in einer Sache um Rat bitten. Ich hatte gehofft, Sie könnten mir helfen.«

»Worum geht es?«

»Ich bin Journalistin beim *Daily Sketch*.«

»Verstehe.«

»Ich schreibe einen Artikel, eine Art Zeitgeiststudie über die Arbeit der Polizei im gegenwärtigen Klima des Misstrauens und der Kürzungen. Grundsätzlich möchte ich mich dabei positiv über die Polizei äußern, das Thema aber gleichzeitig aus allen Blickwinkeln beleuchten.«

»Ich bin keine Polizistin.«

»Ich weiß, ich weiß«, antwortete sie errötend. »Wahrscheinlich drücke ich mich nicht klar genug aus. Das Problem ist, dass mein Chefredakteur meint, es wäre eine gute Idee, wenn ich mich dabei auf einen bestimmten Bereich oder eine bestimmte Geschichte konzentrieren würde. Ich habe mich gefragt, ob ich vielleicht mit Ihnen über Ihre beratende Tätigkeit sprechen könnte – im Fall Dean Reeve natürlich und nun im Fall dieses Robert Poole. Ich war so beeindruckt von dem, was Sie getan haben, weiß aber auch, was Joanna Teale über Sie geschrieben hat. Meiner Meinung nach war das richtig unfair. Ich dachte mir, es wäre für Sie vielleicht eine gute Gelegenheit, die Geschichte aus Ihrer Sicht darzulegen. Es muss ein schlimmes Gefühl sein, wenn man so etwas nicht richtigstellen kann.«

»So schlimm nun auch wieder nicht.«

Liz Barron ließ sich durch ihre Antwort nicht aus dem Konzept bringen. Aus ihrem sympathischen Gesicht sprach Mitgefühl. »Sie könnten mir erzählen, was damals passiert ist, was Sie jetzt im Moment machen und wie es ist, in beratender Funktion für die Polizei zu arbeiten.«

»Nein.«

»Wir könnten auch über ein Honorar für Ihre Mühe reden.«

»Nein.«

Sie verzog noch immer keine Miene. »Fühlen Sie sich verantwortlich für Kathy Ripons Tod?«

»Ich möchte nicht unhöflich sein, aber ich mache jetzt die Tür zu.«

»Warum sollte die Öffentlichkeit für Ihre Mitarbeit an dem Poole-Fall zahlen, wenn …«

Frieda schloss die Tür. Sie ging nach oben und stellte sich unter die Dusche, wo sie lange Zeit das Wasser auf sich herunterprasseln ließ und dabei krampfhaft versuchte, nicht zu denken.

»So, so, so«, sagte Karlsson. »Dann hat also Misses Wyatt ihren Mann mit unserem Robert Poole betrogen.«

Sie waren unterwegs zu Mary Orton. Frieda starrte aus dem Wagenfenster.

»Und Misses Orton brachte er dazu, ihr Testament zu ändern«, fuhr Karlsson fort.

»Zumindest hat er es versucht«, meinte Frieda.

»Er hat mit Misses Wyatt geschlafen und ihr dann ihr Geld abgenommen. Glauben Sie, er hat sie erpresst?«

»Ich glaube, das musste er gar nicht. Sie hat gesagt, sie wollten zusammen ein Geschäft aufbauen.«

»So kann man es natürlich auch nennen«, schmunzelte Karlsson. »Was schätzen Sie? Wusste Wyatt Bescheid?«

»Die Art, wie die beiden bei unserem Besuch miteinander umgegangen sind, war irgendwie seltsam. Sie haben sich kein einziges Mal angesehen, fast als fürchteten sie sich vor einem direkten Blickkontakt. Ich hatte das Gefühl, dass sie beide etwas voreinander verheimlichten. Was *sie* ihm verheimlicht hat, wissen wir ja jetzt, aber was ist mit ihm?«

»Er war also im Bilde?«

»Laut Aisling Wyatt nicht. Ich bin mir da nicht so sicher.«

Karlsson wirkte nachdenklich. »Er schläft mit deiner Frau und stiehlt dir dein Geld, und dann wird knapp zwei Kilometer von deinem Haus entfernt die Leiche gefunden. Ich freue mich schon auf mein Gespräch mit Frank Wyatt.«

»Ich habe Aisling gesagt, dass ich Sie informieren würde und dass sie mit ihm reden sollte, bevor Sie ihr zuvorkommen.«

»Warum, zum Teufel, haben Sie das getan? Jetzt ist er vorgewarnt.«

»Weil es richtig war.«

»Richtig für wen, Frieda? Für sie oder für unsere Ermittlungen?«

»Da gibt es keinen Unterschied. Ich hielt es einfach für richtig, basta.«

»Auf welcher Seite stehen Sie eigentlich?«

»Auf gar keiner.«

Karlsson atmete tief durch, sichtlich bemüht, nicht ausfallend zu werden.

»Was hatten Sie für einen Eindruck von Mary Ortons Söhnen?«, wechselte Frieda das Thema.

»Ich mag sie beide nicht«, antwortete Karlsson.

»Aber es liegen keine Beweise gegen sie vor?«

»Beide hatten ein Motiv, sogar ein verdammt gutes. Das Problem ist, dass ihnen das vermutlich erst im Nachhinein bewusst wurde.«

Mary Orton bestand darauf, ihnen eine Kanne Tee zu machen und Kekse zu servieren. Sie entschuldigte sich, weil sie keinen Kuchen gebacken hatte. Frieda sah, dass ihre von Altersflecken übersäten und unter der schlaffen Haut von dicken blauen Adern durchzogenen Hände stark zitterten, als sie ihnen die Tassen hinstellte. Sie trug einen dunkelgrünen Rock und eine weiße Bluse mit einer dünnen Strickjacke darüber. Allerdings war die Bluse nicht richtig zugeknöpft, so dass ihr altmodisches Spitzenunterhemd hervorlugte, und ihre Strumpfhose wies eine Laufmasche auf.

»Es tut uns sehr leid, dass wir Sie noch einmal belästigen müssen«, sagte Frieda mit sanfter Stimme zu der alten Dame. »Wir wollten nur kurz ein paar Punkte mit Ihnen abklären.«

»Ich werde Ihnen helfen, so gut ich kann.« Mit ungeschickten Fingern griff sie nach ihrer Teetasse, wobei der Teelöffel laut gegen das Porzellan klirrte.

»Reine Routine«, bestätigte Karlsson in beruhigendem Ton. »Wir möchten nur noch einige Details überprüfen. Beispielsweise, wann Ihre Söhne Sie das letzte Mal besucht haben.«

Sie sah erst Karlsson an und dann auf ihren Tee hinunter. »Warum denn das?«

»Es geht uns nur darum, in Erfahrung zu bringen, wer Robert Poole persönlich kannte«, erklärte Frieda. »Sie brauchen sich deswegen keine Sorgen zu machen.«

»Ich weiß nicht mehr genau, wann sie da waren.«

»Dieses Jahr?«

»Sie sind beide sehr beschäftigt.«

»Ich weiß, und sie wohnen ja auch weit weg, so dass es für sie schwierig ist, oft herzukommen.«

»Sie sind keine schlechten Söhne.«

»Aber Sie sehen sie nicht sehr häufig?«

»Mir geht es dabei mehr um meine Enkelkinder.«

»Sie werden so schnell groß«, bestätigte Frieda. »Ein paar Monate fallen da ganz schön ins Gewicht.«

»Ich hätte gerne mehr Kontakt mit den Kindern«, pflichtete Mary Orton ihr bei. »Nein, dieses Jahr waren sie noch nicht da.«

»Und letztes Jahr?«

»Können die beiden Ihnen das nicht selbst sagen?«

»Beide haben ausgesagt, Sie im Sommer besucht zu haben.«

»Ja, das wird dann wohl stimmen.«

»Also waren sie rund acht Monate nicht da.« Frieda kam sich grausam vor, weil sie der alten Dame so zusetzte.

»Haben Sie ihnen – oder einem der beiden – davon erzählt, dass Robert Poole Ihnen wegen des Hauses half?«

»Das wollte ich nicht. Ich wollte ihnen kein schlechtes Gewissen machen.«

»Weil Sie ihnen schon eher mal von der undichten Stelle erzählt hatten?«

»Ich mache wegen so etwas nicht gern viel Aufhebens. Beide meinten, es sei wahrscheinlich nur eine Kleinigkeit, und im Frühling gebe sich das von selbst wieder.«

»Verstehe.«

»Ihr Freund Josef«, sagte Mary Orton, wobei sich ihre Miene sichtlich aufhellte, »hat das mit dem Dach und dem Boiler ganz wunderbar hingekriegt.«

»Ich bin froh, dass er Ihnen helfen konnte.«

»So ein netter junger Mann. Er erzählt mir immer Geschichten über sein Land, und ich erzähle ihm, wie London früher war. Mein Zitronenkuchen schmeckt ihm besonders gut. Er hat gesagt, er möchte für mich einen Laib mit Honig und Mohn backen, wie er ihn als Junge immer gegessen hat. Aber wahrscheinlich hat er das schon längst wieder vergessen.«

»Das glaube ich nicht«, widersprach Frieda.

»Heutzutage sind die Leute alle so beschäftigt. Aber wenn man alt ist und allein lebt, vergeht die Zeit zwar einerseits ganz schnell, andererseits aber auch sehr langsam. Das ist seltsam, nicht wahr?«

»Ja, das ist seltsam.«

»Solange man jung ist, sagt einem keiner, was einen im Alter erwartet.«

»Was erwartet einen denn?«

»Man wird so eine Art Geist in seinem eigenen Leben.«

Als sie schon fast am Aufbrechen waren, blieb Karlsson plötzlich vor der Holzurne mit der Asche von Mary Ortons Ehemann stehen. Sanft strich er mit dem Zeigefinger über die Holzstruktur. »Das ist ein sehr schönes und ungewöhnliches Stück. Wer hat es für Sie angefertigt?«

Sie ging zu ihm hinüber. Frieda fiel auf, wie winzig sie neben ihm wirkte. »Es wurde aus einer Ulme gemacht, die vor Jahren in unserem Garten umgefallen ist. Ich habe ein gutes Gefühl dabei, dass das Gefäß für Leonards sterbliche Überreste aus dem Holz eines Baums gefertigt wurde, den er so gern mochte.«

»Mmm.« Karlsson nickte ihr aufmunternd zu. »Wissen Sie noch, von wem Sie die Urne haben machen lassen?«

Sie runzelte nachdenklich die Stirn. »Die Firma hieß Living Wood, glaube ich. Ich könnte aber nachsehen. Die Unterlagen habe ich noch. Warum wollen Sie das wissen?«

»Das Gefäß ist mir einfach aufgefallen, weil es so schön ist.«

Sie strahlte ihn an. Frieda registrierte die respektvolle Art, mit der er sich zu der alten Dame hinunterbeugte. Sie empfand bei dem Anblick ein merkwürdiges Gefühl von Rührung und wandte sich ab.

»Warum wollten Sie wissen, wer die Urne angefertigt hat?«, fragte Frieda, als sie wieder im Wagen saßen.

»Misses Orton, Jasmine Shreeve und Aisling Wyatt haben alle sehr schöne Holzsachen bei sich herumstehen. Es könnte sich dabei um eine Verbindung handeln.«

»Oh! Verstehe.«

»Vielleicht ist es auch Zufall.«

»Sie haben jedenfalls eine gute Beobachtungsgabe.«

»Danke für das Kompliment, Frau Doktor Klein.«

»Warum haben Sie wieder mit dem Rauchen angefangen?«

Er bedachte sie mit einem scharfen Blick. »Wie kommen Sie darauf?«

»Stimmt es denn nicht?«

»Rieche ich nach Rauch?«

»Nein, nur nach besonders starken Minzbonbons.«

»Ich wollte nicht, dass meine Kinder es merken.« Er war im Begriff, noch etwas hinzuzufügen, überlegte es sich dann aber anders.

»Sie können es ruhig sagen.«

»Nein, ich glaube nicht, dass ich das kann.« Er schaltete den Scheibenwischer und die Scheinwerfer an. »Mein Gott, finden Sie den Februar auch so schrecklich?«

32

Die Werkstatt von Living Wood lag in einem kleinen Gewerbegebiet in Dalston, im Erdgeschoss eines Gebäudes, das außerdem einen Tierschutzverein, einen Hutmacherbetrieb und eine Schilderfirma beherbergte. Drinnen tauchte man in eine völlig andere Welt ein. An jedem freien Zentimeter Wand lehnten Holzplanken. In der Raummitte thronten große Maschinen – Sägen und Schleifgeräte, von denen eines gerade von einem jungen Mann bedient wurde, der zu seiner Arbeitshose nur ein weißes Unterhemd trug und mit schweißnassen Schultern über seine Arbeit gebeugt stand. Ein intensiver Harzgeruch hing in der Luft. Der Maschinenlärm war so laut, dass Yvette ein paarmal laut schreien musste, um sich Gehör zu verschaffen. Der Mann schaltete das Gerät ab, richtete sich auf und wischte sich mit dem Handrücken über die Stirn.

Yvette hielt ihren Dienstausweis hoch. »Sind Sie hier der verantwortliche Mann?«

»Nein, das ist mein Dad, aber der ist im Moment nicht da. Sie können sich an mich wenden.«

Er sah zu Munster hinüber, der gerade eine Maschine mit einer riesigen, schweren Schneide inspizierte.

»Vorsicht«, warnte ihn der Mann, »wenn Sie da den falschen Knopf drücken, ist der Arm ab.«

»Wir haben hier eine Liste mit Namen«, ergriff Yvette wieder das Wort. »Ich würde von Ihnen gerne wissen, ob sie Ihnen etwas sagen.«

»In Ordnung.«

Sie reichte ihm die getippte Liste. Er überflog die Namen. »Das sind fast alles Kunden von uns«, erklärte er. »Ein paar von den Namen sagen mir nichts, da müsste ich im Computer nachsehen, aber es könnte durchaus sein, dass es sich auch um Kunden handelt.« Er ging zu einem kleinen, abgetrennten Bürobereich, in dem ein Aktenschrank und ein Computer standen. Nachdem er sich vor Letzterem niedergelassen hatte, drückte er ein paar Tasten, öffnete eine Datei mit Namen und sah sie durch.

»Ich habe hier alle bis auf den letzten«, verkündete er. »Sally Lea. Der Name sagt mir nichts, und er ist auch nicht im Computer. Für alle anderen haben wir Aufträge ausgeführt, für einige sogar mehrfach. Für die Coles beispielsweise haben wir ein Bett aus einer alten Esche gemacht, die durch einen Sturm entwurzelt wurde. Ein sehr schönes Stück Holz. Wir haben Monate dafür gebraucht.«

»Das heißt also, alle diese Leute haben von Ihnen gefertigte Gegenstände gekauft.«

»Wie Sie ja selbst sehen, sind wir kein Möbelgeschäft im üblichen Sinn. Die Leute bringen uns Holz aus ihren Gärten, und wir machen Objekte daraus, für gewöhnlich Schalen und Schneidbretter – aber im Prinzip alles Mögliche. Misses Orton ist da ein gutes Beispiel, für sie haben wir eine Urne für die Asche ihres verstorbenen Mannes angefertigt.«

»Wie finden Ihre Kunden Sie?«

»Wir schalten regelmäßig Werbeanzeigen in ein paar Zeitschriften – Zeitschriften für Leute, die ihre Häuser verschönern wollen.«

»Gehörte ein Mann namens Robert Poole auch zu Ihren Kunden?«, fragte Yvette.

»Robbie?« Er starrte sie neugierig an. »Nein, der war kein Kunde. Er hat hier gearbeitet.«

»Tatsächlich? Wann?«

Er überlegte einen Moment. »Anfang letzten Jahres, nur ein paar Monate lang.« Ein anderer Mann stieß mit der Schulter die Werkstatttür auf und schob sich mit zwei Pappbechern Kaffee herein. »Darren, hier sind zwei Detectives, die sich für Robbie Poole interessieren.«

»Warum hat er hier wieder aufgehört?«, fragte Yvette.

Die beiden Männer wechselten einen betretenen Blick.

»Gibt es ein Problem?«, erkundigte sich Darren. »Wir wollen ihm keine Scherereien machen.«

»Wir ermitteln im Zusammenhang mit einem Verbrechen.«

»Das ging damals ganz blöd auseinander«, berichtete der junge Mann. »Bei uns hat Geld gefehlt. Ich hatte wegen der Geschichte ein richtig ungutes Gefühl.«

»Sie hielten ihn für den Schuldigen?«

»Zumindest hatten wir ihn in Verdacht. Es schien die einzige Erklärung zu sein. Als wir ihn schließlich zur Rede stellten, flippte er völlig aus. Es war eine schlimme Sache, für alle Beteiligten.«

»Aber daraufhin verließ er die Firma.«

»Ich habe ihm zur Überbrückung noch ein paar Wochenlöhne ausgezahlt. Ist mit ihm alles in Ordnung?«

»Er ist tot.«

»Was?«

»Er wurde ermordet.«

»Ach du Scheiße!«

»Scheiße«, wiederholte Darren fast ehrfürchtig, »ach, du Scheiße!«

»Die Namen standen in einem Notizbuch, das wir in seiner Wohnung gefunden haben.«

»Lieber Himmel, wieso das denn?«

»Das versuchen wir gerade herauszufinden.«

»Tot!«

»Sie haben uns sehr geholfen. Vielleicht melden wir uns noch einmal bei Ihnen.« Yvette lächelte ihn an. »Ich glaube aber nicht, dass Sie ein schlechtes Gewissen haben müssen, weil Sie ihn damals gehen ließen.«

33

Als Harry Frieda am Freitagabend abholte, verriet er ihr nicht, wo es hinging. Während sie neben ihm auf dem Rücksitz des Taxis Platz nahm, warf er einen Blick auf sein Handydisplay. »Ich weiß es nämlich selbst nicht«, eröffnete er ihr.

»Wie meinen Sie das?«

»Dass man es nicht weiß, ist Teil des Spaßes«, erklärte er. »Wir fahren nach Shoreditch. Mehr kann ich Ihnen auch nicht sagen.«

»Das verstehe ich jetzt nicht. Was passiert, wenn wir in Shoreditch ankommen?«

Harry deutete auf das Telefon. »Überlassen wir uns doch seiner Führung«, antwortete er, »er wird es uns schon verraten.«

»Na gut«, meinte Frieda, »dann vertraue ich ihm eben.«

»Ich muss Sie warnen«, sagte Harry. »Ich möchte von Anfang an ganz ehrlich zu Ihnen sein.«

»Das ist immer ein schlechtes Zeichen«, entgegnete Frieda.

»Nein, eigentlich nicht. Ich wollte Sie nur frühzeitig wissen lassen, dass Sie sich vor meiner Schwester in Acht nehmen müssen. Tessa Welles verbringt zwar einen Großteil ihres Lebens als gesetzestreue Anwältin, hat dabei aber fast immer Hintergedanken.«

»Warum muss ich das wissen?«

»Sie hat mich sofort angerufen, nachdem sie Sie kennengelernt hatte, und mir von Ihnen erzählt. Sie hat mir eröffnet, dass sie nicht ruhen wird, bis sie uns beide zusammengebracht hat.«

Frieda blickte eine Weile aus dem Fenster, ehe sie ihm darauf eine Antwort gab. »Ich habe lediglich zu einem Abendessen Ja gesagt«, stellte sie schließlich fest.

»Ich weiß. Schätzungsweise versuche ich mit meinem Gerede nur herauszubekommen, ob Sie mit jemandem zusammen sind.«

»Nein.«

»Das ist gut. Warum habe ich das Gefühl, dass gleich ein *aber* folgt?«

»Keine Ahnung. Ich hatte nicht vor, meiner Antwort noch etwas hinzuzufügen.«

»Vielleicht haben Sie sich ja eben erst von jemandem getrennt.«

Frieda sah in seine graublauen Augen. Wie lange lag »eben erst« zurück? Sie und Sandy hatten sich vorletzten Dezember getrennt. Vermutlich hielt Harry vierzehn Monate für eine lange Zeit. Die meisten Leute wären wohl dieser Meinung. Wie maß man Abwesenheit? Es hatte Minuten gegeben, die sich hinzogen wie Stunden, und Stunden, die ihr vorgekommen waren wie eine Wüste ohne Horizont. Es hatte Tage gegeben, düster und dumpf wie Blei, und manchmal hatte sie sich wochenlang zwingen müssen, sich über die schier endlose Weite Zentimeter für Zentimeter voranzukämpfen. Woher weiß man, wann das Herz wieder bereit ist? Vielleicht war das Herz bei jemandem wie ihr niemals bereit, und man musste es mit Gewalt öffnen.

»Da war tatsächlich jemand«, sagte sie leise.

»So ein Glückspilz.«

»Nein, das sehe ich nicht so.«

»Aber es ist vorbei?«

»Er ist weggegangen.« Weit weg, dachte sie. Nach Amerika, auf einen anderen Kontinent. »Und ich mag nicht darüber sprechen.«

»Mir ist unbegreiflich, wie jemand …« Harry brach ab. »Entschuldigen Sie. Wir haben uns gerade erst kennengelernt, und ich möchte nicht mit der Tür ins Haus fallen.«

»Schon gut.«

»Aber ich finde Sie sehr schön.«

»Danke. Haben Sie inzwischen herausgefunden, wo es hingehen soll, oder ist das immer noch ein großes Geheimnis? Wir sind fast schon in Shoreditch.«

»Stimmt. Natürlich, Moment.« Nach einem erneuten Blick

auf sein Handy öffnete er die Luke in der Glastrennwand und beugte sich vor, um mit dem Fahrer zu sprechen. »Vielleicht sollten Sie uns besser an der nächsten Kreuzung absetzen.«

An der Shoreditch High Street stiegen sie aus.

»Ich habe mal in einem Büro hier in der Nähe gearbeitet«, berichtete Harry. »Zu der Zeit dachte ich – genau genommen dachte ich es nicht nur, sondern sagte es auch immer –, dass dies der eine Teil Londons sei, der niemals angesagt sein würde. Etwa fünf Jahre später las ich dann in einer amerikanischen Zeitschrift einen Artikel, in dem es hieß, Hoxton sei der angesagteste Platz auf dem Planeten.« Er tippte auf sein Handydisplay. »Gut. Folgen Sie mir einfach.«

Sie bogen von der Hauptstraße ab, und Harry führte Frieda durch ein Labyrinth aus Straßen, während er hin und wieder einen Blick auf sein Telefon warf. »Jetzt sind wir da«, sagte er, »zumindest behauptet das mein Handy.«

Sie standen vor einem Stahltor, das aussah wie der Eingang eines Lagerhauses. Harry drückte auf einen Türsummer. Erst war nur ein Rauschen zu hören, dann meldete sich eine undeutliche Stimme.

»Harry Welles plus eins«, sagte Harry.

Als es daraufhin klickte, schob er die Tür auf. Sie gingen hinein und ein paar Metallstufen hinauf. Oben schwang eine weitere Tür auf, und eine Frau mit einer üppigen blonden Lockenmähne nahm sie in Empfang. Sie trug eine weiße Schürze, an der sich nur ein einziger dunkelroter Streifen nach unten zog. Sie führte sie in ein kleines, offen angelegtes Apartment mit Holzboden und unverputzten Ziegelwänden, an denen die Heizungsrohre zu sehen waren. Metallene Heizkörper sorgten für Wärme. Die großen Fenster gingen auf die Londoner Innenstadt hinaus. Von den fünf provisorisch wirkenden Esstischen waren vier bereits besetzt. Die Frau führte sie zu dem noch freien. Sie setzten sich.

»Ich bin Inga«, stellte sie sich vor, »und komme aus Dänemark. Mein Mann Paul stammt aus Marokko. Wir kochen gemeinsam. Ich bringe Ihnen gleich Ihren Wein und Ihr Essen. Wahlmöglichkeit besteht keine. Sie haben keine Allergien oder Abneigungen?«

Harry sah Frieda an. »Tut mir leid, ich habe vergessen, Sie danach zu fragen.«

Frieda schüttelte den Kopf, und Inga ging. Kurz darauf kehrte sie mit einem Krug Weißwein und einem Teller mit eingelegtem Fisch und Sauerrahm zurück. Als sie wieder allein waren, wandte Frieda sich mit fragender Miene an Harry. »Was, zum Teufel, ist das?«

Harry inspizierte das Essen. »Es sieht eher dänisch als marokkanisch aus.«

»Nein, ich meine das hier.« Sie machte eine ausladende Geste. »Das alles.«

»Ach so. Eines von diesen neuen Pop-up-Restaurants. Man findet die Adressen nur, wenn man weiß, wo man suchen muss.«

»Pop-up?«

»Sie kommen und gehen. Irgendwelche seltsamen Leute kochen für kleine Gruppen von Gästen ihre ganz eigenen, seltsamen Gerichte.«

»Ist das … nun ja, legal?«, fragte Frieda.

»Ich hoffe es«, antwortete Harry. »Eigentlich müssten Sie das besser wissen als ich. Sie sind doch bei der Polizei.«

»Nicht direkt.«

Er schenkte für sie beide Wein ein. »Ich finde das richtig faszinierend«, erklärte er, »eine Psychotherapeutin, die für die Polizei arbeitet. Wie ist es dazu gekommen?«

»Das ist eine lange Geschichte.«

»Gut«, sagte Harry, »ich mag lange Geschichten.«

Während sich der Tisch mit kleinen Tellern und Schalen füllte, beladen mit geräuchertem Fleisch, verschiedenen Sorten Joghurt und würzigem Gebäck, erzählte Frieda ihm von Alan Dekker, von der Suche nach Matthew und von Alans Zwilling Dean Reeve und dessen Frau Terry, die sich als ein Mädchen entpuppt hatte, das zwanzig Jahre zuvor verschwunden war. Allerdings zensierte sie die Geschichte ein wenig. Von Kathy Ripons Tod erzählte sie ihm ebenso wenig wie von ihrer neuen Gewissheit, dass Dean noch irgendwo da draußen war.

Harry konnte gut zuhören. Er saß leicht nach vorn gelehnt, ohne ihr zu nahe zu kommen, und bekundete durch gelegentliches Nicken oder leises Gemurmel sein Interesse, unterbrach sie aber nicht. Als sie zu Ende erzählt hatte, fragte er sie nach ihrem aktuellen Fall im Zusammenhang mit diesem Robert Poole, und zu ihrer eigenen Überraschung erzählte sie ihm davon. Sie beschrieb ihm Michelle Doyce, und dann sprach sie auch über Robert Poole, ohne dabei jedoch seine Opfer zu erwähnen.

»Ich werde nicht recht schlau aus ihm«, stellte sie fest.

»Nun ja, schließlich haben Sie ihn nie persönlich kennengelernt, und jetzt ist er tot.«

»Trotzdem möchte ich ihn verstehen. Vielleicht finde ich auf diese Weise heraus, wer ihn getötet hat. Einerseits war er ganz eindeutig ein Betrüger, andererseits gab er den Leuten das Gefühl, nicht mehr ganz so einsam zu sein. Er hatte anscheinend ein Händchen dafür, ihre wunden Punkte zu finden, konnte sich dadurch aber auch besonders gut in sie hineinfühlen und sie trösten.«

»Versuchen nicht alle Betrüger auf irgendeine hinterhältige Weise Zugang zu ihren Opfern zu finden?«

»Ja, es ist nur... Vielleicht...« Sie hielt inne.

»Vielleicht, was?«

»Vielleicht kommt es mir nur so vor, dass er ein bisschen war wie ich.«

Harry wirkte gar nicht überrascht, sondern nickte zustimmend, während er einen Brocken Brot zu einer Kugel formte: »Sie wollen damit sagen, dass er sich gegenüber den Leuten, die er betrogen hat, wie ein Therapeut verhielt.«

»Ja.«

»Das ist für Sie bestimmt kein angenehmer Gedanke.«

»Da haben Sie recht.«

»Trotzdem bin ich mir sicher, dass Sie eine hervorragende Therapeutin sind.«

Frieda schnaubte. »Jetzt wollen Sie mir bloß schmeicheln. Sie haben doch keinen blassen Schimmer, ob ich wirklich gut bin oder nicht.«

»Ich würde Ihnen vertrauen – und mich Ihnen anvertrauen.«

»Was Sie bis jetzt aber nicht getan haben. Sie haben mir nur Fragen gestellt und sich meine Antworten angehört.«

»Fragen Sie mich etwas.« Er breitete die Arme aus, die Handflächen nach oben gewandt. »Egal, was.«

»Egal, was?«

»Völlig egal.«

»Machen Sie Ihren Beruf, weil Sie Geld mögen?«

»Hmm. Nein. Ich mache ihn, weil ich weiß, wie Geld funktioniert und wie es die Menschen verändert.«

»Sprechen Sie weiter.«

»Ein guter Buchhalter oder Finanzberater ist eine Art Künstler. Man kann mit dem Geld der Leute die erstaunlichsten kreativen Möglichkeiten schaffen und Dinge damit anstellen, die sie sich nie erträumt hätten.«

»Damit sie keine Steuern dafür bezahlen müssen?«, meinte Frieda.

Harry runzelte amüsiert die Stirn. »Sie arbeiten aber nicht auch noch für die Steuerfahndung, oder?«, fragte er. »Nein, es geht nur darum, Möglichkeiten zu sehen. Um das Geld geht es mir eigentlich gar nicht. Das ist so ähnlich, wie wenn spielende Kinder irgendeine Holzbank zu ihrer Ladentheke erklären.« Er blickte sich im Raum um. »Oder wie das hier. Sie wollten wissen, ob es legal ist. Streng genommen ist es das wahrscheinlich nicht. Diese Leute haben nur eine gesetzliche Grauzone entdeckt, irgendetwas zwischen einem Restaurant und einer privaten Einladung zum Abendessen, und in dieser Grauzone können sie ihre marokkanisch-dänische Kreativität entwickeln. Oder sehen Sie das anders?«

»Es ist einfach typisch London«, entgegnete Frieda.

Harry starrte sie verblüfft an. »Wie meinen Sie das?«

»Grauzonen«, antwortete sie, »Dinge, die im Geheimen passieren, gute Dinge, schlechte Dinge, seltsame Dinge.«

»In welche Kategorie fällt das hier?«

»Gut, schätze ich. Bis es eines Tages zu einem Brand oder etwas Ähnlichem kommt und der Spaß plötzlich ein Ende hat.«

Harry fiel die Kinnlade herunter. »Jetzt spricht die Polizistin aus Ihnen.«

»Ich bin keine Polizistin.«

»Natürlich nicht. Entschuldigen Sie. Nächste Frage.«

»Warum sind Sie noch solo?«

»Keine Ahnung.«

Frieda hob die Augenbrauen.

»Ich habe nicht damit gerechnet, mit achtunddreißig noch solo zu sein. Bald werde ich vierzig. Ich bin immer davon ausgegangen, dass ich mit vierzig längst sesshaft sein würde – mit Ehefrau, Kindern, eigenem Haus, Sie wissen schon, einem ganz normalen Leben eben. Natürlich habe ich ein paar Beziehungen hinter mir, einige kurze und einige lange, und irgendwann war ich sogar mit einer Frau verlobt, von der ich dachte, dass ich sie liebe und sie mich auch, aber am Ende klappte es doch nicht mit uns. Inzwischen weiß ich manchmal gar nicht mehr, wie sie ausgesehen oder sich angefühlt hat – als wäre das Ganze nur ein Traum gewesen oder jemand anderem passiert. Ich glaube, ich hatte immer das Gefühl…« Er runzelte die Stirn und trank einen Schluck Wein. »Ich hatte immer das Gefühl zu warten.«

»Worauf?«

»Keine Ahnung. Darauf, dass mein wahres Leben beginnen würde – das Leben, das ich eigentlich führen sollte.«

»Das wahre Leben?« Friedas Worte hingen zwischen ihnen in der Luft.

»Das wahre Leben, die wahre Liebe. Ich weiß es ja auch nicht.«

Einmal hatte er zu ihr gesagt: »Ich kenne dich.« Er hatte ihr in die Augen gesehen, ohne zu lächeln. Dabei hatte sie das Gefühl gehabt, dass sein Blick sich einen Weg durch die Tunnel und Geheimtüren ihres Gehirns bahnte.

Was hatte er gesehen? Worauf war er gestoßen, als er in sie hineinblickte? Hatte er ihr wahres Ich entdeckt – das Ich, an das niemand sonst herankam?

Der Körper spielt keine Rolle. Nicht mehr. Die rissige Haut und der schorfige Mund, das kurz geschnittene, fettige Haar. Die hervorstehenden Rippen und die seltsamen blauen Flecken, die sich neuerdings auf ihrer bleichen, schmutzigen, sonnenentwöhnten Haut abzeichnen. Entscheidend ist nur die Seele. »Hör auf gar nichts«, sagen einem die Stimmen. Er sagte: »Ich kenne dich. Denk immer daran. Ich kenne dich.« Das zählte mehr als alles andere.

34

Ihre Besprechung fand bereits um sieben statt, als es draußen noch gar nicht richtig hell war. Es gab gelbbraunen Tee, den niemand trank, und trockene Kekse, die keiner von ihnen aß – bis auf Yvette, die ein großes Stück von einem abbiss und dann selbst erschrak, weil sie ein so lautes, malmendes Geräusch von sich gab, eigentlich aber gerade etwas sagen sollte. Jake Newton bedachte sie mit einem mitleidigen Lächeln.

Rasch legte sie ein Schaubild auf den Tisch. Karlsson, Frieda und Chris Munster beugten sich vor, um es zu studieren. Jake dagegen kippte mitsamt seinem Stuhl nach hinten, die Hände an der Tischkante, bis er das Gleichgewicht nur noch mit den Fingerspitzen hielt – ein Anblick, der Yvette unruhig machte und Karlsson nervte.

»Wir haben versucht, seine Aktivitäten nachzuvollziehen«, erklärte Yvette, die ihren Keks noch immer nicht ganz verspeist hatte, »wo er sich jeweils aufhielt und mit wem er sich traf. Um herauszufinden, ob sich bestimmte Verhaltensmuster oder auch Lücken ergeben.«

»Fahren Sie fort.«

»Ganz genau konnten wir das natürlich nicht rausbekommen. Zum einen verfügen wir nicht über genügend Informationen, zum anderen beruht vieles auf Erinnerungen. Aber schauen Sie selbst. Das hier sind die Tage, an denen er bei Mary Orton war, für sie haben wir die Farbe Grün verwendet. Jasmine Shreeve ist rot, die Wyatts sind blau eingezeichnet. Die Tage, an denen er sich mit Janet Ferris traf, sind mit einer gepunkteten Linie markiert, und etliche Tage bleiben frei. Trotzdem ergibt sich ein Muster, das recht regelmäßig wirkt, finden Sie nicht? Jedenfalls regelmäßiger, als man erwarten würde – als hätte er ein System gehabt und sich für alle Leute, von denen er etwas wollte, ein bestimmtes Maß an Zeit reserviert.«

»Mmm«, meinte Karlsson nachdenklich, »da haben Sie recht. Gute Arbeit.«

»Aber das Seltsame ist, dass er zeitweise – immer für ein paar Tage am Stück – völlig vom Radar verschwindet. So alle zehn Tage oder zwei Wochen gibt es drei oder vier Tage, an denen jede Spur von ihm fehlt, und soweit wir es beurteilen können, verbrachte er diese Phasen auch nicht in seiner Wohnung.«

»Sie glauben also, er war bei jemand anderem?«

»Möglich. Bei einer Person, die wir noch nicht aufgespürt haben.«

»Vielleicht einem weiteren Opfer.«

»Der Gedanke liegt nahe.«

»Gab es irgendwelche Reaktionen auf das Plakat mit seinem Konterfei?«

»Sie kennen das ja: Dutzende Leute haben sich gemeldet und behauptet, ihn zu kennen, aber es handelte sich dabei um lauter Sackgassen.«

»Er war Gärtner, nicht?«, meldete Frieda sich zu Wort.

»Was meinen Sie mit ›er war Gärtner‹?«, fragte Yvette. »Was spielt das denn für eine Rolle?«

»Ihr Schaubild erinnert mich an Gartenarbeit«, erklärte Frieda. »Bei der Gartenarbeit folgt ein Stadium auf das nächste. Erst sät man, dann pflegt und gießt man die Pflanzen, schließlich kann man ernten, und im Herbst entfernt man die toten Pflanzenteile. Für mich sieht es so aus, als hätten sich die von ihm ausgewählten Personen in unterschiedlichen Stadien der ›Pflege‹ befunden. Einige hatte er erst einmal angerufen oder vermutlich noch vor, sie anzurufen. Bei unserem Paar in Brixton – durch das wir überhaupt erst auf ihn gekommen sind – war er bereits einmal im Haus. Des Weiteren wäre Janet Ferris zu nennen, für die er allem Anschein nach der perfekte Nachbar war, freundlich und aufmerksam. Gegen Jasmine Shreeve hatte er etwas in der Hand, wovon er aber noch nicht Gebrauch gemacht hatte, soweit wir wissen. Und dann wären da noch die Wyatts. Er hatte es geschafft, Aisling Geld abzuluchsen, und höchstwahrscheinlich hätte er sie im Lauf der Zeit noch stärker unter Druck gesetzt. Ganz zu schweigen von Mary Orton, die er um eine große Summe Geld erleichtert hatte und dann auch noch dazu bringen wollte, ihr Testament zu ändern.«

»Sie haben recht«, sagte Karlsson.

»Falls es eine Person gibt, von der wir noch nichts wissen und mit der er sich in diesen zeitlichen Lücken traf, dann frage ich mich, wie er oder sie ins Bild passt. Was hat er mit der betreffenden Person gemacht? Stand er da gerade erst am Anfang? Oder war er bei dieser Person schon weiter fortgeschritten als bei allen anderen? Vielen Betrügern geht es nicht nur darum, die Leute um ihr Geld zu prellen. Sie genießen das Gefühl von Macht. Es gibt Studien über Täter, die ihre Opfer betrogen haben, ohne daraus den geringsten finanziellen Nutzen zu ziehen – für sie war das Ganze nur ein grandioses Projekt, bei dem sie sich so richtig wichtig fühlen konnten.«

Chris Munster meldete sich zum ersten Mal zu Wort. »Mich würde interessieren«, sagte er, »wer diese gottverdammte Sally Lea ist.«

Das Tosen in ihrem Kopf hatte sich gelegt, ebenso wie ihr nagender Hunger und das benebelte Gefühl. Alles hatte plötzlich ganz klare Konturen. Sie konnte wieder deutlich sehen, und ihre Gedanken waren wie Messer.

Sie war seine Erbin. Sie würde ihn nicht enttäuschen.

Entschlossen erhob sie sich von der schmalen Pritsche mit dem zerknitterten Bettzeug und der kratzigen Decke. Ihre Kleidung schlackerte an ihr. Als sie mit den Fingern über ihren Körper strich, spürte sie, wie ihre Knochen hervorstanden: Hüften, Schlüsselbeine, Rippen. Ihre Schulterblätter fühlten sich an wie Flügel – Flügel zum Fliegen. In der Schule war sie ein molliges Mädchen mit weichen, runden Hüften gewesen. Kurvig, hatte ihre Mutter gesagt. Pummelig, hatten ihre Feindinnen gehöhnt.

Jetzt war ihr Körper schlank und fest. Ein Instrument – *sein* Instrument.

Sie tastete sich bis zu dem langen Schrank im Bug des Bootes vor, wo es immer dunkler wurde, je näher man der Spitze kam. Er hatte gesagt, das dürfe sie nicht, auf keinen Fall. Sie hatte es ihm geschworen: großes Indianerehrenwort. Aber nun war alles anders. Es gab keine Regeln mehr, das Warten war vorbei.

Als sie den Schrank erreicht hatte, zog sie das erste Paket heraus, das in mehrere Plastiksäcke gehüllt war, um es vor Feuchtigkeit zu schützen, und legte es auf den Tisch. Drei weitere folgten. Dann fing sie an.

Frieda schaffte es gerade noch rechtzeitig in die Klinik. Sie hatte mit Jack einen Treffpunkt im Eingangsbereich vereinbart, neben dem Ständer mit den Genesungskarten, aber er war noch nicht da. Ein paar Minuten später sah sie ihn mit hochrotem Gesicht durch die Drehtür eilen. Die Sachen, die er trug, wirkten völlig willkürlich kombiniert – Wochenendklamotten, dachte Frieda, oder Schnell-raus-aus-dem-Bett-Klamotten: eine abgewetzte Samtjeans, die einmal dunkelrot gewesen war, ein Hemd mit einem braun-grünen geometrischen Muster und darüber eine Strickjacke mit Rentieren darauf, bestimmt ein Weihnachtsgeschenk seiner Eltern, mutmaßte Frieda. Bei einem seiner Turnschuhe fehlten die Schnürsenkel, so dass sein Gang etwas asymmetrisch Hüpfendes hatte, weil er mit einem Fuß immer über den Boden schleifen musste, um den Schuh nicht zu verlieren.

»Tut mir leid«, keuchte er, »Wecker kaputt, U-Bahn verspätet. Wartest du schon lang?«

»Nur ein paar Minuten, kein Problem. Wir haben keinen Termin oder etwas Derartiges, wir machen nur einen Besuch. Ich habe mir gedacht, dass es für dich vielleicht interessant sein könnte, sie kennenzulernen, und von ihr weiß ich, dass sie gern Besuch bekommt. Danach trinken wir einen Kaffee zusammen, und du kannst mir von Carrie erzählen.«

Sie gingen die Treppe hinauf und den langen Gang mit den

bunten Bildern entlang, wo die vielen Rollstühle und Gehhilfen an der Wand standen, und betraten dann durch die Flügeltür die Station. Dort hatte sich kaum etwas verändert: Nur die Frau in dem viktorianischen Nachthemd, die immer puzzelte, war nicht mehr da, und aus dem Bett, das von Michelle Doyce belegt gewesen war, starrte ihnen eine sehr beleibte Frau mit leerem Blick entgegen.

»Sie ist da hinten«, erklärte die Schwester und deutete dabei auf eine Tür, »in einem Einzelzimmer. Befehl von oben.« Sie zog theatralisch die Augenbrauen hoch, als wollte sie auf diese Weise eine launige Antwort provozieren.

Frieda nickte. »Gut.«

Das neue Zimmer von Michelle Doyce entpuppte sich als kleiner, schäbiger Raum mit abblätternden hellgrünen Wänden. Ohne das große Fenster, das auf eine Feuertreppe hinausging und Tageslicht in den Raum fluten ließ, wäre er unerträglich trist gewesen. Die metallene Wendeltreppe führte hinunter in einen Hof, auf dem, wie Frieda gerade entdeckte, ein fast leerer Container und mehrere überquellende Mülltonnen standen. Sie konnte sich nicht vorstellen, wie es irgendjemand von den Patienten, die sie gesehen hatte, schaffen sollte, sich auf diesem Weg in Sicherheit zu bringen. Unter dem winzigen Waschbecken in der Ecke entdeckte sie eine Küchenschabe. Sie öffnete das Fenster, hob das Insekt mit einem Papiertaschentuch auf und ließ es behutsam hinunter in den Container fallen. Jack verzog das Gesicht.

Michelle saß auf dem Metallstuhl neben ihrem Bett. Auf dem Nachttisch lagen mehrere kleine Papierfetzen, drei ordentlich aufgereihte Flaschenverschlüsse aus Kunststoff, ein alter Pillenbehälter, dessen Fächer mittlerweile kleine Knöllchen aus Fusseln und Haaren enthielten, fünf Puzzleteile und ein paar kleine Seifenbrocken, die vermutlich aus den Abfalleimern verschiedener Bäder stammten. Auf diese ganze eigene Art, ging Frieda durch den Kopf, schaffte sich Michelle Doyce eine Umgebung, in der sie sich wohlfühlte.

Michelle legte einen Finger an die Lippen, als ihre beiden Besucher auf sie zusteuerten. »Sie schlafen«, flüsterte sie.

»Wir sind ganz leise«, antwortete Frieda. »Dürfen wir uns ans Fußende setzen, oder möchten Sie, dass wir stehen bleiben?«

»Du darfst sitzen, wenn du vorsichtig bist. Er kann stehen.«

Jack streckte ihr die Hand hin. »Ich bin Jack«, stellte er sich vor, »ein Freund von Frieda. Ich freue mich, Sie kennenzulernen.«

Michelle Doyce betrachtete seine ausgestreckte Hand, als wüsste sie nicht, worum es sich dabei handelte. Verlegen ließ er sie wieder sinken. Nun aber beugte Michelle sich vor, griff nach seiner Hand und untersuchte sie neugierig, indem sie mit einem Finger über seine Hornhaut fuhr und dann unter leisem Gemurmel ein geplatztes Blutgefäß und einen abgebrochenen Nagel inspizierte.

»Schau«, sagte sie, wobei sie seine Hand so herumdrehte, dass die Handfläche nach oben wies, »Lebenslinien.«

»Werde ich lange leben?«, fragte Jack lächelnd.

»O nein«, antwortete sie, während sie seine Hand einen Moment sanft tätschelte und dann losließ, »du nicht.«

Jack kaschierte seine Bestürzung, indem er krampfhaft weiterlächelte.

»Erinnern Sie sich an mich?«, fragte Frieda.

»Du hast uns vorgestellt.«

»Mein Name ist Frieda. Wir haben uns über den Mann unterhalten, der bei Ihnen im Zimmer wohnte.«

»Er ist nie zurückgekommen.«

»Fehlt er Ihnen noch?«

»Wo ist er?«

»In Sicherheit.«

Michelle Doyce nickte. Sie machte eine ihrer fließenden Gesten, in dem sie mit ihren ungeschickten Fingern irgendwelche Linien in die Luft zeichnete.

»Woran erinnern Sie sich, wenn Sie an ihn denken?«

»Seine arme Hand.« Sie wandte sich wieder Jack zu und

sah ihn mit ihren milchigen Augen an. »Viel schlimmer als die deine.«

»Nur seine Hand? Sonst nichts? Haben Sie nicht noch etwas anderes eingesammelt?«

»Ich stehle nie. Ich kümmere mich nur um die Sachen.«

»Ich weiß. Brauchen Sie irgendetwas?«

»Am Ende ... «

»Wo ist ihr Hund?«

»Am Ende gehen alle weg. Häfen und Flüsse.«

»Aber Ihr Hund hat Sie nicht verlassen, oder?«

»Still, sonst wachen sie auf.«

Sie deutete auf die braune Decke, die über die Kissen gezogen war.

»Ist er da drin?«

»Jetzt sind sie Freunde. Das hat gedauert.«

»Darf ich sehen?«

»Versprechen Sie es.«

»Ich verspreche es.«

Unendlich sanft und zärtlich zog Michelle die Decke weg. »Da«, sagte sie stolz.

Unter der Decke sahen sie nicht nur ein Plüschtier, sondern noch ein zweites auftauchen: den Hund mit den Schlappohren und den Knopfaugen, den Frieda ihr geschenkt hatte, und einen kleinen rosa Teddybären, auf dessen Brust ein rotes Herz gestickt war.

»Das ist gut«, bemerkte Jack, »dann können sie sich gegenseitig Gesellschaft leisten.«

»Hier.« Michelle hob den Hund hoch und platzierte ihn behutsam in Jacks Armen.

»Woher haben Sie den Teddy?«, fragte Frieda.

Michelle starrte sie verständnislos an.

»War jemand da und hat ihn Ihnen gebracht?«

»Ich kümmere mich um die Kleine.«

»Das sehe ich. Aber wie ist sie hierhergekommen?«

»Das weiß man nie so genau.«

Auch die Stationsleiterin wusste nicht, woher Michelle Doyce den Teddy hatte.

»Wie gesagt, ich habe keine Ahnung, woher er stammt.« Die Frau sprach laut und mit Nachdruck, als wäre Frieda schwerhörig oder schwer von Begriff.

»Oder seit wann sie ihn hat«, fügte Frieda hinzu.

»Richtig. Ich habe keine Ahnung.«

»Jemand muss ihn ihr gegeben haben.«

»Es ist nur ein billiger kleiner Bär«, entgegnete die Frau. »Vielleicht hat Michelle ihn jemandem aus dem Bett geklaut, oder jemand hat ihn weggeworfen, und sie hat ihn aus dem Müll gefischt. Wo liegt das Problem? Er macht sie glücklich. Sie ist den ganzen Tag damit beschäftigt, sich um die beiden Plüschtiere zu kümmern.«

»Ich muss herausfinden, ob sie Besuch hatte. Wie lange bewahren Sie die Aufzeichnungen aus Ihren Überwachungskameras auf?«

»Welche Aufzeichnungen?«

»Ich habe hier in der Klinik schon mehrere Kameras gesehen.«

»Ach, die. Die sind doch nur Show. Wo sollen wir Ihrer Meinung nach das Geld für echte Überwachungskameras hernehmen? Das ist hier keine von Ihren Nobelkliniken, müssen Sie wissen. Für uns ist es schon schwierig genug, unser Pflege- und Reinigungspersonal zu bezahlen, da können wir uns nicht auch noch diesen ganzen modernen Schnickschnack leisten.«

»Es liegt also nichts auf Film vor?«

»Ich glaube nicht, zumindest nicht hier von der Station. Am Eingang gibt es tatsächlich eine Kamera, aber die Aufzeichnungen werden nur vierundzwanzig Stunden gespeichert.«

»Verstehe. Danke.«

Jack und Frieda setzten sich in das Café im Erdgeschoss. Es bestand eigentlich nur aus zwei Resopaltischen, die in einer Ecke des Eingangsbereichs standen, gleich neben dem Laden, in dem

Frieda den Hund mit den Knopfaugen gekauft hatte. Ein Mann im Overall schlurfte mit einem Wagen voller Zeitungen und Zeitschriften an ihnen vorbei, die er in großen Bündeln auf den Boden warf. Frieda bestellte bei der gelangweilt wirkenden Frau hinter der Theke einen grünen Tee, Jack einen Cappuccino und dazu einen schon ziemlich vertrockneten Blaubeermuffin.

»Arme Michelle Doyce«, bemerkte Jack, dem bereits der Milchschaum an der Oberlippe klebte.

»Mir kommt sie inzwischen viel glücklicher vor.«

»Wegen der Plüschtiere?«

»Für sie sind es keine Plüschtiere, sondern lebendige Wesen, die sie verhätscheln und lieben kann und die ihre Liebe erwidern. Das ist schließlich genau das, was sich die meisten von uns wünschen.«

»Stimmt«, bestätigte Jack in düsterem Ton.

»Erzähl mir von Carrie. Du hattest inzwischen zwei Sitzungen mit ihr, oder? Wie ist es gelaufen?«

»Gut.« Jacks Miene hellte sich auf. Er brach ein großes Stück von dem bröseligen Muffin ab und schob es sich in den Mund. »Dabei war ich vorher schrecklich nervös, fast als hätte ich einen Bühnenauftritt vor mir. Allein schon für die Entscheidung, was ich anziehen soll, habe ich eine Ewigkeit gebraucht, was sonst gar nicht meine Art ist.«

»Das ist ganz normal«, meinte Frieda. »Aber dann lief es gut?«

»Ich war eine geschlagene Stunde vor ihr im Warehouse. Paz konnte es gar nicht fassen. Carrie kam ebenfalls lächerlich früh. Und sie war extrem nervös, Frieda. Bei ihrem Anblick habe ich mich wegen meiner eigenen Nervosität sofort geschämt. Ich hatte dabei nur an mich gedacht, obwohl es für sie doch viel härter war. Sie kam rein, ließ sich mir gegenüber nieder und trank erst mal einen großen Schluck Wasser. Ich erklärte ihr, dass ich zwar über einen Teil der Ereignisse informiert sei, die sie zu mir geführt hätten, es aber gerne in ihren eigenen Worten hören würde. Da fing sie an zu weinen.«

»Was hast du gemacht?«

»Am liebsten wäre ich aufgesprungen und hätte sie in den Arm genommen. Aber du wärst stolz auf mich gewesen: Ich habe gar nichts gemacht.«

Frieda musterte ihn argwöhnisch. Meinte er das sarkastisch? »Wie ging es dann weiter?«

»Ich habe ihr ein Papiertaschentuch gereicht. Nachdem sie sich ausgeweint hatte, entschuldigte sie sich. Ich gab ihr zur Antwort, sie müsse sich nicht entschuldigen, in den Sitzungen bei mir könne sie sagen, was sie wolle, und jedes Gefühl herauslassen. Das Problem ist, dass sie gar nicht genau weiß, was sie empfindet – ob Trauer oder Wut, Schuldgefühle oder Scham, oder einfach nur Bedauern über die tragische Tatsache, dass sie keine Kinder hat, obwohl ihr einziger Wunsch im Leben immer war, Mutter zu werden.«

»Wahrscheinlich alles zusammen.«

»Ja. Außerdem hat sie sich meiner Meinung nach derart daran gewöhnt, für Alan immer die Starke zu sein, dass sie jetzt gar nicht weiß, wer sie ist oder wie sie sein soll. Ich glaube, sie muss erst wieder lernen, wo ihr Platz in der Welt ist.«

»Klingt, als wäre es gut gelaufen.«

»Ich weiß noch immer nicht, woran man eigentlich merkt, ob es gut gelaufen ist oder nicht. Beim zweiten Mal hat sie, kurz bevor sie ging, davon gesprochen, dass es ihr anfangs lieber gewesen wäre, mit jemandem wie dir zu reden, dass sie inzwischen aber gemerkt habe, dass sie mit einem männlichen Therapeuten doch besser klarkomme.«

»Also mit *dir*.«

»Hast du damit ein Problem?«

»Nein, ich kann das gut nachvollziehen.« Sie trank einen Schluck von ihrem grünen Tee. Die Frau im Laden schnitt gerade die in Plastik eingeschweißten Zeitungsstapel auf und räumte sie in die Ständer. »Ich will meine geliebte Ratte zurück«, lautete eine Schlagzeile.

»Sie hat gesagt, anfangs habe sie dich gehasst«, fuhr Jack fort.

»Sie hat dir die Schuld an allem gegeben, was ihr passiert ist, aber … Frieda? Was hast du?«

Frieda deutete auf eine der Boulevardzeitungen, den *Daily Sketch*.

»Ach, du meine Güte!«, stöhnte Jack. »Schon wieder was über dich? Ignorier es einfach. Dieses Geschmiere ist es doch gar nicht wert, dass man sich damit beschäftigt.«

»Ich kann das nicht ignorieren«, widersprach Frieda. Sie nahm die Zeitung aus dem Ständer und kehrte damit an den Tisch zurück.

»Wenigstens ist es nicht die Titelstory«, bemerkte Jack.

In der Titelstory ging es um einen Rockstar auf Drogenentzug. Den unteren Teil der Titelseite nahm ein kleinerer Artikel ein: »Fragwürdige Frau Doktor als Beraterin bei verbockter Mordermittlung.« Daneben prangte ein Foto von Frieda.

»›Fragwürdig‹«, sagte Jack, »fällt das nicht unter Verleumdung?«

»Immerhin musste ich vor einem medizinischen Untersuchungsausschuss antreten. Vielleicht reicht das schon.«

»Dafür ist das Foto hübsch.«

»Jemand hat die Aufnahme ohne mein Wissen gemacht«, entgegnete Frieda, »irgendwo auf der Straße. Anscheinend hat mich irgendeiner von denen beschattet.«

»Dürfen die das denn?«

»Keine Ahnung.«

»Den Artikel hat eine gewisse Liz Barron geschrieben. Sagt dir der Name was?«

»Ja«, antwortete Frieda, »sie stand irgendwann vor meiner Tür.«

»Und?«

»Nichts und. Halt mal kurz die Klappe, ich muss da jetzt durch.«

Frieda nahm einen Schluck von ihrem Tee und holte ein paarmal tief Luft, ehe sie sich daran machte, den Artikel Wort für Wort zu lesen. Als sie mit der Titelseite fertig war und umblätterte, um den Rest zu lesen, fiel sie vor Schreck fast vom Stuhl. Neben dem zweiten Teil des Textes prangte ein Foto von Janet Ferris und die Zeichnung von Robert Poole, die sie, Frieda, anhand des Fotos seines bereits verwesenden Gesichts angefertigt hatte. Sie zwang sich, den Artikel langsam und bewusst zu Ende zu lesen. Dann lehnte sie sich zurück.

»Was steht drin?«, fragte Jack.

»Lies es selbst.«

»Ich will den Mist gar nicht wissen. Kannst du mir nicht einfach sagen, was drinsteht?«

»Also gut«, gab Frieda nach. »Ich glaube, die Kritik zielt hauptsächlich darauf ab, dass es in einer Phase, in der die Polizei sich mit drastischen finanziellen Kürzungen konfrontiert sehe, unangemessen sei, eine Therapeutin als Beraterin einzustellen, noch dazu eine in Verruf geratene. Wo sie doch schon so qualifizierte Fachleuchte wie Doktor Hal Bradshaw haben.«

»Ist das der, der immer im Fernsehen auftritt?«

»Ja, angeblich macht er da irgendwas. Außerdem haben sie Pooles Nachbarin Janet Ferris aufgespürt. Sie ist nicht zufrieden damit, wie die Dinge laufen.« Frieda griff nach der Zeitung und suchte nach dem genauen Wortlaut: »›Die Polizei nimmt den Fall nicht ernst genug‹, kritisiert sie. ›An seiner Aufklärung scheint niemandem viel zu liegen. Bob Poole war ein wunderbarer Mann und unglaublich großzügig. Er hat mir immer kleine Geschenke vorbeigebracht, ganz spontan. Wir haben regelmäßig Bücher getauscht, einmal sogar ein Bild. Er meinte, das wäre für uns beide eine Art Tapetenwechsel. Natürlich habe ich es zurückgebracht, genau wie alles andere, das ihm gehörte, ich habe nichts mehr von ihm da. Trotzdem kann ich noch immer nicht glauben, dass er nie wieder an meine Tür klopfen wird und ich nie wieder sein lächelndes Gesicht sehen werde. Alle haben ihn im Stich gelassen, aber ich werde ihn nie aufgeben.‹«

»Wie hat diese Journalistin überhaupt von der Frau erfahren?«

»Keine Ahnung.«

»Haben diese Presseleute auch mit Karlsson gesprochen?«, fragte Jack wütend. »Hat er sich hinter dich gestellt und denen erzählt, was für gute Arbeit du geleistet hast?«

Frieda fuhr mit dem Finger ans Ende des Artikels. »Eine Polizeisprecherin erklärte: ›Es entspricht nicht unserer Politik, über Interna Auskunft zu geben, aber ich kann Ihnen immerhin sagen, dass Doktor Klein bei den Ermittlungen keine entscheidende Rolle spielt. Wir sind jedoch stets dankbar für Mithilfe aus der Bevölkerung.‹ Sie erklärte, die Ermittlungen in dem Fall würden fortgesetzt.«

»Das ist nicht gerade die Rückendeckung, die man sich wünschen würde«, meinte Jack. »Was ist das für ein Gefühl, wenn so über einen geschrieben wird? Fühlst du dich dadurch nicht verletzt?«

Frieda lächelte. »Verletzt? Bist du jetzt mein Therapeut?«

Jack gab ihr keine Antwort. Er machte einen sehr verlegenen Eindruck.

»Was würdest du mich denn fragen, wenn du tatsächlich mein Therapeut wärst?«

»Ich würde dich fragen, wie du dich nach der Lektüre des Artikels fühlst.«

»Aber nicht, ob ich mich verletzt fühle?«

»Das habe ich nicht als Therapeut gesagt«, verteidigte sich Jack. »Aber wenn wir schon gerade dabei sind, wie fühlst du dich nach diesem Artikel?«

»Als wäre ich das Eigentum von jemand anderem«, antwortete Frieda, »und das gefällt mir überhaupt nicht.«

Jack griff nach der Zeitung und warf einen Blick auf den Artikel. »Aggressive Brünette«, las er vor. »Das erscheint mir nicht ganz zutreffend.«

»Was stimmt denn deiner Meinung nach nicht? Dass ich aggressiv oder dass ich brünett bin?«

»Beides. Und ›fragwürdig‹. Das ist doch völlig daneben.« Er legte die Zeitung wieder zurück auf den Tisch. »Ich begreife sowieso nicht, warum du dir das alles antust.«

»*Das* ist eine gute Frage«, gab Frieda zurück, »und wenn du mein Therapeut wärst, würden wir darüber jetzt lange diskutieren.«

»Können wir nicht trotzdem darüber diskutieren, auch wenn ich nicht dein Therapeut bin?«

Frieda wühlte in ihrer Tasche herum, bis sie ihr Handy gefunden hatte.

»Schaltest du das Ding eigentlich jemals ein?«, fragte er.

»Ja, jetzt zum Beispiel«, antwortete sie. »Ich schalte es nur ein, wenn ich vorhabe, es zu benutzen, und danach schalte ich es sofort wieder aus.«

»Ich glaube nicht, dass das der Sinn der Sache ist.«

Frieda wählte Karlssons Nummer.

Er ging bereits nach dem ersten Läuten ran. »Ich versuche schon die ganze Zeit, Sie zu erreichen«, schimpfte er.

»Wie sind die auf Janet Ferris gekommen?«

»Sie meinen, diese Journalistin?«

»Genau.«

Am anderen Ende der Leitung herrschte einen Moment Schweigen.

»Hören Sie«, sagte Karlsson schließlich, »es weiß doch jeder, dass die Presse Kontakte zur Polizei hat.«

»Ich wusste das nicht«, widersprach Frieda. »Was bedeutet das konkret?«

»Es ist eine gottverdammte Schande«, antwortete Karlsson, »aber bedauerlicherweise gibt es Beamte, die Informationen weitergeben. Gegen ein kleines Entgelt.«

»Dann weiß die Öffentlichkeit jetzt also Bescheid.«

»Bei unserer Arbeit handelt es sich nicht gerade um ein Staatsgeheimnis. Unser Gehalt zahlt ja auch der Steuerzahler. Trotzdem tut es mir leid, und es tut mir auch leid, dass von unserer Seite kaum etwas zu Ihrer Verteidigung kam.«

»Wenn es Yvette Long nicht recht ist, dass ich an dem Fall mitarbeite, dann wäre es mir lieber, sie würde es mir oder Ihnen persönlich sagen und nicht einer Journalistin.« Wieder herrschte am anderen Ende Schweigen. »Ich nehme an, sie hat sich Ihnen gegenüber schon entsprechend geäußert«, folgerte Frieda. »Damit kann ich leben.«

»Es ist nicht so, wie Sie denken, Frieda.«

Sie warf einen Blick zu Jack hinüber, der mit ziemlich betroffener Miene auf den *Daily Sketch* hinunterstarrte. Als er aufblickte, gab Frieda ihm mit einer Handbewegung zu verstehen, dass sie nicht mehr lange brauchen würde. »Wie sehen Sie das dann?«

»Der Artikel war Schwachsinn – die Kommentare über Sie genauso wie die Behauptung, wir kämen mit den Ermittlungen nicht voran.«

»Sie und Ihre Leute stehen dadurch ebenfalls blöd da. Auch wenn ich den genauen Wortlaut nicht parat habe …«

»›Fragwürdige Frau Doktor‹.«

»Ja, vielen Dank.« Frieda wollte das Gespräch gerade beenden, als ihr noch etwas einfiel. »Ich habe wegen Janet Ferris ein schlechtes Gefühl. Ich würde sie gerne besuchen.«

»Sie hat dieser Journalistin einen Haufen Müll erzählt. Nehmen Sie sich das nicht so zu Herzen.«

»So habe ich das gar nicht gemeint«, widersprach Frieda. »Ich glaube, sie braucht jemanden zum Reden.«

»Sie ist in der Tat eine einsame Frau«, räumte Karlsson ein. »Ich glaube, sie war ein bisschen in Poole verliebt. Aber es ist nicht unsere Aufgabe, ihr die Hand zu halten. Wir müssen nur herausfinden, wer ihn getötet hat.«

»Ich besuche sie in meiner Freizeit«, erklärte Frieda. »Keine Sorge, ich werde Ihnen nichts dafür berechnen.« Mit diesen Worten schaltete sie das Telefon aus und verstaute es wieder in ihrer Tasche.

»Es war schön, dich zu sehen, Jack«, sagte sie, »aber jetzt muss ich los, jemandem einen Besuch abstatten.«

»Du hast nicht zufällig vor, diese Journalistin zur Rede zu stellen und bei der Gelegenheit zu erwürgen?«, fragte Jack. »Das kannst du dir sparen, die Frau ist die Mühe nicht wert.«

»Ich fand sie recht interessant«, meinte Frieda lächelnd. »Erst tat sie so, als wollte sie meine Freundin werden. Dann wollte sie, dass ich meine Version der Geschichte erzählte, und zum Schluss drohte sie mir. Wie du an meiner entspannten Miene sehen kannst, habe ich ihr schon fast verziehen. Wobei sie im Moment besser nicht in eisigen Seen schwimmen sollte, denn ich weiß nicht, was ich täte, wenn sie gerade am Ertrinken wäre und ich die einzige Zeugin.«

»Du würdest trotzdem hineinspringen und sie retten«, erwiderte Jack, »da bin ich mir ganz sicher.«

»Aber nur, um ihr ein schlechtes Gewissen zu machen.«

»Sie würde keines haben, sondern sofort einen weiteren Artikel über dich schreiben und dich darin wieder völlig falsch darstellen.«

Frieda überlegte einen Moment. »Dann sollte ich sie vielleicht doch lieber ertrinken lassen.«

35

Sie verließen zusammen das Gebäude, und Frieda rief sich ein Taxi. Sobald sie eingestiegen war, lehnte sie sich zurück und blickte auf die ihr fremden Straßen Südlondons hinaus. Sie fuhren an Parks, Schulen und einem Friedhof vorbei. Genauso gut hätten sie sich in einem anderen Teil Englands befinden können, einem anderen Teil der Welt. Ihre Gedanken schweiften zu Janet Ferris und der Reporterin, Liz Barron. Frieda hatte ihr einfach die Tür vor der Nase zugeschlagen, aber Janet Ferris hatte das nicht getan. Bestimmt hatte sie ihre Besucherin freundlich hereingebeten, Tee für sie gemacht und mit ihr gesprochen – dankbar, endlich jemanden gefunden zu haben, der bereit war, ihr zuzuhören. Janet Ferris war von ihrer Umwelt lange Zeit ignoriert und dadurch irgendwie an den Rand gedrängt worden. Dann hatte sie sich plötzlich mitten in einer Sensationsgeschichte wiedergefunden: Jemand, den sie kannte und mochte, war ermordet worden. Doch selbst in dieser Situation hatte man sie ignoriert, niemand wollte ihre Geschichte hören. Liz Barron hatte sich wenigstens zu ihr in die Wohnung gesetzt und sie reden lassen.

Als Frieda nun bei Janet Ferris klingelte, rührte sich drinnen nichts. Sie verfluchte sich selbst, weil sie nicht vorher angerufen hatte. Sie inspizierte die Türglocken: Wohnung Nummer eins war die von Janet Ferris, Nummer zwei die von Poole. Sie drückte auf den Klingelknopf von Nummer drei, wartete kurz und klingelte gleich noch mal. Aus einem kleinen Lautsprecher drang eine Stimme, aber Frieda konnte vor lauter Geknister nichts verstehen. Sie nannte ihren Namen und dass sie Janet Ferris besuchen wolle, aber nicht sicher sei, ob deren Klingel funktioniere. Sie wartete. Nach kurzer Zeit hörte sie im Treppenhaus Schritte, die Tür ging auf, und vor ihr stand ein hochgewachsener, blonder junger Mann mit einer Nickelbrille. Er war mit Jeans und Pullover bekleidet und barfuß.

»Was gibt es?«, fragte er mit einem ausländisch klingenden Akzent.

Frieda rief sich die Akten ins Gedächtnis: Oben wohnte ein deutscher Student. »Ich wollte Janet Ferris besuchen«, erklärte sie, »aber die scheint nicht da zu sein. Wissen Sie vielleicht, wo sie ist?«

Er zuckte mit den Achseln. »Ich wohne oben«, antwortete er, »da sehe ich sie weder kommen noch gehen.«

Frieda spähte in die Diele hinein. Sie hielt nach sich stapelnder Post Ausschau, konnte aber keine entdecken. »Das hört sich für Sie jetzt wahrscheinlich seltsam an«, sagte sie, »aber ich unterstütze die Polizei bei der Aufklärung des Mordfalls. Ich mache mir ein bisschen Sorgen wegen Janets psychischer Verfassung. Haben Sie einen Schlüssel für die Wohnung?«

»Können Sie sich ausweisen?«

»Nein, zumindest nicht als Mitarbeiterin der Polizei. Ich bin Therapeutin. Ich unterstütze sie in beratender Funktion.« Der Mann wirkte skeptisch. »In möchte nur kurz nachsehen, ob mit ihr alles in Ordnung ist«, fuhr Frieda fort. »Sie können gerne mitkommen.«

»Ich hole den Schlüssel«, sagte er. »Moment.« Leichtfüßig sprang er die Treppe hinauf.

Frieda fragte sich, was sie da eigentlich tat. Die fragwürdige Frau Doktor war wieder in Aktion.

Der junge Mann kehrte eiligen Schrittes zurück. »Ich mache das wirklich nur ungern.« Trotz seiner Bedenken schloss er die Tür auf. Nachdem er ein paarmal Janets Namen gerufen hatte, trat er zurück, um Frieda hineinzulassen.

Sie hatte noch kaum einen Schritt in die Diele gesetzt, als ihr bereits dieser widerliche und zugleich irgendwie süßliche Geruch entgegenschlug, den sie sehr schnell als den Geruch von menschlichen Exkrementen identifizierte.

»Bleiben Sie hier stehen«, sagte sie zu dem Mann. Während sie ins Wohnzimmer eilte, graute ihr vor dem, was sie dort vorfinden würde. Einen Moment später wäre sie beinahe mit dem Körper von Janet Ferris zusammengestoßen beziehungsweise ihren Beinen. Frieda blickte nach oben: Ein Verlängerungskabel war mit dem einen Ende an einem Holzbalken festgebunden, und das andere Ende bildete die Schlinge um Janet Ferris' Hals. Ihre Leiche hing ganz ruhig, schwer und schlaff, als wäre sie mit Sand gefüllt. An ihrem rechten Bein war etwas Braunes bis zu ihrem Schuh hinuntergeronnen und von dort auf den Teppich getropft. Plötzlich hörte Frieda hinter sich ein Geräusch, eine Art Keuchen. Als sie sich umdrehte, blickte sie in das bleiche, verstörte Gesicht des jungen Mannes.

»Ich habe doch gesagt, Sie sollen draußen bleiben«, schalt sie ihn, klang dabei aber nicht verärgert. Er wich ein paar Schritte zurück, während Frieda nach ihrem Telefon suchte. Obwohl sie das Gefühl hatte, ganz ruhig zu sein, schaffte sie es anfangs nicht, die Tasten zu drücken. Ihre Finger versagten ihr einfach den Dienst. Sie fühlten sich plötzlich ganz dick und geschwollen und ungeschickt an.

Josef hatte Frieda noch nie in einem solchen Zustand erlebt: Sie, die immer so beherrscht, so stark und verlässlich wirkte, saß nun vornübergebeugt in ihrer Küche, das Gesicht halb hinter einer Hand verborgen. Sie so zu sehen machte ihm Angst, weckte aber zugleich seinen Beschützerinstinkt, außerdem auch den Wunsch, eine Kanne Tee nach der anderen für sie zuzubereiten. Kaum hatte er das kochende Wasser in die Kanne gegossen, füllte er den Wasserkessel von Neuem. Wodka wollte sie nicht, obwohl er der Meinung war, dass ihr ein wenig Alkohol gut täte und wieder ein bisschen Farbe in ihr Gesicht zaubern würde. Am Vortag hatte er einen Honigkuchen für sie gebacken, gewürzt mit Zimt und Ingwer. Der köstliche Duft hatte ihn an seine Mutter erinnert, aber auch an seine Ehefrau – beziehungsweise die Frau, die er noch immer als seine Ehefrau betrachtete – und ihm sowohl glückliche als auch unglückliche Gefühle beschert. Nun versuchte er Frieda dazu zu bewegen, ein Stück davon zu essen, indem er ihr den Teller direkt unter die Nase hielt, doch sie schüttelte den Kopf und schob ihn wieder weg.

Reuben hatte Frieda auch noch nie in einem solchen Zustand gesehen, obwohl er seit Jahren mit ihr befreundet war und darüber hinaus jahrelang als ihr Tutor fungiert hatte, so dass er Dinge über sie wusste, die außer ihm vermutlich niemandem auf der Welt bekannt waren. Zwar weinte sie auch jetzt nicht – nicht einmal Reuben hatte sie jemals weinen sehen, obwohl sie einmal während eines Kinofilms verdächtig feuchte Augen bekommen hatte –, aber man sah ihr an, wie fertig sie war.

»Erzähl es uns, Frieda«, forderte er sie auf. Es war bereits früher Abend, und in gut einer Stunde war er mit einer Frau aus dem örtlichen Fitnessklub verabredet. Er hatte vergessen, ob sie Marie oder Maria hieß, und befürchtete außerdem, sie womöglich gar nicht mehr zu erkennen, wenn sie nicht in enger Sportkleidung steckte, das Haar nicht zu einem Pferdeschwanz zurückgebunden trug und vor Anstrengung kein hochrotes Gesicht hatte.

»Ja. Erzähl es uns von Anfang bis Ende«, bekräftigte Josef ihn. Er schenkte ihnen allen eine weitere Tasse Tee ein und sich selbst zusätzlich einen Schluck Wodka. Die Flasche hatte er rasch noch in seine Tasche gesteckt, nachdem Friedas telefonischer Notruf bei ihm eingegangen war. Am liebsten hätte er jetzt die Hand auf ihren gesenkten Kopf gelegt, verkniff es sich dann aber doch.

»Ich wusste, dass sie einsam war«, begann Frieda mit leiser Stimme, als spräche sie nicht mit ihnen, sondern mit sich selbst. »Als ich den Artikel las …«

»Du meinst den über die fragwürdige Frau Doktor?«, warf Reuben ein.

Sie blickte hoch und schnitt eine Grimasse.

»Ja, Reuben, genau den meine ich. Als ich ihn las, musste ich daran denken, dass Janet Ferris die meiste Zeit allein in ihrer Wohnung saß und wahrscheinlich jeden, der an ihre Tür klopfte, als Freund empfand. Sie ist – war – eine kluge, attraktive und liebevolle Frau, und trotzdem war ihr irgendwie alles versagt geblieben, was sie sich im Leben am meisten gewünscht hatte. Als dann Robert Poole mit seinen kleinen Präsenten ankam und ihr sein Vertrauen schenkte, muss ihr das sehr viel bedeutet haben. Bei meinem Besuch bei ihr merkte ich, wie traurig sie war, verdrängte es aber gleich wieder.«

»Du kannst nicht alle Menschen retten.«

»Ich bin da hingegangen und habe sie ermutigt, sich mir zu öffnen und über ihre Gefühle zu sprechen. Das ist eine gefährliche Sache, wenn man nicht bereit ist, sich mit den Folgen auseinanderzusetzen.«

»Du warst doch nur nett zu ihr«, versuchte Josef sie zu trösten.

»Pseudonett«, erwiderte Frieda. Josef starrte sie einen Moment verwirrt an, nahm einen weiteren Schluck Wodka und spülte ihn mit Tee hinunter. »Ich war nett zu ihr, bis sie sich mir anvertraute und ihre Gefühle offenbarte. Dann habe ich wieder das Weite gesucht, rasch meinen Bericht für Karlsson geschrieben und keinen Gedanken mehr an sie verschwendet. Ich habe sie auf meiner Liste einfach als erledigt abgehakt.«

»Abgehakt?«

»Damit meine ich ... ach, vergiss es.« Reuben griff nach Josefs Wodka, kippte ihn gedankenverloren hinunter, schenkte nach und reichte das Glas Josef, der es ebenfalls in einem Zug leerte. »Willst du damit sagen«, wandte Reuben sich an Frieda, »dass du hättest merken müssen, wie schlecht es ihr ging, oder sogar zu ihrem Zustand beigetragen hast?«

»Ich weiß es nicht. Ich, die Polizei, diese Journalistin – wir haben sie alle nur benutzt. Dabei befand sie sich in einem Zustand der Trauer.«

»Er war doch nur ihr Nachbar.«

»Er hat ihr Hoffnung gegeben.«

»Da hast du wohl recht.«

»Als ich das erste Mal mit dem Fall zu tun bekam, war der Polizei nicht allzu viel an seiner Aufklärung gelegen. Karlsson bildete da zwar eine gewisse Ausnahme, aber im Grunde wollten sie die Akte alle möglichst schnell schließen. Sie hielten das Opfer für einen Drogendealer oder Obdachlosen, ermordet von einer Verrückten, die den Rest ihres Lebens in einer psychiatrischen Klinik verbringen würde. Als wir dann herausfanden, wer Robert Poole war, spielte das noch immer keine allzu große Rolle, weil er ja nur irgend so ein mieser Betrüger war. Wem machte es wirklich etwas aus, dass er tot war? Janet machte es etwas aus. Und nun ist sie auch tot.«

»Dein Problem ist«, erklärte Reuben, während er das Wodkaglas wieder vollschenkte und einen weiteren großen Schluck nahm, »dass du allmählich die Grenze zwischen deinen beiden Rollen als Therapeutin und Ermittlerin aus den Augen verlierst.« Er starrte in das Glas. »Du weißt nicht mehr, ob du die Leute dingfest machen oder heilen sollst.«

Frieda nahm die Hand vom Gesicht und richtete sich auf. »So kann man es auch ausdrücken.«

»Der Punkt ist, dass du nur dann als Therapeutin zu fungieren brauchst, wenn jemand dich in einem Sprechzimmer aufsucht und die Rolle des Patienten einnimmt. Du musst nicht jeden therapieren, der dir über den Weg läuft. Das kannst du auch gar nicht.«

»Nein«, sagte Frieda, klang dabei aber nicht allzu überzeugt. »Nein, du hast wahrscheinlich recht.«

»Das ist gut für schlechte Tage«, verkündete Josef, der gerade drei Schnapsgläser bis zum Rand füllte. Nachdem sich jeder eines genommen hatte, prosteten sie einander zu und kippten den Wodka in einem Zug hinunter. Selbst in ihrem elenden Zustand registrierte Frieda, dass Reuben allmählich seine tugendhafte Abstinenz ablegte und wieder der Alte wurde.

»Du musst das erst einmal für dich selbst klären«, meinte Reuben. »Lass es dir in Ruhe durch den Kopf gehen.«

»Ja, ich werde darüber nachdenken. Ich möchte nichts falsch machen. Du musst bald los, oder?«

»Lieber Himmel, Frieda! Du hättest Spionin werden sollen.«

»Du bist frisch rasiert, an deinem Hals klebt sogar noch ein kleiner Rest Rasierschaum. Sonst rasierst du dich abends nie – und du hast schon zweimal auf deine Uhr gesehen.«

»Tut mit leid.«

»Wer ist sie?«

»Ich habe sie gerade erst kennengelernt. Marie. Oder Maria.«

»Du weißt es nicht?«

»Am besten wird sein, ich rede sie einfach nicht direkt an.«

»Dann solltet ihr jetzt wohl aufbrechen. Kann mir einer von euch beiden noch schnell die Milch aus dem Kühlschrank geben?«

»Die Milch?«

»Ja, bitte.«

Josef nahm eine Packung fettarme Milch aus dem Kühlschrank und reichte sie ihr zusammen mit einem Glas, aber Frieda holte stattdessen eine Untertasse aus dem Schrank und ging damit hinaus in die Diele, wo sie neben der Tür einen Pappkarton stehen hatte. Reuben folgte ihr neugierig. Sie lüpfte den Deckel der Schachtel und griff hinein.

»Raus mit dir!«, sagte sie und setzte die Katze, die Robert Poole und Janet Ferris Mog oder Moggie genannt hatten, auf den Boden, wo das Tier ein paar Augenblicke ganz still stehen blieb, den Rücken gewölbt und den Schwanz kerzengerade in die Luft gereckt.

»Wo hast du denn die her? Hat sie Flöhe?«

»Nein«, entgegnete Frieda, »Janet hätte nicht zugelassen, dass sie Flöhe bekommt.« Sie schüttete ein wenig Milch in die Untertasse und schob sie der Katze hin. Das Tier schnupperte vorsichtig daran, ehe es die Milch mit seiner flinken rosa Zunge aufschlabberte. Erst als die Untertasse ganz leer war, wandte es sich ab und begann sich graziös zu putzen, indem es zunächst eine Pfote ableckte und sich damit dann immer wieder über Ohr und Gesicht fuhr.

»Na, Reuben, möchtest du ein Haustier?«, fragte Frieda.

»Ja!«, rief Josef begeistert. Er war bereits neben der Katze in die Hocke gegangen und hielt ihr einen Finger hin, während er in einer Sprache, die Frieda nicht verstand, beruhigend auf sie einredete.

»Ich bin allergisch gegen Katzen«, erklärte Reuben hastig.

»Sie hat noch Hunger«, stellte Josef fest.

»Woher willst du das wissen? Kannst du die Katzensprache?«

Josef stand auf und verschwand in Richtung Küche, gefolgt von der Katze. Sie hörten ihn den Kühlschrank öffnen.

»Das kalte Huhn ist nicht für Katzen gedacht!«, rief Frieda ihm nach. Dann wandte sie sich wieder Reuben zu. »Hast du wirklich eine Katzenallergie?«

»Ich fange an zu niesen und bekomme einen Nesselausschlag.«

»Dann werde ich das Katerchen wohl behalten müssen.«

»Nicht zu fassen. Frieda Klein mit Haustier?«

»Er ist kein Haustier, sondern eine Heimsuchung«, entgegnete sie, »eine Strafe des Himmels. Und für dich ist es jetzt Zeit zu gehen.«

Sie schob die beiden fast hinaus, und nachdem sie die Tür hinter ihnen geschlossen hatte, lehnte sie sich dagegen, als wollte sie auf diese Weise dafür sorgen, dass sie wirklich geschlossen blieb. Plötzlich hörte sie ein Geräusch, das sie nicht recht einordnen konnte. Kam es von drinnen oder von draußen? Von weit weg oder ganz aus der Nähe? Sie machte die Tür wieder auf und entdeckte nur wenige Meter entfernt ein Knäuel aus Körpern. Im ersten Moment wusste sie überhaupt nicht, wie ihr geschah. Es waren zu viele Eindrücke auf einmal: Schreie, Flüche, der Anblick einer hochgereckten Faust, das dumpfe Geräusch von Schlägen. Als sie schließlich zögernd ein paar Schritte auf die ineinander verschlungenen Gestalten zu machte, stellte sie fest, dass es sich um Reuben, Josef und einen dritten Mann handelte, von dem sie nicht viel erkennen konnte. Die drei schlugen und traten aufeinander ein, während sie wild auf dem Boden herumrollten. Frieda rief irgendetwas Zusammenhangloses und versuchte einen der Kampfhähne zu fassen zu bekommen – wobei sie einen Zipfel von Reubens Moleskinjacke erwischte –, doch plötzlich traf sie ein Arm, und sie landete unsanft auf dem Hintern. Trotzdem hatte ihr Eingreifen den Bann gebrochen. Die Männer ließen voneinander ab, und Josef beugte sich erschrocken über Frieda.

»Bist du verletzt?«

Frieda blickte an ihm vorbei zu Reuben, der heftig keuchte und ein gefährliches Funkeln in den Augen hatte, das ihr Sorgen bereitete. Der Dritte im Bunde, ein junger, dunkelhaariger Mann, der einen Anorak trug und eine Kamera um den Hals hängen hatte, rappelte sich auf und trat den Rückzug an. Dabei fasste er sich vorsichtig mit einer Hand an die Nase. »Ihr Mistkerle!«, brüllte er. »Gleich rufe ich die verdammten Bullen!«

»Nur zu, hol doch die verdammten Bullen!«, konterte Reuben, immer noch heftig keuchend. »Du verdammter Parasit! Wir sehen uns vor Gericht. Dann können dir die verdammten Geschworenen die verdammten Leviten lesen!«

Frieda richtete sich auf. »Schluss jetzt«, sagte sie. »Hört auf mit diesem Unsinn, und zwar alle drei!« Sie sah den Fotografen an. »Ist mit Ihnen alles in Ordnung?«

»Sie können mich auch mal!« Er deutete mit dem Finger auf sie. »Ich rufe jetzt die Polizei.«

»Ja, ruf endlich die verdammte Polizei«, mischte Reuben sich wieder ein. »Da bin ich auch dafür. Ich bestehe sogar darauf!«

Der Fotograf nickte auf eine seltsame, verkrampfte Weise und entfernte sich dann rasch. Reuben, Frieda und Josef schauten ihm nach, bis er den Bereich der ehemaligen Stallungen hinter sich gelassen hatte und um die Ecke gebogen war. Reuben strich gedankenverloren über die Knöchel seiner rechten Hand und zuckte vor Schmerz zusammen. Josef war mittlerweile die Schamesröte ins Gesicht gestiegen.

»Frieda …«, begann er.

»Nein«, fiel sie ihm ins Wort, »halt einfach den Mund. Und jetzt geht, alle beide.«

»Wir haben doch nur auf dich aufgepasst«, erklärte Reuben.

Sie sparte sich eine Antwort. Ohne die beiden eines weiteren Blickes zu würdigen, drehte sie sich um, stürmte ins Haus und knallte die Tür hinter sich zu.

36

Frieda erwachte im trüben Licht des frühen Morgens. Der Kater saß auf dem Fußende des Bettes und starrte sie mit seinen gelben Augen an, ohne zu blinzeln. Sie setzte sich auf. Nach der Schlägerei draußen auf der Straße hatte sie lange nicht einschlafen können. Der Vorfall hatte sie bis in ihre Träume verfolgt, in denen ihr außerdem – daran erinnerte sie sich deutlich – immer wieder Dean Reeves Gesicht aus irgendwelchen dunklen Winkeln entgegengelächelt hatte. Warum machte ihr die Sache so zu schaffen? Reuben und Josef wollten sie schließlich nur beschützen. Außerdem wusste sie doch selbst, wie es war, wenn man einfach impulsiv handelte. Sie zwang sich, die Gedanken daran aus ihrem Kopf zu verbannen.

»Was weißt du?«, wandte sie sich an den Kater. »Was hat er dir erzählt? Was hast du alles gehört?«

Vielleicht hatte dieser Kater gesehen, wie Robert Poole gestorben war, und womöglich auch mitbekommen, wie die arme Janet Ferris sich das Kabel um den Hals band und dann den Stuhl wegstieß. Aber war es denn tatsächlich so abgelaufen? Frieda fühlte sich sehr unbehaglich. Allerlei unausgegorene Gedanken und Vermutungen kamen ihr in den Sinn. Schaudernd stand sie auf. Der Himmel leuchtete mittlerweile in einem hellen, von Dunststreifen durchzogenen Blau. An diesem Morgen Ende Februar schien es tatsächlich vorstellbar, dass nach dem langen, kalten Winter endlich der Frühling kommen könnte. Sie duschte, schlüpfte in eine Jeans und ging dann hinunter. Der Kater strich ihr miauend um die Füße. Am Vortag hatte sie auf dem Heim-weg in dem kleinen Laden in ihrer Straße, der auch spätabends noch geöffnet hatte, einen Vorrat Katzenfutter gekauft. Nun schüttelte sie etwas Trockenfutter in eine Plastikschale und sah zu, wie der Kater es verspeiste. Was sollte sie jetzt mit ihm machen? Ihn hinauslassen? Aber dann würde er vielleicht weglaufen und auf der Suche nach seinem alten Zuhause von einem Auto überfahren werden. Sollte sie ihn also im Haus lassen, wo er bestimmt überall auf den Boden pinkeln würde? Sie musste sich wohl eine Katzenklappe zulegen. Seufzend breitete sie ein paar Lagen Zeitungspapier über den Küchenboden aus und sperrte den Kater dort ein. Dann zog sie eine leichte Jacke an, schnappte sich ihre braune Aktenmappe und ihr Notizbuch und verließ das Haus.

In der Nummer 9 war am Sonntagvormittag immer viel los, aber da gerade zwei Leute gingen, konnte Frieda sich ihren Tisch in der Ecke sichern. Marcus stand hinter der Theke und betätigte die Espressomaschine, aus deren Düsen heißer Dampf zischte. Kerry eilte zwischen den Tischen hin und her und servierte den Leuten ihr großes englisches Frühstück oder ihr Porridge. Auf dem Rückweg sammelte sie benutztes Geschirr ein. Als sie Frieda entdeckte, machte sie bei ihr einen kurzen Zwischenstopp. »Hallo, Fremde!«

»Bei mir war die letzten Tage ziemlich viel los. Wo ist denn Katya?«

Kerry deutete auf einen Tisch neben der Tür, die in ihre Wohnung führte. Das kleine Mädchen saß über ein Blatt Papier gebeugt und schrieb eifrig vor sich hin, die Zunge an die Oberlippe gepresst. »Eigentlich sollte ich mit ihr schwimmen gehen oder in den Park«, bemerkte Kerry.

»Auf mich macht sie einen recht zufriedenen Eindruck«, entgegnete Frieda.

»Sie schreibt an einer Geschichte – schon seit halb sieben Uhr morgens. Die Geschichte handelt von einem Mädchen namens Katya, deren Eltern ein Café betreiben. Zimtbagel?«

»Porridge. Und ein Glas frisch gepressten Orangensaft. Hat aber keine Eile.«

Kerry zog wieder ab, und Frieda öffnete ihre Aktenmappe. Sie enthielt sämtliche Unterlagen, die Karlsson ihr zum Fall Robert Poole gegeben hatte, und darüber hinaus auch alles von ihr selbst Gesammelte, einschließlich des *Daily Sketch*-Artikels vom Vortag, den sie nun mit der Titelseite nach unten auf den Tisch legte, damit das Foto nicht zu sehen war. Sie ging das Ganze noch einmal durch: die Entdeckung von Robert Pooles Leiche durch die Frau vom Sozialamt, die Autopsie, den Bericht über den Zustand von Michelle Doyces Zimmer, Michelle Doyces wirre Aussage, die Gespräche mit Mary Orton, Jasmine Shreeve, den Wyatts und Janet Ferris. Frieda überflog auch die knappe, klar formulierte Stellungnahme von Tessa Welles, die mit einer Büroklammer an Mary Ortons nicht geändertes Testament geheftet war, und nahm sich dann die Aussagen von Mary Ortons Söhnen vor. Bei der Lektüre hatte sie fast das Gefühl, den beleidigten, selbstgerechten Ton der beiden zu hören. Anschließend versuchte sie den Weg des Geldes nachzuvollziehen. Obwohl ihr die Banksprache zum Teil Probleme bereitete, begriff sie, dass Robert Pooles Geld von seinem Konto auf ein anderes, ebenfalls auf seinen Namen eröffnetes Konto transferiert und anschließend abgeräumt worden war. Frieda ging auch die Notizen über den echten Robert Poole durch, der schon etliche Jahre zuvor gestorben war und dessen Foto keinerlei Ähnlichkeit mit dem Mordopfer aufwies. Sie starrte auf die Zeichnung, die sie selbst angefertigt hatte, und dann auf das von den Polizeicomputern erstellte Phantombild, überflog anschließend ihre eigenen, inzwischen ordentlich getippten und ausgedruckten Notizen.

Ihr Porridge wurde gebracht. Sie streute braunen Zucker darüber und begann es langsam zu verspeisen, ohne ihre Arbeit zu unterbrechen. Sie zwang sich, den *Daily Sketch*-Artikel ein weiteres Mal aufmerksam zu lesen. Als sie bei der Passage über Janet Ferris angekommen war, hielt sie mit gerunzelter Stirn inne, schlug ihr Notizbuch auf und las nach, was sie nach ihrem ersten Besuch bei Janet vermerkt hatte: ihre Einsamkeit, ihre Zuneigung zu Poole, die sowohl romantische als auch mütterliche Züge trug, ihr Pflichtgefühl. Dahinter hatte sie in Klammern »Katze« geschrieben: Die Katze war sozusagen das Erbe gewesen, das Robert Poole Janet hinterlassen hatte. Indem sie sich um das Tier kümmerte, kümmerte sie sich in gewisser Weise weiter um ihn.

Frieda legte nachdenklich den Löffel weg. Eine Depression ist wie ein böser Fluch, ging ihr durch den Kopf, ein Fluch, der einen für alles andere blind macht. Man sieht keine Hoffnung und keine Liebe mehr, und man vergisst, dass auf den Winter stets der Frühling folgt. Obwohl Frieda darüber besser Bescheid wusste als die meisten anderen Menschen, ließ ihr die Sache mit der Katze keine Ruhe. Es irritierte sie, dass Janet Ferris, nachdem sie beschlossen hatte, ihrem Leben ein Ende zu setzen, nicht daran gedacht hatte, in der Futterschüssel der Katze einen Vorrat für sie zu hinterlassen oder das Fenster zu öffnen, damit sie hinaus konnte.

Schließlich stand Frieda auf, schlüpfte in ihre Jacke, legte das Geld für ihr Frühstück auf den Tisch und verabschiedete sich mit einem kurzen Gruß. Draußen auf der Straße schlug ihr ein kühler, aber nicht unangenehmer Wind entgegen. Für gewöhnlich blieb sie am Sonntagvormittag viel länger in der Nummer 9, las dort gemütlich ihre Zeitungen und besuchte anschließend den Blumenmarkt in der Columbia Road. An diesem Tag aber marschierte sie stattdessen an Coram Fields vorbei und dann hinauf nach Islington, in Richtung Highbury Corner. Sie hatte keine Ahnung, ob Karlsson überhaupt zu Hause sein würde. Auf jeden Fall verschaffte ihr die Wanderung Zeit, ihre Gedanken zu ordnen, selbst wenn sie am Ende vor verschlossenen Türen stehen sollte. Bei einem Fußmarsch konnte sie immer am besten nachdenken. Sie sah die Häuser an sich vorbeiziehen, spürte den Asphalt unter den Füßen und ließ sich vom Wind das Haar aus dem Gesicht wehen und die Lungen mit frischem Sauerstoff füllen.

Schließlich erreichte sie das viktorianische Doppelhaus, in dessen Tiefparterre Karlssons Wohnung lag. Frieda war bisher erst ein einziges Mal dort gewesen. Als er ihr damals aufmachte, hielt er seine Tochter im Arm, die ihn wie ein kleiner Koalabär umklammerte. Heute war er allein. Er trug Laufshorts und ein schweißnasses Sportoberteil und hatte eine Flasche mit einem Energy Drink in der Hand.

»Möchten Sie erst duschen?«

»Ist etwas passiert?«

»Sie meinen, abgesehen von allem anderen?«

»Ja.«

»Ich weiß es nicht.«

»Geben Sie mir fünf Minuten. Aber jetzt kommen Sie erst mal rein.« Er führte Frieda über ein paar Treppenstufen in seine Wohnung hinunter. Dabei mussten sie ein kleines Dreirad und rote Gummistiefel umrunden. »Setzen Sie Wasser auf«, sagte er und verschwand.

Sie hörte Wasser prasseln und Türen auf- und zugehen. In dieser häuslichen, privaten Umgebung kam sie sich wie ein Eindringling vor. Krampfhaft versuchte sie, den Blick von all den Fotos abzuwenden, die Karlsson-den-Ehemann, Karlsson-den-Vater und Karlsson-den-Freund zeigten. Sie füllte den Wasserkocher, schaltete ihn an, öffnete Schrankfächer, bis sie auf Kaffee und Tassen stieß, und beobachtete eine Blaumeise, die draußen im Vogelhaus hektisch auf ein Samenkorn einhackte.

»So«, sagte er, während er neben sie trat. Er trug eine Jeans und ein graues Hemd. Sein Gesicht war vom Duschen gerötet, sein Haar noch nass. »Für mich bitte mit Milch und einem Würfel Zucker.«

»Sie können sich Ihren Zucker selbst nehmen. Schließlich werden Sie heute nicht von den Kindern strapaziert.«

»Später«, antwortete er in ziemlich schroffem Ton.

»Ich halte Sie nicht lange auf.«

»Was ist der Grund für Ihr Kommen?«

Frieda ließ sich einen Moment Zeit. »Bevor ich irgendetwas anderes sage, sollte ich Sie wohl besser vorwarnen.«

»›Vorwarnen‹«, wiederholte Karlsson, »das verheißt nichts Gutes.«

»Reuben und Josef waren gestern Abend bei mir. Sie wollten mich trösten. Dabei haben sie ziemlich viel Wodka getrunken, und als sie dann wieder gingen, wartete draußen ein Fotograf, und ...«

»Nein«, fiel ihr Karlsson ins Wort, »lassen Sie mich raten! Das ist doch wieder so eine Geschichte wie damals, als Sie in dem Restaurant auf den Therapeuten losgegangen sind und am Ende in einer Zelle landeten.«

»Es ist in der Tat zu gewissen Handgreiflichkeiten gekommen.«

»Was ist mit euch eigentlich los, dass ihr immer gleich zuschlagen müsst? Wurde der Mann verletzt?«

»Nur ein bisschen durchgebeutelt.«

»Tja, zwei gegen einen. Oder womöglich sogar drei gegen einen?«

»Ich bin dazwischengegangen und habe das Ganze beendet.«

»Dann können Sie mit einer milden Strafe rechnen. Hat er es der Polizei gemeldet?«

»Das kann ich Ihnen nicht sagen«, antwortete Frieda, »aber ich glaube nicht. Ich wollte Sie bloß vorwarnen.«

»Wir müssen abwarten, was passiert. Hat ihr polnischer Freund überhaupt eine Aufenthaltsgenehmigung?«

»Er ist Ukrainer. Von einer Aufenthaltsgenehmigung weiß ich nichts.«

»Versuchen Sie ihn aus der Sache rauszuhalten. Falls er eine Anzeige bekommt, wird er vermutlich ausgewiesen.« Karlsson lächelte säuerlich. »Haben Sie noch weitere Verbrechen zu melden?«

»Nein, das hatte ich eigentlich nicht vor.«

Karlssons Miene wurde ernst. »Der gestrige Tag muss für Sie ziemlich hart gewesen sein.«

»Ich habe mir heute Morgen die Akte noch einmal angesehen.«

»Statt endlich mal auszuschlafen, was Sie wirklich nötig hätten.«

»Sie wissen, dass ich die Katze mitgenommen habe?«

»Ja, Yvette hat es mir erzählt.«

»Janet Ferris hat der Katze weder Futter hingestellt noch ein Fenster für sie geöffnet, bevor sie Selbstmord beging. Schon gut, Sie können sich die Bemerkung sparen, ich weiß natürlich, dass sie sich psychisch in einem Ausnahmezustand befand. Trotzdem habe ich das Gefühl, dass da etwas nicht stimmt.« Als von Karlsson keine Reaktion kam, holte Frieda tief Luft. »Ich bezweifle, dass sie tatsächlich Selbstmord begangen hat.«

»Sie haben sie doch gesehen, Frieda.«

»Ich glaube, sie wurde ermordet.«

»Wenn ich Ihr Therapeut wäre …«

»Warum kommen mir zurzeit eigentlich alle auf diese Tour?«

»… würde ich jetzt zu Ihnen sagen, dass Sie sich nur einreden, ihr Tod sei kein Selbstmord gewesen, weil Sie sich dann nicht so dafür verantwortlich fühlen müssen.«

»Der Gedanke ist mir natürlich auch schon gekommen.«

»Ich verstehe, dass Sie durcheinander sind, schließlich war das Ganze eine traumatische Erfahrung für Sie. Aber sagen Sie mir eins: Warum um alles in der Welt sollte jemand Janet Ferris ermorden?«

»Sie starb, nachdem die Zeitung den Artikel brachte.«

»Genau«, bestätigte Karlsson, »und Sie wissen ja selbst, wie einem das zusetzt.«

Frieda nahm die Aktenmappe aus ihrer Tasche, zog den *Daily Sketch* heraus und deutete auf den entsprechenden Abschnitt. »Hier sagt sie, Robert Poole habe ihr vieles erzählt, sich ihr anvertraut. Falls sein Mörder – wer auch immer er sein mag – das gelesen hat, dürfte ihm das durchaus Sorgen bereitet haben. Vermutlich war er der Meinung, sie könnte ihm gefährlich werden. Oder wie sehen Sie das?«

Karlsson seufzte schwer. »Ich weiß es nicht, Frieda. Ich habe keine Ahnung, welcher Meinung dieser Mörder war. *Ich* bin der Meinung, dass Sie sich da in etwas verrennen.«

»Wenn Janet tatsächlich ermordet wurde, möchte ich mithelfen, den Täter zu finden.«

Karlsson stellte seine Tasse ab. »Überlegen Sie doch mal, Frieda. Dean hat sich erhängt, aber Sie sind davon überzeugt, dass er noch lebt. Nun hat Janet Ferris sich ebenfalls das Leben genommen, aber Sie reden sich ein, sie sei ermordet worden. Sehen Sie da kein Muster?«

»Zwei Fälle ergeben noch kein Muster.«

»Offenbar kommen Sie nicht damit klar, wenn jemand Selbstmord begeht. Irgendetwas daran scheint Sie zutiefst zu berühren.«

Frieda musterte ihn einen Moment zornig und stand dann so ruckartig auf, dass ihr Stuhl laut über den Fliesenboden schrammte.

»Wo wollen Sie denn jetzt schon wieder hin?«, fragte Karlsson. »Sie haben Ihren Kaffee doch noch gar nicht angerührt.«

»Nachdem wir beide nun alles besprochen haben, fahre ich nach Margate.«

In Margate hatten Dean und Terry jeden Sommer zehn Tage lang Urlaub gemacht, und seine Mutter June hatten sie auch immer mitgenommen, bis es irgendwann nicht mehr ging, weil sie ein Pflegefall geworden war. Frieda wusste das aus Joannas Buch, *Unschuldig in der Hölle*. Sie hatte sich die Lieblingsplätze der drei notiert: Dazu gehörten natürlich der Strand und der alte Volksfestplatz mit der hölzernen Achterbahn, aber auch die Muschelgrotte und die Arkaden. Dean und seine Mutter waren beide Naschkatzen: Frieda erinnerte sich an die fettige braune Papiertüte mit den Doughnuts, die er June Reeve regelmäßig ins Pflegeheim gebracht hatte.

Als sie in dem Küstenort ankam, war es dort windig und feucht, auf den Straßen kaum jemand unterwegs und der Strand so gut wie leer – mal abgesehen von den Papier- und Plastikfetzen, die der Wind vor sich hertrieb. Frieda wickelte sich fest in ihre Jacke, zog den Kopf ein und marschierte schnellen Schrittes zu der Frühstückspension, die Joanna erwähnt hatte. Sie lag ein Stück vom Strand zurückgesetzt, so dass man laut Joanna nur vom oberen Stock aus aufs Meer sehen konnte.

Der Mann, der an die Tür kam, hatte ein auffallendes Muttermal, das fast die Hälfte seines Gesichts bedeckte, und trug über seiner Kleidung noch einen Bademantel. Nebenan hörte Frieda den Fernseher laufen, und die Luft roch nach brutzelndem Fleisch.

»Wir vermieten im Moment nicht, erst wieder, wenn die Saison beginnt.«

»Ich hatte gehofft, Sie könnten mir helfen.« Frieda hatte schon überlegt, was sie sagen sollte, und war zu dem Schluss gelangt, dass sie am besten mit der Tür ins Haus fiel. »Ich wollte Sie wegen Dean Reeve etwas fragen.«

Ein seltsamer Ausdruck huschte über das zweigeteilte Gesicht des Mannes. Einen Moment wirkte seine Miene halb argwöhnisch, halb abschätzend.

»Wer sind Sie?«

»Ich bin Doktor Klein«, antwortete Frieda in der Hoffnung, dass der Doktortitel ausreichen würde, um ihn zum Reden zu bringen. »Stimmt es, dass Dean Reeve immer hier gewohnt hat?«

»Ich bin nicht sicher, ob ich möchte, dass sich das herumspricht. Womöglich schreckt es die Leute ab. Andererseits könnte es natürlich auch Schaulustige herlocken.«

»Wie oft war er hier?«

»Zehn Jahre«, antwortete er wie aus der Pistole geschossen, »Immer im Juli. Er, seine Frau und seine alte Mutter.«

»Wann haben Sie ihn das letzte Mal gesehen?«

»Das muss im Juli davor gewesen sein … bevor er starb.«

»Nicht danach?«

»Wie hätte das gehen sollen?«

»Die Frage mag Ihnen jetzt seltsam erscheinen, aber Sie haben nicht zufällig auch seinen Bruder kennengelernt, oder? Die beiden sehen – besser gesagt, sahen – völlig gleich aus.«

Der Mann musterte sie mit zusammengekniffenen Augen. »Wo hätte ich seinen Bruder denn kennenlernen sollen?«

»Hätte ja sein können, dass er auch mal hier war. Nur so aus Interesse. Sein Name ist Alan Dekker.«

»Nie von ihm gehört.«

»Sie haben hier nie jemanden gesehen, der Sie an Dean erinnert hat?«

Der Mann schüttelte den Kopf. »Das Seltsame ist, dass er sich mir gegenüber immer anständig benommen hat. Er hat mir sogar geholfen, die Dusche zu reparieren. Allerdings hatte ich immer das Gefühl, dass mit ihr etwas nicht stimmt.«

»Mit ihr?«

»Der alten Frau.«

»Aber sein Bruder war nie hier?«

»Das habe ich Ihnen doch schon gesagt.«

Frieda ging durch den Ort zu der Muschelgrotte, von der Joanna so enthusiastisch berichtet hatte: ein unterirdisches Labyrinth, in dem jeder Zentimeter mit Muscheln ausgekleidet war – angeordnet zu Mustern und Streifen und dicht besetzten Spiralen. Ihr selbst sei bei dem Anblick fast ein wenig schwindlig geworden, hatte Joanna geschrieben, aber Dean sei begeistert davon gewesen, fast schon besessen. Deswegen stellte Frieda der Frau, die im Eingangsbereich kleine Schatullen aus Muscheln und Postkarten mit Fotos von Muscheln verkaufte, die gleichen Fragen, die sie dem Mann in der Frühstückspension gestellt hatte.

»Ich habe keinen blassen Schimmer, wovon Sie sprechen«, erwiderte die junge Frau mit einem australischen Akzent.

Frieda zog einen Zeitungsausschnitt aus der Tasche und faltete ihn auseinander. »Das ist der Mann, den ich meine.«

Das Mädchen strich den Ausschnitt glatt und hielt ihn sich erst ganz dicht vors Gesicht und dann ein Stück weiter weg. Sie runzelte kurz die Stirn. »Nein«, sagte sie.

»Sind Sie sicher?«

»Nein, natürlich nicht. Hunderte von Leuten kommen hier durch. Schon möglich, dass er darunter war, aber selbst wenn, könnte ich mich nicht an ihn erinnern.«

Frieda kehrte zum Strand zurück. Es war gerade Flut. Kleine Wellen klatschten an das Ufer. Der einzige andere Mensch, den sie entdecken konnte, war ein alter Mann. Ein kleiner, zotteliger Hund tollte um ihn herum und versuchte ihn zum Spielen zu animieren. Hin und wieder bückte sich der alte Mann ganz langsam, als knirschte dabei sein Rückgrat, und hob ein Stöckchen auf, das er anschließend für den Hund warf. Frieda starrte auf das graue, gekräuselte Meer hinaus und wünschte einen Augenblick, sie wäre dort draußen auf einem Boot – ganz allein, umgeben von Wasser und Himmel.

37

Frieda hatte eine Besprechung in der Klinik. Sie traf zeitig dort ein, weil sie noch ihren Papierkram durchsehen und Liegengebliebenes aufarbeiten wollte. Paz hing an der Strippe. Ihre Aufgabe im Warehouse schien einzig und allein darin zu bestehen, mit jedem, dem es einfiel anzurufen, lange und angeregte Gespräche zu führen. Auch jetzt redete sie gerade wieder wild gestikulierend auf jemanden ein – wer auch immer am anderen Ende sein mochte. Ihre Armreifen klirrten, und ihre langen, baumelnden Ohrringe waren ständig in Bewegung, während sie mit den Armen durch die Luft fuchtelte. Bei Friedas Anblick winkte sie und machte gleichzeitig irgendwelche Zeichen, die Frieda nicht verstand. Reuben saß in seinem Sprechzimmer, aber da sein Patient noch nicht eingetroffen war, schaute Frieda kurz zu ihm hinein.

»Wie geht es deiner Hand?«, fragte sie.

»Wir haben doch nur auf dich aufgepasst«, antwortete er.

Frieda zog die Tür hinter sich zu. »Wolltet ihr meine Ehre verteidigen? Was, wenn er ein Messer gezückt hätte? Was, wenn er sich im Eifer des Gefechts den Schädel aufgeschlagen hätte?«

»Wir haben nur getan, was Freunde eben tun.«

»Ihr wart sturzbetrunken, oder zumindest knapp davor.«

Für einen Moment herrschte Schweigen.

»Wie geht es der Katze?«, fragte Reuben schließlich. Frieda registrierte, dass er ein Bonbon lutschte. Er hat wieder zu rauchen angefangen, dachte sie, genau wie Karlsson.

»Ich bin um drei Uhr morgens aufgewacht, weil sie mich in die große Zehe gebissen hat. Außerdem hat sie meine Jasminpflanze angefressen und in einen meiner Schuhe gepinkelt. Hast du eine Ahnung, wie man eine Katze stubenrein bekommt?«

»Nein.«

»Ich habe Josef gebeten, mir eine Katzenklappe in die Haustür einzubauen.«

»Gute Idee. In deinem Zimmer sitzt eine Frau.«

»Ich erwarte niemanden.«

»Sie sieht ein bisschen seltsam aus, wie eine Kröte.«

Als Frieda kurz darauf die Tür zu ihrem Sprechzimmer öffnete, wusste sie im ersten Moment gar nicht, wer die Frau war, die da saß – einen senfgelben Schal im grauen Haar, die kurzen Beine unter den Stuhl gezogen.

»Hallo, Doktor Klein.«

»Hallo.«

»Oder darf ich Sie Frieda nennen?«

»Ganz, wie Sie wollen.« Sie sah etwas genauer hin, und plötzlich wusste sie es. »Sie sind Thelma Scott, nicht wahr?«

»Ja.«

»Entschuldigen Sie, dass ich Sie nicht gleich erkannt habe. Bei unserer letzten Begegnung saßen Sie wegen meiner Behandlung von Alan Dekker über mich zu Gericht. Sie werden verstehen, dass ich diese Anhörung ziemlich beängstigend fand.«

»Natürlich.«

Von einer Sekunde auf die andere fühlte Frieda sich so müde und mutlos, dass ihr sogar das Sprechen schwerfiel. »Worum geht es denn dieses Mal?«, fragte sie schließlich. »Die nächste Beschwerde?«

Thelma zog eine Boulevardzeitung aus der Tasche und schlug sie auf. »Haben Sie die heutige Zeitung schon gelesen?«

»Ich lese keine Zeitungen.«

Thelma setzte eine Lesebrille auf. »›Seelenklempnerin in Straßenschlägerei verwickelt‹«, las sie laut vor. »Eine Aufnahme von dem lädierten Fotografen ist auch abgedruckt. Sieht wahrscheinlich schlimmer aus, als es in Wirklichkeit war. ›Freunde der umstrittenen Therapeutin Doktor Frieda Klein fielen über den Pressefotografen Guy Durrant her …‹ Tja, ich glaube, ich muss Ihnen nicht den ganzen Artikel vorlesen.«

»Ich wäre Ihnen in der Tat dankbar, wenn Sie uns das ersparen würden.«

»Vermutlich entspricht der Bericht so im Großen und Ganzen den Tatsachen.«

Frieda nahm Thelma die Zeitung aus der Hand und warf einen Blick darauf. Der Artikel war wieder von Liz Barron verfasst. »Ja, im Großen und Ganzen.« Sie gab ihr die Zeitung zurück.

»Wer waren diese Freunde?«, fragte Thelma.

»Ich komme gerade aus dem Sprechzimmer des einen.« Frieda deutete hinter sich.

»Reuben? Ach, du lieber Himmel!«

»Ich weiß.«

»Geht es Ihnen gut?«

»Wie meinen Sie das?«

»Ich gebe sonst nicht viel auf Klatsch und Tratsch«, erklärte Thelma, aber mir ist da vor ein, zwei Jahren mal eine Geschichte über Sie zu Ohren gekommen. Es ging dabei um einen Kollegen von mir und um eine Auseinandersetzung in einem Restaurant in Kensington. Wahrscheinlich war das Ganze stark übertrieben.«

»Zumindest bin ich am Ende in einer Polizeizelle gelandet«, gestand Frieda.

»Mir ist aufgefallen, dass er keine Anzeige erstattet hat. Das hatte vermutlich seinen Grund.«

»Ja, das hatte seinen Grund. Hören Sie, geht es hier um irgendwelche Disziplinarmaßnahmen?«

Thelma sah sie verdutzt an. »Also wenn Sie jetzt von mir wissen wollen, ob ich öffentliche Schlägereien von zugelassenen Psychotherapeuten – oder gar *zwischen* zugelassenen Psychotherapeuten – gutheiße, dann lautet die Antwort Nein.« Thelma erhob sich. Sie war ein gutes Stück kleiner als Frieda. »Ich bin gekommen, weil ich mir Sorgen um Sie mache. Sie stehen im Moment ganz schön unter Druck.«

»Das ist sehr freundlich von Ihnen, Doktor Scott, aber der Zeitpunkt ist gerade ein bisschen ungünstig.«

»Ich wollte nur sicherstellen, dass Sie sich über das Ergebnis Ihrer Anhörung durch den British Psychoanalytical Council im Klaren sind. Der BPC hat Sie nicht abgemahnt. Ihnen wurde nicht einmal eine Rüge erteilt. Ich hoffe, Sie sind sich dessen bewusst.«

»Sie sind extra hergekommen, um mir das zu sagen? Vielen Dank, das ist sehr nett von Ihnen.«

Thelma musterte sie eindringlich. »Ich habe mich über Sie informiert«, erklärte sie. »Ich habe ein paar Arbeiten von Ihnen gelesen. Das Leben ist nicht immer ein einsamer Kampf, Sie gegen den Rest der Welt.«

»Ja, ich weiß, zum Glück habe ich ein paar Leute an meiner Seite – ich meine, in meinem Kampf gegen den Rest der Welt.«

Thelma schob eine Hand in die Tasche ihrer Donkeyjacke. Zusammen mit ein paar U-Bahn-Fahrkarten kam eine Visitenkarte zum Vorschein. »Hier«, sagte sie, »falls Sie mal jemanden zum Reden brauchen.«

»Frieda ist der Meinung, dass Janet Ferris ermordet wurde«, verkündete Karlsson, »oder hält es zumindest für denkbar.«

Yvette nahm die Kaffeetassen vom Tablett und reichte sie herum. Dabei sah sie fragend zu Jake Newton hinüber, der die letzten Tage irgendwo im Haus unterwegs gewesen war, damit beschäftigt, das Personalmanagement des Präsidiums zu beurteilen. »Hätten Sie auch einen gewollt?«

Er betrachtete die Tassen, als wären sie Teil seiner Studie. Chris Munster riss ein Tütchen Zucker auf und ließ den Inhalt in seinen Kaffee rieseln.

»Nein«, antwortete Newton, »nein, ich glaube, ich passe.«

Yvette nahm ein paar Sandwichpäckchen aus einer Tüte. »Käse und Sellerie für Sie, Chef. Thunfisch und Gurke für Chris.« Sie schob die Päckchen über den Tisch. »Und Huhn für mich.« Wieder sah sie Newton an. »Tut mir leid, ich wusste nicht, dass Sie heute mit von der Partie sind.«

»Beachten Sie mich gar nicht, ich spiele hier nur Mäuschen«, antwortete Newton. »Sie brauchen mich nicht zu verpflegen.«

»Auch Mäuschen brauchen was zu essen«, gab Yvette zurück. Während Newton sie fast argwöhnisch musterte, als vermutete er hinter ihrer Bemerkung eine versteckte Beleidigung, fuhr sie an Karlsson gewandt fort: »Wird Frieda an der Besprechung teilnehmen und uns ihre Theorie erläutern?«

»Sie hat heute Nachmittag Patienten«, erklärte er.

»Wie will sie das überhaupt alles unter einen Hut bringen? Und wie wird ihre Arbeit hier vergütet?«, fragte Newton.

»Gute Frage«, stimmte Yvette ein.

»Eigentlich gehört das alles nicht hierher«, entgegnete Karlsson, »aber wir haben vereinbart, dass sie uns ein kleines Honorar und ihre Unkosten in Rechnung stellen darf, wobei sie bis jetzt weder das eine noch das andere getan hat. Aber ich kann Sie später über sämtliche Details informieren, wenn Sie das möchten.«

»Danke«, antwortete Newton, »das wäre nett.«

»Außerdem hat sie ein Anrecht auf Diskretion«, fuhr Karlsson fort, »was ihr aber leider nicht zugestanden wurde, weil jemand hier im Haus Informationen über die Ermittlungen an die Presse weitergegeben hat.«

»Oje«, meinte Newton in feixendem Ton.

»Und eine angemessene Unterstützung hat sie von unserer Seite auch nicht bekommen«, fügte Karlsson hinzu und nahm dabei Yvette ins Visier, die prompt rot anlief und den Blick senkte.

»Wie kommt Frieda überhaupt auf die Idee«, mischte Munster sich ein, »dass Janet Ferris ermordet wurde?«

»Zum Teil ist es nur ein Bauchgefühl von ihr«, antwortete Karlsson. »Ihrer Einschätzung nach war Janet Ferris nicht selbstmordgefährdet. Frieda könnte es euch vermutlich besser erklären, aber wenn ich sie richtig verstanden habe, beruht ihr Verdacht auf ihrer Einschätzung von Janet Ferris' Stimmungslage. Außerdem hat Janet ihre Katze eingesperrt zurückgelassen. Laut Frieda war sie nicht die Sorte Frau, die das täte.«

»Schätzungsweise ist es doch gerade bezeichnend für einen

selbstmordgefährdeten Menschen«, meinte Yvette, »dass man sich wegen solcher Dinge keine Gedanken mehr macht. Solange man sich noch um das Wohl seiner Katze sorgt, bringt man sich nicht um. Ist die Autopsie schon abgeschlossen?«

»Ich habe gerade mit Singh telefoniert.«

»Und?«

»Tod durch Ersticken, hat er gesagt, und dass der Zustand der Leiche…«

»Was meinen Sie mit ›Zustand der Leiche‹?«, fragte Newton.

»Das wollen Sie gar nicht wissen«, mischte Yvette sich ein.

»Sie hat sich vollgeschissen«, sagte Munster.

»Wirklich?« Newton hob die Augenbrauen.

»Versagen des Schließmuskels ist typisch für Tod durch Erhängen«, erklärte Karlsson, »aber auch für andere Todesarten. Aufschlüsse liefert gar nicht so sehr die Darmentleerung an sich, sondern… ähm…«

»Die Art, wie sie vonstatten geht«, kam Yvette ihm zu Hilfe.

»Die Position der Spritzer«, fügte Munster hinzu.

»Bitte!«, stöhnte Karlsson. »Laut Singh gab es keine Hinweise auf andere Verletzungen, keine Blutergüsse. Seiner Meinung nach war es Selbstmord. Ich habe ihn gefragt, ob er sicher sei, dass Janet Ferris nicht schon vor dem Hängen stranguliert wurde. Er meinte, da könne man nie sicher sein. Als ich ihn daraufhin fragte, ob er es für denkbar halte, dass sie gewaltsam erhängt worden sei, antwortete er, das sei zwar nicht *aus*zuschließen, aber in dem Fall hätte er eigentlich Blutergüsse finden müssen, vermutlich an den Oberarmen, wo jedoch keine vorhanden waren.«

»Wie lautet dann seine abschließende Einschätzung?«, fragte Yvette.

»Seine *vorläufige* Einschätzung ist, dass wir es mit einem Selbstmord zu tun haben.«

»Na bitte.«

»Es ist nicht Aufgabe des Pathologen, uns eine Theorie zu liefern«, stellte Karlsson klar. »Er liefert uns lediglich einen Bericht über den Zustand der Leiche. Unsere Aufgabe ist es, Optionen offenzuhalten.«

»Wir haben eine Menge Optionen offen«, meinte Yvette, »und zwar verdammt offen.«

»Das ist der Grund für diese Besprechung.« Karlsson biss wütend in sein Sandwich. Die anderen warteten, bis er den Bissen hinuntergeschluckt hatte. »Crawford kann jeden Moment auftauchen und uns fragen, wie weit wir sind, und ehrlich gesagt habe ich keine Ahnung, was wir ihm dann antworten sollen. Wir wissen noch immer nicht, wer Poole wirklich war. Der Todeszeitpunkt lässt sich auch nicht genau feststellen, da gibt es einen Spielraum von fünf Tagen, was es sehr schwierig macht, irgendwelche Alibis zu überprüfen. Wir haben keine Ahnung, wo er getötet wurde, also können wir die Tatortforensik auch vergessen. Wir wissen zwar so in etwa, auf welche Weise er ums Leben kam, aber nicht, warum ihm der Finger abgeschnitten wurde.« Er schwieg einen Moment nachdenklich. »Dafür wissen wir verdammt viel darüber, *warum* er getötet worden sein könnte. Er war ein Betrüger und Dieb. Wenn es jemand hinter meinem Rücken mit meiner Frau treiben würde, hätte ich allein deswegen schon Mordgelüste. Wenn der Betreffende sie zusätzlich auch noch dazu benutzen würde, mir mein Geld abzuluchsen, wäre es mir vermutlich ein Vergnügen, ihm den Finger abzuschneiden und in den Mund zu schieben und den Kerl anschließend mit bloßen Händen zu erwürgen. Würde jemand meine Mutter um ihre Ersparnisse bringen, hätte ich ebenfalls Mordgelüste, und erst recht, wenn jemand sie dazu brächte, ihr Testament zu ändern und ihr ganzes Vermögen einem Betrüger zu hinterlassen. Und wenn jemand mich wegen meines Alkoholproblems erpressen würde, hätte ich vermutlich auch den Wunsch, ihn zu ermorden. Also ...«

»Aber die Alibis der Orton-Söhne sind wasserdicht. Jeremy Orton arbeitete während der betreffenden Zeitspanne rund um die Uhr an irgendeiner Firmenübernahme, und Robin Orton lag mit Grippe im Bett.«

»Alibis«, meinte Karlsson müde. »Ich weiß nicht. Er hätte das

Bett ohne Weiteres für eine Weile verlassen können. Und wie lange braucht man wohl mit dem Schnellzug von Manchester nach London?«

»Zwei Stunden und fünf Minuten«, antwortete Yvette. »Was ist mit Jasmine Shreeve?«

Karlsson stieß ein säuerliches Lachen aus. »Nach allem, was ich über ihre Fernsehsendungen gehört habe, bekäme er von mir einen Freibrief, sie zu hintergehen.«

»*House Doctor* war gar nicht so schlecht«, meinte Munster.

»Und ob!«, ereiferte sich Yvette. »Man kann die Psyche der Leute doch nicht nach ihrer Tapete beurteilen!«

»Es ging dabei wohl eher um das voyeuristische Vergnügen der Zuschauer.« Newton wirkte an diesem Tag gut gelaunt, fast schon vergnügt.

»Genug der Fernsehkritik«, setzte Karlsson der Diskussion ein Ende. »Egal, wie gut oder schlecht sie als Moderatorin war – was Poole betrifft, scheint sie noch mal glimpflich davongekommen zu sein. Vielleicht mochte er sie ja wirklich, oder er war einfach noch nicht dazu gekommen, sie zu hintergehen. Oder er hat sie auf eine Art hintergangen, von der wir noch nichts wissen. Eine weitere Möglichkeit wäre, dass er mit seinen Betrügereien an die falsche Person geraten ist – eine Person, auf die wir unter Umständen noch gar nicht gestoßen sind, vielleicht jemand aus seiner Vergangenheit. Vielleicht hat der oder die Betreffende ihn aufgespürt und ihm eine Lektion erteilt.«

»Das sind ziemlich viele Vielleichts«, bemerkte Yvette.

»Und unsere Hauptverdächtige ist verrückt und hat Wahnvorstellungen.« Karlsson biss erneut in sein Sandwich. »Das sind alles keine vielversprechenden Optionen. Die Frage ist nur: Wie machen wir jetzt weiter?«

Eine ganze Weile herrschte Schweigen. Im Raum waren nur noch Kaugeräusche zu hören.

»Also?«, fragte Karlsson schließlich.

»Nun ja«, begann Yvette. »Im Grunde wissen wir doch schon eine ganze Menge.«

»Nämlich?«

»Wir wissen, dass er sich sein Geld verdiente, indem er reiche Leute übers Ohr haute. Wir wissen, dass er mit Aisling Wyatt eine Affäre hatte und wahrscheinlich plante, Jasmine Shreeve zu erpressen. Mary Orton hat er um ihr Geld gebracht und außerdem versucht, sie zu einer Testamentsänderung zu überreden. Wie Sie sehr richtig festgestellt haben, lassen sich da etliche Motive finden, wobei ich der Meinung bin, dass es sich im Fall von Jasmine Shreeve – ähnlich wie bei den Brüdern Orton – um ein Motiv handelt, von dem sie noch gar nichts wusste. Uns ist außerdem bekannt, dass Poole über eine Riesenmenge Geld verfügte, das von jemand anderem gestohlen wurde – oder von ihm selbst an einem Ort deponiert, den wir nicht gefunden haben.« Nach einer kurzen Pause fügte sie hinzu: »Noch nicht. Immerhin sind wir inzwischen dahintergekommen, wie er sich seine Opfer ausgesucht hat.«

»Tatsächlich?« Newton beugte sich interessiert vor. »Davon weiß ich ja noch gar nichts.«

»Tut mir leid«, sagte Karlsson. »Mir war nicht bewusst, dass wir Sie über sämtliche Details unserer Fälle auf dem Laufenden halten sollen.«

»Wahrscheinlich waren sie alle bei derselben Bank«, mutmaßte Newton, »oder Stammkunden bei Harrods?«

»Mit Ihrem zweiten Versuch liegen Sie gar nicht so weit daneben. Diese Leute haben alle sehr teure Holzsachen gekauft, hergestellt von einer Firma, bei der Poole kurze Zeit gearbeitet hat. Als er ging, nahm er die Kundenliste mit, weil er wohl annahm – zu Recht, wie es scheint –, dass diese Leute alle Geld besaßen.«

»Ganz schön clever«, meinte Newton.

Karlsson fand, dass Newton sich auf ihre Kosten viel zu gut amüsierte. »Leider bringt uns das auch auf keinen grünen Zweig«, erklärte er und wandte sich an Yvette: »Wie sollen wir Ihrer Meinung nach weiter vorgehen?«

»Wir nehmen Aisling und Frank Wyatt in die Mangel, und zwar getrennt voneinander.«

»In die Mangel?«, fragte Karlsson. »Soll heißen?«

»Geben Sie mir ein bisschen Zeit allein mit Frank Wyatt. Mal angenommen, er hat Poole wegen Aisling und wegen des Geldes zur Rede gestellt. Die beiden Männer gerieten in Streit, es kam zu Handgreiflichkeiten, dabei tötete Wyatt Poole, ohne es zu wollen, geriet in Panik, entsorgte die Leiche. Mit diesem Szenario würde ich ihn gerne konfrontieren. Wenn er es zugibt, kommt er vielleicht mit einer Verurteilung wegen Totschlags davon, vielleicht sogar auf Bewährung, wenn er einen verständnisvollen Richter erwischt.«

Karlsson überlegte einen Moment. »Was ist mit dem fehlenden Finger?«

»Vielleicht trug Poole einen Ring, anhand dessen man ihn hätte identifizieren können.«

»Und deswegen hat Wyatt ihm in seiner Panik den Finger abgeschnitten?«

»Zumindest könnten wir es Wyatt gegenüber so formulieren.«

»Und was ist mit dem Geld, das von Pooles Konto verschwunden ist?«

»Möglicherweise hat Poole es selbst abgeräumt, um seine Spur zu verwischen.«

»Und wo ist es jetzt?«

»Irgendwo vergraben. Für immer unauffindbar. Oder auf einem Konto im Ausland.« Wieder herrschte einen Moment Schweigen. »Tja, es gibt eben Dinge, die lassen sich nie aufklären«, fügte Yvette hinzu.

»Und Janet Ferris?«

»Selbstmord«, antwortete sie wie aus der Pistole geschossen. »Weil sie durch die ganze Sache völlig aus dem Gleichgewicht geraten ist.«

Karlsson stieß ein Grunzen aus. »Gut. Wir lassen die Wyatts zum Verhör erscheinen, aber vorher graben wir alles aus, was wir an Informationen über sie finden können.« Er warf einen Blick auf den Kalender auf seinem Schreibtisch. »Chris, Sie überprüfen als Erstes mal die Alibis der beiden.«

»Ich glaube, es war Jasmine Shreeve«, meldete sich Newton zu Wort.

Die anderen starrten ihn verdattert an. Auf Karlssons Gesicht breitete sich ganz langsam ein Lächeln aus. »Wie bitte?«

»Entschuldigung«, sagte Newton, »ignorieren Sie einfach, was ich gesagt habe.«

»Nachdem wir nun schon eine Psychotherapeutin haben, die uns bei unseren Ermittlungen unterstützt... warum sollten wir nicht auch noch einen Unternehmensberater hinzuziehen? Was bringt Sie auf die Idee, dass es Jasmine Shreeve gewesen sein könnte?«

»Sie hat mehr zu verlieren als die anderen. Ich habe Interviews mit ihr gesehen. Die Frau hat immer noch den völlig utopischen Wunschtraum, ein Comeback zu landen. Falls herauskäme, dass sie einem Betrüger auf den Leim gegangen ist, könnte sie das vergessen. Außerdem weiß jeder, der sie im Fernsehen gesehen hat, wie sehr sie nach Erfolg und Bestätigung giert. Falls sie sich irgendwie verraten gefühlt hat, wäre sie zu allem fähig gewesen.«

»Danke für den Hinweis«, sagte Karlsson. »Sie werden mir verzeihen, wenn ich Sie jetzt nicht bitte loszuziehen und Jasmine Shreeve für uns zu befragen. Ich spreche lieber selbst mit ihr. Sollte sich aber herausstellen, dass Sie recht haben, werden Yvette und Chris ein feudales Essen für Sie kochen.«

»Warum machen Sie das nicht selbst?«, fragte Yvette.

»Das wäre keine große Belohnung.«

»Und welche Aufgabe übernimmt Doktor Klein?«

»Ich glaube, sie spielt mit dem Gedanken auszusteigen. Zumindest hatte ich bei unserem letzten Gespräch den Eindruck.«

»Warum das?«, fragte Yvette. »War sie genervt?«

»Wie es aussieht, hat sie sich inzwischen an einem Fotografen abreagiert.« Munster grinste zu Yvette hinüber, doch als er Karlssons bösem Blick begegnete, verging ihm das Grinsen gleich wieder.

»Sie hat mir davon erzählt«, sagte Karlsson. »Sie selbst hatte damit gar nichts zu tun, es waren zwei von ihren Freunden.«

»Trotzdem verhält sie sich nicht sehr professionell«, gab Munster zurück. »Erst gerät sie in die Schlagzeilen, dann kommt es zu einer Schlägerei mit einem Fotografen, und schon ist sie wieder in den Schlagzeilen. Ich komme mir vor, als würde ich mit Britney Spears ermitteln.«

Karlsson schüttelte den Kopf. »Ich glaube, das Ganze geht ihr zu nahe. Sie hat das Gefühl, Janet Ferris im Stich gelassen zu haben.« Er knüllte die Sandwichverpackung zusammen und zielte damit auf einen Abfalleimer, doch sein Wurfgeschoss prallte von der Kante ab und landete auf dem Boden. »Außerdem brauchen wir auf unsere eigene Leistung auch nicht allzu stolz sein.«

Es klopfte, und eine Frau streckte den Kopf zur Tür herein. »Da möchte jemand mit Ihnen sprechen, Sir«, sagte sie entschuldigend.

Karlsson schätzte Lorna Kersey auf Mitte bis Ende vierzig. Sie hatte kurzes braunes Haar und trug eine Brille mit runden Gläsern. Sie war nicht geschminkt, aber an ihren Ohren funkelten große Klunker. Außerdem fielen Karlsson die vielen Ringe an ihren kleinen Händen auf. Obwohl sie in eine dicke orangerote Strickjacke gehüllt war und Schneestiefel trug, schien sie zu frieren. Ihr Ehemann, Mervyn, war klein und untersetzt und hatte bereits Silbersträhnen im Haar, wodurch er wesentlich älter wirkte als Lorna. Er saß in sehr gerader, fast starrer Haltung auf seinem Stuhl und presste dabei die Handflächen aneinander, als würde er beten. Hin und wieder streckte Lorna die Hand nach ihm aus und berührte ihn sanft an der Schulter, am Arm oder am Oberschenkel. Er reagierte auf ihre beruhigenden Gesten, indem er sie jedes Mal ansah und lächelte.

»Ich möchte auf keinen Fall Ihre Zeit vergeuden«, begann Lorna.

»Wenn ich meine Kollegin richtig verstanden habe, geht es um Robert Poole. Ich leite die Ermittlungen in dem Fall und interessiere mich für alles, was Sie dazu zu sagen haben.«

»Tja, das ist genau der Punkt. Der Mann, den wir kennen,

heißt nicht Robert Poole. Womöglich handelt es sich ja doch um eine Verwechslung.«

»Wie heißt denn Ihr Bekannter?«

»Edward Green.«

»Erzählen Sie mir von ihm.«

»Wir kommen wegen des Plakats. Das ist eindeutig er.«

»Und Sie haben diesen Edward Green schon eine Weile nicht mehr gesehen?«

Sie schnitt eine Grimasse. »Es hat mit unserer Tochter zu tun.«

»Moment mal! Ihre Tochter heißt aber nicht Sally, oder?«

»Sally?« Sie starrte ihn verwirrt an. »Nein, sie heißt Beth. Ich meine, eigentlich heißt sie Elizabeth, aber alle nennen sie Beth. Beth Kersey.«

»Entschuldigen Sie, dass ich Sie unterbrochen habe. Bitte fahren Sie fort.«

Lorna Kersey lehnte sich vor. Nun konnte Karlsson die Linien und Falten in ihrem Gesicht sehen.

»Wir haben drei Töchter. Beth ist die Älteste. Sie ist mittlerweile fast zweiundzwanzig. Sie hat im März Geburtstag. Ihre Schwestern sind jünger, sie gehen beide noch zur Schule. Das war wahrscheinlich auch nicht gerade hilfreich.« Karlsson sah, dass sie schluckte und dabei die Finger fest gegen die Schreibtischkante presste. »Sie war von Anfang an ein Mädchen mit Problemen, schon ab dem Moment ihrer Geburt, könnte man sagen. Sie hat uns immer Sorgen bereitet.« Ihr Blick wanderte kurz zu ihrem Mann, dann zurück zu Karlsson. »Sie war immer schon ein unglücklicher, zorniger Mensch, als wäre sie einfach so auf die Welt gekommen.«

»Das tut mir leid«, sagte Karlsson. »Wo befindet sich Ihre Tochter jetzt?«

»Das ist es ja«, antwortete sie. »Wir wissen es nicht. Ich versuche Ihnen gerade zu erklären, warum wir hier sind. Wie gesagt, sie hatte immer Probleme, auch in der Schule. Wobei sie manches durchaus mochte, zum Beispiel den Kunstunterricht und die praktischen Fächer, in denen man etwas mit den Händen machen konnte. Außerdem war sie sehr kräftig. Sie konnte kilometerweit laufen und im kältesten Wasser schwimmen. Trotzdem fiel es ihr sehr schwer, Freundschaften zu schließen.« Sie zögerte. »Es tut mir leid, bestimmt wollen Sie das alles gar nicht hören. Das Entscheidende daran ist, dass sie eine unglückliche Jugend hatte. Sie hielt sich für hässlich und dumm, und sie war sehr einsam und hätte dringend Hilfe gebraucht, wollte sich aber nicht helfen lassen. Wir taten, was wir konnten, doch es wurde immer schlimmer, je älter sie wurde. Es riss unsere ganze Familie auseinander. Irgendwann geriet sie dann richtig in Schwierigkeiten.«

»Inwiefern?«

»Das Übliche, wie bei vielen Teenagern. Wahrscheinlich Drogen, wobei in ihrem Fall immer dieser Zorn hinzukam, diese Unzufriedenheit. Manchmal wurde sie sogar gewalttätig – gegenüber anderen, aber auch gegenüber sich selbst.«

»Kam es je zu einer Festnahme?«

»Sie wurde zwar mehrfach von der Polizei nach Hause gebracht, aber eine richtige Festnahme gab es nie. Wir waren mit ihr bei etlichen Fachleuten – Ärzten und Psychiatern. Sie wurde an einen Therapeuten überwiesen, der in einer Klinik praktizierte, und später waren wir privat noch bei jemand anderem. Ich weiß nicht, ob es etwas gebracht hat. Womöglich haben wir sie dadurch immer mehr in eine Außenseiterrolle gedrängt und sie nur noch unglücklicher gemacht. Leider weiß man erst im Nachhinein, ob das, was man tut, richtig ist oder nicht. Es gibt keine Wunderlösung für solche Probleme, man hofft einfach, dass sich Schritt für Schritt etwas ändert. Das war alles so ... so unverständlich und verwirrend. Wir zermarterten uns das Gehirn, ob wir irgendetwas falsch gemacht hatten und sie deswegen so geworden war. Am Ende wurde es so schlimm, dass wir überhaupt nicht mehr wussten, an wen wir uns noch wenden sollten.« Sie blinzelte, und Karlsson merkte, dass sie Tränen in den Augen hatte. »Nun sind wohl meine Gefühle mit mir durchgegangen«, sagte sie und versuchte zu lächeln. »Wahrscheinlich ist das alles auch gar nicht relevant. Entschuldigen Sie.«

»Dann lernte sie diesen Mann kennen«, meldete sich Mervyn Kersey zum ersten Mal zu Wort. Er hatte einen leicht walisischen Akzent.

»Den Mann, den Sie als Edward Green bezeichnen?«

»Ja.«

»Wie hat sie ihn kennengelernt?«

»Das wissen wir nicht genau. Aber sie hat viel Zeit damit zugebracht, einfach nur durch die Gegend zu wandern, manchmal die ganze Nacht lang. Ich nehme an, da ist er ihr irgendwann über den Weg gelaufen.«

Karlsson nickte. Das klang ganz nach Robert Poole.

»Wir wussten erst gar nichts von ihm. Sie hat uns nichts erzählt. Uns ist nur aufgefallen, dass sie plötzlich anders war. Anfangs freuten wir uns. Sie war ruhiger, nicht mehr so aufbrausend gegenüber uns und ihren Schwestern. Sie ist öfter ausgegangen. Wir waren so erleichtert.«

»Aber?«

»Gleichzeitig entwickelte sie eine sehr heimlichtuerische, fast schon lauernde Art. Irgendwann beschlich uns dann der Verdacht, dass sie uns Geld stahl – nicht viel, aber es fehlte immer ein wenig Kleingeld aus unseren Börsen.«

»Und aus den Sparschweinen ihrer Schwestern«, warf Mervyn Kersey ein. Dabei klang er, als bekäme er die Worte kaum über die Lippen. Karlsson vermutete, dass er sich schämte.

»Haben Sie ihn persönlich kennengelernt?«, fragte Karlsson.

»Ja. Ich konnte es erst gar nicht glauben«, antwortete Lorna Kersey. »Er war so… wie soll ich sagen? So höflich und liebenswürdig. Er war nett zu den Mädchen und ganz reizend zu Beth. Ich hätte ihn eigentlich lieber mögen müssen, als es der Fall war. Das hört sich jetzt wahrscheinlich schrecklich an, aber irgendwie habe ich ihm nicht über den Weg getraut, weil ich mich die ganze Zeit fragte, was er wohl an unserer Beth fand, wo er doch jede andere hätte haben können. Ich liebe meine Tochter, aber mir war trotzdem schleierhaft, wieso ein gut aussehender, erfolgreicher junger Mann wie er sich für eine pummelige, unglückliche und völlig unscheinbare junge Frau begeistern sollte, die nichts aus sich machte und ständig zornig war. Das leuchtete mir einfach nicht ein. Klingt das für Sie brutal?«

»Nein«, log Karlsson. »Was waren dann Ihrer Meinung nach seine Beweggründe?«

Sie erwiderte seinen Blick. »Ich würde nicht sagen, dass wir reich sind ...«, entgegnete sie.

»Doch, das sind wir«, fiel ihr Mann ihr ins Wort, »zumindest nach den Maßstäben der meisten Menschen.«

»Der Punkt ist«, fuhr sie fort, »dass er bestimmt wusste, dass wir recht wohlhabend sind.«

»Sie glauben, er hatte es auf Ihr Geld abgesehen?«

»Das war unsere Befürchtung.«

»Und jetzt ist Ihre Tochter weg.«

»Sie hat mir meine Bankkarte geklaut und mein Girokonto abgeräumt. Ansonsten hat sie nur ein paar Kleidungsstücke mitgenommen.«

»Wo ist sie hin?«

»Das weiß ich nicht. Sie hat uns einen Zettel hinterlassen, auf dem stand, wir hätten sie nun lange genug unter unserer Fuchtel gehabt und versucht, einen Menschen aus ihr zu machen, der sie nicht sein wollte, und jetzt sei sie endlich frei.«

»Und Sie glauben, sie ist mit ihm durchgebrannt, mit Robert ... Edward Green?«

»Das nehmen wir an. Wir haben ihn nie wieder gesehen, und sie auch nicht.« Sie schloss einen Moment die Augen. »Wir haben unsere Tochter seit dreizehn Monaten nicht mehr gesehen. Wir haben nichts von ihr gehört. Wir wissen nicht, ob sie noch lebt oder nicht – ob sie ohne uns glücklicher ist oder immer noch unglücklich. Wir haben keine Ahnung, ob sie von uns gefunden werden möchte, lassen aber trotzdem nicht locker. Wir wollen doch nur wissen, ob es ihr gut geht. Sie braucht nicht nach Hause zu kommen, und sie braucht uns auch nicht zu sehen, wenn sie nicht möchte. Wir haben sie bei der Polizei als vermisst gemeldet, aber dort wurde uns gesagt, bei einer über Zwanzigjährigen, die aus freien Stücken von zu Hause weggeht, könnten sie nichts machen. Wir haben sogar einen Detektiv engagiert. Nichts.«

»Hatte sie ein Handy?«

»Ja, aber sie benutzt es wohl nicht mehr.«

»Und dieser Edward Green hatte Ähnlichkeit mit diesem Mann hier?« Karlsson deutete auf das Plakat mit dem Foto von Robert Poole, das neben ihm an einer Pinnwand hing.

»Er sieht exakt so aus. Aber wenn er tot ist, wo ist dann unsere Tochter?«

Sie starrte Karlsson an. Er wusste, dass sie etwas Beruhigendes von ihm hören wollte, doch damit konnte er nicht dienen. »Ich werde veranlassen, dass zwei meiner Beamten zu Ihnen nach Hause kommen. Wir brauchen Einblick in alle Dokumente, die Ihnen vorliegen, die Namen der Ärzte und so weiter. Wir nehmen Ihre Meldung sehr ernst.«

Als sie gegangen waren, blieb er noch einige Minuten lang nachdenklich sitzen. War das nun ein Fortschritt, oder machte es alles nur noch schlimmer?

Beth Kersey begann mit den Fotos ihrer Familie. Sie hatte sie auf seine Anweisung hin mitgenommen, als sie gegangen war, sie sich seitdem aber nicht mehr angesehen. Es war zu schmerzhaft und wühlte in ihr Gefühle auf, die sie nur verwirrten und traurig machten. Er aber hatte sie sich sehr lange angesehen, als er glaubte, dass sie schlief, und dann hatte er sie in Plastiktüten gewickelt und zusammen mit seinen anderen Taschen verstaut.

Nun legte sie die Fotos vor sich hin, eines nach dem anderen. Sie hatte eine große Schachtel Zündhölzer, die sie nachts mal von einem anderen Boot gestohlen hatte, und zündete für jedes Foto ein eigenes Zündholz an, um es dann über einem Gesicht, einer Personengruppe oder einem Frühlingsgarten aufflammen und wieder erlöschen zu lassen. Lauter Lügen, dachte sie verbittert. Für ein Foto lächelt jeder – jeder posiert und setzt eine Maske auf.

Da war ihre Mutter mit ihrem Kameragesicht, den Kopf ein wenig zur Seite geneigt, liebevoll und fürsorglich lächelnd, als könnte sie kein Wässerchen trüben. Und ihr Dad, der so rund und süß aussah, obwohl doch jeder wusste, dass er ein brutaler Kerl war, der Geld gemacht hatte, indem er es anderen wegnahm. Ed hatte ihr erklärt, warum das falsch war und warum das Geld ihrem Vater eigentlich gar nicht gehörte. Die Einzelheiten hatte sie vergessen, aber die waren sowieso unwichtig. Als Nächstes kamen ihre zwei Schwestern an die Reihe. Es gab Tage, an denen sie sich kaum noch an ihre Namen erinnerte, aber sie wusste noch genau, was für Musterexemplare sie gewesen waren, gut in der Schule und zu Hause brav. Sie hatten sich bei ihren Eltern eingeschleimt, ihnen mit ihrem gewinnenden Lächeln Geld und Geschenke abgeluchst. Mittlerweile hatte sie das durchschaut. Früher war sie der Meinung gewesen, dass die beiden es einfach besser verstanden, ihren Platz in der Welt zu finden und sich in ihrer Haut wohlzufühlen – dass ihre Schwestern einfach Glück gehabt hatten und sie selbst Pech. Nun betrachtete sie im Licht der Flamme Lilys schmales, von zwei fest geflochtenen Zöpfen umrahmtes Gesicht, das sie aus dem Foto angrinste, und dann das eher ernst dreinblickende Gesicht von Bea. Schließlich betrachtete sie sich selbst. Elizabeth. Betty. Beth. Das war sie nicht mehr: dieses pummelige, zornige Mädchen, das es so gern allen recht gemacht hätte, aber schon vorher wusste, dass sie das nicht konnte. Jetzt war sie dünn, sie bestand nur noch aus Muskeln und Knochen. Jetzt hatte sie eine Narbe an der Lippe, die ihrem Mund einen höhnischen Zug verlieh, und ihr Haar trug sie raspelkurz. Sie war durchs Feuer gegangen und gereinigt wieder herausgekommen.

38

Josef strich gerade Mary Ortons Sockelleisten weiß. Während er den Pinsel über das Holz zog, versuchte er, nicht an seine Kinder zu denken. Er verspürte jedes Mal einen brennenden Schmerz in der Brust, wenn er sie sich zu Hause vorstellte, ohne ihn, oder wenn er sich seine letzte Begegnung mit ihnen ins Gedächtnis rief. Er hatte die beiden zu fest in den Arm genommen, und sie waren vor ihm zurückgewichen – abgeschreckt durch den Geruch seines Atems oder den wilden Ausdruck in seinen Augen. Deswegen konzentrierte er sich nun ganz darauf, die Farbe möglichst glatt hinzubekommen. Als er kurz von seiner Arbeit hochblickte, bemerkte er, dass Mary Orton mit ängstlicher Miene hinter ihm stand, die Hände in ein Geschirrtuch gekrallt.

»Kann ich Ihnen helfen?«

»Ich möchte Ihnen etwas zeigen.«

Josef legte den Pinsel auf den Deckel der Farbdose und richtete sich auf. »Natürlich, zeigen Sie es mir«, antwortete er in aufmunterndem Ton.

»Bitte kommen Sie mit.«

Sie führte ihn hinauf in ihr Schlafzimmer, den einzigen Raum des Hauses, in dem er noch nicht gewesen war. Es war ein Zimmer mit einer hohen Decke, einer gemusterten Tapete und einem großen Fenster mit Blick auf den Garten, wo endlich die ersten Frühlingsblumen aus dem kalten Boden hervorspitzten. Sie trat an einen altmodischen Sekretär, öffnete ihn und tastete in der kleinen Schublade herum. Josef merkte, dass sie vor Aufregung ganz ungeschickte Finger hatte und heftig atmete.

»Hier.«

Sie drehte sich um und drückte ihm ein gefaltetes Blatt Papier in die Hand. Josef klappte es auseinander und starrte auf die blauen Zeilen hinunter, die zarte, altmodische Schreibschrift, bei der alle Buchstaben ineinander verschlungen und verschränkt waren.

»Was ist das?«, fragte er. »Mein Englisch ist wirklich nicht gut, Misses Orton.«

»Ich habe mein Testament tatsächlich geändert«, flüsterte sie und starrte ihn dabei mit Tränen in den Augen an. »Ich wollte ihm ein Drittel meines Vermögens vererben. Wir haben es gemeinsam aufgesetzt und ein Paar aus der Nachbarschaft als Zeugen unterschreiben lassen. Hier sind ihre Unterschriften, und hier ist meine.«

»Es tut mir leid«, sagte Josef, »aber da bin ich die falsche Adresse.«

»Weil sie mich nie besucht haben. Ich bin ihnen ganz egal – aber ihm war ich nicht egal.«

»Ihm?«

»Robert. Er hat Zeit mit mir verbracht, genau wie Sie. Meiner Familie falle ich nur zur Last. Ich nehme an, ich sollte dieses Blatt einfach verbrennen. Oder wäre das falsch?«

Josef starrte kopfschüttelnd auf das Stück Papier in seiner farbverschmierten Hand.

»Was soll ich machen?«

»Ich weiß es nicht. Ich gebe es Frieda.«

Frieda ging über die Waterloo Bridge nach Hause. Sie hatten sich einen Film angesehen und anschließend ein spätes Abendessen in einem marokkanischen Restaurant eingenommen, wo die Luft nach Zimt und gebratenem Fleisch roch. Danach hatte sie plötzlich das starke Bedürfnis verspürt, allein zu sein. Obwohl er sichtlich enttäuscht war, hielt irgendetwas sie zurück. Er hatte sich mit einem Wangenkuss von ihr verabschiedet.

Sie ging langsam, und als sie die Brücke etwa zur Hälfte überquert hatte, blieb sie wie immer stehen. Normalerweise blickte sie dann flussaufwärts in Richtung Parlament und London Eye und flussabwärts in Richtung St. Paul's, aber dieses Mal lehnte sie sich nur auf das Geländer und starrte ins Wasser hinunter. Die Themse schien nie so zu fließen, wie sich das für einen Fluss eigentlich gehörte. Sie bewegte sich eher wie das Meer bei Flut, und mit der Flut gingen Wirbel, Strudel und ineinanderfließende Strömungen einher. Nach ein paar Minuten nahm Frieda nicht einmal mehr das Wasser wahr. Sie ließ den Film, den sie gesehen hatte, Revue passieren, und dann wanderten ihre Gedanken zu Robert Poole oder wie auch immer er in Wirklichkeit geheißen haben mochte. Sie musste an die klassische Kindheitsfantasie denken, dass man selbst der einzige echte Mensch auf der Welt ist, während alle anderen Schauspieler sind. Poole war eine Art Schauspieler gewesen, der für jeden, den er traf, eine andere Rolle spielte, indem er sich genau so gab, wie die betreffenden Personen ihn haben wollten, und sie dadurch für sich einnahm. Dann gestattete Frieda sich, an Harry zu denken. Sie stellte ihn sich in seinem hellgrauen Anzug mit dem schönen weißen Hemd vor, wie er sie mit seinen graublauen Augen ansah und sich ihr ein wenig entgegenlehnte, wenn sie etwas sagte, oder sie sanft am Ellbogen nahm, wenn sie gemeinsam die Straße überquerten. Er musterte sie immer wieder aufmerksam und schien bemüht, sogar die Dinge zu hören, die sie nicht sagte. Es war lange her, dass sie jemanden so nahe an sich herangelassen hatte.

Allmählich drifteten ihre Gedanken ab, bis sie schließlich von gar nichts mehr handelten, sondern nur noch dunkel dahinwirbelten wie der Fluss unter ihr. Aus dieser Dunkelheit stiegen ein Gesicht und ein Name auf: Janet Ferris.

Frieda schauderte. Auf der Brücke war es kalt und windig. Ehe sie sich endgültig auf den Heimweg machte, warf sie noch einen Blick auf ihre Armbanduhr. Viertel vor zwölf. Zu spät, um Karlsson anzurufen. Sie beeilte sich, nach Hause in ihr Bett zu kommen, wo sie dann jedoch aufgewühlt und mit brennenden Augen wach lag. Sie wünschte, es wäre schon wieder Tag, doch der ließ lange auf sich warten.

39

Frieda hatte drei Sitzungen hintereinander. Sie stellte fest, dass sie an diesem Tag nicht ganz bei der Sache war, und bemühte sich mit aller Kraft, sich zu konzentrieren und ihren Patienten gegenüber so professionell und präzise wie möglich zu sein. Oder spielte sie nur die Rolle der aufmerksamen, mitfühlenden Therapeutin? Vielleicht war das Ganze genau genommen sowieso nur eine Art Theater. Nachdem sie sich im Anschluss an die letzte Sitzung ihre üblichen knappen Notizen gemacht hatte, verließ sie eilig die Praxis und winkte sich ein Taxi heran. Zehn Minuten später stand sie vor dem Haus in Balham.

Karlsson und Jake Newton erwarteten sie bereits an der Tür. Karlsson telefonierte gerade auf dem Handy. Er nickte ihr zu, sprach aber weiter. »Hallo«, begrüßte Newton sie lächelnd, »wie geht es Ihnen?«

Frieda fiel es erstaunlich schwer, auf diese Begrüßung eine Antwort zu geben. »Ich weiß nicht so recht«, sagte sie schließlich. »Geht schon.«

Karlsson hatte sein Gespräch inzwischen beendet und verstaute sein Handy.

»Sie hätten sich nicht persönlich herbemühen müssen«, wandte Frieda sich an ihn, »ich wollte nur, dass mir jemand aufschließt.«

»Ich war neugierig. Ich wollte sehen, was Sie im Schilde führen.«

»Und ich wollte sehen, was eine Beraterin so macht«, fügte Newton hinzu.

»Ich dachte, Sie wären *selbst* so eine Art Berater«, gab Frieda zurück.

»Tun Sie einfach so, als wäre ich gar nicht da.«

»Ach ja, übrigens«, sagte Karlsson, »es gibt etwas Neues.«

Nach dieser kurzen Einleitung erzählte er ihr gleich an Ort und Stelle – vor Janet Ferris' Haustür – von Beth Kersey und ihrer Beziehung zu Robert Poole. Frieda hörte ihm mit gerunzelter Stirn zu.

»Damit wäre wohl geklärt, wo Poole die fehlenden Tage verbracht hat«, mutmaßte sie.

»Möglicherweise.«

»Sie müssen die Frau unbedingt finden.«

»Ja, das haben wir vor.«

»Und über ihre Krankengeschichte müssen Sie sich auch genau informieren.«

»Auf diese Idee sind wir ebenfalls gekommen.«

»Wenn Sie den Namen des Psychiaters wissen, bei dem sie in Behandlung war, könnte ich vielleicht inoffiziell mit ihm reden.«

»Wir werden sehen.«

»Ich dachte immer, das Ziel polizeilicher Ermittlungen sei es, die Zahl der Verdächtigen per Ausschlussverfahren zu reduzieren«, erklärte Frieda, »aber in diesem Fall tauchen immer neue Verdächtige auf.«

»In diesem Fall«, entgegnete Karlsson, »ist es schwierig, die Verdächtigen von den Opfern zu unterscheiden. Aber wenigstens denken Sie dadurch nicht mehr so viel an Dean Reeve.«

»Ich denke jeden Tag an Dean Reeve«, fuhr sie ihn an, wobei ihre Miene fast grimmig wirkte, »und wenn ich schlafe, träume ich von ihm.«

»Was soll ich sagen?«, meinte Karlsson. »Es tut mir leid. Aber nun verraten Sie mir erst mal, warum wir hier sind. Was haben Sie vor?«

»Ich wollte mir Pooles Wohnung auch noch einmal ansehen«, antwortete Frieda.

»Na dann, sehen wir sie uns an.« Karlsson zog einen Schlüsselbund heraus und inspizierte die Papierschildchen, mit denen die Schlüssel versehen waren. Niemand sagte etwas, während sie ins Haus gingen und die Treppe zu Pooles Wohnung hinaufstiegen. Als sie eintraten, nahm Frieda gleich diesen typischen, leicht muffigen Geruch unbewohnter Räume wahr – der Geruch eines Ortes, an dem nichts mehr bewegt wird, kein Fenster geöffnet und keine Luft geatmet. Im Hauptraum blieben sie stehen. Frieda fühlte sich gehemmt, sie hätte sich die Wohnung lieber allein angesehen. »Haben Sie die Fotos dabei?«, fragte sie.

Karlsson nahm eine Akte aus der Tasche. »Diese Aufnahmen wurden gemacht, nachdem Janet Ferris' Leiche gefunden wurde.«

»Das bringt mir nichts«, entgegnete Frieda. »Was ist mit vorher, als Sie das erste Mal hier waren?«

»Da haben wir keine Fotos angefertigt.«

»Warum nicht? War das hier denn kein Tatort?«

»Nein, war es nicht. Und wenn doch, dann wussten wir das zu dem Zeitpunkt noch nicht. Außerdem hatten wir ja den Raum selbst, also brauchten wir keine Fotos davon zu machen.«

»Schon gut«, sagte Frieda.

Sie hatte in der Mitte des Raums Stellung bezogen und blickte sich von dort aus langsam um, als versuchte sie möglichst alles zu erfassen.

»Wonach suchen Sie?«, fragte Newton.

»Halten Sie den Mund«, fuhr Frieda ihn an, entschuldigte sich aber sofort: »Tut mir leid, war nicht so gemeint. Bitte geben Sie mir einen Moment.«

Daraufhin herrschte eine ganze Weile Schweigen. Die beiden Männer musterten sich wie zwei verlegene, zu früh eingetroffene Partygäste, die nun nicht wussten, was sie miteinander anfangen sollten. Schließlich wandte Frieda sich an Karlsson. »Wenn Sie jetzt die Augen schließen würden, könnten Sie dann alles hier in diesem Raum beschreiben?«

»Keine Ahnung. Das meiste wohl schon.«

Frieda schüttelte den Kopf. »In meinen ersten Jahren als Therapeutin habe ich mir nach meinen Sitzungen kaum Notizen gemacht. Ich war der Meinung, dass ich die wichtigen Punkte schon behalten würde. Die Tatsache, dass ich mir etwas merkte, betrachtete ich sozusagen als Hinweis darauf, dass es wichtig war. Später habe ich meine Meinung dann geändert. Inzwischen schreibe ich alles auf, was ich für wichtig halte.« Sie zog ein frustriertes Gesicht. »Ich weiß nicht… Irgendetwas ist hier faul, aber ich bekomme es nicht recht zu fassen.«

»Was ist faul?«, fragte Karlsson.

»Wenn ich das wüsste…«, entgegnete sie, hielt dann aber mit gerunzelter Stirn inne. »Können wir hinuntergehen? Haben Sie auch den Schlüssel für ihre Wohnung?«

Karlsson zog den Schlüsselbund heraus. »Irgendwo hier«, antwortete er. »Ich komme mir vor wie der Gefängniswärter in einem alten Spielfilm.«

»Wie entscheiden Sie, wann es an der Zeit ist aufzugeben?«, erkundigte sich Newton, während sie nach unten gingen.

»Brauchen Sie diese Information für Ihren Bericht?«, wollte Karlsson wissen.

»Ich bin nur neugierig.«

»Das lässt sich nie an einem bestimmten Zeitpunkt festmachen. Irgendwann verliert der Fall seine Dringlichkeit, und die Leute werden neuen Fällen zugeteilt.«

Nachdem Karlsson aufgesperrt hatte, betraten sie den Wohnraum von Janet Ferris. Frieda fand diesen verlassenen Raum um einiges trauriger als den von Robert Poole. Auf dem Tisch stand eine Tasse, daneben lag ein Buch. Einen Augenblick stellte Frieda sich Janet vor, wie sie hereinkam und nach dem Buch griff, verdrängte den Gedanken aber gleich wieder. Das lenkte sie jetzt nur ab. Stattdessen ließ sie den Blick durch den Raum schweifen. Sie hatte das Gefühl, nach etwas Ausschau zu halten – und plötzlich entdeckte sie es. Sie drehte sich nach Karlsson um. »Sehen Sie das Bild da? Mit den Fischen?«

»Ja.«

»Gefällt es Ihnen?«

Er lächelte. »Ich finde es sehr schön, aber Sie werden es trotzdem hier lassen müssen. Das ist heutzutage alles streng geregelt, wir dürfen uns nicht selbst bedienen.«

»Als ich das erste Mal in Pooles Wohnung war, hing dieses Gemälde dort, nicht hier.«

»Wirklich?«

»Sie haben doch den Zeitungsartikel gelesen. Janet Ferris zufolge hat Poole ihr des Öfteren Sachen geliehen. Unter anderem gab – oder lieh – er ihr ein Bild, und sie ihm eines von den ihren. Laut dem Zeitungsartikel hat sie es nach seinem Tod zurückgebracht und sich dafür ihr eigenes wieder geholt.«

Karlsson runzelte die Stirn. »Das heißt, sie hat an einem Tatort etwas verändert.« Als er Friedas Blick begegnete, fügte er rasch hinzu: »Wobei es ja wie gesagt kein richtiger Tatort war. Sie hat also im Grunde keinen Schaden angerichtet.«

»Wir sollten noch mal hinaufgehen«, meinte Frieda.

In Pooles Wohnung zurückgekehrt, stellte Frieda sich erneut in die Mitte des Raums. Nachdenklich betrachtete sie die Bilder an Robert Pooles Wänden. Es waren fünf: der Eiffelturm, eine Madonna mit Kind, eine Sonne über dem Meer, ein Mohnblumenfeld und eine Pinie mit Mond dahinter. Frieda zog ein Paar durchsichtige Plastikhandschuhe aus der Tasche und streifte sie über. »Die habe ich mir in der Apotheke gekauft«, erklärte sie und fügte mit einem Blick auf Newton hinzu: »Keine Sorge, ich habe nicht vor, sie dem Steuerzahler in Rechnung zu stellen.«

Sie trat vor das Bild mit der Madonna, nahm es von der Wand und ging damit hinüber zum Schreibtisch, wo sie es vorsichtig ablegte. Dann wandte sie sich an Karlsson: »Was sehen Sie?«

»Ein ziemlich scheußliches Bild«, antwortete Karlsson. »Ich glaube nicht, dass es sich lohnen würde, es zu stehlen. Ich hätte lieber das mit den Fischen.«

»Nein, das meine ich nicht«, sagte Frieda. »Sehen Sie sich die Stelle an der Wand an, wo das Bild hing.« Sie nahm das Bild wieder vom Tisch und hielt es neben das helle Rechteck an der Wand. »Die Größe stimmt nicht überein.«

»Aber …«, begann Karlsson, sprach dann aber nicht weiter.

»Vielleicht hing hier ja das Fisch-Gemälde, bis die Frau es sich wieder geholt hat«, mutmaßte Newton.

»Aber das hing hier doch nur für ein paar Wochen«, erwiderte Frieda. »Es dauert Jahre, bis sich solche Ränder bilden.«

»Ich verstehe nicht, was das Ganze soll«, mischte Karlsson sich ein. »Vielleicht brauchte Poole einfach mal ein bisschen Veränderung und hat die Bilder umgehängt.«

»Sie haben recht, das ist durchaus möglich. Mal sehen.« Frieda nahm das Pinien-Bild von der Wand.

»Das Rechteck dahinter hat ebenfalls eine andere Form«, stellte Karlsson fest, »sehen Sie?«

Daraufhin nahm Frieda auch die restlichen drei Gemälde der Reihe nach von der Wand. In allen Fällen war die helle Fläche kleiner als das Bild.

»Na bitte«, sagte Karlsson, »Poole hat seine Bilder umgehängt, bevor er verschwand. Ich weiß nur nicht, ob es die Mühe wert war, deswegen die ganze Strecke nach Balham herauszufahren.«

Frieda gab ihm keine Antwort. Wortlos sah sie erst Karlsson und dann Newton an. Auf ihrem Gesicht breitete sich langsam ein Lächeln aus.

»Die hellen Stellen dürften nicht alle kleiner sein.«

»Ich kann Ihnen nicht ganz folgen«, sagte Karlsson.

»Wollen wir die alte Ordnung wieder herstellen?«, schlug Frieda vor.

»Wie meinen Sie das?«

Sie griff nach der Madonna mit Kind und hielt das Bild vor eine der hellen Stellen an der Wand. »Und?«

Newton schüttelte den Kopf. »Das Bild ist zu groß.« Sie bewegte es langsam die Wand entlang, bis Newton sagte: »Das passt.«

Genauso machte Frieda es mit den anderen Bildern: Sie hielt eines nach dem anderen vor die Rechtecke an der Wand, woraufhin Karlsson und Newton nickten oder den Kopf schüttelten. Am Ende blieben zwei Bilder und zwei helle Flächen über. Das Pinien-Bild war für die eine Fläche etwas zu klein und für die andere – die kleinste der fünf – viel zu groß. Das Meer-Bild wiederum war größer als beide Rechtecke.

»Die passen nicht«, stellte Karlsson fest.

»Stimmt.«

»Wir haben also zwei Bilder«, fuhr Karlsson fort, »und zwei helle Stellen, mit denen weder das eine noch das andere Bild übereinstimmt. Mir ist von diesem Suchspiel schon ganz schummrig im Kopf. Dabei weiß ich noch nicht mal, warum wir uns darüber überhaupt Gedanken machen sollen.«

»Aber interessant ist es schon, finden Sie nicht?«, entgegnete Frieda.

»Vielleicht hat er ein Bild rausgeworfen«, meinte Newton, »und dafür zwei neue gekauft.«

»Die Bilder gehören zur Wohnung, von denen hätte er keines rausgeworfen. Mit Ausnahme von diesem hier.« Frieda berührte das Bild mit der Pinie. »Es ist billig und scheußlich, aber es ist neu, meinen Sie nicht auch?«

Karlsson untersuchte den glänzenden Rahmen. »Ja, sieht neu aus.«

»Es muss hier irgendwo sein«, meinte Frieda nachdenklich.

»Was?«, fragte Karlsson.

»Eines von den Bildern.«

»Wo?«

»Irgendwo hier in der Wohnung, neben einem Schrank oder in irgendeiner Lücke, wo es nicht im Weg ist.«

Newton entdeckte es schließlich unter Pooles Bett, wo es zusammen mit einer alten Matratze verstaut worden war. Mit stolzer Miene trug er es ins Wohnzimmer. Es zeigte eine Windmühle und ein Pferd. Die Farben hatten einen synthetischen Glanz, der das ganze Bild schimmern ließ.

»Kein Wunder, dass er es unter dem Bett aufbewahrt hat«, bemerkte Karlsson.

Er nahm Newton das Bild ab und hielt es vor das größere Rechteck. Es hatte genau die richtige Größe. »Gut. Nun haben wir aber immer noch ein Bild zu viel.«

»Nein«, widersprach Frieda, »wir haben *zwei* Bilder zu viel.«

Sie steuerte auf die hohe Kiefernholzkommode zu, die in der hintersten Ecke des Raums an der Wand stand, und ging neben dem Möbelstück in die Knie. »Sehen Sie«, sagte sie.

Karlsson und Newton starrten auf den Boden hinunter. Frieda deutete auf zwei kleine Vertiefungen im Teppich.

»Das Ding ist verschoben worden«, stellte sie fest. »Nur ein Stück, aber …« Sie legte eine kurze Pause ein. »Lassen Sie es uns zurückschieben.«

Zu dritt legten sie Hand an und schoben die Kommode zurück an ihren alten Platz.

»Hol mich der Teufel!«, platzte Newton heraus.

Wo die Kommode gestanden hatte, zeichnete sich ein weiteres helles Rechteck an der Wand ab. Sie sahen schon auf den ersten Blick, dass es die Größe des Meeres-Bildes hatte, aber Karlsson hielt es vor die entsprechende Stelle, um sicherzugehen.

»Was, zum Teufel, bedeutet das?«, wandte er sich an Frieda.

»Es bedeutet, dass jemand hier gewesen ist«, antwortete sie. »Trotz all der damit verbundenen Risiken konnte irgendjemand sich nicht verkneifen herzukommen.«

Draußen vor dem Haus bat Karlsson Newton, Frieda und ihn kurz zu entschuldigen. Sie gingen ein paar Schritte die Straße entlang. Als Karlsson schließlich das Wort ergriff, sah er Frieda nicht an. »Ich habe mit Ihrem Freund Reuben gesprochen«, erklärte er.

»Worüber?«

»Über die Begegnung, die er und Ihr anderer Freund draußen vor Ihrem Haus mit dem Fotografen hatten. Ich wollte klären, was da wirklich passiert ist. Wären die beiden nämlich auf den Mann losgegangen, ohne vorher von ihm provoziert worden zu sein, dann könnte das Ganze unter Umständen als schwerwiegender Fall von Körperverletzung gelten.« Karlsson schwieg einen Moment. Wegen der Kälte hatte er beide Hände in die Jackentaschen geschoben. »Wie mir von Reuben – Doktor McGill – berichtet wurde, hat sich der Fotograf Ihrem anderen Freund Josef in den Weg gestellt und ihm dann einen Schlag verpasst. Bei seinem Versuch, die beiden zu trennen, traf Reuben den Fotografen versehentlich im Gesicht.«

»Versehentlich?«

»Ja. Da es keine anderen Zeugen gab…«

»Ich war Zeugin«, stellte Frieda richtig.

»Offenbar sind Sie ja erst gegen Ende dazugekommen. Selbst wenn der Fotograf bestreiten sollte, dass es so war, wie die beiden sagen, bin ich mir sicher, dass es keine rechtlichen Schritte zur Folge haben wird.«

»Sind Sie auch sicher, dass Sie Reuben nicht ein paar Tipps gegeben haben, wie die beiden am besten aus dieser Sache rauskommen?«

»Herrgott noch mal, Frieda, lassen Sie es doch einfach gut sein!«

»Wie denken Sie denn sonst über Leute, die bestimmte Sachen einfach gut sein lassen, weil das für sie am praktischsten ist?«

Karlsson holte erst einmal tief Luft, bevor er ihr darauf eine Antwort gab. »Erstens denke ich Folgendes: Hätten Reuben und ich uns tatsächlich abgesprochen, um polizeiliche Ermittlungen zu verhindern, dann müsste ich den Dienst quittieren, und Reuben wäre seine Zulassung los. Und zweitens denke ich: Seien Sie nicht so verdammt hochtrabend!«

So fängt es an, dachte Frieda. Dann betrachtete sie Karlsson etwas genauer. »Geht es Ihnen nicht gut?«

»Doch.«

»Wirklich?«

»Es geht mir gut«, antwortete er, »auch wenn es im Moment natürlich alles ein bisschen viel ist, und…«

»Was denn alles?«

»Nun ja, das mit meiner Familie zum Beispiel. Meine Kinder werden mit ihrer Mutter eine Weile in Spanien leben.«

Es dauerte ein paar Sekunden, bis Frieda richtig begriff, was er da gerade gesagt hatte. »Das ist aber hart für Sie.«

»Ja.«

»Für wie lange?«

»Zwei Jahre.«

»Zwei Jahre sind eine lange Zeit, wenn die Kinder noch so klein sind.«

»Wem sagen Sie das.«

»Warum geht sie mit den beiden weg?«

»Ihrem neuen Lebensgefährten wurde dort eine bessere Stelle angeboten.«

»Haben Sie versucht, es ihr auszureden?«

»Ich werde ihr keine Steine in den Weg legen, aber sie weiß, wie es mir damit geht.«

»Wie geht es Ihnen denn damit?«

Verlegen wandte er sich ab. »Ich arbeite viel. Abends kehre ich fast immer in eine leere Wohnung zurück. Ich lebe für die Tage, an denen meine Kinder kommen – und nun werden sie nicht mehr kommen. Natürlich werde ich hinfliegen und sie besuchen, und sie können die Ferien bei mir verbringen, aber ihr richtiger Vater wird der andere sein.«

Väter und ihre Kinder, dachte Frieda, die an Josefs traurige braune Augen denken musste, obwohl sie gerade in Karlssons angespanntes Gesicht blickte.

Ein Stück von ihnen entfernt telefonierte Jake Newton auf seinem Handy.

»Dieser Newton-Arsch«, wechselte Karlsson das Thema, »möchte jetzt eine Führung durch die Gewahrsamszellen.«

»Kein Problem, ich gehe von hier aus zu Fuß«, meinte Frieda. Sie berührte ihn mit zwei Fingern ganz leicht an der Wange.

»Ich hatte das noch niemandem erzählt«, sagte er.

»Ich bin froh, dass Sie es mir gesagt haben.«

»Das wollte ich eigentlich gar nicht.«

»Trotzdem, danke. Es tut mir leid, dass ich Ihnen noch zusätzliche Probleme mache.« Und weg war sie.

40

»Ich freue mich so, dass Sie anrufen!«

Frieda saß in ihrem Sprechzimmer und blickte auf das angrenzende Ödland hinaus. Wo im Vorjahr noch die Planierraupen gewütet hatten, begann bereits Gras und Gestrüpp zu sprießen. Kinder sausten über die freien Flächen. Eine Frau mit einer winzigen Fellkugel an der Leine schob sich durch einen Riss im Zaun und schlenderte dann gemächlich über das Ödland, als handelte es sich dabei um einen Park.

»Schön. Obwohl ich eigentlich eher geschäftlich anrufe.«

»Oh. Na ja, besser als gar nichts«, antwortete Harry in bedauerndem Ton.

»Ich hatte gehofft, wir könnten uns in den nächsten Tagen mal bei Olivia treffen und ihre Finanzen ein bisschen auseinanderklamüsern. Ich fürchte, sie hat schon seit Jahren keine Steuererklärung mehr abgegeben und auch sonst keinerlei Buchhaltung gemacht. Ihr ist das wohl alles ein wenig über den Kopf gewachsen. Deswegen habe ich mir gedacht, während Ihre Schwester sich um die rechtlichen Angelegenheiten kümmert, könnten wir ihre Finanzen in Angriff nehmen.«

»Heute Abend?«

»Was?«

»Ich habe einen Geschäftstermin in der Old Street und könnte im Anschluss gleich vorbeischauen. Gegen sechs?«

»Passt Ihnen das denn wirklich so kurzfristig?«, entgegnete Frieda zögernd. Sie hatte sich schon darauf gefreut, nach ihrem letzten Patienten schnurstracks nach Hause gehen zu können und endlich mal wieder einen richtig ruhigen Abend zu verbringen.

»Natürlich nur, wenn Ihre Schwägerin Zeit hat.«

»Ich rufe sie gleich an.«

»Und danach könnten Sie ein Glas Wein mit mir trinken, falls Sie Lust haben.«

»Also gut, ich gebe mich geschlagen.« Lächelnd legte sie auf. An diesem Morgen hatte sie eine Mail von Sandy bekommen. Demnach hatte er vor, anlässlich der Hochzeit seiner Schwester für zwei Wochen nach England zurückzukehren. Im Lauderdale House, wo Frieda schon einmal mit ihm gewesen war, fand eine Party statt, und er wollte sie unbedingt sehen. *Bitte*, schrieb er. Sie hatte die Mail gelesen und anschließend sofort gelöscht. Natürlich konnte sie immer noch antworten, immer noch Ja sagen. Nein, dachte sie, dieser Teil meines Lebens ist vorbei: Inzwischen kann ich mir vorstellen, ohne dich weiterzuleben.

Kurz vor sechs traf Frieda bei Olivia ein. Kieran, der Bestattungsbuchhalter, war ebenfalls da. Vor ihm auf dem Küchentisch, der mit Zeitungspapier abgedeckt war, türmte sich ein großer Berg zerbrochenen Keramikgeschirrs. Kieran hatte eine Tube Superkleber und ein Stück rosa Schleifpapier vor sich liegen. Frieda sah eine Weile zu, wie er mit einer Engelsgeduld die passenden Bruchstücke zusammensuchte. Die Brille auf der Nasenspitze, wirkte er völlig in seine Arbeit versunken und – wie Frieda fand – recht glücklich.

»Er repariert mein ganzes zerbrochenes Lieblingsgeschirr«, verkündete Olivia begeistert. »Tessa regelt das mit meinem Unterhalt, dein neuer Freund Harry kümmert sich um meine Steuern, und Kieran klebt mein Leben wieder zusammen.«

»Und was machst *du*?«, fragte Frieda, die sich ein bisschen über Olivias strahlende Miene und die Selbstverständlichkeit ärgerte, mit der sie davon ausging, dass immer jemand das Chaos beseitigte, das sie anrichtete.

»Ich? Soll ich dir ein Glas Wein einschenken? Nein? Lieber Tee?«

»Tee wäre schön.«

»Tessa kommt auch, habe ich das erwähnt?«

»Nein.«

»Sie bringt nur schnell etwas vorbei, irgendwelche Formulare, die ich unterschreiben muss. Ist dir eigentlich klar, dass diese Frau mir im wahrsten Sinn des Wortes das Leben gerettet hat?«

»Das halte ich für leicht übertrieben. Wo ist Chloë?«

»Mit ihren Freundinnen unterwegs, schätze ich. Schon den ganzen Nachmittag.«

»Heute ist Mittwoch.«

»Und?«

»Muss sie denn gar nichts für die Schule machen?«

»Frieda, sie ist siebzehn! Was hast *du* denn mit siebzehn gemacht?«

Es klopfte, und Frieda ging zur Tür. Draußen standen Tessa und Harry. Wieder fiel ihr auf, wie ähnlich die beiden sich sahen. Harry trug einen dunklen Anzug und ein hellgrünes Hemd. Seine Miene wirkte ernst, auch wenn sie sich bei Friedas Anblick etwas aufhellte. Er lächelte sie an, begrüßte sie aber nicht so überschwänglich wie beim letzten Mal. Tessa nickte Frieda zu und hielt einen dicken braunen Umschlag hoch.

»Ich lasse Olivia nur schnell was unterschreiben, dann bin ich wieder weg.«

»Es ist sehr nett von Ihnen, dass Sie deswegen extra herkommen.«

»Ich war mehr oder weniger in der Gegend«, erklärte Tessa, »also erschien mir das am einfachsten. Ich versuche, die ganze Sache ein bisschen zu beschleunigen.«

Olivia rief von der Küche herüber, ob jemand Kaffee oder etwas Stärkeres wolle. Bei ihr musste alles eine persönliche Note haben, ging Frieda durch den Kopf. Sie konnte nicht einfach eine Anwältin oder einen Finanzberater engagieren, sondern musste die Betreffenden unbedingt auch noch in die Schar ihrer Freunde aufnehmen, als zusätzliches Publikum für ihre privaten Dramen. Nachdem sie Tessa mit einem Kuss begrüßt hatte, griff sie mit beiden Händen nach Harrys Hand und hielt sie länger als nötig fest. Anschließend stellte sie den beiden Kieran vor, der ihnen zur

Begrüßung zunickte, gleichzeitig rot anlief und dann rasch zu seiner mühsamen Arbeit zurückkehrte. Schwungvoll setzte Olivia ihre große Unterschrift auf die Papiere, die Tessa ihr vorlegte, und verabschiedete sie dann mit einem weiteren Kuss.

An Harry gewandt fragte sie: »Wie wollen wir vorgehen? Ich habe sämtliche alten Kontoauszüge und Quittungen zusammengesucht, die ich finden konnte, aber ich muss Sie trotzdem vorwarnen: Ich habe alles ganz fürchterlich schleifen lassen.«

»Am besten, wir setzen uns in Ihr Wohnzimmer, wo wir die beiden hier nicht stören, und bringen erst mal ein bisschen Ordnung in Ihre Unterlagen«, antwortete Harry in ernstem Ton. »Dafür werden wir vermutlich ein bisschen brauchen. Heute möchte ich mir einen ersten Überblick verschaffen, was Sie benötigen, und beim nächsten Mal richten wir eine Art Ablagesystem für Sie ein. Dann schauen wir, was an Unterlagen vorhanden ist. Sämtliche Belege, die Sie aufbewahrt haben, sind da von Nutzen. Darauf aufbauend werde ich versuchen, die Lücken zu schließen und mir ein System für Sie auszudenken, mit dem Sie in Zukunft auch alleine klarkommen sollten. Einverstanden?«

»Ich fühle mich schon jetzt in guten Händen«, antwortete Olivia und strahlte ihn an. Frieda fragte sich, ob sie vielleicht irgendein neues Medikament nahm.

»Gut«, sagte Harry.

Frieda musterte ihn eindringlich, konnte in seiner Miene aber keine Spur von Spott oder Verachtung entdecken. Er kam ihr eher vor wie ein Arzt, der mit einer Patientin sprach, und nicht wie ein Finanzberater im Gespräch mit einer Klientin.

»Na dann!«, rief Olivia, während sie mit einer schwungvollen Bewegung nach der Weinflasche griff und sich auch gleich ein Glas schnappte.

»Für mich nur Tee«, sagte Harry. Er warf einen raschen Blick zu Frieda hinüber. »Werden Sie noch da sein, wenn wir fertig sind?«

»Das kommt darauf an, wie lange ihr braucht.«

»Eine Stunde, schätze ich.«

»Dann bin ich noch da.«

»Gut. Ich würde Ihnen nämlich gerne etwas sagen.«

Frieda half Kieran, das Geschirr zu kleben. Ein paar Teile kamen ihr bekannt vor. Zum Beispiel die alte Servierplatte mit dem orientalischen Muster, die zu einem Service ihrer Großmutter gehört hatte. Anscheinend war es an David übergegangen und durch ihn in die hektischen Hände von Olivia geraten. Genau wie die weiße Porzellanteekanne, deren Henkel Kieran gerade fachmännisch wieder anklebte, um anschließend ganz vorsichtig den winzigen Klebstoffring abzuschleifen, der sich beim Trocknen bildete. Frieda erinnerte sich daran – oder glaubte zumindest, sich daran erinnern zu können –, wie ihre Mutter immer den Tee damit ausgeschenkt hatte. Für sie war es ein seltsames Gefühl, diese Dinge in Scherben auf Olivias unordentlichem Tisch liegen zu sehen, aber gleichzeitig empfand sie die Art, wie Kieran sie wieder zusammenfügte, als irgendwie tröstlich. Er spürte ihren Blick und hob den Kopf. »Das ist eine sehr befriedigende Arbeit«, sagte er, »und auch sehr beruhigend.«

Frieda ging durch den Kopf, dass er sich für einen Mann, der Ruhe schätzte, mit Olivia eine ziemlich rastlose Partnerin ausgesucht hatte. Offenbar konnte er ihre Gedanken lesen, denn wie aufs Stichwort sagte er: »Olivia tut mir gut.«

»Das freut mich«, antwortete Frieda. Sie entschuldigte sich für einen Moment und ging in die Diele hinaus, um Chloë anzurufen. Nach endlosem Läuten schaltete sich die Mailbox ein. Frieda hinterließ keine Nachricht und war schon im Begriff, ihr Handy wieder auszuschalten, als es in ihrer Hand vibrierte.

»Frieda?«

»Ja. Wo bist du, Chloë?«

»Wie meinst du das?«

»So, wie ich es sage. Wo bist du?«

»Zu Hause, wo sonst. Warum?«

»Du bist zu Hause?«

»Ist mit dir irgendwas?«

»Ich dachte, du wärst unterwegs.«

»Wovon redest du?«

»Das ist ja absurd. Moment.«

Sie sprintete die Treppe hinauf und klopfte an Chloës Tür. Chloë öffnete sie nur einen Spalt weit und spähte mit perplexer Miene zu Frieda hinaus.

»Frieda? Jetzt kapier ich gar nichts mehr.«

»Ich war unten. Ich bin schon seit sechs da. Olivia dachte, du wärst unterwegs.«

»Tja.«

»Dabei warst du die ganze Zeit im Haus.«

»Ja.«

»Warum hast du Olivia nicht gesagt, dass du da bist?«

»Sie hat mich nicht danach gefragt. Ich glaube auch nicht, dass es sie interessiert hätte.«

»Wann bist du denn heute aus der Schule gekommen?« Frieda registrierte den missmutigen Gesichtsausdruck ihrer Nichte. »Warst du überhaupt in der Schule?«

»Ich hatte Kopfschmerzen.«

»Weiß deine Mutter das?«

Chloë zuckte nur mit den Schultern. Die Tür ging ein Stück weiter auf. Frieda sah, was für eine Unordnung in dem Raum herrschte. »Warst du gestern in der Schule?«

»Was soll das werden? Ein Verhör?«

»Warst du?«

»Eher nicht.«

»Warum nicht?

»Ich hatte keine Lust.«

»Wann warst du das letzte Mal in der Schule?«

»Am Montag. Für ein paar Stunden.«

»Und Olivia weiß nichts davon?«

»Nein, es sei denn, du sagst es ihr.«

Frieda schwieg einen Moment. Sie betrachtete Chloës Gesicht und das Chaos in ihrem Zimmer. »Morgen gehst du zur Schule«, erklärte sie entschieden, »und abends um sieben hole ich dich hier ab und führe dich irgendwohin zum Essen aus. Dann können wir reden. In Ordnung?«

Wieder zuckte ihre Nichte nur mit den Schultern.

»Chloë?«

»Hmm.«

»Und jetzt gehst du unter die Dusche. Anschließend ziehst du dir was Sauberes an, räumst hier ein bisschen auf, kommst dann runter und isst mit deiner Mutter zu Abend. Ja?«

»Mal sehen.«

»Chloë, ich meine das ernst!«

»Ja, schon gut. Ist er auch da?«

»Kieran?«

»Ja.«

»Er sitzt in der Küche und klebt Olivias zerbrochenes Geschirr. Warum? Magst du es nicht, wenn er hier ist?«

»Dann vergisst sie mich noch mehr.« Widerstrebend fügte sie hinzu: »Wobei er eigentlich ganz in Ordnung ist. Er nimmt einen wenigstens wahr.«

»Na, siehst du. Also los, duschen, aufräumen, essen. Und morgen früh stehst du zeitig auf – ich rufe dich an und überzeuge mich persönlich davon –, und dann ab in die Schule. Vergiss nicht, abends um sieben stehst du auf der Matte.«

Beim Hinuntergehen hörte sie aus dem Wohnzimmer Olivias schrilles Gelächter, gefolgt von Harrys beruhigender Stimme. Frieda durchquerte gerade die Diele, als die Tür aufschwang.

»Wir sind für heute fertig«, erklärte Harry in munterem Ton. »Ich glaube, wir haben schon einiges geschafft.«

»Gut.« Sie wandte sich an Olivia. »Chloë ist oben in ihrem Zimmer.«

»Tatsächlich? Dieses Kind ist mir wirklich ein Rätsel.«

»Sie braucht was Anständiges zum Abendessen.«

»Kieran kocht.«

»Dann kocht er eben für drei. Und schenk ihr ein bisschen mehr Aufmerksamkeit.«

Olivia zog ein Gesicht in Harrys Richtung. »Da können Sie mal sehen, wie furchteinflößend sie ist.«

Harry schlüpfte in seinen Mantel. »Wollen Sie auch aufbrechen?«, fragte er Frieda.

»Ja. Wir können zusammen gehen. Auf Wiedersehen, Olivia«, sagte sie mitten in einen von Olivias enthusiastischen Ausrufen hinein.

Schweigend liefen sie die Straße entlang. Als sie schließlich die Hauptstraße erreichten, meinte Frieda: »Gleich da vorne gibt es eine Kneipe, die ganz in Ordnung ist.«

Nachdem Harry sich am Tresen ein Glas Rotwein und für Frieda ein Ingwerbier bestellt hatte, ließen sie sich an einem Ecktisch nieder. »Geht es Ihnen nicht gut?«, fragte er.

»Familienangelegenheiten«, antwortete sie.

»Dachte ich mir schon.«

»Steht es sehr schlimm um ihre Finanzen?«

»Ich hatte schon schlimmere Fälle. Aber darüber wollte ich nicht mit Ihnen sprechen.«

»Sondern?«

»Ich habe über Sie nachgedacht.« Bevor sie etwas sagen konnte, hob er eine Hand. »Nicht nur über meine Gefühle für Sie – auch darüber wollte ich heute nicht mit Ihnen reden. Ich möchte Sie auf keinen Fall bedrängen. Nein, ich habe darüber nachgedacht, was Sie in letzter Zeit alles durchmachen mussten, und den Eindruck gewonnen, dass es Ihnen schwerfällt, sich jemandem anzuvertrauen. Sie haben eine harte Zeit hinter sich. Es ist eine Menge passiert, und Sie haben das alles mit außergewöhnlicher, beeindruckender Stärke durchgestanden. Falls ich Ihnen irgendwie helfen kann, würde ich das sehr gerne tun, und sei es nur, indem ich für Sie da bin, wenn Sie jemanden brauchen, an den Sie sich wenden und mit dem Sie reden können.« Er ließ sich zurücksinken und nahm sich selbst auf die Schippe, indem er sich mit dem Handrücken den imaginären Schweiß von der Stirn wischte. »Geschafft! Es kommt nicht oft vor, dass ich mehr als einen Satz ohne Ironie herausbekomme.«

»Danke«, sagte Frieda schlicht.

»Gern geschehen.«

»Was wissen Sie denn über meine harte Zeit?«

»Ich weiß von der Beschwerde gegen Sie, von dem Buch und von den ganzen üblen Zeitungsartikeln.«

»Für andere Beteiligte ist es wesentlich schlimmer ausgegangen.«

Er trank einen Schluck von seinem Rotwein. »Außerdem haben Sie die Leiche der Frau gefunden.«

»Woher wissen Sie das denn?«, fragte Frieda.

»Entschuldigen Sie, ich wollte Ihnen nicht zu nahe treten. Olivia hat es Tessa erzählt und Tessa mir.«

»Und woher wusste es Olivia?«

»Ich glaube, von ihrer Tochter. Aber bevor Sie fragen – ich habe keine Ahnung, woher die es wusste.«

»Verstehe.«

»Ich habe nicht hinter Ihnen herspioniert. Es ist kaum zu vermeiden, dass man etwas mitbekommt, wenn die Spatzen es von den Dächern pfeifen.«

»Ja, schon klar.« Sie musterte ihn eindringlich, doch er hielt ihrem Blick stand.

»Wie kommen Sie mit alledem nur so gut zurecht?«

»Ich bin mir nicht so sicher, ob ich wirklich gut damit zurechtkomme.« Sie ließ ihr Glas kreisen. »Es ist wie mit dem Winter. Ich ziehe einfach den Kopf ein und kämpfe mich durch, in der Hoffnung, dass der Frühling nicht mehr allzu lange auf sich warten lässt.«

Das war das ganze Geheimnis, dachte sie, die Frieda-Klein-Überlebensstrategie, die sie allerdings weder ihren Patienten noch ihren Freunden zur Nachahmung empfahl.

»Sie sitzen es also einfach aus.«

»Zumindest versuche ich das.«

»Und wenn Ihnen das nicht gelingt?«

»Mir bleibt gar keine andere Wahl.«

Stimmte das? Es hatte in ihrem Leben Zeiten gegeben, da war

sie von solcher Dunkelheit umgeben gewesen, dass sie sich blind hindurchtasten musste, ohne jede Hoffnung oder Erwartung. »Man macht einfach weiter, weil man einfach weitermacht.« Wer hatte das zu ihr gesagt? Ihr Vater. Die Frage war nur, was es ihm gebracht hatte.

»Falls Sie irgendwann nicht mehr weiterwissen, denken Sie daran, dass es Menschen gibt, die gerne für Sie da wären.«

»Sie kennen mich doch kaum.«

»Ich kenne Sie gut genug.«

Sie hob ihr Glas und nahm einen großen, gierigen Schluck. »Es geht mir wirklich gut, ich bin bloß ein bisschen müde.«

»Liegt es an diesem Fall?«

»Zum Teil.« Sie runzelte einen Moment nachdenklich die Stirn, ehe sie fortfuhr: »Dass ich überhaupt anfing, für die Polizei zu arbeiten, hatte mit dem Verschwinden eines Kindes zu tun. Eigentlich waren sogar zwei Kinder verschwunden.«

»Ich weiß«, sagte Harry, »ich habe davon gelesen.«

»Dabei handelte es sich um ein Verbrechen, an dessen Aufklärung allen gelegen war. Im Fall dieses Robert Poole ist das anders. Über ihn ist uns nur bekannt, dass er Leute ausgenutzt und um ihr Geld betrogen hat. Dieses Wissen verdanken wir zum Teil Ihrer Schwester, die ihn wohl als Einzige richtig eingeschätzt hat. Ich denke, bei der Polizei ist man im Grunde der Meinung, dass der Mann die Mühe nicht wert ist. Denen wäre es am liebsten, der ganze Fall würde sich einfach in Luft auflösen.«

»Wie meinen Sie das?«

»Ich glaube, ich stelle gerade fest, dass Polizeibeamte auch nur Menschen sind. Manche Bereiche ihrer Arbeit interessieren sie mehr als andere.«

»Das erinnert mich an meine Putzfrau«, meinte Harry. »Sie ist aus Venezuela. Am liebsten staubt sie ab und sortiert meine Sachen in Stapel. Dagegen macht es ihr keinen so großen Spaß, den wirklich schlimmen Dreck hinter und unter den Möbeln wegzuputzen.«

Frieda lächelte. »Wenn wir das auf diesen Fall übertragen,

dann ist Robert Poole der Dreck hinter dem Kühlschrank, wo man sich das Putzen lieber spart, weil man sonst den Kühlschrank verrutschen müsste.«

»Auf die Idee, hinter meinem Kühlschrank zu putzen, bin ich noch gar nie gekommen.«

»Aber wenn man den Kühlschrank verrutscht«, sagte Frieda, »dann findet man dahinter mit Sicherheit etwas ganz Seltsames oder Wichtiges, das man schon seit Jahren sucht.«

Harry starrte sie verblüfft an. »Sprechen wir noch übers Putzen, oder geht es jetzt um etwas viel Tiefgründigeres?«

»Vielleicht sollten wir den Kühlschrank-Vergleich nicht überstrapazieren.«

Er berührte sie an der Hand. »Was den Zeitungsartikel über Janet Ferris und Bob Poole betrifft: Das tut mir leid. Das haben Sie nicht verdient.«

»Ich bin mir da nicht so sicher«, entgegnete Frieda, »aber trotzdem danke. Jetzt muss ich aber los, es war ein langer Tag. Ich bin Ihnen wirklich sehr dankbar für dieses Gespräch, Harry.«

»Es war mir ein Vergnügen«, antwortete er sanft. »Melden Sie sich wieder?«

»Ja.«

»Ich freue mich darauf.«

Während sie aufstand, nach Mantel und Tasche griff und dann mit ihren schnellen, energischen Schritten auf den Ausgang des Lokals zustrebte, ließ er sie nicht aus den Augen. Draußen ging sie am Fenster vorbei, ohne noch einmal zu ihm hineinzusehen. Nachdem sie weg war, blieb er noch eine ganze Weile sitzen, trank in Ruhe seinen restlichen Wein und dachte dabei an Friedas Gesicht.

41

Das Haus der Kerseys lag in Highgate, fast ganz oben auf dem Hügel. Es war ein großes, altes Gebäude mit Giebelfenstern, unebenen Steinböden und niedrigen Räumen. Von ihrem Platz in der Küche bot sich Frieda ein weiter Blick über London. Nahe am Kaminfeuer hatte sich ein alter Spaniel zusammengerollt, der im Schlaf ständig zuckte und von Zeit zu Zeit ein klägliches Winseln von sich gab. Frieda fragte sich, was für Albträume Hunde wohl plagten.

»Mervyn wollte eigentlich auch hier sein, aber im letzten Moment ist ihm etwas dazwischengekommen. Nun ja, der eigentliche Grund war wohl, dass er sich diesem Gespräch nicht gewachsen fühlte.« Sie zog eine Grimasse. »Er nimmt es so schwer. Er glaubt, es war seine Schuld.«

»Was denn genau?«

»Alles, was Beth passiert ist. So ist das nun mal, wenn man Kinder hat. Haben Sie auch welche?«

»Nein.«

»Natürlich sucht man die Schuld bei sich. Wie auch immer, Sie müssen mit mir vorlieb nehmen.«

»Danke, dass Sie sich zu diesem Gespräch bereit erklärt haben. Ich arbeite mit Detective Chief Inspector Karlsson zusammen, bin allerdings keine Kriminalbeamtin, sondern Ärztin.«

»Was für eine Art Ärztin?«

»Ich habe eine Ausbildung als Psychiaterin, arbeite jedoch als Therapeutin.«

Frieda war daran gewöhnt, wie die Leute schauten, wenn sie das sagte, aber bei Lorna Kersey kam noch etwas anderes hinzu – eine Art nervöse Wachsamkeit, als wüsste sie schon, was gleich folgen würde.

»Wollte Ihr Detective, dass Sie mit mir sprechen, weil Beth gestört ist?«

»Würden Sie Ihre Tochter wirklich als gestört bezeichnen?«, fragte Frieda. »Nicht nur als unglücklich und verwirrt?«

»Ich weiß es nicht. Da bin ich nie dahintergekommen. Ich frage mich das die ganze Zeit. Lag es an ihrer Kindheit? Waren wir schlechte Eltern? Hätte sie damals schon medizinische Hilfe gebraucht oder nur noch mehr Verständnis und Zuwendung? Ich weiß es nicht, und genauso wenig weiß ich, was das Wort ›gestört‹ für Leute wie Sie bedeutet.«

»Ihre Tochter war längere Zeit in Behandlung, nicht wahr?«

Lorna Kersey winkte resigniert ab. »In unserer Verzweiflung haben wir alles versucht. Beratung, Therapie, Medikamente und was nicht sonst noch alles.« Sie presste Daumen und Zeigefinger fest gegen ihre Nasenwurzel und schloss kurz die Augen. »Es ist für mich eine grauenhafte Vorstellung, dass sie irgendwo da draußen ganz allein ist«, fuhr sie fort, »ich kann Ihnen gar nicht sagen, wie grauenhaft. Dauernd frage ich mich, was sie wohl tun wird.«

»Sie meinen, sie könnte sich etwas antun?«

»Tja, das auch.«

»Oder anderen?«

»Ich weiß es doch nicht! Ich habe sie so lange nicht mehr gesehen. Nie hätte ich gedacht, dass sie alleine zurechtkommt. Ich kann mir überhaupt nicht vorstellen, was sie macht oder wie es ihr geht.«

»Welche Art Medikamente hat sie genommen?«

»Warum wollen Sie das wissen?«

»Wogegen waren sie? Waren es Antidepressiva?«

»Ich kann mich an die Namen nicht erinnern.«

»Musste Ihre Tochter sie nehmen, weil sie depressiv war, oder waren die Medikamente gegen etwas anderes?«

Lorna Kersey legte die Hände flach auf den Tisch und starrte auf ihre Finger hinunter. Als sie dann wieder den Blick hob, wirkten ihre Augen hinter den runden Brillengläsern fast wund. »Sie hatte diese Phasen«, antwortete sie. »Was das betrifft, bin ich inzwischen Fachfrau. Ich habe alle einschlägigen Bücher gelesen und mit etlichen Experten gesprochen. Man soll nicht sagen: ›Sie ist schizophren.‹ Nein, man sagt: ›Sie hatte schizophrene Phasen.‹ Das soll einem ein besseres Gefühl geben. Aber egal, ob man es so oder so nennt, ihre Zustände waren entsetzlich.«

»Ich weiß«, sagte Frieda.

»Nein«, widersprach Lorna Kersey, »wenn Sie selbst kein Kind haben, können Sie das gar nicht wissen.«

»Wir würden Sie bei Ihrer Suche nach Ihrer Tochter gern unterstützen.«

»Sie halten es für möglich, dass sie ihn getötet hat?«, flüsterte Beths Mutter. »Sie halten es wirklich für möglich, dass meine Beth ihn ermordet hat?«

»Ich bin keine Polizistin.«

»Wie geht es nun weiter?«

»Wir müssen sie finden.«

42

Sind Sie bereit?«, fragte Karlsson.

»Wie meinen Sie das?«

»Ich versuche Sie doch nur aufzubauen. Wyatt hat seinen Anwalt dabei. Lassen Sie sich dadurch nicht abschrecken.«

»Wovon abschrecken?«

»Nichts«, entgegnete Karlsson, »vergessen Sie es. Seien Sie einfach Sie selbst. Denken Sie daran, das ist Ihr Beruf. Sie können das.«

»Wenn ich Sie richtig verstehe«, sagte Frieda, »dann soll ich Frank Wyatt also dazu bringen, den Mord an Robert Poole zu gestehen.«

Karlsson hielt Daumen und Zeigefinger so eng aneinander, dass sie sich beinahe berührten. »Unsere Beweise reichen fast für eine Anklageerhebung. Es fehlt nur noch *so* viel. Trotzdem wäre ein Geständnis natürlich hilfreich, ja. Ich sollte Sie vielleicht vorwarnen: Ich habe gerade eine Stunde mit ihm verbracht und versucht, ihn mit einer Anklage wegen Totschlags im Affekt zu ködern, und ihm gesagt, dass er eventuell sogar mit Bewährung davonkäme, aber er beißt nicht an. Deswegen wäre es schön, wenn Sie ihn mit Ihrer Psychomagie bezirzen könnten.«

»Ich bin gespannt auf das Gespräch mit ihm«, räumte Frieda ein, »aber ich möchte nicht, dass Sie sich allzu große Hoffnungen machen.«

»Ich will Sie nicht unter Druck setzen«, antwortete Karlsson, ehe er die Tür öffnete und sie in den Verhörraum führte. Frank saß an einem Tisch. Seine graue Anzugjacke hing über der Rückenlehne seines Stuhls. Er trug ein weißes Hemd mit offenem Kragen. Neben ihm saß ein mit Anzug und Krawatte bekleideter Mann mittleren Alters. Er hatte noch keinen richtigen Glatzenansatz, aber sein kurz geschnittenes, dunkles Haar war insgesamt so schütter, dass man seine bleiche Kopfhaut sah. Als die Tür aufging, fuhren die beiden Männer auseinander, als hätte man sie bei etwas Peinlichem ertappt.

»Mister Joll«, wandte Karlsson sich an den Anwalt, »das hier ist meine Kollegin Frau Doktor Klein.« Er forderte Frieda mit einer Handbewegung auf, gegenüber den beiden Männern Platz zu nehmen. Er selbst stellte sich seitlich hinter Frieda, so dass sie das Gefühl hatte, er wolle ihr über die Schulter schauen. Während sie sich setzte, trat er noch einmal vor und schaltete das Aufnahmegerät ein, das auf dem Tisch stand. Frieda registrierte ein digitales Zählwerk, konnte jedoch die Ziffern nicht erkennen.

»Hiermit wird die Befragung fortgesetzt«, verkündete Karlsson und klang dabei leicht verlegen. »Hinzugekommen ist Frau Doktor Frieda Klein. Mister Wyatt, ich möchte Sie daran erinnern, dass Sie auf Ihre Rechte hingewiesen wurden.«

Er nickte Frieda zu und trat dann wieder hinter sie, außerhalb ihres Blickfeldes. Frieda, die sich im Grunde noch keine Gedanken darüber gemacht hatte, was sie sagen wollte, wandte sich Wyatt zu. Sein Blick flackerte. Er wirkte zornig und defensiv. Obwohl er beide Hände auf die Tischplatte gestützt hatte, konnte Frieda sehen, dass sie zitterten.

»Wie dachten Sie über Robert Poole?«, fragte sie.

Er stieß eine Art Lachen aus. »Etwas Besseres fällt Ihnen dazu nicht ein? Was denken *Sie* denn?«

»Möchten Sie, dass ich Ihnen darauf eine Antwort gebe?«, fragte Frieda. »Soll ich Ihnen sagen, was ich denke?«

Der Anwalt beugte sich vor. »Entschuldigen Sie, dass ich mich einmische. Mister Wyatt ist aus reiner Gefälligkeit hier. Er hat deutlich zum Ausdruck gebracht, dass er willens ist, mit der Polizei zu kooperieren. Falls Sie also relevante Fragen haben, dann stellen Sie sie bitte.«

»Ich habe gerade eine Frage gestellt«, erwiderte Frieda, »und Mister Wyatt hat mir daraufhin eine Gegenfrage gestellt. Jetzt kann er entweder die meine beantworten oder ich die seine.«

Joll blickte hilfesuchend in Karlssons Richtung, als wollte er an ihn appellieren, ein Machtwort zu sprechen.

»Was hier von mir erwartet wird, ist klar«, fuhr Frieda an Wyatt gewandt fort. »Ich soll mit Ihnen darüber sprechen, dass Sie allen Grund hatten, es Robert Poole heimzuzahlen, nachdem Sie dahintergekommen waren, dass er mit Ihrer Frau geschlafen und Ihr Geld gestohlen hatte. Er hatte Sie betrogen und zum Narren gemacht.«

Frieda ließ Wyatt nicht aus den Augen. Er lehnte sich zurück und fuhr sich mit beiden Händen durchs Haar. »Ist es das, was Sie von mir hören wollten?«, fragte Frieda.

»Keine Ahnung«, antwortete er. »Es ist mir im Grunde völlig egal, was Sie zu sagen haben.«

»Mich würde interessieren, warum Sie Ihre Frau nicht zur Rede gestellt haben, als Ihnen langsam klar wurde, was da ablief. Warum haben Sie nicht mit ihr geredet, sondern stattdessen Ihre Gefühle versteckt und heimlich vor sich hin gebrütet?«

Wyatt beugte sich vor, schlug die Hände vors Gesicht und murmelte irgendetwas in seine Finger hinein.

»Es tut mir leid«, sagte Frieda, »aber das habe ich jetzt nicht verstanden.«

Er blickte zu ihr hoch. »Ich habe gesagt, es war kompliziert.«

»Sie sind Poole auf die Schliche gekommen, konnten aber nicht mit Ihrer Frau darüber sprechen. Was haben Sie getan?«

Wyatt fühlte sich sichtlich unbehaglich. Erst schaute er zu Karlsson, dann richtete er den Blick auf Joll. Frieda hatte das Gefühl, dass er es bewusst vermied, sie anzusehen.

Plötzlich meldete sich Karlsson zu Wort. »Sie haben ihn zur Rede gestellt, stimmt's?«

Wyatt gab ihm keine Antwort.

»Ich höre?« Karlssons Stimme klang jetzt viel härter.

Wyatt blickte zu Boden. »Ja, ich habe mit ihm gesprochen«, gestand er tonlos.

»Stopp!«, warf Joll ein. »Ich möchte mich einen Moment allein mit meinem Mandanten beraten.«

Karlsson bedachte ihn mit einem säuerlichen Lächeln. »Natürlich.«

Draußen grinste Karlsson Frieda breit an. »Hervorragend«, sagte er. »Wenn sein Anwalt so etwas wie gesunden Menschenverstand besitzt, wird er ihm zu einem Geständnis raten.« Er blickte Frieda an und runzelte die Stirn. »Sie sollten das Ganze mehr genießen, Sie wissen schon, das Adrenalin der Jagd.«

»Für mich fühlt es sich nicht an wie eine Jagd«, erwiderte sie.

Ein paar Minuten später hatten sie ihre Positionen wieder eingenommen. Frieda empfand die Situation jetzt als seltsam künstlich, als wären sie alle Schauspieler, die nach einer Teepause ihre Probe fortsetzten.

»Mister Wyatt möchte eine Erklärung abgeben«, verkündete Joll.

Wyatt hustete nervös. »Ich habe Poole wegen des Geldes zur Rede gestellt.«

»Dachte ich es mir doch«, bemerkte Karlsson.

»Als ich ihn danach fragte, erwies sich die Sache als komplizierter, als ich erwartet hatte.« Wyatt sprach in leisem, kläglichem Ton. »Sie haben ja gehört, wie er war. Was er im Zusammenhang mit dem Geld sagte, klang für mich überzeugend oder zumindest irgendwie plausibel. Er erklärte mir seine geschäftlichen Pläne. Am Ende tranken wir sogar ein Bier miteinander. Es kam mir fast so vor, als wäre ich im Unrecht.«

»Wo fand dieses Gespräch statt?«, wollte Karlsson wissen.

»Bei uns zu Hause. Meine Frau war nicht da. Sie wusste nicht... sie wusste nicht, dass ich Bescheid wusste.«

»Warum haben Sie uns nicht schon längst von diesem Gespräch erzählt?«

»Keine Ahnung«, antwortete Wyatt. »Es ist so schwer zu erklären.«

»Stimmt«, meinte Karlsson »bis jetzt ist es Ihnen jedenfalls nicht gelungen, es zu erklären. Frieda? Möchten Sie etwas dazu sagen?«

»Ich würde gern auf meine ursprüngliche Frage zurückkommen.« Sie wandte sich wieder Wyatt zu. »Wie denken Sie inzwischen über Robert Poole?«

»Ich weiß nicht, was ich darauf antworten soll«, sagte er. »Wieso spielt es überhaupt eine Rolle, was ich denke?«

»Es spielt sehr wohl eine Rolle«, erwiderte Frieda. »Manche Leute würden sagen, dass man einem Mann nichts Schlimmeres antun kann als das, was er Ihnen angetan hat.«

»Danke, dass Sie mich darauf hinweisen«, meinte Wyatt. »Und dafür werden Sie bezahlt?«

»Interessanterweise«, fuhr Frieda fort, »wirken Sie trotz alledem gar nicht so wütend auf ihn.«

Wyatts Miene bekam plötzlich etwas Misstrauisches, Nervöses, als hätte er Angst, Frieda könnte ihm eine Falle stellen. »Ich weiß nicht, wovon Sie reden.«

»Wie haben Sie das gemeint, als Sie vorhin sagten, mit Poole zu sprechen, sei kompliziert gewesen?«

»Ich habe es so gemeint, wie ich es gesagt habe.«

Frieda schwieg einen Moment und musterte Wyatt dabei eindringlich. »Ich habe Poole nicht persönlich kennengelernt«, fuhr sie schließlich fort, »sondern nur von ihm gehört, aber für mich klingt es, als hätten alle Leute, die ihm begegneten, das Gefühl gehabt, von ihm durchschaut zu werden – als würde er all ihre Fehler und Schwächen kennen. Das kann sehr unangenehm sein.«

»Ich habe keine Ahnung, worauf Sie hinauswollen.«

»Ich frage mich«, erklärte Frieda, »ob Sie nicht im Grund das Gefühl haben, dass Sie das, was er Ihrer Frau angetan hat, auf eine gewisse, seltsame Weise fast verdient hatten. Eigentlich wollte ich sagen, ›was er Ihnen angetan hat‹, aber so empfinden Sie das gar nicht, stimmt's?« Wieder schwieg Frieda einen Moment. »Vermutlich ist Ihnen bewusst geworden, dass Robert Poole sich auf eine Art um Ihre Frau gekümmert hat, wie Sie selbst es schon eine ganze Weile nicht mehr getan hatten.«

Wyatt schluckte nervös. Gleichzeitig lief er rot an. »Das klingt ganz schön erbärmlich.«

»Ich finde das überhaupt nicht erbärmlich«, entgegnete Frieda. »Kann es sein, dass Sie, als Sie Robert Poole auf die Schliche kamen – ja sogar, als Sie herausfanden, dass er mit Ihrer Frau geschlafen hatte –, gar nicht allzu wütend auf ihn waren? Ein Mann sollte doch eigentlich Wut auf den Nebenbuhler empfinden, aber in Ihrem Fall war das ein bisschen anders, oder? Zumindest haben Sie nicht *nur* Wut gespürt.« Mittlerweile starrte Wyatt sie verblüfft an. »Ich glaube«, fuhr Frieda fort, »Sie waren ziemlich durcheinander. Natürlich fühlten Sie sich gedemütigt, und vielleicht malten Sie sich auch aus, was Sie ihm aus Rache alles antun würden. Trotzdem neigen Sie meiner Meinung nach nicht zu unüberlegten Handlungen. In erster Linie machten Sie sich vermutlich Gedanken über Ihre Ehe, Ihre Kinder – darüber, wie es überhaupt so weit kommen konnte.«

»Worauf wollen Sie hinaus?«, fragte Wyatt leise, fast im Flüsterton.

»Ihre Ehe war eingeschlafen«, antwortete Frieda. »Robert Poole hat Ihnen etwas klargemacht. Vielleicht hat er Sie sogar aufgeweckt.«

»Ich konnte es einfach nicht fassen«, sagte Wyatt zögernd. »Alles entpuppte sich als Lüge – alles, woran ich geglaubt hatte.«

»Haben Sie mit Ihrer Frau über dieses Gefühl gesprochen?«

Wyatt zuckte mit den Achseln. »Nur ansatzweise. Nachdem ich es selbst kaum verstehe, fällt es mir schwer, mit jemand anderem darüber zu reden.«

»Sie sollten es zumindest versuchen.«

Joll hüstelte. »Entschuldigen Sie, dass ich mich noch einmal einmische«, sagte er, »aber mir ist nicht ganz klar, inwiefern das für den Fall relevant sein soll.«

»Mir auch nicht«, pflichtete Karlsson ihm bei. »Ich glaube, wir machen für heute besser Schluss.«

Als sie den Verhörraum verließen, forderte er Frieda mit einer Handbewegung auf, ihm zu folgen.

»Was sollte denn das?«, fuhr er sie an, sobald sie außer Hörweite waren. »Wir hatten ihn fast soweit. Viel hätte nicht mehr gefehlt, und er hätte gestanden. Was sollte das alles? Wo war die alte Frieda?«

Frieda musterte ihn nachdenklich. »Ist Ihnen denn gar nicht daran gelegen, ihn besser kennenzulernen?«

»Wen?«

»Robert Poole.«

Einen Augenblick lang bekam Karlsson kein Wort heraus. »Nein!«, schnaubte er schließlich. »Nein, und Ihnen sollte auch nicht daran gelegen sein, Frieda – weil er nämlich tot ist und nicht mehr erreichbar für Ihre Versuche, ihn zu verstehen oder zu retten oder zu ändern, was passiert ist.«

Chloë wartete bereits. Frieda fiel auf, dass sie sich die Haare gewaschen und zu ihrem superkurzen schwarzen Stretchrock ein frisches weißes Shirt angezogen hatte. Ihr Gesicht war völlig ungeschminkt. Sie wirkte verletzlich und kindlich. Von Olivia war nichts zu sehen.

»Sind Tapas in Ordnung?«, fragte Frieda.

»Ich esse kein Fleisch mehr.«

»Das dürfte kein Problem sein.«

»Und nur noch bestimmte, ökologisch vertretbare Fischsorten.«

»Gut.«

»Davon gibt es aber nicht viele.«

Schweigend marschierten sie zu dem Restaurant, das nur wenige Gehminuten entfernt in Islington lag. Es hatte geregnet, und in den großen, flachen Pfützen spiegelten sich die Scheinwerfer der vorbeifahrenden Autos. Erst nachdem sie sich an einem wackeligen Fenstertisch niedergelassen hatten, ergriff Frieda das Wort.

»Warst du heute in der Schule?«

»Ja. Ich habe doch gesagt, dass ich gehe.«

»Gut. Bist du klargekommen?«

Chloë zuckte mit den Achseln. Ihr Gesicht wirkte leicht verquollen, als hätte sie lange geweint. Ihre Arme waren von ihrem

Shirt bedeckt, so dass Frieda nicht sehen konnte, ob sie sich wieder Schnitte zugefügt hatte.

Sie entschieden sich für Tintenfisch, gegrillte Paprikaschoten, ein spanisches Omelette und eine Portion Frühkohl. Chloë schnitt einen kleinen Tintenfischring auseinander, teilte die Hälften noch einmal und schob sich dann eines der winzigen Stücke in den Mund.

»Lass uns einen Punkt nach dem anderen abhaken«, schlug Frieda vor, während Chloë langsam auf ihrem Fitzelchen Fisch herumkaute. »Beginnen wir mit der Schule.«

»Was ist damit?«

»Deine Noten waren doch bis jetzt recht gut. Du bist ein helles Köpfchen. Du sagst, du möchtest Ärztin werden ...«

»Nein, das sagst *du.*«

»Ich? Das bezweifle ich.«

»Dann eben irgendwelche anderen Erwachsenen. Mein Dad, meine Lehrer. Der Weg, den man gehen soll, ist genau vorgegeben: Es wird von einem erwartet, dass man sein Abitur macht und dann studiert und sich anschließend einen guten Job sucht. Ich sehe mein ganzes Leben schon genau vor mir, und es kommt mir vor wie eine endlose Strecke grauer Asphalt. Was, wenn ich das alles gar nicht will?«

»Ist das denn so?«

»Ich weiß es doch selbst nicht!« Zornig stach sie mit ihrer Gabel in eine leuchtend grüne Paprikaschote. Eine Fontäne Saft spritzte heraus. »Ich weiß einfach nicht, was der Sinn von dem Ganzen sein soll.«

»Du hast eine harte Zeit hinter dir, Chloë. Dein Vater hat euch verlassen ...«

»Du kannst ihn ruhig beim Namen nennen. Er heißt David und ist dein Bruder.«

»Also gut, David.« Allein schon sein Name hinterließ einen unangenehmen Nachgeschmack in ihrem Mund. »Und Olivia hat einen neuen Freund.«

»Rate mal, wer sie vorhin abgeholt hat«, sagte Chloë.

»Kieran, nehme ich an.«

»Falsch geraten. Nächster Versuch!«

»Ich habe keine Ahnung«, stöhnte Frieda, die Chloës Ratespiel langsam nervös machte.

»Dieser Buchhalter oder was immer der ist. Der Typ, den du angeschleppt hast.«

»Ich habe ihn nicht angeschleppt.«

»Mir ist sonnenklar, was da abläuft«, sagte Chloë.

»Wie meinst du das?«

»Ich weiß, ich bin noch ein Teenager, aber sogar ich kapiere, dass es dabei in Wirklichkeit um dich geht.«

»Da fühle ich mich jetzt irgendwie überfordert«, antwortete Frieda.

»Ich sehe doch, wie er dich anschmachtet. Meine Mutter benutzt er eigentlich nur, um dich zu beeindrucken. Was hältst du von ihm?«

»Was hältst *du* von ihm?«

»Tante Frieda, du hast die üble Angewohnheit, jede Frage grundsätzlich mit einer Gegenfrage zu beantworten.«

Frieda grinste. »Das ist Lektion Nummer eins in der Therapeutenschule«, erklärte sie. »Egal, was dein Patient zu dir sagt, du sagst einfach: ›Wie meinen Sie das?‹ Und schon bist du aus dem Schneider.«

»Aber ich bin keine Patientin von dir, und du bist nicht aus dem Schneider.«

»Wir haben gerade von deiner Mutter gesprochen.«

»Na schön, dann lass uns von meiner Mutter sprechen. Ich glaube, ihr liegt überhaupt nichts an mir.«

»Ich glaube, ihr liegt sogar eine ganze Menge an dir, Chloë. Aber dir ist sicher klar, dass sie nicht nur deine Mutter ist, sondern auch eine Frau, die gedemütigt wurde und sich nun fragt, wie ihr eigenes Leben weitergeht, wenn du so willst, und die außerdem gerade einen neuen Mann kennengelernt hat.«

»Und? Deswegen bleibt sie trotzdem meine Mum. Sie kann sich nicht einfach wie ein Teenager benehmen. Das ist doch meine Rolle! Manchmal macht mir das richtig Angst, es fühlt sich an, als würde es mir den Boden unter den Füßen wegziehen.«

Chloës Bemerkungen über ihre Mutter stimmten derart genau mit Friedas eigener Einschätzung von Olivia überein, dass sie einen Moment brauchte, bis sie antworten konnte. »Du hast recht. Vielleicht können du und ich ja mal mit ihr reden und versuchen, ihr klarzumachen, wie du dich fühlst, und dann ein paar Grundregeln aufstellen. Aber gib ihr auch die Chance, sich zu ändern. Schlag die Türen nicht hinter dir zu. Sie ist durchaus in der Lage, sich Fehler einzugestehen.«

»Warum sollte ich ihr eine Chance geben, wenn sie mich nicht mal wahrnimmt?«

»Glaubst du das wirklich?«

»Ich glaube es nicht, ich weiß es. Sie steckt so tief in ihrem eigenen Schlamassel, dass sie meines gar nicht sieht. Ich weiß nie, was mich erwartet, wenn ich heimkomme. Manchmal ist sie betrunken, manchmal weint sie. Manchmal ist sie so aufgedreht, dass sie unbedingt mit mir durch die Läden ziehen und mir lächerlich teure Klamotten oder sonst was kaufen will. Manchmal schreit sie mich an und regt sich darüber auf, was für ein Wichser mein Dad ist. Dann liegt sie wieder stundenlang in der Badewanne und macht sie hinterher nicht mal sauber, so dass ich ihre Haare und Dreckränder wegputzen muss. Mal kocht sie, mal vergisst sie es. Mal weckt sie mich morgens auf, mal nicht. Manchmal stürzt sie sich geradezu auf mich, reißt mich in ihre Arme und verkündet, dass ich ihr lieber Schatz bin oder so was in der Art, und dann faucht sie mich wieder grundlos an. Manchmal ist Kieran da – wobei es dann noch am besten ist. Ich mag seine ruhige, freundliche Art, und außerdem spricht er mit mir. Sie fragt mich nie, wie es in der Schule läuft, macht Briefe, die von der Schule kommen, gar nicht erst auf, und den letzten Elternabend hat sie komplett vergessen. Ich bin ihr völlig egal.«

Chloë hörte gar nicht mehr zu reden auf. Nachdem die Schleusen endlich geöffnet waren, ließ sie ihre ganzen aufgestauten

Gefühle heraus, ihre ganze Angst und Unzufriedenheit. Frieda sagte nicht viel, spürte aber, wie in ihr die Wut hochstieg, bis sie sich kaum noch beherrschen konnte. Sie nahm sich vor, mit Olivia zu reden und ihr klarzumachen, welche Folgen ihre chaotische Lebensweise für ihre Tochter hatte. Außerdem würde sie zusammen mit Chloë ein Gespräch mit deren Lehrkräften führen und einen Arbeitsplan für sie erstellen. Und sie wollte – dieser letzte Entschluss verursachte ihr ein leichtes Schwindelgefühl, als spähte sie vom Rand einer Klippe – mit ihrem Bruder David sprechen.

Etwa einen Kilometer von ihnen entfernt – in einem neuen Weinlokal in der Upper Street, dessen Räumlichkeiten von Grund auf renoviert worden waren, mit dem Ergebnis, dass sie nun aussahen, als hätte sich dort seit dem neunzehnten Jahrhundert nichts mehr verändert – füllte Harry gerade Olivias Weinglas. Sie nippte daran.

»Für einen Rotwein kommt er mir ein bisschen kalt vor«, stellte sie fest.

»Ich glaube, der soll so kühl sein«, entgegnete Harry, »aber ich kann ihn auch für Sie wärmen lassen, wenn Sie möchten.«

Olivia kostete erneut, dieses Mal einen großen Schluck. »Nein, ist schon gut, bestimmt haben Sie recht.«

»Sie wissen ja, was die Kenner sagen: Der Weißwein wird immer zu kalt und der Rotwein immer zu warm serviert.«

»Nein, das wusste ich nicht. Ich fürchte, ich trinke ihn einfach nur.«

»Das ist genau die richtige Einstellung«, meinte Harry. »Aber eigentlich wollte ich mit Ihnen über das hier sprechen.« Er legte einen Ordner auf den Tisch und schob ihn ihr hinüber. »Ich bin alles durchgegangen, sämtliche Kontoauszüge und Kreditkartenabrechnungen. Ich habe Ihnen genau aufgeschrieben, was Sie noch erledigen müssen, und Ihnen ein paar Vorschläge für die Zukunft notiert. Um Ihre Finanzen steht es gar nicht so schlecht, wie Sie dachten. Allerdings bin ich auf ein paar Daueraufträge für Dienstleistungen gestoßen, die Sie gar nicht mehr in Anspruch nehmen. Ich habe deswegen ein paar Briefe für Sie geschrieben und die zu viel bezahlten Beträge zurückgefordert, so dass Ihnen ein kleiner Geldregen ins Haus stehen dürfte.«

»Wirklich? Das ist ja unglaublich! Wobei ich sagen muss, dass mir das alles schon ein wenig peinlich ist. Jahrelang habe ich Briefe einfach nicht aufgemacht oder Dokumente weggeworfen, ohne überhaupt einen Blick darauf zu werfen, und nun kennen Sie alle meine beschämenden Geheimnisse.«

»Das ist mein Job«, entgegnete Harry. »Manchmal habe ich das Gefühl, ein Finanzberater sollte sich verhalten wie früher die Priester: Der Klient – oder der Gläubige, je nachdem – muss erst einmal alles beichten, all seine Sünden und Unterlassungen, und dann …«

»Und dann können Sie mir die Absolution erteilen?«, fiel ihm Olivia ins Wort.

Harry lächelte. »Zumindest kann ich Ihnen demonstrieren, dass es meist gar nicht so schlimm ist, wenn man erst einmal alles ans Licht gezerrt und sich sämtliche Zahlen angesehen hat. Was Probleme verursacht, ist die Neigung, alles unter den Teppich zu kehren und sich den Dingen nicht zu stellen.«

»Trotzdem finde ich das ganz furchtbar«, meinte Olivia. »Sie haben so viel für mich getan, und ich habe nicht … kann Sie nicht …« Sie lief rot an und versuchte ihre Verlegenheit zu überspielen, indem sie einen noch größeren Schluck Wein trank.

»Das ist schon in Ordnung«, beruhigte Harry sie, »wir haben das doch gleich zu Beginn geklärt. Frieda zahlt, wenn auch – unter uns gesagt – nur einen Freundschaftspreis.«

»Ich kann mir nicht vorstellen, wie Sie von Ihrer Arbeit leben wollen, wenn Sie das öfter so handhaben.«

»Ich tue damit meiner Schwester einen Gefallen. Sie hat Frieda geholfen, und ich helfe Tessa.«

»Mir war gar nicht klar, dass Tessa eine so enge Freundin von Frieda ist.«

»Die beiden haben sich gerade erst kennengelernt«, räumte

Harry ein, »aber auf Anhieb prächtig verstanden. Frieda ist der Typ Frau, mit der das möglich ist.«

»Ja, nicht wahr?«, entgegnete sie mit einem vielsagenden Lächeln.

Harry musste lachen. »Ich habe das völlig ohne Hintergedanken gesagt«, protestierte er. »Wirklich!«

»Ja, ja«, meinte Olivia, »das glaube ich Ihnen aufs Wort. Meine Schwägerin hat es Ihnen angetan, was? Geben Sie es ruhig zu.«

Harry hielt beide Hände hoch. »Natürlich gebe ich es zu. Ich kenne sie inzwischen ja schon ein bisschen und war ein paarmal mit ihr aus, aber wie sie wirklich tickt, weiß ich immer noch nicht.«

»Und Sie glauben, ich weiß das?«

»Mir ist jedenfalls nicht entgangen, dass Sie mit Friedas Bruder verheiratet waren, und wenn ich richtig informiert bin, haben Sie eine ziemlich schwierige Trennung hinter sich.«

»Das können Sie laut sagen.«

»Trotzdem hat Frieda zu Ihnen gehalten und nicht zu ihrem Bruder.«

Olivia griff nach ihrem Glas, stellte es dann aber wieder ab, ohne getrunken zu haben.

»Vielleicht ist Frieda der Meinung, dass sie ein Auge auf ihre Nichte haben sollte. Ich war nicht immer die stabilste Mutter der Welt.«

»Was hat sie für ein Problem mit ihrem Bruder?«

Olivia strich mit einem Finger über den Rand ihres Weinglases. »So ganz habe ich das nie durchschaut.« Ihr Blick bekam etwas Weinselig-Nachdenkliches. »Jedenfalls ist Friedas Verhältnis zu ihrer Familie sehr kompliziert.«

»Wie meinen Sie das?«

»Warum fragen Sie sie eigentlich nicht selbst danach?«

»Ich habe den Eindruck, dass sie es nicht sehr schätzt, wenn man sie über ihr Privatleben ausquetscht.«

»Als ich sie damals kennenlernte, hatte ich richtig Angst vor ihr«, gestand Olivia. »Wenn sie mich ansah oder mir zuhörte, kam es mir manchmal vor, als könnte sie in mich hineinsehen – als wüsste sie alles über mich, selbst die Dinge, von denen ich nicht wollte, dass jemand sie erfuhr. So wie Sie jetzt, nachdem Sie alle meine versteckten Unterlagen und Scheckbücher gesehen haben. Früher habe ich mich sogar des Öfteren gefragt, ob sie mich nicht insgeheim verachtet. Als David mich dann verließ, hörte ich von etlichen Leuten, die ich für meine Freunde gehalten hatte, plötzlich überhaupt nichts mehr, aber Frieda war da, wenn auch zugegebenermaßen manchmal sarkastisch oder schweigsam, wie sie eben sein kann. Trotzdem tat sie, was nötig war – oder größtenteils vielleicht auch unnötig.«

»Warum zieht sie bloß diese Geschichte mit der Polizei durch?«, fragte Harry. »Sie wird deswegen angefeindet, und die Zeitungen bringen diesen ganzen Mist über sie. Warum tut sie sich das an?«

Olivia nahm einen weiteren Schluck von ihrem Wein, und Harry schenkte ihr noch einmal nach. »Danke. Füllen Sie Ihre Klienten immer so ab? Hoffentlich nicht. Jedenfalls, wenn ich beschließe, etwas Bestimmtes zu machen, dann deswegen, weil ich weiß, dass ich es bewältigen kann, ohne dass es mich zu sehr beansprucht oder mir irgendwie Kummer bereitet. Frieda verstehen Sie am besten, wenn Sie sich erst mich ansehen und sich dann das Gegenteil vorstellen. Ich habe keine Ahnung, warum Frieda das alles tut, und wenn ich wieder höre, dass sie irgendwas Spektakuläres gemacht hat, begreife ich nie, warum. Ich weiß auch nicht, warum sie mir hilft, und ich kann definitiv nicht nachvollziehen, warum sie sich freiwillig ins Fegefeuer begibt, indem sie versucht, Chloë auf dem rechten Weg zu halten.« Sie griff wieder nach ihrem Wein. Allmählich klang sie leicht undeutlich, als wäre ihre Zunge eine Spur zu groß für ihren Mund. »Zum Beispiel… wo war ich gerade?« Sie überlegte einen Moment. »Ach ja, der Zeitungsartikel. Wäre der über mich gewesen, dann hätte ich mich vor Scham in ein Loch verkrochen und mich so schnell nicht mehr hervorgewagt. Frieda dagegen… Frieda ist wie eines von diesen wilden Tieren, ein Dachs oder ein Hermelin. Wenn man deren Bau zu nahe kommt, werden sie gefährlich und … Na ja, jetzt übertreibe ich vielleicht ein bisschen. Der Vergleich mit dem wilden Tier hinkt. Aber sie ist eigensinnig und stur. Auf eine gute Art. Jedenfalls zu neunundneunzig Prozent. Oder zu fünfundneunzig.«

Harry wartete einen Moment. »Ich glaube, Frieda verbirgt irgendetwas«, sagte er dann, »irgendeinen heimlichen Kummer. Wissen Sie, was ich meine?«

Nun folgte eine lange Pause. Harry hatte das Gefühl, dass Olivia plötzlich seinem Blick auswich. »Allem Anschein nach wissen Sie sehr wohl, was ich meine«, stellte er fest. »Und wie Sie sicher schon gemerkt haben, bin ich im Begriff, mich in sie zu verlieben. Ich würde gerne wissen, woran ich bin.«

Sie wandte sich ihm wieder zu. »Sie hat Ihnen also nicht erzählt, was mit ihrem Vater passiert ist?«

»Nein«, sagte er, »nein, das hat sie nicht.«

Nachdem Beth mit den Fotos fertig war, nahm sie sich seine Notizen vor. Es waren viele Seiten, und anfangs begriff sie nicht recht, worum es sich dabei eigentlich handelte. Zum Teil kamen ihr seine Aufzeichnungen vor wie Kurzgeschichten, doch dann wurden plötzlich Listen daraus – Listen seltsamer Sachen. Gymnastikübungen zum Abnehmen, Pflanzen und wo man sie herbekam. Manche der aufgelisteten Punkte waren mit Häkchen versehen, andere durchgestrichen. Außerdem stieß sie auf eine Menge Zahlen, auf die sie sich keinen Reim machen konnte, so dass sie es nach einer Weile gar nicht mehr versuchte, auch wenn sie durchaus registrierte, dass einige der Zahlen aus ziemlich vielen Ziffern bestanden und ihnen außerdem ein Pfundzeichen vorausging. Nach und nach begriff sie, dass diese Aufzeichnungen verschiedene Leute betrafen. Alles über sie war vermerkt: Namen, Adressen, Geburtsdaten, Familienangehörige, Berufe.

Er hatte auch über ihre Eltern geschrieben und sich ihre Vorlieben und Abneigungen notiert – alle ihre Hobbys, jeden wohltätigen Zweck, für den sie Geld spendeten, sämtliche Veranstaltungen, die sie besuchten. Sogar für ihre Schwestern hatte er sich diese ganze Mühe gemacht. Zusätzlich hatte er einen Plan von Haus und Garten gezeichnet, einschließlich des Gartenhäuschens, in dem ihre Mutter manchmal Cello spielte und ihr Vater seine Farben aufbewahrte. Ihr war gar nicht klar gewesen, wie genau er ihr zugehört hatte. Dass er selbst dann, wenn er nach außen hin distanziert wirkte, an sie gedacht und auf sie geschaut hatte, trieb ihr vor Rührung die Tränen in die Augen. Er hatte diese Aufzeichnungen als Geschenk für sie hinterlassen, dachte Beth, und sich dabei solche Mühe gegeben – aber warum? Sie starrte auf die Worte hinunter, bis in ihren Augen Lichter blitzten und ihr schwindlig wurde. Sie wusste, dass sie sich etwas zu essen suchen musste, um sich zu stärken.

Als sie durch die Luke kroch, schürfte sie sich an der Metalleinfassung die Wange auf. Sie war schon ziemlich lange nicht mehr draußen gewesen. Ihr Körper fühlte sich steif an, als wäre er in einer krummen Haltung erstarrt. Sie zwang sich, eine Weile auf der Stelle zu laufen und zu hüpfen. Dabei spürte sie einen stechenden Schmerz in der Brust und im Kopf ein Pochen, als spränge in ihrem Schädel ein Stein auf und ab – wie die Tennisbälle, die sie früher auf ihrem Schläger hüpfen ließ und dabei mitzählte, weil sie ihren Rekord vom vorigen Mal übertreffen wollte. Wie lange war das schon her? Für einen Moment sah sie ihre runden Kinderknie vor sich und die gelbe Sonne, die wie ein leuchtender Eidotter am Himmel hing. Jetzt aber war alles um sie herum trübe und finster und zerrissen. Das Wasser glänzte ölig, und beim Gehen schlitterten ihre Füße über den rutschigen Pfad.

Sie erreichte ein Boot, von dem sie wusste, dass es bewohnt war. Sie wurde langsam leichtsinnig, aber vielleicht spielte das keine so große Rolle mehr, weil er ja nicht mehr kam und sowieso alles vorbei war – bis auf die eine Sache, die sie in seinem Namen tun musste. In seinem Namen. Als seine Jüngerin.

Es brannte kein Licht, das Boot wirkte verlassen, aber auf dem

Deck waren Fahrräder festgekettet. Als sie sich über die Holzplanken schob, klirrten diese Ketten. Einen Augenblick blieb sie reglos liegen, den Körper flach auf das eisige, feuchte Holz gepresst, doch zum Glück kam niemand. Sie zerrte an der Luke herum, bis sie schließlich ächzend aufging, und ließ sich in das gemütliche Innere des Bootes gleiten. Es sah dort viel, viel schöner aus als bei ihr: Es war warm, sauber und roch gut nach gewaschenen Körpern und frischem Essen. Man konnte es fast ein Zuhause nennen. Ihr Boot konnte man nicht so nennen. Ihres war ein Loch, ein feuchtkaltes, scheußliches Loch. Von draußen fiel noch ein Rest von Helligkeit herein, so dass sie die Konturen der Einrichtung erkennen konnte und den Kühlschrank rasch fand. Sie zog die Tür auf. Milch. Sie nahm sie heraus. Butter. Zwei Vollkornbrötchen und ein halbes Huhn unter Schrumpfverpackung. Ein halbes Huhn, mit goldener Haut und rundlichen Schenkeln. Ihr lief das Wasser im Mund zusammen. Sie zog die Plastikfolie hoch, riss ein Stück Fleisch ab, stopfte es sich in den Mund und schluckte es fast ohne zu kauen hinunter. Obwohl ihr das Blut in den Ohren dröhnte und sie einen Moment das Gefühl hatte, sich übergeben zu müssen, riss sie ein weiteres Stück ab und schob es gleich hinterher. Ihre zerschnittene Lippe schmerzte, ihr Hals brannte, und ihr Magen rebellierte.

Plötzlich drang aus dem vorderen Teil des Bootes ein Geräusch durch die kleine, geschlossene Tür. Sie erstarrte, während gleichzeitig eine Welle der Angst durch ihren Körper flutete. Jemand summte. Da war jemand, nur ein paar Schritte entfernt. Wahrscheinlich auf dem Klo. Gleich würde er oder sie herauskommen und sie ertappen, den Mund voller Huhn. Die Polizei würde kommen. Alles wäre aus. Vermasselt. Endgültig aus und vorbei.

Sie schnappte sich das Huhn und die Milch, stopfte die Butterpackung in ihre Tasche, nahm die Plastiktüte mit den Brötchen zwischen die Zähne und versuchte, einhändig durch die Luke zu klettern. Ihr Schnürsenkel blieb in der Ecke hängen. Mit einer heftigen Bewegung befreite sie sich. Das Summen hörte schlagartig auf. Sie hievte sich hinaus ins Freie, stolperte über das Holzdeck und sprang hinüber auf den Pfad. Dabei fiel ihr das Huhn in den Dreck. Schnell hob sie es auf und sprintete keuchend los, die Plastiktüte noch zwischen den Zähnen. *Bitte, bitte, bitte, bitte.* Sie zwängte sich durch eine dicke, von Gestrüpp überwucherte Hecke. Brennnesseln streiften ihre Hände und dann, als sie in die Hocke ging, auch ihren Hals und ihr Gesicht. Auf dem Deck des Bootes stand eine Gestalt und spähte in die Nacht hinaus. Eine Taschenlampe flammte auf. Von ihrem Versteck aus konnte sie sehen, wie der Lichtstrahl über das Wasser glitt, über die Häuserruinen am anderen Ufer, den Pfad, die Hecke. Als sie das Licht auf ihrem Gesicht spürte, schloss sie die Augen und hielt die Luft an.

Die Lampe ging aus, die Gestalt verschwand. Sie wartete. Ihr Knöchel pochte schmerzhaft. Sie legte die Tüte mit dem Brot vor sich hin. Der Geruch des Huhns stieg ihr in die Nase. Sie empfand einen Anflug von Übelkeit, aber auch Gier. Sie wartete noch eine Weile – wie lange, wusste sie selbst nicht –, bis sie schließlich zurück auf den Weg kroch und zu ihrem Boot humpelte, ihre Beute fest an sich gepresst.

Sie hatte es geschafft. Jetzt hatte sie etwas zu essen und konnte sich wieder stärken – zumindest genug, um das durchzustehen. Was danach war, spielte keine Rolle. Hauptsache, sie hatte das Versprechen gehalten, das sie ihm gegeben hatte. Sie kaute ein weiteres Stück von dem schmutzigen Huhn. Seine vertrauensvolle Soldatin, seine Dienerin, seine Geliebte.

43

Frieda fuhr von King's Cross aus mit dem Schnellzug, der von London bis nach Cambridge keine fünfzig Minuten brauchte, so dass ihr gar keine Zeit blieb, es sich anders zu überlegen. Durchs Fenster beobachtete sie, wie London sich langsam auflöste – in Wiesen und Wasserstraßen und die Gärten von Häusern, deren Vorderseiten man vom Zug aus nicht sah. Frieda entdeckte neugeborene Lämmer auf manchen der Wiesen und Hänge voller Narzissen. Sie versuchte sich auf die vorbeirauschende Landschaft zu konzentrieren und nicht an das zu denken, was vor ihr lag. Ihr Mund fühlte sich trocken an, und ihr Herz schlug schneller als sonst. Als sie schließlich in Cambridge eintraf, suchte sie erst einmal die Damentoilette auf, um sich zu vergewissern, dass sie akzeptabel aussah. Das Gesicht, das ihr aus dem fleckigen Spiegel über dem abgeschlagenen Waschbecken entgegenstarrte, verriet nichts von ihrer inneren Unruhe. Sie trug einen dunkelgrauen Hosenanzug und hatte das Haar streng zurückgebunden. Sie wirkte professionell, kompetent und unnachgiebig.

Sie hätte es vorgezogen, sich an einem öffentlichen Ort mit ihm zu treffen, am liebsten in seinem Büro, zwischen Computern und fremden Menschen, doch er hatte ihr erklärt, er arbeite an dem Tag zu Hause: Wenn sie ihn sehen wolle, müsse sie zu ihm kommen. Sein Territorium, seine Bedingungen. Er hatte ihr erst die Adresse nennen müssen, weil sie noch nie dort gewesen war. Sie hatte keine Ahnung, was sie erwartete – ein Haus in der Stadt oder außerhalb, groß oder klein, alt oder neu. Wie sich nun herausstellte, lag es etwa zehn Taximinuten außerhalb, in einem Vorort, der auf geschmackvolle Art ländlich wirkte, so dass man das Gefühl hatte, schon halb auf dem Land zu sein. Das Haus war groß, wenn auch nicht ganz so groß wie manche andere in dem Ort, und schon etwas älter. Es hatte ein rotes Ziegeldach, Giebelfenster und ein Vordach über dem Eingang. Die Zufahrt schmückte eine Trauerweide, deren Äste fast bis auf den gekiesten Boden herabhingen. Frieda musste zugeben, dass es schön war. Wie sollte es auch anders sein? Er hatte schon immer einen guten Geschmack gehabt – oder zumindest einen ähnlichen wie sie. Egal, wie weit man vor seiner Familie davonläuft, dachte Frieda, oder wie sehr man auch versucht, sie aus seinem Leben zu verbannen, man kann ihr nicht entkommen.

Dass der Mann, der auf Friedas Läuten hin die Tür öffnete, ihr Bruder war, erkannte man schon auf den ersten Blick. Er hatte eine schlanke Figur und dunkles Haar, auch wenn es an den Schläfen bereits silbrig schimmerte, dunkle Augen, hohe Wangenknochen und eine Art, seine Schultern zurückzuziehen, die Frieda von sich selbst kannte. Natürlich war er seit ihrer letzten Begegnung älter geworden. Sein Gesicht hatte sich zu einem Ausdruck verhärtet, der zornig und zugleich auf eine spöttische Weise amüsiert wirkte. Sie hoffte, dass sie nicht auch so aussah. Er trug ein graues Hemd und eine dunkle Hose. Frieda beschlich das schreckliche Gefühl, dass er ebenfalls lange überlegt hatte, was er anlässlich ihres Besuchs anziehen sollte, und fast zu dem gleichen Ergebnis gekommen war wie sie. Sie sahen beinahe aus wie Zwillinge, dachte sie und schauderte, weil sie an Alan und Dean denken musste.

»David«, sagte sie. Dabei lächelte sie nicht, und sie trat auch nicht auf ihn zu, um ihn zu umarmen. Sie gab ihm nicht einmal die Hand, sondern musterte ihn nur.

»Tja.« Er stand ebenso steif da wie sie. Während sie einander anstarrten, registrierte Frieda ein leichtes Zucken an seiner Wange, das sie als Zeichen von Nervosität deutete. »Was für eine Ehre, Frau Doktor Klein.« Er betonte das »Doktor«, als wollte er sie verspotten.

»Darf ich reinkommen?«

Er machte ihr Platz, und sie betrat eine geräumige Diele. Den

Holzboden zierte ein Läufer, auf einer Truhe stand eine Vase mit Frühlingsblumen, und an der Wand hing ein Porträt. Sie war fest entschlossen, sich dieses Bild nicht anzusehen, sie durfte auf keinen Fall... Standhaft vermied sie es, den Blick darauf zu richten, während sie David ins Wohnzimmer folgte.

»Gerade habe ich eine Kanne Kaffee gemacht«, sagte er. »Nachdem du gesagt hast, du würdest um halb vier da sein, wusste ich ja, dass ich die Uhr nach dir stellen kann. Pünktlich wie immer. Manche Dinge ändern sich nie.«

Frieda unterdrückte den Impuls, seinen Kaffee auszuschlagen, und nahm im Wohnzimmer Platz, während er in die Küche ging und wenige Augenblicke später mit zwei Tassen zurückkehrte.

»Schwarz, wie immer?«

»Ja.«

Beruhigt stellte sie fest, dass ihre Hände kein bisschen zitterten, als sie den ersten kleinen Schluck nahm. Der bittere, mineralische Geschmack des Kaffees breitete sich in ihrem Mund aus.

»Na, behandelst du immer noch die Leiden der Reichen?«

»Ich arbeite nach wie vor als Psychotherapeutin, falls du das meinst.«

»Ich habe über dich in der Zeitung gelesen.« David ließ den Blick über ihr Gesicht gleiten, um ihre Reaktion zu sehen. Frieda empfand seine Bemerkung wie einen Messerstich. »Sehr interessant«, fügte er hinzu.

»Ich bin hier, um mit dir über Chloë zu sprechen.«

Davids eben noch lächelnder Mund wurde schmal und gerade. »Geht es dabei um die Unterhaltszahlungen für Olivia?«

»Nein.«

»Ich habe nämlich genug von ihren Klagen, und von den Briefen ihrer Anwältin auch. Wer ist überhaupt diese Tessa Welles, die da plötzlich aus heiterem Himmel auftaucht? Ich nehme an, das habe ich dir zu verdanken.«

»Olivia braucht Hilfe. Aber das ist nicht...«

»Olivia soll sich endlich mal zusammenreißen. Ich habe nicht vor, sie weiterhin beim Faulenzen zu unterstützen. Punkt.«

Frieda sah ihn nur an.

»Ich weiß, was du denkst.« Er beugte sich vor. Sie konnte die kleinen Fältchen rund um seine Augen sehen, die goldenen Einsprengsel in der Iris, den leicht grausamen Schwung seiner Lippen, die immer noch pulsierende Vene an seiner Wange. Sie konnte ihn auch riechen – Rasierwasser und Kaffee, aber zusätzlich noch etwas anderes, jenen besonderen Geruch, den er schon gehabt hatte, als er noch der kleine Junge war, der so gern sein Plastiklineal von hinten an ihr Bein klatschen ließ.

»Du lebst hier in diesem schönen Haus, nur einen Katzensprung von Cambridge entfernt«, entgegnete sie. »Der Teppich da ist neu, und du trägst eine Uhr, mit der man problemlos Chloës erstes Jahr an der Uni bezahlen könnte. Draußen ist ein Gärtner damit beschäftigt, dein Blumenbeet zu jäten. Niemand verlangt von dir, dass du großzügig bist, aber sei doch wenigstens fair.«

»Olivia war ein Fehler. Sie ist ein primitives, chaotisches, selbstsüchtiges Frauenzimmer. Und einen Dachschaden hat sie meiner Meinung nach auch. Ich bin froh, sie los zu sein.«

»Du hast eine Tochter mit ihr.«

»Die ganz nach ihrer Mutter schlägt«, gab David zurück. »Du solltest mal hören, wie sie mit mir spricht. Als würde sie mich verachten.«

»Vielleicht tut sie das ja.«

»Bist du die ganze Strecke herausgefahren, um mich zu beleidigen?«, fragte er und fügte dann in sanftem Ton hinzu: »Freddy?«

Früher war dieser alte Spitzname vielleicht liebevoll gemeint gewesen, aber dem war schon lange nicht mehr so.

»Sie ist in der Pubertät.« Frieda bemühte sich um einen ruhigen Ton und eine gelassene Miene. »Für einen Teenager ist das Leben sogar in guten Zeiten schwer. Überleg doch mal: Du hast ihre Mutter wegen einer Jüngeren verlassen, und sie hast du auch verlassen. Du drehst ihnen den Geldhahn zu, und sie muss mit ansehen, wie ihre Mutter vor die Hunde geht. Du verbringst nur wenig Zeit mit ihr, und manchmal vereinbarst du etwas mit ihr und hältst dich dann nicht daran. Du fährst mit deiner neuen Frau groß in Urlaub und nimmst deine Tochter nicht mit. Du vergisst ihren Geburtstag. Du gehst nicht zu ihren Elternsprechtagen. Und da wunderst du dich, wenn sie dich verachtet?« Sie hielt ihn mit einer Handbewegung davon ab, sie zu unterbrechen. »In Chloës Alter ist es viel einfacher, Zorn und Verachtung zu empfinden, als sich mit Angstgefühlen und dem eigenen Elend auseinanderzusetzen. Denn das ist es, was ihr in Wirklichkeit zu schaffen macht. Deine Tochter braucht einen Vater.«

»Fertig?«

»Nein. Aber ich möchte hören, was du zu sagen hast.«

David stand auf und trat ans Fenster. Selbst sein Rücken wirkte wütend – trotzdem konnte Frieda sich plötzlich wieder ganz genau erinnern, wie es gewesen war, auf diesen Schultern zu sitzen und sich mit einer Hand an seinem Kopf festzuhalten, während sie mit der anderen eine Frucht vom hintersten Baum des Gartens pflückte. Sie konnte das kühle Gewicht der Pflaume in ihrer Hand fast spüren, den Hauch der Schale an den Fingern fühlen. Benommen blinzelte sie die Erinnerung weg und wartete, bis David sich wieder umdrehte.

»Ich weiß wirklich nicht, woher du das Recht nimmst, dich hier in diesen Raum zu setzen und mich darüber zu belehren, wie Teenager empfinden und was Eltern zu tun haben.«

Er wollte sie verletzen.

»Als wir uns das letzte Mal gesehen haben, warst du jedenfalls noch nicht Mutter. Wie alt bist du inzwischen? Nicht allzu weit von der Vierzig entfernt, oder?«

»Es geht um Chloë.«

»Es geht darum, dass du dir nach allem, was passiert ist, immer noch das Recht herausnimmst, hier bei mir zu erscheinen und mir zu sagen, was ich zu tun habe.«

»Nur in Bezug auf deine Tochter. Wer soll es dir denn sonst sagen, wenn nicht ich? Bevor es zu spät ist!«

»Was glaubst du denn, dass sie tun wird? Sich die Pulsadern aufschneiden?«

Sie bedachte ihn mit einem derart bösen Blick, dass er sichtlich zusammenschrak. »Ich weiß nicht, wozu sie in ihrer Verzweiflung fähig sein könnte«, erklärte sie, »und ich will es auch nicht herausfinden. Ich möchte, dass du ihr hilfst.« Sie holte tief Luft, ehe sie hinzufügte: »Bitte.«

»Ich werde Folgendes tun«, antwortete er, »aber nicht, weil du mich darum gebeten hast, sondern weil ich es ohnehin schon beschlossen hatte. Ich werde dafür sorgen, dass Chloë und ich uns jedes zweite Wochenende sehen: Samstagnachmittag bis Sonntagnachmittag – vierundzwanzig Stunden. In Ordnung?« Er griff nach seinem elektronischen Terminplaner und begann ganz geschäftsmäßig irgendwelche Tasten zu drücken. »Allerdings noch nicht nächstes und übernächstes Wochenende. Wir können Anfang April damit beginnen. Richtest du es ihr aus?«

»Nein. Du musst sie schon selber fragen, ob ihr das so recht ist. Sie ist siebzehn. Sprich mit ihr, und hör ihr gut zu.«

Er knallte den Terminplaner so heftig auf den Tisch, dass seine Kaffeetasse einen Satz machte.

»Und bitte sag ihr nicht, dass ich hier war. Sie fühlt sich sonst nur gedemütigt. Sie muss das Gefühl haben, dass es wirklich dein Wunsch ist, sie zu sehen.«

Eine Tür schlug zu, und jemand rief seinen Namen. Ein paar Augenblicke später trat eine hübsche junge Frau in den Raum. Sie hatte blondes Haar und lange Beine. Frieda schätzte sie auf Ende zwanzig, auch wenn ihre Aufmachung sie jünger wirken ließ – eher wie Chloës Generation, dachte Frieda.

»Oh«, sagte sie, sichtlich überrascht, und legte dabei eine Hand an den Bauch. »Entschuldigung.« Sie sah David fragend an.

»Das ist Frieda«, erklärte er.

»Du meinst… *die* Frieda?«

»Ja. Das ist meine Frau Trudy.«

»Ich bin schon am Aufbrechen«, sagte Frieda.

»Lassen Sie sich von mir nicht stören.« Sie griff nach den beiden Kaffeetassen, wobei sie eine seltsame kleine Grimasse zog, als wäre sie leicht angewidert, und verließ den Raum.

»Weiß Chloë es schon?«, fragte Frieda.

»Was?«

»Dass sie ein Geschwisterchen bekommt.«

»Woher, zum Teufel …?«

»Du musst es ihr sagen.«

»Ich muss gar nichts.«

»O doch.«

Sie ging zu Fuß zurück zum Bahnhof. Bis zu Sashas Geburtstagsfeier hatte sie noch eine Menge Zeit. Obwohl es ein grauer, nebliger Tag war und noch dazu nach Regen aussah, brauchte sie jetzt den reinigenden Wind. Sie fühlte sich ganz schrecklich, regelrecht beschmutzt. Während sie die von kahlen Bäumen und matschigen Feldern gesäumte Straße dahineilte, war ihr anfangs so übel, dass sie schon befürchtete, sich tatsächlich übergeben zu müssen, doch dann legte sich der Aufruhr ihrer Gefühle langsam wieder – wie aufgewühlter Schlamm, der zurück in die Dunkelheit sank.

Als Sasha ihre Haustür öffnete, sah sie sich einem Paar gegenüber, das sie nicht kannte. Sie empfand einen Anflug von Panik. Waren das alte Freunde, die sie vergessen hatte? Die Mienen der beiden wirkten fröhlich, fast verschmitzt, als wären sie Teil eines Streichs, den man ihr anlässlich ihres Geburtstags spielte. Der Mann streckte ihr die Hand hin.

»Ich bin Harry Welles, ein Freund von Frieda.«

Ein erleichtertes Lächeln breitete sich auf Sashas Gesicht aus.

»Frieda hat Sie angekündigt. Sie hat mir schon alles über Sie erzählt.«

»Fragt sich nur, was ›alles über mich‹ nach Friedas Meinung bedeutet. Muss ich mir Sorgen machen?« Grinsend fuhr Harry fort: »Zur Verstärkung habe ich meine Schwester Tessa mitgebracht. Ist das in Ordnung?«

»Großartig.« Sasha trat zur Seite. »Herein mit euch, draußen ist es so kalt. Sucht euch oben ein Plätzchen für eure Mäntel, und dann gesellt euch zu uns.«

Gemeinsam stiegen die Geschwister die Treppe zu einem kleinen Schlafzimmer hinauf, wo sich auf dem Bett bereits Mäntel und Jacken türmten. Harry griff nach einem gerahmten Foto, das auf dem kleinen Nachttisch stand: Sasha und eine andere junge Frau Arm in Arm vor einem Zelt, beide in Shorts und Wanderstiefeln. »Glaubst du, sie ist lesbisch?«, fragte er.

Tessa nahm ihm das Bild aus der Hand und stellte es an seinen Platz zurück.

»Willst du ihr auch noch den Hof machen?«, fragte sie.

»Ich hatte dabei eher an dich gedacht«, konterte er, woraufhin sie ihm einen spielerischen Klaps verpasste. Sie begaben sich wieder nach unten, wo ihnen aus dem Wohnzimmer die Musik und das Stimmengewirr der Party entgegenschlugen. Als sie hineingingen, war Tessas Blick auf Harry gerichtet. Er sah gut aus und schien sich in seiner Haut wohlzufühlen. Sein Blick wirkte liebenswürdig und offen. Kein Wunder, dass Frieda ihn mochte.

Sie entdeckte Frieda in einer Ecke des Raums, mit einem Glas in der Hand, dessen Inhalt nach Mineralwasser aussah. Sie trug ein moosgrünes Kleid, das leicht schimmerte, wenn sie sich bewegte. Tessa registrierte ihre wohlgeformten Beine, die schlanke Figur und die aufrechte Haltung. Sie unterhielt sich gerade mit einem älteren Mann mit grauem Haar und einem schmalen, unrasierten Gesicht. Zu einer zerschlissenen Jeans trug er ein wunderschönes gemustertes Hemd und um den Hals einen bunten Baumwollschal. Entweder so ein exaltierter Künstler, der abstrakte Bilder malte, oder auch ein Psychotherapeut, mutmaßte Tessa, während sie mit Harry auf die beiden zusteuerte. Sie schienen gerade ein ernsthaftes Gespräch zu führen, wenn nicht sogar ein Streitgespräch.

»Stören wir?«, fragte Harry.

»Frieda hat Probleme damit, wenn ihre Freunde ihr helfen«, antwortete der Mann.

»In Wirklichkeit hat Frieda damit nur dann Probleme«, widersprach Frieda, »wenn ihre Freunde bei dem Versuch, ihr zu helfen, knapp der Verhaftung entgehen.«

»Der Verhaftung?«

»Fragen Sie lieber nicht!«, meinte Frieda.

Harry küsste sie zur Begrüßung auf die Wange – erst auf die eine und dann etwas länger auf die andere. Sie wich nicht zurück, sondern legte ihm sogar eine Hand auf den Arm, so dass er gar nicht anders konnte, als an ihrer Seite zu bleiben. Sie lächelte Tessa an, deren Gegenwart sie nicht zu überraschen schien, und stellte die beiden dann Reuben vor.

»Reuben McGill, das sind Harry und Tessa Welles.«

»Bruder und Schwester«, erklärte Harry.

»Das brauchen Sie gar nicht dazusagen, das sieht sowieso jeder«, meinte Reuben.

»Wirklich?«

»Ja, an den Wangenknochen«, erklärte Reuben, »und an den Ohren. Spätestens dann ist alles klar.«

»Reuben ist ein Kollege von mir«, sagte Frieda. Gleichzeitig hob sie eine Hand, um eine Frau mit olivfarbener Haut zu begrüßen, die einen wild gemusterten Schal um ihr dunkles Haar geschlungen und türkisgrünen Lidschatten aufgelegt hatte. Leicht schwankend kam sie zu ihnen herüber. »Und hier ist noch eine weitere Kollegin von mir. Paz, das sind Harry und Tessa.«

»Ich bin schon betrunken«, verkündete Paz in feierlichem Ton, wobei sie sich sichtlich bemühte, jedes Wort deutlich auszusprechen. »Ich hätte mich ein wenig mäßigen sollen. Aber Mäßigung liegt mir einfach nicht. Meine Mutter hat mir immer geraten, vor dem Ausgehen ein Glas Milch zu trinken. Das kleidet angeblich den Magen aus. Aber ich mag nun mal keine Milch. Sasha sagt, ich muss tanzen.« Sie hakte sich bei Reuben unter. »Wollen wir tanzen, Reuben? Wir zwei mit unseren gebrochenen Herzen?«

»Habe ich auch ein gebrochenes Herz?«

»Natürlich.«

»Wahrscheinlich hast du recht. Es ist zwar nur ein bisschen

gebrochen, aber dafür an vielen verschiedenen Stellen. Durchzogen von Haarrissen. Ist Ihr Herz auch gebrochen?«

»Meines?«, fragte Tessa überrascht.

»Sie sehen nicht aus wie eine Frau mit gebrochenem Herzen. Ich kann das in der Regel recht gut beurteilen.«

»Und woran sehen Sie das?«

»An den Augen.«

»Ignorieren Sie ihn einfach«, meinte Frieda, »das ist bloß seine übliche Anmache.«

»Sie sind heute sehr schön, Frieda«, sagte Harry leise, als wäre außer ihnen niemand im Raum. Reuben zog die Augenbrauen hoch, und Paz kicherte. Frieda schenkte den beiden keinerlei Beachtung. »Soll ich Ihnen etwas zu trinken holen?«, fragte Harry.

»Ich habe schon etwas.« Sie hob ihr Wasserglas.

»Nein, ich meine, etwas Richtiges.«

»Im Moment nicht, danke.«

»Dann hole ich mir was. Tessa?«

»Ein Glas Wein, bitte.«

»Bin gleich wieder da.«

Während beide ihm nachsahen, wie er sich einen Weg durch die Menge bahnte, trat Sasha hinter sie, schlang die Arme um Frieda und küsste sie auf den Scheitel. »Danke«, sagte sie.

»Wofür?«

»Keine Ahnung. Heute ist mein Geburtstag, und ich wollte dir einfach danken.«

Tessa sah, wie die beiden Frauen sich kurz anlächelten, und empfand dabei einen Anflug von … was war es? Neid auf ihre Vertrautheit? Sasha wechselte zu einer anderen Gruppe von Freunden hinüber. Frieda wandte sich einem jungen Mann zu, der gerade neben sie getreten war. Er trug ein orangerotes Hemd, das sich mit seiner Haarfarbe biss, und machte einen leicht bekifften Eindruck. Sein zerzaustes Haar stand in alle Richtungen ab. Während er beim Reden wild gestikulierte und sich Frieda mit feurigem Blick immer mehr entgegenneigte, hörte sie ihm in fast regloser Haltung zu. Tessa fand, dass Frieda eine starke innere Zurückhaltung ausstrahlte. Sie befand sich zwar hier im Raum, blieb aber gleichzeitig irgendwie auf Abstand. Obwohl sie einem ihre ganze Aufmerksamkeit schenkte, hatte man das Gefühl, dass sie tief in ihrem Inneren ganz für sich blieb. Das verlieh ihr eine Art magnetische Anziehungskraft.

Die Party ging weiter. Eine kleine, gammelige Band traf ein und baute in einer Ecke ihr Zeug auf. Mittlerweile regnete es nicht mehr, und zwischen den aufreißenden Wolken segelte ein Halbmond. In dem kleinen Garten hinter dem Haus fanden sich Grüppchen von Rauchern zusammen. Irgendwann sah Tessa Harry dort neben Frieda stehen und mit ihr sprechen. Er war viel größer als Frieda und blickte mit einem Ausdruck auf sie hinunter, den selbst Tessa – die ihren Bruder sehr gut kannte – schwierig zu deuten fand.

»Sie beobachten Ihren Bruder?«

Überrascht drehte sie sich um. Vor ihr stand ein großer, kräftiger Mann mit braunen Augen und einer Narbe an der Wange. Er roch nach Tabak und etwas anderem, das sie nicht genau identifizieren konnte, Holz oder Harz. »Nicht direkt.«

»Trinken Sie ein bisschen Wodka.« Er hielt eine Flasche hoch. Seine Lippen glänzten ebenso wie seine Augen. »Und dann tanzen wir.«

»Ich bin keine große Tänzerin.«

»Deswegen erst Wodka.«

»Sie sind ein Freund von Frieda.«

»Natürlich.« Er griff nach einem Glas, schenkte zwei dicke Finger voll ein und reichte es ihr. Sie nahm einen vorsichtigen Schluck, während er sie prüfend musterte.

Dann zog er sie in die Mitte des Raums. Die Band spielte gerade ein schwermütiges Stück, das sich überhaupt nicht zum Tanzen eignete, doch das schien ihn nicht zu stören. Er tanzte völlig ungehemmt. Tessa dagegen fühlte sich trotz des Wodkas, der in ihrer Brust brannte, ausgesprochen befangen. Die Musik wurde schneller, und der Mann auch. Agil wie ein Akrobat wirbelte er auf einem winzigen Fleckchen Teppich herum. Die Musik schien regelrecht durch seinen Körper zu pulsieren. Immer mehr Leute wurden auf ihn aufmerksam und feuerten ihn an. Bald hörte Tessa zu tanzen auf und sah ihm ebenfalls zu.

»Wer ist er?« Harry war neben sie getreten.

»Ein Freund von Frieda.«

»Für eine Einsiedlerin kennt sie eine Menge Leute.«

Inzwischen hatte sich ein junges Mädchen zu ihm gesellt, dessen leuchtend gelbe Zöpfe beim Tanzen wild schwangen.

»Wohin ist sie verschwunden?«, fragte Tessa.

»Eben noch hat sie sich angeregt mit Sasha und einem Mann mit hochhackigen Stiefeln und einem Diadem im Haar unterhalten, deswegen wollte ich mal kurz schauen, wie es dir geht. Sie ist bestimmt gleich wieder da.«

»Alles in Ordnung?«

»Sogar sehr in Ordnung.«

»Harry«, sagte sie mit warnendem Unterton.

»Ich amüsiere mich doch nur ein bisschen.«

Frieda versuchte von der Party zu verschwinden, ohne dass jemand es mitbekam. So machte sie das immer. Sie hasste das Ritual der Verabschiedung, das Herumstehen an der Tür. Nachdem sie oben ihren Mantel geholt hatte, sprach Josef sie auf der Treppe umständlich an.

»Frieda«, begann er, brach aber gleich wieder ab. »Jetzt habe ich es vergessen ... nein, ach ja, ich bin bei Mary Orton fertig, und sie hat mir etwas gegeben ...«

»Wir beide unterhalten uns«, fiel Frieda ihm ins Wort, »wenn du wieder nüchtern bist. Was, wenn du wegen eurer Schlägerei mit dem Fotografen verhaftet worden wärst?«

»Ich glaube aber, es könnte wichtig sein ...«

»Was, wenn er einen Journalisten dabei gehabt hätte? Dann hätte Karlsson nicht seine Beziehungen spielen lassen können, und du wärst jetzt wieder daheim in der Ukraine.«

Josef stand da wie ein begossener Pudel. »Frieda ...«

»Nein«, sagte sie, »ich habe es eilig.«

Dabei war es erst halb zehn. Sie fuhr mit der U-Bahn von Clapham North bis Archway. Von dort ging sie nach Highgate Hill hinauf, vorbei an der steinernen Katze, die wohlbehütet hinter ihrem Schutzgitter saß. Frieda war froh, dass sie nur Wasser getrunken hatte. Sie brauchte jetzt einen klaren Kopf. Als sie den Waterlow Park erreichte, blieb sie einen Moment stehen und spähte durch die abgeschlossenen Tore. Die Wolken hatten sich verzogen, und helles Mondlicht fiel auf das Gras, das noch regennass glänzte. Abrupt wandte Frieda den Kopf. Hatte sie etwas gehört? Einen Schritt? Ein Husten? Oder hatte sie einen Blick gespürt? Auf der anderen Straßenseite hing ein Gruppe Teenager herum. Ein Paar schlenderte Arm in Arm an ihr vorbei.

Bis zur Hochzeitsfeier brauchte sie nur noch eine knappe Minute. Im Hauptraum war das Essen bereits vorbei, die Gäste standen in Grüppchen beisammen. Die Luft surrte von ihren Gesprächen, und es lief Musik. Einige Leute waren auf der Tanzfläche, unter anderem eine Schar Kinder, die sich kichernd an den Händen hielten und die Beine in die Luft warfen oder einander anrempelten. Am hinteren Ende des Saals stand ein Tisch mit Blumenschmuck und den Resten des Festmahls. Friedas Blick fiel auf eine hochgewachsene, dunkelhaarige Frau in einem langen elfenbeinfarbenen Kleid, die Blüten im Haar hatte und sich in den Armen eines Mannes mit rötlich-braunem Haar langsam über die Tanzfläche bewegte. Bestimmt die Braut, dachte sie.

Unbemerkt stand sie da und sah zu. Sie nahm die Szene wahr wie einen alten Film, körnig und leicht verschwommen. Ein Mann eilte mit einem großen Tablett voller Champagnergläser vorüber. Als er Frieda bemerkte, blieb er stehen und bot ihr ein Glas an, doch sie schüttelte den Kopf. Sie konnte immer noch kehrtmachen und gehen. Es war, als würde ihr Leben vor ihren Augen einen Moment lang in einem Schwebezustand verharren. Eine einzige Bewegung, und alles würde sich verändern.

Da entdeckte sie ihn. Er stand am hinteren Ende des Raums über eine ältere Frau gebeugt, die sich angeregt mit ihm unterhielt. Er trug einen dunklen Anzug und ein weißes Hemd, bei dem der oberste Knopf offen stand. Sie fand, dass er schmäler aussah und vielleicht auch ein bisschen älter, konnte es aber nicht mit Sicherheit sagen, weil er zu weit entfernt war und der Raum wie ein Jahr zwischen ihnen lag.

Frieda legte ihren Mantel und ihren roten Schal ab und hängte beides über einen in der Nähe stehenden Stuhl. Dann tat sie, was sie immer machte, wenn sie Angst hatte: Sie zog die Schultern zurück, hob das Kinn an und holte einmal tief Luft. Während sie quer über die Tanzfläche auf ihn zusteuerte, kam es ihr vor, als würde sich alles um sie herum verlangsamen: die Tänzer, die Musik, ihr eigener Schritt. Jemand streifte sie und entschuldigte sich. Die Frau im elfenbeinfarbenen Kleid, Sandys jüngere Schwester, tanzte langsam an ihr vorbei. Sie hatte die gleichen Wangenknochen wie er, die gleichen Augen und den gleichen feierlich-ernsten Ausdruck, den auch er bekam, wenn er glücklich war.

Schließlich hatte sie ihn erreicht und wartete, bis irgendetwas ihn dazu bewegte, den Kopf zu wenden. Dann war es soweit: Reglos stand er da und sah ihr einfach nur in die Augen. Sie hatte das Gefühl, als würde sich in ihrem Inneren ein Abgrund auftun und sie verschlingen. Noch immer berührte er sie nicht und lächelte auch nicht.

»Du bist gekommen.«

Frieda machte eine kleine Handbewegung, die Handflächen nach oben gewandt. »Irgendwie konnte ich nicht anders.«

»Was machen wir jetzt?«

»Können wir nach draußen gehen?«

»Vielleicht in den Park?«

»Der schließt bei Einbruch der Dunkelheit«, entgegnete Frieda.

Er lächelte. »Mit solchen Dingen kennst du dich aus, nicht wahr? Welche Parks nachts schließen und welche nicht.«

»Aber hinten gibt es eine Terrasse.«

Sie begaben sich nach draußen. Seine Schwester sah sie und

setzte zu einer Bemerkung an, ließ es dann aber doch bleiben. Frieda hatte ihren Mantel drinnen gelassen, so dass die Kälte sie nun mit voller Wucht traf, was ihr jedoch nichts ausmachte. Sie fühlte sich wieder lebendig. Es spielte keine Rolle, ob es Schmerz oder Glück war, das sie durchflutete.

Obwohl sie nur ein paar Schritte gegangen waren, hatten sie von dort einen weiten Blick auf die Innenstadt. Hinter sich konnten sie noch immer die Musik hören und die Lichter des Hauses sehen.

»Es ist kein Tag vergangen«, sagte Sandy, »an dem ich nicht an dich gedacht habe.«

Frieda streckte eine Hand aus und strich ihm mit einem Finger über die Lippen. Er schloss die Augen und stieß einen kleinen Seufzer aus. »Bist das wirklich du?«, fragte er. »Nach all der Zeit.«

»Ja, das bin wirklich ich.«

Als sie sich endlich küssten, spürte sie durch den dünnen Stoff ihres Kleides seine Hand auf dem Rücken. Sandy schmeckte nach Champagner. Seine Wangen waren feucht, und sie dachte erst, dass sie es war, die weinte, doch dann begriff sie, dass es seine Tränen waren, und wischte sie weg. »Wo wohnst du?«, fragte sie.

»In meiner Wohnung. Sie war schon so gut wie verkauft, aber dann hat es doch nicht geklappt.«

»Können wir da hin?«

»Ja.«

Während der ganzen Taxifahrt zum Barbican sagten sie kein Wort. Im Lift sprachen sie auch nicht. Als er schließlich die Tür zu seiner Wohnung öffnete, fühlte sich das vertraut und zugleich ein wenig traurig an. Es roch ein bisschen muffig, ein bisschen verlassen.

»Dreh dich zu mir um«, sagte er.

Sie tat es. Er öffnete den Reißverschluss ihres schimmernden Kleides, und es glitt zu Boden. Wie eine Meerjungfrau stand sie zwischen seinen grünen Falten. Vierzehn Monate, dachte sie.

Vierzehn Monate, seit er gegangen war. Der Mond schien durch die Vorhänge, und in dem sanften Licht betrachtete sie sein aufmerksames Gesicht und seinen starken Körper. Dann schloss sie die Augen und ließ los.

44

Als Frieda erwachte, war es vier Uhr morgens, und sie spürte seinen warmen, geschmeidigen Körper neben sich. Leise glitt sie aus dem Bett. Trotz der Dunkelheit fand sie ihre Sachen und zog sich an. Schließlich griff sie nach Mantel, Schal und Schuhen. Die Schuhe würde sie erst an der Wohnungstür anziehen. Sie wollte damit nicht über den Holzboden klacken und ihn wecken. Wie aufs Stichwort drang aus dem Bett verschlafenes Gemurmel. Sie beugte sich über ihn und küsste ihn sanft auf Hinterkopf und Nacken.

Als sie sich schließlich auf den Weg machte, kam es ihr vor, als schliefe sie noch. Es war dunkel, still und kühl. Während sie auf der Golden Lane dahinmarschierte, die dann in die Clerkenwell Road einmündete, wurde ihr bewusst, dass dort, wo sie gerade entlangwanderte, früher die Londoner Stadtmauer verlaufen war. Damals wäre es ein Marsch durch Gärten und Obsthaine gewesen und über Bäche hinweg. Zumindest erzählten das die Touristenführer. Frieda aber dachte an die Phase, die danach gekommen war: die Verschläge, die Abfallberge, die unsoliden Bauten, die Hausbesetzer, die vielen kleinen Gauner – die Zeit, als das Land langsam der Stadt unterlag und starb.

Sie wechselte die Richtung, um in einem großen Bogen zurück nach Hause zu gehen. Nun tauchte sie in ein Viertel ein, wo sich Bürogebäude, Blöcke mit Sozialwohnungen und kleine Galerien aneinanderreihten. Hier riss der Verkehr nie ganz ab, und auf den Gehsteigen waren immer ein paar Nachteulen unterwegs, für die der Tag gerade zu Ende ging oder schon neu begann. Irgendjemand trat auf Frieda zu und fragte sie, ob sie ein Taxi brauche. Sie tat, als hätte sie es nicht gehört.

In dieser Nacht – oder an diesem Morgen – fühlte sich die

Stadt ein wenig anders an als sonst. War es die Klarheit, die einherging mit Kälte, Dunkelheit und Stille? Oder lag es daran, dass sie sich wieder jemandem geöffnet hatte? Der Gedanke an die mit ihm verbrachten Stunden ließ sie erschaudern. Sie blickte sich um. Schon eine ganze Weile marschierte sie dahin, ohne auf ihre Umgebung zu achten, so dass sie sich erst wieder orientieren musste. Drei-, vierhundert Jahre zuvor hätte um diese Zeit Hochbetrieb geherrscht. Die Straßen wären voller Karren gewesen, beladen mit Lebensmitteln, und voller Vieh, das in die Stadt getrieben wurde. Als sie aufblickte und den Straßennamen las, Lamb's Conduit Street, musste sie lächeln, weil ihr dieser Name vorkam wie ein Echo ihrer Gedanken. Doch obwohl der Name nett klang, wären die Lämmer auf diesem Teil ihrer Reise vermutlich schon unruhig geworden, verstört durch den vom Fluss heraufwehenden Gestank der Schlachthäuser von Smithfield.

Sie schaute sich um. Wieder dieses Gefühl. Sie wanderte am liebsten nachts durch London, weil sie sich dann allein und unberührt fühlte. Dass das im Moment anders war, lag nicht nur an ihren Gedanken an Sandy, der in seiner Wohnung schlief. Da war noch etwas anderes. Sie musste an ein Spiel aus ihrer Kindheit denken. Man wandte dabei in unregelmäßigen Abständen den Kopf, um die anderen Spieler, die dann ganz still stehen mussten, bei einer Bewegung zu ertappen. Jedes Mal, wenn man sich umblickte, standen die Verfolger reglos da, waren aber wieder ein Stück näher herangerückt. Bis sie einen hatten.

Als sie zu Hause eintraf, war es halb sechs. Sie zog sich aus und stellte fest, dass sie Sandy noch an sich riechen konnte. Zwanzig Minuten lang stand sie unter dem Duschstrahl und versuchte sich zu entspannen und alle Gedanken auszublenden, aber es gelang ihr nicht. Ihr wurde klar, dass sie Karlsson anrufen musste. Nur war es dafür noch zu früh. Nachdem sie sich abgetrocknet hatte, ließ sie sich unten in ihren Sessel sinken. Sie fühlte sich müde und gleichzeitig hellwach, und ihre Augen brannten. Draußen sangen bereits die Vögel. Auch wenn es noch nicht danach aussah, lag doch schon der Frühling in der Luft. Kurz nach sieben stand sie auf und machte sich Kaffee und Toast. Eine Minute nach acht rief sie Karlsson an.

»Ah, Sie sind es«, sagte er.

»Woher wissen Sie das?«

Er schwieg einen Moment. »Ihnen ist aber schon klar, wie das bei den Handys funktioniert, oder?«, fragte er. »Dass Ihr Name auf meinem Display erscheint, wenn Sie mich anrufen?«

»Wahrscheinlich wollen Sie gar nichts von mir hören.«

»Ich freue mich immer, von Ihnen zu hören.«

»Ich weiß, dass Sie wegen meiner Befragung von Frank Wyatt enttäuscht waren.«

»Jeder hat mal einen schlechten Tag.«

»Ich hatte keinen schlechten Tag.«

»Jedenfalls konnten Sie ihn nicht zu einem Geständnis bewegen.«

»Das stimmt«, räumte Frieda ein. »Erheben Sie Anklage gegen ihn?«

»Wie gesagt, wir arbeiten daran. Ich versuche gerade die letzten offenen Fragen zu klären. Heute Nachmittag fahre ich rüber zur Wohnung von Michelle Doyce. Wir lassen einen Teil ihrer Sachen einpacken.«

»Wann machen Sie das?«

»Vormittags habe ich ein paar Besprechungen. Irgendwann am Nachmittag.«

»Nehmen Sie mich mit? Ich würde mir die Wohnung gern ansehen.«

»Aber Sie haben sie doch schon gesehen, oder nicht?«

»Nur von außen, als wir uns die Gasse angeschaut haben, aber drin war ich nie.«

»Kein Problem«, meinte Karlsson, »Sie können gerne dazukommen.«

»Wäre es möglich, dass ich einen Blick darauf werfe, bevor Ihre Leute die Sachen verpacken?«

»Treffen wir uns dort um halb elf.«

Kaum hatte sie das Gespräch beendet, läutete ihr Telefon.

»Du bist davongelaufen.«

»Ich bin nicht davongelaufen. Ich musste einfach allein sein. Nachdenken.«

»Darüber, dass du einen Fehler gemacht hast?«

»Nein, darüber nicht.«

»Ich sehe dich also wieder.«

»Ja, du siehst mich wieder.«

Frieda wählte nicht den kürzesten Weg zum Haus, sondern nahm erst die U-Bahn und dann die Kleinbahn über die Isle of Dogs und unter dem Fluss hindurch hinüber zur *Cutty Sark*. Dort stieg sie aus und ging zu Fuß in Richtung Westen weiter, bis sie vor dem Haus der Wyatts stand. Drinnen brannte Licht. Sie wandte sich dem Fluss zu. Es war Flut, das Wasser schwappte gegen das Embankment. Von einem vorbeituckernden Touristendampfer winkten ihr zwei Kinder zu. Sie setzte ihren Weg entlang des Ufers fort, vorbei an weiteren Wohnungen, einem eingezäunten Jachtklub und einer Hafenanlage, an deren Eingang ein uniformierter Mann in einem kleinen Wachhäuschen saß. Was er da wohl bewachte? Frieda war nachdenklich stehen geblieben. Der Mann, der sie schon die ganze Zeit misstrauisch beäugte, trat aus seinem Häuschen und steuerte auf sie zu. »Kann ich Ihnen helfen?«

»Sind Sie immer hier?«, fragte Frieda.

»Warum wollen Sie das wissen?«

»Aus reiner Neugier.«

»Ich persönlich bin nicht immer hier«, antwortete er, »aber es ist rund um die Uhr jemand da, wenn Sie es genau wissen wollen.«

»Danke«, sagte Frieda und setzte ihren Weg nach Westen fort, vorbei am Zaun einer Grundschule und einer abgesperrten Baustelle, wo eine Lagerhalle abgerissen wurde. Der Zugang war mit Brettern vernagelt. Schließlich erreichte sie die Howard Street und fand sich vor dem Haus wieder, wo alles begonnen hatte.

»Ja«, sagte sie zu sich selbst. »Ja.«

Überrascht blickte Frieda sich in Michelle Doyces Wohnzimmer um. Dann merkte sie, dass Karlsson sie lächelnd betrachtete.

»Was?«, fragte sie.

»Es ist wie mit dem Meer«, antwortete er. »Die Leute können es einem noch so oft beschreiben, aber man muss es selbst sehen. Eine beachtliche Sammlung, was?«

Frieda wurde fast schwindlig von diesem Raum, der seltsamerweise zugleich wahnhaft ordentlich und fürchterlich chaotisch wirkte. Da waren Schuhe, Steine, Federn und Vogelknochen, Zeitungen, Flaschen, sauber gefaltete Alufolie, Glaskrüge, Zigarettenkippen, getrocknete Blätter und kleine Metallstückchen, die aussahen, als stammten sie von irgendwelchen Maschinen. Des Weiteren entdeckte sie alle möglichen kleinen Kügelchen, jede Menge Klamotten und ein kunterbuntes Sortiment von Tassen und Gläsern. Wo sollte man da anfangen?

»Hier würde ich Jasmine Shreeve gerne bei einer von ihren Sendungen sehen«, bemerkte Karlsson.

»Was meinen Sie damit?«

»Die Sendung, bei der ein Psychiater jemanden beurteilt, indem er sich die Wohnung des Betreffenden ansieht. Dieser Raum hier würde sie das Fürchten lehren.« Sein Ton wurde wieder ernst. »Entschuldigen Sie. Ich weiß, das ist nicht lustig.«

»Manchmal denke ich, dass ich mehr über meine Patienten lernen könnte, wenn ich mir ihre Wohnräume ansähe, statt ihnen immer nur zuzuhören.« Kopfschüttelnd sagte sie, mehr zu sich selbst: »Ich hätte schon viel früher herkommen sollen. Das ist, als würde man in Michelle Doyces Kopf blicken.«

»Kein schöner Anblick, was?«, meinte Karlsson.

»Die arme Frau.«

»Haben Sie so eine Wohnung schon mal gesehen?«

»Mit akuten psychischen Störungen habe ich eigentlich nichts zu tun«, antwortete Frieda, »aber zwanghaftes Horten ist ein ziemlich weit verbreitetes Symptom. Bestimmt haben Sie schon von Leuten gehört, die nichts wegwerfen können, keine alten Zeitungen, nicht mal ihre eigene Kacke.«

»Schon gut, schon gut«, entgegnete Karlsson, »so genau wollte ich es gar nicht wissen. Ich finde es *hier* schon schlimm genug, von noch schlimmeren Zuständen möchte ich gar nichts hören.«

Frieda bekam schlagartig einen heißen Kopf und hatte das Gefühl, gleich ohnmächtig zu werden, aber anscheinend spielte sich das alles nur in ihrem Gehirn ab. Schließlich flüsterte sie: »Der Fall gefällt mir nicht.«

Karlsson musterte sie fragend. »Er soll Ihnen auch nicht gefallen. Wir reden hier schließlich nicht von einem Theaterabend.«

»Nein«, antwortete Frieda langsam, »so habe ich das nicht gemeint. Irgendwie passt das alles einfach nicht zusammen. Wir stehen gerade an einem Tatort, der gar kein richtiger Tatort ist. Der Haupttäter scheint das Opfer selbst zu sein. Die Motive der Verdächtigen liegen auf der Hand, reichen aber wohl nicht aus. Und dann wäre da noch Janet Ferris. Vermutlich ist sie getötet worden, weil sie etwas gesehen hat. Lassen Sie uns doch mal annehmen – nur so als Arbeitshypothese –, dass es Frank Wyatt war. Warum hätte er sie aufsuchen und umbringen sollen? Dass zwischen ihm und Poole eine Verbindung bestand, wussten wir zu dem Zeitpunkt doch schon.«

Sie schüttelte den Kopf.

»Ich glaube, wir sehen einfach noch nicht das ganze Bild«, fuhr sie fort. »Mich beschäftigt die Sache mit Beth Kersey. Poole hat die Menschen benutzt. Mary Orton wollte er zu einer Testamentsänderung bewegen, wenn auch ohne Erfolg. Den Wyatts hat er Geld abgenommen, und Jasmine Shreeve wollte er vermutlich auch noch schröpfen. Was hatte er mit Beth Kersey vor? Konnten Sie schon Details bezüglich ihrer Krankengeschichte in Erfahrung bringen?«

»Das ist eine Sackgasse«, erwiderte Karlsson.

»Nein, ist es nicht. Es ist wichtig.«

»Wir bekommen nur dann Zugang zu ihrer Krankenakte, wenn der begründete Verdacht besteht, dass sie ein Verbrechen begangen hat oder selbst Opfer eines Verbrechens wurde. Vorerst ist sie nichts anderes als eine Erwachsene, die beschlossen hat abzutauchen. Sie wurde ja noch nicht mal als vermisst gemeldet. Aber wir schweifen ab. Im Moment stehen wir hier in diesem Raum, weil Sie unbedingt herkommen wollten.«

»Schon gut, schon gut«, antwortete Frieda, die gerade versuchte, wieder einen klaren Gedanken zu fassen. »Gehen wir also mal davon aus, dass Michelle Doyce Robert Pooles Leiche draußen in der Gasse neben dem Haus gefunden hat. Sie hat ihn reingebracht, ausgezogen und seine Sachen gewaschen. Dadurch wurden wahrscheinlich alle vorhandenen Haare und Fasern entfernt.«

»Richtig.«

»Sie wollte helfen«, fuhr Frieda fort. »In ihren Augen war Robert Poole ein Mensch in Not, aber bei ihrem Versuch, ihm wie eine barmherzige Samariterin beizustehen, hat sie wichtiges Beweismaterial vernichtet.«

»Genau. Dabei hat sie ganze Arbeit geleistet. Sie hätte es auch nicht besser hinkriegen können, wenn sie es absichtlich gemacht hätte.«

Frieda ließ den Blick schweifen, um möglichst alles zu erfassen. Die schiere Menge an Sammelstücken bewirkte, dass ihr der Kopf brummte. »Dieser Raum spiegelt tatsächlich ihren Geisteszustand wider«, meinte sie nachdenklich. »Die meisten von uns nehmen das, was uns während eines Spaziergangs oder einer Wanderung unterkommt, als Erinnerung mit nach Hause, oder wir machen ein Foto. Michelle aber hat einfach die Dinge selbst mitgenommen.«

»Wie eine diebische Elster.«

»Ja.« Frieda runzelte die Stirn. »Ja, da haben Sie recht. Genau wie eine diebische Elster.«

»Das war von mir nur so dahingesagt. Der Vergleich bietet sich einfach an, wenn man über Menschen mit einer solchen Sammelleidenschaft spricht.«

Frieda warf einen Blick zum Fenster hinüber. Draußen waren graue Wolken aufgezogen. »Gibt es hier Licht?«

Karlsson ging zur Tür, um die Deckenlampe einzuschalten,

und stieg zusätzlich noch auf den Schalter der alten Stehlampe in der Ecke. Frieda trat vor und nahm die Lampe genauer in Augenschein. An dem Rahmen, der den Lampenschirm hielt, waren mit kurzen Fadenstückchen etliche Perlen und Glasstückchen befestigt. Frieda sah sich eines nach dem anderen genau an. »Elstern sammeln nicht einfach irgendwas«, erklärte sie. »Sie sammeln silbrig glänzende Sachen.«

»Ich weiß nicht viel über die Viecher«, entgegnete Karlsson. »Wenn ich welche sehe, hacken sie meistens auf tote Tauben ein.«

Frieda zog ein frisches Paar Gummihandschuhe aus der Tasche und streifte sie über.

»Kaufen Sie sich die immer noch selbst?«, fragte Karlsson. »Wir können Ihnen welche besorgen.«

»Wissen Sie noch, was Yvette über Michelle Doyce gesagt hat? Dass ihr noch nie eine so traurige Frau untergekommen sei? Dieser ganze Raum hier ist traurig. Die Vogelknochen, die alten Zeitungen, die Kippen von Zigaretten, die von anderen Leuten geraucht wurden. Das alles strahlt eine Traurigkeit aus, über die ich gar nicht nachdenken möchte. Ganz anders verhält es sich dagegen mit diesen funkelnden Sachen hier. Die sind hübsch.«

»Wenn man so was mag.«

»Die hier müssen Sie sich mal ansehen.«

»Muss ich das wirklich?«

»Ja.«

Karlsson trat vor.

»Was sehen Sie?«, fragte ihn Frieda.

»Glasstückchen.«

Sie ließ einen von den kleinen herabhängenden Gegenständen auf ihre behandschuhte Hand sinken. »Was halten Sie von diesem Ding hier?«

»Sieht aus wie eine Perle.«

»Beschreiben Sie sie mir.«

»Na ja, es ist nicht wirklich eine Perle. Eher eine Art glänzender Metallwürfel, mit ein bisschen Blau in der Mitte.«

»Bei dem blauen Material könnte es sich meiner Meinung nach um Lapislazuli handeln«, meinte Frieda, »und bei dem glänzenden Material um Silber.«

»Schön.«

»Was sehen Sie noch?«

»Ist das Ihr Ernst?«, fragte Karlsson.

»Ja.«

Er kniff die Augen zusammen. »An zwei Seiten befindet sich jeweils so ein kleines Metallding.«

»Worum handelt es sich dabei?«

»Keine Ahnung.«

»Meinen Sie nicht, dass man die Perle damit irgendwo befestigen könnte?«

»Vielleicht, vielleicht auch nicht.«

»Sehen Sie mal«, sagte Frieda, »hier sind noch zwei solche Perlen und da drüber auf der anderen Seite eine weitere. Von der gleichen Sorte.«

Sie trat einen Schritt zurück. Nachdem sie die Glühbirne die ganze Zeit dicht vor den Augen gehabt hatte, war sie für einen Moment völlig geblendet. »Da müssten noch mehr von denen sein.«

»Sie meinen, solche Perlen?«

»Ja, solche Perlen.«

Sie begann im Raum herumzuwandern.

»Frieda ...«

»Halten Sie den Mund«, schnitt Frieda ihm das Wort ab. »Helfen Sie mir lieber beim Suchen.«

Sie selbst fand drei, die nebeneinander auf dem Fensterbrett angeordnet waren. Karlsson fand vier in einem Glas, rund um den Stummel einer Kerze verteilt, die in ihrem eigenen getrockneten Wachs stand. Weitere vier lagen oben auf dem Türrahmen.

»Das ist ja wie bei einem Kindergeburtstag«, meinte Karlsson.

Frieda war abrupt stehen geblieben und verharrte nun mit geschlossenen Augen mitten im Raum. Plötzlich schlug sie die Augen wieder auf. »Was haben Sie gerade gesagt?«

»Ich habe gesagt, das ist wie bei einem Kindergeburtstag. Sie wissen schon, wie bei einer Ostereiersuche oder so was.«

Frieda ignorierte ihn. Sie nahm die drei Perlen vom Fensterbrett, platzierte sie auf ihrer Handfläche und inspizierte sie eingehend. Dann wandte sie sich an Karlsson. »Haben Sie eine Taschenlampe dabei?«

»Nein.«

»Ich dachte, Polizisten hätten immer eine Taschenlampe dabei.«

»Ja, in Filmen aus den fünfziger Jahren. Ich fürchte, ich führe auch keinen Schlagstock mit mir.«

Sie ging zu der Stehlampe in der Ecke hinüber, nahm den Lampenschirm ab und hielt die Hand ganz nah an die Glühbirne. Dann betrachtete sie die Kügelchen, bis ihr die Augen wehtaten.

»Und?«, fragte Karlsson.

»Sehen Sie sich die hier an.« Frieda deutete auf eine der Perlen.

»Schaut ein bisschen schmutzig aus«, meinte Karlsson.

»Haben wir etwas, wo wir die reintun können?«

Karlsson zog einen transparenten Beweismittelbeutel aus der Tasche, in den Frieda daraufhin eine Perle nach der anderen versenkte.

»Wofür halten Sie die Dinger?«, fragte Frieda.

»Perlen?«

»Was bekommt man, wenn man Perlen aneinanderreiht?«

»Eine Art Armreif?«

»Und wenn man mehr davon hat?«

»Vielleicht eine Kette. Aber gehören diese Perlen nicht auch nur zu den Sachen, die Michelle Doyce irgendwo aufgelesen hat?«

»Genau«, bestätigte Frieda. »Als Michelle sie fand, waren sie vermutlich zu einer Kette zusammengefügt, und sie hat sie auseinandergenommen, um damit ihr Zimmer zu dekorieren. Sie sind hübsch. Ich halte sie für handgearbeitet und wertvoll. Die hat sie nicht einfach auf dem Gehsteig gefunden.«

»Also ...«

»Also sollten Sie Ihre Jungs daran hindern, dieses ganze Zeug wegzupacken. Stattdessen müssen sie so viele von diesen Dingern wie möglich finden. Vermutlich werden sie noch auf mindestens fünfzehn bis zwanzig stoßen. Anschließend zeigen Sie Aisling Wyatt ein Foto davon. Außerdem haben Sie ja selbst gesagt, dass eine der Perlen schmutzig aussieht. Finden Sie heraus, was für eine Art Schmutz es ist.«

»Natürlich könnte es sich auch einfach nur um irgendwelche billigen Kügelchen handeln«, meinte Karlsson.

Als das Telefon klingelte, wusste Frieda, dass es Karlsson war. Es klingelte fast in Karlssons Tonfall.

»Wollen Sie erst die gute oder die schlechte Nachricht hören?«, fragte er.

»Was ist passiert?«

»Ich habe Ihnen verziehen«, antwortete Karlsson, »ganz und gar verziehen. Aisling Wyatt hat die Kette als eine der ihren identifiziert. Sie hat gesagt, sie sei ihr vor ein paar Wochen ›abhandengekommen‹. Was für ein erstaunlicher Zufall. Da war wohl wieder mal ein Trophäensammler am Werk. Wie es aussieht, hat Robert Poole allen, die er um ihr Geld betrogen hat, zusätzlich noch etwas gestohlen und es dann anderweitig verteilt – das war wohl so eine Art Machtspiel für ihn. Aber das Beste kommt erst noch. Sie haben es gewusst, oder? Woher, das weiß der Teufel. Das Zeug an der Kette war Blut – das Blut von Robert Poole.« Er legte eine Pause ein. »Ihnen ist klar, was das bedeutet, oder? Es bedeutet, dass wir Anklage gegen Frank Wyatt erheben können.«

»Nein«, widersprach Frieda, »es bedeutet, dass ihr keine Anklage gegen Frank Wyatt erheben könnt.«

»Joanna«, sagte Frieda, »gab es noch andere Orte, wo Dean gerne hingefahren ist? Abgesehen von Margate?«

»Das steht alles im Buch. Kann ich noch ein Bier haben?«

»Klar, ich hole Ihnen gleich eines. Ich habe das Buch gelesen.«

»Hat es Ihnen gefallen?«

»Ich fand es extrem interessant.«

»Fischen. Er ging gerne zum Fischen, egal, wohin: an Kanäle und geflutete Kiesgruben und Flüsse. Mit seiner Dose Maden konnte er da den ganzen Tag sitzen. Mich hat das in den Wahnsinn getrieben.«

»Was ist aus seiner Angelausrüstung geworden?«

»Die habe ich auf eBay verkauft, aber nicht erwähnt, wem sie vorher gehörte.«

»Hatte er sonst noch einen Lieblingsplatz? Oder vielleicht eine Lieblingsstadt?«

»Wir sind nicht viel gereist. Aus seinen Erzählungen weiß ich nur, dass er und seine Ma früher immer nach Canvey Island gefahren sind.«

»Gut.«

»Warum interessiert Sie das?«

»Ich versuche nur ein paar offene Fragen zu klären«, antwortete Frieda vage.

Joanna nickte, als wäre sie damit zufrieden. Frieda holte ihr ein weiteres Bier und sah zu, wie sie es trank – mit Schaum an der Oberlippe.

»Ich muss mich über Sie wundern«, bemerkte Joanna, als sie fertig war. »Sie haben wirklich Nerven. Nach allem, was passiert ist.«

»Sie hatten nicht damit gerechnet, dass wir uns noch mal wiedersehen?«

»Nein. Ich bin in ein neues Kapitel meines Lebens eingetreten. Zumindest sagt das mein Verleger. Sie gehören zum alten.«

45

Mitten in der Nacht kehrten die Stimmen zurück. Anfangs waren sie nur ein Murmeln, das Beth kaum von den anderen Geräuschen um sie herum unterscheiden konnte: dem Klatschen des Wassers gegen den Bootsrumpf, dem Rauschen der Bäume am Ufer und dem Prasseln des Regens auf dem Dach. Sie wusste, dass die Stimmen es auf sie abgesehen hatten, und versuchte, ihrem Zorn zu entgehen und sie auszusperren, indem sie sich mit einem Kissen die Ohren zuhielt. Doch allmählich kamen die Stimmen immer näher, bis sie am Ende zu einer einzigen verschmolzen, einer barschen, gewichtigen, tiefen Stimme, die dicht neben ihr aus der Dunkelheit kam und sie von allen Seiten bedrängte.

Die Stimme war wütend auf sie. Sie stellte Fragen, die sie nicht beantworten konnte, und machte ihr Vorwürfe. Sie kannte alle ihre Geheimnisse und Ängste.

»Du hast ihn im Stich gelassen.«

»Nein, habe ich nicht.«

»Er ist weggegangen, und du hast ihn vergessen.«

»Nein, ich habe ihn nicht vergessen.«

Die Stimme sagte schreckliche Dinge zu ihr: dass sie nichts unternommen habe und dass sie ein Nichts sei – zu nichts zu gebrauchen, völlig nutzlos. Beth erzählte der Stimme von den Fotos und den Aufzeichnungen, aber die Stimme ließ sich davon nicht aus dem Konzept bringen, sondern fuhr einfach mit ihren harten Vorwürfen fort.

»Es ist wie immer, es ist immer das Gleiche: Ich sage etwas, aber du hörst mir nicht zu.«

»Ich höre doch zu. Ich höre zu.«

»Du bist nichts. Du tust nichts.«

Beth begann zu weinen und den Kopf hin und her zu werfen. Schließlich schlug sie ihn sogar gegen die hölzerne Wand über ihrer Schlafstätte, nur um die Stimme loszuwerden. Erst im Morgengrauen, als immer mehr Licht in den Raum fiel, wurde die Stimme langsam schwächer. Beth brummte der Schädel. Benommen rieb sie sich ihr tränennasses Gesicht.

Nach einer Weile stand sie auf und suchte in Edwards Aufzeichnungen herum, bis sie schließlich fündig wurde. Es stimmte nicht, dass sie ein Nichts war. Sie war nicht nutzlos. Lange Zeit starrte sie auf die Worte hinunter, lernte sie auswendig, sagte sie sich mit monotoner Singsangstimme immer wieder vor. Dann wühlte sie in der Besteckschublade herum, bis sie fand, was sie suchte: das Messer und den Wetzstein. Sie erinnerte sich daran, wie ihr Vater, als sie selbst noch ein Kind war, in der Küche manchmal zu ihrer Mutter sagte: »Frauen verstehen davon nichts.« Danach hatte sie immer das Geräusch gehört, mit dem die Kante der Klinge über den grauen Stein schliff und dabei fast Funken schlug. »So wetzt man ein Messer. So wetzt man ein Messer.«

Frieda holte tief Luft, bevor sie die Nummer wählte.

»Frieda«, sagte Harry.

»Sie klingen sauer.«

»Das merken Sie schon an einem einzigen Wort?«

»Aber ich habe doch recht.«

»Warum sollte ich denn sauer sein, Frieda?«

»Wo sind Sie gerade?«

»Wo ich bin? In der Nähe des Regent's Park, bei einem Kunden.«

»Haben Sie Zeit für ein kurzes Mittagessen?«

»Wann?«

»Jetzt gleich. Ich habe nur eine Stunde, vor meinem nächsten Patiententermin.«

»Wie nett von Ihnen, dass Sie mich da reinquetschen.«

»Ich würde gerne mit Ihnen zu Mittag essen, falls Sie Zeit haben.«

»Ich weiß nicht«, meinte er zögernd. »Also gut, ja. Wo treffen wir uns?«

»Es gibt da ein kleines Café, ganz in Ihrer Nähe – Nummer 9, Beech Street. Von mir aus ist es auch nicht weit. Ich könnte in zehn Minuten dort sein.«

»Ich nehme mir ein Taxi. Aber eins vorweg: Ich lasse mich nicht gern zum Narren halten.«

»Das kann ich gut verstehen.«

»Heute wieder ganz dunkel gekleidet«, stellte er bei ihrem Anblick fest.

Frieda blickte an sich hinunter. Tatsächlich trug sie außer Schwarz nur düstere Blautöne. »Ja, sieht ganz so aus«, meinte sie lächelnd.

»Das Kleid von gestern hat mir sehr gut gefallen.«

»Danke.«

»Sie haben darin wunderschön ausgesehen.«

Sie gab ihm keine Antwort, sondern studierte stattdessen die Tafel, auf der mit Kreide die Gerichte des Tages standen. Marcus kam herüber, um ihre Bestellung aufzunehmen. Seine Augen glänzten vor Neugier.

»Den Salat mit Ziegenkäse, bitte«, sagte sie knapp.

»Für mich auch«, sagte Harry.

»Und zum Trinken Leitungswasser.«

»Für mich auch.« Das Kinn auf die Hände gestützt, musterte Harry sie eindringlich. Er fand, dass sie müde wirkte. »Was war los?«, fragte er.

»Sie meinen, gestern Abend?«

»Ja.«

»Ich weiß es nicht.«

»Machen Sie es nicht so spannend, Frieda.«

»Das ist kein kokettes Getue. Ich will nur ehrlich zu Ihnen sein. Ich hatte nicht vor, so überstürzt aufzubrechen. Das hat mich einfach so überkommen. Eigentlich kann ich es Ihnen gar nicht richtig erklären.«

»Sie hätten es mir trotzdem sagen können. Ich habe auf Sie gewartet und mich wie ein Idiot auf Ihre Rückkehr gefreut. Als mir dann langsam dämmerte, dass Sie tatsächlich schon gegangen waren, ohne sich von mir zu verabschieden, kam ich mir vor wie ein Volltrottel: als der einzige Fremde auf der Party, von meiner Begleiterin versetzt.«

»Ich konnte dort einfach nicht bleiben.«

»Ich dachte…« Er brach ab und lächelte einen Moment schief. »Ich dachte, Sie mögen mich – zumindest ein bisschen.«

»Ich mag Sie wirklich. Es tut mir leid, dass ich Sie gestern einfach so habe stehen lassen. Das war nicht richtig von mir.«

Ihr Salat traf ein. Marcus zwinkerte Frieda vielsagend zu, woraufhin diese streng die Augenbrauen hob.

»Liegt es an Ihrer momentanen Situation?«, fragte Harry, während er mit der Gabel in seinem Ziegenkäse herumstocherte. Eigentlich aß er nicht gerne Salat, und Ziegenkäse auch nicht. »Ich meine die Ermittlungen und den ganzen Mist, den Sie im Zusammenhang damit über sich ergehen lassen mussten. Erst begeht diese Frau Selbstmord, ihren Namen habe ich leider vergessen, und dann bringen die Zeitungen auch noch diese üblen Artikel. Das war alles ziemlich hässlich. Es ist sicher nicht leicht, damit fertig zu werden.«

Frieda überlegte einen Moment. »Manchmal glaube ich, es war ein Fehler, mich da überhaupt hineinziehen zu lassen«, erklärte sie schließlich. »Inzwischen weiß ich selbst nicht mehr so genau, was ich mir davon eigentlich versprochen habe. Ich war immer der Meinung – und habe das auch immer gesagt –, dass man nicht die Probleme der ganzen Welt lösen kann, sondern nur die im eigenen Kopf. Jetzt befrage ich Verdächtige und sehe mir Tatorte an. Warum tue ich das nur?«

»Vielleicht, weil Sie gut darin sind?«, mutmaßte Harry.

»Wahrscheinlich dürfte ich gar nicht mit Ihnen darüber reden. Ich habe keine Ahnung, an welche Regeln ich mich im Zusammenhang mit so einer Mordermittlung halten muss. Ich weiß nicht, wo die Grenzen liegen.«

»Darf ich dazu etwas sagen?«

»Natürlich.«

»Sie sind ein Mensch, dem andere Menschen ihre Sorgen anvertrauen. Vielleicht fällt es Ihnen schwer, wenn es mal andersherum ist. Sie können mir anvertrauen, was Sie wollen. Ich werde nicht damit zur Zeitung rennen.«

»Das ist nett von Ihnen.«

»Was macht Ihnen an diesem Fall so zu schaffen?«

»Die Polizei glaubt zu wissen, wer der Täter ist.«

»Das ist doch gut, oder nicht?«

»Sie haben neue Beweise gefunden.«

»Worum handelt es sich dabei?«

»Um etwas aus dem Raum, in dem Robert Pooles Leiche am Ende gefunden wurde – etwas, das sich ursprünglich in seiner Tasche befand. Ich glaube, die Polizei wird demnächst Anklage gegen jemanden erheben.«

»Gegen wen?«, fragte Harry. Er trank einen kleinen Schluck von seinem Wasser.

»*Damit* würde ich jetzt aber wirklich gegen eine Regel verstoßen«, entgegnete Frieda.

»Aber Sie sind nicht glücklich über diese Entwicklung?«

Friedas Blick war starr auf ihn gerichtet. Dabei wirkte sie derart konzentriert, dass es ihm fast Angst machte.

»Es liegt nicht nur an den Ermittlungen«, erklärte sie schließlich. »Fakt ist, dass ich von alledem die Nase voll habe. Anfangs hat es mir Spaß gemacht, an einer polizeilichen Ermittlung beteiligt zu sein. Es war eine willkommene Abwechslung zu meinem Alltag. Aber inzwischen, nachdem ich von etlichen Leuten attackiert wurde und mir immer wieder anhören musste: ›Was, zum Teufel, hat diese Psychotherapeutin dabei verloren?‹, bin ich im Grunde ihrer Meinung. Deswegen mache ich jetzt noch diese letzte Sache, und dann bin ich raus aus der Geschichte.«

Harry lächelte. »Was ist denn das für eine letzte Sache?«

»Ach, die ganzen langweiligen Einzelheiten wollen Sie bestimmt nicht hören«, meinte Frieda.

»Doch«, widersprach Harry, »ich interessiere mich für alles, was Sie tun – und vor allem für die Dinge, die Ihr Leben so kompliziert machen.«

»Also gut«, gab Frieda sich geschlagen. »Es geht um Michelle Doyce, die Frau, die Pooles Leiche gefunden hat. Sie sitzt in einer psychiatrischen Klinik unten in Lewisham und wird da wahrscheinlich nie wieder rauskommen. Die Polizei hat ihr bisher kaum Beachtung geschenkt, weil sie ganz offensichtlich unter Wahnvorstellungen leidet, aber ich bin mit ihr in Kontakt geblieben. Ich besuche sie gelegentlich und habe das Gefühl, dass sie in letzter Zeit immer klarer wird. Anfangs machte ihr der Lärm in ihrer Abteilung Angst, sie hatte ein Problem mit den vielen Leuten, aber seit ihr ein Einzelzimmer zugewiesen wurde, hat sie sich beruhigt und fängt an, über die Ereignisse zu sprechen.«

»Was heißt das?«

»Michelle fand die Leiche und schleppte sie zu sich nach Hause, in ihr Zimmer. Aber nach dem zu urteilen, was sie nun zu erzählen beginnt, hat sie Poole nicht nur gefunden. Ich glaube, sie hat auch gesehen, wer die Leiche dort abgelegt hat.«

Einen Moment schwiegen sie beide. Bedächtig spießte Harry einen Brocken Ziegenkäse auf seine Gabel, platzierte ihn auf einem Stück Toast und schob sich den Happen in den Mund. Nachdem er eine Weile darauf herumgekaut und schließlich hinuntergeschluckt hatte, fragte er: »Was sagt die Polizei dazu?«

»Die interessiert das nicht«, antwortete Frieda. »Für die ist der Fall bereits gelöst, und darüber sind sie froh.«

»Dann war es das also?«

»Nein. Ich habe einen Neurologen kennengelernt, der sich mit solchen extremen Syndromen sehr gut auskennt. Am Montag besuchen wir gemeinsam Michelle Doyce. Er wird ihr einen Cocktail aus Medikamenten verabreichen, und ich bin davon überzeugt, dass sie danach in der Lage sein wird, uns genau zu erzählen, was sie gesehen hat. Dann werde ich ihre Aussage den Kollegen von der Polizei übergeben, und die können die Ermittlungen dann so weiterführen, wie sie es von Anfang an hätten tun sollen, nämlich mit der gebotenen Gründlichkeit. Auf mich werden sie dann allerdings verzichten müssen. Mir reicht es nämlich.«

»Warum tun Sie sich das überhaupt noch an?«, fragte Harry. »Sie können doch schlecht im Alleingang die Arbeit eines ganzen Ermittlungsteams übernehmen. Warum lassen Sie die Sache nicht einfach auf sich beruhen und kümmern sich wieder um Ihr eigenes Leben?«

»Soll ich tatenlos zusehen, wie ein Unschuldiger ins Gefängnis wandert?«, fragte sie. »Wie stellen Sie sich das vor?«

»Vielleicht gelingt es der Polizei am Ende ja auch ohne Ihre Hilfe, den richtigen Täter zu finden. Das ist doch eigentlich die Aufgabe der Polizei.«

Frieda schüttelte den Kopf. »Wenn ich das jetzt nicht durchziehe, werden sie bei der Lösung bleiben, auf die sie sich eingeschossen haben, und zum nächsten Fall übergehen.« Sie musterte ihn argwöhnisch. »Mögen Sie Salat mit Ziegenkäse nicht?«

»Nicht besonders.«

»Warum haben Sie ihn sich dann bestellt?«

»Ist doch ganz egal. Jedenfalls habe ich jetzt keinen Hunger. Hören Sie, Frieda... Sie wissen, dass ich verrückt nach Ihnen bin?«

»Harry...«

»Nein, sagen Sie jetzt nichts. Bitte sagen Sie nichts. Sie wissen es ja sowieso. Das ist der Grund, warum ich hier sitze und Ziegenkäse bestelle und dummes Zeug rede.« Er streckte eine Hand aus und berührte ihr Gesicht. Sie saß da wie erstarrt und blickte ihn unverwandt an.

»Habe ich überhaupt eine Chance?«

»Im Moment noch nicht.«

»Warum nicht?«

»Schlechtes Timing.«

»Aber eines Tages?«

»Ich muss jetzt gehen. Ich habe gleich einen Patienten.«

»Gehen Sie noch nicht. Bitte! Was muss ich tun?«

»Sie verstehen das falsch.«

»Nein, sagen Sie es mir. Sagen Sie mir, was ich tun soll.«

»Also gut.« Sie sagte es fast im Flüsterton: »Lassen Sie mich in Ruhe.«

Kurz vor sechs hörte Frieda zu arbeiten auf. Es dämmerte bereits, und ein feuchter Wind fegte durch die Straßen. Sie klappte den Mantelkragen hoch, schob die Hände tief in die Taschen und machte sich auf den Weg zu ihrem Häuschen, das ihr an diesem Abend weit entfernt vorkam. Sie wünschte sich in dem Moment nichts mehr, als bereits gemütlich vor ihrem Kaminfeuer zu sitzen. Da berührte sie jemand sanft an der Schulter. Sie drehte sich um. Vor ihr stand Harry. »Haben Sie auf mich gewartet?« Sie klang erbost.

»Ja, ich stehe hier schon seit über einer Stunde. Ich wollte mit Ihnen sprechen.«

»Ich bin auf dem Weg nach Hause.«

»Kann ich mitkommen?«

»Nicht heute Abend.«

»Dann eben nicht. Kann ich Ihnen trotzdem etwas sagen?«

»Was denn?«

»Nicht auf der Straße. Da drüben – können wir dort reden?« Harry deutete auf das Ödland, das Frieda jeden Tag von ihrem Sprechzimmer aus sah. In der Dunkelheit wirkte es größer und wilder als tagsüber von oben betrachtet. Unkraut war aufgegangen. Kinder hatten seltsame Bauwerke aus den Brettern und Metallplatten errichtet, die die Arbeiter dort zurückgelassen hatten, als die Abbrucharbeiten beendet waren. Nahe dem Riss im Zaun, neben dem Harry stand, lagen die Reste eines Lagerfeuers, dessen letzte Glut noch schwach glomm. Er zog das lose Stück Zaun zur Seite.

»Das halte ich für keine gute Idee«, sagte Frieda.

»Nicht weit von hier steht eine Bank«, fuhr Harry in schmeichelndem Ton fort. »Ich habe sie im Vorbeigehen gesehen, als ich gekommen bin. Nur für eine Minute, Frieda. Hören Sie sich an, was ich Ihnen zu sagen habe.«

Frieda zögerte, schob sich dann aber doch durch den Spalt. Harry folgte ihr und zog den Zaun wieder zu.

»Schießen Sie los.«

»Lassen Sie uns erst die Bank suchen.«

»Ich brauche keinen Sitzplatz.«

»Diese Richtung. Sie ist gleich da vorn.«

Sie wanderten tiefer in das umzäunte Ödland hinein. Hier und dort gähnten Krater im Boden. Vor ihnen stand ein verlassener kleiner Kran.

»Frieda«, murmelte Harry.

»Ja?«

»Es tut mir leid.«

»Was?«

»Tja, also, mein Liebling...«

Er sprach nicht weiter, weil sich vor ihnen plötzlich eine Gestalt vom Boden hochrappelte: ein alter, in eine Decke gehüllter Mann mit einer Flasche in der Hand. Aus seiner Kehle drang ein Ächzen, das seltsam eingerostet klang.

»Er hat geschlafen«, sagte Frieda zu Harry. An den Mann gewandt fügte sie hinzu: »Es tut mir so leid, dass wir Sie erschreckt haben.«

Er hob die Flasche an den Mund und nahm einen Schluck, wobei er sie fast senkrecht halten musste.

»Wir sind schon wieder weg«, fuhr Frieda fort. »Keine Sorge, wir lassen Sie gleich wieder in Ruhe.«

»Lady«, sagte er und folgte ihnen bis zum Zaun, wo sie sich rasch durch den Spalt schoben.

»Wofür wollten Sie sich eben entschuldigen?«, fragte Frieda.

Harry starrte sie an. Er sah aus, als fiele ihm das Sprechen schwer. Er drehte sich nach den vorbeieilenden Leuten um, die gerade aus der Arbeit kamen und unterwegs nach Hause oder zu ihrem Feierabenddrink waren.

»Ich hätte gern in Ruhe mit Ihnen gesprochen. Vielleicht könnte ich doch kurz mitkommen? Nur für einen Moment?«

»Nicht heute.«

»Na gut«, sagte er schließlich, »ich kann warten.«

46

Michelle Doyce mochte das weiche, graubraune Klinikessen, das keine Ähnlichkeit mit irgendetwas hatte. Eines der Gerichte schmeckte ein bisschen wie Fisch und wurde mit einer dicken grauen Soße gereicht, enthielt aber keine Knochen und hatte keine feste Form. Ein anderes schmeckte ein bisschen wie Huhn, dazu gab es ebenfalls eine dicke graue Soße, und auch dieses Gericht war ganz ohne Knochen und Form. Nie sah das Essen aus, als könnte es sich bewegen oder mit ihr sprechen. Die Tage mochte sie nicht. Da gab es zu viele Dinge um sie herum, die sich anfühlten, als wollten sie auf ihren Kopf einschlagen, Farben und Geräusche und Gepiekse an ihrer Haut. Das alles verhakte und vermischte sich ineinander, so dass sie nicht unterscheiden konnte, was jeweils die Farbe war und was das Geräusch. Es war alles einfach da wie ein Gewitter, in dem sie ohne jede Orientierung umherirrte.

Menschen kamen und gingen. Manchmal bewegten sie sich so rasch und sprachen so schnell, dass alles verschwamm und sie die Leute nicht mehr erkennen konnte. Es war, als stünde sie auf einem Bahnsteig, während die anderen in einem Zug saßen, der nicht anhielt, sondern mit hundertfünfzig Stundenkilometern vorbeiraste. Manchmal versuchten die Leute trotzdem etwas zu sagen, doch sie konnte es nicht verstehen. Mit den anderen Patienten auf der Station war es das Gleiche gewesen. Sie hatte sie gesehen und gehört wie im blitzenden Licht eines Stroboskops, und immer schienen sie vor Schmerz, Wut oder Verzweiflung zu schreien, was zur Folge hatte, das sie deren Schmerz, Wut und Verzweiflung plötzlich selbst spürte. Es war, als verbrächte sie Tag für Tag umgeben von Presslufthammern, Sirenen, Warnsummern und Blitzlichtern, während gezackte Messerklingen ihr immer wieder in Augen, Ohren und Mund stachen. Manchmal fühlte es sich auch an wie ein Schwarm bösartiger Insekten, die irgendwie in ihren Körper geraten waren und nun versuchten, sich mit ihren scharfen Kiefern und Klauen einen Weg nach draußen zu kauen und zu kratzen. Jeden Tag fand sie wieder Sachen, die sie versteckte und dann sorgfältig ordnete: Seifenreste aus dem Bad, ein kleines Stück Silberfolie von einem Tablettenbehälter, ein Stück Heftpflaster, eine Schraube. Sie arrangierte die Sachen in einer Pillendose, die jemand auf dem Regalfach neben ihrem Bett zurückgelassen hatte. Hin und wieder warf sie einen Blick darauf, und manchmal stellte sie plötzlich fest, dass die Reihenfolge nicht stimmte, und sie nahm die Sachen heraus, um sie anschließend wieder richtig einzuordnen.

Die meiste Zeit war es ziemlich schlimm. Es kam ihr vor, als wäre sie mitten im Meer mutterseelenallein auf einem Felsen ausgesetzt worden, wo es ihr entweder zu heiß oder zu kalt war, zu trocken oder zu nass, sie aber nicht schlafen konnte, weil sie sonst heruntergespült und gegen den Felsen geschleudert und dann vom Meer davongetragen würde, so dass sie nie wieder zurückfände.

Doch es war besser geworden, nachdem man sie in ein Einzelzimmer verlegt hatte – als wäre sie in ein ruhiges kleines Loch entkommen, weg von den Bohrern und Blitzlichtern. Dort gab es einen Fernseher. Wenn sie davorsaß, waren das körnige Licht und die hektischen Geräusche anfangs eine Qual, aber gleichzeitig hatte beides auch etwas Beruhigendes. Sie bekam dabei das Gefühl, dass etwas Warmes über sie hinwegspülte, und deswegen sah sie den sich bewegenden Formen oft stundenlang zu. Zeitschriften gab es auch: heitere, lächelnde Gesichter, die sie ansahen und um ihre Freundschaft und Zustimmung baten. Sie konnte hören, wie sie mit ihr redeten, und lächelte zurück, aber manchmal ertappte sie die Gesichter auch dabei, wie sie über sie redeten, woraufhin sie jedes Mal die Zeitschrift zuklappte und ihnen eine Lektion erteilte, indem sie sie zwischen den Seiten einsperrte. Außerdem gab es da noch die Schwester. Manchmal war sie eine Weiße, sprach jedoch mit einem Akzent. Manchmal war sie Asiatin, manchmal Afrikanerin. Aber sie führte sie immer durch einen hellen Gang, wo das grelle Licht sie blendete, setzte sie dann in einen Stuhl, lehnte sie zurück und wusch ihr das Haar. Sie spürte die Finger warm auf dem Kopf. Dieses Gefühl erinnerte Michelle Doyce an etwas lange, lange Zurückliegendes, tief Verschüttetes, einen Ort, wo sie gehalten und behütet wurde. Und dann gab es da noch die zwei Tiere: den Teddybären und den Hund. Sie saßen auf ihrem Bett. Sie schliefen bei ihr. Der Hund hatte Knopfaugen. Sie wusste, dass es nur Spielzeugtiere waren. Trotzdem hatte sie so ein Gefühl, das sie nie verließ. Wie ein Kind, das mit einem tief schlafenden Elternteil an seiner Seite im Bett liegt – jemandem, der sich nicht bewegt, aber dennoch warm und lebendig ist. So war es auch mit den beiden Tieren: Sie wussten über alles Bescheid und passten auf sie auf. Wenn ihr die Geräusche und die Lichter zu viel wurden, konnte sie die beiden ansehen und sie neben sich spüren.

Am besten aber war es, wenn die Lichter verschwanden und die Geräusche sich legten wie ein Sturm, der seine ganze Kraft verbraucht hatte. Es ertönte ein Ruf, gefolgt von Gemurmel. Dann flackerte es, und die Lichter gingen aus. Trotzdem wurde es nicht sofort dunkel. Das Licht blieb noch eine Weile in Michelle Doyces Augen, wie ein dumpfer Schmerz, ein Nachglimmen aus giftigem Grün, das sich in schmutziges Gelb verwandelte und dann zurück in ein Grün, bevor es zu Braun verblasste und schließlich in Schwarz überging. Die Dunkelheit fühlte sich warm an. Selbst die Lichter wirkten jetzt freundlicher. Sie blinkten von draußen durchs Fenster herein, weit weg, irgendwo in der Nacht. Drinnen blinkten auch welche, Lichter an Maschinen, rot und grün und gelb. Sogar die Geräusche klangen freundlich, wie ein sanftes Piepen und Fiepen. Nur ganz weit weg, außerhalb ihres Zimmers, waren manchmal Geräusche zu hören, die sie an den ganzen Schmerz erinnerten, Ächzen und Stöhnen und Schreie, aber die Dunkelheit war wie ein großer flauschiger Lappen, der die scheußlichen Geräusche aufsaugte und irgendwo wieder aus sich herausdrückte, vielleicht über einem Fluss, der sie davontrug. Der Tag war nicht zum Wachsein gedacht, und die Nacht nicht zum Schlafen. Es war alles eine Art langer Halbschlaf, und sie war nicht sicher, ob die Bilder in ihrem Kopf und die Stimmen, die sie hörte, aus dem Fernseher stammten oder zu den Leuten gehörten, die auf die Station kamen und wieder gingen. Vielleicht waren sie ja auch nur Geschichten, die sie sich selbst erzählte. Was spielte das überhaupt für eine Rolle?

Aber die Nächte waren gut. Die Lichter wurden weich, die Geräusche sanfter, und die scharfen Ränder der Dinge rundeten sich. Wenn es nach Michelle Doyce gegangen wäre, hätte ihr Leben bis in alle Ewigkeit so weitergehen können, warm und sicher, im Schlaf wie im Wachzustand.

Aus der Dunkelheit kamen Stimmen. Sie waren Teil ihres Traums. Gerade noch war sie auf einer Straße gegangen, und dann hatte sie sich wieder irgendwo drinnen befunden, an einem Ort, der ihr vertraut erschien. Sie machte Tee. Sie füllte den Kessel und stellte Tassen und Untertassen bereit. Ein Bär und ein Hund mit Knopfaugen saßen am Tisch.

»Michelle«, sagte die leise Stimme in der Dunkelheit, »Michelle Doyce.«

Da waren zwei Gestalten in der schwarzen Nacht. Zwei dunkle Gestalten, die sich schwarz von der Dunkelheit abhoben, bewegten sich um ihr Bett.

»Michelle«, sagte eine andere Stimme direkt neben ihrem Ohr. Ein Zischen, ein Flüstern, aber heller. Das vorher war ein Mann gewesen. Diese Stimme gehörte einer Frau.

»Ist sie das?«

Michelle Doyce wusste nicht, ob ihre Augen offen oder geschlossen waren, aber sie sah ein winziges Licht, ein Glühwürmchen, am Fußende ihres Bettes in der Dunkelheit schweben. Es beleuchtete ein geisterhaftes Gesicht, ein Männergesicht.

Michelle Doyce öffnete den Mund. Sie wollte etwas sagen,

aber es kam nur ein Ächzen heraus, und dann verstummte auch das. Etwas ließ dieses Ächzen verstummen. Die Schwärze war noch schwärzer geworden. Michelle gab keinen Laut mehr von sich. Sie war nicht mehr in der Lage, einen Laut von sich zu geben. Ein Gewicht lastete auf ihr, schwer und schwarz, und sie spürte, wie sie darunter versank, hinab in einen Traum, der seinerseits ebenfalls schwarz wurde, so dass sie aus dem Traum auch wieder herausfiel und immer tiefer schwand und sank.

Alles veränderte sich. Lichter blitzten auf – so grell, dass sie ihr wie schrille Geräusche vorkamen und sie nichts mehr sehen und hören konnte. Da waren die Lichter, und da war Geschrei, und auf einmal konnte sie auch wieder schreien und atmen. Sie war tief, tief unter Wasser gewesen, doch nun war sie herausgezogen worden und lag am Ufer. Sie rang nach Luft. Aber nein, es ging nicht. Es war, als könnte sie die Luft nicht in sich hineinsaugen. Ihre Atmung funktionierte nicht, sie bekam die Luft nicht hinein. Voller Panik begann sie zu zappeln und zu schreien. Sie zappelte wie ein Fisch an Land, der in der Luft ertrank.

Dann spürte sie plötzlich eine kühle Hand an der Schläfe, und aus dem blendenden Licht sprach eine Stimme zu ihr. Sie spürte Atem auf ihrem Gesicht, frischen, kühlen Atem.

»Michelle«, sagte die Stimme, sanft und nahe. »Michelle. Ist schon gut. Beruhigen Sie sich. Ihnen fehlt nichts.«

Die Stimme klang, als wollte sie ihr eine Geschichte erzählen, eine beruhigende Gutenachtgeschichte. Michelle spürte den kühlen Atem auf ihrem Gesicht, spürte, dass sie wieder Luft bekam. Es war, als könnte sie den kühlen Atem einatmen – als würde er direkt in sie hineinströmen.

»Michelle, Michelle«, sagte die Stimme.

Michelle Doyce schlug die Augen auf. Das Licht blendete sie so, dass sie für einen Moment außer blauen und gelben Pünktchen nichts sehen konnte. Langsam aber nahm ein Gesicht Gestalt an. Sie hörte die Worte und spürte die Finger der Stimme, kühl und sanft an ihrer Schläfe. Sie kannte das Gesicht. Die Frau mit den dunklen Augen und der klaren Stimme.

»Du«, sagte Michelle Doyce.

»Ja«, antwortete die Frau, so dass sie wieder ihren frischen Atem riechen konnte, »ich.«

47

Karlsson nahm Frieda am Arm, was für ihn eine ungewohnt beschützende Geste war.

»Beide wurden bereits über ihre Rechte aufgeklärt, und die Rechtsanwälte der beiden sind auch schon da. Wie Sie sich vorstellen können, kennt Tessa Welles sich mit ihrer rechtlichen Situation bestens aus.«

»Haben Sie schon mit ihnen gesprochen?«

»Damit wollte ich auf Sie warten.«

»Ich bin gekommen, so schnell ich konnte. Eher hätte ich Michelle nicht allein lassen können.«

»Geht es ihr gut?«

»Für eine Frau, die in der Hölle lebt, geht es ihr gut. Ich habe Jack angerufen. Sie kennt und mag ihn. Er hat auf sie keine bedrohliche Wirkung. Ganz im Gegenteil, sie findet seine Haarfarbe beruhigend. Außerdem habe ich vor, Andrew Berryman hinzuzuziehen, einen Arzt, der bereits über Michelle Bescheid weiß. Wir müssen ihr helfen. Sie ist ein leidendes menschliches Wesen, keine medizinische Kuriosität. Wir dürfen sie in ihrem Elend und ihrer Verwirrung und Angst nicht allein lassen. Zumindest das sind wir ihr schuldig.«

Karlsson musterte sie besorgt. »Geht es Ihnen nicht gut?«

»Ich habe sie als Köder benutzt«, erklärte Frieda. »Das scheint meine neue Spezialität zu sein, und ich missbrauche dazu ausgerechnet Menschen, deren Wohl mir besonders am Herzen liegen sollte. Michelle war bei dieser Aktion der Wurm am Haken – und ich habe ihr das angetan.«

»Immerhin haben Sie den Fisch gefangen.«

»Erste Regel: Vor Schaden und Unrecht werde ich sie bewahren«, flüsterte Frieda.

»Wie bitte?«

»Das ist der Eid, an den man sich als Arzt eigentlich gebunden fühlen sollte.«

Tessa saß in dem Verhörraum, die Hände vor sich auf dem Tisch gefaltet. Sie machte einen gefassten Eindruck, auch wenn Frieda nicht entging, dass sie dunkle Schatten unter den Augen hatte und sich von Zeit zu Zeit über die Lippen leckte. Der Mann, der neben ihr saß, war Ende fünfzig. Er hatte ein schmales, klug wirkendes Gesicht und leuchtende, aufmerksame Augen.

Yvette und Karlsson setzten sich Tessa gegenüber. Frieda nahm seitlich von ihnen Platz.

Tessa wandte den Kopf und starrte sie an. Der Anflug eines Lächelns umspielte ihre Lippen, als wüsste sie etwas, das Frieda nicht wusste.

»Miss Welles«, begann Karlsson höflich. »Sie sind sich über Ihre Rechte im Klaren und wissen, dass alles, was Sie sagen, aufgezeichnet wird.«

»Ja.«

»Sie wurden verhaftet, weil Sie unter dem Verdacht des versuchten Mordes an Michelle Doyce stehen. Wir werden Sie außerdem zu den Morden an Robert Poole und Janet Ferris befragen. Ist Ihnen das klar?«

»Ja«, antwortete Tessa in unbeteiligtem Ton.

»Ihr Bruder befindet sich im Raum nebenan. Mit ihm werden wir ebenfalls sprechen. Wir wollten nur vorher Ihre Version der Geschichte hören.«

Tessa blickte ihn an, sagte aber nichts.

»Gut. Vielleicht sollten Sie als Erstes unsere Version Ihrer Geschichte hören.« Karlsson griff nach einem Ordner und blätterte ihn bedächtig durch, bis sich alle der Stille im Raum so richtig bewusst waren. Obwohl sich Tessas Gesichtsmuskeln sichtlich verspannten, blieb sie reglos sitzen.

»Robert Poole«, begann Karlsson schließlich. »Sie lernten ihn im November 2009 kennen, als er mit Mary Orton, die ihr Testament ändern lassen wollte, in Ihre Kanzlei kam. Sie zogen es damals vor, die Änderung nicht durchzuführen, weil Sie seinen Motiven misstrauten.«

Tessa starrte geradeaus, ohne Karlsson anzusehen.

»Sie haben ihn schnell durchschaut«, warf Frieda ein, »was ich sehr beeindruckend finde.«

»Aber bald darauf haben Sie ihn wiedergesehen«, fuhr Karlsson fort. »Wie ging es dann weiter?«

»Ich habe dazu nichts zu sagen«, erklärte Tessa.

»Das dürfte keinen großen Unterschied machen.« Karlsson wandte sich an Frieda. »Wie ging es Ihrer Meinung nach weiter?«

»Wir sind nicht hier, um uns irgendwelche Spekulationen anzuhören«, meldete sich der Anwalt zu Wort. »Falls Sie Fragen an Miss Welles haben, dann stellen Sie sie bitte.«

»Ich fordere Frau Doktor Klein hiermit auf, Ihre Mandantin mit einem Szenario zu konfrontieren. Dabei handelt es sich durchaus um eine Art Frage. Ihre Mandantin kann anschließend Ja oder Nein dazu sagen.« Er richtete den Blick auf Frieda, die schon die ganze Zeit angestrengt nachdachte.

Sie rückte näher heran, so dass sie Tessa gegenübersaß.

Tessa starrte Frieda an, die kurz an das Kinderspiel denken musste, bei dem man versuchte, sein Gegenüber möglichst lange anzustarren, ohne zu lachen.

»Ich bin Robert Poole nie persönlich begegnet«, begann Frieda. »Ich habe auch noch nie ein Foto von ihm gesehen – zumindest keines, das ihn zu Lebzeiten zeigt. Inzwischen aber habe ich mit so vielen Leuten gesprochen, mit denen er zu tun hatte, dass es mir fast vorkommt, als hätte ich ihn persönlich gekannt. Nachdem Sie sich weigerten, die Testamentsänderung vorzunehmen, hätten sich die meisten Menschen gedemütigt oder bloßgestellt gefühlt, aber er war vermutlich fasziniert von Ihnen. Er war es gewohnt, Macht über Menschen zu haben, doch Sie hatten sich ihm entzogen. Sie stellten für ihn eine Herausforderung dar. Deswegen hat er sich noch einmal bei Ihnen gemeldet. Was hat er gesagt? Vielleicht wollte er Ihnen die Situation erklären oder Ihnen beweisen, dass es nicht so war, wie Sie dachten. Sie waren Ihrerseits ebenfalls fasziniert und zugleich leicht amüsiert. Vermutlich fanden Sie es irgendwie charmant, dass er sich so hartnäckig weigerte aufzugeben. Deswegen begannen Sie eine Affäre mit ihm – aus einer gewissen Neugier heraus. Sie wollten einfach wissen, wie er tickte.«

Auf Tessas Gesicht breitete sich ein verächtliches Lächeln aus. »Diese kleine pornografische Fantasie sagt mehr über Sie aus als über mich«, erklärte sie.

»Doch dann hat er sich in Sie verliebt. Er sah Sie als Schwester im Geiste, als Seelenverwandte. Sie haben ihn ermutigt, bis er Ihnen schließlich alles über Mary Orton, Jasmine Shreeve und das Ehepaar Wyatt erzählte.«

»Und über Janet Ferris«, warf Yvette in barschem Ton ein.

»Lassen wir das noch für einen Moment beiseite«, entgegnete Frieda. Als sie fortfuhr, klang es fast, als würde sie mit sich selbst sprechen, auf der Suche nach den letzten Puzzleteilen. »Eines war mir lange Zeit nicht so ganz klar. Jasmine Shreeve, Mary Orton und die Wyatts waren seine Opfer. Sie hatten offensichtlich alle etwas zu verbergen, jeder auf seine eigene Art, und empfanden deshalb Schuldgefühle und Scham. In ihrer Verwirrung widersprachen sie sich. Das ist bei Menschen, die etwas zu verbergen haben, ganz normal. Ihre Geschichten sind nicht stimmig. Es gibt immer etwas, das nicht passt. Aber bei Ihnen war das anders. Ihre Beziehung zu Poole war ganz und gar unkompliziert. Sie waren die Einzige, an die er nie herankam. Ihnen ging es nur ums Geld.«

Sie warf einen Blick zu Karlsson hinüber, woraufhin dieser nickte.

»Nachdem Sie dahintergekommen waren, wie viel Geld er besaß«, ergriff Karlsson das Wort, »und auf welche Weise er an das Geld gekommen war, entwickelten Sie einen ganz einfachen Plan. Keinem Menschen kann man besser Geld stehlen als einem, der es vorher seinerseits gestohlen hat, weil der nämlich nicht zur

Polizei gehen kann. Hat er Ihnen von dem Geld erzählt, um Sie zu beeindrucken? Jedenfalls beschlossen Sie und Ihr Bruder, sich bei ihm zu bedienen. Harry wusste ja aufgrund seines Berufs, wie man Geld von einer Bank auf die andere transferiert und falsche Konten eröffnet. Ihr Plan war, den Betrüger zu betrügen.«

»Nein«, widersprach Frieda.

»Wie bitte?« Karlsson starrte sie verblüfft an.

»Es ging nicht nur darum, gestohlenes Geld zu stehlen«, erklärte Frieda. »Das Ganze war noch viel besser. Wann sind Sie dahintergekommen, dass er zu allem Überfluss auch noch eine gestohlene Identität benutzte? Hat er Ihnen gegenüber damit geprahlt? Oder hat Harry es entdeckt, als er ihn überprüfte?« Tessa starrte sie nur an, sagte aber nichts. »Denn das war für Ihren Plan die Krönung«, fuhr Frieda fort. »Es handelte sich nicht nur um gestohlenes Geld, dessen Diebstahl nie bei der Polizei zur Anzeige kommen würde, sondern Sie würden es darüber hinaus auch noch einer Person stehlen, die gar nicht existierte, einer Person ohne Vergangenheit.«

»Es war nicht meine…«, begann Tessa, sprach den Satz jedoch nicht zu Ende.

»War es Harrys Idee?«, fragte Frieda. »Das spielt keine Rolle. Wissen Sie, bisher habe ich versucht, nicht an die letzten paar Minuten von Robert Pooles Leben zu denken. Sie waren wahrscheinlich der Meinung, eine bloße Drohung würde ausreichen – wie früher in der alten Zeit, als man jemandem ein Geständnis entlocken konnte, indem man ihm einfach nur die Folterinstrumente zeigte.« Plötzlich hatte sie das Gefühl, mit Tessa allein zu sein, und ihre Stimme wurde leise. »Was war es? Ein Bolzenschneider? Eine Gartenschere? Aber er glaubte Ihnen nicht, oder? Er konnte sich nicht vorstellen, dass Sie, Tessa Welles, wirklich so weit gehen würden. Deshalb haben Sie ihm irgendeinen Lappen in den Mund gestopft und es dann getan. Es ist schwer, einen Finger abzuschneiden – Knochen, Sehnen und Knorpel –, aber Sie oder Harry taten es, und danach sagte Poole Ihnen, was Sie wissen mussten, um an das Geld heranzukommen. Anschließend haben Sie ihn erdrosselt. Aber das fiel Ihnen nach dem Finger nicht mehr schwer. Außerdem war es kein spontaner Entschluss und auch kein Plan B. Sie wussten von Aisling und Frank Wyatt. Ihnen war bekannt, dass Poole ihr die Halskette geklaut hatte. Sie wussten zu dem Zeitpunkt auch schon genau, wo sie die Leiche ablegen würden, um den Mord Frank Wyatt in die Schuhe zu schieben.«

»Entschuldigen Sie«, meldete sich der Anwalt zu Wort, »aber ist in diesen ganzen Ausführungen auch irgendwo eine Frage enthalten?«

»Es ist alles eine einzige Frage«, erklärte Karlsson. »Wird Tessa Welles es zugeben?«

Der Anwalt warf einen Blick zu Tessa hinüber, die entschieden den Kopf schüttelte.

»Robert Pooles Wohnung war interessant«, fuhr Frieda fort. »Damit meine ich nicht Ihr Gemälde, das eine Weile bei Janet Ferris hing. Darüber wissen wir Bescheid. Vielmehr meine ich die Tatsache, dass Sie nicht clever genug waren, was die Beweise in seiner Wohnung betraf.«

»Worauf wollen Sie hinaus?«, fragte Karlsson überrascht und streckte dabei den Kopf vor, um Blickkontakt mit ihr aufzunehmen. »Da waren doch gar keine Beweise, die auf Miss Welles und ihren Bruder hindeuteten.«

»Genau«, bestätigte Frieda. »Die beiden haben alles dagelassen, was mit seinen Opfern zusammenhing, gleichzeitig jedoch sämtliche Hinweise auf Tessa beseitigt. In Pooles Notizbuch fehlten etliche Seiten, aber die Namen der Opfer waren noch da – woraus wir folgern konnten, dass die betreffenden Seiten von jemand anderem herausgerissen worden waren.«

»Ihre Schlussfolgerungen haben keinerlei Beweiskraft«, entgegnete Tessas Anwalt.

»Sie haben Robert Poole getötet«, stellte Karlsson fest, »und Janet Ferris haben Sie auch umgebracht.«

»Laut der Gerichtsmedizin war es Selbstmord«, warf der Anwalt ein.

»Sie haben Janet Ferris umgebracht«, wiederholte Karlsson an Tessa gewandt, »und Sie wollten Michelle Doyce töten, weil Sie der Meinung waren, dass sie etwas wusste.«

In Tessas Gesicht zuckte es leicht.

»Aber sie wusste nichts.« Auch Frieda wandte sich erneut Tessa zu. »Michelle Doyce stellte keine Bedrohung für Sie dar. In Wirklichkeit gab es nichts, was sie mir hätte erzählen können. Ich habe Ihnen und Harry da absichtlich eine falsche Information gegeben – was Gott mir verzeihen möge.«

»Jetzt reicht es aber!«, verkündete ihr Anwalt und erhob sich.

»Trotzdem hätten Sie sie getötet, nur um sicherzugehen«, fuhr Frieda in ruhigem Ton fort, »Sie und Ihr Bruder. Wie fühlt sich das eigentlich an?«

»Ich weiß nicht, wovon Sie sprechen.«

»Wie fühlt es sich an, wenn man herausfindet, wozu man fähig ist?«

»Genug. Meine Mandantin hat nichts weiter zu sagen.«

»Darüber werden Sie nachdenken müssen, Tessa. Im Lauf der Jahre.«

Harry Welles trug einen dicken grauen Pullover und eine schwarze Jeans. Zum ersten Mal sah Frieda ihn in lässiger Kleidung. Vorher war er immer mit Anzug oder schicker Jacke aufgetreten, von Kopf bis Fuß makellos gepflegt. Sie betrachtete ihn: Viele hätten ihn vermutlich als attraktiven Mann bezeichnet. Er strahlte den selbstbewussten Charme eines Menschen aus, der immer bekam, was er wollte. Olivia fing regelrecht zu gurren an, wenn sie von ihm sprach.

Frieda suchte sich einen Platz in der Ecke und richtete dann den Blick auf ihn. Seine Anwältin war eine junge, hübsche, taffe Frau, die beim Reden viel gestikulierte und manchmal mit ihren rosarot lackierten Nägeln auf der Tischplatte herumtrommelte.

Zur Folterung und Ermordung von Robert Poole hatte er ebenso wenig zu sagen wie zu den manipulierten Beweisen und zur Entsorgung der Leiche. Auch über Janet Ferris' Tod schwieg er sich aus.

»Ich verstehe das nicht«, verkündete Karlsson. »Sie sind auf frischer Tat bei dem Versuch ertappt worden, Michelle Doyce zu ermorden. Daran gibt es nichts zu rütteln. Sie landen auf jeden Fall hinter Gittern – Sie und Ihre Schwester. Sie haben nichts mehr zu verlieren. Warum sagen Sie uns nicht einfach die Wahrheit? Das ist Ihre letzte Chance auf mildernde Umstände.«

»Wie Sie gerade richtig bemerkt haben«, antwortete Harry in freundlichem Ton, »verstehen Sie das nicht.«

»Sie halten sich für derart clever, dass Sie sich einbilden, niemand könne Ihnen das Wasser reichen, stimmt's?«, meldete Frieda sich zu Wort.

»Ich habe mich schon gefragt, wann Sie endlich mal was sagen.«

»Sie und Tessa fühlen sich allen anderen überlegen, und das gibt Ihnen das Gefühl, dass Ihnen nichts etwas anhaben kann.«

»Was das betrifft, müssen Sie gerade reden.«

»Sie haben für alle anderen nur Verachtung übrig.«

»Für Sie hatte ich aber nicht nur Verachtung übrig, oder? Bei unseren kleinen Rendezvous?«

»Unseren Rendezvous?« Frieda betrachtete ihn nachdenklich. »Wollen Sie wissen, was ich davon gehalten habe? Ich bin schließlich schon öfter mit Männern ausgegangen: Manchmal waren diese Treffen interessant, manchmal peinlich, und manchmal machten sie Lust auf mehr. Bei unseren sogenannten Rendezvous habe ich nichts davon gespürt. Sie haben doch nur eine Rolle gespielt – leere Worte und nichts dahinter.«

»Zum Teufel mit Ihnen! Sie werden nicht mehr so ruhig und gelassen sein, wenn alles herauskommt. Sie legen doch so großen Wert auf Ihre Privatsphäre, aber ich weiß über Sie Bescheid, Frieda. Sie werden überrascht sein, was ich alles weiß.« Er lehnte sich über den Tisch. »Über Ihre Familie, Ihren Vater, Ihre Vergangenheit.«

Karlsson stand mit einer derart heftigen Bewegung auf, dass

sein Stuhl laut über den Boden schlitterte. »Es wäre Aufgabe Ihrer Anwältin, so etwas zu unterbinden, aber da sie es wohl nicht für nötig hält, tue ich es: Dieses Gespräch ist hiermit beendet!«

Nachdem er das Aufnahmegerät ausgeschaltet hatte, ging er zur Tür und hielt sie Frieda auf. »Danke«, sagte sie, ehe sie einen letzten Blick auf Harry warf.

»Sie haben ihn Bob genannt«, bemerkte sie, schon halb im Gehen begriffen.

»Was?«

»Als wir zusammen in der Kneipe waren, haben Sie mich nach ›Bob‹ Poole gefragt. Das war dumm von Ihnen, meinen Sie nicht auch? Ab da wusste ich es sicher. Ein einziges Wort, Harry, eine einzige Silbe.«

Dann verließ sie mit hochgerecktem Kinn den Raum.

»Ist mit Ihnen alles in Ordnung?«, fragte Karlsson.

»Ja, es geht mir gut.«

»Was er da eben angedeutet hat, über …«

»Ich habe gesagt, es geht mir gut. Das ist schon in Ordnung. Es ist vorbei.«

»Sind Sie sicher?«

»Ja, aber da ist noch etwas anderes.«

»Heraus damit.«

»Dean Reeve. Lassen Sie mich ausreden. Ich weiß, dass er noch am Leben ist. Manchmal kommt es mir vor, als wäre er ganz in der Nähe – als könnte ich seine Anwesenheit fast spüren. Ich kann mich des Gefühls einfach nicht erwehren, dass ich in Gefahr bin.«

Sie fuhr nicht auf direktem Weg zurück in die Klinik, sondern nahm den Bus zum Belsize Park und ging dann zu Fuß weiter in Richtung Heath. Nach der schier endlosen Kälte dieses langen, dunklen Winters war nun doch zu spüren, dass es Frühling wurde – an dem warmen Hauch, der in der Luft lag, und an den vielen Narzissen, die überall ihre Blüten öffneten. Sogar die Rosskastanien begannen bereits ihre klebrigen braunen Knospen zu entfalten. Nach dem Eis und der Dunkelheit würden nun warme Tage folgen, mit langen, lauen Abenden und milden Morgenstunden.

Sie läutete an der Tür, wartete, läutete wieder.

»Was ist?« Die Stimme, die sich über die Sprechanlage meldete, klang gereizt.

»Doktor Berryman? Hier ist Frieda Klein.«

»Heute ist Sonntag. Machen Sie sich eigentlich nie die Mühe, vorher anzurufen?«

»Kann ich einen Moment mit Ihnen sprechen?«

»Sie sprechen doch schon mit mir.«

»Nicht so. Von Angesicht zu Angesicht.«

Er stieß einen übertriebenen Seufzer aus, ehe er sie ins Haus ließ. Sie stieg die Treppe zur obersten Wohnung hinauf, wo er sie bereits an der Tür erwartete. »Ich habe gerade Klavier gespielt«, informierte er sie.

»Wie läuft es denn?«

»Keine großen Fortschritte zu verzeichnen.«

»Ich komme wegen Michelle Doyce.«

»Lebt sie noch?«

»Ja.«

»Irgendwelche neuen Entwicklungen?«

»Ja. Sie und ich werden dafür sorgen, dass sie in eine Institution verlegt wird, die für sie geeigneter ist – an einen Ort, wo sie die Betreuung bekommt, die sie braucht, und sich mit den Dingen umgeben kann, die sie liebt.«

»So, werden wir das?«

»Ja.«

»Warum?«

»Nicht weil sie unter einem seltenen Syndrom leidet und eine medizinische Kuriosität ist, sondern weil es ihr schlecht geht und wir die Verantwortung für sie tragen.«

»Tatsächlich?«

»Ja, tatsächlich.« Frieda nickte ihm zu. »Sie haben ihr den Teddy geschenkt, stimmt's?«

»Ich weiß nicht, wovon Sie sprechen.«

»Rosa, mit einem gestickten Herzen auf der Brust.«

»Der Laden ist wirklich schlecht sortiert.«

»Keine Sorge, ich werde es niemandem verraten. Sie haben ja keine Ahnung, was Sie damit alles ausgelöst haben«, erklärte Frieda. »Aber es war trotzdem eine nette Geste – und in gewisser Weise auch hilfreich.«

Während sie die Treppe wieder hinunterging, erklang hinter ihr ein schlecht gespieltes Stück von Chopin.

48

Heute schon die Zeitung gelesen?«, wandte sich Yvette an Munster. »Demnach werden die Ausgaben für die Polizei um fünfundzwanzig Prozent gekürzt. Wie, zum Teufel, soll denn das gehen? Wahrscheinlich arbeite ich in einem halben Jahr bei McDonald's. Wenn ich Glück habe.«

»Es geht dabei um Effektivität«, meinte Munster. »Die Kürzungen betreffen doch nur die Bürokratie. Unsere Arbeit an vorderster Front wird dadurch bestimmt nicht beeinträchtigt.«

»Unsinn«, widersprach Yvette, »die Bürokratie bin doch ich, die ich hier sitze und versuche, einen Bericht für den CPS vorzubereiten. Wie wollen sie das denn kürzen? Deswegen war dieser Idiot Jake Newton hier, stimmt's? Um nach Leuten Ausschau zu halten, die er wegkürzen kann. Wo ist der Kerl eigentlich?«

»Wahrscheinlich schreibt er gerade seinen Bericht, genau wie wir den unseren. Apropos, wir müssen darin noch die Sache mit den Gemälden erklären.«

»Oje, Mist!«, stöhnte Yvette. »Ich hatte gehofft, damit würde sich jemand anderer herumschlagen. Mir kommt das vor wie... ich weiß auch nicht, wie ein alter Wollpullover, bei dem irgendwo ein Faden heraushängt. Man vernäht ihn in der Annahme, damit wäre die Sache erledigt, aber plötzlich passt der ganze Ärmel nicht mehr. Ich verstehe einfach nicht, wie man, nachdem man gerade jemanden getötet hat und die Leiche quasi noch vor einem von der Decke baumelt, seelenruhig dazu übergehen kann, Bilder umzuhängen und Möbel zu verrutschen. Ist das nicht nur wieder eine von Frieda Kleins verrückten Ideen? Hätten sich die beiden nicht darauf beschränken können, zwei von den Bildern umzuhängen? Es hätte doch gereicht, die helle Stelle an der Wand mit dem großen Bild zu überdecken, dann die

Kommode vor die neu entstandene Leerstelle zu schieben und zum Schluss das kleinste Bild durch das mitgebrachte zu ersetzen. Wäre das nicht einfacher gewesen?«

»Es hat schon seinen Grund, warum sie das nicht so gemacht haben, er fällt mir nur nicht ein.«

Karlsson betrat den Raum, gefolgt von Frieda.

»Alles in Ordnung?«, fragte er.

»Wir zerbrechen uns gerade die Köpfe wegen der Gemälde«, antwortete Yvette. »Wir bekommen es nicht richtig hin.«

»Frieda?«, wandte Karlsson sich an sie.

Frieda überlegte einen Moment. Yvette registrierte ihre dunklen Augenringe. Sie fand überhaupt, dass Frieda müde aussah.

»Also«, begann sie, »wir sprechen von sechs Bildern unterschiedlicher Größe. Poole nahm das Drittkleinste, verstaute es unter seinem Bett und hängte stattdessen das Gemälde auf, das er von Tessa Welles hatte. Letzteres gab er dann irgendwann Janet Ferris, und sie brachte es nach seinem Tod zurück.« Sie stieß einen kleinen Seufzer aus. »Die Arme. Manchmal habe ich den Eindruck, dass ausgerechnet der Versuch, alles richtig zu machen, den Leuten zum Verhängnis wird. Wie auch immer, stellt euch die Szenerie vor: Tessa und Harry Welles haben Janet getötet. Das Bild, das sie als Ersatz für Tessas eigenes Gemälde mitgebracht haben, ist zu klein, um den hellen Fleck an Pooles Wand zu überdecken, passt aber an den Platz des zweitkleinsten Bildes. Letzteres hängen sie anstelle des kleinsten auf. Nun bleibt immer noch eine Lücke, die sie mit dem nächstgrößeren Gemälde füllen, deswegen hängen sie ein Bild nach dem anderen um und decken damit das jeweils kleinere helle Rechteck ab. Übrig bleiben am Ende ein großer freier Fleck, den sie mit der Kommode kaschieren, und das kleinste der Gemälde, das sie zusammen mit dem Bild von Tessa mitnehmen.«

»Wäre das nicht einfacher gegangen?«

»Kommt darauf an, wie man's sieht«, antwortete Frieda. »Ihr dürft nicht vergessen, dass die beiden extrem unter Druck standen. Ein Stockwerk tiefer hing eine Leiche von der Decke. Sie mussten improvisieren und ein Problem nach dem anderen lösen – was ihnen meiner Meinung nach recht gut gelungen ist. Vermutlich gab es aber noch einen anderen Grund für ihre Vorgehensweise: Indem sie sämtliche Bilder umhängten, verschleierten sie, um welches es eigentlich ging.«

»Ich glaube, ich verstehe es erst, wenn ich es schwarz auf weiß sehe«, meinte Munster.

»Die Alternativtheorie wäre, dass Poole einfach seine Bilder umhängen wollte«, meldete Yvette sich zu Wort.

»Das dachte ich zuerst auch«, antwortete Karlsson. »Deswegen haben wir uns heute Morgen Tessa Welles' Wohnung vorgenommen. Wir haben das Gemälde gefunden – das echte mit der verdammten Pinie und dem Mond. Es ist gerade unten bei der Spurensicherung, wo die Kollegen es gründlich unter die Lupe nehmen. Inoffiziell weiß ich bereits, dass etliche Fingerabdrücke auf dem Rahmen sind.«

»Die beiden wären also ungeschoren davongekommen, wenn sie nicht den Fehler mit den verfluchten Gemälden gemacht hätten?«, fragte Munster.

»Nein. Da passten viele Kleinigkeiten nicht so recht zusammen, auch wenn mir das anfangs nur vage bewusst war«, antwortete Frieda. »Bei allen anderen Leuten, die Poole kennenlernte, entdeckte er rasch die wunden Punkte. Auf diese Weise kam er den Leuten nahe, ging ihnen sozusagen unter die Haut. Mit Tessa war es andersherum: Sie ging *ihm* unter die Haut. Das fand ich interessant. Und dass Tessa und ihr Bruder so versessen darauf waren, mit mir in Kontakt zu treten, erschien mir ein bisschen seltsam. Das mag sich jetzt verrückt anhören, aber irgendwie kam es mir so vor, als wollten sie an den Ermittlungen teilhaben.«

»Das klingt überhaupt nicht verrückt«, widersprach Karlsson. »Wir lernen das im Rahmen unserer Ausbildung: Es kommt gar nicht so selten vor, dass Täter sich im Randbereich der Ermittlungen herumtreiben oder sogar versuchen, daran teilzuhaben. Das hat mit Kontrolle zu tun. Zumindest steht es so im Lehrbuch.«

»Den Geschwistern Welles ging es absolut um Kontrolle«, bestätigte Frieda. »Für mich roch das alles irgendwie nicht koscher, aber der entscheidende Punkt war, dass wir die Halskette von Aisling Wyatt fanden.«

»Was den Verdacht auf die Wyatts lenkte«, warf Munster ein.

»Ganz im Gegenteil. Eigentlich war spätestens dann klar, dass es die Wyatts definitiv nicht gewesen sein konnten. Ich weiß natürlich, dass so mancher Mörder etwas am Tatort vergisst, aber doch keine teure Halskette. Dagegen passte sie genau in die Kategorie von Sachen, die Poole gerne mitgehen ließ. Bestimmt wollte er Tessa damit beeindrucken oder hat sie ihr sogar geschenkt.«

»Wie ist das Ding am Ende in der Wohnung von Michelle Doyce gelandet?«

»Ich bin die Strecke abgegangen: immer den Fluss entlang, von der Wohnung der Wyatts bis zu dem Haus, in dem Michelle Doyce wohnte. Tessa und Harry Welles müssen dieselbe Strecke mit dem Auto abgefahren sein. Sie wollten die Leiche möglichst nahe an der Wohnung der Wyatts deponieren, und die Howard Street ist die nächstgelegene Stelle, wo man mit dem Wagen in eine kleine Gasse biegen und eine Leiche ablegen kann, ohne gesehen zu werden. Aislings Kette haben sie dem toten Poole in die Tasche gesteckt. Offenbar hielten sie die Polizei für ziemlich dumm. Nur so lässt sich erklären, wieso die beiden es für nötig hielten, sie mit der Nase auf diese Spur zu stoßen.«

»Woher wussten Sie, dass Tessa eine Affäre mit Poole hatte?«

Frieda zuckte mit den Achseln. »Das war mehr oder weniger geraten«, antwortete sie. »Poole hat etwa ab dem Zeitpunkt, als er Tessa kennenlernte, nicht mehr mit Aisling Wyatt geschlafen. Deswegen hielt ich eine Affäre zwischen Tessa und ihm für ziemlich wahrscheinlich. Als Tessa meinen Verdacht dann als ›pornografische Fantasie‹ bezeichnete, wusste ich, dass ich richtig lag. Doch auch wenn ich wegen Tessa und Harry schon die ganze Zeit ein ungutes Gefühl hatte, war mir trotzdem klar, dass keiner dieser Punkte als richtiger Beweis gelten würde – nicht einmal die Tatsache, dass Harry mir gegenüber einmal von ›Bob‹ Poole gesprochen hatte. Sie mögen von mir denken, was Sie wollen, aber selbst ich bin mir darüber im Klaren, dass man in einem solchen Fall nicht nur seiner Intuition folgen kann. Man stellt sich sonst auf eine Stufe mit allen, die einfach Lynchjustiz üben. Ich ging davon aus, dass die Wyatts unschuldig waren, zog aber durchaus die Möglichkeit in Betracht, dass abgesehen von Harry und Tessa auch noch jemand anderer schuldig sein könnte. Wäre nicht auch beispielsweise Beth Kersey als Täterin infrage gekommen?« Sie rieb sich das Gesicht. »Deswegen habe ich Michelle Doyce als Köder benutzt. Was eigentlich unverzeihlich ist.«

»Sie sind davon ausgegangen, dass die beiden versuchen würden, sie zu töten, um sich selbst zu schützen?«, fragte Munster.

»Zumindest habe ich es ihnen zugetraut«, antwortete Frieda. »Irgendwie hatte ich das Gefühl, dass sie auf den Geschmack gekommen waren. Ich könnte mir vorstellen, dass es leichter wird, einen Mord zu begehen, wenn man es schon ein-, zweimal getan hat.«

»Dann wäre dieser Fall also gelöst«, stellte Karlsson fest. »Wir haben die Mörder von Robert Poole und Janet Ferris gefunden. Die einzige Person, die wir nicht gefunden haben und auch nie finden werden, ist Robert Poole selbst. Das war ja noch nicht mal sein richtiger Name, und Edward Green hat er auch nicht geheißen. Der Mann bleibt ein Rätsel, eine Leerstelle.«

»Vielleicht hatte er deswegen so viel Erfolg mit dem, was er tat«, fügte Frieda hinzu. »Er wurde für seine Opfer genau der, den sie sich wünschten – eine Art Spiegel, aus dem ihnen die Person entgegenblickte, die sie sehen wollten. Für Mary Orton war er der liebe Sohn, den sie nicht hatte, für Aisling Wyatt der Geliebte, den sie in ihrem Mann nicht mehr fand, und für Jasmine Shreeve der Busenfreund und Beichtvater. Er war alles und nichts zugleich, der perfekte Betrüger. Ich frage mich, wer er seiner eigenen Einschätzung nach war und was er wohl gesehen hat, wenn er in den Spiegel blickte, den er sich selbst hinhielt. Ob er da überhaupt irgendetwas gesehen hat?«

»Eigentlich sollten wir jetzt ins Pub gehen und feiern«, meinte Karlsson.

»Außerdem frage ich mich die ganze Zeit«, fuhr Frieda unbeirrt fort, »was er wohl für Beth Kersey war. Sie geht mir einfach nicht aus dem Kopf. Wo ist sie? Lebt sie noch? Poole suchte nach den wunden Punkten der Menschen – nach Dingen, die sie bedauerten, oder Bereichen, in denen sie gescheitert waren. Die Verwundbarkeit einer Frau wie Beth Kersey liegt aber auf einer ganz anderen Ebene.«

»Ich weiß nicht, was ich dazu sagen soll, Frieda«, antwortete Karlsson, »außer ob Sie Lust haben, mit uns auf einen Drink zu gehen.«

»Nein«, entgegnete Frieda, »ich muss zu Lorna Kersey.«

Als sie das Büro verließ, sah sie Polizeichef Crawford und Jake Newton am anderen Ende des Gangs stehen. Newton warf ihr einen raschen Blick zu und wandte dann den Kopf ab.

49

Eine Frau brachte ihnen Kaffee ins Gartenhäuschen. Draußen war ein Mann damit beschäftigt, die Rosen zurückzuschneiden und hier und da einen Ast festzubinden. Frieda konnte kaum glauben, dass sie sich mitten in London befanden.

»Ich dachte, Sie würden Neuigkeiten bringen«, sagte Lorna.

»Ich bin gekommen, weil ich Ihre Hilfe brauche«, erwiderte Frieda.

»Im Zeitalter von Handy und Internet dürfte es doch kein so großes Problem sein, einen Menschen aufzuspüren.«

»Darum geht es gar nicht. Soweit es die Polizei betrifft, handelt es sich bei Ihrer Tochter um eine erwachsene Frau, die jederzeit von zu Hause verschwinden und untertauchen kann, wenn ihr danach zumute ist.«

»Aber sie ist keine erwachsene Frau«, widersprach Lorna, »oder zumindest keine gesunde.«

»Deswegen bin ich hier«, erklärte Frieda. »Ich brauche mehr Informationen über ihren Geisteszustand. Sie hatten mir ja schon von ihren schizophrenen Phasen erzählt, aber dabei kann es sich um alles Mögliche handeln, angefangen bei leichten Wahnvorstellungen bis hin zum totalen Autonomieverlust. In einem solchen Zustand wird man unter Umständen zur Gefahr für sich selbst und andere. Zum Beispiel würde ich gerne von Ihnen wissen, ob *Sie* sich jemals von Ihrer Tochter bedroht gefühlt haben.«

»O nein«, antwortete Lorna, »uns ist sie nie mit offener Feindseligkeit begegnet, oder so gut wie nie. Ganz im Gegenteil, sie hat immer versucht zu helfen. Das war genau ihr Problem. Als Teenager hat sie einmal versucht, ihr Zimmer selbst zu streichen.«

»Das klingt doch gar nicht so schlecht«, wandte Frieda ein.

»Es war die Art, wie sie es tat. Sie richtete ein schreckliches Chaos an, aber dabei schwang immer noch etwas anderes mit, irgendetwas Beängstigendes.« Lorna griff nach ihrer Kaffeetasse, stellte sie aber gleich wieder ab, ohne getrunken zu haben. »Ich hatte in meinem Leben selbst auch von Zeit zu Zeit meine Probleme. Wenn man dieses Haus so sieht, könnte man ja meinen, dass mit mir alles in bester Ordnung ist.«

Nein, dachte Frieda. Dieser Meinung war sie ganz und gar nicht.

»Ich weiß, wie es ist, manchmal in nichts einen Sinn zu sehen«, fuhr Lorna fort, »aber man hat seine Familie, seine Freunde und seine Arbeit, die einem helfen, nicht den Boden unter den Füßen zu verlieren. Wenn aber Beth ihre schlechten Phasen hatte, führte einem das vor Augen, wie das Leben sein konnte, wenn all das wegfiel.«

»Ich bezweifle nicht, dass sie ein potenzielles Opfer ist. Mich würde nur interessieren, ob sie selbst auch gewalttätig werden könnte«, erklärte Frieda.

»Über so etwas möchte ich nicht sprechen«, erwiderte Lorna. »Ich möchte nur, dass es ihr gut geht.«

Frieda warf einen Blick aus dem Fenster. Draußen war der Gärtner gerade damit beschäftigt, einen Rosenstrauch so weit zurückzuschneiden, dass er nur noch aus einer Ansammlung von Stümpfen bestand. Konnte eine Rose das überleben? »Wurde Ihre Tochter jemals gewaltsam einer psychiatrischen Behandlung unterzogen?«

Lorna schüttelte missbilligend den Kopf. »Etwas Derartiges kam für uns nicht infrage. Sie hat aber jedes Mal Hilfe bekommen, wenn sie welche brauchte.«

»War sie in der Zeit, als sie verschwand, in psychiatrischer Behandlung?«

»Ja, das war sie.«

»Sind Sie über Einzelheiten der Behandlung informiert?«

»Nein«, entgegnete Lorna, »aber ich glaube nicht, dass sie ihr viel gebracht hat.«

»Erinnern Sie sich an den Namen der Arztes?«

»Es war eine Ärztin, aber meiner Meinung nach nicht die richtige für Beth. Wenn überhaupt, ging es ihr eher schlechter.«

»Wie hieß die Ärztin?«

»Ach, ich weiß es nicht«, antwortete Lorna leicht gereizt. »Doktor Higgins, glaube ich.«

»Erinnern Sie sich auch an den Vornamen?«

Lorna wirkte immer genervter. »Irgendwas mit E. Vielleicht Emma oder Eleanor. Sie konnte Beth aber nicht helfen – genauso wenig wie alle anderen.«

Sie hatte eine schlimme Nacht hinter sich. Sie waren wütend auf sie gewesen, ein ganzer Chor wütender Stimmen: hohe, schrille Stimmen, aber auch tiefe, schroffe, polternde. Diese Stimmen waren Edwards Worte – Dinge, die er zu ihr gesagt hatte –, aber sie waren in ihrem Kopf zum Leben erwacht und wollten nicht mehr verstummen. *Er* wollte nicht verstummen. Beth wusste, dass sie weg musste. Konnte man vor so etwas überhaupt weglaufen? Es kam ihr vor, als hätte sie die schlimmste Sorte Kopfschmerzen – die Sorte, die einem das Gefühl gibt, als würden im eigenen Kopf Insekten krabbeln und kratzen und kauen. Sie wünschte, sie könnte entkommen und diesen Schmerz hinter sich lassen. Sie spielte sogar mit dem Gedanken, sich selbst anzuzünden und die Insekten zu verbrennen – wie wenn die Leute Ameisenhügel in Brand steckten und die Ameisen dann endlos im Kreis herumliefen, als würde das etwas nützen. Sie könnte sich aber auch in eine Gefriertruhe legen, so eine, wie ihre Eltern in der Spülküche stehen hatten. Es wäre so ein gutes Gefühl, diese extreme Kälte zu fühlen, scharf wie ein Messer, und dann, nachdem sie den Deckel über sich zugezogen hätte, in der Dunkelheit zu liegen und zu spüren, wie die Insekten einschliefen.

Aber nein, so etwas war nicht erlaubt. Das hatte Edward gesagt, und die Stimmen hatten es auch gesagt. Wenn sie daran dachte, was Beth wollte, ging alles schief. Dann war schon immer alles schiefgegangen. Beth war böse. Beth war die böse Person in ihrem Kopf. Deswegen war es wichtig, an Edward zu denken. Edward. Alle anderen waren der Feind. Vor allem Beth. Um Beth würde sie sich später kümmern. Zuerst aber – das war ihr vage bewusst – sollte sie etwas essen, damit sie wieder Treibstoff hatte, so wie ein Auto. Sie musste einfach da hin und tun, was Edward wollte. Mehr war gar nicht nötig. Sie fand noch ein paar trockene, zähe Brocken von dem Huhn. Während sie darauf herumkaute, griff sie nach dem letzten Stück Brot, das inzwischen steinhart war, bestrich es dick mit Butter und schob es sich in den Mund, wo sie es zu einer breiigen Masse zerkaute, die schwer zu schlucken war. Sie musste sie mit Wasser hinunterspülen. Dazu brauchte sie gleich mehrere Gläser. Die Milch, die schon nach Käse roch, trank sie auch noch hinterher. Das Ergebnis war ein starkes Völlegefühl, das sie jedoch als tröstlich empfand. Es verlieh ihr eine Schwere, die verhinderte, dass sie davonschwebte.

Sie trat an Deck und von dort hinaus auf den Treidelpfad. Es war ein sonniger, kalter Tag. Das Sonnenlicht tat ihr in den Augen weh. Sie konnte es sogar hören. Hinzu kamen die Stimmen, die nicht einmal tagsüber verstummten. Ununterbrochen nörgelten sie an ihr herum.

»Lass mich in Ruhe«, sagte sie zu einer besonders aufdringlichen, »lass mich in Ruhe. Ich kann dich hören. Ich mache es ja. Lass mich endlich in Ruhe, sie haben es mir schon gesagt.«

Sie hörte schon wieder eine Stimme. Sie klang noch schlimmer als die anderen, einfach nur blöd. Diese Stimme kam aus einem echten Menschen, der plötzlich neben ihr auf dem Treidelpfad stand. Er hatte langes Haar und eine Art fleckigen Bart, der ganz schrecklich aussah, so als wäre der Mann krank. Er streckte die Hand nach ihr aus und fasste sie an. Dabei kam er ihr so nahe, dass sie ihn sogar riechen konnte, auch wenn sie ihn jetzt nicht mehr richtig sah, weil das grelle Sonnenlicht sie so blendete. Er war nur noch eine dunkle Gestalt mit funkelnden Rändern. So ähnlich funkelte es auch, wenn die Sonne auf den kleinen Wellen des Kanals schimmerte. In dem Moment fiel es ihr wieder ein.

Sie hatte es bei sich. Sie hatte es die ganze Nacht lang geschärft, so wie früher ihr Dad. Sie zog es heraus und hielt es vor sich hin, und das Komische war, dass sie den Mann plötzlich wieder deutlich sehen konnte und er sie so überrascht anstarrte.

Aber eigentlich spielte das gar keine Rolle. Wichtig war nur, dass es einen Ort gab, wo sie hinmusste. Sie wandte sich von dem Mann ab, der sich inzwischen wie ein Narr auf den Boden gesetzt hatte, und rannte den Treidelpfad entlang, der Sonne davon.

Genau wie die Adressen und Telefonnummern vieler anderer Ärzte war auch die von Emma Higgins nicht im Telefonbuch verzeichnet. Das bedeutete, dass drei Telefonate nötig waren – wobei Frieda zwei ziemlich lange Gespräche führen und das Versprechen ablegen musste, sich bald mal Zeit für einen gemeinsamen Drink zu nehmen –, anschließend eine U-Bahn-Fahrt und ein kurzer Fußmarsch, bis sie schließlich vor einem hübschen Reihenhaus in Islington stand, nur ein paar Schritte von der Upper Street entfernt. Vorher anzurufen war ihr zu riskant gewesen. Sie hatte nur eine einzige Chance, und die konnte sie besser von Angesicht zu Angesicht nutzen.

Die Frau, die ihr die Tür aufmachte, trug ein violettes, knielanges Kleid und große Ohrringe. Sie hatte ihr Party-Make-up aufgelegt: die Augen dick mit Kajal umrandet, die Lippen knallrot, die Wangen mit Rouge modelliert. Von drinnen drang leises Stimmengewirr, und aus dem hinteren Teil des Hauses, wo vermutlich die Küche lag, fiel Licht. Wie es aussah, störte sie bei einem Abendessen mit Gästen.

»Sind Sie Dr. Higgins?«

»Ja.« Der Blick der Frau wirkte fragend und leicht verärgert.

»Ich arbeite in beratender Funktion für die Polizei und würde gern kurz mit Ihnen sprechen.«

»Wie bitte? Um diese Uhrzeit? Wir haben Gäste.«

»Es dauert nur einen Moment. Eine Patientin von Ihnen, Beth – oder Elizabeth – Kersey ist vor einem Jahr verschwunden.

Obwohl nach wie vor jede Spur von ihr fehlt, wissen wir inzwischen, dass sie mit einem Mann zu tun hatte, der vor Kurzem ermordet wurde.«

»Beth Kersey? Verschwunden?«

»Ja. Ich frage mich, ob Sie mir etwas über sie erzählen können.«

Dr. Higgins ließ sich mit ihrer Antwort Zeit. Sie sah aus, als würden ihre Gedanken in die Vergangenheit schweifen. Dann sagte sie mit fast angewiderter Miene: »Sie war eine Patientin von mir, das wissen Sie doch. Was, zum Teufel, fällt Ihnen ein, so spät hier aufzukreuzen und mich nach etwas Vertraulichem zu fragen?«

»Ich interessiere mich gar nicht für irgendwelche medizinischen Details«, entgegnete Frieda. »Ich möchte Beth finden und wüsste daher gern – wenn auch nur in ganz groben Zügen –, welche Risiken mit ihrem Zustand einhergehen.«

»Nein«, antwortete Dr. Higgins, »die Antwort lautet definitiv Nein. Aber ich hätte gern Ihren Namen, damit ich mich wegen Ihres Verhaltens beschweren kann.«

»Da müssen Sie sich hinten anstellen«, meinte Frieda.

»Was soll das heißen? Und außerdem, wenn Sie für die Polizei arbeiten, wie Sie behaupten, wo sind dann Ihre Kollegen? Woher haben Sie überhaupt meine Adresse?«

Ein Mann trat neben sie. Über seiner Jeans trug er ein locker fallendes Baumwollhemd. »Was ist los, Emma?«

»Hier ist eine Frau, die behauptet, Ärztin zu sein …«

»Psychotherapeutin, um genau zu sein«, stellte Frieda richtig.

»Noch schlimmer. Sie behauptet, Psychotherapeutin zu sein und fragt nach Beth Kersey.«

Der Mann starrte Frieda perplex an. »Beth Kersey? Kennen Sie sie?« Er wirkte plötzlich sehr zornig.

»Nein.«

Der Mann griff nach Emma Higgins' linker Hand und hielt sie hoch. »Sehen Sie das? Wofür halten Sie es?«

An Dr. Higgins' Unterarm verlief eine feine, fast zehn Zentimeter lange Linie.

»Sieht aus wie eine Narbe«, meinte Frieda.

»Man nennt das eine Abwehrverletzung«, erklärte der Mann. »Wissen Sie, was das ist?«

»Ja, das weiß ich.« Frieda blickte zu Dr. Higgins hinüber. »Hat Beth Kersey Ihnen die zugefügt?«

»Was glauben Sie denn?«, antwortete der Mann.

»Ich brauche Ihre fachliche Meinung«, fuhr Frieda fort. »Vermutlich nimmt sie schon lange keine Medikamente mehr. Wie schätzen Sie die Risiken ein?«

»Die Antwort lautet: kein Kommentar«, sagte Dr. Higgins. »Wie Sie sehr genau wissen, brauchen Sie einen Gerichtsbeschluss, falls Sie ihre Krankenakte einsehen wollen. Und mit einer Beschwerde können Sie auch rechnen.«

Ohne ein weiteres Wort schloss sie die Tür. Während Frieda noch neben dem Treppengeländer stand und Karlssons Nummer wählte, hörte sie drinnen laute Stimmen. Der Mann sagte etwas, und Dr. Higgins antwortete wütend.

Karlsson klang müde. Als Frieda ihm von Dr. Higgins erzählte, rechnete sie damit, dass er wegen ihres erneuten Alleingangs zwar sauer sein, sich aber trotzdem für das Ergebnis ihrer Nachforschungen interessieren würde. Doch wider Erwarten reagierte er überhaupt nicht.

»Verstehen Sie denn nicht?«, fragte sie. »Diese junge Frau ist gewalttätig.«

»Darum kümmern wir uns schon«, antwortete er.

»Wie meinen Sie das? Sie müssen verstärkt nach ihr suchen und herausfinden, auf wen sie es abgesehen haben könnte.«

»Wie gesagt, wir kümmern uns darum. Aber wir beide müssen uns trotzdem unterhalten.«

»Soll ich aufs Präsidium kommen? Ich habe den ganzen Vormittag Patienten, aber danach könnte ich vorbeischauen.«

»Ich komme zu Ihnen. Wann haben Sie denn Ihren ersten Patienten?«

»Um acht.«

»Dann stehe ich um viertel vor sieben vor Ihrer Tür.«

»Karlsson, ist irgendetwas?«

»Wir sehen uns morgen.«

50

Möchten Sie auf einen Kaffee hereinkommen?«, fragte Frieda. »Nein, danke«, antwortete Karlsson. »Sie machen doch gern Spaziergänge. Lassen Sie uns ein Stück gehen.«

Er wandte sich nach Norden, die Hände tief in den Taschen seines dunklen Mantels vergraben. Sein Gesicht wirkte in dem bitterkalten Wind leicht verquollen. Als sie die Euston Road erreichten, staute sich dort alles. Der Pendlerverkehr war fast ganz zum Erliegen gekommen.

»Man muss diese Stadt einfach lieben, nicht wahr?« Mit diesen Worten bog Karlsson nach links ab und ging plötzlich so schnell, dass Frieda fast laufen musste, um mit ihm Schritt halten zu können.

Sie packte ihn am Arm und zwang ihn stehen zu bleiben. »Karlsson«, sagte sie, »ich weiß, worum es geht.«

»Was?«

»Als ich gestern auf dem Präsidium war, habe ich Jake Newton gesehen. Er ist meinem Blick ausgewichen. Er hat seinen Bericht abgegeben, stimmt's?«

Statt einer Antwort stieß Karlsson Atemwolken in die Luft. »Dieser verfluchte kleine Wichser mit seinen ach so coolen Klamotten!«, begann er. »Ich kann einfach nicht fassen, dass wir den grinsenden kleinen Mistkerl ständig mit uns herumgeschleppt und uns von seiner Beachten-Sie-mich-gar-nicht-Nummer nerven haben lassen.«

»Demnach ist er nicht allzu scharf auf freie Mitarbeiter«, meinte Frieda.

»Und ob! Dieser verdammte Arsch ist sogar sehr scharf auf freie Mitarbeiter. Für Büroarbeit, Bürokratie und Management bekommen wir freie Mitarbeiter zum Abwinken.«

»Karlsson«, sagte Frieda, »Sie brauchen nicht aus Solidarität mit mir den wilden, fluchenden Bullen zu geben. Das ist schon in Ordnung. Dann bin ich eben draußen.«

»Ja, Frieda, Sie sind draußen.«

»Wobei ich ja sowieso nie wirklich drinnen war. Schließlich hatten Sie es noch gar nicht geschafft, mir einen Vertrag zum Unterschreiben vorzulegen.«

»Tja, das ist genau der Punkt an solchen Sparmaßnahmen«, meinte Karlsson. »Man braucht sowieso nicht zu erwarten, dadurch etwas einzusparen. ›Dysfunktionale Betriebsvorgänge‹, lauteten seine Worte. ›Nicht zweckdienliche Managementorganisation‹, war da auch noch zu lesen. Wissen Sie, was es noch schlimmer macht? Ich habe versucht, ihn zu beeindrucken. Ich komme mir vor wie ein dämlicher Teenager, der versucht hat, ein Mädchen zu beeindrucken, das er eigentlich von vornherein nicht mochte, nur um am Ende von der Tussi ausgelacht zu werden. Es betrifft ja nicht nur Sie. Es wird überall zu Kürzungen kommen.«

Frieda legte ihm erneut eine Hand auf den Arm, diesmal ganz sanft. »Ist schon gut.«

»Nach allem, was Sie in diesem Fall geleistet haben! Schließlich ist es Ihnen zu verdanken, dass uns die Geschwister Welles ins Netz gegangen sind.«

»Schon gut.«

Er schob die Hände noch tiefer in die Taschen und starrte verlegen vor sich hin. »Auch wenn ich oft sarkastisch war und Sie sogar manchmal angeschrien habe, war es doch irgendwie ... Sie wissen schon ... Sie dabeizuhaben ... Ich meine, verglichen mit Munster ist jeder ein Gewinn.«

»Ja«, meinte Frieda grinsend, »ich fand es auch schön.«

»Wie kommen wir hier wieder raus?«

»Wir müssen in diese Richtung.« Frieda wandte sich nach Osten. »Aber was ist mit Beth Kersey?«

»Ich habe es Ihnen schon gesagt«, antwortete Karlsson, »wir kümmern uns bereits darum.« Er bedachte sie mit einem angedeuteten Lächeln. »Sie erinnern sich doch an Sally Lea, den Namen in Pooles Notizbuch?«

»Die Frau, die wir nie gefunden haben.«

»Es ist keine Frau«, widersprach Karlsson, »sondern ein Boot auf dem Fluss Lea, das seinen Liegeplatz oben bei Enfield hat.«

»Woher wissen Sie das?«

»Es ist dort gestern zu einem Vorfall gekommen. Ein Bewohner eines benachbarten Kahns hat den Notarzt gerufen. Er war von einer jungen Frau mit einem Messer verletzt worden. Sie hatte bei ihm etwas zu essen gestohlen. Sie benahm sich seltsam und sprach mit sich selbst. Als er sie zur Rede stellen wollte, hat sie ein Messer gezückt.«

»Beth Kersey«, sagte Frieda. »Hat man sie gefunden?«

»Nein«, antwortete Karlsson. »Aber sie haben ihr Versteck entdeckt und einen ganzen Stapel von Pooles Zeug: Aufzeichnungen, Fotos, solche Sachen. Ein paar Beamte werden den Tag damit verbringen, sie durchzusehen, auch wenn uns das wahrscheinlich nicht wirklich weiterhelfen wird.«

»Wie hat dieses Boot ausgesehen?«

»Was soll ich sagen? Wie ein Boot eben.«

»Ich meine innen, wo sie gelebt hat.«

»Ich habe es selbst nicht gesehen, aber nach allem, was ich gehört habe, ziemlich schlimm. Es scheint, als hätte sie sich dort seit Pooles Tod allein durchgeschlagen, indem sie auf den umliegenden Kähnen Essen klaute.«

»Ziemlich schlimm, sagen Sie?«

»Mir ist schon klar, worauf Sie hinauswollen«, entgegnete Karlsson. »Sie möchten hinfahren und es sich selbst ansehen. Tut mir leid, Frieda. Ich weiß, wie frustrierend das für Sie sein muss. Wir werden wahrscheinlich nie dahinterkommen, wer Poole wirklich war. Wir wissen nicht, wo er getötet wurde. Wie es aussieht, haben die Geschwister Welles das Geld, das sie ihm abgeknöpft haben, irgendwo deponiert, wo es vor unserem Zugriff sicher ist. Was das betrifft, kennt Harry Welles sich natürlich bestens aus.« Er ließ für einen Moment den Blick schweifen. »Immerhin haben wir die beiden geschnappt, und der Rest ist am Laufen. Die Kerseys stehen unter Polizeischutz, bis wir ihre Tochter gefunden haben – was bestimmt bald der Fall sein wird. Nach allem, was ich über den Zustand des Kahns gehört habe, dürfte sie draußen in der großen weiten Welt nicht lange allein zurechtkommen …« Er brach abrupt ab. »Und jetzt muss ich mich wieder an die Arbeit machen. Wo, zum Teufel, sind wir?«

Frieda blickte zum BT-Turm hinauf. Sie standen fast direkt darunter.

»Der kommt mir bekannt vor«, stellte Karlsson fest. »Gab es da oben nicht mal ein Restaurant? Eines, das sich drehte?«

»Bis jemand eine Bombe zündete«, antwortete Frieda, »was ich sehr schade finde. Ich würde da gerne öfter hinauffahren, weil es nämlich der einzige Ort in London ist, von wo aus man den BT-Turm nicht sehen kann.«

Karlsson hielt ihr die Hand hin, und Frieda schüttelte sie. »Ich sollte wahrscheinlich nach Spanien auswandern«, meinte er.

»Sie werden hier gebraucht«, erwiderte sie.

Bevor sie sich endgültig trennten, meinte Karlsson noch: »Wenigstens können Sie sich jetzt wieder voll Ihrem richtigen Leben widmen, Frieda, und diesem ganzen Schlamassel den Rücken kehren. Und auch Dean Reeve. Lassen Sie ihn los.«

Frieda gab ihm keine Antwort. Sobald er um die Ecke gebogen und in Richtung Oxford Street verschwunden war, ließ sie sich gegen einen Lampenpfosten sinken und lehnte die Stirn an das kalte Metall, während sie mehrmals tief ein- und ausatmete. »Es ist alles in Ordnung«, sagte sie zu sich selbst, »es ist alles in Ordnung.«

Sie zog ihr Handy heraus und schaltete es an. Sie hatte eine Nachricht bekommen und rief sofort zurück. »Entschuldige«, sagte sie, »bei mir ging alles ein bisschen drunter und drüber, aber jetzt ist es vorbei … Ja, das wäre schön … Nein. Komm einfach zu mir nach Hause.«

Als Frieda in der Dunkelheit erwachte, spürte sie sofort seine ungewohnte Gegenwart. Die zweite Kuhle im Bett, seinen Atem, sein Bein an ihrem Oberschenkel. Ihr erster Impuls war aufzustehen und sich anzuziehen, um möglichst schnell aufbrechen zu können.

»Immer mit der Ruhe«, sagte eine Stimme. Frieda ließ sich zurücksinken. Er deckte sie wieder zu und streifte dabei mit der Hand ihren Körper. Dann spürt sie sein Gesicht an ihrem – seine Lippen an ihrer Wange, ihrem Hals, ihren Schultern.

»Einem Freund von mir ist mal was ganz Komisches passiert«, begann Sandy. »Er ist ein streitsüchtiger Kerl, dem eine Meinungsverschiedenheit immer gelegen kommt. Während eines Abendessens geriet er mit einer Frau in Streit, schrie sie an, sie könne ihn mal, und stürmte hinaus. Erst nachdem er die Haustür hinter sich zugeknallt hatte und draußen auf der Straße stand, wurde ihm bewusst, dass er aus seinem eigenen Haus gestürmt war.«

»Alles klar«, sagte Frieda, »ich hab's verstanden.«

»Du erweckst immer den Eindruck, als wärst du gerade auf dem Sprung. Man muss ständig damit rechnen, dass du einfach aufstehst und irgendwohin verschwindest.«

»Das mache ich immer, wenn ich Angst habe. Wenn ich nicht schlafen kann – was meistens der Fall ist – oder wenn mir der Kopf brummt, ich durcheinander bin oder mich einfach nicht stillhalten kann, gehe ich raus und marschiere los. Dann wandere ich oft stundenlang durch die Stadt.«

»Verläufst du dich da nicht manchmal?«

»Nein. Ich kenne mich gut aus.«

Sie spürte seine Hände auf ihrer Haut, sein Gesicht an ihrem.

»Du riechst so gut«, flüsterte er.

Frieda fühlte sich ganz seltsam. Plötzlich musste sie daran denken, wie ihr Vater sie als ganz kleines Mädchen immer in die Luft geworfen und wieder aufgefangen hatte. Sie hatte dabei laut gekreischt, ohne selbst so recht zu wissen, ob vor Vergnügen oder Furcht. Nachdenklich ließ sie die Finger durch Sandys feuchtes Haar gleiten. Ihr eigenes Haar fühlte sich ebenfalls ein wenig nass an. »Wahrscheinlich rieche ich nach dir«, antwortete sie.

Einen Augenblick lagen sie schweigend ineinander verschlungen da.

»Hast du jetzt auch wieder dieses Gefühl«, sagte Sandy schließlich, »dass du am liebsten aufstehen und zu einem deiner Fußmärsche aufbrechen würdest?«

»Dieses Gefühl habe ich die meiste Zeit.«

»Gehst du immer allein?«

»Nicht immer.«

»Wenn du mich auf eine deiner Wanderungen mitnehmen würdest, wohin würden wir gehen?«

»Die Flüsse entlang«, antwortete sie. »Manchmal wandere ich die alten Flüsse entlang.«

»Flüsse wie die Themse?«

»Nein«, entgegnete Frieda, »keine offen dahinströmenden Flüsse wie die Themse selbst, sondern ihre alten Zuflüsse, die inzwischen begraben sind.«

»Begraben? Wieso denn das?«

»Das frage ich mich auch immer«, antwortete Frieda. »Meiner Meinung nach erfinden die Leute dafür die unterschiedlichsten Gründe: dass diese Flüsse die Gesundheit gefährden oder ein Verkehrshindernis darstellen oder sonst irgendwie gefährlich sind. Manchmal glaube ich, dass Flüsse und Bäche vielen Menschen ein unbehagliches Gefühl bereiten: Sie sind nass, bewegen sich, lassen Wasser aus dem Boden blubbern, steigen über die Ufer oder trocknen aus. Besser, man sorgt einfach dafür, dass man sie nicht sieht.«

»Welchen verschwundenen Fluss wollen wir denn entlanggehen?«

»Den Tyburn«, antwortete Frieda. »Möchtest du das am Wochenende machen?«

»Ich möchte, dass du mir jetzt davon erzählst«, antwortete er. »Wo entspringt er?«

»In Hampstead, am Haverstock Hill. Es gibt dort so eine Art Gedenktafel, die allerdings nicht genau dort steht, wo der Fluss entspringt, weil die exakte Lage der Quelle nämlich gar nicht mehr bekannt ist. Kannst du dir das vorstellen? Wie kann der Ursprung eines Flusses in Vergessenheit geraten? Man hat eine Quelle, wo klares Wasser aus dem Boden sprudelt und von dort in Richtung Themse hinunterfließt. Dann kommen nicht nur irgendwelche Leute auf die Schnapsidee, die Quelle zuzubauen, sondern vergessen auch noch, wo sie war!«

»Klingt nach einem schlechten Start.«

»Ich bin keine Touristenführerin oder so was in der Art. Glaub ja nicht, dass ich London nur liebe. Ganz im Gegenteil, die meiste Zeit hasse ich es sogar. Manche Teile hasse ich immer. Aber egal, jedenfalls würden wir durch den Belsize Park in Richtung Swiss Cottage gehen, wo man noch das Gefälle spürt. Dann weiter in den Regent's Park und an dem kleinen See entlang, auf dem man Boot fahren kann.«

»Und während wir dahinmarschieren, erzählst du mir, wie es dir geht«, schlug Sandy vor. »Vermutlich bist du ein bisschen angeschlagen, vor allem wegen der gehässigen Artikel in der Presse.«

Frieda fiel es erstaunlich leicht, mit dieser Stimme zu sprechen, die aus der Dunkelheit kam, so dass sie Sandys Reaktion nicht sah, sondern ihn nur spürte. »Ich habe mir von klein auf immer eingebildet, unsichtbar zu sein. Damit meine ich nicht nur manchmal, sondern die ganze Zeit. Ich war der festen Überzeugung, wirklich unsichtbar zu sein, aber wie sich nun herausstellt, ist dem wohl doch nicht so. Deswegen fühle ich mich jetzt mehr oder weniger, als hätte man mich auf den Stadtplatz gezerrt, dort vor aller Augen gehäutet und mir dann Salz und Schwefelsäure ins Fleisch gerieben.«

»Aber du wirst darüber hinwegkommen.«

»Ich bin schon darüber hinweg.«

»Wo sind wir inzwischen?«

»Immer noch an dem kleinen Teich, auf dem man Boot fahren kann. Vermutlich fließt der Fluss durch diesen Teich.«

»Vermutlich?«

»Es ist schwer nachzuprüfen. Wie auch immer, jedenfalls verlassen wir jetzt den Park und gehen die Baker Street entlang.«

»Vorbei an Madame Tussaud's.«

»Richtig.«

»Ist das Wachsfigurenkabinett eigentlich einen Besuch wert?«

»Ich war nie drin.«

»Wirklich nicht? Warst du je im Tower of London?«

»Nein«, antwortete Frieda.

»Ich schon, als Kind.«

»Hat es dir gefallen?«

»Ich kann mich gar nicht mehr richtig daran erinnern«, gestand er. »Wie geht es weiter?«

»Jetzt kommt der schönste Teil der Wanderung: durch die Paddington Street Gardens, die kein Mensch kennt, obwohl sie nur eine Gehminute von Madame Tussaud's entfernt liegen. Dann überquert man die Marylebone High Street und geht die Marylebone Lane entlang. Für kurze Zeit hat man das Gefühl, in einem kleinen Dorf gleich außerhalb von London am Ufer eines Bachs entlangzuspazieren. Bloß dass da gar kein Bach ist – oder zumindest keiner, den man sehen kann, auch wenn er dort irgendwo sein muss.«

»Du hast ihnen das Handwerk gelegt«, sagte Sandy.

»Die *Polizei* hat ihnen das Handwerk gelegt.«

»Ohne deine Leistung gebührend zu würdigen.«

»Vielleicht ist es mir ja ohne Würdigung lieber.«

»Jetzt bricht wieder dein Unsichtbarkeitswahn durch. Diese beiden, Bruder und Schwester, haben den Mann also nur wegen des Geldes gefoltert und getötet?«

»Den nächsten Teil der Wanderung mag ich gar nicht«, fuhr Frieda fort. »Plötzlich verlässt man das Dorf und befindet sich mitten im West End. Der Fluss bildete hier früher mal die Trennlinie zwischen zwei großen Anwesen, aber übrig geblieben sind nur schrecklich große Gebäude, Hotels, Büros, Parkhäuser. Robert Poole hat alle durchschaut, mit Ausnahme von Tessa und

Harry Welles. Als er ihretwegen in der Klemme saß, konnte er sich nicht mehr herausreden. Die beiden hatten es nur auf sein Geld abgesehen. Sie schreckten nicht einmal davor zurück, ihm einen Finger abzuschneiden, um ihm die Einzelheiten zu entlocken.«

»Ein reizendes Paar.«

»Dadurch sind sie wohl auf den Geschmack gekommen. Es ist schon seltsam …« Frieda hielt einen Moment inne. »Bist du sicher, dass du nicht lieber schlafen willst?«

Wieder spürte sie seine Berührung.

»Selbst wenn ich könnte, würde ich jetzt nicht schlafen wollen.«

»Anfangs«, fuhr sie fort, »ist es durchaus ein Unterschied, ob man etwas nur tut oder es wirklich verkörpert, aber mit der Zeit verwischt die Grenze, und beides geht ineinander über. Ich meine, erst spielt man nur ein bisschen Klavier, aber mit der Zeit wird man immer besser, und irgendwann ist man dann ein richtiger Pianist. Das, was man immer wieder macht, geht einem in Fleisch und Blut über und wird Teil der eigenen Identität. Robert Poole haben die beiden nur wegen des Geldes ermordet, wodurch sie sich dann aber mehr oder weniger gezwungen sahen, die arme Janet Ferris auch noch umzubringen. Damit war der Punkt erreicht, an dem sie erkannten: Wir können das. Ab da ging es nicht mehr nur ums Geld, sondern zusätzlich um Macht. Auf dieses Machtspiel fuhren sie beide ab. Deswegen versuchten sie auch, sich in die Ermittlungen einzumischen. Es ging ihnen um Kontrolle. Sie wollten uns zeigen, dass sie besser waren als wir. Harry setzte sogar noch einen drauf. Wenn er es geschafft hätte, sich an mich heranzumachen und mich ins Bett zu bekommen, wäre das für ihn die ultimative Demonstration seiner Macht gewesen.«

Eine Weile herrschte zwischen ihnen Schweigen.

»Du hast ihn gleich durchschaut?«, fragte Sandy. »Es wäre nie dazu gekommen, oder?«

»Er war von Anfang an nicht mein Typ. Robert Poole fand ich viel interessanter.«

»War er dein Typ?«

»Nein, nein«, beruhigte ihn Frieda, »es lässt mir nur keine Ruhe, dass er ein bisschen so war wie ich oder ich ein bisschen so bin wie er. Wobei er besser war als ich – oder zumindest besser, als ihm selbst gut tat. Er war ja im Grunde nur ein Betrüger. Er hätte sich darauf beschränken können, den Leuten ihr Geld abzuknöpfen, aber dafür besaß er zu viel Einfühlungsvermögen. Er war ein zu interessanter Typ. Das wurde ihm zum Verhängnis.«

»Du hättest ihn nicht retten können«, meinte Sandy. »Sein Tod war... ich weiß nicht, wie ich es ausdrücken soll... quasi die Vorbedingung, die Basis für alles andere. Aber um auf unseren Fußmarsch zurückzukommen – wo befinden wir uns gerade?«

»Es wird wieder schöner«, antwortete Frieda. »Wir überqueren Piccadilly und erreichen den Green Park. Wenn man dort den Blick schweifen lässt, kann man fast das Flussbett sehen, oder wenigstens den Bereich, wo es sich eigentlich befinden sollte. Wir gehen durch den Park – es sei denn, er ist wegen der Vorbereitungen für die Hochzeit gesperrt.«

»Welche Hochzeit?«

»Du weißt schon, welche ich meine – die königliche Hochzeit.«

»Ach ja, die.«

»Aber wir kämpfen uns trotzdem durch den Park und umrunden dann den Buckingham Palace. Der Fluss fließt unter dem Palast hindurch. Sobald ich als Diktatorin an die Macht komme und all die verborgenen Flüsse Londons wieder freilegen lasse, wird der Palast dran glauben müssen...«

»Für einen guten Zweck muss man eben manchmal kleine Opfer bringen...«

»Gerade erreichen wir Victoria, was noch viel schlimmer ist als das Stück rund um den Grosvenor Square. Man kommt sich dort vor wie auf einer monströsen Verkehrsinsel mitten auf einer Autobahn, und dann folgt eine schreckliche Straße, in der es aussieht wie an der Rückseite eines Hotels, wo die Waren angeliefert und die Müllsäcke abtransportiert werden. Aber dann geht man durch die Aylesford Street in Richtung Fluss, und da ist es wieder schön.«

»Bekommt man den Tyburn am Ende noch irgendwo zu sehen?«

»Das ist gar nicht gewollt«, entgegnete Frieda. »Am Embankment mündet er durch ein Rohr, das unter einem Haus hindurchführt, in die Themse. Einmal bin ich um die Seite herumgegangen, übers Geländer geklettert und dann eine Metallleiter bis zu der Schlammfläche hinuntergestiegen, die sich bei Ebbe am Flussufer bildet. Ich habe mich für eine Weile neben die Mündung gesetzt und mich gefragt, warum ich so weit marschiert bin, nur um ein solch mickriges Rinnsal zu sehen, für das sich die ganze Mühe kaum lohnt.«

»Nicht zu fassen«, meinte Sandy, »dass du dir das alles merken kannst.«

»Manchmal gehe ich die Strecken im Geist ab – in der Hoffnung, dabei irgendwann einzuschlafen. Aber das funktioniert nie.«

»Du solltest Taxi fahren«, meinte Sandy.

»Tolle Idee, danke.«

»Nein, ich meine das ernst.«

»Ich auch.«

»Müssen Taxifahrer nicht eine besondere Prüfung ablegen, um zu beweisen, dass sie über ›das Wissen‹ verfügen, bevor sie ihre Zulassung bekommen? Der Prüfer fragt sie, wie man von … keine Ahnung … von Banbury Cross zum Emirates-Stadion kommt, und sie müssen die Strecke Straße für Straße herunterleiern.«

»Ich glaube nicht, dass Banbury Cross ein tatsächlich existierender Ort ist.«

»Aber du kannst das. Haben Taxifahrer nicht sogar ein besonderes Gehirn?«

»Diejenigen, die mir über den Weg laufen, scheinen immer ein ganz besonders besonderes Gehirn zu haben.«

»Nein, meines Wissens entwickeln sie tatsächlich eine Besonderheit.«

»Ja, eine Vergrößerung im Bereich der hinteren Mitte des Hippocampus«, erklärte Frieda, »was auf die verstärkte Nervenaktivität in diesem Bereich zurückzuführen ist. Und wir sind am Ende unserer Wanderung angekommen und können uns auf den Heimweg machen.«

»Solche Wanderungen sind genau mein Ding«, meinte Sandy. »Die Sorte, bei der man im Bett liegen bleiben kann. Und dein Fall ist abgeschlossen.«

»Bis auf die Tatsache, dass die arme Beth Kersey und Dean Reeve sich immer noch irgendwo draußen in der Welt herumtreiben, während wir hier gemütlich im warmen Bett liegen.«

»Die beiden sind nicht mehr dein Problem«, entgegnete Sandy, »um die kümmert sich die Polizei.«

51

Am nächsten Vormittag gelang es Frieda perfekt, die Rolle der Therapeutin zu spielen: Sie stellte die richtigen Fragen, zog ein Papiertaschentuch aus der Box und reichte es einer weinenden Frau. Sie legte neue Termine fest, und am Ende jeder Sitzung notierte sie sich gewissenhaft die wichtigsten Punkte sowie ein paar Stichworte bezüglich ihrer weiteren Vorgehensweise.

In Wirklichkeit aber war sie mit ihren Gedanken die ganze Zeit nicht bei der Sache. Sie wurde einfach das Gefühl nicht los, dass da irgendwo etwas nicht stimmte. Ihre erste Vermutung war, dass es bei ihr selbst hakte. Die Zusammenarbeit mit Karlsson und der Polizei war für sie eine Art Droge gewesen, und nun, da man sie ihr weggenommen hatte, litt sie wohl unter Entzugserscheinungen. Hatte sie das alles etwa nur aus Eitelkeit gemacht? Fehlte ihr die Aufregung und die Aufmerksamkeit? Sie musste an Thelma Scott denken, die sie aufgesucht und ihr für den Fall, dass sie Hilfe brauchte, ihre Visitenkarte dagelassen hatte. Frieda ging durch den Kopf, dass es vielleicht an der Zeit war, ihr Angebot anzunehmen und selbst auch wieder regelmäßige Gespräche mit einer Therapeutin zu führen.

Außerdem musste sie an Sandy denken. Er hatte seinen Aufenthalt in London aus beruflichen Gründen verlängert, aber nur um ein paar Wochen. In gut einem Monat würde er nach New Jersey zurückkehren. Aus welchen Gründen war es ihr eigentlich so unmöglich erschienen, mit ihm zu gehen? »Wir haben alle Angst davor, uns einzugestehen, wie viel Freiheit wir in Wirklichkeit besitzen.« Hatte Reuben das mal zu ihr gesagt? Oder war es ihr in irgendeinem Buch untergekommen? Hatte sie womöglich Angst, sich ihrer eigenen Freiheit zu stellen?

In erster Linie aber dachte sie an andere Dinge oder war sich ihrer zumindest sehr bewusst. Sie kamen ihr vor wie die seltsamen Geräusche, die man nachts oft draußen in der Dunkelheit hört. Irgendein Instinkt, den sie selbst nicht recht einordnen konnte, riet ihr, möglichst schnell von dort zu verschwinden, wo sie war, und irgendwo anders hinzugehen. Mittags um zwölf, nach der letzten Sitzung dieses Tages, trank sie in dem kleinen Bad neben ihrem Sprechzimmer zwei Gläser Leitungswasser. Danach kehrte sie noch einmal an ihren Schreibtisch zurück und machte sich ihre Notizen zur letzten Stunde.

Als sie anschließend in ungewohnt langsamem Tempo nach Hause ging, stellte sie fest, dass sie überhaupt keinen Hunger hatte. Eigentlich wollte sie sich nur hinlegen und schlafen. Daheim angekommen, fand sie auf ihrer Fußmatte den üblichen Stapel Post vor, in erster Linie Werbung. Die Gasrechnung befand sich auch darunter, außerdem eine Einladung zu einer Konferenz. Zu guter Letzt stieß sie auf einen Brief ohne Marke, der offenbar persönlich eingeworfen worden war. Auf dem Umschlag stand nur ihr Name. Die Handschrift kam ihr irgendwie bekannt vor. Josef. Sie fragte sich, wieso Josef ihr einen Brief durch den Türschlitz schob, statt selbst vorbeizuschauen. Hatte sie ihn irgendwie vor den Kopf gestoßen? Ihn auch? Ja, in der Tat, nun fiel es ihr wieder ein. Bevor sie so überstürzt von Sashas Party aufgebrochen war, hatten Josef und sie ein paar hastige Sätze gewechselt. Er hatte ihr etwas sagen wollen, doch sie war ihm über den Mund gefahren. Rasch riss sie den Umschlag auf und las seine Nachricht:

Liebe Frieda,
Entschuldigung. Ich weiß, dass du böse auf mich bist. Das tut mir leid. Ich habe versucht, mit dir zu sprechen. Hier ist ein Papier von Misses Orton. Sie wollte es verbrennen, aber ich habe gesagt, ich zeige es dir. Tut mir leid. Vielleicht sehen wir uns bald.
Mit liebem Gruß,
Josef.

Frieda starrte auf Mary Ortons Testament hinunter. Dann richtete sie den Blick für ein paar Sekunden auf die Wand, während ihre Gedanken rasten.

»O mein Gott!«, stieß sie plötzlich hervor und rannte ins Wohnzimmer, wo sie nach ihrem Notizbuch griff und hektisch die Seiten durchblätterte. Fündig geworden, wählte sie sofort Mary Ortons Nummer. Sie ließ es ewig läuten, doch niemand ging ran. Etwa nach dem fünfzehnten Mal brach sie den Anruf ab. Fast eine Minute stand sie wie gelähmt in ihrem Wohnzimmer, weil sie nicht wusste, was sie tun sollte. Schließlich steckte sie das Notizbuch in ihre Tasche, eilte aus dem Haus, winkte sich in der Cavendish Street ein Taxi heran und nannte dem Fahrer Mary Ortons Adresse. Er zog ein Gesicht.

»Ach, du meine Güte!«, stöhnte er. »Welche Strecke nehmen wir denn da am besten? Was meinen Sie?«

»Ich bin nicht der Taxifahrer«, gab Frieda zurück. »Wie wäre es mit Park Lane, Victoria und dann auf der Südseite den Fluss entlang? Um diese Tageszeit staut es sich sowieso überall.«

»So machen wir es, meine Liebe«, antwortete der Fahrer und fuhr los.

Frieda wählte eine weitere Nummer. Sie hatte gehofft, Karlsson zu erreichen, aber statt seiner ging Yvette ran.

»Es tut mir leid, dass es für Sie so dumm gelaufen ist«, sagte diese.

»Das ist schon in Ordnung. Kann ich kurz Karlsson haben?«

»Der ist gerade nicht verfügbar.«

»Ich muss ihn aber dringend sprechen. Es ist wirklich sehr, sehr wichtig.«

»Ich richte ihm gern etwas aus.«

Frieda starrte einen Moment wütend auf ihr Telefon. Am liebsten hätte sie es auf den Boden des Taxis geschleudert. »Vielleicht können Sie mir weiterhelfen.« Sie bemühte sich um einen ruhigen Ton. »Ich habe gerade eine Nachricht von Josef erhalten – meinem Freund, dem Bauarbeiter, der Mary Orton bei den Reparaturen in ihrem Haus geholfen hat. Mary Orton hat ihr

Testament doch geändert. Sie wollte ein Drittel ihres gesamten Vermögens Robert Poole hinterlassen.« Am anderen Ende der Leitung herrschte Schweigen. »Yvette, sind Sie noch dran?«

»Es tut mir leid, Frieda, aber haben Sie die Memo nicht bekommen? Sie arbeiten nicht mehr für uns.«

»Das ist doch völlig egal! Verstehen Sie denn nicht? Das ändert alles. Ich halte es für sehr wahrscheinlich, dass Poole vorhatte, Mary Orton zu töten, nachdem er wusste, dass er im Fall ihres Todes Hunderttausende Pfund erben würde.«

»Na, dann kann man ja von Glück sagen, dass jetzt stattdessen er tot ist.«

»Aber Beth Kersey ist nicht tot.«

»Keine Sorge, Frieda, auf ihre Eltern passen wir schon auf.«

»Die Eltern waren nie in Gefahr. Ich habe mit Lorna Kersey gesprochen. Beth hat ihre Eltern nie bedroht. Sie versucht es allen Leuten recht zu machen. Nur wenn sie jemand daran zu hindern versucht, wird sie gewalttätig – sogar sehr gewalttätig. Sie müssen dafür sorgen, dass Mary Orton sofort Polizeischutz bekommt.«

»Dieses Testament war doch nur von Bedeutung, so lange Poole noch lebte.«

»Nein. Begreifen Sie denn nicht? Bestimmt versucht sie, seine Wünsche zu erfüllen. Und wenn er Mary Orton den Tod wünschte … Yvette, werden Sie Karlsson ausrichten, was ich Ihnen gesagt habe?«

Wieder herrschte am anderen Ende Schweigen. »Ich werde ihm von Ihren Bedenken berichten. Aber könnten Sie dann bitte Ruhe geben, Frieda? Dieser Mistkerl Newton hat uns reingelegt, und wir versuchen gerade, die Situation wieder in den Griff zu bekommen. Der Fall ist abgeschlossen. Bitte. Es tut mir leid, dass Sie so unschön ausgebootet wurden, aber wir haben unsere eigenen Probleme.«

»Hauptsache, Sie geben Karlsson Bescheid«, entgegnete Frieda.

Aber die Leitung war bereits tot. Sie versuchte es erneut unter Mary Ortons Nummer, aber wie zuvor läutete es endlos. Wen konnte sie sonst noch anrufen? Arbeitete Josef vielleicht noch dort? Oder in der Nähe? Als sie es bei ihm versuchte, ging sofort seine Mailbox ran. Sie starrte aus dem Fenster. Der Verkehr war gar nicht so schlimm wie befürchtet. Während sie den Fluss überquerten, rief sie ein weiteres Mal Yvette an.

»Haben Sie Karlsson schon erreicht?«, fragte sie.

»Ich habe Ihnen doch gesagt, dass ich mich mit ihm in Verbindung setze, sobald ich kann. Jetzt, bitte …«

Die Leitung war schon wieder tot. Benommen starrte Frieda auf ihr Telefon hinunter. Es gab nichts mehr, was sie noch tun konnte. Doch, eine letzte Möglichkeit fiel ihr noch ein. Was spielte das jetzt noch für eine Rolle? Sie wählte die Notrufnummer.

»Notfalldienst. Bitte sagen Sie mir, welchen Dienst Sie benötigen.«

»Polizei.«

In der Leitung war erst ein Klicken zu hören und dann ein Surren, gefolgt von einer weiteren weiblichen Stimme. »Hallo, Sie sprechen mit der Polizei. Um welche Art Notfall handelt es sich?«

Frieda nannte Mary Ortons Adresse. »Ich habe einen Einbrecher gesehen.«

»Wann war das?«

»Vor ein paar Minuten.«

»Können Sie mir eine Beschreibung geben?«

»Nein … Doch, ich habe ein Messer gesehen. Mehr kann ich Ihnen nicht sagen.«

»Wir schicken einen Wagen vorbei. Bitte nennen Sie mir Ihren Namen.«

Frieda konnte sich genau vorstellen, wie Karlsson und Yvette darauf reagieren würden. Sie hatte das Gefühl, gerade den letzten dünnen Strang des Fadens zu durchtrennen, der sie noch mit ihnen verband. Aber die Dinge, die man unterließ, fielen mehr ins Gewicht als die, die man tat.

Als das Taxi in Mary Ortons Straße einbog, rechnete Frieda

fest damit, bereits einen Streifenwagen mit Blaulicht vor dem Haus zu sehen, aber da war keiner. Jake Newton hatte recht, dachte sie. Ein hoffnungsloser Fall. Sie reichte dem Fahrer eine Zwanzig-Pfund-Note.

»Ich habe kein Wechselgeld«, behauptete er.

»Behalten Sie es ruhig.«

Während sie auf das Haus zusteuerte, wurde ihr bewusst, dass sie sich keinerlei Gedanken darüber gemacht hatte, wie sie sich jetzt verhalten solle. Sie war gerade im Begriff, auf den Klingelknopf zu drücken, bemerkte dabei jedoch, dass die Tür nicht ganz geschlossen war. Als sie dagegendrückte, schwang sie auf. War bereits ein Streifenpolizist eingetroffen? Oder arbeitete Josef hier irgendwo? Sie trat in die Diele.

»Mary?«, rief sie. »Misses Orton?«

Keine Antwort. Das Herz schlug ihr bis zum Hals, und sie hatte einen säuerlichen Geschmack im Mund. Ihr war klar, dass es sich dabei um Milchsäure handelte, die sich bildete, wenn man schnell rannte oder wenn … Sie rief noch einmal nach Mary Orton. Was sollte sie tun? Die Polizei hatte sie ja schon verständigt. Wo, zum Teufel, blieben die? Wahrscheinlich wurden sie durch irgendeinen falschen Alarm aufgehalten. Das hier war vermutlich auch ein falscher Alarm. Während sie in die Küche ging, hatte sie das Gefühl, dass ihre Schritte schrecklich laut klangen, als wollten sie ihr dadurch mitteilen, dass sie sich an einem Ort aufhielt, an dem sie eigentlich nichts zu suchen hatte.

Die Küche war leer. Auf dem Tisch stand eine Tasse mit Tee oder Kaffee neben einer aufgeschlagenen Zeitung. Frieda beugte sich darüber und berührte die Tasse. Sie war warm. Nicht so heiß wie frisch aufgegossener Tee, aber doch wärmer als die Umgebungstemperatur. Vielleicht war Mary Orton weggegangen und hatte nur die Haustür nicht richtig geschlossen. Frieda machte kehrt und verließ die Küche. Brachte es etwas, wenn sie eine Runde durchs Haus drehte? Als sie die Tür zum Wohnzimmer öffnete, wurde ihr vor Schreck fast schwindlig. Sie schluckte. Auf der anderen Seite des Raums lag Mary Orton neben dem

Bücherregal auf dem Teppich. Frieda, die sich mit den Vorgängen im menschlichen Körper auskannte, registrierte bewusst, wie sich ihre eigene Wahrnehmung verengte. Sie hatte das Gefühl, Mary Orton wie durch ein langes Rohr zu sehen. Ihr erster Gedanke war, dass Mary gestürzt war. Bei Leuten in diesem Alter keine Seltenheit, ging ihr durch den Kopf: Sie fallen hin, brechen sich die Hüfte, kommen unter Umständen nicht mehr hoch, haben niemanden, der sie findet, und sterben. Dann aber wurde ihr auf eine seltsam langsame und dumpfe Weise klar, dass der Fleck auf dem cremefarbenen Teppich, den sie im ersten Moment für einen Schatten gehalten hatte, in Wirklichkeit Blut war – das Blut von Mary Orton. Während sie zu ihr hinüberstürmte, versuchte sie sich die Druckpunkte für das Stillen von Blutungen ins Gedächtnis zu rufen. Es war schon so lange her, dass sie sich mit Anatomie beschäftigt hatte.

Mary Orton lag da, als hätte sie vergeblich versucht, sich auf den Rücken zu drehen.

»Mary«, krächzte Frieda. »Mary, ich bin da!« Frieda schaute ihr in die Augen. Sie sah darin etwas aufglimmen, das sie verwirrte.

»Mary«, wiederholte Frieda und nahm erneut eine winzige Bewegung in den Augen der alten Dame wahr. Schlagartig begriff Frieda, was diese Bewegung bedeutete: Kaum noch am Leben, blickte Mary Orton nicht Frieda an, sondern über ihre Schulter hinweg, und Frieda dachte: O nein. O nein. In dem Moment spürte sie einen harten Schlag seitlich am Rücken, und von da an schien sie alles nur noch in Zeitlupe und wie durch einen Nebel wahrzunehmen. Ihr blieb sogar Zeit für den Gedanken: Wie langsam das alles geht. Wieder spürte sie einen Schlag, diesmal in den Magen. Erst dachte sie: Warum werde ich geschlagen? Dann aber rief sie sich ganz gelassen ins Gedächtnis, dass sie gelesen hatte, Messerstiche würden sich gar nicht wie Stiche anfühlen – nicht scharf, sondern stumpf, als schlüge eine Faust mit einem Boxhandschuh auf einen ein. Frieda riss abwehrend die Hände hoch, doch der nächste Schlag traf ihr Bein, und plötzlich fühlte sich alles feucht und warm an. Obwohl Frieda wusste, dass sie nun nicht mehr stehen konnte, stürzte sie nicht zu Boden, sondern blieb, wo sie war, während ihr der Boden entgegenkam. Sie lag mit dem Gesicht nach unten. Sie konnte die groben Teppichfäden an den Lippen spüren und fühlte sich plötzlich so müde, dass sie nur noch schlafen wollte. Gleichzeitig ging ihr durch den Kopf, dass man eine solch bleierne Müdigkeit empfand, wenn man starb, und dass sie nicht sterben durfte. Deshalb gab sie sich fürchterliche Mühe, sich aufzusetzen.

Sie erkannte ein Gesicht, das Gesicht eines Mädchens. Sie hatte Beth gefunden. Nein, Beth hatte sie gefunden. Das Ganze schien in weiter Ferne zu passieren, wie in einem Traum. Nachdem erst alles so langsam abgelaufen war, ging plötzlich alles ganz schnell. Empfindungen, Geräusche und Bewegungen prasselten in schneller Abfolge auf sie ein. Sie spürte Bewegung, als würde sie selbst sich bewegen, und dann verlangsamte sich alles wieder. Es wurde dunkel und dabei erst sehr warm und dann sehr kalt. Sie spürte, wie ihr Kopf nach hinten fiel. Plötzlich fing ihr Bein zu schmerzen an. Es tat richtig weh, so dass sie aufschrie. Einen Moment hatte sie das Gefühl, etwas oder jemanden zu sehen, aber es war zu anstrengend, genau hinzuschauen. Langsam ließ der Schmerz nach, und sie sank dankbar in einen tiefen Schlaf.

52

Es war nicht wie Aufwachen. Dazu fühlte es sich zu ungleichmäßig, zu schmerzhaft und zu chaotisch an. Sie erwachte in Bruchstücken und sah einzelne Bilder aufblitzen: eine schmutzige weiße Zimmerdecke, Gesichter, die sich über sie beugten, Gesichter, die Dinge zu ihr sagten, die sie nicht verstand. Sie nahm Seifengeruch und Nässe an ihrem Körper wahr, hatte gelegentlich das Gefühl, umgedreht zu werden, und hörte Gemurmel. Da waren Gesichter, die sie erkannte: Sandy, Sasha, Josef, Reuben, Jack, Karlsson, Olivia, Chloë, sogar Yvette. Manche von ihnen weinten, andere lächelten. Sie kamen nah an sie heran und berührten sie an der Schulter oder im Gesicht, aber sie konnte ihnen nicht sagen, dass sie wusste, dass sie da waren. Sie sprachen mit ihr, und sie sprachen im Flüsterton über sie. Josef sang ihr ukrainische Wiegenlieder vor und musste dabei immer wieder schluchzen. Sasha las Gedichte. Draußen auf dem Gang hörte sie Chloë jemanden anschreien. Ihre Stimme war vor Wut ganz heiser. Frieda hätte ihrer wütenden, linkischen Nichte so gern gesagt, dass das alles doch gar nicht so wichtig sei, doch sie konnte die Lippen nicht bewegen. Ein Teil von ihr fand die Situation sogar lustig: die Frieda-Klein-Wiedervereinigungsfeier. Sie konnte sich nicht umdrehen. Manchmal hatte sie das Gefühl zu ersticken. Die meiste Zeit schlief sie.

Eines Tages sagte dann eine Stimme zu ihr: »Frieda, können Sie mich hören? Wenn ja, dann blinzeln Sie bitte.« Sie blinzelte. »Ich zähle jetzt bis drei, dann ziehen wir den Schlauch heraus, und Sie sollten husten und atmen. Los geht's: eins, zwei, drei!«

Frieda hatte das Gefühl, als würde durch ihren Mund ihr Innerstes nach außen gekehrt – als müsste sie gleich alle ihre Innereien erbrechen. Sie fing zu husten an und konnte gar nicht mehr aufhören.

»Braves Mädchen«, sagte die Stimme.

»Ich bin kein Mädchen«, widersprach Frieda heiser und wollte eigentlich noch hinzufügen, dass sie auch nicht brav sei, fand es dann aber doch nicht der Mühe wert. Es folgte eine weitere Phase des Schlafens mit gelegentlich aufblitzenden Bildern. War das Sasha, die da neben dem Bett saß und ein Buch las?

Da war sie schon wieder, eine Hand auf der ihren, den Blick auf ihr Gesicht gerichtet. Dieses Mal fragte sie mit ihrer leisen, freundlichen Stimme: »Kannst du mich hören, Frieda?«

Sasha verstand ihre Antwort nicht. Sie beugte sich immer tiefer über Frieda, bis diese ihr direkt ins Ohr flüsterte: »Wasser.«

Sasha hob ganz sanft Friedas Kopf ein wenig an und hielt ihr das Glas an die Lippen. Das Wasser schmeckte warm und abgestanden, aber trotzdem köstlich.

»Frieda? Morgen kommt der Arzt. Falls du dich dem schon gewachsen fühlst.«

»Du hast gesagt, ich könnte mit dir reden.«

»Was?«

Es war sehr schwer, die Worte zu formen. »Wenn ich mal jemanden zum Reden brauche.«

Sie versuchte, die richtigen Worte zu finden und gleichzeitig Sashas schlanke, kühle Hand festzuhalten, während hinter ihr die Maschinen piepten.

»Das ist schon in Ordnung.« Sasha küsste sie auf die Wange. »Wir können später reden.«

»Eines Tages«, pflichtete Frieda ihr bei, während sie zurück in das dunkle Wasser sank.

Am nächsten Tag war es anders. Als Frieda die Augen aufschlug, fühlte sie sich gleich richtig wach. Sie setzte sich auf und sah sich im Raum um: Ihr gegenüber standen drei weitere Betten, zwischen ihr und dem Fenster zwei. Drüben auf der anderen Seite beschwerte sich gerade eine Frau bei einer Krankenschwester, und hinter der Trennwand neben sich hörte sie eine Stimme, die nach einer alten Frau klang, immer wieder dasselbe Wort – ›Lehrerin‹ – wiederholen. Es war ein grauer Tag, und Frieda fühlte sich grässlich. Sie hatte einen schrecklich rauen Hals, und ihr tat fast der ganze Körper weh. Ein Wagen mit Frühstück, beladen mit einer Art Porridge, milchigem Tee und Orangensaft, wurde hereingeschoben. Frieda fand, dass alles richtig widerlich aussah.

Eine Schwester eilte herbei und sagte zu Frieda: »Er ist da.«

Am Fußende des Bettes stand ein sehr vornehm wirkender Mann mittleren Alters, der einen Nadelstreifenanzug und eine Fliege trug. Obwohl sie sich immer noch sehr benommen fühlte, empfand Frieda einen Anflug von Gereiztheit. Wieso liefen englische Chirurgen immer noch mit Fliege herum, obwohl sie doch wussten, was für ein Klischee das war?

Er lächelte auf sie hinunter. »Wie geht es denn unserem Phänomen?«, fragte er.

Obwohl es sie nach wie vor anstrengte, konnte Frieda inzwischen wieder sprechen. »Ich weiß nicht, was Sie meinen.« Sie hörte selbst, wie heiser und stockend sie klang – als hätte sie das Sprechen gerade erst gelernt.

Immer noch lächelnd ließ er sich auf der Bettkante nieder. »Ich bin Doktor Khan«, stellte er sich vor, »Ihr Chirurg. Ich habe Ihnen das Leben gerettet. Aber vorher hatten Sie es schon selbst gerettet. Ich habe so etwas noch nie gesehen. Sie sind selber Ärztin, nicht wahr?« Frieda nickte. »Trotzdem. Höchst bemerkenswert.«

»Es tut mir leid, aber ich verstehe nicht recht, was Sie meinen«, sagte Frieda. »Was ist bemerkenswert?«

»Sie erinnern sich nicht?«, fragte Khan. Frieda schüttelte den Kopf. »Das ist unter den gegebenen Umständen kein Wunder. Durch eine der Stichwunden wurde eine Oberschenkelschlagader verletzt. Wie Ihnen offenbar klar war, wären Sie binnen weniger Minuten verblutet, aber bevor Sie ohnmächtig geworden sind, haben Sie es noch geschafft, sich selbst das Bein abzubinden.«

»Nein«, widersprach Frieda.

»Sie standen unter einem schweren Schock«, gab Khan zu bedenken. »Ich muss dazusagen, dass ein solches Abbinden heutzutage eigentlich nicht mehr empfohlen wird. Man riskiert dabei nekrotische Gewebeschäden, was bei Ihnen aber nicht der Fall war, weil wir Sie in weniger als einer Stunde im OP hatten.« Er war schon im Begriff, ihr das Bein zu tätscheln, riss sich aber gerade noch am Riemen. »Was die Stichwunden an Rücken und Bauch betrifft, hatten Sie Glück, wenn man das so sagen kann. In beiden Fällen wurde kein inneres Organ verletzt. Aber wie es so schön heißt: Eine einzige schwere Verletzung reicht aus. Wir haben uns zunächst ziemliche Sorgen wegen Ihres Beins gemacht, aber inzwischen steht fest, dass es wieder in Ordnung kommen wird. Unter Umständen müssen Sie Ihr Dreisprungtraining auf die übernächste Olympiade verschieben, aber abgesehen davon …«

»Mary Orton«, fiel Frieda ihm ins Wort.

»Wie bitte?«

»Was ist mit Mary Orton?«, fragte Frieda.

Das Lächeln verschwand aus Dr. Khans Gesicht. »Draußen wartet ein Freund von Ihnen«, informierte er sie. »Er wird alle Ihre Fragen beantworten. Das heißt, falls Sie sich dem schon gewachsen fühlen.«

»Ja«, antwortete Frieda, »das tue ich.« Sie ließ sich auf ihr Kissen zurücksinken und sah einen Moment später Karlssons Gesicht über sich. Bei seinem Anblick musste sie an eine Wolke denken, die plötzlich am Himmel auftauchte, und dann an einen Zeppelin. Vielleicht lag es an den Schmerzmitteln.

»Sie sehen schrecklich aus«, begrüßte sie ihn.

»Wir können dieses Gespräch auch ein andermal führen«, antwortete er. »Die Schwester hat gesagt, Sie müssten sich noch schonen.«

»Nein«, entgegnete Frieda. »Was ist mit Mary Orton?«

Karlsson blickte zur Seite, als hoffte er, jemand anderer könnte ihm die Antwort abnehmen. »Sie wurde noch am Tatort für tot erklärt«, sagte er schließlich. »Ich glaube, Sie war schon eine Weile tot, als wir eintrafen.«

»Nein«, widersprach Frieda, »sie hat noch gelebt. Ich kann mich genau an ihre Augen erinnern. Sie bewegten sich noch.«

»Die Untersuchungen ergaben, dass sie eine Menge Blut verloren hatte. Es tut mir leid.«

Frieda spürte heiße Tränen auf ihrem Gesicht. Karlsson griff nach einem Papiertaschentuch und tupfte sie weg.

»Wir haben sie im Stich gelassen«, stellte Frieda fest. »Wir haben ihr nicht geholfen.«

»Die Sanitäter hatten schon mit Ihnen alle Hände voll zu tun. Die beiden anderen waren nicht mehr zu retten.«

»Die beiden anderen?«

»Mary Orton und Beth Kersey.«

»Was?« Frieda versuchte sich aufzusetzen. »Was soll das heißen?«

»Immer mit der Ruhe«, antwortete Karlsson, als müsste er ein ängstliches Kind beruhigen. »Keine Sorge, Sie werden keine Scherereien bekommen.«

»Scherereien?«

»Ich sehe da wirklich kein Problem«, sagte Karlsson, »ganz im Gegenteil. Wahrscheinlich bekommen Sie eine Medaille.«

»Was wollen Sie damit sagen?«, fragte Frieda. »Ich kann mich an nichts erinnern.«

»Wirklich nicht?«

Frieda schüttelte den Kopf. Sie zermarterte sich das Gehirn, aber es war alles so verschwommen und weit entfernt. »Zuerst habe ich einen Stich von hinten gespürt«, antwortete sie schließlich. »Dabei habe ich sie aber nicht gesehen – oder kann mich zumindest nicht daran erinnern. Trotzdem ist da irgendein Bild in meinem Kopf. Ich verlor Blut, eine Menge Blut, und dann wurde ich ohnmächtig. Ich entsinne mich, kurz zuvor noch etwas gehört zu haben, aber das ist auch schon alles.«

»Ich erlebe das ständig«, erklärte Karlsson. »Sie werden Ihr Gedächtnis diesbezüglich wahrscheinlich nie ganz wiedererlangen. Trotzdem war es nicht allzu schwierig, anhand des Tatorts den Ablauf zu rekonstruieren. Lieber Himmel, da war vielleicht eine Menge Blut! Entschuldigen Sie, das wollen Sie bestimmt nicht hören.«

»Was ist passiert?«

»Wir können das auch auf später verschieben, Frieda.«

»Nein«, entgegnete Frieda, »ich will es jetzt wissen.«

»Schon gut, schon gut«, beschwichtigte Karlsson sie. »Es liegt im Grund klar auf der Hand, wie es gewesen sein muss. Sie haben aus reiner Notwehr gehandelt. Nachdem Sie die Stichverletzungen davongetragen hatten, müssen Sie, während Sie fast schon am Verbluten waren, um das Messer gekämpft haben. Sie bekamen es zu fassen und töteten sie in Notwehr.«

»Wie?«

»Was?«

»Wie habe ich sie getötet?«

»Sie starb an Blutverlust nach Durchtrennung der Halsschlagader.«

»Ich habe ihr die Kehle durchgeschnitten?«

»Ja, und dann haben Sie sich mit Ihrem Gürtel das Bein abgebunden. Den Ärzten zufolge wären Sie innerhalb weniger Minuten verblutet, wenn Sie das nicht getan hätten.«

Frieda deutete auf ihr Wasserglas. Karlsson hielt es ihr an die Lippen. Das Schlucken schmerzte.

»Schlafen Sie jetzt«, sagte er, »es wird alles wieder gut.«

»Ja, klar«, antwortete Frieda. Sprechen schien für sie gerade die schwierigste Sache der Welt zu sein. »Aber eines muss ich Ihnen noch sagen.«

Er beugte sich tiefer über sie. »Was denn?«

»Ich war das nicht.«

»Ich habe Ihnen doch schon gesagt«, entgegnete Karlsson, »dass es deswegen keine Probleme geben wird. Sie haben aus reiner Notwehr gehandelt.«

»Nein«, widersprach Frieda, »ich war das nicht. Ich wäre dazu gar nicht mehr in der Lage gewesen. Außerdem …« Frieda versuchte sich den Augenblick ins Gedächtnis zu rufen, bevor sie ohnmächtig geworden war. Sie versuchte sie von all dem zu trennen, das später gekommen war: der Dunkelheit, den Albträumen, den Fragmenten des Erwachens. »Ich habe etwas gehört. Aber ich weiß es ja sowieso. Das war er.«

Karlsson starrte sie erst verwirrt und dann beunruhigt an.

»Wen meinen Sie mit ›er‹?«

»Sie wissen genau, wen ich meine.«

»Sagen Sie es nicht!«, zischte Karlsson. »Das dürfen Sie nicht mal denken!«

53

Sandy parkte den Wagen nahe dem Westtor von Waterlow Park. Als sie vorhin die steile Swains Lane entlanggefahren waren, hatte Frieda das Gefühl gehabt, als würden sie gleich abheben und London hinter sich lassen.

»Ich glaube, diesmal ist der Park offen«, meinte Sandy mit einem gequälten Lächeln.

Frieda verzog vor Schmerz das Gesicht, als sie ausstieg. Ihr tat immer noch alles weh, vor allem nach dem Sitzen.

»Schaffst du das überhaupt schon?«, fragte Sandy.

Für Frieda war das alles eine Tortur gewesen: die Schmerzen, die Behandlungen, die Medikamente, die ständigen Termine im Krankenhaus. Noch schlimmer aber fand sie das Mitgefühl, die Aufmerksamkeit, die Sorge und den Ausdruck in den Augen der Leute, wenn sie sie besuchten und dabei nicht so recht wussten, was sie sagen sollten. Nun ging sie mit langsamen, steifen Schritten durch das Tor. Eine blendend gelbe Fläche aus lauter Narzissen wogte im Wind.

»Jetzt sieht es zum ersten Mal richtig nach Frühling aus«, bemerkte Sandy.

Frieda stützte sich auf seinen Arm. »Wenn du es dir jetzt verkneifen kannst, weiter über den Frühling zu sprechen und mir zu erklären, dass er für Wiedererwachen und neues Leben steht, dann werde ich auch nicht sagen, dass der März der grausamste Monat ist.«

»Ist laut T.S. Eliot nicht der April der grausamste Monat?«

»Der März ist auch ziemlich grausam.«

»Stimmt«, gab Sandy ihr recht, »und deswegen werde ich jetzt nicht sagen, was für ein schöner Tag heute ist und dass die Narzissen so hübsch blühen und man vom Waterlow Park einen wunderbaren Blick auf London hat. Wir könnten auch nebenan auf den Friedhof gehen, wenn das eher zu deiner Stimmung passt.«

»Du kennst mich doch«, gab Frieda zurück, »ich mag Friedhöfe. Aber für heute ist das hier ganz in Ordnung. Ich liebe diesen Park. Ich habe keine Ahnung, wie Sir Thomas Waterlow sein Geld verdient hat. Wahrscheinlich hat er es jemandem gestohlen oder es unverdienterweise geerbt. Aber er hat diesen Park der Stadt London geschenkt, und dafür bin ich ihm dankbar. Und dir bin ich auch dankbar.«

»Nun ja, Dankbarkeit ist nicht gerade das ...«

»Schh! Ich weiß, was du durchgemacht hast, Sandy, und was du mir alles nicht sagen kannst, weil du dafür viel zu sehr Gentleman bist. Wir haben uns nach deiner Rückkehr wiedergesehen, und es war gut. Nein, es war wunderbar. Eigentlich hätten wir diese Zeit nutzen sollen, um über unser Leben nachzudenken, Entscheidungen zu treffen und uns aneinander zu erfreuen. Stattdessen ... nun ja, stattdessen musstest du Tag für Tag an einem Krankenbett sitzen und zusehen, wie ich mit einem Strohhalm dünne Hühnerbrühe schlürfte oder in eine Schüssel pinkelte.«

»Ich dachte, du musst sterben.«

»Ja, das auch.«

»Der Gedanke, dass du sterben könntest ...«

»Ich weiß.«

Sie steuerten auf den Teich zu. Im Park herrschte viel Betrieb, und vor ihnen wanderten mehrere Familien mit Kindern den Weg entlang. Die Kinder fütterten Enten, Tauben und Eichhörnchen mit trockenem Brot.

»Sieh dir das an«, sagte Sandy.

Ein kleiner Junge warf einer riesigen Ratte, die unter einem Rhododendronstrauch hervorgekommen war, Erdnüsse zu.

»Wenn man Tauben füttert«, meinte Frieda, »kann man genauso gut auch Ratten füttern.«

»Sollen wir noch weiter hinaufgehen?«, fragte Sandy. »Von dort oben hat man einen besseren Blick.«

»Gleich«, antwortete Frieda.

»Ich wollte heute aus symbolischen Gründen hierher. Ich hatte nicht damit gerechnet, dass du zu der Hochzeitsfeier erscheinen würdest. Ich war der festen Überzeugung, du hättest mich aus deinem Leben gestrichen, und war sehr, sehr glücklich, als ich dich sah.«

»Ja«, antwortete Frieda, »ich war auch glücklich.« Das alles schien so lange her zu sein.

Eine Ente watschelte vorbei, gefolgt von einer Reihe winziger Küken.

»Normalerweise würde ich jetzt sagen, dass die sehr süß sind«, sagte Sandy, »aber ich verkneife es mir.« Er wandte sich um und legte ihr die Hände auf die Schultern. »Frieda, ich weiß nicht, wie ich es ausdrücken soll, aber ich weiß, dass du eine wirklich schlimme Zeit hinter dir hast, und falls du jemals darüber reden willst ...«

Frieda rümpfte die Nase. »Willst du damit andeuten, dass ich traumatisiert bin?«

»Das wäre jeder Mensch in dieser Situation.«

»Ich weiß nicht. Wir werden sehen. Im Moment bin ich in erster Linie traurig wegen Mary Orton. Wenn ich die Augen schließe, kann ich sie wieder zu mir aufblicken sehen. In den letzten Momenten ihres Lebens hat sie mich angesehen, und wahrscheinlich hat sie gedacht: Aber Sie haben doch gesagt, Sie würden mich beschützen. Sie haben doch gesagt, alles würde wieder gut. Ich weiß nicht, was ich anders hätte machen sollen. Ich habe die Polizei verständigt und den Notruf gewählt. Ich bin zu ihrem Haus gefahren.«

»Du hast alles in deiner Macht Stehende getan.«

»Sie hatte zwei Söhne, die sie beide im Stich ließen. Sie wurde betrogen und wandte sich hilfesuchend an mich, und dann wurde sie ermordet. Aber wenigstens besitzen ihre beiden Söhne jetzt ihr Geld, also sind zumindest zwei Leute zufrieden.«

»Das bist doch nicht du, die da redet, Frieda. Zu einem Patienten würdest du das nicht sagen.«

»Wenn ich zu meinen Patienten sagen würde, was ich zu mir selbst sage, würden die meisten von ihnen auf der Stelle gehen und sich umbringen.«

»Zu Josef sagst du das auch nicht, wenn er sich mal wieder die Schuld an Mary Ortons Tod gibt.«

»Nein.« Ihre Miene wurde weicher. »Zu Josef sage ich, dass er getan hat, was er konnte, und ich ihm hätte zuhören sollen.«

»Für dich gilt also eine andere Regel als für alle anderen.«

»Ja.«

»Warum?«

»Wie meinst du das?«

»Was du durchgemacht hast, würde jedem zusetzen. Aber das Schlimmste ist für dich gar nicht die Tatsache, dass jemand versucht hat, dich zu erstechen, und du beinahe gestorben wärst, stimmt's? Wenn du über dieses schreckliche Erlebnis sprichst – was selten genug vorkommt –, dann geht es dabei um Mary Orton und Janet Ferris oder sogar Beth Kersey, die dich töten wollte und es auch beinahe geschafft hätte. Nicht zu vergessen Alan Dekker und Kathy Ripon. All die Leute, die gestorben sind. Mir fällt auf, dass dir das alles… wie soll ich es ausdrücken? Dass dir das alles viel zu nahe geht und du es zu persönlich nimmst.« Sandy blieb stehen und sah in Friedas grimmig funkelnde Augen. »Was denkst du gerade?«

»Warte«, sagte sie. Sie wandte sich von ihm ab und blickte auf den Park hinaus.

Als sie sich wieder umdrehte, war ihr Gesicht bleicher als je zuvor, und ihre Augen leuchteten noch intensiver.

»Ich muss dir etwas sagen.«

»Nur zu.«

»Ich habe das noch nie jemandem erzählt.« Sie holte tief Luft. »Als ich fünfzehn war, hat mein Vater sich umgebracht.« Mit einer Handbewegung hielt sie Sandy davon ab, etwas zu sagen oder näher zu kommen. »Er hat sich auf dem Dachboden unseres Hauses erhängt.«

»Das tut mir leid, Frieda.«

»Ich habe ihn gefunden. Ich habe ihn losgeschnitten, aber natürlich war er schon tot. Er war sehr depressiv gewesen, aber ich bildete mir trotzdem ein, ihn retten zu können. Ich dachte, ich könnte ihm helfen. Noch heute träume ich, dass ich rechtzeitig komme. Immer und immer wieder.« Sie starrte Sandy mit ihren großen Augen an. »Aber ich bin nicht rechtzeitig gekommen«, sagte sie. »Bei ihm nicht, und bei Mary Orton auch nicht. Dasselbe gilt für Janet Ferris, Kathy Ripon und den armen Alan. All diese Leute haben mir vertraut, und ich habe sie im Stich gelassen.«

»Nein, mein Liebling.«

»Es kommt mir vor, als wäre ich mit einem Fluch belegt. Du solltest dich von mir fernhalten.«

»Das wirst du nicht schaffen.«

»Oh.« Einen Moment hatte Sandy den Eindruck, sie würde gleich in Tränen ausbrechen. Stattdessen trat sie vor und legte ihm eine Hand an die Wange. »Was sollen wir tun, Sandy?«

»Wir müssen uns Zeit geben.«

»Müssen wir das?«

»Ja.«

»Du gehst also trotzdem wieder in die Staaten zurück, und ich bleibe hier.«

»Ja. Aber es wird nicht mehr so sein wie vorher.«

»Warum nicht?«

»Wegen Waterlow Park. Wegen unserer nächtlichen Wanderung am Fluss. Weil du mir gezeigt hast, wie Wasser unterirdisch weiterfließen kann, ohne zu versickern und zu verschwinden. Weil ich dich kenne.«

»Ja«, antwortete Frieda ganz leise, »du kennst mich.«

»Hallo!«

Sandy und Frieda wandten beide den Kopf. Neben Frieda stand ein kleines Mädchen, das mit beiden Händen ein Narzissensträußchen umklammerte. Sie hielt die Blumen Frieda hin, indem sie die kleinen Ärmchen zu ihr hinaufstreckte und sich zusätzlich auf die Zehenspitzen stellte. Frieda nahm den Strauß entgegen.

»Vielen Dank«, sagte sie. Obwohl ihr die Bewegung wehtat, beugte sie sich zu dem Kind hinunter. »Sie sind sehr schön.«

»Deine Zeit war noch nicht gekommen«, sagte das kleine Mädchen.

»Was?«, fragte Frieda. »Was meinst du damit?«

»Deine Zeit war noch nicht gekommen.« Das kleine Mädchen runzelte vor Konzentration die Stirn, als stünde sie in der Schule vor ihrer Klasse. »Deine. Zeit. War. Noch. Nicht. Gekommen.«

»Was willst du mir damit sagen?«

Die Kleine starrte sie ratlos an. Frieda befürchtete, dass sie davonlaufen könnte. Sandy ging in die Knie. »Wie heißt du denn?«, fragte er sie in sanftem Ton.

»Ginny.«

»Das ist ein schöner Name. Ginny, warum hast du das gesagt?«

»Weil er gesagt hat, dass ich das soll.«

»Wer?«, fragte Sandy.

»Der Mann.«

Sandy sah erst Frieda und dann wieder die Kleine an. »Kannst du ihn mir zeigen?«

Sie blickte sich um. »Nein«, antwortete sie.

»Was hat er zu dir gesagt?«

»Er hat gesagt: ›Gib der Frau da diese Blumen und sag …‹« Sie schwieg. »Jetzt habe ich es vergessen!«

»Ginny!«, rief eine Stimme. »Ginny!«

Das kleine Mädchen rannte zurück zu seiner Mutter.

»Was sollte denn das?«, fragte Sandy.

»Er beobachtet mich«, antwortete Frieda fast im Flüsterton.

»Wer?«

»Dean«, sagte sie, »Dean Reeve. Er ist hier. Er verfolgt mich die ganze Zeit. Ich spüre seine Anwesenheit. Er war es. Ich weiß, dass er es war.« Mit einem wilden Ausdruck in den Augen wandte sie sich wieder Sandy zu. »Ich wäre gar nicht in der Lage gewesen, Beth die Kehle durchzuschneiden. Ich wäre auch nicht in der Lage gewesen, ihr den Gürtel aus der Hose zu reißen und mir damit das Bein abzubinden. Er hat mich gerettet. Dean Reeve hat mir das Leben gerettet.«

Sie wartete darauf, dass er sagen würde, sie sei paranoid oder verrückt, aber das tat er nicht. »Warum?«, fragte er stattdessen.

»Weil er derjenige sein möchte, der die Macht hat, mich zu zerstören.«

»Was sollen wir jetzt tun?«

Sie zuckte mit den Achseln. »Was kann ich tun?«

»Ich habe ›wir‹ gesagt.«

»Ich weiß. Danke.«

Sandy legte die Arme um sie, und Frieda lehnte sich an ihn. Einen Augenblick schwiegen sie beide.

»Sollen wir zusammen den Hügel hinaufwandern?«

Frieda schüttelte den Kopf. »Wir sollten jetzt gehen. Es wird dunkel. Der Tag ist vorüber.«

Zum Weiterlesen nach »Eisiger Dienstag«:

NICCI FRENCH

SCHWARZER MITTWOCH

PSYCHOTHRILLER

Deutsch von
Birgit Moosmüller

LESEPROBE
von Band 3 der Frieda-Klein-Serie

C. Bertelsmann

Nichts deutete darauf hin, dass etwas nicht stimmte. Es handelte sich um ein ganz normales Reihenhaus an einem ganz normalen Mittwochnachmittag im April. Genau wie all die anderen Häuser in der Straße besaß es einen langen, schmalen Garten. Derjenige zu seiner Linken wurde seit Jahren nicht mehr richtig gepflegt, er war inzwischen von Nesseln und Gestrüpp überwuchert. In dem alten Plastiksandkasten am hinteren Ende staute sich fauliges Wasser, und daneben lag ein umgekipptes Fußballtor in Kindergröße. Der Garten auf der rechten Seite war asphaltiert und gekiest. Dort standen ein paar Pflanzen in Terrakottakübeln, eine Sitzgruppe, die den Winter über zusammengeklappt im Schuppen verstaut wurde, und ein mit schwarzer Abdeckplane geschützter Grill, den die Besitzer während der Sommermonate in die Mitte der Terrasse rollten.

Der Garten dazwischen aber bestand aus einer Rasenfläche, die vor Kurzem zum ersten Mal in diesem Jahr gemäht worden war. An einem alten, knorrigen Apfelbaum leuchteten weiße Blüten. Die Rosensträucher und Büsche, die den Rasen begrenzten, waren so weit zurückgeschnitten, dass ihre Zweige wie Stöcke aus dem Boden ragten. Nahe der Küchentür blühten mehrere Grüppchen orangeroter Tulpen. Unterhalb des Fensters standen leere Blumentöpfe, daneben lag ein einzelner Turnschuh mit gebundenen Schnürsenkeln. Über ein Brett, das als Futterplatz für die Vögel diente, waren ein paar Samenkörner verstreut. Neben dem Fußabstreifer standen zwei leere Bierflaschen.

Die Katze kam gemächlich den Garten entlang. Vor der Tür blieb sie einen Moment stehen und hob den Kopf, als wartete sie auf etwas. Dann schob sie sich mit einer geschmeidigen Bewegung durch die Katzenklappe in die geflieste Küche, deren

Tisch sechs oder mehr Leuten Platz bot und von einer Anrichte flankiert wurde, die eigentlich zu groß für den Raum wirkte. Sie war mit Geschirr vollgestellt, und dazwischen lag allerlei Krimskrams: mehrere Tuben eingetrockneten Klebers, etliche Rechnungen, die noch in ihren Umschlägen steckten, ein Kochbuch, bei dem ein Rezept für Seeteufel mit eingemachten Zitronen aufgeschlagen war, ein Paar zusammengerollte Socken, eine Fünfpfundnote, eine kleine Haarbürste. Von einer Stahlstange über dem Herd hingen mehrere Pfannen. Neben der Spüle stand ein Korb mit Gemüse, in einem kleinen Regalfach waren weitere Kochbücher aufgereiht, auf dem Fensterbrett thronte eine Vase mit Blumen, die schon ein wenig die Köpfe hängen ließen, und auf dem Tisch lag ein aufgeschlagenes Schulbuch. An einer Weißwandtafel waren mit rotem Filzstift eine Reihe zu erledigender Punkte aufgelistet. Auf der Arbeitsplatte stand ein Teller mit dem kalt gewordenen Rest einer Toastscheibe, und daneben eine Tasse Tee.

Die Katze fraß ein, zwei Bröckchen Trockenfutter aus ihrer Schüssel und wischte sich anschließend mit der Pfote übers Gesicht, ehe sie ihren Weg durchs Haus fortsetzte: hinaus aus der Küche, deren Tür immer offen stand, vorbei an der kleinen Toilette zur Linken, dann die zwei Stufen hinauf. Sie wich einer zerbrochenen Glasschale aus und umrundete die lederne Umhängetasche auf dem Flurboden. Die Tasche lag mit der Öffnung nach unten, ihr Inhalt über die Eichendielen verstreut: Lippenstift und Gesichtspuder, ein bereits aufgerissenes Päckchen Papiertaschentücher, der Autoschlüssel, eine Haarbürste, ein kleiner blauer Terminkalender mit einem daran befestigten Stift, eine Packung Paracetamol, ein Spiralblock. Etwas weiter vorn lagen eine aufgeklappte schwarze Brieftasche und rundherum ein paar Mitgliedskarten, unter anderem fürs British Museum. Nicht weit davon entfernt hing ein gerahmter Druck aus einer alten Van-Gogh-Ausstellung ganz schief an der cremefarben gestrichenen Wand, und ein großes Familienfoto war mit gebrochenem Rahmen auf dem Boden gelandet: ein Mann, eine Frau und drei Kinder, die alle breit lächelten.

Vorsichtig schlängelte sich die Katze zwischen den herumliegenden Sachen hindurch. Auf dem Weg ins Wohnzimmer, das auf die Vorderseite des Hauses hinausging, musste sie über einen ausgestreckten Arm steigen. Die Hand war rundlich und fest, mit kurz geschnittenen Nägeln und einem goldenen Ring am vierten Finger. Die Katze roch daran und leckte dann flüchtig übers Handgelenk. Sie kletterte halb auf den Körper, der in einer himmelblauen Bluse und einer schwarzen Hose steckte – Kleidung für die Arbeit. Schnurrend grub sie die Krallen in den weichen Bauch. Um die gewünschte Aufmerksamkeit zu bekommen, schmiegte sie sich schließlich fest an den Kopf mit dem braunen Haar, das schon ein wenig grau wurde und an diesem Tag zu einem lockeren Knoten geschlungen war. An den Ohrläppchen funkelten kleine goldene Stecker, und um den Hals hing eine feine Kette. Die Haut roch nach Rosen und etwas anderem. Die Katze rieb ihren Körper gegen das Gesicht und krümmte dabei den Rücken.

Nach einer Weile gab sie auf und stolzierte hinüber zum Sessel, um sich darauf zu putzen, denn mittlerweile war ihr Fell feucht und verklebt.

Dora Lennox ging langsam von der Schule nach Hause. Sie war müde. Mittwochs hatte sie zum Schluss immer eine Doppelstunde Biologie und anschließend noch Swing-Band-Probe. Sie spielte Saxophon, allerdings so schlecht, dass ihr die meisten Töne entgleisten, was dem Musiklehrer jedoch nichts auszumachen schien. Sie hatte sich nur bereit erklärt mitzumachen, weil ihre Freundin Cam sie dazu überredet hatte, doch wie es aussah, war Cam inzwischen nicht mehr ihre Freundin. Stattdessen flüsterte und kicherte sie mit anderen Mädchen, die keine Zahnspange trugen und auch nicht mager und schüchtern waren, sondern kühn und kurvig – Mädchen mit schwarzen Spitzen-BHs, schimmernden Lippen und leuchtenden Augen.

Bei jedem Schritt spürte Dora den schweren Rucksack voller Schulbücher am Rücken und den Instrumentenkoffer am Schienbein, während ihre Plastiktragetasche – prall gefüllt mit Kochutensilien und einer Dose verbrannter Scones, die sie an diesem Vormittag in der Hauswirtschaftsstunde gebacken hatte – an einer Seite bereits einriss. Dora war froh, als sie nicht weit vom Haus entfernt den vertrauten Wagen entdeckte, weil das bedeutete, dass ihre Mutter zu Hause war. Sie kam nicht gerne in ein leeres Haus zurück, in dem keine Lichter brannten und über jedem Raum eine graue Stille hing. Ihre Mutter hauchte den Dingen Leben ein: Wenn sie da war, rumpelte der Geschirrspüler oder die Waschmaschine, aus dem Ofen duftete meist Kuchen oder zumindest ein Blech Kekse, im Boiler sprudelte Wasser für den Tee, und im ganzen Haus herrschte eine geordnete Geschäftigkeit, die Dora als tröstlich empfand.

Sobald sie das Tor aufgemacht hatte und den kurzen, gepflasterten Gartenweg entlangging, bemerkte sie, dass die Haustür offen stand. War ihre Mutter gerade erst heimgekommen? Oder ihr Bruder? Sie hörte auch ein Geräusch, einen pulsierenden, elektronisch klingenden Ton. Im Näherkommen sah sie, dass das kleine Mattglasfenster gleich neben der Tür zerbrochen war. Die Scheibe hatte ein Loch und hing nach innen. Als Dora wegen des ungewohnten Anblicks stehen blieb, spürte sie etwas an ihrem Bein und blickte nach unten. Die Katze schmiegte sich dagegen. Dora fiel auf, dass dabei ein rostbrauner Fleck auf ihrer neuen Jeans zurückblieb. Verwirrt trat sie ins Haus und ließ die Taschen zu Boden gleiten. Auf den Holzdielen lagen die Scherben des Fensters. Das musste gerichtet werden. Wenigstens war nicht sie daran schuld, sondern höchstwahrscheinlich ihr Bruder Ted. Er machte die ganze Zeit etwas kaputt: Teetassen, Gläser, Fensterscheiben – alles, was zerbrechlich war. Ein beißender Geruch stieg Dora in die Nase. Irgendetwas war gerade am Verbrennen.

»Mum, ich bin da!«, rief sie.

Auf dem Boden lag noch mehr: das große Familienfoto, die Tasche ihrer Mutter, rundherum verstreuter Kleinkram. Es war, als wäre ein Sturm durchs Haus gefegt und hätte alles durcheinandergewirbelt. Einen Augenblick sah Dora in dem Spiegel über dem kleinen Tisch ihr eigenes Spiegelbild: ein kleines bleiches Gesicht, eingerahmt von dünnen braunen Zöpfen. Sie ging hinüber in die Küche, wo der Brandgeruch am stärksten war. Als sie die Ofentür aufzog, schlug ihr der Qualm entgegen wie heißer Atem. Hustend griff sie nach einem Topfhandschuh, nahm rasch das in der höchsten Schiene eingehängte Backblech heraus und stellte es auf den Herd. Vor ihr lagen sechs völlig verkohlte und geschrumpfte Küchlein, nicht mehr zu retten. Ihre Mutter überraschte sie nach der Schule manchmal mit frisch gebackenen Keksen. Dora schloss die Ofentür und drehte das Gas aus. Nun war ihr alles klar: Der Ofen war nicht abgeschaltet worden und das Gebäck daher verbrannt. Der Alarm und der Rauch hatten Mimi erschreckt, so dass sie durch die Wohnung gerannt war und alles Mögliche zerbrochen hatte. Aber warum waren die Kekse verbrannt?

Sie rief noch einmal nach ihrer Mutter. Ihr Blick fiel auf die etwas offen stehende Verbindungstür zum Wohnzimmer, wo auf dem Boden eine Hand mit leicht gekrümmten Fingern zu sehen war. Für einen Moment rührte Dora sich trotzdem nicht von der Stelle, sondern rief noch einmal: »Mum, ich bin da!«

Dann ging sie wie in Trance zurück in die Diele, während sie weiter nach ihrer Mutter rief. Die Tür, die von der Diele ins Wohnzimmer führte, stand ebenfalls einen Spalt breit offen. Dora sah drinnen etwas liegen, schob die Tür auf, so weit es ging, und zwängte sich in den Raum.

»Mum?«

Zuerst hielt sie die roten Flecken an der hinteren Wand irrtümlicherweise für Farbe. Auf dem Sofa und dem Boden waren ebenfalls große Kleckse von diesem Rot. Plötzlich fuhr ihre Hand wie von selbst an ihren Mund, und sie hörte, wie ein kleines Stöhnen durch ihren Hals nach oben drängte und in diesem schrecklichen Raum zu einem lauten Kreischen anschwoll, das nicht enden wollte. Sie hielt sich mit beiden Händen die Ohren zu, um das Geräusch nicht mehr hören zu müssen, doch es war bereits in ihrem Kopf. Bei dem Rot handelte es sich nicht um Farbe, sondern Blut, Ströme von Blut, und dann wurde daraus ein dunkler, dunkler See, gleich neben dem Ding, das zu ihren Füßen lag. Ein ausgestreckter Arm, am Handgelenk eine Uhr, die immer noch die Zeit anzeigte, ein Körper in einer bequemen blauen Bluse und einer schwarzen Hose, ein halb abgestreifter Schuh. All das kannte Dora. Das Gesicht aber war kein Gesicht mehr, weil ein Auge fehlte und der zerschmetterte Mund sie durch eine breiige Masse aus zerborstenen Zähnen lautlos anschrie. Eine ganze Seite des Kopfes war eingedrückt und voller Blut, Knorpeln und Knochen, als hätte jemand versucht, möglichst viel davon zu zerstören.

Um drei Uhr fünfundzwanzig morgens, als es nicht mehr Nacht, aber auch noch nicht Tag war, wachte Frieda Klein auf. Ihr Herz raste, und ihr Mund fühlte sich trocken an. Schweißperlen standen ihr auf der Stirn. Es fiel ihr schwer zu schlucken, ja sogar zu atmen. Alles tat ihr weh: die Beine, die Schultern, die Rippen, das Gesicht. Alte Blutergüsse pochten wieder. Ein paar Sekunden lang war sie unfähig, die Augen zu öffnen. Als sie es schließlich doch schaffte, drückte die Dunkelheit sie nieder und breitete sich in alle Richtungen aus. Frieda wandte den Kopf zum Fenster. Sie wartete auf den Mittwoch – auf das Tageslicht, das die Träume verblassen ließ.

Stattdessen kamen die Wellen, eine nach der anderen, jede noch heftiger als die vorherige. Sie türmten sich auf und donnerten über sie hinweg, rissen sie nach unten und spuckten sie anschließend wieder aus. Diese Wellen waren in ihr, sie peitschten durch ihren Körper und ihren Geist, und zugleich waren sie auch außen. Während Frieda so dalag, auf eine dumpfe Weise wach, mischten sich Erinnerungen in die verblassenden Träume. Gesichter leuchteten in der Dunkelheit auf, Hände streckten sich nach ihr aus. Frieda versuchte sich an das zu klammern, was Sandy Nacht für Nacht zu ihr gesagt hatte, und sich selbst aus dem Chaos zu ziehen, das sich in ihr breitgemacht hatte: *Es ist vorbei. Du bist in Sicherheit, ich bin hier bei dir.*

Sie tastete nach der Stelle, wo eigentlich Sandy liegen sollte. Aber er war nach Amerika zurückgekehrt, sie hatte ihn sogar zum Flughafen begleitet. Dabei waren ihre Augen trocken geblieben, und nach außen hin bewahrte sie selbst dann die Fassung, als er sie mit gequälter Miene in seine Arme zog, um sich von ihr zu verabschieden. Während er durch die Kontrolle in den Abflugbereich ging, blickte sie ihm nach, bis von seiner hohen Gestalt nichts mehr zu sehen war. Sie hatte ihm nie verraten, wie knapp sie davor gewesen war, ihn zu bitten, bei ihr zu bleiben, oder sich bereit zu erklären, ihn zu begleiten. In ihren letzten paar gemeinsamen Wochen war zwischen ihnen eine große Vertrautheit entstanden. Frieda hatte zugelassen, dass sich jemand um sie kümmerte, und ihre eigene Schwäche gespürt. Dabei waren Gefühle in ihr hochgekommen, die sie bis dahin nie gekannt hatte und nun nicht einfach zurück in die Tiefe sinken lassen konnte. Letztendlich fürchtete sie sich gar nicht so sehr vor dem schmerzlichen Gefühl, ihn zu vermissen, sondern mehr vor dem langsamen Nachlassen dieses Schmerzes – davor, dass ihr geschäftiges Leben allmählich wieder die Leerräume füllen würde, die Sandy hinterlassen hatte. Manchmal setzte sie sich in ihr kleines Arbeitszimmer unter dem Dach und skizzierte mit einem weichen Bleistift sein Gesicht. Sie rief sich die genaue Form seines Mundes ins Gedächtnis, die kleinen Furchen, die die Zeit in seine Haut gegraben hatte, den Ausdruck seiner Augen. Dann legte sie den Stift weg und ließ sich von der Erinnerung an ihn durchfluten, einem langsamen, tiefen Fluss in ihrem Inneren.

Einen Moment lang gestattete sie sich, ihn sich an ihrer Seite vorzustellen – was für ein Gefühl es wäre, sich jetzt umzudrehen und ihn neben sich zu sehen. Aber er war fort und sie allein in einem Haus, das ihr früher wie ein sicheres, behagliches Refugium erschienen war, seit ein paar Wochen jedoch – seit dem Überfall, der sie fast das Leben gekostet hätte – bedrohlich knarrte und knisterte. Sie lauschte. Erst hörte sie nur den Puls ihres eigenen Herzen, doch dann, ja, ein Rascheln an der Tür, ein schwaches Geräusch. Aber es war nur die Katze, die im Raum umherwanderte. In diesem Schwebezustand vor dem Morgengrauen empfand Frieda das Tier manchmal als eine sehr düstere Kreatur. Seine zwei früheren Besitzer waren beide tot.

Noch immer fragte sie sich, was sie wohl geweckt hatte. Sie wurde das dumpfe Gefühl nicht los, dass ein Geräusch in ihren Halbschlaf gedrungen war – nicht das ferne Rauschen des Verkehrs, das in London niemals aufhört, sondern etwas anderes. Im Haus.

Frieda setzte sich auf und lauschte noch einmal angestrengt, vernahm aber nur den leichten Wind draußen. Als sie schließlich die Beine aus dem Bett schwang, spürte sie, wie die Katze sich schnurrend dagegenschmiegte. Mühsam stand sie auf. Sie fühlte sich immer noch schwach und flau von den Schrecken der Nacht. Sie hatte etwas gehört, da war sie ganz sicher. Irgendwo unten. Langsam schlich sie bis zum Treppenabsatz, griff nach dem Geländer und begann die Treppe hinunterzusteigen. Auf halber Höhe hielt sie einen Moment inne. Das Haus, das sie so gut kannte, war ihr fremd geworden, es steckte plötzlich voller Schatten und Geheimnisse. Unten in der Diele angekommen, blieb sie erneut stehen und lauschte, aber da war nichts, niemand. Sie schaltete das Licht an und blinzelte kurz, weil die plötzliche Helligkeit sie blendete. Dann sah sie es: ein großes braunes Kuvert auf der Fußmatte. Sie beugte sich hinunter und griff danach. Auf dem Umschlag prangte in kühnen Lettern ihr Name: Frieda Klein. Dick unterstrichen. Die Linie verlief leicht diagonal und schnitt hinten in das >n<.

Frieda starrte gebannt auf die wenigen Buchstaben. Sie kannte die Schrift. Nun wusste sie endgültig, dass er in der Gegend war – draußen auf der Straße, ganz nahe an ihrem Zuhause, ihrem Zufluchtsort.

Wie in Trance zog sie eine Jogginghose, ein T-Shirt und einen Trenchcoat an, schlüpfte barfuß in die Stiefel, die neben der Haustür standen, nahm den Schlüssel vom Haken und trat hinaus in die Dunkelheit. Ein kühler Aprilwind wehte ihr entgegen, und auch ein Hauch von Regen. Frieda starrte die gepflasterte kleine Gasse entlang, in der früher Stallungen gestanden hatten, doch es war niemand zu sehen. So schnell ihr schmerzender Körper es erlaubte, stürmte sie – halb humpelnd, halb laufend –, auf die Straße hinaus, wo die Lampen bereits ausgeschaltet waren und im schwachen Morgenlicht lange Schatten warfen. Sie ließ den Blick in beide Richtungen schweifen. Wohin war er wohl gegangen, nach Osten, Westen, Norden oder Süden? In Richtung Fluss oder hinein ins Labyrinth der Straßen? Oder versteckte er sich in irgendeinem Hauseingang? Sie wandte sich nach links und eilte den feuchten Gehsteig entlang, wobei sie leise vor sich hin fluchte, weil sie sich nicht schneller bewegen konnte.

Als Frieda schließlich auf eine breitere Straße gelangte, entdeckte sie etwas in der Ferne – eine unförmige Gestalt, die sich auf sie zu bewegte: definitiv ein menschliches Wesen, aber dennoch größer und seltsamer, als ein Mensch eigentlich aussehen konnte. Die Rechte ans Herz gepresst, stand sie da und wartete, während die Gestalt immer näher kam, bis sie sich schließlich als Radfahrer entpuppte, der am Rahmen seines Gefährts Dutzende von Plastiktüten festgebunden hatte und daher nur ganz langsam fuhr. Frieda kannte den Mann vom Sehen, sie begegnete ihm fast täglich. Er hatte einen wilden Rauschebart und radelte mit ruhiger Entschlossenheit dahin. Als er schließlich auf seinem fahrbaren Untersatz an ihr vorbeischwankte, starrte er blicklos durch sie hindurch. Frieda fand, dass er ein bisschen aussah wie ein Weihnachtsmann – aber einer aus einem schlimmen Traum.

Es hatte keinen Sinn. Dean Reeve, der ursprünglich von ihr gejagte Verbrecher, der sie nun seinerseits wie ein Stalker verfolgte, konnte inzwischen weiß Gott wo sein. Sechzehn Monate zuvor war er durch ihre Mithilfe als Kindesentführer und Mörder entlarvt worden, hatte sich jedoch durch vorgetäuschten Selbstmord der Festnahme entzogen. Vor zwei Monaten war Frieda dahintergekommen, dass er noch lebte. Der Mann, der damals von einer Brücke am Kanal hing, war in Wirklichkeit sein eineiiger Zwilling Alan gewesen, ein früherer Patient Friedas. Dean trieb sich immer noch irgendwo herum und wachte über sie – schützend und tödlich zugleich. Er war derjenige gewesen, der ihr das Leben gerettet hatte, als sie von einer gestörten jungen Frau mit einem Messer attackiert worden war, wobei allerdings für die alte Frau, zu deren Rettung Frieda eigentlich herbeigeeilt war, jede Hilfe zu spät kam. Dean war damals aus dem Schatten aufgetaucht wie eine Kreatur aus Friedas schlimmsten Albträumen und hatte sie aus der Dunkelheit zurückgeholt. Nun ließ er sie wissen, dass er immer noch über sie wachte. Ihr verhasster Beschützer. Ständig hatte sie das Gefühl, aus verborgenen Winkeln seinen Blick zu spüren, wenn sich irgendwo ein Vorhang leicht bewegte oder eine Tür sich leise schloss. Würde das nun immer so bleiben?

Sie drehte sich um und machte sich auf den Heimweg. Zu Hause angekommen, griff sie erneut nach dem Umschlag und ging damit in die Küche. Da sie genau wusste, dass sie nun sowieso nicht mehr schlafen konnte, brühte sie sich Tee auf. Erst als er fertig war, ließ sie sich am Küchentisch nieder und schob den Finger unter die Gummierung des Umschlags. Sie zog ein steifes Blatt Papier heraus und legte es auf den Tisch. Es handelte sich um eine Bleistiftzeichnung, besser gesagt um ein Muster, das ein bisschen aussah wie die mathematische Darstellung einer gefüllten Rose, mit sieben vollkommen symmetrischen Seiten. Die Linien waren offensichtlich mit einem Lineal gezogen. Als Frieda das Ganze genauer unter die Lupe nahm, stellte sie fest, dass an manchen Stellen Fehler ausradiert worden waren.

Nachdem sie eine Weile mit gerunzelter Stirn auf das vor ihr liegende Bild hinuntergestarrt hatte, schob sie es behutsam zurück in den Umschlag. Wut loderte in ihr hoch wie ein Feuer. Frieda war froh darüber: Lieber wollte sie vor Wut verbrennen als in Angst ertrinken. Reglos blieb sie in den Flammen dieses Feuers sitzen, bis der Morgen kam.

Wie es weiter geht...

Ein kleines Mädchen findet die Leiche ihrer brutal ermordeten Mutter. Polizeiliche Ermittlungen decken ein geheimes Leben auf – nicht aber die Identität des Mörders.

Ein Reporter im Ruhestand reist kreuz und quer durch England, um die Eltern vermisster Mädchen zu interviewen.

Frieda Klein, die sich gerade erst von einem brutalen Anschlag erholt, der sie fast das Leben gekostet hätte, wird gegen ihren Willen in diese beiden, voneinander unabhängigen Geschichten hineingezogen.

»Schwarzer Mittwoch« ist eine Geschichte über geheime Leben, verschwundene Mädchen und die verborgene Gewalt hinter der glatten Fassade des Alltags. Zugleich ist es auch eine Geschichte über die Besessenheit jener, die sich hinter die Fassade wagen, über die damit verbundenen Risiken und Ängste und über den Preis, den diese Menschen dafür zahlen müssen.

Zum Weiterlesen nach »Schwarzer Mittwoch«:

NICCI FRENCH

DUNKLER DONNERSTAG

PSYCHOTHRILLER

Deutsch von
Birgit Moosmüller

Eines Tages erhält Frieda Klein unerwartet Besuch: Madeleine Blackwell, eine alte Schulkameradin, bittet sie um psychotherapeutische Hilfe für ihre fünfzehnjährige Tochter Becky. Das Mädchen ist verschlossen, magersüchtig und hat Probleme in der Schule. Schon bald gerät Frieda in einen Strudel von Ereignissen: Denn Becky wurde vergewaltigt, und Parallelen zu einem lang verdrängten Trauma in Friedas eigenem Leben sind unübersehbar. Zum ersten Mal seit Jahrzehnten muss Frieda Klein sich ihrer Vergangenheit stellen. Auf eigene Faust beginnt sie mit Nachforschungen in ihrem Heimatstädtchen – und bringt sich in höchste Gefahr.

Camilla Grebe · Åsa Träff

Siri Bergman, Psychotherapeutin aus Stockholm, ermittelt …

Die Therapeutin

Roman, 432 Seiten, Broschur, *btb* 74183

Als Psychotherapeutin ist Siri Bergman an den Umgang mit seelischen Abgründen und schmerzhaften Geheimnissen gewöhnt. Doch seit ihr Mann tödlich verunglückt ist, kämpft sie mit sich selbst. Trotz panischer Angst vor der Dunkelheit lebt sie abgeschieden am Meer. Als sie eines Morgens auf die Leiche einer Patientin stößt, nimmt ihr Alptraum Gestalt an.

Das Trauma

Roman, 448 Seiten, Broschur, *btb* 74489

Psychotherapeutin Siri Bergman trifft fünf Frauen, die sich zu einer Selbsthilfegruppe zusammengeschlossen haben. Alle Frauen sind das Opfer männlicher Gewalt, haben Schreckliches durchgemacht. Verratene Liebe, Schläge, Erniedrigungen. Doch kann Siri ihren Geschichten glauben?

Bevor du stirbst

Roman, 448 Seiten, Broschur, *btb* 74496

Siri Bergman will endlich mit ihrer Vergangenheit abschließen. In den alten Kisten ihres ersten Mannes Stefan findet sie jedoch eine Notiz, die auf ein fünf Jahre zurückliegendes Verbrechen hinweist. Gibt es etwa einen Zusammenhang zwischen der grauenhaften Tat und Stefans Selbstmord, der nur wenige Wochen danach Siris Leben erschütterte? Hat sie ihren Mann jemals wirklich gekannt?